风雨青春

祁海涛 著

中国言实出版社

图书在版编目(CIP)数据

风雨青春 / 祁海涛著 . -- 北京 : 中国言实出版社 ,
2024. 10. -- ISBN 978-7-5171-4970-5

Ⅰ . I247.5

中国国家版本馆 CIP 数据核字第 2024P8E815 号

风雨青春

责任编辑：王君宁
责任校对：王建玲

出版发行：中国言实出版社
地　址：北京市朝阳区北苑路180号加利大厦5号楼105室
邮　编：100101
编辑部：北京市海淀区花园北路35号院9号楼302室
邮　编：100083
电　话：010-64924853（总编室）　010-64924716（发行部）
网　址：www.zgyscbs.cn　电子邮箱：zgyscbs@263.net

经　销：新华书店
印　刷：北京温林源印刷有限公司
版　次：2024年11月第1版　2024年11月第1次印刷
规　格：710毫米×1000毫米　1/16　28.5印张
字　数：450千字

定　价：78.00元
书　号：ISBN 978-7-5171-4970-5

序：荒原上的“月亮与六便士”

与整个命运的宏大庄严相比，有时候一个人的诞生似乎显得太过随意。毛姆曾在《月亮与六便士》中说道：“一个人被随意抛掷到一个环境中，而灵魂却一直思念着，某一处自己也不知晓坐落在何方的遥远家乡。”这样的抛掷，不由令人想起“掷骰子的上帝”。尽管人人都在渴望一种源自命运的公平、规范与秩序，但事实证明，这位“决定人类命运的上帝”，也许还真的就是在随意掷骰子。

被抛在东北荒原上的祖峰脉，仿佛就是这样一枚“骰子”，守着寂寂无名的润津河长大，初中毕业后无奈回乡务农，而他的灵魂却被遥远的他乡唤醒了。

彼时，那片古旧传统的村地上，灵魂，既像一个莫名其妙的天外来客一般无人识得，也仿佛一株不务正业的稗草一般让人鄙夷嫌弃，却偏偏他的生命中，灵魂不期而至，毕生如影随形。灵魂使他睁开了精神的双目，看清了生命的本质，厘清了生存与生活的差异，意识到了现实与理想的天壤之分、个人价值与世俗标准的矛盾纠结，更清晰听到了内心深处，对“吃喝拉撒睡，生老病死没”的现实之外的理想，炽烈灼热的深情渴望。这北方荒原上的一切，与毛姆笔下的“月亮与六便士”如此不谋而合。

任何一个有灵魂的人，毕生都要面对的一个命题，也许就是个人价值与世俗标准之间的矛盾。当自己渴望做的事情不符合社会大众的标准，到底该坚持自我还是委屈放弃？理想与现实，这个巨大而沉重的悖论，曾经落在了毛姆笔下《月亮与六便士》中的斯特里克兰德身上，显然他选择了指代理想的“月亮”，放弃了脚下平凡安稳的“六便士”，并为之付出了悲情的代价：与世隔绝的生活，不在乎别人的评价，临死前让妻子将他画在墙上的杰作烧掉。他一生都在坎坷中走向自己的“月亮”，也做了自己最想做的事，经历过被人咒骂、贫穷、饥饿的现实壁垒，最终找到了自己认定的“灵魂故乡”，遗憾的是直到生命结束，也未见到自己理想的实现。

如今同样沉重的矛盾与悖论，落在了 1986 年这个东方青年祖峰脉的肩上。

靠山村，东北荒原上野草一样平凡的村庄。润津河边，这个不到二十岁的青年，面对沉默简单的土地，面对祖辈传统、平淡、一眼望到终点的人生，面对自己内心深处的渴望，是坚持追求月亮一样远在天边的人生理念与梦想，还是转身投入乡亲们的行列，毕生深陷于谋求生活的“六便士”？

灵魂使他与众多的他者生而不同，有了自己独一无二的精神向度与信念，于情于理，显然他有理由选择自己的生活，却于理于情，他似乎又失去了一切追寻自我的权利。润津河岸的四季晨昏，他被上帝掷了骰子，又被命运残忍地抵在了生的死角。

这一次，他选择了置之死地而后生。选择面对无边的苦难与厄运，即便他清楚地知道这样做，会失去脚下实实在在的温饱，失去众人眼中的幸福，他依旧毅然决然地做出了“每个人都只看到脚下的六便士，只有他抬头看到了月亮”的选择。仿佛斯特里克兰德，他选择了去跟随灵魂的狂热，在理想之途上点燃热血，踏上荆棘日夜奔行。靠山村到惠民县城，不足百里的路程，沁血的足迹，决定了他未来一生的走向和内容。

他的卑微与坚毅同样锋利，命运，终于这一次闪开了身形。以命相抵，他胜出了。

安稳赚取生活的“六便士”没有错，追逐“月亮”的理想光芒也没有错，但是，假如梦想的道路完全没有尽头，或者永远无法实现心中对的梦想，那么是否还有勇气去追索，还是停下追梦的脚步捡拾脚下的六便士？亘古的抉择，仿佛天地之间巨大的沟壑，也仿佛一个生命个体的天问，摆在了祖峰脉的面前。或者说这天问，几乎就是贯穿这部四十余万字长篇作品的整个精神回响。

1986—1990 年，五年时间，时间长河里的一个最微薄的物理尺度，却是一个生命个体一生含金量最高的截面，是个体生命在时代大潮之下的跌宕翻滚，被命运之火淬炼之下的热烈与煎熬。

乡村文学青年的沁血心路，一步一枚精神的血指纹。庆幸的是时间是个炼金师，但凡你是真金，必定会还你真身。

理想之途缥缈遥远，却满含对灵魂的深切呼唤；现实的大地平实笃定，却是埋葬灵魂的万亩尘埃。

这悲欣交织的一生，终究有人见尘埃，而有人见星辰。

放弃了生活的“六便士”，青年祖峰脉，踏血而行，终于在星辰中找到了自己的文学“月亮”：

> 润津河两岸洋溢着春天的气息。高坡上的雪水，顺着沟渠“哗哗”流进河里，与上游来水汇合一处，打着漩儿，匆忙地向西流去。茫茫的草甸子上，深埋雪下一个冬天的野草，已裸露出了枯黄的本色儿。远远眺望过去，阳光下地气升腾，仙气缕缕。几只乌鸦、喜鹊之类的飞鸟，在路旁杨柳掺杂的树带里，泛出暗红的柳条通里，叽喳穿行，间或一头扎落沟渠旁边，先是仰起脖子东张西望片刻，确认安全之后，再翘起油亮的黑尾巴饮水……

以四十余万字的巨笔，描摹生命中仅仅的五年，无疑这是一次汪洋恣肆的青春释放，是一条流淌在北大荒天地之间之上的大河：生命之河，理想之河，精神之河，岁月之河。

泥沙俱下，浩荡奔流，以生命的春天昭示灵魂的春天，生而赴死，死而复生。

也许我们每个人都是在理想与现实的撕扯中，不甘又不舍地追索着，太多时候，我们只是抬头胆怯地看一眼头顶的月亮，又低头屈从于谋生的六便士。

是这些与命运对决的人，让我们觉得这样度过一生仿佛缺失了什么，而究竟是什么呢？也许就是曾经同样奔涌于你我血液中那强烈的渴望，渴望一种足以安放灵魂的鲲鹏之途：

> 一群上百只的绵羊，犹如天空中的云朵，在收割过的灰褐色的豆

田里溜豆茬，低头移动，如云漫卷。一位老者素衣夹帽，手里捧一本线装的古书，在羊群旁悠闲地阅读，俨如仙人临凡、读古诵经。北冥有鱼，露宿餐风，蜷缩泥潭，虾虫欺凌，卧薪尝胆，忍辱负重，寒耕暑耘，叠日不停，雷霆万钧，过海蛟龙，凤凰涅槃，死而复生，得施日月，蜕变鲲鹏……

李一鸣

中国作家协会党组成员、书记处书记

目录

卷一

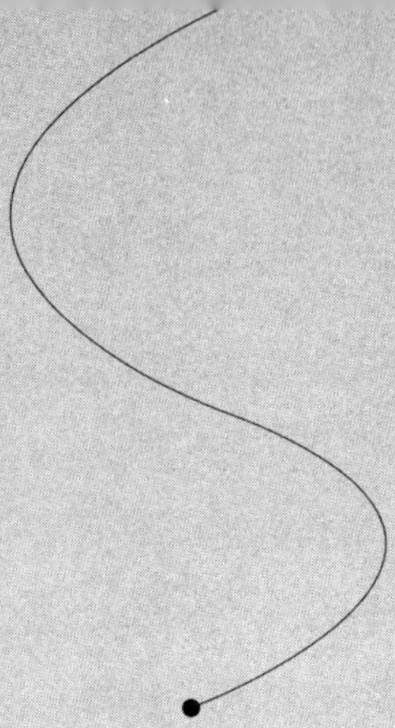

第一章

1

许多年以后，每当想起一个人迎着料峭的寒风，孤独地走在县城大街上，那个装满心事无限迷茫的早晨，他的心都瑟瑟发抖……

一九八六年三月中下旬，随着几场春风，小兴安岭的阳坡，积雪渐渐消融着，大地则从白色世界里先一步解放出来，恢复了黑土地的本色。润津河的冰面，夜晚已能听到轻微的冰裂声。猫冬的农民，除了一些耍钱鬼，“打正月，闹二月，哩哩啦啦到三月”，仍停留在牌桌上酣战，与围观的、输光了钱的穷光蛋，一同在放局的人家维系着春节的气氛，个别勤快的农民，伴随着开裆鸡悦耳的歌唱，已打开仓房，开始迎风筛选春播的种子了。

一切预示着，忙碌的春耕大戏，将在北大荒黑土大地上拉开序幕……

惠民县城向东一百多公里，是隶属农垦系统的一个农场分部，叫“东安农场”，是用一位在救火中牺牲的垦荒英雄的名字命名的。这个周六，是场部的一个赶集日。从四面八方赶来的农民，有的驾驶三轮手扶拖拉机、四轮拖拉机，拉上蹭车的乡亲，有的赶着小马车、小牛车、小驴车，有的骑着自行车，有的步行，穿着由于倒春寒一时还脱不下去的厚棉袄、厚棉裤，戴着狗皮帽子，陆续聚拢到集市上。少部分头脑灵活，既种田又搞起养殖业的农民心里盘算着，牲畜卖上好价钱，尽快圆了漫漫冬夜里的致富梦。而大部分还仅仅靠种地维持生计的农民，则急着买回种子、化肥，迎接即将到来的全面春播。

这个集市辐射周围几百里。临近中午，暖阳升到头顶时，集市里已人山人海，一片嘈杂。祖峰脉与李德胜、大下巴孟久林及村里几户养老母猪的村民，合伙雇了贾永祥的小四轮拖拉机，天刚蒙蒙亮，就人吆猪嚎，挨家抓一车猪崽儿，一路打着车灯，“嗒嗒嗒”轰鸣着，惊飞路旁林中的宿鸟，赶到了这里。临行，祖大消停特意嘱咐儿子，猪崽儿咋卖，一切听从德胜叔的安排。祖峰脉十分理解父亲的忠告。“老母猪肚子小银行”，拉扯一头猪不容易，春耕就指望着这棵摇钱树了。自己初中毕业回乡务农快两年了，小打小闹的生意没轻折腾，钱没挣着，却处处冒着风险，惹得全家上下一起跟着担惊受怕。父亲的忠告是在暗示他这个不省心的儿子，趁卖猪崽儿有了现钱，千万别再折腾出什么“意外”来。

乡谚：货到地头死。

吆喝一上午，猪崽儿一个没出手。买主不少，卖主也像蚂蚁泛蛋似的。不难看出，加上第一年合作组，包产到户刚满三年，农民还只会饲养猪牛羊之类的传统牲畜，赚几个活钱儿。买主见猪崽儿臭，东问问，西瞧瞧，手里的血汗钱都攥出了汗，也不肯轻易撒手，还“趁火打劫”，往死里砍价。自古买卖两心眼儿，德胜叔气得不停晃脑袋。祖峰脉和另几位村民心里也憋着劲儿，不吭声。孟大下巴哪里受得了这等委屈，双手抄袖，戴他那顶开线、磨没毛的灰狗皮帽子，嘴里不停地嚷嚷着：“臭死啦！臭死啦！”他一边磨叽，还一边仰脖瞅太阳。大家心里明明白白的，孟大下巴这是惦记酒钱呢！李德胜瞪了他一眼，见晌午歪，午阳西斜，也到饭口了，便翻上衣口袋，半天才翻出临行老伴儿给揣的几块压兜钱，差峰脉去集市另一侧推车子叫卖的人那里买几根硬邦邦的麻花，分给大伙充饥。

太阳偏西，人渐渐稀疏了。猪崽儿卖得不顺溜，大家脑海里一片乌云。孟大下巴建议差不离儿卖掉算了，别耽误去糖厂买糖渣子。几个相中猪崽儿，相看几遍的农民，也抓住天晚卖主急迫的心理，你一言我一语，连唬带吓地杀价。

“家趁万贯，带毛的不算！”

“大老远的雇车来，拉回去一枪俩眼儿！”

“再摊上一场猪灾，更赔大发啦！”

李德胜被挤对得满脑门儿冒汗，跟同来的村民小声嘀咕了几气儿，认为买主的话是损了点，不过在理儿，拉回去白搭饲料不说，下一个集再雇车拉来卖，里外里不合算！终于统一了思想，便个个揪着心，将猪崽儿降价换了钱，收了摊，急匆匆去糖厂拉糖渣子。家里老母猪带崽儿，吃了一冬豆毛糠，偶尔加些苞米面、麦麸子、豆饼，成本忒高。猪比不上人，母以子贵，结束繁衍小猪崽儿的使命，主人就盘算着买一些便宜的酒糟、糖渣子，回来喂母猪度命。这也是靠山村的一些养猪户，特意跑出一百多里地，舍近求远到有糖厂的东安农场卖猪崽儿的缘故。

装完一车冒热气，滴答水的糖渣子，地磅上称了分量，天，眼看擦黑了。顺着橱窗里的灯光，随便找家便宜的小酒馆，要两盘小菜，就着一碗热乎乎的肉丝打卤面，每人喝一杯小烧，然后人人哈着酒气，穿衣戴帽，呼啦一下从小馆钻出来。安排两个人押车，跟贾永祥连夜往家开重载车，而祖峰脉则随着德胜叔、孟大下巴直奔了火车站，买好车票，在车站的破木椅上眯瞪到半夜，然后一起登上开往惠民县城的火车。

这是一趟从省城方向开过来的慢车。咣当到惠民县城，天已蒙蒙亮。随着刹车长长的“吱嘎”声，火车好像不情愿地停在了信号灯一闪一闪的站台旁。乘务员打开车门，上下车的乘客挤在了每节车厢的门口。年轻灵巧的祖峰脉拨开人群第一个跳下了车，立足未稳，突然听到身后的德胜叔“嗷嗷”大喊：“你想干啥！你想干啥！小兔崽子！……”祖峰脉回头一看，德胜叔正在车厢门口与一个年轻人撕扯，年轻人贼眉鼠眼，听德胜叔喊叫，疯似的拽出胳膊，挤开人群溜掉了。

原来李德胜遭遇了坊间传说中的“小捋”，也就是火车上的小偷。李德胜额头上冒着汗，一边急匆匆地与孟大下巴跟上来，一边喘粗气大声说：“好悬好悬！钱差点让小捋给偷喽！这个遭雷劈的兔崽子……”祖峰脉听了，登时惊出一身冷汗，急忙去摸人造革夹克里面的口袋……自己家卖猪崽儿的钱鼓囊囊地还在！虚惊一场，一向节俭的李德胜突然说：“老天爷保佑啊！该着不破财……我请你们下馆子！”

三个人一路向东，用了大约半小时，步行到了惠民南门里的客运站，坐到对面营业的一个小酒馆里。李德胜惊魂未定，哆哆嗦嗦地摸出棉袄里的猪崽儿款，向右手指猛吐口吐沫，数了一遍，确认一张不少，又小心翼翼装回口袋，回头喊来起早打哈欠的饭店掌柜，阔绰地点了扒猪头、锅包肉、尖椒干豆腐。

孟大下巴见菜很硬，满脸堆笑说够了够了。末了，他又参谋着点了一道红焖刀鱼。

半杯小烧酒下肚，镇静下来的李德胜有几分兴奋，开始一遍一遍地复述他与“小捋”搏斗的英雄壮举。

“多悬呢！到车门口那小子就使劲挤我，接着就把手伸进我兜里来了……要不是我机灵，一冬天的血汗钱就打水漂啦！”说完，猛饮一口小烧。

“你老李还说啥了……后脑勺长眼睛，要是我就完犊子啦！”孟大下巴吃得满嘴流油，不知咋夸好了。

祖峰脉不会喝酒，脸上带笑，边吃边听他俩一唱一和地吹嘘着。吃完饭，天已大亮，客运站门前的乘客渐渐多起来，大客车不断载人从院子里钻出来，发出吃力的“哼哼”声，屁股后还甩出一股股黑烟，柴油味儿弥漫街头。

“德胜叔，你和孟叔坐车先回吧，我进城里办点事！”

像被针扎了一下，几分醉意的李德胜突然瞪大了眼睛，急迫地喊着峰脉的乳名道：“小军！你可别再瞎折腾了，让你爸你妈在家里惦记！”

“没事的德胜叔，我下午就回去！”

“那……”李德胜求助似的看了一眼身旁的孟大下巴孟久林，“那你可早点回呀！回家老老实实种地吧……”说完，李德胜又意味深长地盯了祖峰脉半天，才与戴着破狗皮帽子，手里拎着打包菜，喝得晃悠悠的孟大下巴，去赶早晨回村的循环客车了。祖峰脉知道，为了还债，德胜叔拆散女儿婚事，把秀萍姐嫁给了田家傻儿子，在村里一直抬不起头来。这几年光景好些了，他与父亲一样，担心他们这些小字辈儿再走偏了路……

看着二人渐渐消失在客运站门口的背影，祖峰脉眼里热辣辣的，但他没再多想，转身，毅然向县城深处走去……

2

祖峰脉对这座县城既熟悉又陌生。包产到户这三年，政策好，人努力，天帮忙，农民有了干劲，粮食产量翻一番。每年秋收，他都淹没在农民中间，到惠民县粮库售粮。售粮车队排出几里地的长龙，小四轮拖拉机，三轮手扶拖拉机，牛车，马车，驴车，一字排开，徐徐移动；身穿棉袄、军大衣，头戴狗皮帽子，胸前挂棉手闷子的农民，老老少少混杂其间……一场改革使父老乡亲充满了致富的激情。这包产初始的历史性的景象，深深地感染着刚刚返乡务农的祖峰脉。

三年前，勉强考上普通高中，却被一笔不菲的学费挡在了校园门外。这是他心头的一道伤。十年苦读，无功而返，他尽量不去怨天尤人，而把与重点高中擦肩而过的罪责归结于自己，归结于那场不该卷进去的“爱情风波”。后来几次进城，就是做小生意了。上麻花，贩冰棍儿，每次迎风离开，他都有一种失落感，觉得刚刚还融入其中的县城，仍然陌生，仍然神秘，自己与它格格不入。最近一次进城，是去年秋天——从这里乘车去东安精神病院看望孟雪姑，雪姑疯癫后走失，一直杳无音信。他不敢再往下想了。那是一段令人伤感的经历。

这是个周日。睡够的城里人三三两两地开始逛街了。商店，书店，电影院，还有饭馆门前风中摇曳的幌子，像灯笼一样红彤彤地挂起来了。路上的行人越来越多。只有城里人才能享受到的取暖、烧饭的煤烟味儿逐渐消散，迷蒙的天空大海雾散一样也有了蓝意。

他一路打听，一路走，一边想着心事。

一切都源于那天晚上的一则电视广告。包产到户后，农民日子好过了，村会计家购买了村里第一台电视机，虽是黑白的仅仅十二英寸的小家伙，却招致村民们每晚都挤到一间屋子里，《霍元甲》《射雕英雄传》……一些港台电视剧看得男女老少如醉如痴。可自尊心作怪，像一些与村干部不对付的村民一样，他也没去村会计家讨一次二皮脸。可是那天晚上，他鬼使神差地去了，去了就目睹了那一条仅仅是两行字的黑白广告：为繁荣我县文学艺术事业，惠民县文化馆业余艺术学校即日起开始招收写作、美术、音乐学员……这条广告简直像天外来客，意外砸中了他这名一心想求学的乡下青年！这条勾不起村民们一点兴趣的广告，却使他如获至宝，激动得几宿睡不着觉。难怪，自从前年回乡务农仅仅一个月后，他就偷偷摸摸报了名，并在麦秋时节接到了邮递员送来的“北方文学函授中心”的录取通知书，参加了一年一期的函授学习，现在正在参加第二期。“北函”老师个个像天使一样，每月都给自己寄来一些文学书刊与批改的作业。在自己熟悉而稚嫩的习作上，函授老师总会附上一页修改作业专用纸，洋洋洒洒，龙飞凤舞地写满评语，然后负责任地签上姓名，盖上红色印章，字里行间处处洋溢着才气。他对写作渐渐入门，可是他挖空心思写下的习作每次都被老师批得体无完肤，密密麻麻写满一堆温和而否定的评语寄回来。那些信件和习作仍然藏在家中他睡觉位置的角落里，与他拥有的少得可怜的几本文学书籍藏在一处。那是他的一个秘密，每次偷偷打开看上几眼心都扑通扑通跳几下。暗里参加文学函授，与其说是为了村子里发生的爱情悲剧，不如说只是为了释放一下青春的情怀而已。他一直为自己没考上惠民一中，而羞见江东父老。倒是家庭联产承包责任制改革使他迷茫中渺渺望见了远方的一丝光亮……

这时他已经走过了县城的十字街口，再向北走就是北二道街。他浑身热乎乎的，脚下更有力气了。不一会儿到了北二道街，向右一拐，他知道——向前再走上几百米，左侧是县政府大院，右侧就应该是政府大礼堂了——连日来鼓捣得他睡不好觉、一心向往的艺术圣殿“惠民县文化馆”，就在那里办公。

大礼堂足有三层楼高，与路北的政府楼群遥相呼应，显示出一个五十多万人口的农业大县政府驻地的威严。礼堂的大院很开阔，门前围了一人多高的铁栅栏，门开着。峰脉驻足，仔细端详眼前这座明显超出周围建筑物的高楼，心中不由泛起了一丝敬意。难道这就是魂牵梦绕的文学殿堂？从在电视上得到艺校招生的消息，他的脑海里就一直猜测文化馆的模样。他感到自己的心跳加速，手心出汗。怕惊着什么似的，他蹑足走了进去。礼堂东侧是一排红砖平房，墙根下堆着小山似的煤炭，东南角处是一个锅炉房，从门缝里往外呼呼哧着热气，夹杂着煤炭烧焦的气味儿。大礼堂高傲地矗落在二十几级台阶上，正门朝东，大气而磅礴。他拾级而上，虔诚的样子，像一名佛教徒膜拜一座“神佛殿”。他来到对开的刷着红色油漆的大门跟前，双手小心推开一侧，进去轻轻带上，不料合上时仍然发出了“咣当”声，他的心也跟着震颤了一下。镇静后他先是巡视了会场外面的缓厅。缓厅很大，南北足有三十米，东西宽也有七八米，雪白的墙壁错落有致地悬挂着几幅油画，蒙娜丽莎朝他端庄地淡淡地微笑。中间的双扇大门紧锁，看来是大礼堂的核心部位——召开全县大会用的会场或演出的大厅。南北侧各有一个乳黄色的木门，门楣上均挂着乳白色的小木牌，北侧门锁着，写着红字“教室”，南侧写着“文化馆办公室”。他正怯怯看着，南侧门“吱——”的一声开了，突然有人出来了，显然听到了刚才大门的“咣当”声。走过来的是位高个儿男子，穿一件棕色的毛衣，长得白白净净，一看就是文化人的那种，与雪白的大厅十分的和谐。祖峰脉感觉这人好像哪里见过，脑海里瞬间浮出了北方文学函授中心那些没见过面的老师，浑身透着文艺范儿的光芒。

“你有什么事？”已经面对面的美男老师和气地开口了。

“我是来报名的！”祖峰脉激动地说。

“哦……”美男老师怔了一下，马上说：“欢迎！欢迎！你想参加哪个班？书法美术？文学创作？还是音乐舞蹈？”

“文学创作班。”

“哦……”美男老师迟疑了片刻，再次打量了一番眼前这位从穿戴上即可看出来自乡下的青年，半天才微笑着说，“好！你跟我进来吧，登下记！”

进了南侧木门，左侧是上楼的楼梯口，右侧是一间很小的值班室，透过小窗可以看到值班室内放着两张床，西面一张还搭了上铺。开门进去，美男老师示意他坐在床上。他礼貌地站门口，听美男老师介绍课程表。

“老师，能安排住宿吗？”

“你家是哪里的？”

“向阳乡靠山村的。”

“哦……”美男老师又怔了一下，接着直言不讳道：“可据我所知，艺校不安排住宿啊！”美男老师把递过来的登记本又收回了怀里，表情里带着歉意。

祖峰脉“哦”了一下，感到眼前一晕，他清楚自己受到了打击。

美男老师观察到了他的难处。建议道：“城里没有亲属吗？”

“哦……亲属？好像……”他欲言又止。

“要是没亲属就不好办了。”美男老师觉得为难乡下青年了，说完把目光移向了怀里蓝色外壳的登记本。

“能不能给我先报上，我试试看？”他灵机一动，请求道。

“这……好吧……”

美男老师犹豫着打开蓝色登记本，与一支蓝圆珠笔一道递过来。他接过来，看到油印的登记本已经签上了一些蓝色的名字，地址处写的均是某某街道，某某单位，看不到一处写有“乡村”的字样。他先是写上了自己的名字，写地址时他迟疑了一下，问美男老师怎么写？美男老师说就写你所在乡村吧，我在后面给你注上，自己解决住宿。他迅速地将地址写完，问清开学典礼日期，就告别了美男老师，走出了大礼堂。这时，太阳已经升高了。锅炉房向外哧的白汽不见了，高耸的烟囱也不见了黑烟，院墙南侧的医院有嘈杂的声音传过来……这说明，县城休息日的白天，全面开始了。

3

走到文化馆的大门口，祖峰脉又回头望了一眼大礼堂的高楼，只见春阳笼罩得大礼堂金光闪闪，看上去有些刺眼。他沮丧地收回目光，心里刚才的潮涌，已降到了冰点。去哪里找住宿的地方呢？偌大的县城，几乎找不到一门亲属，能容留他。

他漫无目标地走在大街上。政府东侧是北二道街与东二道街的交叉口，向南路西，是与文化馆相邻的县人民医院。这个全县最大最好的医院，礼拜天也人来人往，从鼓鼓囊囊的穿戴就能看出来，其中大部分是乡下人。

要不是得了什么重症，乡亲们是不会跑这么远的路到县医院来看病的。

自己也是乡下人。身上的棕色人造革夹克是去年秋天收羊皮挣钱买的，脚上的黑棉皮鞋是大哥相亲时穿过的，母亲好歹说通大哥借他穿这一回。头上这顶黑“一把撸”帽子，是上海知青返城时，留给父亲这位老生产队长的纪念品，家里人争戴得已经松懈了。他到了医院门口，为避免暴露一个人在街上发呆的窘相，混在进进出出的患者和家人中间，丢了魂似的琢磨住处。

住旅店显然是不现实的。包产到户这几年，家里刚刚把拉下的饥荒还上，正集中力量攒钱给大哥说媳妇。大哥峰顶虚岁已经二十挂零了，农村青年到了这个年龄，富家子弟有孩子满地跑的了。再说，即使找到免费的住处，父母也不会同意他出来——五口之家分了三十多亩肥田，老三峰良刚升初中，母亲种菜养猪，围锅台转，大地里的活儿全指望父亲、大哥和自己三个人，再就是那一头黑母牛了。他理解家庭的难处。日子刚刚好过点，在世俗的眼光里，除了老实巴交种地，攒钱说媳妇，年轻人还有什么大事呢？一分钱不挣，还糟蹋钱去搞文学，那不是大白天做梦吗？哪个脑子没进水的家长会同意呢？这个不切合实际的想法，不用寻思，家里一定会疯狂地阻拦……他不敢往下想了，觉得还是瞎子过河，走一步算一步吧！

可哪里去找住处呢？

其实，他早想到了两门亲戚。并从想到这两门亲属时开始，他心里就一直乒乒乓乓打鼓。俗话说穷在大街无人问，富在深山有远亲。这两门亲属虽然不是什么富户，可他耳朵里早就塞满了关于他们不好接近的各种传闻。一户是没出"五服"的本家。升初中时自己从破破烂烂的村小学考进了乡中学，还破天荒学上了英语课，到初二他发现向阳中学的教学质量糟糕透顶，参加全县中考的考中率年年为零，臭名昭著，即使重点班的优秀生，也难逃名落孙山的厄运。于是父亲赶小牛车拉着他和半麻袋大黄米，"吱吱嘎嘎"晃荡几个小时进了县城，硬着头皮找到就在眼前这条东二道街北侧居住的本家叔叔。本家叔叔很客气，招待吃了午饭，喝了酒，唠得也算投机，并留下了大黄米。可谁知本家叔叔当年农村兵提干，转业进城混上了工作，打怵城里媳妇，家里事做不起主，早演变成了"妻管严"，除了唉声叹气耷拉头，对他这个乡下来的后生侄儿，支支吾吾不敢表态，说不清楚。为争口气，父亲又托人把他送进了全县乡镇中学里教学质量较高的老林镇中学。打那以后，本家婶子不友好的目光，永远刻在了他的脑海里。那曾经短暂接触的县城女人的目光，充满了鄙视与傲慢，每次兀自想起，他的自尊心都像被针刺一下。包括本家叔叔的懦弱，也很难说清是真是假。他想自己永远不会与这门亲属接触了，所以很快放弃了再次登门的想法。他想到的另一门亲属，就是在白酒厂当厂长的姑奶家的姑父。听说大姑父家搬进了惠民第一栋商品楼，闲出一套旧平房，找来乡下的岳父看屋。姑父的岳父姓窦，是父亲的姑父，论辈分，他叫姑父爷。姑父爷小个子，抽短烟袋。他曾经见过几次。想到这——他仿佛在茫茫沙漠里望见了绿洲，眼前一亮，一厢情愿地想何不去窦姑父爷那试试？一个老人看屋，也需要一个伴儿！他转身到嘈杂的水果摊买了一兜水果，急迫地向东北街走去。姑父的旧宅，去年冬天帮助酒厂收玉米的时候，他曾去过一次。

穿过几条东西巷道，几处冰雪渐融的垃圾点，在路西一片红砖的平房中，他寻见了那个熟悉的刷着黑色油漆的铁大门。跨过街道敲门，窦姑父爷听到声音开了门，手里拎个煤戳子。

“姑父爷好！我来看您啦！”

“小军哪，你从哪儿来啊？”姑父爷面带微笑唤着他的乳名，一股暖流很快涌上了祖峰脉的心头——高傲的县城里居然还有人叫得出自己的乳名！

“我去东安农场卖猪崽儿了，回来看看您……”

姑父爷把他让进屋，他把水果放到炕梢。姑父爷将煤戳子里的煤“哗”的一声倒进外屋厨房的铁煤槽子里，进屋摘下黄狗皮帽子，顺手挂在烟火熏黄的东侧白纸墙上，让他坐靠西边立柜的皮革椅上，给他倒一杯红茶水，自己则从腰间的烟口袋里，掏出短烟袋，捏一捏旱烟捻进烟袋锅，划根火柴刺啦点燃，坐炕沿上“吧嗒吧嗒”抽起来。霎时，一股烟草味儿随一缕蓝色烟雾弥漫开来。

祖峰脉偷偷端详窦姑父爷。矮小的他头发稀疏，高鼻头与烟袋锅一样圆润，也许戳煤累的，也许冷风吹的，他面色酡红，不过六十好几的人了，看上去身体还很结实。

趁姑父爷低头抽烟不吭声的工夫，祖峰脉又撒摸了屋子一番。砖地靠西墙的立柜镶着镜子，窗台上养几盆花，绿莹莹的带着生机。炕上一套行李卷，看样子，仍然是姑父爷一个人住。他想如果自己的行李卷挨放那里再合适不过了。巡视一圈，他满怀希望地朝姑父爷看去，姑父爷大眼皮耷拉着，仍然低头看地，“吧嗒吧嗒”抽烟。这使他很紧张，不觉想起去年冬天帮姑父的白酒厂收玉米的往事。那天夜里解放汽车拉五吨玉米，突然抛锚坡路上，司机回县城取件，他忍受不了零下三十几度的严寒和困倦，撇下采买员，登客车也跑回了县城，到白酒厂向大姑父说明了情况，大姑父说已派车拉着司机去接应，并怜爱地让他回家休息。去年冬天大姑父还没搬家，大姑就在眼前的炕头上严厉地批评了他，不该冒冒失失地去收什么玉米，净给大姑父添麻烦……

想到这儿，他有些不寒而栗。大姑漂亮，像眼前的姑父爷一样，大眼睛，高鼻梁。否则一个农村姑娘，也不能攀高枝，嫁到城里。不过他听父亲唠起过，老窦家这门亲戚“嘎咕”，不好办事。

“猪崽儿多少钱一斤呢？这家伙跑那么老远去卖！”

姑父爷突然开口，洪亮的大嗓门吓峰脉一哆嗦。

“哦……今年猪崽儿臭，降了价才卖出去！”

“你爸你妈身子骨挺好吧？”

“挺好的！”峰脉见姑父爷关心起自己的家事，沉下去的希望又浮了上来。虽是前后村住着的亲戚，不过县城沾亲的一方，明显高人一等，何况还有求于人呢！

太阳上来了。屋子里暖融融的。峰脉姑父爷进厨房“叮当”压了炉火，带一缕煤气味儿回屋，帮他添了茶水，又坐回炕沿儿吧嗒烟袋。

祖峰脉抬起手腕上那块头年贩羊皮挣下的手表，阳光下闪着金光，他瞄了一眼，快十一点了，他担心赶不上下午一点回家的循环车，心想姑父爷同不同意，他都要说明来意，然后尽快赶到客车站去。

形势逼迫着进城求学的青年，不得不张开“尊口”了。

“姑父爷，有件事我想麻烦您……”

他的声音小得像从嗓子眼里挤出来似的。屋子很静，他认为姑父爷会听得一清二楚。姑父爷没吭声，依然吧嗒烟袋。

“我想到文化馆去学写作，但文化馆不管吃住，能不能先住您这儿，正好给您老做个伴儿？”

姑父爷依然“吧嗒吧嗒”地吸着烟袋，不吭声。

“不用天天住，礼拜二、礼拜五住两宿，礼拜天白天上课，当天能回去。”

求学青年一开口，就一次讲清楚了请求。

其实祖峰脉的姑父爷早就预感到，乡下后生大早登门，一定无事不来。一生谨慎的他，习惯了凡事紧张眼睛慢张口。听峰脉说了实情，他手端烟袋锅，依旧低着头，对峰脉说：

“小军哪，我是给你大姑父看房子，做不起主啊！”

祖峰脉想讲他可以去跟大姑父、大姑再说说，可话到嘴边，他又咽了回去。他瞬间又想到去年冬天收玉米被大姑批评的往事——脑海里浮现了对面炕里头，大姑当时凶神恶煞般的目光。

“别瞎折腾了，赶快回家种地去，挣钱说媳妇，让你爸你妈省点心吧……唉！年轻人哪……”

窦姑父爷话锋一转，扔过来的话像一把利剑，一下刺中了乡下青年本就忐忑的心房……是啊！找什么住处，一个农民家家的，不好好在家种地，出来学啥不当饭吃的写作，典型的不务正业！

祖峰脉突然明白了姑父爷不收留他的根源所在。

姑父爷留他吃午饭，他无地自容。他慌忙告别两间“一面青”平房，向南街客运站走去。

快到中午，头顶的太阳照得整条街亮晃晃的。街上的县城人，有的手里拎着菜，有的自行车后座上，驮着凭红本本从粮店里领回来的供应粮油，嘈杂着与他擦肩而过，各自回家做午饭去了。

祖峰脉心情沉重地一路上检索着自己的行为。

姑父爷刚才的一番话如同清醒剂，使他现在的脑子里特别冷静：如果说早晨在文化馆门前的沮丧，是为了住处，那么现在的沮丧，则是为了进城学写作这个不着边际、荒唐可笑的想法……

不是吗？要多荒唐有多荒唐，要多可笑有多可笑的想法！在壁垒森严的城乡二元结构社会里，眼前的乡下青年在做着一场不现实的梦，比癞蛤蟆想吃天鹅肉还不现实的梦！不过，他又是如此的可爱。因为，没有白日梦的青春，还叫青春吗？

第二章

4

回到家，祖峰脉当然隐瞒了去文化馆联系学习写作的妄想之举。当大人们问起迟归的原因时，他倒是讲了去姑父爷家的实情，当然，他谎称是去联系做生意。去年帮助白酒厂收玉米，虽然赚上一笔的目标没实现，可他的胆魄传遍了全村，全家人为此对他信心满满。

处于青春茂盛期的青少年，不知心中有多少生生灭灭的梦想，隐瞒了含辛茹苦养大他们的父母。不过有一点可以肯定的是，后来的一切发展，皆与这些青春期的萌动与幻想息息相关。

祖峰脉肚子里像生了个小兔子，扑腾扑腾跳跃着，魂不守舍地在家待了几天。祖大消停每天出去看纸牌，峰脉娘崔学英则是个急性子，春分还差几天，她矮小的身材就活跃起来，翻出来几个破盆子，指挥峰顶扛锹去门前的菜园子里，撮回来刚刚融化的地表土，再大盆小盆的暖上一夜，将土摊平，浇水，撒籽，培浮土，蒙紧塑料布，放在阳光下，开始孕育秧苗——阴天，她将苗盆挪去热炕头，晴天，苗盆再挪回窗台晒阳光，反反复复，不厌其烦。

这一天，见春风骤起，门前田野上的积雪抽干了，峰脉娘就催促二儿子去润津河南岸的娘家拉柳条。娘家爹妈答应，每到春天给大闺女家一车柳条，以夹紧她的障子，挡鸡种菜，支撑起一个生了干巴巴三个小蛋子的家。

祖峰脉赶着小牛车，一路“吱吱嘎嘎”的，到三十多里外的姥爷家住了一天，便匆匆返回了。小牛车上拉着十几捆打骨朵的柳条。姥爷姥娘自然想留外孙子多住几宿，但文化馆明天就要举行开学典礼仪式了，没找到落脚的地方，祖峰脉的心一直抓肝挠肺地悬浮着。

这是一个春风和煦的下午。润津河两岸洋溢着春天的气息。高坡上的雪水，顺着沟渠“哗哗”流进河里，与上游山脉来水汇合一处，打着漩儿，匆忙地向西流去。茫茫的草甸子上，深埋雪下一个冬天的野草，已裸露出了枯黄的本色。远远眺望过去，阳光下地气升腾，仙气缕缕。几只乌鸦、喜鹊之类的飞鸟，在路旁杨柳掺杂的树带里，泛出暗红的柳条通里，叽喳穿行，间或一头扎落沟渠旁边，先是仰起脖子东张西望片刻，确认安全之后，再翘起油亮的黑尾巴饮水。太阳偏西了。进城买化肥、农药的“小四轮”和走亲戚的行人，都匆匆奔家去了。

这条穿过草甸子的土路，不如油漆公路好走，但不绕道儿，从老林镇出来一直向北走，约莫十五里路就到了靠山村。这条路祖峰脉很熟悉。小时候去润津河南岸的姥爷家玩耍，经常在这条路上颠儿颠儿走，走得浑身冒汗也不觉得累。上学后从向阳乡转学到老林镇读初中，又在这条路上骑车子跑了两年的光景。

祖峰脉赶着拉了十几捆柳条的小牛车，晃悠悠向北岗家的方向走去。

早晨从姥爷家出来，祖峰脉想了一路心事。文化馆学习去不去？去，父母阻拦如何说服？去了，又住到哪里？不去，显然将丧失一次极好的学习机会……参加《雪花》杂志社承办的北方文学函授中心的创作培训，快两年了。第一次邮寄作品，自己居然搞不清楚“通讯地址”与“通信地址”其实是一回事，为此还专门去请教乡通讯干事。后来虽然也敢写小说，写散文了，包括散文诗，可是进步不快，每次都被函授老师用红笔修改如画，看上去就脸红……不能不承认，自己尽管读了近十年的书，却只是初中，对于文学写作理论一无所知，是手头仅有的一本函授中心寄来的《当你铺开稿纸的时候》教了自己一点点可怜的写作知识。还有《作家谈创作》一书中，王蒙、叶辛、刘绍棠、古华等一批当代名家的写作讲座，开启了自己的写作生涯，尤其农民孩子成长起来的当红作家路遥，一篇他写下的关于成名小说《人生》的写作感悟，给自己留下了深刻印象。两本书都被自己翻烂了……自己的写作天赋值得怀疑。初中时，语文老师批改作文就建议过自己：“请你按作文书写格式书写！”一个连作文书写格式都不懂的人去搞写作，这不是异想天开吗？可这样下去，那个夜晚在村口许下的誓言，何时能兑现啊！高乐天的死，雪姑的疯癫失踪，秀萍姐被拆散的婚姻……这些因封建、保守、落后所导致的爱情悲剧，就这样随风消散了吗？没有呐喊与呼号，抨击与批判，农村新的爱情观何时能到来，乡村新文明从何谈起，悲剧还会继续，还会重演……

我们还不能赋予一名乡下青年更多关于社会、关于国家的责任，他能自觉牵挂和思考生活不到二十年的小山村的愚昧和贫困问题，并试图有所改变，不能不说在稚嫩、纯朴的思想中，涌动着一股英雄少年式的悲悯情怀……

在姥爷家住了一夜，他向姥爷吐露了心事。早饭时，姥爷用一双怜爱的目光盯着他。半天，姥爷说："不行……不行你去你二舅那里看看，他在街里给他连襟烤猪头。"姥爷家孩子多，日子过得窘迫，有一个在县城里帮人家做事情的儿子，姥爷一直引以为骄傲。姥爷的话一遍一遍在他心头翻腾。可是，一个寄人篱下给城里人烤猪头的农民，能有办法解决自己的住处吗？

他越想，越无望，感觉自己要昏死过去了。倒是"吱嘎吱嘎"默默拉车走的黑母牛，好像什么事没发生一样。动物和人类生活在一个世界，但终究不是一个世界。在黑母牛的世界里，怎么能够了解此刻少主人的一番苦恼呢？

鞋儿破　帽儿破
身上的袈裟破
你笑我　他笑我
一把扇儿破
……

祖峰脉头枕着柳条，躺在小牛车上望着蓝天，反复吟唱正在热播的电视剧《济公》的主题歌，他心中的团团积郁逐渐被排遣出来了，不断消散在春雷乍响后的天际，消弭于逐渐复苏的黑土地上……许多年以后，当年一个人赶牛车、穿越润津河的忧郁场景，时不时就跳进他的脑海里。彼时，他总会深入地思考到：一个人的青年时代是人生的关键时期，一些选择看似微小，但是很可能会影响一个人一生的发展走向。

回到家，卸下柳条，把浑身毛孔蒸腾汗气、两眼发直的黑母牛牵到园子一角的牛棚里喂上。祖峰脉进屋里，才发现家里没人。他到厨房门后水缸里舀半瓢井水喝了，昏昏沉沉地躺进西屋他和峰顶、峰良住的炕上，继续想着心事。实际上，那心事一丁点儿也没有丢在路上，而是越来越沉重了。

怎么办？怎么办？自己要不要去学习？学习去哪里住？父母阻拦又怎么办？一连串的怎么办连续折磨了他几日，今天已是最后的期限，就在今天晚上，艺校开学典礼仪式即将在县文化馆大礼堂举行，那将是怎样盛大的场面啊，想想就使人激动！毋庸置疑，此刻年轻人灵魂里的梦想被现实折磨的程度达到了顶峰……半瓢凉水串得肚子咕咕叫了，他感觉自己的头天旋地转，棚顶的旧报纸也跟着旋转起来。他急忙闭上了双眼。忽然，他好像听见了一个声音在对他发话：去吧，孩子，去外面的世界闯一闯……去吧，孩子，去外面的世界闯一闯……那声音仿佛是从糊着发黄了的旧报纸的棚顶上倾泻下来的，一遍遍灌入他的脑海里，他感觉自己浑身上下，包括灵魂，都快被灌得冒漾啦！

"去吧，孩子，去外面的世界闯一闯"……安静片刻，那声音又从他心底里冒出来，一遍遍催促着显然已经六神无主的青年。

他昏昏沉沉地坐了起来。院外已经夜色笼窗。他又看了一眼西墙小柜上的挂钟，四点半了，距离晚上艺校开学仪式还有两个小时。怎么办？显然再不决定，一切为时已晚。

"咣当！"祖峰脉的大哥祖峰顶推外屋门进来了。他从峰顶口中知道父母去前屯串换鸡蛋了，母亲要摸鸡崽儿。他只好向大哥说明了心事。

祖峰顶是个老老实实的庄稼人，小学没毕业就下来放了猪。猫冬时节，除了挑水，抱柴火，帮助母亲做家务，抽烟、喝酒、打牌，这些个坏习气他一样也没沾染上。弟弟不着边际的心事显然把峰顶吓着了。他不知所措，在地上打转转。

"我去！"峰脉坚定地说。

"那……那爸和娘知道了咋整？"峰顶反倒是一脸哀求的目光。

"我这就走！参加完开学典礼再说！"

峰顶急得说不出话来。

"大哥你兜里有钱吗，给我拿几块！"

祖峰顶知道，自己这个弟弟念的书多，有主意，这几年回家务农就没轻折腾。现在，他虽不十分情愿，可又不好拒绝。他求助一样不断望着暗下来的窗外，他此刻多么希望父母的身影突然出现，那样，自己就解脱了。

“大哥，你还不相信我吗，也不是去干什么坏事，再说你给我拿个车费就行，还能出什么大事！”见大哥拿不定主意，峰脉恳求说。

祖峰顶迟疑着，两只手摸遍了口袋，翻出褶褶巴巴两块压兜钱，打着卷塞给峰脉时，瘦削的脸庞已经憋得跟公鸡冠似的了。祖峰脉接过钱，怕被父母堵在屋里，急忙穿上旧夹克，跑到厨房抓两个冷馒头，猛推开门，不顾挤门口咕咕叫食的一群鸡被惊飞了，冲进东仓房，推出车子，蹁上去，很快闪出村口，向西飞奔而去。西面五里外的向阳乡政府驻地，有通往惠民县城的晚客车。

5

祖峰脉找到二舅那里时，县城街道的路灯已经亮起来了。

“你咋来了呢！”见二外甥避过链子上嗷嗷叫的黄狼狗，摸黑进院，正扎围裙烀猪头的崔军吓了一跳。

崔军中等身材，三十上下的年纪，长得敦实白净。崔军把峰脉让进满是肉香味儿的厨房，给他端来一杯水，问他吃过了馒头，转身掀开“咕嘟咕嘟”的烀肉锅，躲过扑面而来的热气，用刀切下一块煮熟的猪头肉，放碗里端给峰脉。盖好锅盖，向灶坑里扬两铲煤，任凭吹风机“呜呜”吹着红彤彤的火焰，才点燃一根烟，坐下来听二外甥说明来意。听完，崔军看看表，快六点半了，他犹豫了一下，起身进了里屋，与一个女人嘀咕。不一会儿，女人从屋里走出来，穿一件风衣，笑若杏花似的说：“这就是咱外甥啊！文化馆离这不远，我总去看戏，外甥我送你去，等放学了我再去接你！”

祖峰脉眼睛一湿，一句感谢的话没说出来，放下一口没动的猪头肉，就跟上这个女人，急匆匆地去了文化馆。

祖峰脉第二次踏进文化馆的大门，业余艺术学校的开学仪式已经开始了。接待人员把他送进大礼堂的座席上坐下来，面对灯光照射下一排排陌生的面孔，他的心怦怦跳到了一定程度。镇静下来，环顾四周，才发现不仅一楼大厅座无虚席，礼堂二楼也坐了人。两盏大灯从左右两个方向射下来，主席台被映照得跟刚下了一场白霜似的。一位梳分头、着蓝色中山装的领导正发表讲话。领导讲完开办艺校的意义和目的，主持人简要讲贯彻意见时，才知道刚才讲话的领导是文化馆的馆长张久诚。接下来主持人一一介绍任课老师。三百多名学员的艺校，分音乐舞蹈、书法美术、文学创作三个班。介绍到哪个班，哪个班的任课老师就在靠前一些的观众席上站起来，回头礼貌地向学员们先鞠上一躬，然后象征性地表态发言。介绍书法美术班老师时，站起来的老师峰脉认识，是那天在值班室接待他报名的美男子老师，原来姓狄。介绍到文学创作班老师的时候，他全神贯注地听到了两个字：巴银。巴银老师就坐在峰脉的前排，他站起来表态时峰脉看得仔细：这个三十岁上下年纪的男人戴一副近视眼镜，刀条脸，梳背头，下巴上长一颗黑痣，身材瘦削苗条，一身笔挺的蓝色中山装，看上去文艺范十足。尤其讲话时露出两颗门牙，干脆利索，一看就是一个干练之人……祖峰脉根本没听清楚他讲了什么，因为眼前这位一身文艺气息的老师，现实与梦想的高度契合，早已使他这个文学狂热者陶醉得晕晕乎乎了。

开班仪式很快结束了。刚刚被点燃热情的文艺青年们怀着无限的憧憬，水流一般从礼堂鱼贯而出，四散而去。临散场之前，祖峰脉主动与巴银老师打招呼，说明了自己的情况。巴银很热情，透过近视镜以专注的眼神儿看乡下青年半天，像在哪里见过的老朋友似的，然后详细交代了课程安排，并关心地问他住在哪里。当祖峰脉肯定地表示有住处，一会儿有人来接的时候，巴银放心地与他握手言别，并强调说创作班周日下午两点开课，欢迎他按时参加。经过一番艰难的思想斗争，终于走进文学殿堂的乡村青年，此刻走出大礼堂，县城清明时节的春夜虽然尚有一丝凉意，可他浑身上下，燥热燥热的，像闷在伏天里……

“结束了？”

一个女人的声音突然在人流里传过来。他望过去，一位亭亭玉立的女人穿一身米色的风衣站在大门口，在穿戴臃肿的人群中间格外显眼。二舅连襟的妹妹来接他了！他急忙走过去紧张地说：“结束了，姨！给您添麻烦啦！”“没事！亲戚里道的，走吧！”

风衣女人一阵风似的前面引路，嘴里还哼着歌曲。许多年以后，他总能回忆起那个清明之夜，跟在一个哼唱着歌曲穿米色风衣女人的身后，忐忑而美好地走在县城街头的场景。他跟在风衣女人后面，穿过东二道街的县医院，到了东西正街，再向右转，朝着前方十字街的方向，没走多远，路南是第二百货商店，路北是全县最大的国营理发馆。风衣女人带他进了理发馆。理发馆已经下班，靠背椅在镜前一字排开，上面均搭着白大褂。看她进来，右侧值班室里走出来一位慈眉善目的白发老人。风衣女人跟他说明了情况，老人笑容满面地说："行行，你就把小伙子交给我吧！"风衣女人怕祖峰脉认生，回头说："外甥，这是我儿子他爷，你就放心住下吧！"峰脉说："麻烦你了姨！"

风衣女人甜甜一笑，一阵风似的离去了。

祖峰脉随老人到了值班室，屋里暖融融的。值班室有十平方米大小，墙角生一个红砖砌的小火炉，一铺小火炕也就能睡下两个人。现在行李规整地卷着，炕上放着象棋盘，另一位博弈的长者盘坐着，手里"咔咔"磨着象棋子。老人说："你先坐会儿，我俩这盘杀出输赢，咱们就休息！"祖峰脉嘴上说"不急不急"，心上却想，对于自己这个乡巴佬而言，这里简直就是天堂了。

第三章

6

那天在理发馆住上一夜，第二天一大早，惠民县城还在酣睡之中，祖峰脉就迎着风，骑车子返乡干活了。要知道，过了清明，农村已经到了春耕的大忙季节。

及时返乡一定程度消减了祖大消停的火气，他只是狠狠地瞪了二儿子一眼，就吆喝着峰顶一起开仓筛选麦种去了。倒是母亲崔学英以惯常的碎嘴子方式在晚饭时对峰脉的行为给予了猛烈的抨击。

“你败家还没有败够吗？你说你下学生门少折腾了吗？卖冰棍儿、倒麻花、杀猪、卖菜、收羊皮、拉苞米……你一天净想巧儿，你大哥咋不的呢！

“龙生龙，凤生凤，老鼠生来会打洞！你成天价想吃天鹅肉！

“从小你就不让人省心，常年给我惹祸，这是我哪辈子做的孽啊……呜呜，呜呜……

“上回家里牛死了卖肉你偷着藏起来十二块钱，你以为你做的鬼道，我们不知道啊，去参加什么广播里说的写作函授，这回你又欺负你大哥，给你拿两块钱跑到街里去祸害，你一天挣几个两块啊！……呜呜，呜呜……”

母亲带有几分歇斯底里式的严厉批评，刀子一样扎在祖峰脉的胸口上，使他感觉自己像一个做错事的犯人，心绪翻腾，一会儿认为自己大逆不道，应该遭到谴责；一会儿认为自己有理想是正确的，又委屈十足。如此否定、肯定，肯定、否定，祖峰脉在内心深处，把自己搞得对错难分，不知所以。

他忧心忡忡的，按照父亲的吩咐，帮忙筛选种子，清理牛粪，抱出来姥爷给的柳条夹障子，用卖猪崽儿的钱去供销社购买化肥……与农民们一同进入了包产到户第四个春天的备耕劳动之中。父亲虽然没说什么，但也是满脸乌云。母亲对他严加看管——把那台收羊皮挣的“大金鹿”牌自行车，用链子锁起来，钥匙藏在怀里。并在背后把大儿子峰顶骂得狗血喷头，严令家里任何人不准再给峰脉一分钱！

这个普普通通的农民家庭，像一座活火山，表面上平静，内里却翻江倒海。祖峰脉的迷茫与其说来自家庭的压力，不如说来自心灵的枷锁。他反反复复检索自己的行为，每次检索结论只有一个：这是老天爷的戏弄。“去吧，去外面的世界闯一闯”的天籁，是老天爷跟自己开的一个天大的玩笑。撇开世俗不谈，撇开农活不说，即使如愿以偿参加了文化馆的学习又能如何呢？即使抒发了心中的块垒，又能解决什么问题呢？连日里，初中生常常自责，自责使参加艺校开学式所激起的热情，以及美男老师、巴银老师的文艺气息，以及风衣女人的娇艳气息，以及国营理发馆值班室的温馨气息……一切的一切，几乎消耗殆尽了。

春播的节骨眼儿，一场春雨落在了黑土地上。春雨滋润着如饥似渴的种子，也滋润着乡村青年心中几近风干的理想之芽。他在日记中偷偷抒发着：

一

残雪羞答答地去了
春雨唱着歌儿来了
歌声落到哪里
哪里就飞出欢喜的回音
绿——绿——绿
春雨，下吧……淅淅沥沥
带着希望来了
一头扎进大地的怀抱里
重逢喜悦的泪水
把大地染绿
春雨，下吧……淅淅沥沥
万物在你身下狂洗

冲去秋冬的泥土、枯皮
绿色的汁液溢满大地

二

春雨，醉醺醺地来了
带来了牧童的笛声
带来了老人的美酒
带来了青年人的舞曲
带来了满口的甜言蜜语

春雨，醉醺醺地来了
带来了山川的梦想
带来了树木的生息
带来了花草的情思
带来了河流的涟漪

春雨啊春雨
你是黄澄澄的收获梦
你是一首幸福的交响曲
你飞到哪里
哪里就是一片生机

三

女娲顺着古道来了
带来了千万个绿色的生命
天老爷流下了激动的泪水
土地老打鼓聚仙欢度吉庆
河流笑出了皱纹
牛背上响起了牧童的笛声

喝一盅这舒心的美酒啊
做一回那黄澄澄收获的梦
春雨啊，春雨
透过你我看到了
看到了金秋丰收的黎明

一组稚嫩而纯粹的《春雨》，如同荒漠里的一股清泉，从一个无所适从而又心怀理想的年轻胸膛里汩汩流淌着……

理想和不安分是青年进步最宝贵的财富。当机会来临的时候，这个不安分的乡下青年心中理想的小虫又复苏游弋起来了。星期日，春耕的准备工作一切就绪，只待全村仅有的一台播种机，挨家挨户排着号，把小麦种子播进大地里。四月中旬，黑土地上，到处是红色的大马力拖拉机载着绿色的播种箱，鼓着黑烟，“哼哼”着与春天决战的场景。尤其是漆黑的夜晚，站在高处，你会看到润津河两岸处处闪着“鬼火”，那是播种机在夜战。单干的农民们，谁也不想落后，谁都想看到自己的麦田先绿！

“峰脉，礼拜天街里白酒厂你大姑父家的二闺女结婚，你跑一趟吧！”

星期六的中午，祖大消停端一簸箕黄豆皮子进了牛棚，一边倾斜簸箕把豆皮子倒进槽子，一边对手握铁锹起牛粪的峰脉说。

“哦……知道了爸！”

下午，除了那件收羊皮挣的棕色皮革夹克，祖峰脉将裤子和毛衣都洗了，挂到太阳底下晒到太阳下山，没干透，又收回来夜里在火炕上烙。星期日的早晨，他从母亲手里接过五块钱礼金，就与三叔祖德坤分坐在两个轱辘的挡板上，乘坐老叔祖德峰驾驶的三轮大摩托，“嗒嗒嗒”奔了县城。

县城西大街路北新盖了惠民的第一栋居民楼，十分的耀眼。把大摩托停靠楼下，三人先上楼，去参观和善谦逊的惠民白酒厂厂长陈春海，也就是峰脉大姑父的新家。楼里人声嘈杂，除了家人、亲属，白酒厂的头头脑脑和机灵的工人，早就到了。望着洁白的墙壁，阔气的方厅、卧室，现代的厨房，进进出出的客人无不啧啧赞叹，羡慕不已。十点五十八分，接亲的车队浩浩荡荡地来了，据说新郎的父亲是一个局长，可谓门当户对。作为娘家客，三个人坐进轿车送完亲，随车队进了西街石桥南的一家大酒店，向大姑随了礼，然后参加婚宴。吃饱喝足，与大姑夫妇、亲属告过别，走到酒店门角没人处，祖峰脉对三叔小声说：“三叔，借我几块钱，我去一趟文化馆，晚一些回去！”

祖德坤穿一身洗掉色儿的蓝中山装，脚上蹬一双新懒汉鞋，一手拎着夹帽，一手抹着额头上的汗珠子。听了二侄子的话，他眯起眼睛、吐着酒气冷冷地说：“老二，你又要瞎折腾啥？”

祖峰脉并不多言，专注地看着德坤三叔。须臾，德坤三叔冷漠的目光收了回去，伸手去摸左上衣口袋，半天摸出打卷的五块钱，迟疑着递给了峰脉。

这时，祖德峰已经开来了三轮大摩托，德坤走出酒店，“噌”地一下坐到左轱辘挡板上，身子很快随发动机抖动起来。

坐稳了，结结巴巴的德坤终于大声喊起来：“老二啊！你……你可早点回去啊！不然你爸你娘又……又该急眼了跟我们闹别扭！”

手把方向盘的祖德峰似乎也意识到了什么，但只是朝二侄子微微一笑，并没说什么。其实对峰脉的一些超常举动，邻居住着，看峰脉长大的德峰有自己的看法。他是有一肚子的话不好说！四年前包产到组，哥儿仨分一匹瞎马，后来换了一头牛，因为大哥将牛借给前屯妹夫送粪累病了，哥儿仨闹分了家。三年前包产到户，彻底实行了家庭联产承包责任制，买不起四轮拖拉机，自己和三哥合伙买了一辆兵工厂军转民的三轮大摩托种地，大哥家拉地、打场也跟着用，哥儿仨关系好不容易缓和了，再不能因为下一代的事闹出意见来。不过大哥家仨小子，娶妻生子压力大，眼下看老二兴许能有点出息，可是一个山村老百姓家的孩子，能有啥大出息，出息好出息坏，谁也不敢下结论……

祖德峰和三哥一样怀着心事，“嗒嗒嗒”开动大摩托，甩着蓝烟，转眼消失在川流不息的人群里。

此刻，县城的空中一片春阳高照，空气中充盈着烟火菜香的气味儿，路旁的大石桥下，哗哗流淌着已经泛绿的春水，几只鸭子在水上面游浮。

7

祖峰脉心里明白，这又是一次叛逆之旅。从父亲差他到县城参加婚礼的一刹那，他就打定了主意。多年之后他也想不明白，父亲为什么会把交代大哥能安全完成的任务，交给自己这个“危险分子”呢？

其实，这些天祖大消停与儿子一样纠结着。这位年逾五旬曾经读过两年私塾的老汉，一直做着望子成龙的梦。在成分论的年代，聪明的他被挤压到了生活的最底层。后来依靠自己的威信，被群众推举为生产队长，又在与山东人的派系斗争中两上两下，终究没有完成把一个全县有名的贫困村，引上致富路的夙愿。在分家之前的几年，他甚至对生活失去了希望，农忙时抱病在家，冬闲时又泡在牌桌上，为此小他十几岁的老伴儿经常与他争吵。自从一九八三年包产到组，一九八四年包产到户，他像变了一个人似的，一心一意投入到经营自家的责任田上，以他的种田经验和管理能力，渐渐把一个五口之家的日子从贫困中拯救了出来。就说去年秋天在抢收亚麻这件事上吧，靠山村的人哪个不夸祖大消停有远见？别看平时他消停，火上房也不着急，油瓶子倒了不扶，可到了关键时刻，确实能做出正确的决策。当时天气预报说三天内有一场大雨，家家户户抢收熟透的亚麻。他发动全家薅了一阵子，闻着麻香，望着杏黄的一眼望不到头的劳动果实，又望望晴朗的天空，本想继续慢慢薅，可他转念一想，八月份的天，小孩子的脸，这要是拍上一场大雨，一年的收成，眨眼工夫即付之东流了……于是他不消停了，扔下手里的亚麻，骑车子去了润津河南岸，把小舅子、连襟喊来十几人，第二天一上午就完成了亚麻抢收战斗。中午，收工的亲属们肩上搭着外衣，有说有笑回家吃午饭，进屋刚把酒杯端起来，天老爷就变了脸，一场瓢泼雨从天而降，一直下到晚上，下得沟满壕平，没及时薅下来码垛的亚麻成片倒伏在大田里，被老天爷收走了黄灿灿的光泽，乌七八黑的颜色自然卖不上等级，收入大打折扣……一场噩梦雨，下在了愚人懒汉的哀叹里，下在了女人无奈的眼泪里。

在对待峰脉学习的问题上，他也费尽了心思。从送峰脉到乡里重点班学英语，到求人把峰脉转到润津河南岸的老林镇中学，从领着峰脉去惠民县城求没出“五服”的本家哥哥，借宿到县城读初中，吃了闭门羹，到中考落选建议儿子重读……一桩桩，一件件，老汉操碎了心。后来峰脉被县里三中——这个明显比一中教学质量差很多的高中自费录取，因为交不起入学费放弃了，他常常为此沮丧。峰脉返乡务农，做小生意他也是支持的。这两年老二暗中参加文学函授，老伴儿唠叨，他佯装不知。他不死心啊，他总觉得自己的青春被时代吞噬了，日子过得窘迫，峰顶不愿意读书，早早下来放猪了，希望只能寄托在峰脉和老三峰良身上！去年，峰脉去县城买农药，拿剩下的钱去新华书店买了书，回来自己一时糊涂，对已经长大的儿子棍棒相加，他为此一直惴惴不安。那天峰脉去文化馆回来，面对老伴儿歇斯底里的批评，他不仅没有火上浇油，相反同样纠结不止。知子莫若父。后来几天，看到峰脉魂不守舍的模样，他也跟着火气腾腾，嘴角起了泡。可谁能理解一个农民父亲的愿望和难处呢？本来，峰脉大姑父的婚礼他是想让峰顶去参加的，但就在他走进牛棚的一瞬间，看见峰脉穿着脏衣服满头大汗在起牛粪，一身的牛粪味和豆皮腐烂的气味儿，那个穿着笔挺中山装，曾多次给他带来希望的儿子沦落如此，他的心一下就软了下来……

星期日创作班的课安排在下午两点。祖峰脉急匆匆赶到那里的时候，大礼堂一楼右侧的教室里几乎坐满了人。一个高个儿男生先让他在一个本子上签到，然后安排他在左侧后排桌的一个空位置上坐下来。他坐下后才发现自己的位置相当隐蔽。他从心底里感谢这个高个子，头发鬈曲，穿着时髦的男同学。角落的位置使他对教室里的情况一览无余。每个同学的后脑海都在他的窥视之下。角落的位置既能掩盖自己紧张的窘态，又能随心所欲观察这个未知的世界。这时，巴银老师进来了，还是那一身笔挺的藏蓝色中山装，左侧上衣口袋插着一管钢笔，背头，一副近视镜。祖峰脉这时才发现前面还有一个女同学也在为大家办理签到事宜。巴银老师进来的时候，一男一女两位同学一起走到老师面前嘀咕了几句，并递上签到簿请老师过目。巴银满意地点点头，接着向课堂巡视了一圈，便带着急促的鞋掌声走上了讲台。他放下书本，背对着发亮光的新黑板，习惯地用手推推眼镜，然后双手扶着桌子，首先以洪亮的声音对学员们的到来表示热烈的欢迎，并带头鼓掌。随后又介绍了学员构成情况，报名48人，实际参加45人，男生26人，女生19人，其中44人来自县城，一名来自农村。并说综合考虑学员情况，征求本人意见，选用男女班长各一名，学习委员三名，分管小说、诗歌、散文三个小组。随后巴银请班委会全体成员起立与大家认识。峰脉这才知道刚才负责签到的男学员是班长马秋生，女学员是班长张春丽。两位班长年龄明显比普通学员们高出很多，三位学习委员两女一男，年龄则与大部分学员相差无几，其中一男一女二十岁上下的样子，一位眉清目秀的女生，也就十七八岁。

介绍完班委会，巴银老师端着签到簿逐一点名，点到者站一下与大家相识。祖峰脉仔细端详着站起来的每一个人，心房里像一瓣一瓣的鲜花在次第开放——他想，未来的日子，自己这个乡巴佬就要与这些穿着时髦，衣着整洁，皮肤白皙的城里人一起同窗学习，一起去实现文学梦了！

快点到他的名字了。

他的心激烈地跳动。点完同桌张欢的名字，巴银老师喊道：

“祖峰脉！”

“到！”

他立刻站立起来，心跳到了极点，不过那心跳变成说话声音的时候，就消失了。“同学们好！我来自向阳乡靠山村，一个初中毕业生，姓祖，祖国的祖，大名叫祖峰脉，这个名字是我上学时自己给自己改的，原来父母给我起的名字叫亚臣，我嫌俗，就改叫峰脉了，取山峰山脉之意，当然不是想当第一，就是想给自己一个目标，努力成为国家的栋梁！”他的话一出口，同学们“哄”地一下全笑了。他立刻意识到自己话说过了头，羞得满脸通红……他急忙补充了一句“请大家多关照！”坐下后，他才发现自己已经出了一身冷汗……稳当一些后他又特意低头检查了一眼自己挽裤脚的黄胶鞋，抻了抻衣角和袖口，捋捋头发，摸摸桌角的帽子，恐怕哪里还有什么不妥之处，给同学们带来不好的印象……也就是从那一刻起，一股异样的自卑感突然从他的骨子里冒出来——那种在乡亲们中间从来没有过的感觉，使他莫名地局促和不安。虽然自卑感人人存在，只是程度不同，而乡村青年所遭遇的自卑感却是突然的，强烈的，撞击着一颗尚且年轻的心灵。其实他还不知道的是，在接下来漫长的日子里，混迹优越的城里人中间，因为地位上的差别长久地无法得到改变，连接起来的自卑感自然而然地慢慢变成了他身体里特有的一种自卑情绪……

介绍完一年的课程安排和学习内容之后，巴银老师开始讲课了。

祖峰脉从口袋里小心地取出一个绿皮儿笔记本，先在扉页上端端正正地写上自己的名字，然后随着巴银老师飞舞的板书，他在日记里第一页的顶端赫然而认真地写上了“诗歌”二字。

诗歌是一切文学作品的开路先锋，主要是抒发情感、状物咏怀……

他认真听着，仔细记着，所写的每一个字，都显得沉重而虔诚。这不仅仅因为他对文学的爱，还因为这个绿皮儿笔记本，是孟雪姑当年送他的礼物。那是一个春夜，杨树开始挂起了“毛毛狗”，他和雪姑相约到了村子后面的杨树林，月光下，雪姑穿一身洗白的带有香皂味的劳动服，头戴白帽，亲手将这个沾有她体香的绿皮儿笔记本交到了他的手上……

巴银老师的口才极好，铿锵有力，旁征博引，牢牢地吸引住了文学狂热者们的目光。那关于文学知识与写作技巧的一丝一毫，仿佛不是从他黑痣旁的口里讲出来的，而是从闪闪发光的近视镜里喷涌出来的。

干渴的峰脉，仿佛趴在放牛的草地上痛饮清泉水。崭新的文学知识，源源不断地灌进他的胸膛，冲击着他的脑波……他一点一滴也不想漏掉。他全神贯注地倾听着，理解着，享受着……

我是喜鹊天上飞，
社是山中一枝梅。
喜鹊落到梅树上，
石磙打来都不飞。

临近一堂课结束的时候，巴银老师列举了一首名字叫《社是山中一枝梅》的新民歌，这更使祖峰脉心潮澎湃。“石磙打来都不飞”，多么亲切而浓厚的乡音啊！原来自己生活的天地里，也可以写出这么美妙而深刻的句子——这些他熟悉的农家生活，他满脑子里都是，简直唾手可得——这使他一瞬间感到文学正在走下神圣的殿堂，向他靠拢，与他的生活越来越近了……他也与文学越来越近了……写作对于他这样一名乡下的初中生而言，感觉不像起初想象的那么艰难了。冥冥中，这又一次坚定了他要做一名乡村生活的记录者，向陈旧和封建开战、抑或叛逆的决心……

结束时，巴银老师给大家留的作业是写一首诗。他几乎未加思索，直接在笔记本上写道：

如果，我能有

第二次生命
那么，我绝不会
像前世那样——
去重复我的生活
因为，人生的价值
不是为活着去活
而是为理想去活
否则，我将把这第二次生命
毫不吝惜地——
撕碎，扔掉

当他口袋里揣着这首人生誓言一般的诗句回到靠山屯的时候，他清楚地知道，未来的学习生活，像巍峨的鹅头山一样充满了荆棘。不过令人喜悦的是，像口袋里这首滚烫的小诗一样，惠民县城的文学初旅，朦朦胧胧中，开启了他对这个世界的新认识。

8

这次中途去文化馆上课并没有想象得那么糟糕。在父亲的眼神里他悟到了一个父亲的良苦用心。母亲也没有再歇斯底里地为难他。他深深感受到了父母对自己一直心存希望，其实是生活所迫，使大人们在现实面前摇摆不定，惯常选择了退却。

五月初的山峦、草甸子，处处泛绿，洋溢生机。鹅头山下、润津河两岸、丘陵起伏的田野上，像图画一样，被拖拉机侍弄得阡陌交错，连通天际。成片成片的亚麻、小麦，入土待芽，标志着一场春播会战结束了。天空大地一片安静。除却山鸡、喜鹊、乌鸦、野兔，或掠过天际，或田野里奔跑，大田里忙碌的人影儿不见了。祖峰脉骑着他的“大金鹿”，顺利地开始了他的学习之路。周二、周五的晚课，他继续借住惠民国营理发馆。星期日的下午课，他当天能回村子里去。

这是一个处处散发青春气息的群体。经过几次接触，大家相互熟悉，聊天，谈文学，谈理想，很快，就变成无话不谈的好朋友了。况且，祖峰脉感觉到，没有一个人对他这名冒失的农村青年露出轻蔑之意，相反，个个都表现出了欢迎、理解、包容。每一句关心的话语都像一股暖流穿透农村青年的胸膛。有时上晚课来不及吃晚饭，班长张春丽就偷偷塞给他一块糖，或者一包瓜子，这使乡下青年受宠若惊，无比的温暖……他清清楚楚地感觉到城里人的善意之水从神秘县城的四方向他涌来，最初找不到住宿的沮丧之感和敌意渐渐消弭。他感觉自己像处在下游的一条溪流，被上游似乎不经意就落下来的瀑布，猛烈地激荡着，填充着。甚至在上游之水无动于衷的时候，他那如同小溪一样的心灵就深刻感受到了那火花四溅的温情……

无疑，他这名勇于闯出乡村世界的逐梦者，先一步尝到了城市文明的恩惠。

前方的开阔使他踌躇满志，雄心勃勃。这使他对落在裤脚上的泥水、总是风尘仆仆的衣着打扮，都开始不那么在意了。意外蓄积起来的信心和力量，像不断加上油的发动机，支撑他不畏饥饱、风雨、劳累和说三道四，奔波于文学梦的征程上。

新的问题总会出现。他发现风衣女人的公公不在的时候，国营理发馆轮流值班人的言语表情，对他就不那么友好了。自卑和自尊仅有一步之遥。冷遇使他产生了畏惧、退却的思想。他隐隐觉得又到了考虑住宿问题的艰难时刻。

同桌张欢了解了他的困难，一口应承可以去他家暂住。张欢在课间第一次表露这个想法的时候，祖峰脉专注地盯着张欢那张娃娃脸。心想，眼前这位惠民县水泥管厂厂长的公子，是何等高贵的人物啊，现在主动邀请他到他家里去住，他有些意外和惊喜。但他并未表现出来内心的激动。通过几次和城里人接触，他清楚，张欢毕竟还是一个十七八岁的年轻人，真诚、单纯，因为热爱文学亲近他，而张欢高贵的父母能接纳一个无亲无故的乡下人吗？张欢猜出了他的疑虑，解释说：“我哥常年跑外，一百二十平方米的三间大砖房只住我和父母三个人，你去了可以和我一起住我和我哥的西屋，挺方便的！”

再上晚课的时候，无处可去的祖峰脉，迟疑着从家里用自行车驮来了行李卷，放学一起跟张欢进了他家的门。张欢的母亲热情地欢迎了儿子的同学，并帮助铺好了床被。张欢的父亲是一厂之长，春夏之交正是生产水泥管的旺季，早出晚归，照面后给祖峰脉留下了和善之感。后来的几周，张欢的母亲则常常等两个孩子下课回来一起吃饭。开始，祖峰脉有些拘谨，三碗的饭量，只吃两碗，慢慢放松了，就放开肚皮吃了。春天没什么青菜，有时两个人就跑到张欢家房后闷热的塑料大棚里，挖几根刚放绿的大葱，泡酱油吃米饭。从家赶到文化馆学习，四十里路要骑两个小时的车子，下课回到张欢家时，祖峰脉经常饿得饥肠辘辘。在乡下的时候，母亲是有名的种菜高手，青菜、干菜、冻菜、腌菜，一年四季花样繁多，吃饭从来不端空饭碗，因此他从来没想过葱白酱油泡饭能怎么好吃。而现在，他却觉得苦春头子里，葱白酱油泡饭能赶得上人世间的任何美食。趁贾永祥四轮车进城办事的良机，他争得父母的同意，下窖掏出土豆、白菜、萝卜，塞满一蛇皮袋捎到张欢家，既解决了青菜不足的状况，也使自己这个寄人篱下者能够吃得坦然一些。

同学之情，在生活中寻找。他和张欢的感情急剧升温。两个人上课、回家形影不离。晚饭后经常谈至深夜。祖峰脉比张欢大几岁，加之农村生活的丰富，对青年人的磨砺多一些，再说峰脉已经参加了“北函”文学培训，富有文学谈资，谈话常使张欢如醉如痴。

张欢的单纯、炽热，张欢母亲为他俩打扫房间、做饭，做服务上的杂事，深深感动着祖峰脉。有时，他恍惚忘却了自己寄住的身份，一家人一样进进出出。

春夏之交，北方大地已经形成了浩荡辽阔的绿色景象。各种鸟儿叽叽喳喳在田野里、树端、电线上、房檐边觅食、嬉戏、哺育雏儿，给这个世界带来了源源的神秘生机。祖峰脉的学习生活顺利地进行着。巴银老师的课程安排得很紧凑，文学理论和诗歌、小说、散文写作方法交替讲授，学员们的学习热情高涨，每次上课座无虚席，一篇篇习作也陆续诞生。巴银也通过这些作业，暗暗判断着每个人的才华和潜力。在绝大多数学员还只能写写小诗、小散文的时候，祖峰脉的短篇小说创作却引起了这位以写诗见长的老师的高度重视，几次把峰脉的小说习作当作范文，在课堂上交流。巴银这种故意宣传的举动，更使城里的学员对农村同学刮目相看。乡村青年像空中一颗白绒绒的蒲公英种子，飘忽不定，时有时无，若隐若现，完全可以忽略不计，但令人始料不及的是，它开始无声无息地在城市街头漫展，并栖息在同学圈里渐渐发芽。

“你们这个写作班，什么时候结束？”

一天吃晚饭，张欢母亲问。

“姨，明年四月份。”

“哦……张欢他哥过几天回来。”

张欢看了一眼母亲，又瞄了一眼峰脉说：“赶趟，等我哥回来再说呗！”

祖峰脉的担心终于发生了。一个多月以来，他的心一直不安稳，他只是想迁就着尽量住长一点。没想到，截止日来得如此之快。

祖峰脉又成了一个城里没有住处的人。他私下里与班长马秋生、张春丽等几个要好的同学微微透露了自己的困难。也许因为时间有些紧迫，也许这些刚刚认识的同学还不能完全用心或者还没有解决如此棘手困难的能力，祖峰脉的住宿问题，又一次悬了起来。

一个多月以来，大家对他的接纳、认可、学习的进步，以及理发馆、同桌张欢对解决他住宿问题的帮助，渐渐将他求学的希望，推向了一个高峰。而现在，他猛然间发现，自己实际上仍然什么也没有。他又从缥缈中回落到了那个本来就属于自己的谷底。

这是一个星期天。上午听完文化馆邀请的市里《青年文艺》杂志社牛编辑的讲座，他和张欢都没有了往日的激动，而是沉默着去了城北张欢家。两个年轻人心知肚明，二人在一起日夜谈论文学，谈论理想的好日子，像空中的白云飞卷，一去不复返了。把行李卷塞进麻袋，捆上自行车后座。张欢母亲留下吃午饭，祖峰脉连声感谢张姨的好意和这一个月添的麻烦，在张欢无奈目光的相送下，一个人骑上“大金鹿”，沉沉闷闷返乡了。

路两侧，大地里的禾苗更青翠了，润津河依然低吟浅唱那一首没完没了的歌谣，向西流淌。他不禁又想起了河边走失一直杳无音信的孟雪姑。他感觉今天的车子比以往任何时候都沉重。骑到家门前，远远望见村西家里的泥草房，仍飘着午饭的余烟。那一瞬间，他感觉耳边又传来“去吧，孩子，去外面的世界闯一闯”的天籁，他像被炊烟招了魂似的，反反复复，没完没了。很快，他感觉自己似乎魂不附体，整个人都随风消散了……

故乡啊，难道安守你广博又狭隘的怀中，真的是农村青年无法改变的命运吗?

第四章

9

祖峰脉垂头丧气地把行李卷驮回家，祖家上下同样受到了莫大打击。不管家人对祖峰脉的不安分多么忧郁、纠结、反对，那都是对他的担心和依据农村现实生活需要所做出的理性反应。放到任何一个农民家庭都不会彻底同意一个不靠谱的儿子，不正儿八经地种地，又不挣钱娶媳妇，而荒废大好年华去做一场不着调的文学梦。通过峰脉这个载体，尽管他们也或多或少知道了一些当前文学热的一些盛况，但是说到底，这与穷山沟一个普普通通的农民家庭能有多大的关系呢？峰脉去县里学习他们极力反对和阻拦，其实那是他们对辛辛苦苦养大的孩子、维持下来的简单家庭幸福和未来一点点生活希望的本能的保护。伺候好自家的耕田，攒钱娶房好媳妇，就阿弥陀佛了，难道非盼望一个庄稼汉能有多大出息吗？

然而，当不肖子孙冲破底线，貌似折腾出一定希望的时候，他们又变阻拦和纠结为希冀了。是啊！谁不盼望自己的孩子能闯出一片新天地，而不是一个一个、一代一代活在种田上呢？在祖峰脉进城学习的一个半月里，父母给予了峰脉以极大的宽容，他们认可身体多受点累，也希望着儿子通过努力，给他们自卑的心灵，带来一丝阳光，增添一些体面。

拼搏是纠结的。拼搏也是可贵的。拼搏总会给沉沉闷闷的生活带来一点儿新气象。

相对于纠结而言，祖峰脉更加清醒地认识到自己所面临的形势。在城乡之间，他只不过是一只时不时飞过去领略一下风景的“小小鸟”。突破底线有时是一种可贵的勇气，但是底线失守就很可能会带来一场灾难。这不是危言耸听。他所面临的压力胜过家庭所有成员和安于现状的同龄人。一方面他要冒风险去争取，一方面还要保证在失败之后不给家庭带来灾难性的后果——那样他就成了家庭的罪人，世俗的笑柄，可怜的羔羊。他知道自己是在走钢丝——不！城乡之他简直一条冒险的钢丝也没有，像星星和月亮永远无法相逢似的。他要马上飞回来，回到自己的土窝，工厂、商店遍布的县城没有自己容身的巢穴。不过，不安分的人善于闯荡生活，把握命运的人总是能在不利中看到有利的一面，在绝望中看到希望的一面！一个半月的学习生活使他眼界大开，他偷窥到了一个森严壁垒的小城中的一角风景。不是吗？那里不仅有文学殿堂，那里更有善良、友谊、理解和怜悯等一切使人对生活对人生充满希望的东西。那个使乡下人充满好奇、敌意、冷冰冰的城池，被文学的火焰熏烤得生生有了温度。通过一个半月的学习，他清楚地知道了在这个世界上，还有很多像自己一样追求理想，追求文学梦的青年男女。他感觉自己并不孤独。这是一条不管是城里人还是乡下人，总之有很多人都在尝试走的路，如同挤在朝圣的路上。

这些对生活别样风景的新体验、新感受、新认识，如同垫脚石一般，使他可以俯瞰一些生活了。具体表现就是当人们话里话外对他的无功而返给予小农式的嘲笑和讥讽的时候，他不像以前那么紧张甚至回避，而是能够坦然一些地面对了。他的心底里开始回荡一个声音——夏虫语冰，井蛙语海，其实更美好的、更开阔的生活根本不是你们现在习惯了的这个样子……

是的，对文学写作知识的获取，远远比不上祖峰脉对新生活认识上的进步。前几天，《青年文艺》的牛老编辑前来讲座时的一段话，始终在他耳旁回荡：年轻人，别像老年人一样，待得那么安逸，要到生活当中去闯一闯，越不平凡越好。老编辑的忠告使他脑洞大开，信念更加坚定了。以致他很快从学习无处安身的阴影里走出来，开始理性地分析自己的处境并立刻行动起来。

不错，到另一边领略完风景，他这一只“小小鸟”还要飞回窝来安心觅食，吃鼓了肚子才能从容地去考虑理想、梦想、幻想。包产到户后虽然农民个个都想甩开膀子大干一番，但多数还是在传统农业种植上打转转，搞养殖业的屈指可数，做生意的迫于观念、市场、资金的三大压力，也只是小打小闹。不过也有干大发的，听说后村有个刘大愣，倒牛挣上了；西屯有个张三荒，倒粮也发了家……

祖峰脉蠢蠢欲动。贩冰棍儿、卖麻花、蘸糖葫芦、杀猪卖菜、收羊皮、倒玉米，他早已牛刀小试，初中毕业仅一两年的工夫，他已然成为走在生活前列的小小尖兵了。

“不行你还去卖冰棍儿吧！”父亲建议道。

过了芒种，不可强种。在种完大田，园子里栽下秧苗，动锄前半个月左右的农闲时间里，农民有的开始检修农机具，有的修缮房子，有的赶集，有的则抓住这一段黄金空闲时机，研究挣几个钱，以补贴家用。

对于父亲让他重新去卖冰棍儿的建议，祖峰脉不置可否。城里没了住处，无法参加文化馆的晚课学习，到了周二、周五上晚课的日子，他这个可怜虫心里跟猫抓似的难受。还好，他难为情地与巴银说明了困难，巴银很理解，同意他只礼拜天来上课，并向馆里为他争取免除了一半的学费。熬到了礼拜天，他骑车子飞到文化馆，与师生们见上面时几乎热泪盈眶。

初夏的一个礼拜天，上完课，他把车子存在文化馆，离开惠民，登上了去三道县的客车。三道县在惠民南面，一百里路的距离。他盘算着去那里查看一下羊皮的行情。去年秋天，他收羊皮贩卖到那里，挣上了一笔。

长途客车里挤满了人，虽然降下了一半车窗，但是大多不讲究的也不乏没条件及时换上夏装的农家男女，额头上渗出了汗珠子，车内充斥着汗液的气味儿。到了两县中间的农兴镇，客车停靠上下人，一个穿着北京蓝、裹花头巾的三十来岁的妇女，腰间挎着箱子，围客车叫卖冰棍儿，焦渴的旅客纷纷伸出手去买。祖峰脉也买了一根，吃完凉快了许多。

客车又奔跑起来。望着车窗外绿莹莹、一片片的小麦田、大豆田、玉米田，间或马铃薯和亚麻田，祖峰脉的思绪飞回了去年秋天……就是在这条公路上，他和大哥与上门的三个收皮人，一人骑一辆自行车，驮着皮张，蹬出三百多里路，跑了一天一夜，将皮张贩卖到三个收皮人的村庄，挣了一块手上戴的手表，一辆学习骑的“大金鹿”。还是这条路，他后来改用客车，运输皮张到三道县牧工商商店，减少了一半路程，省了力气，父母都夸他脑袋灵活。还是这条路，去年冬天，他说服惠民白酒厂当厂长的表姑父，引着白酒厂雇来的“解放”，去三个收皮人的家乡倒回来一车玉米，谁知，零下三十几度的寒夜，汽车抛锚在“瘆人沟”的半坡上，为掩车，他差点卷进车轱辘……但愿三道县的羊皮价格涨得高一些，这样他就能重操旧业，继续贩卖皮张挣钱了。

下了车，他去牧工商商店打听，可那里早就不做收皮张的生意了。他不放心，又问了几个蹬三轮车拉脚的师傅，也都证明了他白跑一趟。

“不行，只好按父亲的意思，重新去卖冰棍啦！”

他心里这样盘算着，沮丧地返回了三道县客运站，感觉身上从里往外渗透着汗液。他去门口买冰棍儿纳凉。当他递给卖冰棍妇女一角钱，从妇女手里接过冰棍儿一边往嘴里送，一边转身向客运站里走时，有着姣好面容的冰棍女突然喊住了他：“哎！小伙子，找你钱！”

他以为自己掏兜带出去了零钱，回头问：“啊？怎么了？”

“找你四分钱！”

“多少钱一根儿？”

“六分！”

“哦……我还以为是一毛钱一根儿呢，刚才在农兴镇是一毛钱一根儿买的。”

“屯子里卖的都贵！”

感激着冰棍女的诚恳，他乘坐最后一班客车返回惠民。他琢磨着，回惠民天还不算黑，他可以直接去文化馆取车子连夜赶回靠山去。西斜的太阳火一般炙烤着大地。从车顶滚过的热浪，将旅客烤得汗津津的。到两县之间的那个农兴镇，客车依旧停下来上下人。那个来时遇见的身穿“北京蓝”卖冰棍儿的妇女，继续吆喝着。一个四十来岁的男人，拿出一张两角票，嚷嚷买一根冰棍儿。“北京蓝”接过钱，慢吞吞递给他一根冰棍儿。客车马上要开动了，男子急迫地喊：“你快找钱哪！”

“好好，等着等着……”“北京蓝”嘴上应着，手仍然慢吞吞的。

客车“哼哼”着开走了。见一毛钱没找回来，中年男子破口大骂：“那一毛钱给你家买纸烧！”随着谩骂声，男子手里只吃一口的冰棍儿也投向“北京蓝”，冰棍儿在空中划出一道弧线，朝“北京蓝”砸去，“北京蓝”一闪身，没砸着。

车里人纷纷议论。

“同样是卖冰棍儿的差距咋这么大！”祖峰脉也很不舒服，不禁想起前年猫冬，刚下学生门的他想挣钱，做起了骑车子走村串户卖冰棍儿的小生意，一天到县城上货，傍晚回家赶上刮“大烟儿炮”雪，把脸冻起泡的往事。冰棍儿……冰棍儿……冰棍儿！那一瞬间，他兀自对卖冰棍儿产生了一种厌恶感。

不能总这样小打小闹了，他在心里对自己说。

10

李德胜家用柳条围起来的破院子里，几只下蛋鸡在墙根儿觅食，一只黑白花的哈巴狗扯着链子狂吠。李德胜手里攥着扳手，满身油污，脸色土黑。他买的一台旧四轮，又犯了老毛病，不彻底修修不行了。见祖峰脉推木栅门进来，李德胜面带笑容招呼峰脉进屋。思想相对先进一些的李德胜，对想进步的青年人总有一些好感。

德胜洗完手，点着一支旱烟卷，坐炕沿上与峰脉聊起来。峰脉对这个表叔也格外尊敬，毫不保留地提出了自己的想法。德胜听了嘿嘿一乐，露出一口白牙说：“峰脉，家里油坊现在是淡季，你以为我不想跑车捞点外快？可监理的交警太邪乎，一点儿毛病就往死里罚！就这破车，买的时候就是破烂货，叮当哪都响，强对付完春耕，还敢上道儿？”

“哦……”峰脉难为情地笑了一下，摸摸脑袋说：“那也不能光靠这点地，油坊淡季应该琢磨干点啥。”

“干啥啊？干啥不得本钱，打耗子还得有油籽捻呢，空手套白狼行吗？”吐出一口烟雾，干咳了两声，李德胜接着说，“你咋想的，你搞文学那玩意儿也不当饭吃，再说咱高中都没念到，只是个初中生，自学成才哪那么容易，世界上有几个小学毕业成才的高尔基，你还是老老实实回家种地说媳妇吧！”

“……”

“你们几个般对般的，也就看你了。高乐天去了阴曹地府，贾晓峰闯下偷山上树的祸跑回了关里，得精神病的孟雪姑失踪了……哎！你秀萍姐委曲求全，嫁给了老田家，她嫌田家二柱子是榆木疙瘩脑袋，烟不出，火不进，不顺心三天两头就往娘家跑，这不，刚走，你婶子又去往回送她了，你说这一天天，没省心事儿！”

德胜叔的一番话，又把峰脉的心口给堵上了。

“老田家日子过得不是挺好吗？”

“哎！对付闹吧，是你叔我把孩子推进了火坑啊，接下来几个姑娘找对象可得睁开眼睛啊！”

说到动情处，德胜抹起了泪。

“叔，你也别太上火，包产到户了，日子慢慢一定会好起来！”安慰完德胜，峰脉起身要回，德胜出门送，门外正碰上德胜大哥过继给他的儿子李成海，手里拎个黑提包进院子。成海在县里读一中，是村里唯一考上重点高中的，刚刚参加高考初试回来。

见儿子回来，德胜叔偷偷用满是油污的袖口揩揩眼泪。峰脉与成海笑着打了招呼，这两个村里的青年佼佼者，惺惺相惜，站院子里有谈不完的话题。得知成海高考初次选拔考试有把握，峰脉由衷地为这个论辈分应该叫表哥的人高兴。可是告别了成海，峰脉的心更加沉重了——表哥已经瘦得不成样子！刚才与成海哥谈话时他强忍惊讶：成海脸色发灰，没有血色，两颧突出，皮包骨头，听说得了乙肝病，本应该住院治疗，可上学钱都是靠那台破四轮和刚开起来的笨榨油坊一块一块挣出来的，有时给成海哥汇学费、伙食费，据说德胜叔连成毛成分的钱都要包到邮局！可想而知，成海哥起早爬半夜学习，营养跟不上，身体拖垮了，即使考上大学，前景也令人担忧，再说上大学还需要一笔费用啊！峰脉对这个表哥充满了同情，因为他与表哥同样在煎熬之中……

还是现实一点吧！祖峰脉遭受了打击。

正当祖峰脉一筹莫展，李德胜晚上突然登门，惊得黑狗一顿狂吠。德胜当着峰脉父母的面，与峰脉商量贩卖大葱。见成海瘦弱的样子，德胜为挣钱，决定铤而走险。

第二天太阳快落山的时候，两个人“嗒嗒嗒”驾驶四轮出发了。

夏令时晚上六点半，玉米田、大豆田、小麦田、亚麻田连成的大地，一片一片嫩嫩的绿色，闪着夕阳照射的金光。小四轮叮叮当当颠簸着，夕阳落山时，刚赶到了向阳乡政府驻地。

“哪的车？”

“靠山的。”

“有证吗？”

“……没有。”

“春检了吗？”

“检了。”

“证明呢？”

“落家了。”

“糊弄小孩呢！罚款十五块！”

被两个监理截住，李德胜急忙下车说好话。两个年轻监理恍惚认识他，靠山村唯一考上惠民一中的学生家长，又开了油坊。末了，网开一面，罚款五块放了行。

为逃避路查，两人轮番驾车，连夜西进。天刚蒙蒙亮，前方快到达上葱的目的地了。穷乡僻壤，见没了交警，二人找一个背风的小山坳停车，喝“麦精露”瓶装饮料，吃了一口干粮。这个距离向阳乡三百多里的村子，已不属于惠民县管辖，与靠山村绵延的丘陵，成片的黑土地相比，这里属于松嫩平原的一角，完全是黄沙土的世界。因地薄粮稀，五六十年代山东移民时组建起来的村屯，发挥山东大葱种植经验，家家户户发展起了大葱种植产业。

太阳初升，小四轮挂着车斗，叮当开进了晨曦中的“大哈洲”村。一进村子，顾不上狗吠，两个疲惫的“葱贩子”瞬间乐了——只见村民的园子里到处是齐腰深的大葱！

选一家葱白壮的种植户，谈好价钱，趁主人薅葱的工夫，二人钻进低矮的黄泥小土屋，闻着浓郁的葱香味儿，赶紧补了一觉。主人是一个五十岁上下的小个子，一个人过，面色土灰，但眼睛总是笑眯眯的，给人感觉很友善。临近中午，天空炙烤，一直愁卖的小个子主人，畅快地撂倒了半园子大葱，进屋挽起袖子做午饭。这时二人也睡醒了，起来洗把脸，吃两碗主人赏的鸡蛋卤手擀面，出屋进了后园子，过秤、装车、付款，在太阳快落山的时候，拉一四轮子大葱，呼扇呼扇连夜上了公路。两人心里盘算着，这一车大葱品质不错，回去能挣上一笔好钱。

天下起了雨，淅淅沥沥的，路越来越泥泞了。黄沙土粘上车胎，“唰唰”甩落，与四轮“嗒嗒嗒”的马达声，交织一团；迷蒙的天空中充斥一股雨水和野草夹杂的咸味儿。路上车灯闪烁，均小心翼翼前行。

旧四轮方向盘间隙大，昏暗中李德胜双脚紧踩油门，双手紧握方向盘，像一个老舵手航行在大海上，左右紧打方向，恐怕车陷到车辙里去。峰脉开始躺在葱垛上，现在也坐起来，双手抓紧车厢扶手，盯着前方风雨迷蒙的路。突然，李德胜手握方向盘喊道："水箱没水啦！"峰脉"啊"了一声问："那怎么办？"德胜大声说水箱没水发动机会沾缸子，不能快走，也不能停，你赶紧去找水！峰脉"嗖"地跳下车，向路两旁灰茫茫的草甸子一望，一个白亮的水洼也没有，只好站路边求救，连喊三辆车，要么不停，要么说没带水。李德胜手脚是汗，小油门哄着奄奄一息的发动机移动。祖峰脉跑在车旁，情急之下，蹿上车，取过来没喝完的"麦精露"，倒进水箱，坚持了一会儿，又哧哧冒气了。祖峰脉急中生智，又向空瓶里撒尿，再倒进去，又坚持了一会儿。

这时，前方朦朦胧胧出现了一座桥。祖峰脉拎着水桶跑过去，三蹦两跳到了沟畔长满湿漉漉青草的桥下，谁知桥下的沟渠里居然没水。峰脉像一头疯驴，向更远处奔跑，在路旁草甸子终于找到一洼水，撇半桶，拎回来给车加上。

虚惊一场，两个人暗自庆幸，迷蒙的车灯引路，如海上孤舟，雨夜里继续前行。天亮快赶到向阳乡地界的时候，途经一座小山，四轮下坡时突然刹车失灵，李德胜用挡别着，慢慢哄着车出溜到坡底。两个人满脸泥水、惊魂未定地把一车大葱拉回来，急忙走屯串户叫卖。过靠山村东沟子，车误到草甸子里了，花五块钱雇车拉出来……三天后卖完葱，一算账，刚补上进葱的本钱，什么油钱、工钱、罚款、雇车钱、修车钱都赔进去了。

晚上，祖峰脉回避了家人的过多盘问，一个人躲进西屋回想几天来发生的事情，尤其想到逼上梁山的德胜叔痛苦的表情，他偷偷在日记本上悲情地写道：

我们是农民
生活在汗水里
头顶着阳光
脚踩着大地
……

第五章

11

业余艺校的活动搞得风生水起。按照办学思路和馆务会议要求，三个培训班完成了规定动作，春暖花开之时，还要开展丰富多彩的自选动作。创作班短时间内组织了两次文学讲座，一次是邀请惠民师专中文系教授讲课——这所师范专科学校，新中国成立初期由毛泽东主席题写校名，培养了一批又一批人民教师。一次是邀请江城《青年文艺》杂志社的编辑和本市的作家、诗人，这些二三流的编辑、作家、诗人，出镜机会少，感到无上的光荣，把写作知识的传授课，上成了介绍本人成长史、文学改变命运的发动课。

举国上下，这样的讲座，把文学潮流推动得浩浩荡荡。

端午节来到了眼前。巴银与班委成员商量，以纪念屈原、诗人节为由头，搞一次野外主题采风，地点选在向阳北一个当地人俗称“二站”的林场。“二站”属于小兴安岭的余脉，与鹅头山相连，大部分是原始森林，冬季白雪覆盖，夏日草木茂盛，各种野生植物、花果繁多，还有鹿场、蚕场、参场，每至端午，游人如织，野餐的、采蘑菇的、采高粱果（野草莓）的，络绎不绝。

这座山距离南面的靠山村十几里路，就在祖峰脉的身边。地缘上的优势，使祖峰脉当了一次“东道主”。

一九八六年的六月八日，端午节的前三天，激动几日的峰脉早早赶到乡政府驻地，接应上县城赶来的师生们。他身上背个黄帆布旧书包，装满了母亲给同学们带的煮鸡蛋、粽子、黄瓜，一路欢笑着，把大家引到山上游玩。三十几名男女生，花花绿绿的野游装束，进山的瞬间，人和大山即刻融为一体，沸腾了起来。大家喊着，唱着，跳着，“啁啁啁”“喳喳喳”“唧唧唧”，像一群出笼的小鸟。班长马秋生、张春丽指挥着，按诗歌、散文、小说类别，分成三个组，领略完大自然风光，再搞爬山比赛，然后是找奖游戏——把黄色纸阄条藏在树杈里，谁先找到谁领对应的奖品。奖品是班长张春丽和学委丁一兰特意去一百商店选的，塑料封皮笔记本、英雄牌钢笔、乒乓球、羽毛球拍，甚至还买了两个篮球，可谓丰厚。最后是野地聚餐，饮酒比赛，唱歌比赛，把带来的录音机随便搁在草地上，大家围坐一圈，你一首我一段，手舞足蹈地唱起了流行歌曲。

祖峰脉忙前忙后，介绍山情山况，回答城里学员七嘴八舌提出的这样或那样的问题。长这么大，仅仅是在去年秋天打小麦时被乡亲们逼着喝过一瓶啤酒的他，以浓厚的主人翁意识，主动打起了“主场”，张罗喝酒，带头干杯。班长马秋生看出来了，其实师生们都看出来了，这个上课时谦卑得不怎么发言的农村同学，今天却一反常态，像堤坝泄洪一样开了闸门，侃侃而谈。马秋生借机邀请祖峰脉给大家唱歌。峰脉宽阔的脸盘，一下子红成了大萝卜。他觉得城里同学没展示完，还轮不到自己，所以连连摆手推迟。

可是青年人的情绪一旦被调动起来，哪里容他退缩。

“祖峰脉，唱一个！”

“祖峰脉，来一段！”

起哄的声浪把祖峰脉推到了野地中间。酒精作怪，加之紧张，峰脉的心脏狂跳不止。镇定了半天，他声音高昂地说：“欢迎同学们来到我的家乡，这美丽富饶的鹅头山！愿她给大家带来开心、快乐，成为增进友谊之桥，留下美好记忆之所，迸发创作灵感和激情的不竭源泉！”

一番话，鼓噪得大家一片掌声。

掌声毕，祖峰脉唱起了《我的中国心》。他特别喜欢这首他在田间地头，房前树下，一个人不知偷唱了多少遍的歌曲。他感觉越是在孤寂无助的时候，这首歌的歌词、曲调，越澎湃他的心潮，震撼他的心灵，道出他的心声，饱含着自己作为一名乡村青年的激情、爱国、拼搏、担当等一系列的民族情绪与家国情怀。这种催人奋进的精神力量的巨大程度，远远超出了他自己的想象。譬如今天，他这个往日课堂上有些腼腆、自卑的乡村学员，终于在城里人面前敢于放声歌唱，吼上一吼了。

随着祖峰脉富有磁性的男中音，歌声从带有几分压抑的胸腔里流淌出来，顿时引来同学们的一阵掌声。

祖峰脉唱着唱着，声音突然不那么清纯了，悠扬了，尤其到了“无论何时，无论何地……也改变不了我的中国心”的高音，他有些唱不上去了。这时，带来录音机，并守在录音机旁负责为大家放音乐的罗志中同学，看出了他的紧张、伤感、压抑，急忙跑到他身旁助威、救场。只见罗志中挽起花格衬衫的袖口，一边打着拍子，一边随着伴奏有节奏地跳动，为参加野游刚烫过的“波浪发”，也左右摇摆，还不时用眼神鼓励峰脉。尤其左上衣口袋插的那一束刚刚采来的白芍药花，更增加了几分调皮的色彩。

祖峰脉以感激的目光回敬着志中，重新大声地唱了起来，使第二段的演绎几乎达到了完美。

此情此景，同学们的掌声，喝彩声，更大了，一浪接一浪地在山谷里回荡着……春游结束，下山到了向阳乡政府驻地，他目送同学们你追我赶骑着自行车，洒下一路笑声，久久不愿离去。直到大家的背影消失在高岗的另一面，他眼里的泪水，再也止不住地涌了出来。再见了巴银老师！再见了同学们！再见了罗志中！是你们给了我勇气，激发了我的热情……本来，他曾想邀请同学们趁机到近在咫尺的家中做客，把“东道主”做到极致。可父母的态度，家里的条件，使一腔热血的他，最终选择了缄默。

怀着满满的激情和幸福，回到家里，祖峰脉大肆宣传了春游的盛况，感染着每一位家庭成员。从父母脸上掠过的欣慰的表情上，峰脉捕捉到了下次上课的一点希望。夜里，在峰顶、峰良鼾声四起的时候，峰脉兴奋得无法入睡。他一遍遍回忆师生白天相聚鹅头山下的场景，检索自己做得是否得体——这种检索似乎成了他的一种习惯。自己这个“东道主”尽力了，得不得体不去多想了，但要将胸膛里波涛翻滚的思绪记录下来。于是他摸出绿色封皮的日记本，打着手电筒，躲在被窝里写下了这样的诗行：

我追寻着
追寻着

追寻着学生老师——
我的朋友
追到了
终于追到了
我的爱好
我的理想
我的文学
……

12

祖峰脉的担心是有道理的。在拿工薪的城里人砍肉，拎鱼，准备回家过端午节的时候，靠山村的农业生产则到了紧要关头。大地蹿起来的杂草和黄豆苗一起疯长，家家户户的劳动力，男戴草帽，女裹头巾，三三两两、红红绿绿地扑在田野里，争先恐后地给自家的责任田锄草。祖家还有一件大事急于完成。峰顶上媒人了，因为没有婚房，一个也没敢相看。这成为峰脉父母的一块心病。老两口合计着，要在原来两间泥草房的基础上扩出一间，向西接，给峰顶结婚用。接房要赶在雨季之前完成。五一种完地，动锄前，一家人就脱了三千块土坯，现在就垛在房山头，塑料布苫着。等甸子里的洋草长到没膝盖，还要打几车，等房子接完，把新旧三间房顶都苫一遍。这种急迫的形势，别说父母阻拦，就连峰脉也在内心深处反复批评自己，再去上课，确是一件不靠谱的事情了。

当然他也有不愿放弃的理由。一个月前，班上邀请《青年文艺》小说编辑来讲课，他与家人正在屯中央的水泡边，听着水面上的鸭鹅“嘎嘎”的嬉闹声，大汗淋漓地脱坯。午饭时他提出去听讲座，父母二人炕上坐一个，地上站一个，你看看我，我看看你，谁也没反对，居然默许了。他抓上两个馒头跑到文化馆，如醉如痴地听完讲座，才发现自己脚上还穿着一双沾满泥的靴子……那次之后他隐隐感到，父母其实多么希望自己的儿子能有出息啊！为此他抓住机会，春游回来生动地宣传他与城里孩子在一起嬉闹的细节，以博得父母的欢心，鼓动父母对“另一个世界”产生好感、好奇心，有意引导父母参与判断儿子与城里孩子是否“合群”以及融入的可能性，尽量奠定支持他出去闯荡的思想。

“车到山前必有路，有路必有丰田车。”前些年过春节这句糊墙报纸上的广告词，他一直莫名其妙地记在脑海里，像刻上去一样。现在这句广告词又从脑海里蹦出来，促使他思考：自己的“丰田车”在哪里呢？他觉得自己眼下渺小得就连一条几乎可以忽略不计的溪流都不如。再小的溪流都有机会被大自然的神力安排着汇入江、河、湖、海，而自己就不一样了，眼下自己能做的，就是将身体里的血液佯装成溪流的脉动，一路沿着曲折的沟渠，前进，前进，哪怕前进的沟渠随时被阻断，那他也别无选择，因为他感觉自己身体里的每一个细胞，似乎都在咆哮，都在叮咚作响。

时光真是一样好东西——它将日月、星辰、阳光、雨露幻化成的自然法则，再人为分为若干节点，一边洗濯、淹没人类生活中的烦恼、忧愁，一边不停给人以希望和寄托。

瞧——又是一个星期日，对于儿子又试着提出去文化馆学习的请求，祖大消停和老伴儿依然没有阻拦。这使祖峰脉很意外。他这个年龄还想不到的是，这种“意外”其实来自人类生活中的一种现象——人们对生活越是感到艰难、重压和自卑，那种向上的情绪就会越强烈。

自卑是一种宝贵财富，它能带来超越精神。父母并不明确的支持使祖峰脉感到意外和惊讶的同时，随之带来的是肩上沉甸甸的责任——自己忐忐忑忑的所作所为，不仅关乎个人，还关乎一个贫困家庭的超越……

跟跄着参加文化馆写作班的学习，祖峰脉还偷偷延续着《雪花》杂志社承办的“全国文学函授协调中心北方创作中心”的培训。没有白白的努力。近两年的函授学习，如同文学路上撒下的种子，在参加写作班几个月之后，开始发芽结果了。他的小说写作优势，渐渐显露出来。在不足三个月的时间里，他以蓬勃的势头，连续创作了《迟到五分钟》《正比副好》《书记乘车》《爱的抉择》《信任》《捉贼》《烦闷的夜晚》《小城故事》《恋爱大队》《北大荒的呼唤》等十几篇小说，使他在刚刚接触文学、稚嫩一些的几十名县城学员面前，一下子显得与众不同起来。

这早已经引起了巴银的注意。

对祖峰脉交上来的每一篇小说作业，他都认真阅读，认真修改，并经常在空白处写满密密麻麻的评语。

这一天上课，峰脉提前到了文化馆，巴银把他邀到南侧二楼办公室小坐。二楼向西侧里面走，开始是一段开阔的水泥地，舞蹈老师有时用它来排练舞蹈；西南角摆放一架脚踏电子琴，音乐老师有时用它练习乐曲。然后是办公区，用一人多高的黄色纤维板封闭起来，右侧留出一人多宽的长廊。紧紧巴巴的场所，一间一间悬挂着音乐舞蹈室、文学创作室、书法美术室、财务室的红色标牌。再向里走，是会议室、馆长室。巴银办公的格子间很简陋，除了一张办公桌，几把木椅子，连一个像样的书柜也没有，与大礼堂的威严有很大反差，不过四处布满了书画，东面办公桌背后淡黄色的纤维板墙体上，还醒目地悬挂着一幅镶了框的两本杂志大小的照片——绿色的草原上，巴银骑着一匹骏马，野风将马背上巴银的一头长发吹拂得飘起来。同样漆着黄色油漆的办公桌上，角落的课桌上，堆满了稿件、杂志、报纸。书香、木香、油香的气味儿，伴着窗外洒进来的午后柔和的阳光，峰脉再一次感受到了浓郁的文学圣殿的气息。先前他也来过几次巴银的办公室，因为紧张和匆忙，从没有像这次这样看得仔细。

示意学生坐在紧挨办公桌的木椅上，巴银“咔咔”几步走到办公桌后的椅子上坐下来，先聊了一些乡下及祖峰脉家里的情况，然后说：“我坚信写作能够改变你的命运。既然你有这个潜力，就不要轻言放弃，现在文学青年多如牛毛，可有潜力的凤毛麟角。这事说小了是为你一个人的前途命运，说大了也关乎新时期文学的发展繁荣。”

巴银紧紧盯着他，镜片后的一双眼睛炯炯有神。一阵夏风吹过，窗外的柳树微微摇晃，惊飞了几只叽叽的麻雀。

“我？”峰脉瞪大了眼睛，心也跟着揪起来，一股热流穿过他年轻的胸膛。“我……我能行吗？”乡下青年的脑海里随之掠过了函授中心老师的那些不温不火的批语。

“不要怀疑我的眼光。我干文化馆创作员四五年了，接触的业余作者用鞭子赶。再说，你还有别的选择吗？抓住文学这棵救命稻草是你唯一的出路。”接下来，巴银口若悬河地列举了很多世界上自学成才的先例。他说：“卢梭、狄更斯、高尔基都是自学成才的典范，还有法国作家拉贡，出生于一个极其贫困的农民家庭，父亲在他八岁时去世，留给拉贡的除了爱好读书的习惯其他一无所有，拉贡完全靠自学获得了广博的文化知识和艺术修养，一生创作了七十多部著作，成为举世闻名的艺术大家。”

祖峰脉望着巴银，目光里充满了惊恐、疑惑和感激。可直到巴银看看腕子上的手表，起身带他去上课，他一句表态的话也没讲出来。他跟在巴银身后，听着从巴银皮鞋上发出来的“咔咔”声，看着他走起路来习惯左右摇摆的身子，心扑通扑通跳着，一路小跑去了北侧教室。

这个问题太大太复杂，祖峰脉从来没想过更不知从何说起。巴银老师说他作品好，两年来“北函”老师的批语却一直不温不火，这常常使他垂头丧气。巴银老师说文学可以改变命运，他觉得那更是不着边际的事儿。自己学习写作，只是为了记录一场爱情悲剧，记录一段留下伤痕的青春，为农村的愚昧落后喊上那么一两嗓子，否则心里憋得慌，就这么一点儿想法。不过巴银极具煽动力的一席话，使他又惊又宠，像被什么燃烧起来一样，在巴银表述得似是而非的思想脉络里，他仿佛第一次触摸到了一种从文学出发，会博得更加广阔未来的一线天机。

13

文化馆要组织艺校学员开展一次汇报演出活动。馆领导说创作班要拿出具有文学特色的作品现场展示。巴银积极谋划，布置诗歌、散文、小说三个学习小组分头推荐朗读作品。小说组推荐了祖峰脉的作品。因为巴银老师的鼓励，课堂上祖峰脉没有当场推辞。不过他心里一直打着鼓。这不是在家门口的鹅头山下唱歌，这是在领导师生面前汇报演出，一旦出了洋相，接下来自己还怎么在文化馆混？

小说组组长丁一兰答应他，有机会帮他润色润色。

一个礼拜天的下午课，祖峰脉特意上午赶到县城。丁一兰的父亲是惠民中医院的领导，丁一兰念完初中，进入了待业青年的行列，到父亲单位的食堂帮忙。惠民中医院门诊矗立在十字街，而住院部则建在北街，一个偏僻、安静的角落里。祖峰脉骑车子一路打听找到那里。中医院住院部是一座双层的小楼，食堂设在后院的平房。丁一兰见同学上门，跟师傅打了招呼，倒一杯茶水，请祖峰脉坐进一个包间聊天。丁一兰一双大眼睛，面若桃花，总是笑盈盈的，一脸阳光，这使有些紧张的祖峰脉放松下来。丁一兰认真看了一遍峰脉的《北大荒的呼唤》，评价说不错，很有生活气息。因为等得紧张，峰脉的脸一下涨红了。丁一兰看在眼里，急忙说："你的功底确实很深，不信让大家看！"研究完小说，快十二点了，丁一兰留他吃午饭，峰脉肚子早已咕咕叫，可难为情。一兰见了，也不多说，转身去厨房与白胖白胖的上灶师傅说好，端过来一盘刚出屉的肉包子，一碗鸡蛋甩袖汤，关上门让他自己在包间里吃。峰脉饿急了，感觉第一次吃如此香的包子，很快吃光了一盘……许多年以后，每当想起那个饥肠辘辘的中午，腰间扎着白围裙的丁一兰开门给他端来一盘雪白包子的场景，祖峰脉的心里，总是不由得产生一丝丝暖意。

下午上课，巴银去市里开会，诗歌、散文两个小组来了几个人，见老师不在便散去了。小说组来人最多，丁一兰建议，趁机讨论祖峰脉的小说。讨论很热烈。大家发言时，祖峰脉不仅认真听，还仔细观察，与其说在寻找作品的差距，不如说在寻找自己与城里人之间的差距。

早在初中，他就养成了写日记的习惯。投身文学后，他更是将这个习惯当做舞台，随时让所见所思在本子上跳舞。对于这次关于他小说的讨论，他在日记中这样写道：

> 根据学员们的建议，巴银老师去市里开会，不在，星期天的课程讨论汇报演出的小说。今天参加讨论的有六人，小说组组长丁一兰，成员刘凡革、窦海峰、李忠臣，还有后来的一位男同学，和我。一起谈了关于小说《北大荒的呼唤》的写作。说法不一。从这次"争执"中不难看出，一兰与我看法近似，但一些较难的问题还犹犹豫豫决定不下来，她写作有一定潜力。刘凡革写作热情很高，时露骄傲之态，这是肯定的，但对事情还欠有很深的理解，这主要原因是经历少。窦海峰兴致一般，不求甚解，对事情的看法十分天真，故言语平平。李忠臣热情很高，但处在很深的"眼高手低"之时，吞吞吐吐之后，好像

有什么“大话”要说，但实际什么也没说出来。后来的男生朱志辉不甚了解，但从言语看，其有一定的文学功底，办事说话稳重，有独特的见解。

注意观察和思考，偷偷“指点江山”，为底层青年带来了难得的自信。比起谦卑，自我感觉良好有时无疑是一种积极的品格。

“大家讨论得挺热烈啊！”巴银老师打着一把雨伞，手里拎个皮包突然从门外进来了。

“巴银老师回来啦！”大家几乎跳跃出来。

“是的，坐客车！”巴银放下伞，一手掏出手帕，一手摘下眼镜擦着水汽，看了一眼峰脉接着笑说，“小说组表现最好，小说组祖峰脉表现最好，冒雨来上课！”

祖峰脉站在同学们中间，有些尴尬。已经有一个多月没下雨了，大地旱得厉害，他早晨来时雨还没有落下来。他知道老师是在有意表扬他。

巴银坐下来，简单介绍了参加市群众艺术馆音乐文学学会会议的一些情况，每人发了一本《丹顶鹤词页》杂志，回头又过问一下小说组讨论的情况，笑逐颜开地说：“小说组表现确实不错，祖峰脉的小说也通过了，应该请客！”

“请客！请客！”丁一兰、刘凡革、窦海峰都是待业青年，朱志辉是读高三的在校学生，均没有请客的实力。唯有李忠臣在建筑部门当工人，不多的工资按月上交父母，口袋里也只留一些少得可怜的零花钱。所以刘凡革、窦海峰附和巴银老师，另外三人相互看看，谁也没表态。

这可把峰脉难住了。他看了一眼巴银，本来期望巴银给他解围，可巴银只是盯着他微笑，并不说话，很明显在将他的军。他今天口袋里还真揣了钱，不过那一百块是卖了黄豆种才凑上的，过几天家里要接房子，是让他提前在惠民买好豆油的……他在裤兜里摩挲了半天，能感觉到手掌出汗，黏糊糊的。

“我请！给巴银老师接风，也感谢大家对我的帮助！”

乡下人很快做出了决定。大家紧绷着的脸像炸开的爆米花，欢呼着拥出了教室。

饭店选在县人民医院路东里侧一些的迎宾楼。按照巴银老师的建议，丁一兰给班长马秋生、张春丽分别打了电话。这时小雨已经停了，马秋生的果品商店在十字街东面路北，出门左转几步就到了迎宾楼。张春丽所在的工厂在北二道街，菜上齐的时候，她也如约而至。

大家相互参谋着点了锅包肉、尖椒干豆腐、鱼香肉丝、家常凉菜四个菜，都说够了够了，祖峰脉见加上两瓶惠民老白干、一箱啤酒，钱还有剩余，又坚持要了一道红焖鲫鱼、一道萝卜丝丸子汤。九个人围成满满一大桌，便喝开了。峰脉第一次请客，自然喝上了白酒，这也是他平生第一次沾白酒。他隐隐在心里对自己说，这样很可能要喝醉……不过，喝醉了也是为梦想而醉！这样想着，做东的他先提了杯，激动着讲完感谢的话，一仰脖子，直接将一杯二两半的白酒干掉了。

接下来，巴银老师、班委会成员、小说组成员，依次提酒，畅谈文学，畅想未来，文学青年们都醉了，祖峰脉更醉了。窗外的雨又落下来了。城里青年们嚷嚷说下雨天，喝酒天，而祖峰脉心里更喜的是，田里的庄稼旱冒烟了，正需要一场及时雨。

当晚，祖峰脉住在了巴银老师家里，巴银老师的妻子郑梅则带着女儿回娘家住。那天夜里，师生醉意蒙眬，彻夜长谈，直到东方露出鱼肚白……

第六章

14

近两个月没落雨，大地滋泡尿就冒烟。祖大消停到门口的麦田不知寻看了多少遍，望着枯萎的禾苗，他心里焦，也像着了火似的。

大儿子峰顶要接房子娶媳妇，二儿子峰脉要挣命似的学写作，养一口老母猪也不咋出钱，老伴儿摸鸡崽儿也就对付几个零花，大的开销主要靠两块儿承包田，一块儿是门前一垧三分的小麦，一块儿是东大片的半垧地亚麻、半垧地黄豆。麦子、黄豆交了国家定购任务，卖给粮库，剩几个有限，亚麻属于经济作物，收了卖上等级，能大赚一笔。可这鬼天气，日日盼，夜夜盼，头顶一朵儿云彩也没有，田里的秧苗像锈住了似的。老伴儿熬着心血，又摸成一窝鸡雏，他早晚灌菜园，白天就去卖。这个礼拜天，他安排着把增加亚麻种植面积后余下来的一百多斤大豆种，用小推车推供销社卖了，差峰脉去县里学习时买回来两桶大豆油，用于接房请帮工的。峰脉骑走了“大金鹿”，他又借台“孔雀”，驮着鸡崽儿，顶着烈日，去乡里赶集。

实行家庭联产承包责任制后，各乡镇的集市也活跃起来，自然排序，约定俗成。这个周日是向阳乡的赶集日，周围十里八村的乡亲驱赶牛马车、驾驶拖拉机，或骑车子、用步量，缕缕行行、潮涌一般奔向乡里。太阳刚升起来，集市就喧闹起来了。小贩子不停吆喝，老乡也在街边摆上自家产的农副产品，不专业地招呼买主……

老伴儿摸的鸡崽儿欢实，祖大消停神情腼腆，却卖得很快。为省钱，午饭时，他一根麻花也没舍得买。太阳西下，鸡崽儿卖完了，祖大消停急忙往家赶，寻思到家喝两碗水饭充饥。半路上，西北的天阴了下来，接着东北的天也阴了下来，呼呼向头顶袭过来，狂风引路，千层浪滚，路上的枯草末子，像着了魔法似的，旋飞上天。一扫而过间，雷火行空，闪电霹雳，泼天大雨猛地袭了下来……祖大消停被浇成了落汤鸡，可进院顾不上吃饭，顾不上泡雨的鸡箱子，顾不上牛棚黑母牛惊得站起来，甩下车子，冒雨冲进门前的麦田，踉跄几步被湿漉漉的麦子绊倒了，他顺势跪下来，不顾压倒一片麦苗，仰面朝天，大喊大叫，谢天谢地……老伴儿见了，急忙披着雨衣把他拽回来。擦洗干净，吃完饭，他这才想起翻看包裹，卖鸡崽儿的钱已被浸泡成团。两个大人像孩子似的，不顾峰顶、峰良在场，爽朗地对笑起来……

乡谚：大旱不过五月十三。

民间传说农历五月十三是关公磨刀的“雨节”，旱情再大也不会过了这一天，要下一场雨。从这天开始，大雨果真断断续续下了一周。下了黄金一样，老乡们按捺不住喜悦的心情。到了第七天傍晚，雨稍小一点儿，家家抓住机会移栽菜秧子。一瞬间，下透雨的菜园子像爆了油的锅，接连喧闹了起来。

祖峰脉在巴银家住过一夜，赶上连雨天，趁机留在城里联系小买卖。峰脉在县里给连襟烤猪头的二舅崔军，有个岳母改嫁县城后生的小舅子，在县粮库扛麻袋，长峰脉两岁，是一个很精明的小伙子。当年接娶二舅母的时候，峰脉与他相识。不知道他的大号，只知道姓雷，婚宴上大家都叫他“小雷子”。隔山姐姐出嫁那天，小雷子喝多了酒，吹牛说自己在县粮库如何如何翻云覆雨，让他这个外甥别客气，有事尽管去找他。别说，后来峰脉跟家人到县粮库送粮时，小雷子很仗义，能量也很大，不管人山车海，情况多么复杂，卖粮车排多远，他总能把峰脉老叔开的三轮大摩托，弄前面“夹楔”，化验、过秤、卸车、结算，各个环节抢前头，搞得其他农民又生气又羡慕。小雷子虽然只是个扛麻袋的，在粮库大院里也就比看大门的强那么一点点，可家人很有面子，祖峰脉因此也很自豪。为了保持关系，不管自家还是三叔、老叔家卖粮，算完账，他都做主要么给小雷子买两盒好烟，要么请小雷子下顿饭店，花个五七八十的，谁都没意见，因为送粮不用起早贪黑排长队，少遭不少罪，算上喝酒的时间，不用贪黑就能赶回靠山去。

有了这层关系，祖峰脉心里一直惦记着联系小雷子做点什么小生意。

这天雨停天晴，惠民街头又喧闹起来。祖峰脉去西街和二舅打了招呼，就奔了县城西南角与火车站毗邻的惠民粮库。小雷子穿一身代表城里扛麻袋阶层阔气的浅蓝色劳动布工服，刚卸下一车皮货物，坐下来抽烟喘气儿。听明白了眼前这位隔山调远但真诚有加的乡下外甥的来意，小雷子的眼珠豆粒一样滚动了几下说："正好，我卸车皮时私下弄了几箱平价盐，我没法出面，你脸生，你帮我卖，挣钱对半劈！"祖峰脉感觉受到了莫大的恩典，立即点头哈腰应下了，就搬盐站街旁卖。盐摊刚摆上，几声吆喝，把工商所戴大盖帽的执法人员吆喝来了，两个大盖帽交代政策说食盐是国家专卖，私倒违法。慌乱的祖峰脉稀里糊涂被带到了西街大市场的工商所。在工商所里正好碰上了前来办事的同学罗志中。罗志中没有正经职业，早晨跟父亲炸油条，白天睡醒了就东瞅瞅，西逛逛，做些应时的生意。碰上创作班同学贪上事了，罗志中急忙找了在县政府办公室当主任的姑父，把峰脉从工商所里捞了出来。祖峰脉千恩万谢，见天晴了，要回乡下去。罗志中说刚下完雨，回家也干不了啥活儿，正好晚上我给我大姑父家看新房子，留下来咱们好好唠唠。罗志中领着峰脉，又叫出了家住街旁一个胡同里的李忠臣，三人随便吃了一口，就去了西北街。

西北街的这个新区，是惠民县城达官显贵的聚集区。夜色来临，城里还很喧嚣，这里已很冷清，有一种高处不胜寒的意味。在志中大姑父家新盖的气派的四间红砖瓦房里，三个青年人彻夜长谈，从个人成长，到对创作班的看法。祖峰脉也毫无保留地道出了自己出来学习写作的初衷。后来没什么叙谈的了，志中说三个人都要交代自己的风流韵事，不能隐瞒，不说不许睡觉。说完规则，志中先坦白交代了自己上初中时，暗恋一个女生的故事，当听到被家长追打，李忠臣笑翻了，说自己那点风流韵事，跟志中比起来简直是小巫见大巫，说什么也不开口，志中只好逼峰脉讲。峰脉觉得城乡虽然只崎岖几十里，但毕竟是两个不同的所在，对乡下人不熟悉的陌生群体吐露一些秘密并无妨，就和盘托出了孟雪姑和高乐天的故事，当然也说破了暗恋雪姑那一层。罗志中、李忠臣两个人听完祖峰脉的讲述，趴在被窝里睡意全无，一致说峰脉小小的年龄，居然有了这样不平凡的经历。二人同时意识到，不像城里学员，学文学赶时髦的多，眼前的农村同学，之所以跑到城里来学写作，原来内心深处埋着一个不为人知的故事，那哪里是简单的恋爱故事啊，男的判了死刑，女的疯癫了失踪，这是一场悲剧啊……

祖峰脉回到靠山村的时候，除了车圈上、裤脚上沾满泥水，后座上还驮回来两桶豆油。父亲卖黄豆挤出来的买油钱，祖峰脉请同学一顿饭馆子吃掉了，他只好硬着头皮向罗志中借，也不宽裕的罗志中倾其所有，借他五十块，这才帮助在城里逛荡几天的峰脉向父母交了差，避免了一场批斗。

当然，祖峰脉隐瞒了请同学喝酒、卖盐被抓的事。

15

赶在农历六月中旬，铲完二遍地，农民又像画师一样，四轮、手扶、牛犁一起出动，将黄豆田一垄垄蹚起来。玉米苗也长到没了脚面，鸡钻田里见不到影儿，从冈上眺望，远方的田野齐整浩荡，连接白云天际。鹅头山下百虫遍野，野鸟飞鸣，谷底渠水染上绿色，连空气中，都弥漫着野草的浓郁气息。

抓住挂锄的有限时机，祖大消停张罗接房子了。三千土坯干透，甸子打回来的洋草晒蔫，房木东拼西凑，加上累年进山搂柴火夹带回来的，足够了。置办完米面油，赶集买十几斤猪肉，几邦克玉米小烧，几箱英雄啤酒，以及一些上席用的零零碎碎，邻居们再主动凑一些鲜鸡蛋，新摘下来的蔬菜，开工日一大早，帮工的纷纷聚到了祖家。除了祖家人，“孟大下巴”孟久林、“王大炮”王守礼、祖峰脉的表叔李德胜、拖拉机手贾永祥，等等，村民听着信儿的，都自发前来捧场。峰脉娘领着妯娌们择菜、焖饭，擦洗碗筷、桌椅，预备酒席。峰脉奶奶年近七旬，也耐不住寂寞，拄着拐杖，蹒跚到西院儿，倚墙头笑眯眯看热闹。绑完乾隆大钱，拴好避邪的红布条，噼噼啪啪放完一挂鞭，不等烟雾和硫黄味儿消散，捞头忙的李德胜就与祖德坤、祖德峰两个瓦匠一同指挥着，拎起绑石夯地基的，挽起袖口搬运土坯的，操起锹和泥的，抡起泥抹子砌墙的……村民们唱戏一样，近午就把一间新房垒出了模样。歇气时，大家东倚西靠，抽烟、喝水，打情骂俏，老屋厨房里传出了炒菜的爆锅声，油香气不停从窗口飘出来，在村庄上空弥漫。

“收工了，收工了，炒菜喝酒啦！”

孟大下巴嚷嚷，大家饥肠辘辘，但谁也不好意思说出来。祖大消停瞄眼毒阳，又瞄眼墙角蹲着抽旱烟的李德胜，李德胜心知肚明，扔掉半截子纸烟喊起来："大家再挺挺，饭前把房薄勒上，把房薄泥上上！"峰顶、峰脉和三叔、老叔等祖家人，心领神会，一拥去了柴火垛，打开塑料布，抱来山上割的苕条。见这场景，孟大下巴也吆喝村民们相帮着，竖起梯子，跳上房梁，嘴叼麻经儿，接住下面人"一二三"喊号子，"嗖嗖"扔上来的苕条个子，一捆一捆从房檐向上铺。前后坡两伙人，并排铺，边铺边用麻经儿在椽子上勒紧，半个小时，变戏法儿似的，苕条铺满了两坡，起了脊，新屋成形，两坡人房脊上呼喊胜利大会师……

孟大下巴饿急了，钻厨房抓了一个白面馒头，几口吞进肚子，上了力气，主动登梯子喊："加把劲！加把劲！"两袋烟的工夫，房薄泥封抹上了，太阳底下闪着油亮的光芒。接下来，村民屋外洗手，进屋喝酒。峰脉娘感动得笑逐颜开，与妯娌们大声招呼着，安顿好每一位帮工的，围坐在三张圆形的"靠边站"周围，把所有的好酒好菜都端上来，殷勤地伺候着。屋里吵吵嚷嚷的劝酒声，孟大下巴的吹牛声，草鸡窝里母鸡下蛋的咯嗒声，小燕子钻进厨房蹲房梁看热闹的叽喳声，把祖家接新房子的喜庆气氛推向了高潮。

酒足饭饱，大家带着酒气，个个晃悠悠回家休息。收拾一下屋里屋外，祖家老少也各自躺下歇着。原定房薄泥干一夜，第二天上几个人把房草苫上，就竣工了。下午，天长毛了，东北压上来一片黑云，接着西北也卷过来一片黑云。风带云进，云推风起，大热天一下凉爽了。回家休息好的孟大下巴，出门闲逛，见来雨了，跑到祖家呼喊："我说大消停啊，来雨了！快叫人苫房子，大雨一浇，房薄泥全浇掉啦！"

喊完，不等祖大消停发话，孟大下巴又钻进屯子喊："来雨啦，来雨啦，大家起来帮老祖家把房草苫上！"午睡的村庄一下被孟大下巴叫醒了……救急的村民从四面八方赶来，呼喊着，抱的，扔的，铺的，冒雨将房草苫上了。这时，大雨已经落得瓢泼一般，雨水顺着苫房草向下泻，新房不漏雨了，浇成落汤鸡的乡亲们才噼噼啪啪进屋里躲避。

大雨足足下了一顿饭工夫，积水的院里不断被雨点砸出一窝一窝的涟漪。雨稍小一些，救急的乡亲们谢绝祖家留客的好意，个个脸上洋溢着做好事的快意散去。末了，祖大消停硬将孟大下巴留下来，一顿酒的工夫，全是对孟大下巴的感激之词，当年孟大下巴索要高乐天给雪姑的秘密来信，被祖大消停卷出门留下的疙瘩，一下全解开了……

两间旧房也翻苫一遍，祖家顺利完成了接房子大事。“八一”建军节前后，忙碌的“麦秋”大戏又开始了。联合收割机“呜呜”着，不分昼夜地在田野上撒欢儿。

包产到户后，小麦收割历史性地从“镰刀战”中解放出来，逐步实现了机械化，先是“康拜因”收割机把小麦放倒在地，拉回场院脱粒，后来王大炮新购置一台“联合收割机”，边割边出粒，大大解放了生产力。一片一片橙黄的麦穗，被草绿色的联合收割机一条一块吞进去，屁股后不停裸露出齐整的茬口，蝈蝈惊得四处逃。接下来，小四轮“嗒嗒”着，洒下一路麦香，麦粒拉进村西集体场院里晾晒。夜晚，蚊子、小咬成群，灯下嗡嗡叫，与人类一同庆祝丰收似的。涨满水的润津河，隐隐从几里远的南方传过来西流的“哗哗”声，还伴有草甸子里此起彼伏的蛙鸣……

祖家的小麦收完，也晾在集体场院里。白天，祖峰顶去换工，帮助村民收麦子，祖峰脉就承担了晚上去晾晒台看护小麦的任务。

16

这天，祖峰脉吃了晚饭，拿了旧棉大衣，到了供销社后院的晾晒台，孟大下巴已经在一堆麦子旁边坐着抽旱烟。

峰脉凑过去说：“谢谢孟叔啊，那天下雨多亏您及时喊人。”

孟大下巴咧咧大嘴，掸掸身上的烟灰说：“说啥呢，大侄子，你们老祖家人性好，谁看到了能不帮！”

峰脉说：“孟叔，您说雪姑还能不能……”

孟大下巴看了一眼天上的星星，叹了一口气说：“谁知道啊，我看凶多吉少。要不说这人呢，不能和命争，当初要不是高乐天闹，你和雪姑是多好的一对啊。”

峰脉脸一热，急忙说：“叔，不提这个了，如今我只是想好好学写作，把这段故事写下来，这都是封建闹的！”

孟大下巴说：“好样的，雪姑没白交你这么个有学问的朋友！”

随即，孟大下巴就把祖峰脉不知道的一些老孟家当年想办法拆散高乐天与孟雪姑的细节，详详细细地向峰脉讲述了一遍。他最后说：“这也不能全怪我大哥，他是大队书记，自己的闺女跟流氓混在一起，脸上无光啊！”峰脉说：“我懂孟叔，是非功过我会慢慢辨别清楚的，但愿雪姑有一天能回到靠山村，哪怕是疯疯癫癫的……”

这时，天边打起了露闪，一股凉风扫来，村路边的杨树林“唰唰”响了一阵子。峰脉站起来，把手里的棉大衣给孟大下巴披上，转身照看自家麦粒堆去了。那一夜，他把麦秆堆掏了一个洞，身子藏在洞里御寒，几乎一夜没睡，脑海里不断涌现的，是当年与雪姑玩耍的场景。一次，也是麦秋，为商量解决孟雪姑与高乐天紧张的恋爱关系，又不致被村民发现，他与雪姑相约屯西头的一堆麦秆垛里聊。碰巧，雪姑的弟弟建军路过，听麦秆垛里传出嘤嘤的说话声，循声找来，堵个正着，他和雪姑掀开蒙头上的麦秆，趁夜色看不清人面，撒腿就跑，建军好像意识到了什么，在身后疯似的追赶。雪姑得过全乡田径百米竞赛第一名，前面旋风似的跑掉了，他却被建军追到学校操场，堵在教室门口雨搭下，让他交代那个女的是谁。他要滑打赖，说什么也没敢讲出真相……不久，黄豆熟了，白天割倒，晚上怕丢，家家摸黑拉豆子，手被豆枝划出血了也不喊疼，胶鞋被豆茬扎透了也忍着，单干后干劲冲天的村民，家家想把丰收的“金豆子”一粒不丢地拉回家，垛进院子里睡觉才踏实。为了写好雪姑和高乐天的爱情故事，他请求雪姑写出恋爱经过，交给他作为写作素材。

鹅头山南麓的深秋之夜，露水袭人。垛完家里的黄豆，祖峰脉晚饭没顾上吃，就与雪姑相约去了村西柳树成廊的南北砂石路。村路晦暗朦胧，村里不时传来犬吠，二人丝毫不觉得黑，不觉得冷，一路向南，边走边聊，一直走到三里外的润津河边，又折回来。村口临别，雪姑沉重而忧郁地递给他几页在口袋里已经攥出汗的纸，上面写着她与高乐天那一段隐秘的恋爱经过……从雪姑的言谈举止他能感觉到，雪姑是真心爱着乐天的，只是迫于世俗，乐天又采取了极端手段。因看出了雪姑迟迟走不出与乐天的感情，所以，暗恋雪姑已久的祖峰脉一直没好意思表白。为此他很自责，如果大胆些，雪姑有可能会尽快走出阴影，不至于后来抑郁疯癫，为“冲喜”家里又糊里糊涂地把她嫁给了屯东头跑了媳妇的张二傻，弄巧成拙发病出走、失踪……想到这儿，祖峰脉痛苦至极。自己能做的，就是练好手中的笔，为他们记录，为他们申诉。孟大下巴与他谈的一些细节，给了他很大启发，他主观上一些想当然的看法，与实际情况有着很大的差别。家人的逼迫，现实的冷酷，雪姑本就受伤、背负十字架一般的内心，很难走出看不见、摸不着的一张世俗的网……

接下来，他又找了德胜叔，小麦收割结束又找了王大炮，从他放学路上偶遇少年伙伴高乐天，受委托送私奔信给孟雪姑，被孟家人发现闹出一场轩然大波开始，峰脉了解了很多不为人知的细节……

17

黑土地上的八月，小麦熟了，黏苞米熟了，土豆面了，西瓜、香瓜也甜了，瓜果米香，风中飘荡，轻轻呼吸一下空气，人就陶醉了。辽阔的田野、房前屋后的小菜园，角角落落，结满了果实，红的、绿的、黄的、紫的……处处溢满着人类生活的美好，慰藉着辛勤劳作的庄户人。

这一天，祖家上上下下，又把新修缮的房屋进行了一番“货卖一张皮”式的打扮。洗被，洗褥，洗枕，洗衣，洗鞋，洗袜，洗帘，洗帕，洗巾，洗呀洗。拾掇屋，拾掇院，拾掇园，拾掇仓，拾掇厕，拾呀拾，尽管大家累得腰酸腿疼，但谁也不吭一声。

因为第二天，将有一伙尊贵的客人到来。

几个月断断续续的交往，朴实的祖峰脉给同学们留下了憨厚不失机灵，诚挚不失稳重的印象。县城同学之间，除个别要好的，多数仅在课堂上简单接触，没有过深交往的机会。甚至有的只是心血来潮，参加完开学典礼，象征性地听几次文学课，就在学员们的视野里消失，回到县城这个年龄的普通青年应有的小天地里。而像农村年轻人特别想了解工厂、商店遍布的世界一样，城里的青年们，同样对乡村生活抱有浓厚的兴趣。当然，他们向往的乡村生活图景多为诗意浪漫，以及对丰厚果实的分享，对农民背后付出的劳动汗水，生活的艰辛，知之甚少。这难免形成认识上的误区和思想上的浅薄。他们甚至把小麦苗当成韭菜，将蒲公英看成曲麻菜，分不清骡马、鸭鹅，有时像“三季人”一样，单纯，可笑，令人又捧腹，又可爱。

四五十号人的写作班，唯独祖峰脉一人来自乡下。他的农村故事，诱惑着城里的青年人。同时，一顿饭，一个包子，一块糖，一袋瓜子，一夜住宿，甚至一个微笑，都为城乡青年之间的友谊迅速架起了桥梁。为此城里的同学要么与峰脉的感情发展很快，要么对其不加设防，只要有一点点机会，就会演变成货真价实的“同学关系”。乡下青年祖峰脉身份上的绝对劣势，反而变成了与城里年轻人交际上的绝对优势。诚然，在人群里弱势常常被不屑一顾，遭遇鄙夷和轻蔑，但是人世间还有友善、同情、怜悯……这些有时反而会成为孱弱者奋斗的理由和动力。弱势，往往真的不完全是一件坏事情。

城里的小鸟要飞到乡下来了。

听到这个消息，祖家上上下下都兴奋得睡不着觉。像要迎接外星人光顾地球一样，他们的内心世界里实际是激动和恐惧并存的。乡下与城里生活的差距是明摆着的，就像家鸡与凤凰相比，差的不是一星半点儿，这给他们的心理上造成了很大的落差和压力。因此听说峰脉城里的同学要来家里“采风”，峰脉通俗地解释成“逛风景”，首先带给这个普通农家的是剧烈的思想斗争，然后才是快速战胜这种自卑的心理，共同商量，绞尽脑汁，应对高贵客人的到来。

其实，祖家人现在有一定信心了。大自然赐予的农家饭菜，新修缮的房舍，还有峰脉进城学习这几个月的进步表现，都给他们带来了一份很大的安慰。峰脉要是不愿联系人，人缘不好，城里人能主动到家里来吗？

他们接待的不是外星人，而是一群高贵的“天使”。经过一番激烈的思想斗争之后，祖家上上下下，包括东院的奶奶、叔叔们、婶婶们，都统一了思想认识——谁谁在城里有一门亲属，牛得不得了，这次能装一四轮子的城里“亲戚”到家里来做客，这是多么大的荣耀啊！他们愿意以最好的安排，最盛大的仪式，迎接贵客盈门。当然不惜破费之中，也夹杂着在村中扬眉吐气，而在城里人面前，如何做到不给乡下人丢份儿的双层含义。

第二天上午，一切准备就绪，苞米、倭瓜、土豆烀上了，茄子、鸡蛋焖子蒸上了，西瓜切开，香瓜洗好，鲜亮地摆上了桌子。猪肉、白酒、啤酒、香烟也购置齐全。峰脉到村西头迎了几次，临近中午，同学们终于进村了。一共十五人。巴银老师临时有事缺席，班长马秋生、张春丽带队，骑着自行车，穿得五颜六色，叽叽喳喳进了村庄。为了让村民们看到，峰脉没有领大家走近道，而是骑车子特意走正街，围屯子绕了半圈儿，方折回来进了自家的院子。惊得半个屯子鸡飞狗跳，很多村民打开房门，或站在菜园里，或在大街上驻足，或在井沿儿停下手里的镳铲把，以羡慕的目光一直盯着一群城里青年有说有笑地奔了村西祖家院门儿……

城乡之间“隔绝”得太久了，村民们都很好奇。

祖大消停换上了那一身只有他认为重要的场合才舍得穿一次的黑色咔叽布外套，头戴一顶蓝夹帽，脚穿一双老伴儿新做的黑趟绒懒汉鞋，高挑的身材，板板正正地领着老伴儿、峰顶、峰良出门来迎接客人。东院峰脉的三叔、老叔分别领着媳妇下地给黄豆拔大草了，留下奶奶看家护院。奶奶听见了动静，拄着拐杖，步履蹒跚地过到西院来，这位从清末民初走过来的老人，以世纪的眼光笑容可掬地与城里的孩子们一一打着招呼。

罗志中生于乡下，后随在税务部门工作的父亲进城，又熟悉又留恋乡下有菜园子的生活，他摘下园门的麻绳挂钩，第一个蹿进黄瓜地，一双小眼睛不够使唤，摸一根峰脉娘特意扎红布条留的“黄瓜种”，也没洗，掰一半就给了一旁他心仪的丁一兰，一起脆生生地嚼起来。瞬间一股黄瓜香味儿飘过来，勾出了同学们的口水，哪儿还顾得上矜持，一股脑涌进园子，香瓜、西瓜、柿子、草莓，一顿摘。马秋生甚至摸进葱地，拽下几根葱叶塞进嘴里就咔嚓咔嚓嚼起来。峰脉娘一边给大家介绍她的劳动果实。喊着罗志中摘了她留的“黄瓜种”，一边热情地端来水盆刷洗瓜果。女生娇气，洗了吃，男生们哪管那么多，说这都是绿色的，洗完吃就不是原汁原味了……

地僻多幽事，丽人更婀娜。窦海峰背来了相机，趁身后鹅头山飘来的云挡住了烈日，紧忙给大家拍照留影。闹完，大家进屋啃苞米、吃烀倭瓜土豆，品尝农家菜，又吵闹着喝酒喝到太阳下山，喝完了两箱啤酒……张春丽、丁一兰等几个女生着急回去，马秋生几个男生陪同。罗志中、刘凡革、李忠臣、窦海峰、张欢等五人醉醺醺倒进西屋新接的房子休息。晚饭，峰脉娘又包了芹菜馅饺子，峰脉继续陪五个同学畅饮，其间免不了又在发生爱情故事的村子，对小说《恋爱大队》的构思进行了一番现场讨论，直到个个醉得一摊烂泥，学起鸡鸣、狗吠、牛哞，出够洋相，方才睡下。

而这时，东方熹微，晨露如洗，已经鸡叫头遍了。

第七章

18

风吹来了，像一把梳子，在梳着大地上的一切。

太阳烤得大地火一样的热，偶尔有一股微风吹来，好像母亲为婴儿吹着发烫的额头，大地上的一切立时被吹凉了。

祖峰脉一面与创作班的同学们打成一片，一面偷偷地武装自己，这些淳朴的句子，他在练习写作时，一一记录在笔记本上。劳动之余只要有一些时间，他就不放松学习、练习。李成海最终考取了惠民师范专科学校，趁表哥放假回家，他又偷偷地跑去陆续借来了大学课本，写作、哲学、逻辑学、美学、心理学，如饥似渴地自学起来。不明白的问题，有机会就向表哥请教。他这个田野上的“大学生”，铲地歇气的地头、放牛的山坡、看护菜地的窝棚……处处成为他追求知识的场所。有时忘情，家人地铲半截了，他还埋在地头读书，父亲的一声吆喝惊醒了他。有时放牛，牛钻进玉米地祸害青苗，被人谩骂着找到家里，他才知晓。有时承包田里的西红柿被过路的孩子偷去了，他也不能发现……除了小说，他练习各种文体的写作，一遍遍地修改、投稿，向文化馆和“北函”创作中心交作业。生活可以艰难，卑微也可以迁就，但理想不能泯灭……实现理想的干劲和勇气，在他的血脉里像野草一样郁郁葱葱地生长着。

他的小说《北大荒的呼唤》改编成了舞台剧，在艺校汇报演出中获得了成功。汇报演出刚刚结束，临近中秋节，巴银老师在课堂上宣布了一个利好消息——江城日报社将举办首届“明月诗会”，除了参赛者，诗会特邀请一批文学爱好者参加。春雷乍响一般，这条消息在创作班霎时开了锅——能够有资格参加一次全市的文学活动，这是梦寐以求的，想想都使人激动!

祖峰脉也报了名。他想，通过这几个月的学习，是到了去更大的地方开阔视野的时候了。不久前，“北函”邀请他参加文学笔会，他没去。虽然食宿免费，但车费不免。家里刚接完房子，又接待了同学，东借西凑的，再没能力拿钱供他挥霍。接到邀请函后，他怀里的“小兔子”虽然暗中蹦跶了几天，可最终选择了向现实投降。

但这次，他有什么理由不参加呢?

“你必须得参加!”巴银老师关爱的话语里，目光有些冷峻。“几个车票钱儿，回去跟你父母好好谈谈。”

“峰脉，你去吧，车票我给你买。”看出了他的难处，一天下课，在大礼堂门外，班长张春丽对他说，并依然用一双不大不小，却充满温馨的目光注视着他。春丽与巴银老师年龄相仿，已至而立，在班里是公认的大姐。也许是峰脉的勤奋和才华，也许是农村青年身上那种特有的朴实劲儿，使善良的春丽对他的关心总比对别人多一些。

“这……谢谢春丽姐!”祖峰脉没有不知深浅地接受春丽的这份好意。他心里面想，纯洁的真挚的友谊来之不易，需要培养和呵护，不能随随便便地支取。自己和春丽认识没多久啊!因为家中三个“小蛋子”，没有姐和妹，对于春丽的关心，他认为除了偶尔补偿一下姐姐般的温暖，还能有什么与众不同吗?春丽毕竟不能像亲姐姐一样，可以随便地去倾吐心声，寻求呵护，尤其那些关于窘迫生活的话题……

家里的小麦丰收了，祖峰脉除了脱谷时努力表现，到了交定购粮的时候，他又找惠民粮库的小雷子，验等、过秤、卸车、算账，一路加塞儿，不仅使家人与三轮大摩托免遭排队之苦，在父兄、叔叔们面前他也风光无限——于是，作为奖赏，售粮有了现钱，祖大消停支持儿子最后一个报了名。

其实，祖大消停从老伴儿那里听到了儿子要去几百里外的那座城市参加诗会的消息，心里就一直热乎乎的。自己二十几岁的时候，到那座工业发达的城市找过活干，一个是工厂，一个是铁路，坚持下来的人后来都转正进了城，自己受不了当牛做马的气，就失去了留在城里的机会。当时甚至有个姑娘看好他，偷偷塞给他钱花。后来娶了峰脉娘，虽然这是一个很能干的女人，一心一意跟他过日子，本来他不该有非分之想，可人的青春只有一次，年轻时经历的事，想想都是美好的。那女人姣好的面容，在化工厂看守水房子的岗位上，经常停下手里打毛衣的活计，偷偷塞给他块八角的零用钱，并用一双含情的目光盯着他看的那些个美好的瞬间，只要有人提起那座城市的名字，就时不时地从他长满灰尘的心底里翻腾上来，温暖一下他艰辛的生活。人很怪，尽管自己后来相看了七八个女人，感觉上都没有那个女人更适合些，更热烈些。初恋，或者暗恋，总是缠人一辈子。这是他大半辈子得来的结论。人啊，都是命！这也是他对无奈的生活妥协之后悟出来的结果，以此来安慰自己当初的懦弱、退缩和保守，以及对青春的愧疚。后来一直没有机会再去那座城市。听说峰脉获得一个去那儿参加诗会的机会，他一下子想到了当年那件事儿。是啊，时光真快，二儿子都到了走南闯北的年龄……因此他暗下决心，参加市里的活动是一件荣耀的事情，再不能让儿子像老子一样保守，留下遗憾……

我们生活的这个世界的角角落落充满机缘，奋斗者的优势在于有更多机会去激活人生旅途中的机缘。一个时期以来，由于儿子学写作的缘故，祖大消停感到自己在乡亲面前很有面子，破费几个钱财也值得。只要经济上允许，祖大消停当然会同意峰脉的行程。现在，小麦卖了，他这个祖家的掌权人，一时有了这个能力，去帮助家庭成员尽量向前走。在这个有一定眼光，又不能完全脱离小农思维的父亲心里，梦不梦想的他没敢想，更没敢想支持儿子写作会有什么结果，只是为了实现眼前的一点点小满足，在艰难的生活中看到一丝光亮罢啦。

19

这时，早晚天气已经转凉了。临近中秋节，一场秋雨，又落在了惠民县城。这个经济正在爬坡的农业大县，一切，都按部就班地进行着。因为财力有限，原来大街小巷尘土飞扬的砂石路，还只能先将主街道铺上水泥板。

巴银老师提前几天被江城日报社诗会筹备组抽去帮忙了。丁一兰有事要办，也先一步到了市里。除了请假不去的，诗会实际参加十二人。班长马秋生因故不能成行，诗会前一天，一同前往江城报到的人，由班长张春丽带队。

大家约好了在文化馆门前集合，一起去火车站。但路上遇到了风雨，峰脉迟到了。张春丽和几个同学赶到文化馆等了半天，不见峰脉，怕赶不上火车，只好打三轮车先走了。路上大家埋怨峰脉，春丽急忙解释说一定是大雨隔乡路上了。

当祖峰脉浑身泥水，骑车子赶到文化馆的时候，雨停了，正碰上同学林红霞。林红霞在农行储蓄所上班，上午办完业务，下午和同事串了班，刚急匆匆赶过来，见没人，正戴着近视镜在文化馆门口焦急地东张西望。两个人在班里见过几次，但没有过深交往，现在见了，相互如同救星。祖峰脉急忙把沾满泥水的“大金鹿”存放到文化馆院角里，跑到街上打三轮车，站了一会儿，也不见出租车过来。又站了一会儿，还不见车影儿，祖峰脉转身跑回文化馆院里，把“大金鹿”推出来，对林红霞说：“打车来不及了，我驮你去车站！”林红霞的脸一下涨红了，看了一下表，只好坐上了“大金鹿”的后座，两个人匆忙向西南城郊的火车站奔去。东西主大街上刚修下的水泥路上铺满了养浆的黄草袋子，又刚刚下过雨，湿漉漉的，“大金鹿”载着两个狂热的文学青年，在草袋子上碾过，明晃晃留下了很深的车辙印……

惠民距江城一百八十公里，一天两趟火车，白天一趟是从东安农场到江城的快车，要走三个半小时。晚上一趟是从哈尔滨、绥化绕过来的慢车，见站就停，要走五个多小时。惠民县城到江城出差的机关干部、办事的各色人等，除没赶上快车，或临时决定出差的，或图省几个子儿、肩扛大包小裹的乡下人，都选择下午一点钟的这趟快车，午饭后上车，到市里赶下班前办完事，第二天早晨又能乘这趟车返回。一次惠民某局的一名机关干部到市里办完事多逛游一天，回来谎称火车满员，耽搁了。领导在机关大会上幽默地批评他说：“你这个人哪样都好，就是不会撒谎，从江北到江南，从来没听说过火车坐满员！”

由于乘快车的人多，到了午间，站台上总是人山人海。去年秋天，到隶属绥化地区管辖的三个收皮人的家乡，给惠民白酒厂联系收玉米，祖峰脉乘坐过一次开往绥化、哈尔滨方向的慢车，那是他平生第一次坐火车。开春到东安农场与德胜叔、孟大下巴卖猪崽儿回来，也坐了一趟慢车。这回与县里的同学们一同出门，要乘坐快车去市里参加文学盛会，祖峰脉心里像点燃一盆火，感觉自己整个人都在燃烧。当林红霞帮助把“大金鹿”寄存在一个在车站候车室门角卖书刊的高中女同学那里，两个人急匆匆买票走进站台的时候，张春丽、罗志中、李忠臣等八个同学正焦急地向检票口张望着，见俩人扑进来，同学们笑着围过来。罗志中说你们俩约好了一起走啊，事先也不吱一声，这家伙把我们急的！

一番没影儿的话，使二人尴尬得一个字也说不出来。

“呜——呜——呜——”，这时，东面传来了火车的鸣笛声，火车快进站了，这才给二人解了围。火车“咣当”几下停稳，在乘务人员指挥下，十个同学各自找了车厢，拥挤着、叫嚷着，一个个拥进了车里。祖峰脉和林红霞后买的票，一个车厢，与大家不在一起，刚才在站台上让罗志中一说，两个人坐在一起都很尴尬。待火车开动了，嘈杂的旅客坐稳了，罗志中过来了，祖峰脉急忙让志中帮忙调换了车厢，他和林红霞便与同学们聚到了一处。这时，祖峰脉才认真观察了一下自己，在家刚刚刷过的白回力鞋上，裤脚上，全是泥斑。雨水淋过的头发，风吹干粘在了一起。一身廉价的灰色西装，和一条花色领带，裹得他浑身燥热。这身西装还是去年秋天出门联系收玉米前买的。记得当时办完事回来，一进村，街上的村民远远就投来惊诧的目光。他是靠山村第一个穿西装打领带的小伙！再买不起皮鞋，只好买了脚上穿的这双回力鞋。白回力鞋配西装，祖峰脉心里头总觉得有些别扭，现在又被雨水弄脏了，就更有些不自在了。

对于祖峰脉的不自在，林红霞看在了眼里，甚至想掏出纸来让他擦一擦，可一想到同学们的进一步误解，便沉默了，继续与大家有说有笑着，假装没看见，免得峰脉尴尬。高中毕业，差几分没考上大学，听了在农行上班的父亲的建议，内招考进农行的红霞，第一次被男青年驮在街上奔跑，心里扑通扑通一直在跳……

20

诗会住宿安排在江城体委招待所。这个江城最大的体育场，报社、文联、作协、《青年文艺》编辑部、群众艺术馆，均分布在看台下面的圈楼里，透着浓郁的文化气息。巴银老师早已等在那里，帮每一个人安排好了房间。大家各自认领，放下包裹，很快又聚集到巴银的房间，像一群出笼的小鸟，七嘴八舌地打听接下来的日程。与巴银住一个房间的是一位外县文化馆创作员，知趣地躲出去，找邻屋其他县的同僚聊天去了。介绍完诗会日程，巴银答应晚饭后带大家去逛公园，大家欢呼雀跃。这时，丁一兰慢慢推门进来，仍然是一脸的灿烂。为了表达特立独行，又没去接站的歉意，还买一方便袋冷饮分给大家，每人一支。光顾兴奋了，连热带渴的同学们，一拥而上，抢过冷饮就吃起来。其实从靠山村骑车子冒雨赶到惠民城，又辗转到了江城，峰脉早已经是又热又渴又饿了。待大家哄笑着抢完，他接过一兰微笑着递过来的一支冷饮，道过谢，就仿着大家一同吃起来。那东西像火炬一样，上半部分尖尖的，凉凉的，白白的，一股奶香，很好吃。开始时，他吃的速度与大家一样，吃到“火炬”手柄，他突然慢下来，因他不知道手柄是否能吃，只好装作慢慢享受的样子，学城里同学用舌尖舔。一点一点，舔到最后，他见罗志中吃掉了上端奶油的部分，又吃起了手柄，传过来“咔咔”的清脆声，于是他也学着小口咬起来，才发现手柄很脆，很香甜。他这才知道，这种叫“冰激凌”的冷饮，手柄部分是用蛋黄做的，可以吃。倚在床尾的林红霞，觑到了祖峰脉的尴尬，急忙把目光移开。

晚饭后，大家一起逛公园。公园就在体委招待所的对面，老树参天，古迹遍布，游人如织，哗哗的流水声不绝于耳。摩天轮、海盗船、碰碰车、射击气枪、游戏套圈、游水划船，应有尽有。正是太阳下山的时候，光线温和，这下可忙坏了脖子上吊着相机的窦海峰。他跑前跑后，给同学们照相，跑到前面回头抢拍师生游园的场景，有说有笑，不厌其烦。渐渐大家忘情而疯，树前、湖边、亭台、楼榭，处处留下了或单独，或三三两两的倩影。巴银老师、张春丽压着阵脚，峰脉打着领带，挽着袖口，左腕搭着西装，脚上穿着白回力鞋，下田晒黑的面庞笑容可掬，腼腆地跟在两个人身后。春丽推了几次，峰脉才跑到镜头前单独照了一张。巴银嘱咐窦海峰留几张胶卷，出门照合影。天黑之前，大家沿着甬道，从公园东面的正门出来，只见巍峨的大门上写着六个大字：江城人民公园。大家拍了合影，门里的一圈金黄色的菊花墙开得正旺，女生们纷纷倚在旁边摆姿势，抢着拍。连热带忙，窦海峰头上早就浸透了汗水，直到135相机里的胶卷拍光了，才回招待所。大家聚到巴银老师的房间，又叽叽喳喳说了两个小时，才各自散去。峰脉与罗志中一个房间，刚进屋，巴银就过来敲门，叫他俩一起出去烤羊肉串。待三个人转出了弧形的走廊，走下出口的台阶，几个县的文化馆创作辅导员已经等在那里了。招待所前面有个方圆几百米的人工湖，路灯照射下，湖光树影，一旁的木板房下有几位戏迷，在忘情地弹唱。六七人穿过南侧宽阔、气派、连体的工人文化宫白色三层大楼，来到广场中间的一座雕像跟前。雕像挥舞着右臂，五指伸展，煞是威风。其间一个瘦削的很活跃的诗人突然问：“你们猜，伸出的五个指头是什么意思？”一个人答说：“明天早晨五点钟起床！”大家一阵惬意的笑。活跃的诗人说：“不对！明天给每个人涨五块钱工资！”逗得大家又一阵惬意的笑。笑毕，大家奔广场对面的烤串摊走去，老远就闻到了烤肉的香味儿，峰脉偷偷问巴银：“这个人是干什么的？真有趣！”巴银说他是江城一个区文化馆的创作辅导员，诗歌写得相当漂亮，全市一流，省里挂号！听后，一股钦佩的洪流涌进了峰脉的心头……有说有笑地吃完烤羊肉串，喝了几瓶啤酒，已近凌晨，天突然落起雨来，大家赶紧往回跑。雨越下越大，衣服被淋湿了。瘦削活跃的诗人从口袋里掏出一个白方便袋，套上头，做鬼脸，逗得大家前仰后合，笑声一路洒落在江城的雨夜里……那以后，祖峰脉再没忘记这次雨夜，每次回忆都充满欢快和美好的感觉。

21

第二天，“明月诗会”在工人文化宫举行。工人文化宫的大会场里人头攒动，全市十县六区的一千多人参加了诗歌朗诵会。朗诵会开始前，诗会主办方江城日报社领导致辞，对京城、省城莅临诗会现场指导的著名诗人、著名编辑表示衷心的感谢！对参加诗会的作家、诗人和文学爱好者表示热烈的欢迎！对诗歌参赛者表示由衷的祝愿！然后是诗歌朗诵。二十位入选的参赛选手在舞台上或低昂，或高亢，均富有感情色彩地朗诵了他们的诗作。评委现场打分，最后评出一二三等奖和优秀奖、组织奖，当场公布，并在欢快的礼乐声中举行了颁奖典礼……巴银朗诵的作品《总想走进你心里》获得二等奖，当他梳着长长的背头，左摇右晃地走上领奖台时，同学们使劲地为他鼓掌，老师的骄傲，也是一县的骄傲，当然更是他们这个创作群体的骄傲……

下午，参加诗会的很多爱好者已经散去，江城日报社专门在工人文化宫大会议室，为有志从事文学写作的业余作者举办了文学讲座。来自京城、省城的“文学使者”，结合自身的写作经验和全国的文学形势，为与会者进行了精彩的演讲。祖峰脉听得如醉如痴，记满了笔记本，连上厕所的工夫都舍不得浪费。晚上六点半，文学爱好者专场舞会如期在工人文化宫二楼舞场举行。祖峰脉和同学们交了组委会统一赠的门票，进去后，瞬间被眼前的阵势震住了。只见二楼舞厅霓虹闪烁，里端伴奏的乐队，拉拉唱唱，吹吹敲敲，舞曲飘荡在长方形的舞池，缭绕在舞场的各个角落。等他们怯怯地走到里面找空位置坐下来，已被迎面扑来的一缕缕粉黛之香熏醉了。

是的，除了巴银，来的同学谁也没有跳过舞。还没坐稳，巴银已经邀请一位相熟的女诗人跳起来，女诗人的白色裙裾曳地，很明显是特意准备的。巴银走起路来“咔咔”响的皮鞋，轻盈地随着舞曲转动着，不时地将红地板画出弧形，女诗人一圈一圈地跟着旋转……太美了，同学们的目光里无不闪着赞叹。一曲终了，一曲又起，三步，四步，《蓝色多瑙河》《青春圆舞曲》《夜来香》……起跳的人越来越多，不一会儿，舞池里转成了一团。祖峰脉和同学们面面相觑，坐一旁长椅上，越发地生出尴尬之感。张春丽鼓励大家下去跳，就连活跃的罗志中也没敢造次。巴银过来邀请春丽，把春丽吓得躲躲闪闪。刚刚给大家买了饮料，巴银又被一位外县的女文友邀请下了场……

在城里人的舞跳得正疯的时候，一旁凳子上的祖峰脉，思绪却飘走了。他宽阔的脸庞流转着灯影霓虹，目光里夹带着淡淡的笑，心头却兀自复杂起来。眼前繁华的场景，使他不禁想起了土地上耕耘的父母、兄弟，以及三叔、老叔、德胜叔、孟大下巴，乃至整个靠山村的父老乡亲。这真是两个不同的世界啊！原以为惠民县城就包含了城市的全部内容了，看来，外面的世界远远超出了自己想象。眼下，自己着西装打领带、脚蹬回力鞋，夹杂其间，像一个怪物……刚刚还热血沸腾，融入舞会氛围的他，自卑感突然又冒出来，魔鬼般盘踞上心头。

为了迎合气氛，祖峰脉眼望霓虹旋转的舞池，痴痴地傻笑着。

与春丽和丁一兰有说有笑的林红霞，注意到祖峰脉的表情里透着一种忧伤。敏感的她把自己一口没喝的饮料，送过来塞到祖峰脉手里，什么也没说，又匆匆回到了自己的座位上。这时，一个翩翩男子，邀请几位女同学跳舞，被一一婉拒后，又笑眯眯地邀请峰脉。他的脸一下羞得涨红了，起身说："对不起，我不会跳舞啊！"打着白领结的翩翩男士微微一笑，手掌一伸，示意他坐下，便寻觅下一个舞伴去了。

从舞厅出来，仲秋的夜风格外凉爽。同学们受到了打击，一声不吭朝住处走。走着走着，前面的张春丽打破了沉默，回头说："没啥！回家我带你们去学跳舞！"

此话一出，同学们一下活跃起来，你一言，我一语，开始描绘起"舞蹈人生"了。随大家身后，祖峰脉却怎么也兴奋不起来。借路北体育场圈楼里体委招待所窗口迷离的灯光，望见门前湖畔风吹落的几片柳叶，他想，中秋后，家里的大豆该收了，土豆快起了，接下来苞米也该掰了，自己跑城里要闹完，应尽快赶回乡下去，加入"秋收会战"，自己真正的舞台，在田野上。

第八章

22

祖峰脉到江城参加诗会的消息，村里很快传开了。

当祖峰脉从江城回来，尽管绝大多数村民还不清楚“诗会”是怎样一个好玩的东西，就迷迷糊糊做了“新观念”的俘虏，尤其干了一天的农活，腰酸背痛，枯燥乏累，连冷在席炕上的老婆都不想碰一下的时候，黑夜里都能看到报纸糊过几次的房笆，闻听着老婆孩子的鼻息，不由对全村公认的“二流子”、不务正业的祖家二小子，冥冥产生了不少羡慕、敬佩的情感。

过了中秋就是国庆，“两节”期间黑土地全面进入了丰收季。麦麻秋一过，接下来就是掰玉米、割黄豆、起土豆、砍白菜、削萝卜的大秋、老秋。

乡谚：三春不如一秋忙。

祖家上下氤氲在儿子赴江城参加诗会的荣耀里，尽管秋收像往家抢东西似的十分忙乱，还是给祖峰脉参加文学活动一次次开了绿灯。

那天，参加完“明月诗会”，第二天巴银单独引峰脉见了江城日报社副刊的编辑，拜访了《青年文艺》编辑部的闻主任、牛编辑，对他的小说《北大荒的呼唤》面授机宜。然后又到市作家协会、群众艺术馆，见了各位领导、老师。巴银领着他整整跑了一上午，在体育场的圈楼里转来转去，把他这个农民作者推荐给江城文学界，一个个久闻大名的人物被请下了“神坛”，使峰脉眼界大开，深受鼓舞，内心里对巴银老师充满了感激之情。

当惠民效仿江城，也要办“金秋诗会”，抽调祖峰脉进入筹备组的时候，这个正在田间与乡亲们一起忙活收获、一身秋野气息的小伙子，第一感觉是诚惶诚恐，倍感荣幸。他轻而易举地说通父母，又颠儿颠儿地跑到文化馆辅助巴银筹备诗会去了。

“金秋诗会”的规模不亚于“明月诗会”。参赛者遍布县、乡、村，朗诵当天，大礼堂通开的两层楼会场爆满，足有千人。

这是一个生产诗歌的时代！这是一个文学狂热的时代！被禁锢太久的人们刚刚解决温饱，就开始追求精神上的丰富多彩！文学是解决精神饥渴最简单的捷径，诗歌又是捷径上的一匹快马！这可忙坏了巴银和祖峰脉，参赛投稿的信件像雪片一样飞来，巴银的办公室里堆积如山。巴银负责会务的筹备，把稿件清理筛选的重任交给了祖峰脉。祖峰脉则把这没有任何报酬的劳动当作至高无上的荣誉和学习的良机，当作对巴银老师举荐提携之恩的报答，发挥农家子弟吃苦耐劳的本色，任劳任怨，做到梳理的稿件一篇不漏，列出的清单一目了然，提出的意见客观中肯，得到了巴银的高度肯定。他本来担心峰脉忙不过来，是想再请一两个学员过来协助的，没想到这个乡下学员完成得如此完美。他用惊诧而欣赏的目光盯着峰脉说：“小伙子行啊，很有组织才能和艺术欣赏眼光嘛！”

肯定对一个务实的劳动者而言，是胜过任何真金白银的最高奖赏。这对于一个初出茅庐的“愣头青”而言，尤为重要。毕竟，农民劳作时在野风呼啸的土地上跳舞，与麦克风隆隆作响的舞台比起来，差别太过悬殊。接下来，自从扮演上“诗会筹备者”这个光荣的角色，祖峰脉就有意识地开始验证自己的能力了，因为那关系自卑感，能否暂时地、部分地转化为一种前行的自信和动力。

诗会进行得非常顺利。精选的二十名选手走马灯似的登台朗诵，评委当场逐一打分。最后五分钟，观众屏住呼吸，等待宣布比赛结果的时刻，偌大的会场里仿佛空气都凝滞了。这时，一名身穿白色老头衫、剃光头的青年，突然冲到了台上。大家还没醒过神儿来，光头青年已经站在舞台中央的立式麦克风前，双手托举几页诗稿，开始激情地朗诵了：“下面我给大家朗诵一首诗，诗的名字叫《苍蝇》。”

一只苍蝇

飞舞着
飞舞着
飞过了高山
飞过了江河
又大摇大摆地
飞进了城市
想像城里人一样
过一番体面的生活
可是，可是
飞着，飞着
它还是觉得
自己属于那个肮脏的角落
自己属于那片土灰的田野
……

朗诵到最后一句，光头青年将手里的诗稿向空中一抛，目光随着那诗稿轻轻滑落，声音由高到低，在凝滞的空气里形成一条弧线。最后，他虔诚地哈腰捡起诗稿，彬彬有礼地向观众鞠了一躬，说一声“谢谢”，又旁若无人地走下台来。在秃头青年朗诵的五分钟里，台下突然死寂一般，感觉只有灯光“沙沙”作响。但是，就在秃头青年若无其事地走下舞台的瞬间，观众席上“哗”地响起了一片雷鸣般的掌声，那掌声超过了前二十名正式参赛者的最高分贝。

面对这名天上掉下来一样没规矩的自由朗诵者，事后张馆长对巴银进行了最严厉的批评。张久诚端坐在馆长室里，梳着严谨的分头对他的下属说：“你是怎么搞的，现在的青年对文学已经狂热到了一定程度，难道你心里没数吗？你不仅要搞好教学和鼓励，还要加强引导和管理，今天大庭广众之下出现如此恶劣的笑话，就是一个信号，指不定哪天还会闹出什么幺蛾子来！”

本来很成功的一场诗会，一首《苍蝇》搅局，给搞“苍蝇”了。巴银内心不乏委屈，深感世事艰辛。艺校三个班，唯独创作班坚持得最好，活动开展得也最多，大家评价也最好。可是在这个文人相轻的小小文化单位里，早有人因为嫉妒，暗中使绊子，鸡蛋里挑骨头了，风言风语已经传到了巴银的耳朵里。他谨小慎微，恐怕闹出什么意外，打破惠民文学良好的局面，影响发展势头。为此他很挠头。在答谢评委的晚宴上，诗人们都说没关系，这正说明文学发展已成燎原之势，形势一片大好。巴银连连举杯感谢，心里却五味杂陈……

虽然巴银没有迁怒祖峰脉，可祖峰脉回乡后一直在反思，到底是哪个环节出了问题，还是得罪了什么人，有人故意制造麻烦来打击自己？还是自己这个别人眼里所谓的惠民文学“红人”，遭受了看不见、摸不着的嫉妒？祖峰脉越想，心里越糊涂。但是这使他第一次意识到，文学圈子里，不都是纯洁的。诗歌的韵律中，不都是美好的。实现文学梦的征程中，不知还会有多少意想不到的障碍横在前进的道路上……

23

无论如何，祖峰脉深深地知道，与半年前刚进城那阵子相比，目前的情况改善了许多。一片崭新的文学天地，已经被开垦出来了。他这一棵来自乡野的文学幼苗，不仅在一个县的文学土壤里生根发芽，又开始向一个市、一个地区进军了。如果不出意外，短篇小说《北大荒的呼唤》继艺校汇报演出成功之后，不久将会在《青年文艺》亮相，他将成为创作班第一个正式在全国发行的文学期刊上发表作品的人。每想到这里，他的心里都扑通扑通地跳几下。同时，参加艺校学习，尤其市县举办的两次诗会，他与诸多师友相识。自己出身卑微，可是在文学这一片天地里，他隐隐感觉一朵“野花”似乎更受青睐——巴银老师关爱有加，张春丽、马秋生、丁一兰、罗志中、张欢、林红霞等同学纷纷伸出援助之手，家中辛劳的父母兄弟，也尽可能地在身后支持着自己……

一点一滴的温暖，支撑着乡村青年像一名斗士，年轻躯体里呼呼燃烧的灵魂，跌宕于梦想与现实之间，起伏于懦弱和勇敢之间，穿梭于城乡之间。

然而，现实是实实在在的。不管精神世界多么饱满，肉体无处安身仍然是丝毫未改变的现实。猛烈的火焰，迎头遭遇的则是更加猛烈的海水。进步给人注入活力，进步也给人制造更大的麻烦和困难。面对越来越好的学习环境，祖峰脉舍不得后退半步。一九八六年十一月八日，他在日记中展开的自己与自己的心灵对话中，甚至快乐地描述了这其实无头苍蝇一般的奔波生活。

在走向文学的道路上艰苦跋涉。

忙！忙！！忙！！！

一连几日未能记日记，不！不是不能，而是没一点工夫想起写日记！！

多少天来，没能一回很好地在家早睡、看书。不是看菜、看豆，就是去县城。

仅就住宿情况分析一下：

九月三十日晚与十月一日晚，在惠民师专中文系吕兴安那住。按民间话说，那里是“大学生宿舍”。

十月二日晚住在罗志中那里，与罗志中、李忠臣、朱志辉谈至深夜。

十月三日晚，打一宿豆子，没睡。

十月四日晚去惠民，住罗志中家新居。

十月五日晚演出完，罗志中突然告诉其家没地方，住在文化馆。

十月六日住在马秋生水果商店。

十月七日（昨晚）选一宿豆子。

十月八日（今晚）方入床，写日记。

唉！真忙！小说无日可待！

吃完这一顿不知哪里去吃下一顿，睡完这一夜不知哪里去睡下一夜，他这个村民心中的“二流子”“骄子”，孤魂野鬼一般游荡在惠民城的大街小巷。同学的单位、家里，乞宿文化馆……为不致露宿街头，只要能瓜葛上一点儿，他就像狗皮膏药一样贴上去。

尊严，食不果腹、居无定所之人，还顾得上谈尊严吗？

不过，与纯粹的因生活所迫没了尊严不同，退一步，祖峰脉就能回到乡下温暖的家，有吃有住，不失尊严。可是“外面的世界”强烈地吸引着他，他觉得自己不差啥，应该沿着文学梦，丢弃生来就低人一等的尊严，而去争取同一国度里平等为人的尊严！同时——他隐隐意识到，自己已经寻求到了争取平等的一点儿缝隙、一点儿玄机、一点儿窍门、一点儿希望，并且在艰辛的寻找中感受到了一种从来没有过的快乐。

那一天，已经在罗志中家寄住一天的他，晚上与同学在文化馆共同观看完一场艺校汇报演出，罗志中手把大门突然面带难色地对他说：“峰脉，家里来客了，今晚你不能去住了。”正陶醉在汇报演出中的祖峰脉，瞬间掉进了冰窖里。他怔怔地看了罗志中半天，一句话也没说出来。因为，罗志中的话意味着，他心有余悸总是担心的事情又发生了，今夜他将再一次无处安身。

同学之情在生活中寻找。可现实是，面对生活中的重重困难，再要好的同学也不能做到百分之百。更何况，有几个城里同学会想到，当他们无忧无虑地饱餐酣睡之时，一名白天还貌似不分高低贵贱、一起追求文学梦的农村同学，在夜色来临之际，却为了一餐饭，为了一张床，搜肠刮肚，迎着瑟瑟的晚风走在大街上，走在晦暗的人生路上呢？

此刻，为了不露宿街头，乡下青年甚至想放弃尊严去乞求。可是，茫然四顾，街头没有一个熟人，他能向谁去吐露心声、诉说苦衷呢？

这不是傲慢，是根本就不受理！垂死挣扎的城乡二元结构，仍然没有给乡下青年留下一丁点儿插足的机会。

他联想到了一条流浪狗。自己现在的情形与一条流浪狗有什么区别呢？

辗转街头，终是无处可去的他，又折回文化馆值班室，厚脸皮将就了一夜。他感觉任性人生，自己又将自己逼上了绝境。

24

时令到了十月中旬。

乡谚说：白露烟上架，秋分不生田，寒露不算冷，霜降变了天。小兴安岭的脚下，最低气温逼近了零下十摄氏度。第一场雪像极了一群无家可归的婴幼儿，有些不知深浅，早早飘了下来，为残秋时节的田野蒙上了一层碎银白。可是到了中午，阳光稍微上来一些，一层薄雪转眼就化没了踪影。

庄户人下地收秋，已经到了穿多厚的棉衣也不觉得热的季节。

“秋收战役”一结束，趁头场雪没站住的空隙，祖峰脉跟父兄二人先到鹅头山上搂了几天柞树叶子，备好越冬的烧柴，才回到文化馆上课。

这天上完课，他在巴银的办公室嗫嚅半天，才谨慎忐忑地提出了自己思考良久的想法：

“猫冬了农村没什么事，我能不能……能不能在街里找个地方住下来学习呢？”

“这个嘛……这个想法很好啊！”先是一怔，很快巴银的眼镜片后有一道锐利的白光闪过，他仿佛发现了新大陆一样。其实，他多么希望立刻将爱徒带在身边啊！“我跟馆长说说，看看能不能住在馆里，再多少给解决点生活费！”对于巴银的反应，祖峰脉心头翻滚、目光闪烁——那是意外、吃惊，以及感天动地一般的喜悦……

实际巴银心里非常清楚，为农村学员解决吃住问题的难度。当初在招生馆务会议上，就此问题进行过激烈的讨论。文化馆一面要承担汹涌而来的群众文艺繁荣的培训任务，一面受惠民这个国家级贫困县财政拨款事业单位经费有限的困扰，当时决定不为农村学员安排住处，实属无奈。但是现在，被祖峰脉一个时期以来吃苦精神、优秀成绩打动的巴银，血管里的血直往上蹿，脑瓜筋一蹦，对解决这个他其实心里一点儿底没有的难题，居然大胆表了态。也许那一瞬间，他意识到的，不仅仅是身边缺少一个帮手。

他几乎形影不离地把祖峰脉带在身边。请市作协的一位诗人前来讲课，他也让祖峰脉参加陪同，并介绍祖峰脉认识县电视台、广播电台的编辑、记者、惠民师专中文系的大学讲师。巴银把这个优秀的农村学员当成兄弟，常常领到家中用餐。有时学生实在无处栖身，善良的郑梅就主动带孩子回娘家过夜。有时峰脉没地方吃饭，巴银就带他到岳父家蹭。巴银一家人，包括岳父岳母以及唯一的没娶媳妇的儿子，对祖峰脉均给予了极大的包容和热情。而祖峰脉，空着肚子，常常手里端起饭碗，眼窝就湿润了。

老师加兄长的帮助更增添了他奋斗的力量。他一面谦恭地接触惠民文化界的上层人物，一面暗暗下着笨功夫，不断地温习写作技巧和不停地练笔。然而，改革伊始的城门依旧像一堵不透风的墙，无情地紧闭着，找不到一丁点儿可以穿透过去的缝隙，使他这个逾越雷池闯进城里来的“异端”，学习处境愈发地逼仄。

文化馆住宿的事一直没有答复。

他此刻感觉自己像一盏奄奄一息的柴油灯，忽闪忽闪艰难地熬着时光。风稍微再大上那么一点点，他心里的那一束微微弱弱的光，随时都会熄灭掉，随时都会依旧面临黑暗。

挨到礼拜天下午，一周才能上的一次两个小时的写作课，对于一个求知若渴的人来说，显然是不够用的。再受城里吃住问题的困扰，祖峰脉专注学习的精神，无时无刻不被盘剥着，考验着。面对如此艰难的环境，一般人可能就选择放弃了。然而，对于一个追求进步的青年而言，即使到了山穷水尽的地步，也是不会浪费一点时间的，包括胡思乱想，包括做一些看似无用的事情。他感觉自己好像习惯了这种生活似的。

他干脆就做起了巴银的“私人秘书”。

他一会儿跑去师专，轻车熟路地钻进大学校园收发室，去取放寒假的崇拜巴银的大学生转寄给巴银的写有浪漫新春祝福语的明信片，一会儿跑到照相馆帮助巴银洗照片，一会儿又跑到马秋生、张春丽的单位，撺掇水果生意。再不就跑到丁一兰的单位，与几个学员天南地北地研习文学、谈论理想。实在无处可去，趁巴银出去办事，他就猫在创作部主任的办公室里看书。

进入一九八六年十一月初，父亲和大哥到惠民粮库卖黄豆，给他留下的一百块生活费，几天快花光了。眼下又要订新刊物，需要一笔花费。每次摸摸口袋里所剩的那几块可怜的吃饭钱，他的心都“怦怦”跳上一阵子。每次见周围没人窥到自己的穷途末路，他的心才能安稳下来。他不愿让城里人看出来自己的半点儿窘相。他心里憋着一股劲儿。那股劲儿像钟表发条一样紧紧松松，松紧反复，遥遥无期……对于心中无法排解的苦闷，他唯一的办法是借助手中的笔和日记两位要好的老朋友，碎嘴子一样不停地倾吐。

怎么说呢？我不是正在遭受磨难吗？冬日农村没啥活，不在家享清福，偏要搞的什么写作。一天天花了不少钱，在文化馆又吃又住。弄得家里谁都不十分高兴（当然，这也是一时的事）。自己太像个无家无业的“游民”，在谁的眼下都不那么被尊敬。

唉！想搞文学嘛，就是遭受一点歧视还有什么呢？就凭我这“经历”还不明白这点事吗？于是，一连几天，或者不夸张地说，一连几年，也许几个月更准确些，我在文学上生活上练就了一些东西……

纷纷扬扬的大雪，已向我们宣誓：

“冬天到了！”

还有什么好说的呢？春夏秋不都过去了吗？冬天也会过去的。想吧，幻想吧，一冬之后会是什么样子？不过我已迈着思辨与拼搏的步伐，绘进了冬天……

一

想花钱，挣两个钱还花着顺手。

没白结下几位好同学（当然是几位要好的），马秋生告诉我：

“倒苹果能挣钱！”

我动了心，做起苹果买卖。这苹果发回来不得冻吗？一赔还几万谁也受不了！怎么办？那不还有好同学吗？——我找到了张春丽。我们有言在先，她出钱我出人，做买卖，所以她欣然同意入伙。先行条件是她给找装苹果的房子。她答应了。

这么大的买卖，我们没有本钱，就得和对方商量能不能用支票先压上。据马秋生说，这事河北有一人能做主，于是我们开始找此人。一天、两天、三天、四天……我们打电话，捎信儿，捎信儿，打电话，有几次，后来准备去，直至第八天（今日），此人也没来。我也一直在这待八天，急出了“火莲症”。气得我总与马秋生发脾气。他这人呢，就是这样，办啥事拖拖拉拉，前怕狼后怕虎，最后好事也给办糟喽，多么好的一个人！我几次想张嘴劝导，但又深知“江山易改，本性难移”，故没敢充当这个“长者”。

本来，此事不成或者成之后，我决定去收羊皮。这生意虽然苦点，但也确实挣钱。现在弄得我骑虎难下，只好以书写消愁。

二

自打我开始搞文学那天开始，我就想将来“成名成家”。不像有些学生说，他不是为了这个，至于别的还说不出来。

今年四月五号，我艰难地加入“创作班”学习，从此便艰难地学习，生活。

路，多么坎坷，一班学生，他(她)们看来很顺利，很好玩，我虽然有时也谈笑风生，但心中的事要比她（他）们多一万倍！可以这么说。

他们没有磨难，我有磨难。我真庆幸自己，因为我有“生活”，“会”生活。

在这看书，写作，写作，看书，花钱吃饭，吃饭花钱，住宿不好安排等一系列困难，给我带来多少力量!

我不能辜负谁？第一，不能辜负我的父母兄弟，是他们给我拿钱，给我时间学习。第二，我不能辜负巴银老师，我无法算清他把几分之几的精力都用在了我的身上！第三，我要感谢的是编辑与同学，他（她）们处处帮助我，给我方便，给我精神上的慰藉。第四，我不能辜负……不能辜负什么呢？离开四十多里的农村，大张旗鼓地在文化馆学习写作，人家怎么议论？这要是学不好我对得起谁？找根绳子吊死，当然不是我这性格能做出来的，但如实地说一点也不过分!

三

没有地方住，巴银说跟馆长说说在馆里住下，可一连六天馆长也没答复，弄得我今天你家住一宿，明天他家住一夜。昨天晚上没地方住，巴银老师给我拿来折叠床，在办公室支上，身上身下一个大衣，冻得睡了一会儿就起来看书，直至天明……

没有地方吃，巴银说早晨你自己买点吃的；中午、晚上我来找你就去我们家吃。舍不得多花钱，大多数饭都吃不饱，热一顿，冷一顿，有时兜里没钱就饿着肚子，我天天担心这样身体会不会垮下去……

没有钱花，也不好向同学借，家里每回给我拿钱，母亲都手里攥着钱，跟我算一阵子：“你又花一百多了！”有时还加上一句：“败家子！”

年终要订刊物，手头没钱就从家里要，说不上费了多少口舌，还弄了这么个结果——

兄弟上午来信：

“二哥，你所要订的书目，爸和娘竭力反对，不让订，我如何劝说，都无济于事，请另想办法。”

看完信，我眼前一阵发黑，真想找个没人的地方哭一场。我看完信急忙把它装进了口袋，生怕别人看见。

不订书还得了？我坐也不是，站也不是，看不下去书，就拿起了笔，写下这段文字，向自己诉说！

我决定下午回家，和他们…… ？

已是中午十一点，早饭还没吃。

写完日记，他饥肠辘辘，到街头小吃部随便对付一口，下午，像霜打的茄子一样，悻悻回家整钱去了。不订文学期刊，读什么？学什么？那意味着未来一年的文学生活将是枯燥的，没有新鲜营养补充的。叫一个“文学青年”，哪个不得订几本杂志？不订上几本文学杂志，还能叫“文学青年”吗？

25

祖峰脉骑着“大金鹿”，一路向西北家的方向。风，刮得越来越猛烈了。到老林镇下了道口，向北拐，是他读初中时走了两年的土路。下坡到了鳌龙沟沟底的润津河边，身心俱疲的他，打算下来静一静。

顺河床西望，静静流淌的河水与远天相接，夕阳之下，苍茫中不时发出耀眼的白光。东北方向，远处白云朵一样的绵羊群在高坡上蠕动，一只牧羊犬在飞奔，牧羊人扬鞭随后……他，又想起了孟雪姑。就是在这条乡村土路上，一个冬天寒冷的黄昏，他放学偶遇了已经变成“流氓”的少年伙伴高乐天，并代其送信给孟雪姑，从此陷入了一场爱情风波，影响了学业不说，还促使他走上了学写作的道路……

跨过熟悉的由粗松木铺成的小桥，骑过枯萎的布满塔头墩子的草甸子，艰难地骑上高岗，他一眼就望见了家里南地头承包的那一条杨树带，分田时栽树的场面又在耳边沸腾。那年春天一半杨树、一半松树刚栽上，当夜就下了一场透雨，几千棵树苗全活了，全家人心里乐开了花。三年后小树苗齐刷刷长到了英英少年，而自己一个青年，还在人生的起点上摇摆。现在，秋风扫落叶，树光着身板儿，屹立寒风，迎接浪子回家。

他驻足远望。一只乌鸦沙哑着嗓子嘎嘎惊叫几声，扇动着翅膀，逆风而上，从林子里斜窜上天空，露出白肚皮，滑翔到东侧的祖家坟茔地去了。树林北侧是收割后的大豆田，灰暗而辽阔。北地头西端自家的三间泥草房，已经炊烟袅袅。下午四点，太阳被大气氤氲出一张红彤彤的圆脸庞，像又恋家又急着出嫁的村姑，羞涩着被揽入了山那边的怀抱……

小兴安岭西麓已经进入了初冬季节。

祖峰脉一进院儿，飘过来一股炖菜的香味儿。院里的大黑狗看少主人回来，汪汪两声就摇着尾巴跳回了窝里。园角的牛棚，黑母牛立在槽前，呆呆望着他。

才走了几天呢，家里一切好像都陌生啦！

祖大消停披着旧棉袄，戴着那顶上海知青返城时赠送的磨掉毛的黑“一把撸”帽子，手端半簸箕豆皮子，正从破木头绑的柴栏子里走出来，去东园角的牛棚喂牛，见峰脉进院儿，怔了一下，随即脸上露出了笑模样。峰脉娘正在厨房炖大鹅，见二儿子突然闯进屋，立刻爆出铃铛一样的笑声。这个四十出头能干的女人，为了三个小子累死累活，春摸鸡崽卖，夏养鸡鸭鹅，落雪封冻了，再宰杀一些储在冰缸里改善生活。生活逼她不得不扮演“刽子手”的角色。杀鸡前她扎上围裙，烧上开水，抓起菜刀，摸一个瓷盘，“唰唰”打快，薅掉鸡脖一撮毛，露出鸡皮，刀轻轻锯上去时，她每次都念念有词：“小鸡儿小鸡儿你别见怪，阳间一道菜，今年去明年还回来！”她反复念咒，念到鸡血流尽，不扑棱了，才停下来。无数鸡的生生灭灭，在她一人手里完成，她诵经超度一般反复念叨的谶语鸡词，很具有一遍遍赎罪的意味儿。其实呢，要说对家禽的感情，谁能超过精心拉扯鸡鸭鹅的她呢？家穷杀不起年猪，多养几只家禽，来人去客，逢年过节，一家人就不用苦熬着了。今年，她养了五只鹅，熬到落雪儿，鹅绒毛长坚硬了，能煺干净了，她心里盘算多次，等二儿子回来，杀喽，全家人好好吃上一顿。可左等右盼，就是不见峰脉的身影儿，眼看五只大鹅白吃食不上膘，今天就下决心动手了。真巧！母子连心，二儿子居然推门进来了！

多日没吃顿饱饭，峰脉简直像一条饿狼，甩下衣服一顿狂食，终于把干瘪的肚子撑圆了，并打出了饱嗝！

吃完饭，峰脉娘怜惜地看着儿子，忧愁地说："你在外面咋活了？不行咱们回家吧，今年攒钱给你大哥说媳妇，明年就攒钱给你说！哪个农村庄稼地小老百姓不这么过日子？别在外面瞎混啦！"

祖峰脉烙在暖呼呼的席炕上，见炕头父亲没吭声，峰顶、峰良一会儿偷看他，一会儿偷看父母的脸色，气氛有些紧张，使他要钱订刊物的急迫想法，一个字儿也没敢蹦出来。

他有意打着岔。先聊这几天什么新来一个县委书记，什么两伙小流氓斗殴，死了人等一些小道儿消息，街头逸闻。又顺其自然地讲起了巴银老师答应找馆领导为他解决住处，进城客车费乡文化站的李淑琴站长答应给报销的好事。一番话，把一家人阴沉的脸，说出了一些笑模样。

"那可谢天谢地，我儿子学习有人管了！"峰脉娘说完还瞄了一眼祖大消停。

祖大消停仍然一声不吭，先是坐炕头盘腿喝红茶水，后来点上烟袋，下地披上旧棉袄，套上"一把撸"，出门饮牛去了。

对于这些水中月、雾里花一样没影儿的事情，祖大消停一个字儿也没听进去。这个自卑的老汉心里想，没有背景和关系，一个地道的农民孩子，学习住文化馆，车费乡里报销，能有这样天上掉馅饼的好事？还有那个巴银老师，听上去是个热心肠，可是怎么听怎么感觉有些嘴上没毛，说话不牢呢……

祖峰脉见气氛不对，急忙下地帮母亲拣桌子、刷碗，借机对母亲说了回家的目的。峰脉娘听了没吱声，她想答应，又怕老祖别着。第二天，吃完早饭，峰脉收拾东西要走，峰脉娘不得已，就把峰脉要钱订刊物的事挑明了。祖大消停一听，顿时撂下饭碗嚷道：

“卖黄豆给你扔下的一百块，又花光了？”

“……”

祖峰脉穿好人造革皮夹克，站在地中间，手里拎个书包，书包里装着《应用逻辑学》《哲学》两本书，还有学习用的笔记本，他这次准备一起带到县里去。

“一百块就是一袋黄豆！几天就抡没了，又回来要钱，这还有完嘛！”

祖大消停怒火中烧，继续脸红脖子粗地呵斥道：“峰脉我告诉你，你别不知道天多高，地多厚，你知道咱农民手头钱多紧，像孟大下巴这样的累赘户，家里穷得叮当响，连打斤酱油都赊着！你看王大炮能挣钱吧，娶了一个媳妇也拉了不少饥荒……你们哥儿仨肩挨肩，都要说媳妇，哪来那么多钱……你大哥上媒人了，老左太太给保的，后屯老张家的闺女，信儿已经捎过来了，咱们答应就看，白看呢？看妥了不得给过彩礼啊？不全过也得一千块，咱们一家人起早贪黑干一年挣几个一千块？小麦、黄豆交粮食任务，刚顶命，就卖亚麻剩几个儿，来年春耕种子、化肥、农药哪个不得用钱……这些日子黑母牛又不咋吃草，得找兽医看看，哪儿不得花钱呢！”

祖大消停劈头盖顶一顿述说。峰顶、峰良躲出去挑水、抱柴火。峰脉娘担心儿子出门不吉利，劝老伴儿少说两句，谁知火上浇油，祖大消停觉得嘴上一番“政治课”不够劲儿，一伸手，掀翻了炕上的饭桌，“哗！”“咔嚓！”“乒乓！”一桌子碗筷四溅，飞得满地狼藉……

这个肩上扛一家人生活重担，压得喘不过气来的老汉，又想儿子出人头地，又怕儿子浪荡下去的矛盾心理，瞬间爆发了……

第九章

26

当祖峰脉眼里噙着泪水，从母亲手里接过那用半袋子黄豆换来的一百块钱时，他更加清醒地意识到挣钱的紧迫性。返回城里，他径直去水果商店找了马秋生，果然有好消息，秋生河北的大姑父来信了，答应苹果生意可以先货后款。

正是闲杂人等上午逛街的时间，水果商店里人声嘈杂，处处弥漫着沁人心脾的水果浓香味儿。马秋生外套白大褂，高高的个子，在他负责的柜台前晃来晃去。一会儿这个称五斤国光苹果，一会儿那个称二斤香水梨，一会儿那个又要一斤山楂……顾客支配着马秋生手里的秤盘，在或红彤彤，或黄灿灿的水果盘里，不停戳来戳去。

“哗！……”

“嚓！……”

每次戳起来一打分量，几乎相差无几。秤杆低了，他就调换上一个大的；高了，他也不拣出来，随着嘴角八字胡的上下翕动，喊上一句：“哎——高高的秤！”顾客像捡了天大便宜，拎一网兜，或一布兜水果，乐呵呵推门而去。水果香飘到了大街上。

看着秋生和同事们忙碌的场景，祖峰脉每次都很享受，为自己能交上这样一位仪表堂堂、工作环境优雅的县城同学，而感到无比的自豪。每次来，他都找空与马秋生聊天。久了，祖峰脉与店员们混熟了，看秋生的面子，叔叔、阿姨们显得很亲切，每次他来都打招呼，要么给他一个笑脸。有时晚上没地方住，赶上马秋生值班，峰脉就顶替秋生另一个值班的男同事，到水果商店后院的值班室住上一夜。在一铺小炕狭小的空间里，两个人说文学、谈理想，常常聊到深夜。早晨，再一起到附近的小铺吃早餐。一个模样长得端端正正、穿着蓝色中山装的高身量，一个生得敦实、穿着朴素的中等个儿，进进出出的，在外人看上去，倒也看不出实际上这是城乡身份差异很大的两个年轻人。

这家惠民县最大的水果商店，与路南的第二百货呼应着，是县城比较繁华的地段，与北二道街、东二道街交会处的文化馆相距不远。为此，祖峰脉常去马秋生那里打站。

两个人在值班室聊天，常常忘记了身份。一次，祖峰脉躺在被窝里，用羡慕的口吻对秋生说："你看你多好啊，有城镇户口，有供应粮，有个单位！"

马秋生趴枕头上吸着烟，却不以为然地说："我看你还挺好呢，一个人自由自在的！"

"你是身在福中不知福啊，搞文学不容易，创业更难哪！"

"青年人就得自己闯，哪像我，高中毕业就接母亲的班，没啥意思！"

祖峰脉的心颤抖了一下说："这就是差别呀，你们城里人不以为然，我们农村人却高攀不上！"

"我看你行，挺有头脑的，将来能有大前途，哪像我，一眼就看到头了。"

"我能有啥大前途，颠沛流离的，像一条丧家犬，哪儿的话……"

"你就别瞒我了，我听说巴银老师把你的小说推荐给《青年文艺》了？那可是全国发行的刊物，你是古文里说的那什么鸟了，不鸣则已，一鸣惊人！"

听秋生的话里有些酸味，峰脉急忙解释了短篇小说《北大荒的呼唤》的修改和投稿情况，然后说："还八下没一撇呢，如果真能有发表那一天，喜讯我第一时间告诉你……"

"峰脉你信不信，你现在有困难，我肯定全力帮助你。我希望你能坚持下去，将来能有大出息！到那个时候，我这个同学的脸上也跟着沾光……一说那谁谁，是我同学，多好啊！不过，如果将来你当了什么市长、省长的，我肯定也不会死皮赖脸地去求你！"

秋生越来越没边的话，把峰脉吓了一跳。市长、省长？哪里的话，眼下自己混得连饭都吃不饱！

不过他清楚，最近一个时期，自己表现活跃，秋生虽然是班长，但是文学成绩平平，又有些玩世不恭的思想倾向，话里话外，早流露出对目前所拥有的一切，甚至对未来都无所谓的意味了……自己是不是哪里做得不好，让秋生不舒服了？看来，搞文学难，做人更难哪，自己要注意小节，夹起尾巴做人哪……

一面追求精神生活，一面不满意现实生活——文学青年有些脱离实际的清高、偏执，部分地在秋生身上体现出来了。

相反，对祖峰脉而言，一面是无处安身，一面是有了一点儿进步后又要承受冷嘲热讽的打击，两个躺在一铺炕上的文学青年，貌似志同道合，可因为人生际遇的不同，思考问题的角度却有着天壤之别。

其实，善良的马秋生最理解祖峰脉的难处。近水楼台，借工作上的便利，答应带峰脉一起做水果生意，就是想实心实意地帮帮要强的峰脉。可秋生涉世不深，又有些患得患失的性格，张春丽早就联系好了库房，他却迟迟没有联系到河北亲属。而无所事事、生活与日艰难，向家里要一分钱都要吵上一架的峰脉，早就急得团团转了。现在，秋生说河北他大姑父来信儿了，答应先发货，后付款，峰脉心中的火焰呼啦一下燃烧了起来。

这天上午，他与马秋生一分开，就急忙去找张春丽通报消息，落实库房了。

27

张春丽工作的农业机械制造厂坐落在惠民小城北大街路西。农村走集体经济，发展农业机械化时，这个厂生产的大型农业机械，驰骋在包括惠民在内周围五个农业县的黑土地上。惠民农机，闻名全省，兴旺了几十年。包产到户后，地块变小了，大型农业机械不得不退出了历史舞台。因犯了改革初期一些大型企业思想旧、摊子大、转型慢的通病，产品难以适销对路，处于勉强维持的局面。

张春丽负责货物出库的登记工作，不怎么忙，有时峰脉没地方去，就到张春丽简陋的办公室里聊天。

祖峰脉来时她正在看书。她听到这个消息，喜悦挂上了眉梢，显得十分高兴，立刻打电话给出租库房的房东确认，然后陪峰脉聊天。

这一对姐弟，相差十岁。自打认识那一天起，就有一种似曾相识的感觉。张春丽人长得不算漂亮，但身材高挑，皮肤白皙，一双不大的眼睛深不可测，祖峰脉每次遇到那束目光，总有一种说不太清楚的抑或姐弟之爱，抑或母爱的感觉，温暖而踏实，真挚而沉静，还有那么点不露声色、难以捉摸的感觉。每次来，祖峰脉总能找到一种温暖，一种在其他人那里找不到的温暖。长了，也引起了春丽同事的注意。他们穿着总是显得油污污的蓝色劳动布工作服，手里握着扳手、钳子、钢锯等各种工具，从张春丽用黄胶合板围成的简陋办公室旁穿过时——要么去里面的车间，要么到春丽这里登记出库货物，看到一个二十来岁很像乡下人的小伙子总来找春丽，从他们疑惑的眼神里可以看出来，工人师傅们都很好奇这两个人的关系。

现在，祖峰脉浑身燥热而激动，在一个已婚女人面前毫无隐讳地夸夸其谈，把逼他出来闯城、学写作，拼死拼活要完成的小说《恋爱大队》的前世今生，完完整整交代了一遍。张春丽听得十分认真，温暖的目光，一直专注地盯着峰脉，那目光像一束被罩住的火焰沉静地燃烧，深入一个本就雄心勃勃的青年的内心，不用预热，很快就燃烧起了一团激情……

听祖峰脉滔滔不绝地讲完，张春丽给他倒一杯水，递给他说：

“渴了吧，喝口水，真为你高兴，这么短时间，你就取得了这么好的成绩，十分期待你小说发表的那一天！”

说完，张春丽突然想到了什么，坐下来又刚认识似的盯着峰脉看了一会儿，好像要在眼前这个个头不高，脸庞宽阔，目光坚定的青年身上寻找一种曾经丢失的东西，然后稳稳地说了一句：

“没想到你小小年纪，居然有如此丰富的经历……”

不知眼前这位大姐话里话外的意思，峰脉不避讳门前路过朝里面窥视的工人师傅，以疑惑的略带喜悦的目光直直地注视着春丽。

张春丽似乎意识到了什么，急忙将目光移开。不过她从心底里，开始钦佩眼前这个有些土气的乡下青年了。其实她心里也说不大清楚，到底是一种什么东西，牢牢吸引住了她。可能是祖峰脉身上的一股子朴实气息，可能是他敢于挑战命运、不服输的那一股子劲头，可能还有别的什么……总之这个婚姻生活并不幸福的女人，在祖峰脉身上看到了一种力量——这可能就是她愿意无条件帮助他的原因吧。人们总是乐意青睐和帮助有力量的人。

倒卖水果生意终归夭折。那一天，马秋生通知祖峰脉这个不幸消息的时候，祖峰脉才知道，为什么马秋生感到生活无望，原来他身后有一个处处束缚他手脚的家庭。

正当祖峰脉为吃住和生计一筹莫展的时候，巴银作为祖国北疆一个城乡接合部的文学领军人物，生活依旧充盈着浪漫气息。这个三十挂零有家有业、有着刚满一周岁女儿的青年诗人，不时在省市的报刊上发表几组诗歌，众星捧月一般，被全县和艺校创作班狂热的追随者们，赞叹着，追捧着，欣赏着。有时与文学青年喝几杯酒，畅谈文学逸闻、秘事之后，便抑制不住心头的骚动，还要邀上几位县城思想开放的男女青年，或摄影研究会的会员，或在朋友家，或趁郑梅不在家，拉上窗帘，打开录音机，三五青年聚一起跳“迪斯科”。

梅兰梅兰我爱你，想起了梅兰我就想起了你……

祖峰脉被邀请参加了几次。开始，听着那青春的律动，融于卿卿我我的小空间，祖峰脉浑身的血往上涌，感到文艺青年的生活就应该是这个样子，有歌声，有舞蹈，有诗意，充满活力和浪漫情调。可是参加过几次县城小资的浪漫生活之后，奇怪的是他的心头兀自产生了一种负罪感，堕落感。对于巴银这个不太“合拍”的学生加“私人秘书”，巴银的朋友们给予了极大的宽容和理解。他们放下了拉着祖峰脉进入舞池的手。祖峰脉也因为自己的“不合时宜”常常尴尬得面目通红。

艺术是相通的。巴银很快将这句挂在嘴边上的话付诸了行动。他大费周章，以迅速的、左右摇摆的走路姿势，像一尾活跃的鱼，穿梭于路北的县委、县府大院。宣传部、文化局、文联都留下了他活动的身影，对本馆领导更是进行几次汇报，终于促成了惠民县历史上，也是江城历史上第一部摄影文学作品的开拍。

午后的郊外，刚刚飘过一场小雪。城北菜社被砍光的白菜田里，以及远处灰褐色的原野、沟壑、山坡、树林，均覆盖上了斑斑点点的白色。摄制组的几名成员骑着自行车，兴高采烈地来到了一片空地上，开始了“摄影诗”的拍摄。丁一兰身穿一身米黄色的风衣，红色的围脖，一头短发映衬得水灵灵的面庞更加娇媚，双目更加动人。她手拿几页纸，款款走在乡间小路上，边走，边朗诵她自己创作的诗歌《落雪的时候》中的诗句。路旁杨树林里的花喜鹊，被人世间一位楚楚动人的“民国美人”和那甜美的朗诵声，吸引得停止了喳喳声。巴银导演在一旁用手势提醒丁一兰的动作变换，摄影师在大地上支起三脚架，不时传过来清脆的快门声……祖峰脉被眼前美妙的场景感染了。艺术的追求使他忘记了自己的身份。他觉得丁一兰应该有一个仰望天空的姿势，便大声喊道：

“一兰！朝天上看！”

话音未落，满脸笑容的巴银像被什么东西刺激了一下，突然瞪起双眼质问祖峰脉道：“喊什么喊？这里有你说话的份吗？”

对于巴银的反应，祖峰脉措手不及。他看了一眼老师，把剩下的创意和辩解之词努力咽了回去。回来路上，祖峰脉一直反思自己的言行，最终也没有想明白，自己到底错在哪儿。即使建议不妥，巴银老师的反应也不应该那样强烈，在几个陌生人面前批评自己，搞得自己很没面子。回到文化馆，巴银对峰脉说刚才自己的态度不好，希望峰脉不要往心里去。第一次遭受老师的批评，峰脉心里很不好受，不过巴银一说，很快就过去了。但是，参与巴银“迪斯科”舞会沙龙产生的那种说不太清楚的异样感觉，又翻腾了上来。

他深入认识到自己就是一个来自乡村的小青年，掺和县城浪漫的圈子，本来就不知深浅，越了界。第二天，当巴银再次张罗拍“摄影小说”时，他理智地找了个理由，回避了。

28

晚餐，祖峰脉仍然到巴银的岳父家解决。

入秋后进城这一段时间，他到巴银岳父家麻烦几次了，有时巴银有应酬，就给他留话，让他到他岳父家吃。开始他不好意思，后来实在没地方去，口袋里又没几个钱，就去郑梅工作的纺织品商店，与郑梅嫂子一起去。郑梅的父亲是一位退休的乡科级干部，家里三间红砖房，坐落西街的繁华路段，家庭条件明显优越。老两口热情好客，乡下亲属到县城办事，经常到家里用餐。郑梅早年也是一个文学青年，喜欢上了巴银在报纸上发表的诗歌，就与心目中的“白马王子”鸿雁传情，通过书信往来谈起了恋爱。在谈婚论嫁的火候上，无法自拔的文学女青年通过父亲的关系，将浪漫男神的工作从外地调到了惠民县文化馆。步入婚姻殿堂后，一切变得现实起来。对巴银的浪漫行为，郑梅常常心神不宁。对于祖峰脉这样一个农村学员，善良的郑梅内心很复杂，一面同情，一面担忧，一个虚岁二十的乡下小伙子，正值青春年少，听说农村地都包给个人经管了，不在家好好种地，挣钱娶媳妇，你看有五十多万人口的惠民县，其中农业人口就有将近四十万，有几个像他这样不知深浅地跑到城里来瞎胡闹？如此跟在巴银屁股后，打着搞文学的幌子，浪漫恣肆下去，还啥前途未卜啊，悬着下不来，那是一眼就能看到头的事！末了，一个人掉进命运的深渊不说，一家人也得跟着受拖累，这是闭眼睛都能想明白的问题！所以她常常怀着矛盾的心理，对祖峰脉施以援手。有了郑梅的理解和帮助，巴银在与不在，到巴银岳父家偶尔解决一下吃饭问题，或者郑梅领着孩子住回娘家，他跑去巴银家住，也就显得自然起来。

祖峰脉与大自已五岁的郑梅相处，除了感激，也更踏实。这种感觉与同学张春丽一样，又不完全一样。

一天，在郑梅娘家吃完饭，听说峰脉与马秋生联系的苹果生意黄了，郑梅扑闪着一双大眼睛说：

“我们商店预订了一批新布，等货到了我找领导说说，整一匹你扛回村里卖，多少挣几个你就不受憋了。”

荒漠里发现了绿洲，祖峰脉立刻同意了，并向嫂子俊俏的脸庞投去了感激的目光。前几天回乡从父母手里磨来的一百块钱，订了一份《作品与争鸣》、一份《小说选刊》、一份《青年文艺》和半年的《文艺报》，精选下来，只花了十七块，去掉吃饭，口袋里还剩五十多。

“嫂子，布多少钱一匹？”郑梅看了他一眼，眨眨双眼皮儿说：“我尽量给你整批发价，四十多吧！”

“行！”

没几天，纺织品商店的新布到货了。郑梅说办妥了，让祖峰脉去提货。峰脉仅花了四十一块三毛钱，批了一匹走俏布，搭乘早晨的循环客车运回了村里。

对于祖德贤夫妇俩而言，这个不省心的老二，不像老大峰顶，老实巴交的只能干一些放猪、下田出苦大力的活儿，做生意还是有一套的。自打下学生门回家种地，到去文化馆学习这两年，就没消停过，蘸糖葫芦、倒冰棍儿、卖麻花、杀猪、卖菜、贩羊皮……头年冬天，还利用他惠民白酒厂厂长表姑父的关系，不知天高地厚把生意做到了惠民城，带车跑出去三百里，拉回来一汽车苞米卖给白酒厂！虽说车坏到半道上，没出啥大事也没挣上大钱，但能看出来老二五马倒六羊，胆大主意正，是个把家虎、顶门杠，没准儿能带领这个穷家走上发财致富的路。如今鬼迷心窍，拼死觅活进城搞文学的老二，突然又扛回来一匹布卖，重新做起了小生意，老两口揪着的心立刻放松了一些，喜悦的神情跳上了眉梢。

吃完早饭，祖峰顶扛起布，随二弟挨家挨户走。因为有过做小生意的经历，祖峰脉当然不怯场，乡亲们见“货郎”进院，也不怎么大惊小怪，对祖家二小子的超凡脱俗之举早已经习惯了。感觉新鲜的是，听说这小子进城学什么写作了，今天咋又回来倒上布了，真应了那句话：买卖脑瓜，活的！

猫冬时节，农民在自家的责任田上灰头土脸地干了一春到八夏，攒下余钱，家里即使没有闺女小伙相门户、出门子，快年关了，也都琢磨着换换新，一来体面，二来吉利。祖峰脉的布生意很快开张了，一天工夫足足卖了三十米布，把订文学杂志的钱，一趟全赚回来了。

傍晚，祖峰脉要回文化馆上课，剩下的布留给大哥处理，几天就脱手了。祖峰脉听到这个消息，趁热打铁，又扛回去一匹，祖峰顶走街串户、东西两屯叫卖了三天，也没卖出去几米，原来刚富起来的农民还不敢大肆地把钱花在穿戴上。布退不回去，祖峰脉就做通村供销社郝经理的工作，寄卖代销，到了年根儿才脱手。

除了上课，祖峰脉大多时间仍然帮助巴银跑一些杂事。新年前巴银倒卖一批明信片，峰脉一会儿跑邮局，一会儿跑惠民师专，帮助送货。巴银迷恋上了摄影，祖峰脉一会儿去街头焊照相机三脚架，一会儿起大早，睡眼惺忪、屁颠屁颠地跟巴银身后，去东城壕拍日出。他这个“私人秘书”被活跃的巴银派上了用场，当然也填补了很多寂寞时光，学了许多城里的人情世故。

这一天，刚回到办公室坐下来，呷一口“私人秘书”给泡好的茶水，巴银推推眼镜说：

“你又来活啦！”

“嗯？”峰脉眼睛里放光，顿时又来了精神。

“惠民县要整理民间文学集成，样书出来了，你帮助校对吧，能学到不少民间故事，这对写作无疑是一笔不小的财富！”

“我能校对好吗？”听说是全县民间文学集成校对这么大的事，祖峰脉脸上露出惶恐。

“手掐把拿！”巴银鼓励地说完，嘿嘿嘿乐起来，目光里闪过一丝不自然。他心里清楚，这部浩瀚的民间文学集成，县长任组长，搜集整理了几年，出版校对这一关很重要，但他实在没心情把时间耗费进去，多亏身边有峰脉这么个帮手。但他也只说“你帮助校对”，而不是“你帮助我校对”，舍去“我”的目的很明确，使学生冥冥有一种这是“组织需要”的荣誉感。

祖峰脉感激地接下这个大活儿，只要没有其他要紧的事情，祖峰脉就一个人坐在巴银的办公室里，校对民间文学集成样稿。看到这些材料都是各乡镇文化站长搜集上来的，并标着一些熟悉的名字，在自己手里摩挲来，摩挲去，农家子弟的心里热乎乎，美滋滋的，充满自豪感。他全然不顾巴银去干什么，漫长的冬天，甚至不管下顿饭哪里去吃，晚上哪里去住，整日陶醉在令人惊奇的民间故事、民间传说、民间谚语三套集成里。小时候，他只是有限地听过一些民间故事，多半都是娘在油灯下做针线活时给自己讲下的。现在，他像发现了一座宝藏：在润津河流域、讷谟尔河流域、乌裕尔河流域，在小兴安岭余脉、在鹅头山下、在二克山上，有成百上千个传说在流传着！《秃尾巴老李的故事》《韩信埋母》《喜得狐娘》《小狗救主》《三个姑爷的故事》《蚊子为啥不咬戴白帽的》《梁山伯问路》……神话类、传说类、生活类、动物类、笑话类、革命斗争故事，还有多如牛毛的民谣、民谚……巴银眼里的鸡肋、负担，却成了祖峰脉深挖学习的一座富矿，极大地开阔了他的眼界。他一个字一个字地认真校对着，学习着，陶醉着。由于专注，有时晚上做梦，他都能梦见神话里的仙女。那天他倒在文化馆值班室上铺零乱的纸笔堆里，迷迷糊糊睡着了。冥冥中自己背起了一位仙女，出了家门，准备去路对面一个偏僻的地方。仙女安静地伏在他的背上，气息里透着香气。炎热的街头空无一人，他却感觉自己满脸羞红，淌着汗水。他对仙女说你先下来，我去路对面打探一番，仙女顺从地从他的背上下来，轻盈地躲进路旁的篱笆墙角。他一个人过路找地时才发现，刚才背仙女出门急，外衣外裤都没穿，线衣线裤露在脏兮兮的胶鞋上面。他急忙进屋去穿衣服，梦却醒了，仙女也不见了……

温暖的民间传说，励志的民谚、民谣，驱赶着乡村青年的一个又一个寒夜。心无旁骛、没有一点儿非分之想的他，仅仅是求知欲，就足使他乐意克服、暂时忘却眼前的一切困难了。

29

文化馆张馆长的儿子小米，养了几辆大车，冬天到沾河林业局拉木头挣钱。汽车拉木头回来，晚上就寄放在文化馆的院子里。文化馆的值班室安了一层上铺，要是回来晚了，小米就不回家住在馆里。这段时间，小米不在，值班室的上铺空着，巴银就临时跟值班的打招呼，说自己这个学生在给创作部帮忙，晚上借住小米的上铺。

一连睡了几夜的安稳觉。一天，祖峰脉睡得正香，小米半夜回来了，见自己的铺上躺着个人，一声轰下来。没地方去，祖峰脉只好回到二楼巴银的办公室。

时令已到了 11 月中旬。小兴安岭余脉的鹅头山麓，气温骤降到了零下十五度。夜里暖气一停，空旷的大礼堂，一会儿就凉飕飕的了。巴银的办公室只有一张折叠床，没有铺盖，凉意袭人，无法入睡。思来想去，祖峰脉只好下楼，轻轻拉开礼堂的大门闩，又开了铁院门，跑到黑灯瞎火的街上，幽灵一般去了巴银家。他敲了几下黑铁门，半天，屋内灯忽地亮了，巴银裹着军大衣晃出来，问清缘由，睡眼惺忪地骂了一句，脱下军大衣从黑铁门上递出来，双手抱怀，转身跑回屋里去了。迎风回到文化馆，插好大门，祖峰脉重新上楼，放下折叠床，铺上几本书当枕头，盖上军大衣准备睡下。可屋子太冷了，浑身哆嗦着，还是无法入睡。又骨碌一会儿，冷得实在睡不着，祖峰脉只好起来，打开灯，拿起一本书，披军大衣坐下来读。还冷，就起身披着军大衣，来回走着读。开始，哈欠不断，慢慢冻精神了，他就完全钻到书的内容里去了，直读到窗外露出微光，早班的锅炉工来烧锅炉，暖气管子里有了“哧哧”热水流动的声响，屋子渐渐暖和起来。

第二天上午，迷迷瞪瞪的峰脉，只好跑到巴银家补上一觉。

可怕的夜晚又来临了。巴银说家里弟弟带着媳妇从外地回来了，没地方住，今晚是管后勤的曾小宝老师值班，他跟曾老师打了招呼，去库房给峰脉拿出一套行李来。晚上峰脉去值班室找曾老师。曾小宝正坐床上看电视。半天，扭过头来，笑眯眯地说：“不好意思，我库房的钥匙忘带了。”

祖峰脉听了，心里一颤，脸上却没表现出来。说一声谢谢曾老师，就又回二楼办公室了。他思忖着，曾老师是艺校李校长，也就是李艳君副馆长的姑爷，干着后勤的美差，与巴银老师向来不睦，钥匙真忘带假忘带了还真难说……有了前一夜的经验，趁办公室热乎，他早早铺上折叠床，盖军大衣睡了。下半夜，寒冷魔鬼一样重新逼来，他又冻醒了，只好坐起来披军大衣看书，再冷了，就走着看。这时，他踱来踱去的身影，反而像魔鬼一样，伴着来回移动的灯影，不停从大礼堂二楼漆黑的窗口闪出来，穿过柳树，随风远至医院住院部阴森森的院子里，直至天明……

早晨上班，巴银并不怎么惊奇地说馆里通知他了，他这个农村学生不能再住文化馆了。可怕的夜晚还是来临了，峰脉只好穿上巴银的军大衣，骑上巴银的自行车，一个人出了文化馆，冰天雪地里满大街寻找栖身之处。天已经完全黑下来，大街上车稀人少，他摇摇晃晃，绞尽脑汁，无处可去……他骑到西街，在灰蒙蒙的胡同里迎风犹豫半天，硬头皮敲开罗志中家的门，总算住下了。

在罗志中家睡了一宿，无路可走的祖峰脉，打定了一个主意，骑车子径直去了文化馆。这一天是他十九岁的生日。他要做出一个惊人之举：直接找业余艺校的领导，谈自己的困难，争取住在文化馆！

艺校校长李艳君是位和善的女老师，五十多岁了皮肤依然细嫩，目光安静如水，给人以亲近之感。文化馆一楼那间小小的值班室，半年前，峰脉怀着忐忑的心情，在这里报名参加了学习，美男老师的一句“农村学员不安排住宿”，就把他逼上了找窦姑父爷、求二舅，进城第一夜成功住进了理发馆，接下来走上恋乎师生友谊，住进了张欢家、罗志中家、巴银家、马秋生单位，甚至惠民师专大学校园的奔波之路。

吃饱肚子、睡暖屋子，这些对于城里学员来说，根本不是问题的问题，却使乡下学员吃尽了苦头。但是，峰脉不感到意外和不平，反而觉得天经地义。自己生下来就是穷山沟里的孩子，谁让你非要出来闯荡呢？但他想得更多的是，无论如何，这对自己都是一种磨砺。当然，当最沮丧、最严苛的无处可住的现实赤裸裸摆在他面前的时候，他胸膛里又充满愤懑，愤愤地认为城乡之间的不公平了。他甚至觉得自己像小说《幻灭》里的吕西安，一个野心勃勃的外省青年为了实现诗歌的梦想，在巴黎上层社会处处碰壁，受尽了歧视。“是的，这不是审判，这是根本就不受理！”

现在，他觉得自己经过半年的磨砺，以优异的表现，已经给自己——不，为农民子弟赚取了敢于争取一点点权力的自信！半年的跌跌撞撞赚取的虽然仅仅是一个争取住宿的话语权，但他觉得无疑是一种历史性的进步。他甚至认为自己的行为是一种壮举，多少有那么一点儿英雄般的意味了。

现在，文化馆副馆长兼艺校校长李艳君“受理”了一个泥腿子的倾诉。说到动情之处，这个十九岁的小伙子泪水在眼窝里打转转。让他始料不及的是，和善的李艳君校长居然听得眼睛发直，心房发颤。她怎么也不会想到，仅仅为了一张床，她的农村学员正被如此地折磨着！

李艳君校长很快被感动了。她眼睛直勾勾地看着眼前这个几乎泪流满面的青年，脑海里却联想到了她上班出门时，还在家中睡懒觉的孩子……此刻，任何一个做过母亲的人，大概都会忽略城乡差别，从母性的角度，一时产生真心想帮助困难青年的念头。虽然那复杂的情感里，依然夹杂着居高临下的同情和怜悯。

这时，巴银突然开门闪进来了，狭小值班室里的气氛使他一眼看出了正在发生什么。但是怦怦跳的心脏使他控制自己一句话也没说，挨李校长身旁，屁股都没敢坐实。巴银心里很复杂。他是最先想到要帮助峰脉联系馆里住宿的，可后来忙一些琐碎的事情，包括摄影、迪斯科，还没来得及去细致考虑做工作，不料逼得学生自己先开了口，这令他很是难为情。

“唉！”

看到学生如此狼狈，巴银内心感叹而内疚。“李馆长，你帮助说说，小伙儿不错！”

李艳君用发红的眼睛挑了一眼身旁的巴银，沉沉地“哼”了一声，表示了默许。

“这才扯呢！这才扯呢！让我讲课，赶鸭子上架！赶鸭子上架！”

不大工夫，给文艺班上课的张久诚馆长推门进来了。中等身材，脸盘宽阔的张馆长，依旧穿一身笔挺的蓝色中山装，左上衣口袋别一管钢笔，梳着分头，笑眯眯的双眼中透露着固有的威严。据说张馆长琴棋书画无所不能。馆员们都惧怕张馆长，巴银尤甚。一有机会，架子鼓手水中来就寻巴银开心：“怎么样，怎么样，你敢上房揭瓦，下河摸虾，可见了张馆长你就成了老鼠见猫，吓破胆鼠眯了吧？哈哈……哈哈……”

见张久诚进来，三个人同时起身让座。

“文艺班的学员早就盼您给讲这一课啦！”艳君校长说。

“误人子弟，误人子弟！”张久诚满脸堆笑，继续谦虚着。

“领导哪天也给我们创作班学员讲一课呗！”

“我才不听你马屁精的话呢！”张久诚坐下来，用手一指巴银说：“你可别给我扯犊子把我带沟里去！文学那么高大上的玩意儿，我哪讲得了？竟瞎扯！”

说笑过，静了片刻，张久诚瞄了一眼站着的峰脉，恍惚意识到了什么，起身要回楼上办公室去。李校长扫了师徒二人一眼，急忙汇报了祖峰脉的住宿困难。

张久诚欠起身又坐回床上，迟疑一下晃头说：“这事巴银话里话外也提起过，不太好弄！不太好弄！”说完起身又要走。

立在一旁，面色尴尬的峰脉再也控制不住自己，眼泪“哗”地流下来。峰脉一哭，张馆长有些不好意思了，复又坐下。思忖片刻说：“好吧，好吧，你呢先克服克服，我们再研究研究。”

三十年之后，祖峰脉回惠民看望张久诚，年逾八旬的张久诚依然精神矍铄，酒桌上清晰回忆起这段往事时，老人感慨地说：“那咋整，那咋整……他一句话不说，就那么泪汪汪、眼巴巴地望着你……”

下午，巴银给峰脉带来一个特大的喜讯。

馆里同意收留祖峰脉，住宿安排在巴银办公室，用巴银的折叠床，馆里发一套行李。祖峰脉听到消息时，激动得热泪盈眶。同时，他心里也打鼓，自己冒冒失失直接去找了馆领导，问题虽然解决了，可是一心想帮助自己的巴银老师会不会因为一时尴尬而对自己产生想法呢？

他站在巴银办公桌前心里扑通扑通跳。巴银表情里表露出了不自然，不过很快，被学生有了安身之处的愉快替代了，并建议峰脉当面去感谢张馆长、李副馆长。

穷途末路，柳暗花明。能在文化馆这个文学殿堂里找到栖身之处，祖峰脉觉得自己给自己“过”了一个特别有意义的十九岁生日。以致晚上去巴银岳父家蹭饭，他隐瞒这天是自己生日时，都没产生一丝委屈的感觉。要知道，往年在家过生日，娘早给煮鸡蛋、擀面条了。

回到巴银的办公室，夜色来临，大礼堂一片寂静。祖峰脉端坐办公桌前，一个人痴痴地望着那张简单的床铺，一会儿倍感孤独，一会儿倍感神圣，恍如梦境中一样。

“终于住到这里了。半年之前，这是连做梦都不敢想的事情啊！”

书看到很晚。祖峰脉躺在暂时属于自己的那张折叠床上，望着棚顶窗外人民医院住院部洒进来的微光，听着楼下传来的病人家属断续的脚步声、私语声，他的思绪漫天飞舞，想了很多很多。家里的父母一定惦记自己这个生日是咋过的，大哥峰顶的婚事不知进展如何，前几天回家听说峰良不想念书了，他还做了弟弟的工作，不知弟弟听进去没有……转而，他又想到了为自己解决住宿的二舅、“风衣女人”、理发馆的老高头，同学张欢、罗志中、马秋生、张春丽，还有巴银老师、郑梅嫂子，直到文化馆的张馆长、李副馆长兼艺校校长，想到这些城里人的真诚善意，他的眼窝里，不觉又湿润了。

第十章

30

时令到了大寒季节，北方大地冰封雪飘。交完公粮，打回柴火，雪站住了，农民钻屋里猫冬。小兴安岭余脉的山川、大地，被一片白色覆盖着，纯洁而安宁。

天越来越短了。一座座童话雪国般的村落，迎来东方迟迟升起的红日，吃过两顿饭，夕阳早早下了山，农家人的日子，就在简单的、一天两次的袅袅炊烟中，悄然溜走了。春节前的几个月，除了打牌、杀鸡鸭、宰猪羊，最勾人心的热闹事，当属相亲、办喜事。订婚的人家，省吃俭用，拾款借债，筹够了彩礼，心急火燎地给儿女完婚。家有二十冒头的小伙，没订婚的，种地赚几个钱，父母心里就痒痒着暗中托媒人，沟沟坎坎、山山坳坳，三三两两、穿林越雪，去鹅头山周围的十里八村相亲。

子女的婚事，是农户人家天大的事情。

穿着那一身只有重要场合才舍得穿一次的黑色哔叽布外套，参加完几户人家的婚礼，祖大消停的心事像雨后野草一样，滋生得越来越快。看着人家大车小辆、鞭炮齐鸣地把媳妇娶进门，他脸上带笑，心里却不是个滋味儿。连屯东头跑了疯媳妇孟雪姑的傻子张二锁，也再续了房，而自家二十二虚岁的峰顶，二十虚岁的峰脉，婚事还悬在半空中。峰良也十六虚岁，对念书也没兴趣，看样子挺不到初中毕业也得下来，也得一辈子土里刨食！

乡谚：老儿子娶媳妇大事完毕。

为此入冬之后，祖大消停的心里一直很烦闷。俗话说：红公鸡脑袋顶疙瘩肉，大小是个官儿。当年父亲走得早，自己虽然只是个生产小队队长，却帮助守寡的母亲把三个弟弟拉扯大，不容易，又一个个娶上媳妇，成家立业，现在轮到自己的三个儿子，要是打了光棍儿，还不让人笑掉大牙！不像过去走生产队，“大帮轰”日子难熬，现在包产到户光景一年比一年好，饥荒还完又接了一间新房，相门户过礼钱也积攒了一些，说一房媳妇不应该是什么叫苦连天的难事。

“老虎不发威，当成病猫啦！”祖大消停心里较劲，一边请托媒人给峰顶看人家，一边差峰顶偷偷去文化馆，察看峰脉的情况。下头场雪的时候，峰脉回来要订刊物的钱，为一百块钱他掀了桌子，他心中一直过意不去。后来峰脉又回来贩一次布，这一去又快个把月了，不知老二咋活的，不行赶快回来吧，别在外面瞎混了，老守田园过日子，眼皮子底下瞅着，一家人心安！

祖峰脉正在巴银老师的办公室看书，见大哥来了，喜出望外，急忙让峰顶进屋坐下。峰顶说明了来意，峰脉如实讲了自己目前的情况，住在文化馆，饭吃在巴银老师和他岳父家，早餐买点干粮什么的对付一口。爬上文化馆二楼窗棂温暖的阳光，照得峰顶脸庞泛起了红晕。见弟弟混得不错，有吃的有住的，他心头欢喜，然后说去街里买豆油，要离去。祖峰脉见大哥一身新衣服穿得利索，可身上却背着一个破旧的黄书包，就问：“你上来时没人看见吧？”祖峰顶不明白弟弟的意思，如实回答值班室有人看见了。祖峰脉假装镇定说回去跟爸娘说我挺好的，不用惦记，然后神色紧张地送峰顶下楼，生怕馆里有人说出前脚弟弟刚住下，乡下哥哥就背个破书包找上门来了的闲话。

过了几天，祖峰良也来了。敲开巴银的办公室，身高体阔、头顶门框的峰良，进屋就结结巴巴地嚷嚷，“二哥！可……可找着你啦！”

见是峰脉的弟弟，巴银打个招呼躲出去了。祖峰脉急忙示意祖峰良小点声，以免惊扰别的办公室。祖峰良这才意识到自己走进了惠民县政府大礼堂，这个召开全县三级干部会议的大地方。不好意思的峰良脸一红，摘下黑狗皮帽子，假装扑棱上面的霜镇定了一下，坐下来与二哥小声唠嗑。说会儿话，稳当下来的祖峰良好奇地绕巴银办公室撒摸了一圈，复又坐下，一双大眼睛里充满了惊奇、羡慕的眼神儿。祖峰脉见状，脸上带笑心里却高兴不起来，心想弟弟啊，你哪里知道你二哥寄人篱下的难处啊。

祖峰良身上穿的，还是那件几年前升初中时，母亲用卖鸡崽儿的钱买便宜的哔叽布做的蓝外套，如今长成了一米七八的大小伙子，外套明显瘦小了。祖峰脉知道，前几天大哥峰顶来时，穿了一身新装，那是为相亲专门做的，家里再舍不得拿出钱来给峰良换身新衣服。

他忧愁地问："三弟，你来街里还有啥事？"

"没别的事了，爸娘就是让我来看看你！"

父母一直对自己不放心呢！祖峰脉想着，目光与三弟深情地对视了一下说："三弟，走，跟我上街去！"

在文化馆这么高大上的地方"上班"，小峰良完全被二哥"俘虏"了。他没说什么，像小猫小狗一样乖乖跟在比自己明显矮半头的二哥身后，出了文化馆大楼。

祖峰脉领着弟弟，心情复杂地去了水果商店，背着峰良向马秋生借了五十块，然后过到路对面的二百商店里，急急忙忙给弟弟做了一身新衣服。初次进城的峰良，上街早看花了眼，再说被一身新哔叽中山装诱惑着，哪里还会去想二哥实际是在瘦驴拉硬屎……

张久诚馆长家的小儿子要去当兵，在家里预备酒席。祖峰脉反复想，自己去还是不去。心想去要随礼，可是兜里钱紧。不去，起码的人情过不去，再说张馆长给自己办了住宿这么大的事情，除了上次回家给带些苞米粒子，其他没什么表示。但人家没请，自己主动去，没面子不说，也显得冒失。他决定等等。张馆长终于通知他了。他感觉自己被馆长当成了同事、一家人，心里异常激动。根据张馆长安排，请文化馆馆员这天，他留下来看屋。第二天请新华书店的职工，他参加。第二天晚上，他事先从罗志中那儿借了礼钱，激动地去了张馆长家，裹在并不了解他背景的新华书店员工中间，峰脉受到了一名正式馆员一样的礼遇。因有几分受宠若惊，不擅长喝酒的他接连干杯，因为冥冥之中，他感觉心里有个声音一直在提醒自己："不能让城里人瞧不起咱们乡下人！"

老辣的张久诚似乎看破了农村青年的心思。他怕他喝多了白酒出洋相，也给自己丢面子，就让峰脉先回馆里，换来馆里住单身值班的架子鼓手水中来陪客人。水中来不胜酒力，又被酒兴正浓的新华书店职工一番轰炸，喝多了，回到馆里吐、闹、作，折腾半宿，脸、鼻子卡破了，门牙磕掉了，搞得祖峰脉一夜未睡……

他从心底里感激张馆长英明，如果喝多的是自己，那就不仅仅是出洋相的问题了。

31

正当祖峰脉费尽周折，终于住到馆里坚持学习的时候，城里的学员却越来越少了，这不能不使祖峰脉忧心忡忡起来。因为他心里清清楚楚，文化馆一个业余艺术学校的创作班，如果难以为继了，解散了，不存在了，对于守家在地的县城学员而言，可能没什么大的影响，而对于他这名乡下学员来讲，那意味着什么。

一天晚课，只有李忠臣一个人摇摇晃晃地来了。闲聊中，李忠臣对创作班每况愈下的风气表现出了极大的不满。在他的言语里，峰脉听到了学员们对创作班的一些风言风语，甚至发生了“桃色事件”，导致罗志中等三名男生要弃学。

不过令人高兴的是，在创作班之外，文学的星火却在县城四处点燃，与全国的文学热潮遥相呼应。一些二十岁左右的“新手”参加艺校学习，一些三四十岁的，在报刊上发表过几首短诗的“老手”，也不时聚在一起，绷起面孔，神情严肃地商讨他们作为“大佬级”人物，对后来者的文学责任。这十几个人来自机关、校园、工厂和农村，他们不定期聚集一起，放弃阶层芥蒂，称兄道弟，抽烟，喝酒，讨论诗歌，救世主一般批判落后和愚昧。他们成立了“田野诗社”，从社长、理事到普通会员有四五十人，并且定期油印《田野诗报》，在文友间私下传递交流。巴银作为文化馆的创作辅导员，又是诗人，自然是这个群体的核心人物。他带着峰脉参加了几次这样的活动，并常常把《田野诗报》带回课堂，不时向学员们讲授这些诗人才华横溢、一挥而就的神话。

大学校园也不例外。一些象牙塔里的骄子、学院派，放下“不可一世”的面孔，与社会上的文人墨客，尤其是文化馆这个负责群众文艺事业发展的文化单位强强联手，经常开展一些“文学沙龙”活动。“金秋诗会”之后，惠民师专与文化馆、惠民二中、惠民三中联合举办了一次“雪浪花诗会”，创作班的学员全体参加，巴银列在评委之中。除了一等奖被惠民师专中文系的选手捧走，创作班祖峰脉和高艳辉的诗歌斩获两个二等奖，学员们欢呼雀跃，峰脉更是激动不已，与大学生同台竞技，这个对大学校园一直心存梦想的乡下青年，心中充满了成就感。整个惠民县文学界，几日来一直氤氲在“雪浪花诗会”的盛况里。

“峰脉，出事啦！”一天晚上，李忠臣依旧晃动着身子，到文化馆对看书的祖峰脉神兮兮地说。

“怎么啦？”

“咱们班里发生了一件……一件爆炸性新闻，高艳辉那首获二等奖的诗歌，是……是抄袭班里学员赵娜的！”忠臣有一着急就犯口吃的毛病。

“那首《难忘啊，那童年的记忆》？”

“对！”

“不能吧？”善良的峰脉半信半疑。

“千真……万确！并且在‘金秋诗会’上也获了奖。”忠臣龇牙瞪眼，盯着峰脉言之凿凿地说。

“金秋诗会”闹出的“苍蝇事件”，影响刚刚平息，又出现了“盗诗案”，祖峰脉的心一下抽紧了。

“这事还有谁知道？”

“丁一兰也知道了。”

“不要再传播了，我明天上班就找巴银老师商量。”

“对，快点想个办法吧，赵娜要检举揭发，这事……这事就闹大了！”

第二天一上班，祖峰脉先给丁一兰打了电话，嘱咐丁一兰此事不要外传，一切由巴银老师处理，然后向巴银报告。

巴银听到这个消息，顿时脸色变得发青，刚刚端起“私人秘书”给泡好的茶水，又放下了。然后用手指对着嘴示意峰脉小声说话，防止左右办公室偷听。因为“苍蝇事件”闹得沸沸扬扬，巴银想创作班千万不能再出什么丑闻了，那会再一次动摇他在惠民县文化界的声望，尤其在文化馆这个文人相轻的圈子里。晚课时，巴银把高艳辉和赵娜两名女学员叫到自己的办公室，一番苦口婆心的开导，不满十八岁，虚荣心很强的高艳辉，稚嫩的脸庞上流着泪水，承认了错误，并当面向赵娜道歉。

一场危机化解了……

在学员们三天打鱼，两天晒网的时候，祖峰脉却像钉子一样钉在惠民县城文学殿堂的核心。他一面充当巴银的“私人秘书”，不是跑售明信片，就是帮助卖鱼，一面抓住各种机会学习。乡文化站还给他报销了往返车费，这使他信心倍增。同时，一有机会，祖峰脉也想方设法去挣钱。祖峰顶来的那一天，他帮助买回去一部“135”照相机，与惠民县最大的一家私人照相馆联系，由祖峰顶在乡下揽生意，拍照，他负责将胶卷底版送到照相馆便宜价冲洗出来。后来，祖峰脉还给祖峰顶捎回去冲洗药水，让大哥在农村家里偷偷完成洗相作业。

是的，他现在不仅仅要找一个栖身之所，他还要找一个挣钱之法，能养活自己。在文化馆住宿这半个多月，几乎天天去巴银家或郑梅娘家吃饭。时间久了，郑梅看出了祖峰脉的难为情，也担心时间久了祖峰脉误入歧途，学坏。为了家庭“迪斯科”一事，郑梅与巴银吵了几次，娘家爹妈也表示出了强烈不满。

一天，郑梅真诚地对祖峰脉说：“峰脉，我换单位了，去了乐乐待的百货托儿所，托儿所要招一个打更的，能吃能住，还能开支，就是你年纪轻轻的当更夫，不知道所里能不能要…… ”

巴银和郑梅婚后生了个女儿，小名叫乐乐。祖峰脉来的时候，乐乐才一岁多。有时赶上巴银和郑梅都有事，祖峰脉或者去家里帮助照看，或者在文化馆看护孩子。乐乐很可爱，时间长了，与峰脉很亲近。峰脉也很喜欢这个孩子。一次，在巴银老师家里，孩子哭了一个下午，怎么哄也哄不好，急得峰脉也跟着哭。后来，郑梅就把乐乐送托儿所了。

“去啊，嫂子！”

祖峰脉明白，更夫这个活一般都是城里岁数大的人干，也没听说哪个农村人进城当更夫，农民要是当了更夫，那不跟城里人上班一样了吗！因此听到郑梅的建议，他不仅仅是喜出望外那么简单，他似乎从郑梅的话里看到了一线天机，像城里人一样体面上班的天机！

当晚，郑梅领他去了所长家。李所长是个五十岁上下的女人，很和善。听郑梅介绍了眼前这个个头儿敦实，看上去很憨厚的农村小伙子的情况，她对郑梅说：“能行吗？更夫一般都雇城里年龄大的，守家在地还守谱儿…… ”

祖峰脉看了郑梅一眼，郑梅急忙说：“能行！李所长！这小伙儿我认识半年多了，跟我们家巴银学写作，一天到晚哪也不去，就知道学习！”

李所长会吸烟。她吸一口烟卷，随一声咳嗽，烟雾缭绕在灯光下。

听郑梅说完，她又回头看看峰脉，笑眯眯的目光里充满了疑问。

祖峰脉从椅子上站起来，急忙表态说：“阿姨，我能行！”

“没事，没事，你坐下。”李所长又思忖片刻，说：“行吧，郑梅很优秀，看在她的面子上，我们就考虑考虑你，不过明天呢我还要征求副所长、会计两位班子同志的意见。”

第二天一上班，李所长主持班子会研究。副所长高明礼不同意，理由很简单，更夫都是招岁数大的，又看屋，又烧炉子，又打扫卫生的，年轻人不合适，一旦屋子烧冷了，家长闹意见，反映到上面去，那麻烦就大了。

所长办公室很简陋，三张老式的旧桌子并一起，坐所长、副所长、会计三人。太阳升起来，窗上霜花开始融化。李所长点燃一根儿烟，吸一口，慢吞吞地对高明礼说：“你说得也有道理，天一天比一天冷，屋子要烧热乎的才行。我看那样吧，让小祖先干几天，试试再说。”

窦会计是个高大威猛的女人，她平时就看不惯高明礼阴阳怪气的风格，在一旁早不耐烦了，于是抢上说：“李所长说得对，干几天试试呗，不试试咋知道不行呢！”

窦会计这么一说，惧她三分的高明礼，绿豆眼睛滴溜一转，手握热茶杯“嘿嘿”怪笑一下说：“那就试试吧，反正出了问题有郑梅呢！”大家心里面都清楚，郑梅父亲是在百货公司经理位置上退下来的。

祖峰脉进托儿所打更的事，就这么定了下来。

32

百货托儿所是一栋十四间的红砖连脊房。惠民几个大百货商店店员的孩子都送到这里入托，多时上百。打更人的任务是烧炉子、看房子、收拾屋子，工资上面拨付，每天一块九毛四分。

“一块九毛四足够自己的生活费啦！”

一路上揣着这句话，祖峰脉先回家报了喜讯。听说峰脉在城里找到了有吃有住，还能挣工薪的美差事，一家人连雨天开晴似的，个个抑制不住笑容。

祖峰脉用客车捎回来两编织袋土豆、白菜、萝卜、酸菜、干菜，几块冻豆腐、冻肉，郑梅从家里给拿来没动的碗筷，他又上街添置些厨房用具，一九八六年十二月一日，他与张久诚馆长、李艳君校长打了招呼，从文化馆搬出来，懵懵懂懂地住进了一个堪称“儿童世界”的地方。

他穿上托儿所洗过多次、穿过多人的旧白大褂，每天早起点燃三个砖砌的火炉，把冰冷的屋子烧热乎，包括大小孩子两个房间、厨房、走廊，待上班前爸爸妈妈们把孩子送到托儿所的阿姨手里时，屋子既温暖，又整洁，又没烟，他就圆满完成了任务。

晚上，孩子们被下班的爸爸妈妈走马灯似的接走，阿姨们再一个个脱下白大褂，与他打了招呼，换上衣服回家，咿咿呀呀、哭哭闹闹、热热闹闹的托儿所，一下子就静了下来。

当托儿所十四间大房子空空荡荡的时候，就是年轻更夫上岗的时间了。

他先到外面插好褪漆的蓝窗户栅板，回屋换上白大褂，捅欢炉火，用铝锅蒸上大米饭，使铁马勺炖好菜，吃完，开始坐在床前那张国松材质棕色油漆的旧办公桌前，一个人埋在寂静的灯光下，看书、写作。起初，他能听见捂严实的窗户栅板外，路人“嘤嘤”说话、“嚓嚓”走路的动静。夜深了，夜静了，他抓起手电筒，前后院巡视一圈，回屋插好房门，压死炉火，就从后走廊钻进靠东一点的挨所长室的房间，拉灯睡觉了。第二天早晨，天刚放亮，睡梦中的他激灵一下骨碌起来，披上白大褂，戴上白卫生帽，护住头，挨个炉子“乒乒乓乓”开始掏灰。接下来用木柈子依次引燃炉火，轻轻压上一些整装一点的煤块，火烧旺了，再用炉铲子填上一些湿煤，搞得满走廊烟雾缭绕，烟熏火燎的。耐着性子，待屋里的温度烧上来，拎着饭盒的阿姨们、身上背着裹得严严实实的孩子的家长们，带着冷气，陆陆续续、叮叮当当推门进来，空旷的红房子又迎来了新一天的喧闹。他，就又圆满完成了任务。

每天都是这样。

怀着激动、感恩的心情，年轻的更夫做得很用心。这个城里的、时尚青年认为孤独、低贱和不屑一顾的苦差事，并没有给乡下青年留下太多的负面情绪，他反而为自己能找到安身之处继续学写作沾沾自喜。

“这里简直就是天堂啦！”在托儿所寂静下来的时候，乡下青年常常一个人屋里屋外转转，一边熟悉情况，一边在心里面着了魔似的自言自语。他像农民巡视自己的田地一样，每个角落都看得仔细。最东面的一间是柴房带厨房，一直往西是狭长的走廊和四扇北窗户，越过十四间长廊，到了紧西端右侧开后门，就进了后院小孩玩耍的游乐场，游乐场面积有一个篮球场地大小，被木栅栏圈起来，西侧是房西南北胡同，北面是第二百货商店的库房，东邻民宅。越过十四间长廊左拐，是南北短廊，开前门，路对面是废弃的老剧院，还有路上过往的行人。他常常惊叹自己，怎么忽然间就成了这里夜的主宰。就说后院孩子的游乐场，那可是自己童年的梦啊！他不止一次地想：自己背叛爹娘，从田野里孤身闯进文学圣殿文化馆，又闯进天堂般的托儿所——通过奋斗，供养躯体，实现理想，简直像《一千零一夜》里的故事，既离奇，又神圣！

然而，高昂的情绪，几天便消失了。随之而来的是孤独、寂寞。

开始他很守谱。渐渐心里长草，每天想出去走一走。不像文化馆，那里的人们谈论的全是艺术。而这里，整日里都是婆婆妈妈，叽叽喳喳……

一周之后，他开始滋生烦乱。白天下班，他一会儿向北穿过房西的胡同，三分钟跑到第二百货商店对面的水果商店，找马秋生闲聊。一会儿，他又去西街大市场，跑到卖菜的罗志中那里转转。一会儿又步行十几分钟去文化馆找巴银，看看有没有他这个“私人秘书”可做的事情。

精神空虚困扰着乡下青年。寂寞的时光他只有读书。

他从附近的林红霞那里借来了《巴黎圣母院》。吉卜赛少女爱斯梅拉达的美丽，丑陋的敲钟人卡西莫多的善良，主教的卑鄙阴毒，使他爱憎分明，对这个世界诞生着救世主一般的情感和理想……是的，自己就是一个背负使命感的人……孟雪姑的故事一定要写出来，公布于众……这成为他克服一切困难的信念和支撑！现在——他想，自己从一个几乎露宿街头的人，摇身变成掌管十四间大房子的“主人”，这都源于郑梅嫂子的默默帮助啊。非亲非故的，郑梅嫂子将自己领回娘家吃饭，找经理批布料回村贩卖，又介绍自己进托儿所工作，像春丽姐一样对他这个八竿子扒拉不着的乡间弟弟伸出来了援助之手……他隐隐觉得，只要努力，真挚待人，未来在城里就可能遇见许许多多像春丽姐、郑梅嫂子一样的好人，贵人……

托儿所看屋回算起来，断断续续的，祖峰脉进城有半年光景了。现在，一种从未有过的精神富足感包裹着乡下青年。奋斗初始是需要自信甚至自我膨胀鼓舞的。现在，泥腿子把小小的闯城成果，并轨为实现文学理想的重要组成部分，一切磨难就显得不那么重要了。他甚至觉得像家乡的那些个平庸而可爱的小伙子们，娶一位美丽村姑，过上“二亩地一头牛、老婆孩子热炕头”的日子，越来越可笑了。

孤独只能用读书来填充。《巴黎圣母院》三天就读完了。

从托儿所出来，向西出了小巷，至南北正街，向右一转，路北几十米东侧，就是同学林红霞工作的农行营业室储蓄所。祖峰脉去送书，正好碰上张春丽来储蓄所，一边办业务，一边与柜台里的林红霞聊天。峰脉惊喜地对二人汇报了自己找到住处的消息。春丽和红霞看到峰脉神清气爽，都为他高兴，约好哪天去他的新驻地参观。林红霞说她上下班正路过托儿所，随时可以去。峰脉说那好啊，找时间请你们一起去，我给你们做饭吃！

又向林红霞借了一本《红与黑》回来读。读着读着，他发现，司汤达笔下的木匠儿子于连，出身同样卑微，于连的奋斗故事，起初与自己现在的情形十分相像，这使他有些激动，他恨不得一口气读完，他太想了解在这个世界上，与自己一样的底层青年奋斗的轨迹了……

33

周末，祖峰脉倾其所有，摆了家宴，他要在一九八七年元旦来临之前，热情地招待一下进城以来帮助过自己的人。他身上流淌着农民淳朴的血液，沿袭着农民礼尚往来的好家风。只要有可能，他就寻求报答。现在，第一个月开支，他就请来了巴银、郑梅、张春丽、马秋生、林红霞、罗志中、丁一兰、李忠臣齐聚托儿所，上灶炖了几个一般农村孩子都会做的大炖菜，用五香干豆腐卷、黄瓜拌了一大盆凉菜，加上春丽和红霞带来的罐头、熟食，大家热热闹闹喝了一顿，庆祝祖峰脉有了新住处。当然，也庆祝文学青年们，除了文化馆之外，又多了一个新的聚会之所，开辟了一个新天地。

第二天早车，祖峰脉回家给大哥送相机。头晚喝酒时，他私下求马秋生早晨去托儿所开门，并留下了钥匙。马秋生醉醺醺的，二话没说，爽快地答应了。

前些日子祖峰顶进城偷偷买的照相机被巴银借出去了，昨晚吃饭巴银才送回来。期间祖峰顶也来取过几回，都落空了，急得团团转。巴银想不到，其实祖峰顶除了稀罕这宝贝，还想用它挣钱娶媳妇呢！

祖峰脉给祖峰顶一起送回去的，还有洗相药水。峰顶心灵手巧，家里什么家什坏了，没他修不好的。峰脉对大哥很有信心，背着父母，暗中支持他。

下午，祖峰脉乘客车回到了县城。

祖峰脉一踏进托儿所，就听见了吵闹声。走过南北短廊向右侧长廊一望，一群孩子妈妈、阿姨，正围两位所长争论。李所长身体不太好，轻易不来。她来了，说明所里发生了大事。

见祖峰脉进来，一群人像树上叽喳开会的麻雀受到了意外惊扰，突然一声不响了——继而，齐刷刷朝他看，眼睛里喷射着同样的怨恨的目光。

他疑惑地望着一群人。

“你早晨干啥去了？”高明礼一开口，眼里就放射出被狼撕咬过一样的眼神儿。

他似乎明白了什么，急忙问：“怎么了？我有事回了一趟家……难道……难道我同学早晨没来开门吗？”

“开什么门哪！一大早冰天雪地的把孩子都扔门外啦！孩子家长把意见都反映到公司去了！你还能不能干啦！”

祖峰脉感觉天旋地转。

“对不起！对不起！怎么能出这种事儿……我跟我水果商店的同学说好了，早点来帮我开门的……”

“别解释了，不愿意干就滚回农村去！你以为这是在你们家种地啊，随随便便的！”

“小祖啊，下次一定要注意……”李所长出来打圆场，但是一脸的阴郁。

孩子妈妈、阿姨们带着怒气难消的眼神儿散去了。不想事态扩大的李所长用手摆了一下高明礼，“老高啊，你也别生气了，正好我还有事找你商量。”说完，她目光变得温和一些，看了一眼小更夫，就引着高明礼进办公室去了。

祖峰脉呆立走廊，半天才醒过神儿来。

“这事儿也不能怨秋生，怪就怪自己太大意了，酒话怎么能当真呢？”

“我太单纯了！简直像个白痴！”小更夫深深地自责。

郑梅休班回来后听说峰脉闯下了一个不大不小的祸，急忙领他去找李所长、高副所长道歉，分别说了一番好话，才算将风波平息下来。

对郑梅嫂子危难之时的救援，祖峰脉的心头来不及生发更多的感激之情，托儿所的夜晚像往日一样又寂静下来了，他独自坐在破旧的办公桌前，面对着白墙，想了许多许多。虽然——他认识到虽然自己暂时有了栖身之所，可是未来的学习之路，一片混沌和迷茫，一切都不会如想象的那么简单……

这是一九八六年的最后一个夜晚了。明天，就是一九八七年元旦。乡下青年一遍遍地忏悔着，思来想去之后，提笔在日记中写道：

一九八六年即将逝去
面对生活的安排
我必将走向荆棘
我勇敢选择的路
明天，依然充满崎岖
……

第十一章

34

某位心理学家说过，世上的任何两个人，如果想找的话，都能找到相互之间的关系。祖峰脉贸然闯进城里来，本来是一个人微不足道的莽撞行为，可不知不觉中，像田野落下来的一场冰雹雨，不仅将他生活的穷山沟搅得流言四起，整个惠民县的文艺界，也被渐渐击起了波澜。

对此，祖峰脉却毫不知情。

巴银半开玩笑地对弟子说："你成了名副其实的'祖老更倌儿'！"

祖峰脉脸上发红发热，心里头倒不觉得矮人一等，因为对他而言这毕竟是一桩天大的幸运事。在托儿所有做饭的炉子，有安身的床铺，每月还能拿薪水。几千人口的靠山村，他成了外出务工的第一人。

安顿下来，乡下青年的活动半径有了稳定的范围：托儿所——巴银家——文化馆。三个地点均在东街，巴银家在托儿所后身，文化馆在巴银家后身，峰脉可以在三点一线上自由穿梭，断线的风筝暂时又有了根。

在祖峰脉为自己像田野里自由飞翔的一只小鸟，大胆飞到城里来觅食、学习而暗自欣喜的时候，一九八七年的元旦悄然而至了。

早晨，惠民县城大街上，寒风刀子一样刮脸。天太冷，上班族放假，大都选择躲在家里，做上几个拿手菜，喝一壶辣酒，与家人吃一顿团圆饭，温暖而慵懒地总结得失，憧憬崭新的一年。

祖峰脉第一次在外过阳历新年。在家，仪式感很强的母亲不管家里平素很难见到肉腥，阳历年这天，总能神奇地包上一顿饺子。

早餐对付一口剩饭，寂寞的峰脉压好炉火，锁门去了巴银家。

巴银两口子正在包饺子，他有些尴尬，谢绝了郑梅留下来吃饺子的好意，一个人悻悻地去了文化馆。

东二道街除了清洁工、拉煤核的小马车，几乎不见人影儿。连路西往日喧嚣的县人民医院门前，都冷冷清清。

祖峰脉手插口袋里，迎风走在街上。他想，身后的这对夫妻对自己胜过亲人，很多亲人都办不到的事情，他们夫妇办到了。在他们家吃喝，串门，更是平常事了，甚至连郑梅的娘家爹妈也拿他当乡下的亲戚一样。巴银夫妇的女儿乐乐，他也像亲叔叔一样帮助照看。入冬自己在文化馆住宿，小家伙穿得鲜鲜艳艳的，在文化馆二楼的练功房里蹦蹦跳跳的样子，现在想起来还觉得可爱。有一次，郑梅嫂子去上班，巴银外出办事，把乐乐交给自己。巴银走后不久，乐乐一顿哭闹，怎么哄也哄不好，窗外不见人影儿，乐乐哭自己也跟着哭。乐乐哭累了，睡着了，自己也躺在乐乐身边睡着了。依稀记得，那天自己还做了一个梦，梦见自己跟母亲到鹅头山下捡庄稼，山风大，冻得自己溜出空旷的黄豆地去山坳下背风，与穿棉袄的羊倌儿唠嗑。见自己偷懒，身材矮小的母亲，腰间扎一个装豆荚的帆布兜，在后面追，自己就跑，母亲就追，边追还边喊：

"小军哪——别跑了——再捡会儿咱们就回家啦！"

自己也不回头，就是跑，母亲还是追，不大工夫自己将母亲甩出去几十米远。跑着跑着，自己突然站住了，回头对母亲做鬼脸说："娘啊，你别撵了，撵也撵不上，挺累的！"娘扑哧被逗乐了，乐完，还是追，感觉几步就要追上了……后来自己哆嗦了一下，吓醒了，睁眼一看，是巴银"吱呀"一声开门进屋了，还给自己和乐乐带了饭。

那天，自己从巴银家炕上坐起来，冷飕飕望着巴银老师的一幕，至今难忘……按说，新年饺子怎么也得吃上几个，沾沾喜气儿，但见到老师一家团团圆圆的，自己心里五味杂陈，说不上是一种什么滋味儿……

"巴银跟我学了，你去百货托儿所打更了？"

一进文化馆值班室的门，带班的张久诚馆长就关切地问。

"嗯呢馆长！那天我去您办公室说您不在，文化馆永远是我的娘家！"

张馆长仍是油亮的分头，笔挺的蓝中山装，他双眼带光地对峰脉说：“挺好！挺好！……值班室有电视，有录像机，今天过阳历年，你就把这儿当成家，随便看……”

张久诚善解人意的一番话，使祖峰脉的情绪一下缓解了许多。

看完电视播放的电影《林海雪原》，十一点半，张久诚回家吃午饭，祖峰脉也急匆匆地回了托儿所。他现在每吃一顿饭，都要自己动手，好在自己十几岁就学会了蒸馒头、炖菜。虽然没余钱改善伙食，但是娘从老家给带的菜还是充足的。其实在文化馆看电视，他心里一直打鼓的是托儿所的安全。岁数大岁数小，自己是“打更”的，拿人钱财、保人平安是本分。

他回到十四间连脊房，正是阳光最灿烂的时候。

他推门察看后院，只见四周用板障子围起来的游乐场被白雪覆盖着，鸭蛋青色的滑梯静静待在角落里，闪着晶莹的光。院落阒静无声，连早风也刮走了。

回走廊，几扇北窗户反光，暗廊微亮。他从东走到西，挨个房间察看了一遍，除了斑驳发黄的砖墙，以及席炕和婴儿的悠车子，托儿所内一片空荡和寂寥。

他兀自产生了一丝恐惧感。

不过，恐惧感很快消失了，因为巡视没发现异样不说，他对新栖之所，有了更详细的了解。代之而来的，很自然地演变成为一种自豪感，成就感。他想将来创作班结束自己回到农村去，这样的经历可真值得炫耀一番了。

度过了一个平静的元旦之夜。

第二天早晨，托儿所的梅阿姨上班先来，陆续也有几个孩子送过来。他压好炉火，吃完饭，坐下来接着读林红霞借他的《红与黑》。

他如饥似渴地读着。他越看，越觉得自己的出身像木匠的儿子于连。

“小祖，自来水放不出水来啦！”

梅姨一身白大褂，手里端个搪瓷脸盆，站他门口喊。还是那张瘦削的脸庞，布满褶皱，一口金牙，以往总是似笑非笑的眼神里，充满了惊恐。

他急忙撂下书，披上白大褂去了靠东侧的厨房。他把靠南窗户的自来水龙头扭到底，水也不出来。他转身抄起煤铲子，戳起冒火星子的炉火，贴近水龙头烤半天，还是不滴答水。他挪开东南墙角靠窗户的一口空缸，发现缸后面挡住的水管接头漏水，上面一节管显然冻住了，他用扳手卸下冻水管，拎炉火旁烤化、拧好，回头又将第一道阀门提起来，放一块板子上准备放水，阀门锈蚀了，使劲一扭，裂开了，水放箭似的喷涌出来。很快，厨房水漫金山。他慌张了，拽下线手套去堵，反复堵也堵不住，手却霎时冻木了。他蒙了，撕心裂肺地喊：

“梅姨——梅姨——”

与梅姨一同来当班的还有一个女的，比祖峰脉大几岁，祖峰脉叫她小李大姐。小李大姐听祖峰脉不是好声地喊，跑厨房一看，大水漫延，顿时吓得脸色惨白，急忙去找巴银求救，正巧同学张欢在巴银家聊天。去年春天，祖峰脉刚到创作班学习，理发馆住不下去时，是张欢救急把祖峰脉接进了家门，祖峰脉的内心里一直感激着张欢。张欢心里却十分歉疚，无论祖峰脉怎么努力接近他，他都不好意思与祖峰脉多来往，倒好像他欠了祖峰脉什么似的。今年过生日，张欢才满十八，去年招兵差一岁，父亲想托人给他报名，他恋创作班没同意。母亲指责他学写作不务正业，因为城里人当兵即使不提干，回来也能有一份正经的工作。

今天早饭时，张欢母亲又絮叨起此事，张欢闷闷不乐，来找巴银老师倾诉。现在，听说祖峰脉打更的托儿所跑水了，不等巴银吩咐，这个机灵的小伙子也不等小李大姐，推门就往托儿所跑。他边跑边想，峰脉太不容易了，都怪自己没办法留他在家里长住些日子。

张欢快步如飞，在红砖瓦房包围的巷子里拐来拐去，太阳底下如同飘忽的精灵。他仿佛继承了父亲的修理特长，涉水进入托儿所厨房，看了两眼，很快操起菜刀削一个木塞，不顾水朝外喷涌，冲上去往水管里钉，等小李大姐气喘吁吁地跑回来，水已经堵住了。

从厨房出来，二人都成了落汤鸡。

清理完积水，接近一点了，二人又累又饿，张欢要走，峰脉感激地把同学留下来，没什么吃食，只翻出两根硬麻花，炉子上下了麻花汤。送走张欢，刚要烤湿衣服，下午来换班的郑梅捎口信儿说巴银让他去一趟。他急忙脱下湿漉漉的棉衣棉裤，裹上军大衣，匆匆去了巴银家。

35

祖峰脉没进到屋里头，就听见巴银与另外一个人在争执。

巴银似乎很激动，院门响也没注意到。巴银家是一串连脊房中的一间，宽不足五米，长院脖有二十米。待峰脉走过长院，打开房门，只听巴银用他一贯的“公鸭嗓”说：

“不是会员的坚决不发，他们不入社，还想发稿，是舍不得钱呢，还是瞧不起谁呢？”

“那不好办哪……入社的会员没几篇像样的稿子……”

祖峰脉听出来那人是同学朱志辉。最近，志辉牵头成立大地文学社之事，闹得沸沸扬扬。自从祖峰脉有了落脚的地方，托儿所自然成为同学聚会的“文学沙龙”。文化馆一周三次，一次两个小时的上课时间，哪够文学狂热分子们疯的？因此祖峰脉前脚一进托儿所，后脚他们就蜂拥而至。所有课堂上不方便讲的问题，都可以在托儿所热烈讨论。

前几天，读高三的朱志辉跑到托儿所，风风火火说要成立一个大地文学社，想拉祖峰脉入伙。峰脉心里清楚，惠民城的文学社团虽不能用雨后春笋形容，却也不是什么新鲜事，惠民师专就有一个雪浪花诗社，惠民一中有一个百草园文学社，乡镇的中学里有一个蒲公英文学社、有一个田野诗社……按说，朱志辉成立一个大地文学社是有社会基础的，自己作为同学加入也无可厚非。问题是，祖峰脉觉得自己是乡村青年，参加县城文学社有些高攀，低人一等，也觉得朱志辉他们就是一帮在校学生，自己文学函授参加了两年，又写了很多东西，入社再没个头衔，尴尬。于是，他选择了作壁上观。

巴银当然希望文学社团越多越好。一方面说明惠民文学繁荣，另一方面他也有了更多的触角和空间。为此朱志辉提出在学校成立文学社，他第一个站出来支持，还答应在馆办内刊《惠民文艺》上辟出专版，专门发表大地文学社社员的稿件。尽管如此，社长朱志辉向他汇报说社员稿件没几篇能拿出手的，他想扩大范围，向创作班峰脉这样优秀的学员约稿，是否有会员身份无所谓，以后看本人意愿再说时，巴银表示坚决反对。他让郑梅捎信儿给祖峰脉到家里来一趟，就是想当面做他入社的工作。

祖峰脉裹军大衣进屋，心里已经明白了八九分。为缓和气氛，他故意把托儿所跑水的场面学得绘声绘色，说得严重些。可二人根本没有心思听，尤其巴银，祖峰脉还没坐稳，就大嗓门道：

“祖峰脉，把你找来就是敲钟问响，你到底入不入大地文学社？”

“你有小说稿吗，这期给你发表！”在朱志辉的心里，对祖峰脉早没了城乡芥蒂，于是他手掐烟卷解围似的笑着引诱道。

透过烟雾，看看脸色白皙、眼睛眯成一条缝的“穷编辑”，回头又瞅瞅炕沿上两眼冒火的老师，祖峰脉说：“我一个农村人，参加城里学生组织的文学社不合适吧？”

“你什么意思？”听了这话，巴银腾地从炕沿上跳到地中间，没有习惯性地背手，而是用手指着祖峰脉大声道：“自打你进城，来到咱们创作班，大家什么时候把你当成农村人对待了？”

“我不是那个意思，”见老师急了，峰脉紧忙解释说，“我说的是大地文学社，我们身份不一样，不好到一起！”

巴银还想说什么，努努嘴，憋了回去。朱志辉也不好再逼，只是掏出一根烟续上，眨巴着单眼皮透过烟雾朝祖峰脉微笑。

相处了大半年，巴银心里清楚，他眼前的这个乡下学生，其实性格是挺倔强的，之所以成为他的“私人秘书”，对他唯命是从，那是身份逼的，他内心里也不一定是完全情愿的。再说，峰脉有特别想进步的愿望，作为班主任，他更看中峰脉这一点，不像班里的县城学员，相当一部分三天打鱼两天晒网，来创作班是追时尚，附庸风雅的。想到这一点，巴银克制住了自己。他瞄了一眼墙上的挂钟，口气缓和地说不早了，我得去上班，你再考虑考虑吧。说完，他披上那件旧军大衣，锁门走了。

三个人不欢而散。祖峰脉去找李所长，托儿所自来水管冻坏了，他必须去报告。节前，他问郑梅元旦是不是买点礼品去看望一下李所长，郑梅建议说几天就过年了，一起去吧。现在，他顾不了那么多，左拐右拐，找到了水果商店后身平房处的李所长家，进托儿所时郑梅领他来过一次。

李所长正在家里头照看满地跑的孙子。听了祖峰脉的汇报，先是惊讶，接下来仍然平和地对峰脉说，你去找高所长，就说我说的，抓紧找人修一下。听说高明礼副所长家住南街，峰脉对惠民城路不熟，只好等高副所长来上班。第二天高副所长果真来了，见状，瞪起眼睛吼道：

“我不来水管你就不换了？”

祖峰脉一听领导口气不对，没敢多言，急忙跟高副所长屁股后去五金商店买水暖件了。

36

作为巴银的“私人秘书”，巴银把很多事交给祖峰脉来帮助打理。

文化馆要借用西邻的税务局会议室召开一次惠民写作者年会，巴银给祖峰脉一个名单，让峰脉帮助写请柬。

祖峰脉无比自豪。他对毛笔字并不陌生，少年时代练习过一阵子，写的春联甚至挂上了乡亲们的门楣。他坐在巴银的办公室里，将请柬一一写好，再分别寄出去。到开会这一天，又帮助巴银忙这忙那。

年会开得很成功。参加者一百多人，张久诚馆长发表了热情洋溢的新年致辞，巴银代表创作部对上年创作成果和态势进行了回顾，尤其对创作班学员的成绩和表现，赋予了很多溢美之词，还点名表扬了祖峰脉，作为农村学员，不辞辛苦参加学习，学习效果也很明显。同时，对下年创作前景进行了美好的展望。祖峰脉代表学员进行了表态发言，创作班的学员还进行了诗歌朗诵，班长张春丽，学委丁一兰，大地文学社社长朱志辉、副社长刘爱玲，还有社会各界的一批资深诗人，均以朗诵新诗的形式集体联欢。晚饭，文化馆在东二街的“独一处”饭店安排酒宴，文学狂热者们尽情畅饮，共叙惠民文学艺术的春天……

接下来，巴银说，县总工会要举办一场职工春节联欢会，写节目串联词的任务交给了创作班。祖峰脉一干人等听了这个消息，欢呼雀跃。因为这释放出来一个积极信号：艺校声名鹊起，预示学习文学的未来，前景一片光明。

这天晚课，到了十几名学员。巴银分配了串联词写作任务：朱志辉负责七个节目，丁一兰负责九个节目，祖峰脉负责四个节目。

“为什么只分给我四个，我不如他们写得好吗？”

乡下学员敏感起来，内心愤愤不平。巴银为什么对丁一兰那么好？难道因为她是漂亮女生吗？前几天，加入江城音乐文学学会的四个名额，三个给了社会名流，班级一个名额，便给了丁一兰。还有朱志辉，他就是一名学生嘛！分配串联词写作任务居然也比自己多三个，难道因为他是所谓的大地文学社社长吗？

祖峰脉的内心翻腾起来。他的这种因自卑而生发的敏感，城里的老师和同学们当然谁也不会注意到。

这天下午，约好两点到托儿所研究写串联词，可到点了同学们一个也没来。峰脉去了文化馆。原来，丁一兰、朱志辉，还有刘爱玲同学早在巴银的办公室了。

乡下学员更加地怒火中烧。自己还是不是巴银老师的心腹之人了？

祖峰脉还没坐稳，巴银就急切地说："峰脉，你来得正好，剧本有了，这回要震惊世界！"

"谁写的？"乡下青年警觉地问。

"集体创作！"

祖峰脉有些丈二和尚摸不着头脑，不是说要研究串联词吗，怎么又改剧本了？于是又直接问："干啥用的？"

"文化馆春节联欢会，你来演吴妈！"

"你演吴妈一定像！"几名同学一旁插话打趣道。

见祖峰脉一头雾水，朱志辉解释说："文化馆也要开联欢会，比工会的联欢会早一天，我们就先研究馆里节目了，集体创作了一个五场喜剧，名字叫《让世界充满爱》，就是时空穿越的那种，里面有个角色是鲁迅小说《阿Q正传》里的吴妈。"

乡下青年已经是一身汗了。

演吴妈？自己就连"喜剧"的样式都没听说过，于是他推辞说：

"我可不是那块料！"

"让你当你就当呗，你咋这样呢！"

巴银急了。大家一看气氛不对，见下午课时间到了，相互挤一下眼睛，叽叽喳喳地出了巴银的办公室，匆匆去了北侧教室。

上课前，善解人意的朱志辉把《让世界充满爱》剧本的初稿偷偷给了祖峰脉。一堂课的工夫，祖峰脉看完剧本，当看到后面落款处赫然写着作者“丁一兰、朱志辉、刘爱玲”时，乡下青年的心里越发地感到这个世界的不公了：凭什么集体创作没有我的名字？事先为什么不叫我？是轻蔑、瞧不起乡下人，还是嫉妒我的才华？还让我演吴妈，男扮女装，不伦不类！那好吧——你们只管改你们的，不要来问我一句！

乡下青年彻底打碎了醋瓶子，内心里一团火在燃烧。联想进城一年来发生在自己身上的种种不平，他感觉自己快要爆炸了。

他要找人倾诉。可是，整个惠民城，有一个人能理解他的这种情绪吗？要说有，这个人只能是班长张春丽了。

这一天上午，他守在托儿所，他在等春丽。果然，当太阳烤化窗花，屋子暖和起来的时候，张春丽来了。照例，春丽领着她蹦跳的儿子。

如果说开班初始，心地善良的张春丽见一班学员独有祖峰脉来自乡下，每次来上课都要骑上几十里的自行车，风尘仆仆地跑到课堂上，她很欣赏祖峰脉的吃苦精神，总是下意识带一些瓜子、糖块之类的零食到晚课课堂上，趁人不注意，偷偷塞给峰脉。随着时间的推移，这个婚姻不幸的女人，渐渐在这个来自乡下，虽然比自己小很多，却相对成熟一些的弟弟身上找到了一点精神寄托。只要有机会，姐弟俩就在一起说说知心话。尤其峰脉有了稳定住处，春丽时常光顾，当然每次来，为了避嫌，她都带着六岁的儿子天天。

现在，张春丽又来了。祖峰脉像见了救星，一股脑复述了最近发生在自己身上的种种所谓的不平。

张春丽坐床沿儿，不说话，还是用那一双虽然不大、但深不可测的眸子，注视着乡下青年，专注地倾听。末了，她总结说，自己对创作班也有不满之处，但是世上的事，哪有都尽如人意的？

听了张春丽的话，祖峰脉喷发着的火山，稳定了一些。

接着，张春丽又含蓄地进一步点了创作班上的几件事，几个现象，虽然没说破，但祖峰脉完全听明白了她指的是什么。

春丽最后说：“峰脉，不管怎么样，我觉得你都不应该和周围的人硬来。”

峰脉犹豫地点点头。

“你的路还很长啊，你要知道你克服那么大的阻力和困难，从乡下跑到城里来，是干啥来了？”

送走了张春丽，祖峰脉心头的一团烈火已经被春丽的冷静彻底熄灭了。回味春丽的话，他似乎意识到了什么，马上买了酒菜，去了巴银老师家。

第十二章

37

人们随着地球转动，跑来跑去的，每天大都又回到了原点，尤其到了春节。而祖峰脉，既然聘了百货托儿所的更夫，这个春节注定要绑在惠民小城，一个人孤独地过了。

临近年关，家里先打发祖峰顶给祖峰脉送来了杀猪菜，放心不下，祖大消停还亲自到惠民城来察看一次。

上午，太阳刚升过惠民客运站二层楼的楼顶，祖大消停就从南街客运站熙熙攘攘的人群里面钻了出来。年关将至，客车里、车站大厅里、大街上，挤满了进城办置年货的乡下人。这些单干后赚下余钱的新时期农民，有的穿上了鲜艳的羽绒服，有的戴上了方正的羊剪绒帽子，有的脚下还穿上了锃亮的皮鞋、翻毛皮鞋。虽然从手里拎的大包小裹、闪烁的目光里，一眼就能看出是乡下人，但是今非昔比的是，他们口袋里鼓鼓囊囊的人民币，手拎肩扛的给城里亲属、熟络的权贵带来的土特产，一入冬，就像大水漫灌一样，将县城搅动得喧哗起来。

牵挂儿子的祖德贤，手里拎着黏豆包，向北一路打听着，穿过主街，到了二副食，甩下嘈杂的人流，向右拐进胡同，大约走了三百米，便一眼望见了托儿所长长的红砖房。

“好大的院子！比靠山大队部还要气派！”虽然大队部改叫“村部”了，他还是习惯叫“大队部”。这种改革过渡时期“两合水”的叫法，是乡亲们的新发明。

祖峰脉战战兢兢地接待了突然造访的父亲。因为他心里十分清楚，父亲这一次来“考察”，关系着他在城里的“脱产”学习生活能否顺利地进行下去。

爷儿俩说过话，吃过午饭，见父亲的脸色平静下来，祖峰脉才殷勤地安排着说：“爸，跟我去馆里看一场演出呗，我们写作班同学自编自演的节目！”

祖大消停眼珠在儿子身上盯了半天，答应了下来。

这个经济爬坡的农业大县，除了少数干部人家、个别暴发户实现了有电视、电话的现代生活，普通老百姓多数还只能靠读书、看报、听广播匣子，偶尔去一次电影院来消遣业余时光。对于文化部门组织的商业演出，多数人还因为门票钱望而却步。既然是馆内联欢会，又有年度文化成果汇报展示的意思，文化馆联欢会采取为县领导、关系单位、文化单位、社会友人等赠送门票的方式，不对外售票。演出这天，文化馆门口照样设置了检票的，守门验票的，凭票入场。除了自己那一张，祖峰脉向巴银多要了三张票，一张给父亲，另外两张给了同学林红霞。

下午一时，演出开始了。艺校三个班的学员准备了丰富的节目，歌曲、相声、快板、大合唱，还有创作班的五场喜剧《让世界充满爱》，悉数上演。

文化馆联欢会虽不像平素的商业演出人山人海的，但一二楼基本也坐满了人。大礼堂棚顶不停旋转的白射灯，将每个嘉宾的脸庞都照耀得发出悦动的光亮。

林红霞和梅竹二人拿了祖峰脉送的票一起来观看演出。祖峰脉与二位没演出节目的同学打了招呼，见父亲一个人坐后排座位一角，穿着打扮一眼便能看出来是乡下人，他犹豫了一下，还是猫腰过去，与父亲坐一起。他感觉周围的目光都在盯着自己和父亲看。他尽力控制着不自在，而更不自在的父亲，则像椅子烫屁股似的，眼睛里闪烁着光芒，一种与在村里看“二人转”一样又不一样的光芒……

演出结束，巴银主动与祖峰脉父子回到了托儿所。班主任开诚布公地对乡下来的学员家长介绍了祖峰脉的情况，并赋予了许多溢美之词。很显然，大消停听完很高兴，一肚子的忧虑打消了一半。第二天，出于礼貌，他让祖峰脉领着，去巴银家串门，给巴银带去了黏豆包，并嘱咐眼前戴眼镜、梳背头、走路摇摆的青年一定要严管儿子。接下来，祖峰脉陪父亲上街添补了一些年货，往年在家里为乡亲们写春联，今年只有写好委托父亲捎回去，然后爷儿俩一路沉默着，步行去了南街的客运站。

其实，爷儿俩都感觉有许多许多话要跟对方说，可是，又不知从何说起。是啊，农家子贸然闯城学习、打更，这种村子里从来没发生过的新鲜事儿，早打破了认知，像天上的云彩，飘到哪里无法预判，明天一片迷茫，爷儿俩能说什么呢？

沉默是最好的表达。年关前，惠民县城繁华的主大街上，包括进城购置年货、新衣服的老乡们，哪一个会想到，欢喜的气氛里，芸芸众生、鸡毛蒜皮中，还会有这样一对心事重重、情况如此特殊的父子呢？

送走父亲，祖峰脉要一个人在街里过年，忙得不亦乐乎。除夕夜没过，正月没到，同学就闹着要来玩。同学们来能啥也不备吗？瓜子、花生、冻梨、糖块，这些最简单的待客年货，总要买一些的。可是，祖峰脉口袋里又是空空如也了。所里一直没开支。脚上穿的一双旧皮鞋已修过两次了，早晨陪父亲去巴银家，它像克星似的找病，鞋跟儿居然又断了。

终于熬到开支了。这是祖峰脉第一次拿到工钱，每月五十八元二角，扣掉三十元借款，两个月拿到了八十六元四角。祖峰脉在心里为自己欢呼，欢呼自己一夜之间由穷光蛋变成了富翁。更令他新奇的是，自己这个泥腿子，居然破天荒挣到了城里的“工资”！自从进托儿所干上了“更夫”，这种感觉冥冥中就有了，可现在尤其强烈和不同的是——他一瞬间觉得自己从高大威猛的周会计手里哆哆嗦嗦接过来的，根本不是什么黄色工资袋，而是一枚足以炸开城门的紫铜色手雷！

春风得意马蹄疾，一日看尽长安花。腊月二十八，托儿所已经开始放假，他早早起床点燃炉火，打开窗户上的蓝栅板，太阳光爬上窗棂了，对付一口剩饭，穿一只没有鞋跟儿的旧皮鞋，一瘸一拐、满面春风地去胡同北二百商店门角的修鞋摊修好鞋，又飞似的去西街邮局找庞邮递员，将乡文化站给他免费订阅杂志的邮寄地址，从乡下迁到城里，又一身轻快地，去已经热闹起来的大街上，办置年货了……

时光，在人们感觉里快慢不一地前行着。中华民族的传统节日——“年”，到啦！

不管你是否已经准备好，年的环境，年的气氛，都在悄悄感染着每一名中国人。临近年根儿，家家户户贴起了红春联，富足一些的人家黑门前还吊起了红灯笼，院里挂上了小红旗；乡下人买好年货，潮水般退回村里过年……倒是年根儿自由几天的城里人，平素轻易不出门的“大家闺秀”“小家碧玉”，被年的洪流激荡着，裹挟着，像与春风约定好了似的，全都穿得五颜六色、如花似玉的，拎着各种家什，笑呵呵、喜盈盈地飘入了县城的街头巷尾……

对于华夏子孙而言，没有比过年更美好的集体期盼了。但随着年的临近，第一次接触县城年的祖峰脉，除了新鲜，苦恼也一件接着一件。置办完烟酒糖茶，第一次薪水就花得差不多了，春节拿什么去两位所长和巴银岳父岳母家串门呢？再有，如果年夜饭一个人吃，将会多么无聊、孤独！

除夕中午，托儿所的门突然响了。

原来，峰脉老姨奶家的二姑小芝，笑盈盈摸进门来了。

“这么一大串空房子，晚上睡觉不害怕吗？多吓人呢！”

说这话时，三十左右芳龄的小芝连笑带冻，面如桃花。心里正没着落的祖峰脉，像丢失荒野的羊遇见了牧羊人，几乎没推辞，便眼窝热辣辣地跟小芝二姑回家过年了。出了西侧的胡同，手头虽拮据，他还是去二副食给老姨奶礼节性地买了两盒糕点。小芝家住铁路南，她年迈的母亲，也就是峰脉奶奶的妹妹老姨奶，养在她家。老姨奶家的村子距靠山十几里。老姨奶和老姨夫爷的一些逸闻，峰脉没少听父亲讲。小芝的爱人是城里的工人，脾气暴躁，无人敢嫁，就娶了乡下的。据说惠民城很多歪瓜裂枣，仗着有城镇户口，不少迎娶了乡下的漂亮姑娘。

小芝的男人相貌黑猛，热情地给祖峰脉倒了半杯白酒。鸡鸭鱼肉欢欢喜喜地吃过年夜饭，祖峰脉惦记托儿所，着急回去。临走，小芝男人还主动给妻侄儿捧了一兜瓜子。此后，祖峰脉再没见过小芝夫妇，听说小芝夫妻俩如同前世的冤家，吵架成了家常便饭，小芝气出了肝病，早早离开了人世。

托儿所已经成为“文学沙龙”。即使大年三十，也挡不住文学狂热者们的脚步。看，刚刚吃过年夜饭，朱志辉、林红霞就先后跑来托儿所。志辉带了白酒、啤酒、饮料，红霞足足带来了一塑料袋母亲炸的丸子、江米条。

送走志辉、红霞，快到中央电视台春节联欢晚会的时间，峰脉匆匆跑去了巴银家。春晚开播四年，一年比一年精彩。巴银的小连襟，携家托口从外地回来过年。巴银在岳父家陪着吃过年夜饭，一刻也没多停留，一个人径直跑回家——他心里一直惦记着扔托儿所过年的学生。

晚会一个高潮接着一个高潮。到了跨年的钟声响起，华夏儿女四海一家，胶着成一片欢乐的汪洋，无不沉浸在迎接中华民族农历新年的喜庆之中。

随春晚主持人一起数完农历跨年夜的倒计时，春晚结束了，巴银东邻李德泉召唤过去吃饺子。巴银家住的连脊房与李德泉家仅隔一层板障子，峰脉常去巴银家，李德泉认得，就一起叫上了。

除夕夜的惠民城鞭炮齐鸣，烟花如同游弋的蝌蚪，带着哨子般的声响，朝空中蹿去，“啪！啪！……啪啪啪啪！……”连续炸响之后，一串串五颜六色的花朵，不断洗亮小城的夜空。

到小芝家蹭了一顿除夕饭，又到李德全家蹭了一顿年夜饺子，第一次孤身在外过年的祖峰脉来不及怎么想家，半夜回到托儿所，美美地睡了一觉儿。眼睛还没睁开，创作班的同学又带着年味儿、带着喜兴，呼啦一下聚拢到了托儿所。空荡荡的托儿所，反倒成了惠民县城新年气氛里，与众不同的欢乐谷。

38

盼望着，盼望着，东风来了，春天的脚步近了。

一切都像刚睡醒的样子，欣欣然张开了眼……春天像刚落地的娃娃，从头到脚都是新的，它生长着。春天像小姑娘，花枝招展的，笑着，走着。

……

惠民的正月，虽然不像朱自清描写的“春”，还埋在寒冬里，但是文学的春天，却像小姑娘似的，花枝招展，同样来临。

也许是长期封闭形成的文化饥渴强烈所致吧，激情、浪漫和理想主义的思想，同样在惠民城乡青年的脑子里生根发芽。开放包容，海纳百川，不问来路，照单全收，同样成为小城文学青年的时代嗜好。

他们除了赶时髦一样订阅各类文学杂志，敢于沐浴《人民文学》《小说选刊》《诗刊》《十月》《收获》《作品与争鸣》这些文学高峰山顶上的新风，接受伤痕文学、反思文学、改革文学，追随王蒙、张贤亮、路遥、刘心武、贾平凹、张承志、谌容、从维熙、余华、苏童、陆文夫、韩少功、冯骥才、阎连科、储福金、王朔、王安忆、张抗抗、史铁生、梁晓声、莫言、陈忠实、柯云路、刘恒、刘索拉等一大批当红作家奔跑，氤氲于“卑鄙是卑鄙者的通行证，高尚是高尚者的墓志铭”的北岛的《回答》里，“我必须是你近旁的一株木棉，作为树的形象和你站在一起”的舒婷的《致橡树》里，“黑夜给了我黑色的眼睛，我却用它寻找光明”的顾城的《一代人》里……全国几千个如同惠民一样的县城，数不胜数的难以识别的文学青年，雨后春笋一般，共同在灿烂的、熠熠生辉的朗朗星空下，回应着年轻、单纯、笃定了就一干到底的心思，一起狂奔。

文学狂热者们聚拢一起有谈不完的话题。从巴银讲解的文学知识，到惠民文学的前景，从国内流行的《玩的就是心跳》《男人的一半是女人》……到国内文学经典、世界文学名著……除了家长里短、就业等一些他们认为俗气的话题不谈，所有涉及文学的话题都聊。话题只有开始，没有结束，从来都是你插一嘴，我插一句，一会儿这，一会儿那，云山雾罩，有头没尾，常常争得面红耳赤，不过绝对不影响任何有关文学话题的无限美好和吸引力。

“文学沙龙”的主人祖峰脉显然是核心人物。他为大家勾欢炉火，上茶、捧瓜子、送糖块，在大家争论不下之时，总是能递上一两句惊人之语。

“《金瓶梅》的作者‘兰陵笑笑生’是笔名，就是兰陵那个地方的‘笑笑生’，至于‘笑笑生’是谁，一直争执不下，十几个版本了。”

“《水浒传》是‘水浒（壶）传’，而不是‘水浒（许）传’。”

“某种意义上，《金瓶梅》是野史，《红楼梦》才是正史。”

同学们见祖峰脉对中国文学见多识广，就谈外国文学。

朱志辉说：“西方文学浪漫，确实有自己的特色。”

刘爱玲接上说：“那还说啥，法国人的浪漫世界一流！”

刘凡革接上说：“还有一定的哲理。比如海明威的《老人与海》，阿拉伯故事《一千零一夜》。”

这一时期已经读过一些外国名著的乡下青年继续卖弄说：“我最近读了《外

国浪漫主义文学三十讲》，的确不一样，像泰戈尔的《流萤集》：‘天空不曾留下飞鸟的痕迹，但我已经飞过’，写得多精彩。还有，司汤达《红与黑》中木匠儿子于连与市长夫人的恋情，雨果《巴黎圣母院》中，丑陋的敲钟人卡西莫多与吉卜赛女郎爱斯梅拉达的故事，还有，托尔斯泰《安娜·卡列尼娜》中官员妻子与青年军官沃伦斯基的爱情，等等，都将底层人与贵族阶级之间的矛盾冲突描写得惊心动魄，社会是分等级的，但是爱情和浪漫是不分等级的！”

谈到木匠的儿子于连时，他的脑海里划过的是自己亦是一个农民的儿子；谈到丑陋的卡西莫多时，他联想到自己并不像公子哥们一样潇洒；谈到青年军官沃伦斯基时，他沮丧自己不仅没读上高中、大学，甚至无缘军营。

“但是，中华民族五千多年文明，从来没有间断过，不论是古巴比伦文明，还是印度文明，都无法比肩。”

当大家都在听他一个人高谈阔论的时候，祖峰脉发现了自己的失态，急忙起身给大家倒水、送糖，并改口说：“献丑献丑啊，这大都是林红霞借我的《红与黑》《巴黎圣母院》《安娜·卡列尼娜》里面的，那里说的都是西方的事！”

朱志辉第一个给峰脉伸大拇指。刘爱玲则站起来，挥着右手配合志辉说：“原来这都是我们红霞的功劳啊！”

大家哄笑了。林红霞挤在角落里，近视镜片上闪着光，微笑着一言不发。

同学们三三两两离去了。朱志辉磨蹭到最后，对林红霞说：“陪祖作家吃一顿饭怎么样？除夕我们给他带那么多好吃好喝的！”

按林红霞的内向性格，祖峰脉以为她不会留下来，不料林红霞应允了。吃饭时，林红霞还与他窃窃私语说：“人多聊天，无趣！”

香蒲街，据说当年相当繁华，饭馆、茶社、剧场一应俱全。托儿所路南就是废旧的老剧院，西出巷子三百米左右，是惠民南北正街，左角是第二副食品商店，向右就是林红霞工作的农业银行营业大厅。每天下班，林红霞都骑车子穿过香蒲街，回到东二街南端的农行宿舍家里。也就是说，每天，林红霞要从香蒲街走两次，早晨上班，经过百货托儿所一次，晚上下班，也要经过百货托儿所一次。

每次路过托儿所，林红霞的脚都像被什么东西绊住了似的，总是忍不住往窗口里张望几眼，好像那里盛开着娇艳的文学花朵，并与她期盼的诗意生活紧密相连。

渐渐地，她成了托儿所的常客。

林红霞成为祖峰脉的常客，不乏地缘优势。朱志辉成为常客，除了诗人的浪漫和远方，还因为他是大地文学社的负责人，他需要一个社员聚会的场所。

“还有比托儿所更好的地方吗？”志辉不止一次地问自己，“到了夜晚，那里有十四间空旷的屋子，还有从乡下跑到城里来追梦的同学！”

这也是志辉着魔似的一直想拉峰脉入社的原因之一。

谈起托儿所这段往事，多年后已是鲐背之年、精神矍铄的祖德贤，感慨着对二儿子说：“托儿所真是你的风水宝地啊！”

朱志辉和林红霞到托儿所的时候最多。正月初一二人陪峰脉吃过一顿饭，初三托儿所又来了几拨同学，天南地北地聊一会儿文学，便陆续散了，朱志辉和林红霞又留下来陪祖峰脉聊到天暗。临走，峰脉对志辉说：“天黑了你去送送红霞！”

朱志辉去送林红霞，一个人继续闷在托儿所的祖峰脉兀自产生了失落之感。说到底，城里青年的浪漫，与他一名乡下人能有什么关系呢？

第二天，林红霞早早跑来问峰脉：“是否有人怀疑我跟他……”

林红霞的举动很突然，祖峰脉站在床边傻呆呆看了她半天，不知道说什么。但他发现林红霞很认真的样子，末了说：“那你打算怎么消除影响呢？”

“我准备躲避。”林红霞说。

“你认为那样做聪明吗？”

“还能怎么样？”

“一如既往是最好的躲避。”

接下来，乡下青年发表了自己的看法。

林红霞听得一声不响。她镜片后的目光一刻也没有离开祖峰脉。她很吃惊，没想到一身乡土气息、文化程度不高的乡间同学，却对人情世故、男女情感有着一番宏论，从里向外放射着智慧的光芒。

从此，有事没事，林红霞就愿往托儿所跑。两个人的友谊进展得很快。在日记里，祖峰脉甚至这样评价他与林红霞的友谊了：“我和红霞是两个肚子装一颗心的好友。”

39

度过同学云集、情感微澜的时光，余暇除了寂寞还是寂寞。

“红霞说得对，人多反倒无趣！”

寂寞的时候，祖峰脉一个人在心里想。即使春丽姐前来参加过几次沙龙，但因性格内敛、年龄和班长身份的限制，不得不在浪漫的文学青年中间正襟危坐，无法与自己推心置腹。

而纯真、稚嫩的小城文学青年们，也无人能洞察出他们的班长大姐正在经历着一场痛苦的婚姻危机。

但祖峰脉有所不同。在近一年的交往中，他与春丽结下了深厚的友谊。祖峰脉也意识到在与文学小青年的聚会中，谈论的话题仅限于文学和理想。唯独与春丽在一起的时候，他才在这个结过婚的、长自己十岁的少妇身上，感受到了不一样的情感慰藉。

可是，大年初四，除了一早林红霞来打个照面，再无人光顾。他感觉这个世界仿佛与自己断绝了联系。难道自己哪里做得不妥吗？还是固有的身份使然，自己这个另类的乡下人，就应该孤独于此，困顿于庙宇般的清禁之地？要知道，家里大年初四正热闹着呢！

胡乱吃一口早餐，他坐卧不安，胡思乱想。他站在窗前迷茫地望着窗外的香蒲街和对面废弃的老剧院，耳畔不时传来“噼噼啪啪”的鞭炮声，窗前不时走过穿着新鲜，或去逛街，或拎礼物走亲访友的大人、孩子们。

勉强读了一天书，傍晚他坐到靠北墙那张松木做成的老办公桌前，从抽屉里掏出了当年孟雪姑赠他的印着“世界风光日记”字样的绿皮塑料本，打开崭新的一页，思忖片刻，写道：

一日静悄悄，吃喝玩乐独自消。无有一人踏寒舍，勾我旧魂去谁家。

红楼不看心自想，舍爱捡爱小说抄。大年初四千家乐，唯我食物一回勺。

不念独在异乡为异客，多想每逢佳节倍思亲。要是能归安乐家，舍爱笑开花。

心悠悠，事忧忧。写作看书不能丢。举国上下多欢乐，唯我收获在其中。

一日不出一次门，想下心事腹中搁。《惠民文艺》第一期，是否发我系列短篇小说？

它若成功心成事，我是成功各益多！还须《小村二十家》之几为冠何为首！

峰脉乱石，乱石峰脉！

当乡村青年忍受烦乱，在寂寞中煎熬，计划写作“小村二十家系列小说”的时候，文学青年在托儿所的热烈聚会却引起了巴银的强烈嫉妒、猜疑和不满。惠民城的“文学霸主”急切地想知道文学沙龙里发生的一切。

一天，他左摇右摆地来到托儿所，坐下来对乡下弟子说：“你的日记给我看看呗！”

对于老师兼大哥以一种又像玩笑又像正经八百的口吻提出来的要求，祖峰脉双目圆睁，半天没醒过神儿来。

看日记？想看自己的日记？老师居然随随便便提出了一个就连上帝都不可能提出来的无理要求！

祖峰脉此时的胸膛里，像有一座火山要喷发，心口激烈地翻腾着。

他的第一个想法当然是不能给巴银看。因为他心里面清清楚楚，万一日记里记录了什么不成熟的荒唐之语，触怒了巴银，岂不自断前程、自讨苦吃！

但是，坐凳子上的巴银，像从天而降的陌生的警察一样，以一种笑眯眯却含而不露的目光盯着他看。

这可是你的错！祖峰脉心里想。你怎么能强看人家日记呢？虽然那里我自己没什么隐私，不像新流行的、新一期《人民文学》合刊发表的罗达成的报告文学《少男少女的隐秘世界》里所说的——什么马卡连柯，什么现代社会造成这样一批孩子——他们的生理成熟接近了成年人，但是少男少女们还不会用正确的道德观念约束自己，就在私底下胡思乱想，倾诉笔端，倾诉日记。对！巴银老师！对于一时的思绪、想法你看到了认真怎么办？

巴银依然笑眯眯地盯着学生。被逼入死胡同的学生本来就是一个软柿子，他没有一点说不的资本，却有着前进的需要！他甚至想自己原本连软柿子都不是，现在却有了让人想捏的资本！想到这里——走投无路的他甚至想到了父亲曾经说过的一句话："结枣的树不能拉。"他在心里如此嘀咕，居然一点一点说服了自己……他脑洞大开，眼前一亮——对！他想清楚了，那就拿给巴银老师看吧。

生活无非就是这样，豁出去了什么也不怕。唯一了解我的是你，唯一和我好的也莫过于你，看上我的日记，也能帮助你更深一步地了解我，虽然使你不舒服的细节在所难免——那些对与错、有偏颇、有争议的想法，但作为人类灵魂的工程师、为人师表的文学班老师，你应该是开明的，不会计较。起码，我能给你看日记，就表达了我的坦诚，我对你的真心。否则，就连父母、天王老子都不能看！

走投无路的学生极力地说服自己，极力地寻找奉献"自己的隐秘世界"的理由。巴银看完学生的日记并没有什么异常的反应。按照《青年文艺》小说编辑闻向兰提出的修改意见，祖峰脉修改了短篇小说《北大荒的呼唤》。巴银对峰脉的小说给予了很大的热情，亲自帮助把关，并在家里——挤占厨房强行放下一张小课桌的所谓"书房"里，在乡下青年期盼的目光里给小说起了一个意味深长的备用名：《一个无标题的故事》。同时他立下誓言：进一步将小说推荐到江城《青年文艺》发表，发表之前先在《惠民文艺》刊登。

祖峰脉受宠若惊。这天正好是"破五"，他倾其所有，到巴银家后院的食杂店买来啤酒和鱼罐头，算作对老师的犒劳和感激。郑梅的妹妹一家三口从外地回来，姐妹相聚，春节一直吃在娘家，晚上再领女儿回家住。巴银礼节性地去岳父家陪连襟两次，其他时间除了去文化馆值班、参与维持春节期间的游艺活动秩序，有机会就领几个朋友回家喝酒、跳迪斯科。

这天，不胜酒力的巴银与峰脉喝到醉眼蒙眬，谈话间对学生的忠诚深表肯定。喝完，两个人继续看电视剧《红楼梦》，直到郑梅领乐乐回来睡觉。临别，峰脉站在门口嗫嚅着对郑梅说："嫂子，明天我要去两个所长家串门，可买东西的钱不够，借了几人也没借到。”郑梅看了一眼门口涨红脸的峰脉，二话没说，顺兜摸出五十块，递给了他。

大年初六，托儿所放假的最后一天，祖峰脉买了礼品，去看望了两位所长。

高明礼异常热情，炖鱼、炒鸡杂，弄了六个菜招待他，喝酒谈心。以致多年之后，祖大消停对峰脉说，一次他去城里办事到三百商店，他碰上了已经调到那里工作的高明礼，高明礼一看是他，眼睛里冒火道：“你赶快把你儿子整回农村去吧！”

父亲的话使祖峰脉目瞪口呆。他不记得那年春节在高明礼家喝酒，或者什么时候，高明礼曾经当面劝过他回农村。想到这一层他身上冒出了冷汗——这么多年背后得有多少人在戳自己的脊梁骨！但是没听到，就当它不存在吧……让它像风一样飘走吧……谁的青春、谁的奋斗，能没有一点儿闲言碎语呢？

40

短暂的春节过后，祖峰脉的生活又陷入了凌乱。这种凌乱来自“小更夫”的生活，什么事都可能遇见，问题是“小更夫”对这些事还不能从容把握。

毋庸置疑，他还是一个飘移的人，流浪的人，一个不知深浅、特立独行闯到城里来的乡下人。他本身就是不确定生活的制造者。

但是，他又是一个坚定果敢的人。他绞尽脑汁、想尽法子，极力适应、顺应目前所处环境的规律、规则，向前走，他尽力做到不差一分一毫。他努力充当好目前自己还无法完全掌控的、在生活的海洋里激流勇进的这一艘无论在别人眼里多么渺小，而对于自己则是全部希望的航船的舵手——这一自找的也无人帮衬的“角色”，考虑每一个细节，尽量做到周全，然后在浪涛一个接一个打过来的时刻，能够正确决定，闯关渡险。他没有出错的机会。每一次都是这个世界给他的最后一次机会。未来能否成功，是由一个个在外人看来或自己疏忽时认为的细小琐碎，可以视为同一颦一笑、莞尔一笑一般转瞬即逝、不值一提、不屑一顾的点点滴滴连接起来的。但这就是他的一切。他无法设定目标，只有走一步算一步。庆幸的是他知道，对，他知道每一步都很重要，每一步都关系下一步有没有的问题。每一步间隔时，他都把握这一信条，努力寻找下一步，实施下一步。

他又是一个幸运的人。巴银看了他日记之后，反而对他更信任了。生活中有时候态度比内容更重要，只要拿出诚意，就没有过不去的火焰山。祖峰脉与巴银不断地磨合，用乡下人的淳朴、忠诚、真诚，不断打动着而立之年的小城诗人，小城诗人与优秀的乡下学员，不断地，重新走回到出发时的同一条轨道上——是的，能够做到包容生活和解决困难的，除了真诚，还是真诚。真诚是上帝赠送给人类磨合关系的一份奇妙的礼物。

江城群众艺术馆举办元宵歌词笔会在即，巴银正月初十前就跑去帮助操劳。艺校参加元宵歌词笔会的名额，虽然巴银首先考虑了丁一兰，但是丁一兰没兴趣参加，祖峰脉又走不开，最终机会落到了凡事积极主动的刘爱玲身上。正月十一这天，爱玲便与惠民县社会上三位资深作家、诗人一同启程了。临行，祖峰脉让爱玲给先行一步的巴银带了一封信，信上写道：

那里有你我一切放心，家里有我你一切放心。

收获友谊的同时，乡下青年还收获着很多城里他这个年龄的年轻人收获不到的“特殊情感”。他暗暗思忖：一个理智的正常人的生活，实际的现实问题一定程度上应该多于那些虚无缥缈的感情问题的存在。但是现在——自己陷入了“感情”的泥潭里，几乎成了“一个不理智不正常的人”。不是吗？男女有别，青春相当的缘故，与巴银的友谊重归正途，除了与班级其他同学的友谊稳定发展，与林红霞的友谊，囿于城乡身份，还不可能更多释疑“两颗心装在了一个肚子里”这句话的深层含义。而让他感到更实际一些的，却是他与张春丽之间的姐弟深情。

巴银带人去市里参加元宵歌词笔会，惠民的文学圈似乎平静了下来。

大年十二，班长张春丽领儿子天天再次走进了托儿所。

“春丽姐努力在回避风言风语！”祖峰脉明白人言可畏，也幸运自己遇到了一个成熟的女人。

他给张春丽倒了一杯热茶。红茶水的香气夹带着张春丽身上的冷气、少妇身上特有的气味儿，一起飘过来。张春丽关心地问了祖峰脉的生活情况，听到祖峰脉满意的回答，她那双专注的眼神儿才从祖峰脉身上移开。

渐渐地，他们谈到了正题。张春丽一席话说完，祖峰脉在床边简直坐卧不安——张春丽言语中吐露出的真情实感，使他惊奇不已，他在内心里感叹：生活是这样的磨炼人啊！她仅是一个三十出头的女人，却是一个经受生活洗练的人，一个成熟得令人无法理解的人！她表面看上去欢乐、幸福，有一个每日成长的儿子，但能感觉到，表象背后却隐藏着一个惊心动魄的秘密，并且与不幸相关……

“你还有什么不能对我讲的吗？”

见天天跑到走廊里去玩耍，祖峰脉自信地问。

“我会把我的一切都告诉你，但现在不能。”春丽强调说，“绝对不能，我们要平平安安地毕业。”

第十三章

41

祖大消停回到家，对峰脉娘崔学英尽量客观地学了一遍进城的所见所闻。

“没学坏就阿弥陀佛了！”

“那倒看不出来，不过也挺能折腾！”

“在家就能折腾！到街里更像二流子似的！背地里让人讲究成一个蛋！”

祖大消停吃完晚饭，点燃烟袋锅，坐炕头对捡桌子的峰脉娘继续说：“托儿所十四间大砖房，赶上大队部、学校加一起大了！”

“这小子小时候就主意正，那么大房子他一个人不害怕？”

“害怕？”祖大消停乜斜一眼女人说：“那才热闹呢！”接下来他把十几个穿白大褂的保姆、几十个叽叽喳喳像家雀儿叫似的孩子，以及经常光顾托儿所的巴银老师和同学，等等，一股脑儿介绍给了峰脉娘，把一个刚满四十、没见过什么世面的女人听得云山雾罩，如醉如痴。

“这还不算，”祖大消停哈下腰，朝炕沿磕打磕打烟袋继续说，“我还去文化馆白看了一场戏，去巴银老师家串了一趟门，巴银对老二的评价不是一般的高。”

“啥一般二般的，学那玩意儿能当饭吃啊？还不如早点回家挣钱说媳妇！”

“这话也不是叨咕一遍两遍了，可他给你听算呢，唉！……”祖大消停的目光一下凝重起来，叹口气说：“回来时，巴银老婆还真偷着跟我说了，让我赶快把老二整回来，怕日子长喽学坏！”

……

转眼，邻近正月十五，鹅头山脚下的林丛、田野、河流，远眺可以感受得到一股莫名的新春气息隐隐扑来。中午阳光上到头顶，阳坡白雪有融化的迹象了。

赌徒们依然酣战在牌桌上。靠山后屯五队张家，挨排养了三个大闺女，熬过这个年，大的、二的，均二十冒头，父亲张三荒心急火燎的——左邻右舍，一些条件好的人家，小伙上个十八九，就有订婚、结婚的。闺女二十不到出门子，也是大势所趋。

张三荒商量通邋遢的老伴儿，干脆请老左太太去前屯老祖家说说，出了正月，孩子最好完婚，净心一个是一个。

张家大闺女也同意。

去年庄稼一上场，左媒婆主动上门，一番花言巧语，把祖大消停说动了心，扔下场院里打一半的大豆，叫峰顶换上一身新衣服，喊老兄弟祖德峰将打场的三轮大摩托，挂上生产队马车板改装的车斗，急忙带人去两截地远的后屯相看。张家的姑娘长得白净，敦实，个头虽不高，但也算得上中等人。去的人都相中了，峰顶也勉强同意了。打完场，祖家安排三桌酒菜，相了门户，按习俗相处到来年上秋，成熟了，便可谈婚论嫁。可正月十五未到，左媒婆受后屯张家委托，到前屯祖家游说，说两个人般配，出正月就可以过彩礼结婚。祖大消停和老伴儿当然乐意，难题是时间紧，彩礼不好筹。外屋地养够大的一窝猪崽子卖掉，也只能凑个零头，窖里的土豆根本没买茬。祖大消停脑袋一热，就派峰顶到润津河南岸，找几个舅、几个姨，去张罗借钱。

三个舅、三个姨的家也很困难，只是答应给借借钱。峰顶扔下话，骑车子拐到惠民，到峰脉的托儿所等信儿。

“钱没整着？”见大哥闷闷不乐，祖峰脉问。

“哪那么好整，钱是一方面！”

“还差啥呀？”

“老张家大姑娘长得倒行，就是一家人太埋汰，柴火连灶坑，仨闺女造那样……你在街里混，我在家挺着，娶回来的媳妇再拖懒，这日子咋整嘛！”

祖峰脉听出了大哥话里话外的委屈。

“那怎么办呢？”

“能咋办，拖着吧……拖到老秋，你也有一定了，再说吧！”

大哥的婚事明显是被自己拖累了。祖峰脉心里一阵酸楚，慌忙跑出屋，佯装去走廊给炉子添火……

惠民的元宵节热闹非凡。

傍晚，压好炉火，锁上门，峰脉拉上峰顶去逛元宵灯会。空中不时烟花飞舞，耳畔飞鸣。

他想让大哥体验一下“天上街市”一般的璀璨世界。

二人钻出胡同，右侧的二百商店、对面秋生的水果商店，门前皆挂着红灯笼、修着几座冰景。东西大街人流穿梭，半空几十米距离，便拱起一座花桥，吊着五颜六色、旋转的灯笼。他引着峰顶随人流向西走，一路走，一路看，噼噼啪啪的鞭炮声，商户门前小贩的叫卖声，草把子上插着的亮晶晶的冰糖葫芦，流动橱窗里齐刷刷的玉米大块糖……处处集中展示着一座边陲小城百年的风俗史。

快到十字街头，唢呐声，锣鼓声，压过人群的嘈杂声，空中的鞭炮声，交杂耳畔。“嘀啦达，嘀啦达……”“蹦蹦恰，蹦蹦恰……”几队秧歌列队十字街口，身上的装饰红中带绿，整齐划一，惠民县“欢乐元宵秧歌赛”正在进行。拉衫的带动队伍摇摆不止，扭得浪浪的，仿佛永远不知道疲倦似的，“孙悟空”举金箍棒做鬼脸，“猪八戒”扛耙子扭扭搭搭，跑旱船的晃晃悠悠，踩高跷的人高马大，耸入烟火星空……

一路看下来，哥儿俩渐渐将不愉快的心事暂时忘到脑后去了。

见大哥脸上有了笑模样，峰脉心里想：这总算可以弥补一下自己的歉疚了，要不是进城里来，家里哪能看到这文化生活又丰富又精彩的世界！

“这是一条人间欢乐的河流……全国九百六十万平方公里的土地上，惠民一样的县城有几千个，还有几百个大大小小的城市……靠山村实在太小了，简直连一朵浪花也算不上……”

陶醉小城元宵节欢乐的海洋，乡间浪子又想入非非了。他在想三个月后创作班结束时，他可不可以不马上回到那个土得掉渣的乡间去。

42

回来，安排峰顶睡下，祖峰脉却失眠了。

他好久不失眠了。眼前的一切，不论多么的豪情万丈，一件件现实问题又涌上脑海。大哥的婚事只有靠家打理了，自己刚稳定下来，开春，还要和巴银老师、春丽和秋生，研究一些挣钱的买卖。父亲来时说，秋天土豆臭，家家没少窖，问峰脉开春时能否求同学找找销路；还有，巴银说托儿所房子空闲不少，可以租用开咖啡屋。他是多么地佩服巴银老师的眼界啊——别说喝过，他连咖啡见也没见过，老师居然张罗着开咖啡屋！想到巴银，他的心里更加沉重起来，让刘爱玲捎的信，巴银老师肯定收到了，不知小说《北大荒的呼唤》的命运怎么样了，去年参加江城“明月诗会”，认识了《青年文艺》的编辑部主任闻向兰，留下了这篇小说，闻向兰看后很快寄回了修改意见。这次修改完，让巴银带过去，不知闻编辑是否满意，能否发表……

第二天早晨，天刚蒙蒙亮，祖峰脉就爬起来引燃了炉火。待朝阳升到老剧院的肩顶，阳光越过街道射进屋来，他一扇一扇打开托儿所窗户上的蓝栅板，不大工夫屋子就暖和起来了。

正月十六上班，孩子明显多起来。为避免家长说三道四，祖峰脉努力做好每一个环节。小李大姐说新增二十多个孩子。阿姨们穿上白大褂，忙得不可开交，一会儿去炉子打开水，一会儿去温奶热饭，一会儿去给孩子清洗大小便弄脏的衣裤……

早餐，祖峰脉陪峰顶吃了蒸元宵，坐下来，刚要和峰顶商量他去留的事，就听走廊里有个女人清脆的声音传过来：“峰脉！峰脉！”

他推门一看，是创作班女同学刘爱玲闯进来了。爱玲手里拎包，脸上溢笑，面如晨阳一般灿烂。

他急忙伸手“嘘”了一下，拽爱玲进屋，轻轻关上门后才说：

“小点声，孩子们睡觉呢。”

刘爱玲像没听见似的，将手里的红包撂桌上，又摸宝贝似的，从包里摸出来一张折叠着的宣纸，笑盈盈地说：

“峰脉你说我见着谁了？”

“我又没去，我哪里知道！”

刘爱玲也不在意峰脉的酸味儿，继续说：“乔羽，乔老爷！”

“是吗！”

祖峰脉一下从床边跳起来，满眼羡慕的目光。

刘爱玲轻轻打开折叠的宣纸，依然兴奋地说："乔羽老师写的，要字的人门口排成队，我总算抢上啦！"

祖峰脉探头一看，只见铺展办公桌的宣纸上草书四个字：

逸兴遄飞

"这字儿写得真棒！"

"那当然嘞，老爷子谁呀，大词作家，全国家喻户晓的人物！"

让祖峰脉看完乔羽的字，刘爱玲又坐椅子上，滔滔不绝、满面花开似的学了元宵歌词笔会上发生的一些趣事。祖峰脉给她倒杯水，然后坐床沿上听得入迷，以致祖峰顶惆怅地离开，他都没注意到。

送走江城之行喜不自禁、收获满满的刘爱玲，祖峰脉的心情却紧张起来。他去找巴银。巴银家锁门，他又去了巴银岳父家。他急匆匆、顶风冒雪地找巴银，当然是关于小说《北大荒的呼唤》的命运。从投稿到修改五个月了，折磨人哪！

祖峰脉一路这么想着，在巴银岳父家找到了巴银。见祖峰脉急切，巴银不再迟疑，从黑提包里翻出了闻编辑的信，递给了峰脉。见巴银眼神无光，沉默不语，峰脉明白了几分。他避开屋里人的吵闹，一个人来到厨房，打开《青年文艺》信封，只见信笺上娟秀的钢笔字写着：

巴银主任：

修改后的小说《北大荒的呼唤》看过了，觉得作者外化与感受能力很差，记得来时（包括后来寄他的修改意见）与他几乎结构好整篇，可一看此稿，修改后颇难令人满意，只好请您转交他，沉淀一下以后再说。

闻向兰

1987.2.10

祖峰脉看完信，异常地冷静，因为修改的时候他就有一种直觉，小说修改是违背了闻编辑意志的。现在看来，编辑的意志不可侵犯。

“同学们听了一定会贻笑大方吧？”

当祖峰脉意识到“以后再说”就意味着小说被“枪毙”了的时候，使他沮丧的不仅是小说未能发表，更重要的是同学们的舆论——因为他要在《青年文艺》发表小说处女作这件事，早在班里传得沸沸扬扬了。

43

祖峰顶又去了润津河南岸的姥爷家，不出所料，又空手而归。祖峰顶并不像想象得那么烦恼。姥爷和几个舅、几个姨家，除了在城里给连襟烤猪头的二舅，其他人家的日子，也都过得破破烂烂的，甚至拉着饥荒，维持耕种承包田。峰顶想，包产到户后，家里虽然还没攒下啥钱，但也不缺张三少李四的了，要不是仨小子挨肩儿，急等着说媳妇用钱，那是一年强一年的抬头日子。自己不同意完婚，除了嫌张家埋汰，还有这层意思，再干一两年，说媳妇就不用低三下四拉饥荒了，人有脸，树有皮，借钱的滋味儿不好受啊……

老实厚道的祖峰顶，骑车子又返回了托儿所。他想在二弟这里再挺几天，没准儿婚事就拖延过去了。

相比祖峰顶，祖峰脉的情绪更加低落。不消说，小说《北大荒的呼唤》的搁置，对乡下青年还是产生了巨大的打击。在创作班，乃至惠民文学界，能在《青年文艺》发表小说，是件大事。如今功败垂成，不用别人说，峰脉内心就难以承受了——自打进了托儿所，文学青年蜂拥而至，简直变为第二个创作班，风生水起的程度，就连惠民的“文学霸主”巴银都产生了嫉妒之心。

正受煎熬的祖峰脉见大哥又回来了，眼前一亮，用几乎不是在商量的口吻说：“大哥你替我看屋子，我回一趟家！”

祖峰顶当然同意了。

祖峰脉登上客车，手里捧着莫言的小说《欢乐》，心早已飞回了那个安乐窝。鹅头山方向，一路向着西北，一颗响边水一样的心，等到向阳乡政府下了车，望上东岗五里远的村庄——那个日思夜盼的家乡，一颗游子的心彻底沸腾啦！从元旦到春节，第一年缺了自己，家里的老老少少一定都在盼着自己呢！峰顶讲，最想他的是奶奶，过了这个年，奶奶七十三岁了，古语说七十三、八十四，大哥说奶奶怕见不到二孙子，常常一个人偷偷抹眼泪。

祖峰脉拎着水果，扑进村子，恍如隔世，他太想念乡亲们了，恨不得马上遇见几个乡亲、伙伴！猫冬饭晚，太阳丈高了，覆雪闪光的房顶，还没几家烟囱冒烟，街上也静悄悄的。虽然快出正月了，节日气氛依旧洋溢在村庄的各个角落：门楣红纸黑字耀眼的春联，空中飘过来的菜香味儿，村路远处悠然的人影儿，电线杆上叽叽穿梭的家雀儿，柴垛旁咕咕觅食的小鸡，懒洋洋卧着反刍的耕牛……

一进院，大黑狗扑上来叫唤两声，认出了是少主人，急忙摇尾巴跳回窝去。一群花母鸡正咕咕围槽子吃食。听到狗叫，腰间扎着围裙做早饭的峰脉娘“咣当”一声推门出来，见是二儿子进院，顿时笑了，笑容像一朵盛开的玫瑰。

一家人欢欢乐乐地吃了早饭，说会儿闲话，祖峰脉急忙带三弟祖峰良去东院看奶奶。峰脉奶见朝思暮想的二孙子从天而降，乐得要从炕上趿拉鞋下地，祖峰脉拦住了，上去就是一个紧紧的拥抱。

“你这个小混蛋快勒死我了！”峰脉奶笑着骂道。

祖峰脉坐下来，峰脉奶的眼睛像钩子一样，挂在了孙子身上。给奶奶递上一兜苹果，学了一遍自己在城里学习的情况，特别是托儿所打更，房子多大，多少保姆，多少孩子，怎么做饭，怎么睡觉，翔实地说给了老人。老人听后很高兴，按照峰脉奶的旨意，峰脉老叔祖德峰立刻和面，烙泡饼。生产队出民工修坝的时候，祖德峰在工地灶上做过几年饭，学来面食手艺，但不是来了贵客，他轻易不出手，也舍不得有限的豆油。

说是晚饭，其实不到三点就吃完了。祖峰脉与祖峰良一同到奶奶东屋，看了三叔三婶和堂妹、堂弟们，扔了糖果，哥儿俩就一同去后院逛街，碰上伙伴们，都主动送上一句“给你们拜年啦！”然后亲切地唠个没完没了。一伙一伙，唠了半条街，快冻透了，哥儿俩才进到东头“康局长”家。“康局长”是老百姓给康豆腐倌送的外号，康豆腐倌年年放赌，还不抽红，白尽义务，乡派出所所长顾秀山拿他也没办法，老百姓就夸他是“公安局长”。“康局长”家炕上炕下，挤满了看纸牌、看热闹的乡亲，旱烟味儿弥漫。对曾经的“牌友”突然归来，大家都报以热情的目光，问长问短……

祖峰脉本来就拥有的“温柔之乡”，虽然简单，倒也足够快乐。现在，我们的主人公回来了，本来可以选择挣钱成家，像祖祖辈辈一样，在小山窝窝里面过小日子。换句话说，我们的主人公与真正意义上的流浪者的不同在于：他不是无家可归，他身后有一个温暖的家和固有的生活……可是，人世间的事，就是这么奇特，前进的动力可能来自方方面面，比如生活所迫，比如情感使然，比如欲望使然，其实归根结底，归集于人的自卑感，是自卑感迸发了人这种高级动物追求平等，甚至超越的力量。但这种力量来源很难看清楚，往往当事人也蒙在鼓里。

大哥留在惠民替自己看屋子，祖峰脉不能在家久留。第二天，他手里拎着母亲给装的咸鸭蛋就返回城里了——现在，我们对一个在城里暂时有稳定工作和住所的乡下人，完全不必吝啬“返回”一词。

没过“二月二”都是年。打牌、喝酒，东西两院串门子、扯闲篇儿，老乡们依旧沉浸在节日的气氛里。向阳乡驻地中心位置的客运站点，稀稀落落没几个等车的人。峰脉上了车，到惠民要四十分钟的车程，他本想打一会儿瞌睡，回一趟家闹得太疲惫了，好吃的年嚼咕也吃到了，想见的人也见到了，大家看自己的眼光也不一样了——当然他非常不愿意将那些复杂的目光理解为怀疑和嘲笑。

没坐几个人的客车开动了。透过车窗向东方远望，鹅头山下一望无际的皑皑白雪，在太阳底下闪着亮晶晶的星光。山岗上，穿过那片松树林，迷迷蒙蒙的靠山村，若隐若现。峰脉突然想到，如果站在靠山村望向他这里，客车会像蜗牛一样蠕动。那是他小时候的一个梦——夜晚，天色漆黑，他站在高岗上的家门口，曾经多少次，一个人呆呆地，向西面远眺公路上萤火一样徐徐移动的车灯，幻想有朝一日，自己也能坐进那“火球”里，去见见外面的世界……

客车上有些冷，一会儿“哼哼”着爬上高岗，一股柴油味儿弥漫上来，一会儿又冲向下坡，不断穿过绵延的丘陵。祖峰脉迷迷糊糊想着心事。

《北大荒的呼唤》创作失败了，下一篇写什么？自己的素材积累在农村，该写的都写了。之前《恋爱大队》以短篇小说的形式面世只是权宜之计，其中的故事是一部长篇的体量，目前仅就自己的艺术水平而言还驾驭不了长篇小说写作，所以这个激发自己出来学写作的爱情故事暂时还不能碰，还需要继续沉淀；《抓贼》写偷黄豆的故事，《正比副好》写植树造林的故事，《官姐夫》写放牛的故事，等等，其他创作素材简直枯竭了。其中《北大荒的呼唤》写的是农村改革开始后，农民思想保守不认化肥的事，再去哪里找这样的好题材呢？

找不到努力的目标怎么爬起来？同学们一定会嘲笑自己。还有，春丽姐、郑梅嫂子、红霞……很多很多人，自己怎么向这么多帮助自己的人交代呢？再有几个月创作班就要结业了，怎么向巴银老师交卷？这时，那个一直隐藏心底的问题也冒出来了——结业后怎么办，是留是回？一想到这个焦灼的问题，他脑海里顿时乱成了一锅粥……

客车冲过润津河上的火烧桥，甩下鳌龙沟，左旋爬上一个长长的陡坡，便行驶在高岗平坦的一段路上，再眺望沟壑北面的鹅头山，已藏在雾气之中。

前面就是老林镇。那个读初中的学校，那个伤心之地。

他突然联想到读初二那年一个寒冷的风雪黄昏，放学路上偶遇分别多年的伙伴高乐天，帮他给孟雪姑送信，结果闹出一场轩然大波的往事……如今，高乐天到另外一个世界去赎罪，孟雪姑疯癫后，至今下落不明，自己跑到县里学写作，起初就是要揭示这个鲜为人知的深受愚昧、世俗所害的悲剧……

想到这里，他的心“咯噔”一下——他再次意识到了自己的初心！

有朝一日，一定要把它写出来！

想着想着，他眼前突然一亮，昨晚回家聊天，家里人七嘴八舌议论说宋小花和关四儿快要结婚了，据说关四儿与宋小花私奔后，也像当初的贾晓峰和李秀萍一样，躲到了鹅头山下的蚕场里，宋小花的父亲宋铁匠被逼无奈，答应了两个人的婚事。甚至有人背后议论说宋小花是“先有后嫁”，宋铁匠是头“牵着不走打着倒退”的牛，一时成为村民谈论的笑柄……

这倒是一个好素材！

高乐天和孟雪姑，贾晓峰和李秀萍——靠山村这两对青年男女的爱恋悲剧之后，居然又冒出了关四儿和宋小花！看来，农村改革改的不仅仅是土地经营模式那么简单，打破“大帮轰”，农民的传统思想也发生了根本性转变，特别是处在人生事业、一辈子婚姻选择关键时期的年轻一代农民，他们再也不想听之任之，束缚在世俗里，蒙上盖头进洞房，捆在田野里种地，他们在发家致富的同时，还想要更多的自由权，自主权，虽然要面对碰撞，要面对斗争……想到这儿，他仿佛听到了大地春潮涌动的声响，望见了润津河两岸、鹅头山下，新旧观念相互较量的紧迫形势……

第十四章

44

事实上，托儿所看屋后，祖峰脉利用大块时间，偷偷读起了很多名著。除了《红楼梦》《红与黑》《简·爱》《复活》《巴黎圣母院》这些经典，《人民文学》《小说选刊》《作品与争鸣》卷不离手，新面世的优秀作品一股脑包围着初中文化的青年。同时，跨过了“眼高手低”、写什么都不满意的阶段，祖峰脉坚定自信，创作了一篇接一篇的小说作品，作为作业交到班级上大家品评。再者，由于大量的阅读浸淫，他常常将自己的灵魂凌驾于生活之上，从上帝的视角看待一切，俯瞰生活。

这种高于现实生活的精神倾向，使得我们的主人公与小城文学青年的精神世界完全地融合在一起。这又使他面临了一个新的问题：对情感、恋爱、婚姻问题认识的提升，或者叫别开生面，别具一格，别出心裁，当然不乏别有用心，与现实却有着强烈反差的这样一种情形之下，爱情真的来了怎么办？并且在这样一个群体里，年龄里，男女里，爱情真的到来了，也不是什么值得大惊小怪的事情。

要命就要命在这里。这足以把一个现实的血肉之躯，揉搓得不人不鬼。

林红霞经常光顾托儿所，引来了风言风语。

一天，在林红霞到来之前，等待家长来接孩子的郑梅、小李大姐，站峰脉的门口明晃晃议论开了：

“小祖处对象了？”

“没有的事，瞎扯！”

“瞎扯啥呀，银行戴眼镜那个女的总来！”

“那是人家有事！”

“啥事儿呀，一天来一趟！”

“一个城里的，一个农村的，别瞎说，这可不行！”

祖峰脉猫屋里看书，听了二人对话，先是为小李大姐的猜测脸上发热，继而为郑梅嫂子显然吓着了似的一旁辩解感到亲切，又五味杂陈。

是啊，这一段时间，他与林红霞接触得过于频繁了。这也不能怨他，林红霞信任自己，比其他同学多来几次，也是无可厚非的事情。让祖峰脉颇感委屈的是，托儿所的阿姨们是怎么想的，我一个农村下地的，林红霞人家可是城里银行坐窗口的啊，我们俩怎么能扯到一起去呢？

别说奢望，祖峰脉从来就没有想过。尽管他对林红霞的印象很好——城里根本人家的好姑娘，长相标致，戴一副眼镜，才气、淑女气均佳，与其他姑娘比起来，也显得稳重、端庄许多。

即使这样，又如何？不管同学梅竹如何评价“我永远达不到你们的友情！”但祖峰脉一直认为自己与林红霞的身份有着天壤之别，这不是吃不吃天鹅肉的问题，这是眼前的那道城乡鸿沟不可逾越的现实又现实的问题。再说，在班里同学中，林红霞的金融工作数一数二，找什么样的对象没有？在惠民，虽然大学生还是稀缺资源，但对林红霞来讲也是有挑挑选选的余地的，什么时候能轮上自己一名乡下青年呢？

再说性格。他感觉林红霞的性格与众不同。那天她来托儿所，听到一些风言风语，用本子将床沿磕得“啪啪”响，她显得多愁善感，又棱角分明。

听完小李大姐半真半假的话，祖峰脉不禁胡思乱想起来。想到最后，他在心里一遍遍告诫自己：别说林红霞，与班级里、县城里的任何女性谈朋友，都是不现实的事情、想都不能想的事情。除非，自己是一个邪恶之徒。

但是，林红霞几日不来，他又挨不住，魂魄里似乎丢了什么东西。林红霞半个月不来了，这天，他去文化馆学习下课时，对红霞的好友梅竹喊：“你捎信儿给林红霞，为什么不到我那儿去啦！”

第二天，林红霞果真来了。

林红霞来时，先是高跟鞋的“咔咔”声在走廊响起来，一直传进祖峰脉的房间。她仍然着一身黑色西服工装，近视镜片上闪着太阳的余晖，戴着手套，手攥拴小粉兔环的自行车钥匙。孩子刚被家长接空，走廊的气息里还弥漫着喧嚣的余音。听到皮鞋声，意识到林红霞来了，祖峰脉急忙放下《安娜·卡列尼娜》，推屋门迎出去。

夕阳从北窗户照进来，如同一层薄薄的金纱，披在了林红霞身上。

林红霞笑盈盈不吱声，站门口望着祖峰脉，见祖峰脉脸上溢着喜悦，这才用手挪挪眼镜，低头看看门槛，进了屋。

窗外断续闪过路人。南窗微弱下来的晚光，将喧嚣后的房间映衬得不明不暗，既温暖，又温馨。

周遭一片静谧。叮叮当当压完炉火回来，祖峰脉说：“这些天你去哪了？”

林红霞没吭声。

祖峰脉转身坐椅子上，还想对床沿上的林红霞说什么，突然发现林红霞的镜框湿润了。他第一次见林红霞哭。

“怎么，遇到什么事了吗？”

林红霞半天仍没做声。祖峰脉很紧张。莫非？……祖峰脉感到自己心脏“怦怦”加速跳起来。

书上说，女孩的泪水是表白的前奏。

乡下青年心里很复杂。对于那种美好的表白滋生了一丝朦胧、期盼，又无限畏惧的情感。

天色渐暗，屋里几乎看不到人的表情了。嗫嚅半天，林红霞终于低声蹦出几个字儿：“家里给我介绍个对象，要来相……”

祖峰脉终于松了一口气，这才起身打开灯，转身显得无所谓地说：“这是好事啊！”

“你真是这么想的？”

一句话，又把祖峰脉噎住了。

祖峰脉迟疑了一下说：“男大当婚女大当嫁，再说，相对象，相对象，不相怎么知道像不像？”

祖峰脉的话有些冠冕堂皇，林红霞听出来了，想说什么，但欲言又止。殊不知，家里为她的婚事，已经闹翻了天。

45

这晚，半堂课止，几位同学和巴银一起去饭店喝酒。

席间，祖峰脉和朱志辉二人接着聊下午在托儿所谈起的剧本《爱的三色块》中的精彩片段，激动处，微醉的峰脉几乎以演说的形式表达出来：

> 亲爱的观众，我把你当作我的知心朋友，向您谈谈我的心里话，我现在正处于爱的十字路口，面临着选择怎样一个情侣的重要问题，为此，我很烦恼……

祖峰脉的话音刚落，巴银“啪”的一声撂下酒杯说：

“祖峰脉，你不要那么天真，生活不像你想象得那么美！如果你这样下去，你的结果——有的同学说是悲哀，不，要我说是悲惨！”

祖峰脉很快意识到了老师及背后同学们认识上的偏离，立刻解释说：“大哥，您不要误会！”

“什么误会？”巴银不依不饶，“你不就是现在有人向你求爱，你正犹豫，是接受呢还是不接受呢吗！”

“巴银老师喝多了，喝多了！”

“我们猜着是谁了！我们猜着是谁了！”

祖峰脉急得酒杯直往桌上磕。

祖峰脉的脑海里划过了巴银曾经告诫过他的话——要“先成名，再成家”。他到现在也认为这句话是正确的。不过刚才巴银所指的确实是个误会。

面对同学起哄，祖峰脉脸色憋得通红，一时语塞了。

他尾随巴银回巴银家，他觉得自己很委屈，有一肚子话要说。巴银不理他，他就跟在后面。一路上，酒劲儿烧着峰脉，他想，要是春丽姐在就好了，他可以把一肚子委屈话说给她听。

十几分钟，到了巴银家门口，还好，巴银没给他关门外。进屋见到郑梅，峰脉像遭劫见了救星，带着酒气，急迫地诉说了刚才发生的事情，并信誓旦旦地强调，根本没考虑与谁处朋友。郑梅经常夹在师徒加哥儿俩中间，左右逢源的习惯了，这次却懵懂不好下嘴，装作若无其事的样子，只顾坐凳子上看电视、打毛衣。而巴银知道自己酒劲儿拱着，说了过头话，一头钻进炕上被窝里，和衣、蒙头，装睡去了。

酒劲儿消散的乡下青年，悻悻地回到了托儿所。

黑夜里，他心潮起伏。他实在是想不清楚，对于年轻人的婚恋问题，这别人眼中的喜事，乐事，轮到自己，怎么就变成了不合时宜的就连自己都糊里糊涂说不清楚的糟糕事……

转眼，时令快到了清明，天气明显暖和起来，地处北部边陲冻土带上的惠民大地，积雪已经渐融了。

不消说，对于惠民而言，迎来了一年中最是春光无限好的季节。

然而，临近结业，对于惠民县文化馆业余艺术学校创作班的同学们而言，除了少数几个有工作的，大多数必须要考虑结业后的前程。

朱志辉、刘爱玲等大地文学社的主要成员，意识到托儿所聚会将不长久，暗里商量，打算借马秋生的水果商店，开辟一个新的“文学沙龙”。

这是一件很敏感的事情。

先不说巴银的反应，祖峰脉就郁郁不乐了。

祖峰脉排解不快的办法只有读书。他捧起《博览群书》，边读边做笔记。接下来，他又读起了《红楼梦》，接二十四回读起，一口气读到了二十八回。他记得市里来讲课的文学老师谆谆教诲过：读《红楼梦》需要一种精神、耐力，甚至勇气。现在，内容强烈地吸引了他，他从中感受到了强烈的情感慰藉。

读书，读书成了驱散乡下青年烦恼、压抑、孤独无助的一剂良药。

林红霞和好友梅竹来了。她们要去看电影《末代皇帝》。

“你们去吧，车子放我这儿。”

林红霞与梅竹手挽着手，“咣当”一声，推门去了。

祖峰脉一个人发了半天呆，心里面却在长草，再也看不下去书，他琢磨给二人做一顿像模像样的晚餐。翻来摸去，没翻出一个菜叶，一粒大米，厨房角落里只剩几个生芽土豆和乡下拿来的苞米楂子。煮苞米楂子粥太费时，算了吧，可是晚餐怎么办？他恨不得倾其所有，可是巧妇难为无米之炊。

他在屋子里转来转去，无所适从。

七点多，两位女士回来了。

祖峰脉灵机一动，跑去巷子西端拐角的二副食买了二斤槽子糕。回来时，见暗屋子里的林红霞和梅竹脸背着脸，谁也不说话，像是相互生气了。

祖峰脉放下糕点，让她们吃。梅竹倒没客气，拿起来就咬，劝林红霞吃，她却抹起了眼泪，不大工夫眼睛就湿润了，手帕也擦湿了，镜子也戴不住了。

林红霞这是怎么了？祖峰脉的心，一下又揪住了。

“家里谁说你什么了？”

他低声问红霞，一点儿也不避讳旁边的梅竹。

林红霞先是否认，接着意识到了自己的失态，去拿桌上的糕点，往嘴里送，峰脉立刻制止了。他听母亲说过，生气时吃东西会做病。

沉默了许久，林红霞突然说：“我忍受了二十年……”

什么事忍受了二十年……林红霞的话令祖峰脉和梅竹双双吃了一惊。

二人极力理解着林红霞，但是一头雾水。

祖峰脉看了一眼梅竹，回头轻声对红霞说：“哭如果能解决问题，那我俩就陪你一起哭好啦！”

林红霞的抽泣声小了。祖峰脉借机又说了几句玩笑话，终于将林红霞逗笑了。

林红霞吃了些糕点，与梅竹一同告辞了，房间里萦绕着二人闹腾的气息。祖峰脉心里面依旧在想，是什么事使一个姑娘忍受了二十年呢？

他百思不得其解。

无助的祖峰脉又捧起了《红楼梦》，读到第三十一回，只见上面写道：

> 林黛玉天性喜散不喜聚。她想的也有个道理，她说，“人有聚就有散，到散时岂不清冷？既清冷则生伤感，所以倒是不聚的好。比如那花开时令人羡慕，谢时则增人惆怅，所以倒是不开的好。故此人以为喜之时，她反以为悲。”

掩卷沉思，祖峰脉想，林红霞身上仿佛有几分这般的味道，又说不太清楚。倒是她身上那种忧忧郁郁的性格，仿佛有一种魔力，死死牵着他。

46

日记是沉默的忠诚的绝不会挑拨是非的听众。每一天，祖峰脉都在日记中与另一个自己对话。

他不能否认，他的感情可能在犯罪。因为他时时想着她，跟时时想着文学一样。他甚至没有任何办法可以解脱。看书习作只是一时的，除非死亡能打消那个危险的念头。

他送走她时说了一句“有时间再来吧！”一句看似很不经意的告别语，其实隐藏着难以名状的情感信息。

来自生活以至于对文学狂热的爱，对理想的追求，给他造成的压力，他感觉足以迫使自己死亡。这不是危言耸听。但出现在他们之间的那种呼之欲出般的炽烈的情感，使他感觉到自己陷入了泥潭。同时他也冷静地意识到这种情感也许是纯洁的，也许是肮脏的，也许会使他和他们高尚圣洁，也许会使他和他们陷入一败涂地，声名狼藉的境地。

但是，这种情感不论是美好的、圣洁的，还是危险的、可怕的，都是强烈的。

理智是控制情感的灵药。它使乡下青年兀自警醒，自己是谁，什么可以做，什么不可以做。他将与春丽姐之间的那一种宝贵的无与伦比的情感全部转移到了小说创作上，并且迸发着火山初喷般的力量，太阳当空般的热情。

他全身心地投入到小说的创作之中。两天时间，他创作出了以靠山村宋小花、关四儿私奔事件为原型的小说《山脚下的女人》。

小说发挥了他作为一名乡间长大的青年的优势，方言俚语连篇，乡野味儿充斥，原汁原味的乡土气息引起了班级同学的极大兴趣。巴银看后更是喜不自禁，他把小说端到课堂上当作范文给大家大段大段地宣读。同学们为祖峰脉高兴，高兴之余也诚恳地提出了建议，主要集中在主题上：小说是在批判农村的愚昧，还是想表达男女之间除了爱情，还有没有一个更高层次的友情？

那个说，柏拉图在《文艺对话集》中说过：真正的爱情就是要把疯狂的或近于淫荡的东西赶得远远的。

又一个讲，苏联文学家和教育家马卡连柯在《论共产主义教育》中说过：爱情应当使人的力量的感觉更丰富起来，并且爱情的确正使人丰富起来。

同学们争得面红耳赤，祖峰脉不置可否。他心里十分清楚，处在旋涡之中的自己，不能参与这么敏感话题的论战。仅仅围绕小说中的故事讨论还可以控制，如果牵涉到小说之外的现实中的生活，他就要自讨苦吃了。他想得很多。他想他只有在修改时，把同学们友善的建议，连同自己醒悟的新观点，一同渗透到小说中去，才是最理性的行为。

修改是折磨人的。连续修改了一周，自己还是不满意。所长们陆续来上班，白天一整天都要陪着他们说这说那，解决一些所里的问题。只要所里静下来，他就一头扎进小说的修改中去。

这一天，小说修改到结尾，他双手抱头，不知是按部就班，还是另行其道。巴银老师在课堂上讲过，写小说讲究虎头、熊腰、豹尾，结尾是点睛之笔，尤为重要……受不住折磨，他走出屋，摸黑儿去了二副食买了一盒廉价的“葡萄”牌香烟，回来忙不迭吸上，吐着烟雾，继续冥思苦想。

这是他第一次吸烟。

此后，刘爱玲来找他一起去上课，他也毫不犹豫地拒绝了。

但是就在这天晚上，他圆满地为小说画上了句号。

第十五章

47

转眼，快出正月了。

祖峰顶的婚事没钱办置，祖大消停只好让左媒婆去女方家说和，拖到上秋。眼下，再有一个多月的光景，小麦籽种要下地了，可化肥款，还没着落。

供销社门前，拉化肥的人渐渐多起来。祖大消停家住第一趟街的西侧，随便去一次园角处的茅房，也能听清供销社门前小四轮的“嗒嗒”声，人欢马叫声。再仔细望去，供销社宽阔的门楣上，乡中学王老师给写的大幅春联，像红绸子一样，被春风撕扯下来，在空中乱飘。

祖大消停紧锁眉头，饮完黑母牛，两条腿沉沉的，半天才披衣服进屋。

厨房雾气弥漫，飘着饭香，老伴儿把早饭端到桌上，见男人耷拉脑袋进屋，她解下围裙，屁股没挨炕沿就絮叨道：“这破人家，上辈子穷得叮当响，这辈子也没招治啦！”

见峰顶、峰良两小子在屋里洗漱，祖大消停只是瞪一眼女人，噎人的话咽回去了。

“一大早，拉化肥的人就聚堆了，咱们家的化肥钱一分指向还没有！”老伴儿又抱怨。

祖大消停坐上炕里要吃饭，仍没吭声。

老伴儿一边“叮当”盛着苞米糙子水饭，一边赌气又说：“说媳妇说媳妇没钱，种地种地没钱，还有一个不省心的老二在街里瞎混，这破日子没奔头啦！”

“你能不能好好吃饭？”

要是平常，老伴儿就不再吭声了，可今天峰脉娘火气大，回敬祖大消停道：“就你心大，能装下一头牛！当年一床被把我糊弄到家，这昝大儿子还想糊弄个媳妇，没有天上掉馅饼的美事了吧！”

老伴儿磨叨个没完，祖大消停把手里的白面馍往桌上一搁，转身下地，披衣服到院里抽烟袋去了……

他来到了园角的牛棚，边给牛填料心里边对黑母牛说，黑牛啊，你可争点气，你妈大黄牛就是好样的，有一次往回拉庄稼，过沟子拉不动，跪下拉车，真是倔强，后来硬是给累死了，如今留下你，你也长成像你妈一样大了，简直一个模子拓出来的！你还不知道吧，为了大黄牛，也就是你妈，那一次借给前屯孩子他老姑父贪黑送粪，累病了，孩子他三叔、老叔跟我急眼闹分家……现在小哥儿俩买回了三轮大摩托伺候地，咱们家仨小蛋子，就靠你拉套出力了。

心里对牛说着，祖大消停怜惜地把手伸进长梯形的料槽子，拨拉出长豆秸，又抚摸了一下牛头，黑母牛扬扬粗壮的脖颈以示回敬，又低头舔卷饲料去了，传过来一股牛唾液伴有陈豆皮儿的酸咸味儿。

靠山村是全县有名的贫困村。实行家庭联产承包责任制后有了起色，主要是种田自主权放开了，但绝大多数还达不到人们常说的“富裕”程度，除供销社郝经理家一门哥儿几个，学校郑校长，去乡林业站上班的原大队书记孟久公一家，再就是屯东头老八队几家有钱户了。因峰脉掺和孟雪姑婚恋的事，有了隔阂，这几年与孟家不来往了；郑校长那，去年种地缺钱的节骨眼儿上，郑校长主动上门送来一百块，刚还上，没脸再张口了；供销社老郝哥几个从来没办过事，表弟李德胜刚拉饥荒买回来一台二手四轮子，又开油坊，拆东墙补西墙，也不宽裕；小哥儿俩闹分家闹生分了，别说没啥闲钱，就是有闲钱，他这个当大哥的也放不下尊严，向两个弟弟低头；老娘七十三了，更不能打她兜里几个棺材板儿钱的主意……

想了一顿饭的工夫，祖老队长也没想出一条借钱的门路。

“咣当！”老伴儿推门出来了，朝他喊：“哎！还不回去吃，饭都凉了！”

祖大消停浑身发冷的身躯心里一热，转身进屋接着吃饭去了。他心里歉疚地想，峰脉娘跟自己也受苦了，来时一百块钱娶到家，只领惠民城买了一双皮鞋，做了一床被褥，幔子都是借病死的二弟结婚用过的，婚房更是不敢想的事，挤在孩子奶家小马架的北炕。让人佩服的是，乡亲们送外号“小矬子”的老伴儿，劳而苦干兢兢业业到今天，给自己攒下三个大小子，绝对是老祖家的功臣啊。

祖大消停扒拉完剩下的一口水饭，让老伴儿把他那件重要场合才穿一次的黑哔叽外套找出来，用剪子剪剪胡子，不用再费力跑乡里，而去村头截新增的循环客车去了。临行，他跟老伴儿说：“峰脉在城里挣上了工资，我去找他试试。”峰脉娘望着老伴儿，觉得他这么做哪里不对劲，嘴里咕噜半天却没说出来。

这是祖大消停第二次进城了。

找到香蒲街的托儿所，太阳爬上了窗棂。

听说父亲的来意，祖峰脉有些惊诧。

进城求子，先是父亲难为情，现在轮到儿子难为情了。祖峰脉先把联系卖土豆的事向父亲学了一遍。祖大消停听明白了，峰脉为此事颇费周折，托了马秋生、张春丽两个写作班的班长，均无果而终。

“所里还没开支。”这句话在祖峰脉肚子里转了又转，担心话一出口，会伤害到满怀希望来的父亲，但现在的节骨眼儿，箭在弦上不得不发了。

椅子上抽烟袋的父亲望了一眼儿子，目光里透出失望的表情。但很快，祖大消停就移目窗外了。这时，沾满阳光的窗户飞过两只麻雀。

见父亲眉宇间充满忧虑，祖峰脉心头一酸，急忙说明天所长来上班，到时候问问看。

第二天早晨，父子二人刚吃过饭，李所长、高副所长就来了。快磨蹭到中午了，祖大消停也没见儿子去找所长。祖大消停急得直抽烟袋，心里不断想，也不是要钱、抢钱，看屋挣的，有啥不好意思说的？眼看快中午下班，大消停浑身汗津津的，他一骨碌从床上爬起来，推门自个儿去了所长室。

东面所长室挨着峰脉住的房间。峰脉正听两位所长交代工作。

“要不我今天也不能来，家里满地跑的孙子需要人照顾，听孩子家长反映，屋子还是有点冷，再多烧点，啊？你别看打春外头暖和了，但屋子里还不行，火还不能撤得太早，过几天再遇上倒春寒，更要多烧……能来这儿的孩子都是商业家属，别说家长了，就是这些阿姨，背后念点小嗑、发点牢骚咱们也受不了……”

李所长手里掐着烟卷，坐在办公桌后面那张不常坐，但象征一把手权力的椅子上，富有感情地说。一双总是笑眯眯的眼睛中透露着威严。

高副所长背手站窗前晒阳光。门口有一把木椅，祖峰脉也不敢坐，立那里听领导指示。

这时，老生产队长推门进来了，祖峰脉先是一惊，接着介绍了父亲的身份。李所长听了，急忙站起身，穿过缭绕的烟雾过来与祖大消停握手。“啥时候来的，咋没听小祖说呢！”

“来了。”高明礼也在窗前转过身来，一双小眼睛微笑了一下，朝老农民礼节性地示意。

李所长把大消停让到木椅上坐下来，又递上一根烟卷，大消停不习惯抽，但李所长点上了他也没推辞。

聊了几句闲话，老生产队长说：“峰脉岁数小，哪块儿没干好你们当领导的也别藏着掖着。树不修不直，玉不琢不成。”说到这儿，他抽一口烟卷，吐出烟雾，话锋一转说：“家里种地买化肥，钱紧了，我是来看看峰脉的工钱……”

显然问题提出来得太突然，两位所长谁也没准备。女所长笑眯眯地望着窗外，男副所长不好再转身，只好低头望地。

祖峰脉脑袋上的汗珠子一下滚落了下来。

老队长是经过场合的人，要不是种地逼的，他也不能唐突。见气氛紧张，他抽一口烟稳当稳当，补充说：“你们都是受尊敬的领导，这么一点儿小事你们看着办，能解决呢，就帮助解决解决，不能解决呢，我也不能给你们出难题。”

祖峰脉本来想私下里跟李所长说工资一事的，现在他心里面责怪着父亲，爸呀，哪有这么办事的，你这不卷我面子嘛！

“现在吧，是这么回事，”祖峰脉急忙解释说，“百货公司拨款没下来，先给我开支别的保姆会有意见，这事不太好办……”

“小祖啊，没事，家里种地着急用钱，你父亲大老远跑来了，可以理解，我和高所长再商量商量！”

善解人意的李所长给祖峰脉解了围，又与高副所长、后赶来的周会计商量，给祖峰脉先开了工钱。二、三月份加一起，包括春节三天补助，共计开了一百一十四元二角。

事后，祖峰脉想对父亲说这么做不妥，但忍住了。因为长这么大，他还从来没当面埋怨过父亲。

其实闲谈中大消停也明白了儿子的意思，他心里也认为自己这么做莽撞，可家里供销社抢化肥的场面，像一台唱不完的二人转，一直在他脑海里呜嗷翻腾着，翻腾得他闹心巴啦的。为能种上地，挣钱给峰顶说媳妇，他实在顾不上那么多了。

口袋里装好祖峰脉递给他的一百块，祖大消停顾不上吃午饭，就心急火燎地奔了客运站，因为他担心供销社新进的一车化肥再被抢光喽。

48

父亲这次进城，给祖峰脉刚刚平静点的心海又投下了一颗石子。其实，孤身闯城，他心海里的波澜何曾真正消散过？

天气转暖，托儿所为节省有限的费用，高副所长对小更夫传达了所里的决定：三个炉子停火两个，主要靠三个火炕取暖。

烧火任务减轻了，但是祖峰脉也意识到了这不是什么好兆头。从梅姨、小李大姐和郑梅的闲聊中，祖峰脉风言风语听到一些荒信儿，天暖时托儿所就不一定雇打更的了。

而不出一个月，一年期的创作班也该结业了。

形势明显严峻起来。

该来的终究要来。原野上的白雪要融化，蓝天上的大雁要北归，而自己何去何从呢？严峻的现实逼迫着小更夫必须做出选择——父亲让他回家种地的建议，他还不愿考虑。因为近一段时间，他心里滋生了一丝侥幸——他冥冥预感到自己在县城，有了一点儿生存下来的可能。

他感觉自己这一只乡野的小鸟儿，飞过城乡的屏障，洞见了小城的一缕微光，以及一株摇摆不定的，似有似无的，却可在城墙里面暂时栖息起来的风中枝条。对于眼前的选择与坚持，他神奇地感知到与绝大多数他这个年龄的乡下青年比起来，自己开始变得多多少少有些与众不同了。

帮助家里销售土豆一事，与去年冬天张罗贩苹果一样，在班长马秋生手里又是无果而终。令峰脉既沮丧又欣慰的是，在城里有家有业的马秋生也不安于现状，又向他提出了一起去火车站合伙开食杂店的想法！

改革的年代，不安分的思想和机会同样充斥。

马秋生甚至对祖峰脉讲："听说水果商店还要招一个看屋的，此处不养爷，自有养爷处，不行你到我们那里去干，咱俩整天泡一起多好！"

"你有家有业不怕，我一个无业游民，怕啥？"

祖峰脉这个其实有些随意的表态，也是没办法的——听到托儿所要解散，创作班要结束，他从来没有像现在这么急迫地产生了不想回到农村去的想法。这个问题如果说过去经常绕过去不想、不敢想——那么现在他清清楚楚地知道，自己准备颠覆自己过去的一切！……因此面对班长的夸夸其谈，祖峰脉经常顺势火上浇油，推波助澜。祖峰脉意识里很清晰，连大地文学社转移水果商店，办一个文学沙龙的事都告吹了，说明除了夸夸其谈，秋生好像什么事也办不成。但他转念又想，自己一个光脚的，还陪不起穿鞋的？反正被托儿所辞退那一天，自己在县城就又成了盲流、游民，背后被讲究成"二流子"也好，"浪荡子"也罢，反正不回农村去，在城里也无事可做，就和秋生一起折腾呗，自己还年轻，有的是时间！

想到这儿，祖峰脉暗自笑了。这么看，自己和秋生乃一丘之貉，都是不安分的主儿。不过他又自我安慰地想，自己一个农村户口，能和有城镇户口、吃商品粮、有家有业的县城青年混在一起，谁能说这不是一种进步呢？

祖峰脉每次联想自己与巴银老师、郑梅嫂子，与春丽、红霞等很多同学之间深厚的友情，漂泊中仿佛被一种温暖的东西托举着，心里就有一种满足感，一种成就感。依靠这些似是而非、似有似无的满足感、成就感、虚荣心，他一次次欺骗着自己，随时准备在城里继续混下去。

一天傍晚，夕阳照进走廊的时候，巴银突然闯进托儿所，继续晃动着身子，"咔咔"的皮鞋声传出很远。他急匆匆来到厨房，对做晚饭的学生说："我跟你说点事儿。"

把老师让进屋，祖峰脉才发现巴银的背头刚刚理过，身上的军大衣也换了墨绿色的皮革夹克，脚上换了一双棕色三接头的夹皮鞋。他这才恍然意识到，春天真的来到了惠民城。

“我想开一个咖啡屋…… ”

巴银虽然在文化馆——这个在文艺青年眼里“艺术殿堂”般的单位供职，可是“以工代干”的编制，月工资六十元出头，交给郑梅五十元，手里仅剩十几块根本不够他消费，手头经常紧紧巴巴。有时他就放下“师傅”的面子，向春丽、秋生等一些挣工资的学生张口。当然这些事都是背着郑梅做下的。春天一到，他看到惠民城的各种店铺雨后春笋一般开张，开业鞭炮此起彼伏，满大街烟火味儿，崩得他心里面乱七八糟，直长草。他挖空了心思，今天想干这个挣钱，明天又想干那个挣钱。今天早晨一梦醒来，又看看自己狭小的家，郁闷中他的眼前突然一亮，托儿所有几间空房子，眼下峰脉又愁没事干，这不都是资源吗?

对于老师兼兄长惊世骇俗的想法，祖峰脉顿时一愣：“能行吗？”

“你看呢？”在托儿所学生的房间里，巴银像教授文学课一样，讲起了生意经：“改革的洪流滚滚向前，是不是？惠民经济百花齐放，是不是？祖作家，只有想不到的，没有做不到的！”

“街角倒是有开茶馆的…… ”

“少见识了不是，祖老更倌儿？深圳、北京、上海，早就有了咖啡馆，惠民早晚都得开……干就第一个干！到时候聘你当经理，一月一百，外加奖励！”

乡下青年不安分的胸膛里，似乎也有一捆干柴被点燃了，疑虑瞬间消散，热血顷刻沸腾……他转念一想，巴银老师说得也有道理，文学青年嘛，有什么浪漫的事情不敢领先，不敢做呢?

又过了几天，淋着初春第一场雨，师傅又风风火火地来找徒弟说：“你马上去一趟钢城！”

“去钢城？”

“对！有一笔钢材生意要做，我写一封信，你带上！”

49

此时的惠民，皮包公司风起云涌。

“你最好不去。”

这天下班，林红霞顺路打站儿，又进了托儿所。听说巴银让峰脉去钢城联系倒钢材，她真诚地建议祖峰脉推掉这趟差事，因为她认为这是非常不靠谱的事情。她父亲退休闲着没事，最近就总有人到家里来，今天密谈倒这个，明天密谋倒那个。她所在的农行营业大厅储蓄所，近一个时期拎着黑提包进门办理存取款业务的陌生面孔也多起来，都是些什么流行的“皮包公司”，根本不像正经生意人。

祖峰脉感激地望着林红霞。他从口袋里掏出那封巴银写的信说：“不用为我担心，我有信为证。”

林红霞凑上去看信时，祖峰脉感觉一股女性特有的青春气息扑面而来。

借着黄昏的微光，林红霞看了那封足以证明祖峰脉清白、只是跑腿学舌的信，才放心地递给了峰脉。

两个人开始聊天。聊着聊着，林红霞突然说：“我想告诉你一件事。”

“什么事？”

“我想交一个朋友。”

听了红霞的话，祖峰脉先是一愣，很快故作镇定说：“好事啊，恭喜你！”

“仅仅是恭喜吗？”对于峰脉大大咧咧的回答，红霞似乎又敏感，又脆弱。

“呃！……我的意思……我的意思是说怎么没听你说起过？”

林红霞沉默了片刻，似有不悦，转身要离去。

“天晚了，我送你……”

祖峰脉锁上门，随推车子的林红霞走入了已是人影稀疏的春夜。

两人漫无边际地又谈了许多话。是啊，说什么呢，眼前摆在两个年轻人面前的一切，都是那么的缥缈，那么的无所适从。在行人揣测的目光中，两人缓慢地行走着，走到城东的护城沟，绕了一圈又返回来，祖峰脉一直把林红霞送到城东南家门口，二人好像有说不完的话，又好像什么话题也说不下去。

回来路上，祖峰脉的思绪难以平静。进入托儿所后，他和林红霞之间发生了很多事情。实际上，他一时根本还无法面对她“想交一个朋友”这样的事实。

回到托儿所，祖峰脉专门从乡下叫来替自己看屋的祖峰良，在孩子那屋已经睡着，传出了鼾声。祖峰脉一个人呆坐在破旧的办公桌前，思绪像溃堤的河水，呼呼朝外奔涌着——虽然，他清楚他和红霞之间是不可能的，可同样一个年轻人，面对心仪的姑娘即将另有所属，他的心头，怎么能好受呢？通过一个时期的不懈努力和奋斗，在他血红心基上筑起的那么一点点驻扎着自尊、自信的小屋，顷刻间坍塌了……不是吗？诗和远方，再怎么光芒万丈，终抵不过眼前那一道墙啊！

他无法克制思绪的潮涌。他甚至想将此刻复杂的想法写成两封信，明天出门后，委托弟弟一封寄给春丽姐，一封信寄给林红霞……

祖峰脉反反复复想了半宿。与其说终因理不出脉络，没法诉诸文字，不如说理性战胜了情感、折磨人的潮涌，最终，在无法逾越的现实面前偃旗息鼓。他屈服了，他平息了。他不得不屈服，他不得不平息。

他睡得太晚了。凌晨醒来，他意识到步行到十字街口，再打三轮去车站，一定会误了火车。于是他急忙叫醒峰良，让弟弟骑车子送自己去了车站。当他跑步最后一个登上火车，火车好像已经等得不耐烦了，“呜呜”几声，即刻移动了。

这趟慢车咣当四个多小时，第二天早晨到了江城站。巴银交代说，钢材的买主——他熟悉的惠民县广播电台的编辑顾波，上午将从省城方向过来与他会合。峰脉等了半个上午，不见人影儿。他想自己应该去《青年文艺》编辑部给巴银打个电话，问问原因，顺便看看小说《山脚下的女人》的命运。

祖峰脉钻出喧闹的站前广场，回头望一眼早年日本人建的候车厅“小黄楼”，到街边打一辆象征城市生活的苏联“红色拉达”，摇开车窗，望风观景，向西穿越人车鼎沸的主大街和第一百货，转几个弯，到了体育馆的圈楼下。昨夜江城落下了第一场春雨。他寻一洼积水，涮涮靴子上的泥，氤氲着放晴的春阳、清新的空气和虔诚的情感，走进挂有“江城市文学艺术界联合会”“江城市作家协会”“《青年文艺》编辑部”牌匾的门洞，仰望半天，蹑足登上了这个地级市的“文学殿堂”。到二楼轻轻走过长长的弧形走廊，至“《青年文艺》编辑部”的门牌下，他稳稳神儿，平复一下气息，敲了两下门，声音很微小，但里面的人分明听见了，一声“请进！”后峰脉慢慢推开门，见屋子里对面靠窗户的桌前，坐着一位低头看稿的清秀小伙，看样子比他大几岁。见他进来，清秀的小伙急忙起身说："你是惠民来的吧？"

听编辑问这话，祖峰脉好像明白了什么。

清秀的编辑说："巴银老师的电话刚才打过来了……"

寒暄坐下，峰脉微红着脸说："我给巴银老师来办事，顺便看看小说的情况……"

谈话中，峰脉知道年轻编辑姓甄，叫甄道明，大学中文系毕业刚分过来，负责编辑小说。道明告诉峰脉，《山脚下的女人》一审通过了，还有二审、三审，行就行，不行就不行了。

道明陪峰脉聊近中午，关切地问了他一些关于生活、家庭和经济情况的话题，显然，年轻编辑为峰脉追求文学的劲头感动了，也为他的生活担忧。

"你的精神很令人佩服，像你一样的文学青年现在很多，从像雪片一样飞来的稿件上就能看得出来。"

道明平易近人，一字一板地说。听说小说过了重要的一审关，喜悦夹带紧张的峰脉渐渐放松下来，激动地谈了自己很多情况和想法。

"不过，你还年轻，人生的路还很漫长，文学的路光明而崎岖，并且靠写作是无法生存的，你要有思想准备才行啊！"

"是是！这我心里很明白……"

谈完话，道明帮峰脉拨通了巴银的电话，巴银在电话里交代峰脉，下午四点再去一趟江城火车站，如果再接不到顾波，就晚车返回惠民。

峰脉谢绝了道明一起吃午饭的好意，出门一路打听去了江城新华书店。他对那里向往许久了。

书店里熙熙攘攘。从一层转到三层，祖峰脉看花了眼。长这么大，他还从来没见过这么多书。这哪里是书店，这简直就是书山！

他怜惜地左选右顾，最后照口袋里的钱，挑了一本冯骥才的流行小说《高女人和他的矮丈夫》。买完书他才感觉到饥肠辘辘了，于是上街买了一根麻花嚼了，就乘公交车匆匆去了火车站。还好，这次接上了顾波，便一同又乘通勤火车去了钢城。巴银说，他有一个要好的文友在钢厂当头头，答应给他搞一些紧俏的盘圆钢。

第十六章

50

等祖峰脉从钢城无功而返，春阳普照惠民大地。路旁能清晰听见沟渠里雪水的“哗哗”声，树带里布谷鸟的“嘎嘎”声。

春光有时好，春光有时坏，春光有时不好也不坏。

作为巴银的“特使”，倒钢材失败之时，踉踉跄跄坚持学习一年的惠民艺校，却迎来了结业的日子。

这个日子对于县城里的学员而言，就是一聚一散。而对于乡下学员祖峰脉来说，那意味着他将要返回农村去。那也意味着，他将离开巴银、郑梅夫妇，离开张春丽、马秋生、林红霞、丁一兰、罗志中、朱志辉、刘爱玲、赵淑梅、梅竹、刘凡革、李忠臣、张欢等一大批好同学，回到靠山巴掌大的村庄，终生为农。

“我给你偷了题！”

创作班考试头一天，郑梅一到单位，就敲开祖峰脉的房间门，扑闪一双大眼睛，带着女人的气息，神秘地说。祖峰脉感激地望着郑梅，半晌没说话。他心里想，自从进城来，眼前这个仅比自己大五岁的女人，处处维护、方便自己，到老师家做客、吃喝，“小师母”嘴里从来没蹦出过一个“不”字。还把自己这个泥腿子介绍给娘家人，又吃又喝，娘家爹妈郑叔、郑婶，像接待乡下来的亲戚一样对待自己。还有贩布、进托儿所打更，都是小师母相助。想到这些，祖峰脉感觉郑梅倒像人世里失散的亲人……

考试时间定于四月一日晚间。这晚学员来得格外齐，四十多人，一些几个月不来“点卯”的人，也令人新奇地到了场。这其实跟一个小道儿消息有关。考试前，巴银宣传说：文化、教育两个部门正在协商，创作班的结业证，有可能发成一个高中毕业证！

这里的学员，除了林红霞等少数几个高中毕业外，多数读到初中。这也是郑梅为什么背着巴银，偷题给祖峰脉的原因。她心里清楚，高中毕业证对于一个年轻人，极其有用。她认为祖峰脉回农村种地是早晚的事，在城里混下去一点儿前途没有不说，久了很容易学坏，现在街面上太乱，车站、影院、剧团里乱窜的流氓、“小捋”，旅馆里住的“皮包公司”、生意人、骗子……常在河边站，哪有不湿鞋的？祖峰脉小伙子不错，走邪道儿可惜了，有了高中毕业证，回农村没准儿去学校、村部混点儿差事干。

考完试，已经六点半了。不常来上课的学员简单道了别，纷纷离去。而常来常往的十几个学员，脚下钉钉子一样，一个不走。

可有一个问题，对于一群穷学员来讲，聚餐谁掏钱呢？

“大家凑份子！”刘爱玲第一个提议。

“对！对！”

大家呼应着，一股脑去了东二街的“独一处”饭店。那阵势，不管谁结账，这顿“散伙饭”是一定要吃的！

敬酒的话题很多，敬老师，敬友谊，敬未来……

敬酒权还没轮上一圈，女生先醉了。丁一兰、林红霞、刘爱玲、梅竹、赵淑梅都喝了一杯白酒。女生醉了，场子就压不住了。马秋生、朱志辉、罗志中、刘凡革、李忠臣、张欢等男生再一起哄，女生个个满了第二杯白酒，也逼男生倒上。这一杯下肚，男生也醉了。

深夜，东二街冷风呼啸，几乎不见人影儿。大家踉跄着出了灯火迷离的饭店，巴银被峰脉搀扶出来，在路旁呕了半天，也没吐出口来，扬扬手一句话没说，就朝家跑了。当他回到托儿所，还没穿出胡同，就听一干同学在他的托儿所门前吵吵闹闹，连夜色里都弥漫着文学的酒味儿……

祖峰脉迷迷糊糊打开门，男女同学一拥而进，空寂的托儿所顿时炸开了锅，蹦跳的，拥抱的，大哭大笑的……过一会儿，朱志辉陪罗志中专门回家取来了录音机，小曲儿一放，大家又聚拢跳起了四步舞。祖峰脉不忘钻进厨房，把炉火捅旺了，待一壶水沸，屋子热气上来了，借酒劲也加入了跳舞的队伍。跳一会儿，祖峰脉感觉胸膛里蛟龙翻滚，直撞嗓子眼儿，他急忙跑到后院，一头扎进墙角未融化的残雪堆，一阵酣畅淋漓的翻江倒海……稳当下来，想想自己的狼狈样，想想自己就要回到农村去，他索性朝北跪下来，向鹅头山方向大呼：

"父老乡亲们啊，我对不住你们哪……"

祖峰脉后院独自忏悔，城里同学如脱缰野马，团在屋里疯癫地跳啊，唱啊，疯至凌晨也不肯离去。跳累了，扎堆叙旧，展望未来，个个有一肚子说不完的青春话……罗志中、朱志辉二人则拽上清醒一些的祖峰脉，抱在走廊里，先是相拥而诉兄弟情谊，接着建议峰脉结业后就不要再回农村去了，车到山前必有路，可以留在城里跟他们一起闹腾生意……

渐渐，东方破晓，初春的早风将托儿所房顶的红瓦吹得沙沙响。大家闹累了，困倦了，男生抢先扎倒炕上鼾声四起；女生则自顾不暇，索性爬进小孩睡觉的悠车，头脚探出，晃晃悠悠，不管不顾地进入了梦乡……

早晨，上班的，回家的，各自散去。夜不归宿，女生都琢磨着回家是实话实说，还是撒个谎……

托儿所一下静了下来。

都结束了？自己何去何从？难道……真的要与罗志中混在一起，留城做生意吗？祖峰脉左思右想、患得患失，思考这个其实一直困扰着他的问题。这时，酒醒的他赖在床上，突然想起了一件事：昨天考完试，春丽姐怎么没参加聚餐？

其实昨晚考完试，张春丽就孤独着回家了。

作为班长，又成家立业，又有收入，冲哪一条，她都应该掏腰包请大家出去撮一顿，春丽不是那种不明事理的人。巴银也示意过她。巴银心里清楚，班长马秋生工资交柜上，只能指望春丽了。但大家不清楚春丽的难处。这段日子，因丈夫王继友酗酒，两口子又吵闹了几次，已经闹到了要离婚的地步。她担着老师同学不理解的风险，理智地放弃了结业聚会。她认为自己不能喝得半夜不归，给继友留下口实。

为了可爱的儿子，她要努力挽救这个家。

51

《青年文艺》编辑要来改稿的消息，像春天的暖阳一样，照耀着惠民文学的天空。

作为东北师范大学毕业的年轻编辑，甄道明做起事来有板有眼。当年他从小县城考入东北师大读中文，也是源于对文学的热爱。在校期间，他积极参加文学社团，天生的艺术禀赋、文静而矜持的艺术范儿，以及一手好字，一首首意境优美、富于哲理的现代诗歌，还有细皮嫩肉的小白脸，博得了青年尤其女性青年的好感和亲近。最终，他被家在江城的女同学俘虏了。女同学回江城一所大学任教，他也只好选择了江城文联下属的《青年文艺》杂志社。否则，他心中的凌云壮志是选择大城市当编辑，《人民文学》《诗刊》《当代》《十月》《收获》……也未可知。

但这一丁点儿不影响他对《青年文艺》——这份地市级管辖、全国发行的文学月刊编辑工作的热情。他擅长写诗，当主编把小说任务交给他时，他欣然应允。他认为做好一个编辑，不能仅有某一个方面的专长，要以复合型的眼光，全视角洞察每一类、每一篇文艺作品。他甚至对文艺评论感兴趣，对书法、摄影、音乐、绘画均有涉猎。

但文艺圈是讲资历的。纵观江城文坛，宣传、文化、文联、作协、报社、杂志社、群众艺术馆、电台、电视台、各所大学，甚至市县的机关、企业、学校、工厂、军营、农村，等等，不乏老派的诗人、作家、艺术家，文学的后起之秀也如野草一般漫山遍野，在滋养艺术家肥沃的土壤上，杀出几匹“黑马”，也不是什么新鲜事儿。

甄道明心里清楚，在江城，自己这个无名小卒无疑坐在了文学殿堂的制高点上。《青年文艺》不仅全国发行，王蒙、冯骥才、刘绍棠、从维熙等一些大家也加盟顾问行列助威，全国的稿件源源不断。

这就很麻烦。他必须干出几样漂亮活来，才能树起威信，赢得尊敬。于是他在去年刚来时的一次组稿会上，引用外埠的做法，大胆提出了设置“新星”栏目的建议。几位老编辑不置可否。小说组主任闻向兰编辑却当场表示了反对：

“新星？文学青年多如牛毛，可像样的文章有几篇？称得上新星的更是凤毛麟角！”

闻编辑向来以话锋犀利著称，不过对稿件要求严厉也是出了名的，她相中的稿件主编也不敢轻易否掉。同样，她相不中的稿件谁说情她也不买账。

闻编辑的意见就是最后的意见。道明开设“新星”栏目的建议被搁置了。

接下来，甄道明小心谨慎地干了一年，端茶倒水自不用提，分个土豆，送个白菜，一年下来，他没少往闻编辑家跑。闻编辑渐渐喜欢上了这个小伙子，主要原因不是他做事殷勤，会来事，更主要的是他有一双“火眼金睛”，好稿子来了他一眼就能挖出来。

机会像晴天的云朵，在甄道明的上空落雨了。闻向兰今年同意了他的改革方案，并用一种似笑非笑、夹带冷峻的目光注视甄道明半天才说：“小伙子，大干一场吧！”

道明心里明白，闻编辑是在培养接班人。

当巴银将祖峰脉的小说《山脚下的女人》推荐给他的时候，他并没怎么在意。稿件实在太多了，桌子上、椅子上、窗台上、柜子里，堆积如山，还有很多没拆封的投稿信件。为了组稿，他认真筛选着，单位审不完，他就偷偷抱回体育馆圈楼另一侧的宿舍，一看就是半宿。半个月下来，眼看就要二审了，他一篇也没有相中。是的，道明的标准太高了。他想即使找不出《班主任》《人生》这样的“高峰”来，也一定要找出几篇“高原”来！

他选中了一篇乡村教师写的小说《飞翔的蒲公英》，他被小说的哀婉色彩、凄美故事打动了。他要一期推出两位新星，于是还要选一篇。

这天，他想到了桌子书架上单放着的《山脚下的女人》。上班打扫完房间，给几位老编辑倒上水，自己也沏上一杯毛峰茶，伴着窗户射进来的阳光，坐下来开始认真翻阅《山脚下的女人》。看上几眼，就放不下了。小说富有特色的乡土语言、打破传统观念的爱情故事，一下子抓住了他。

从遣词造句错误较多，明显能看出来《山脚下的女人》出自一个文化水平不高的农村作者之手。他利用一天时间进行了修改，并与《飞翔的蒲公英》同时送审。闻编辑很快对《山脚下的女人》拿出了二审意见：生活气息浓郁，主题新颖可取，语言应进一步雕琢。

闻向兰的二审意见也是三审主编的意见。为此，负责任的道明很快登上了去惠民的火车。

这天下午三点左右，巴银是跑着去托儿所告诉峰脉这个惊人消息的："快跟我走，甄道明来啦！"

去文化馆的路上，天空落下了雨滴，渐渐有了淅淅沥沥声。匆匆走在前面的巴银气喘吁吁地告诉峰脉："小说定了，发新星！"

老师说得激动，学生听得更激动，好像就算老天爷下刀子，师徒二人也会全然不顾……

二人跑到文化馆，上了二楼创作室，甄道明正坐在巴银的位置上翻看《惠民文艺》。见淋了雨、喘气闯进来的祖峰脉，甄道明急忙起身，抓住祖峰脉的手，紧紧握在一起……给道明的杯里添上水，巴银像注射了鸡血似的，走廊里"咔咔"留下一串皮鞋声，又去一楼值班室电话通知有关作者。利用这个机会，道明与峰脉亲切地交谈起来。

甄道明与峰脉谈完稿，吃完晚饭，又在下榻的惠民宾馆，利用早晚空闲时间，会见了惠民十几位文学名流和创作班的学员。同惠民师专中文系的讲师龚加以，田野文学社社长、诗人牧野，《飞翔的蒲公英》作者张晓北，创作班学员丁一兰、刘爱玲、赵淑梅、朱志辉、罗志中，深谈至半夜，没谈上的早晨又围在房门外。除《飞翔的蒲公英》作者张晓北一人是甄道明点名从乡下约来的，其他人均是巴银安排的。峰脉兴奋着负责将一个个谈至深夜的女生送回家，脚磨起了泡，他也浑然不觉。直到第二天走路脚疼，一瘸一拐了，他才发觉……

祖峰脉《山脚下的女人》要发"新星"的消息，在创作班学员中不胫而走。

第二天中午，始终被激动包围着的祖峰脉，倾囊安排了饭店为甄道明饯别，并陪道明喝了三杯白酒。他频频表示巴银老师一年来如何栽培自己，此次道明又风尘仆仆来惠民改稿，不胜感激。酒后，祖峰脉陪巴银一起去火车站送走了可爱的甄道明。回到托儿所，他抑制不住内心的激动，在日记里这样写道：这一天是什么日子，莫不说这一天都属于我了？

"自己是惠民最幸福的人了！"入洞房一般的文学青年暗自欢喜。

进而争先，退而谨慎，激动从来不会忘记冷静——这似乎成为峰脉的习惯性思维。底层人向上穿行，缺少了几分天然的潇洒，倒也锻造了稳重的品质。

“读了《飞翔的蒲公英》，觉得作者的感受能力很好，自己还要加强观察生活。”

聆听了闻编辑和甄道明对小说的修改意见，并阅读了另一篇拟发“新星”的作品之后，祖峰脉在日记里偷偷这样写道。祖峰脉常常在内心告诫自己：自己只是一个初中毕业生，也说不好有没有文学天赋，见贤思齐，除了加倍学习、练笔，没有捷径。

当然，甄道明此次来，祖峰脉也有遗憾。张春丽、林红霞没有见到道明编辑，对于一个想从事文学创作的人而言，他认为这是一次多么大的损失啊！那天送甄道明，冒着巴银可能不高兴的风险，他安排完饭菜，趁机跑到林红霞的农行营业室，准备告诉她这个好消息，让她主动来见上一面。可不巧的是那天林红霞休班。

甄道明走后的第二天，林红霞下班来到了托儿所。听到这个迟到的消息时，红霞感激地望着峰脉，半天没出声之后，突然说了一句：“你知道春丽姐要离婚吗？”

听了这话，祖峰脉怔了一下，顿然醒悟：怪不得前几天春丽来托儿所，举止怪怪的。

那天中午，张春丽突然跑到托儿所，对峰脉说：“有没有什么刺激性大的书借我看看！”为了避嫌，平素来找峰脉，张春丽都带着儿子天天，这次却是一个人大步流星地闯进来。临走，春丽还在峰脉桌子上一摞书里挑走了《家庭心理学》《安娜·卡列尼娜》和《国际诗选》。

现在，祖峰脉什么都明白了。他感觉自己脑袋“嗡”地一下，眼前星光点点。怕红霞看出来，他故作镇定地说：“女同志方便，有空你去问问情况。”

黄昏来临，红霞点头答应时，祖峰脉依然能洞见她镜片后一双眼睛里，充满了忧郁的目光。

林红霞很快打听出张春丽闹离婚的一些情况。春丽已经从家里搬出来三天了，凭借一天三块钱的费用，住进了一家小旅馆。丈夫王继友同意离婚，据说都在争取所在工厂同意，办理手续。

林红霞对祖峰脉说：“春丽姐说了，姐夫说去单位开手续不知是真是假，如果不行就到法院起诉。”

祖峰脉再也坐不住了。

他说文化馆明晚七点半有演出，他要两张票让红霞一起陪春丽去看，散散心。

林红霞答应了。

第二天，祖峰脉早早到文化馆要了两张票，又提前半小时，晚上七点到了馆里。

今天是一个地级市音乐团到惠民的“走穴”演出，一楼大厅一阵熙熙攘攘检票之后，七点半准时拉开了帷幕。祖峰脉站文化馆院里，一直等，八点多也不见张春丽和林红霞的身影。遇几个熟人索票，票攥出了汗，他也不撒手。八点半了，见二人还没来，祖峰脉只好一步三回头地离开了文化馆，回了托儿所。

路上，他手里握着已经揉成团儿的两张门票想：偌大的演出礼堂，此刻正霓虹闪烁，莺歌燕舞，但注定有两个空出的位置，属于春丽姐和林红霞……

第十七章

52

创作班结业后，文学青年不再像一群小燕子似的，巴银可以召之即来，挥之即去，虽然课堂上有时就那么几个人，但都归他管理。现在可倒好，呼啦一下，都扎到托儿所去了。

巴银从来没有这么失落过。

“泥腿子成气候啦！”

这样的问题，是随着乡下学员的逐步发展滋生出来的，尤其是《山脚下的女人》的尘埃落定，“雏凤清于老凤声”，巴银既高兴又欣慰。可随之而来的，是一种无名的苦闷。按说，学生有才气，学习执着、有韧劲，当老师的不该产生这样的想法，可是那想法仿佛天上的云彩，一会儿飘走，一会儿飘来，自己无法控制。

乐乐在托儿所送托，巴银不特意去找祖峰脉，赶上郑梅不当班，或者有什么事儿，他偶尔也要去接孩子。创作班结业后，他去接了几次孩子，几次，都碰上了林红霞，有两次还碰上了罗志中、朱志辉和李忠臣等一些学生，这使巴银心里十分不悦。这些人总来干什么？听说大地文学社经常在这里开会，这地方成了学生们聚集的“文学沙龙”，巴银感觉自己越来越把握不了了……其实，有一次巴银之所以厚着脸皮要峰脉的日记看，也是出于了解内幕、加强把控的需要。现在创作班解散了，这种心理尤甚。

对于巴银如此强烈的心理变化，祖峰脉浑然不觉。他还是一如既往地与巴银来往，该干什么干什么。同学们来得多了，影响了学习写作，甚至所里阿姨们也有了一些反映，他也尽力地招待着，因为那更是他的需要。这给了他很大的满足感。《山脚下的女人》定发“新星”之后，就连惠民师专的龚加以老师也增加了随时带着大学校园里的文学青年，光顾托儿所的频率。混熟了，个别大学生甚至把女朋友也带到这里来约会。空旷的院子，安静的房间，是谈恋爱极佳的场所。一次黄昏时分，社会上的一对恋人像两条蛇一样盘在后院的角落里——当时他打开后院门照例晚巡，偶然撞见这伊甸园般的场景，几乎吓晕了。真诚、好客，加之空虚和无奈，日子只能这么往下走。前段日子朱志辉想把大地文学社挪到秋生的水果商店，虽然没挪成，他也着实失落了一阵子。况且，托儿所已传出来要黄的消息，还不知道能干到哪一天呢，马秋生的水果商店要招更夫，马秋生信誓旦旦地说帮他问问，巴银说创作班结束后，他也没了帮手，峰脉不是班上学员了，不能总当“私人秘书”使唤，指挥他干这干那，会出闲话。现在，你看——就连校对《惠民文艺》这样的活儿，都恢复了原样，由巴银一个人承担了。

过惯了有秘书的日子，眼下突然没了，巴银不舒服，整天喊活多，建议馆里给雇一个创作员，张久诚馆长答应他物色人选。巴银对峰脉说：“我推荐了你！”

“那样的话，我就辞掉托儿所更夫的活儿，天天守在你身边！”

巴银其实从心眼里喜欢这个朴实的乡下青年，听了这话，眼镜片后面顿时闪出了光芒。

“那你得答应我一件事。”

“别说一件，一百件我也答应，大哥。”

私下里，二人早就兄弟相称了。

“从今往后……不准文友们——特别是班上的同学，再到托儿所来！”

一只鸟儿在窗前嗖地飞跑了。

祖峰脉有些惊诧。

见乡下青年不明就里，早就如鲠在喉的巴银直截了当地说：“太耽误你学习、写东西了！”

听了这话，祖峰脉脸上顿时露出了感激的表情，进而又有些尴尬地说：“可这话……这话我怎么能对同学们说出口啊？”

“你就说是我下的令！”

在班级上，老师一年都没说过下令的话，现在居然如此决绝，峰脉不敢再分辩，立刻答应了下来。

创作班吃散伙饭、招待甄道明，都是祖峰脉垫的钱。这个头脑发热的青年，居然将参加市里中长篇小说选题会的四十元钱差旅费都花掉了。

散伙饭说好了大家摊，但学员中的几个穷鬼，至今几块的份子钱都没送过来，他又不好意思张口去要。招待甄道明是他自愿的，巴银几次表态要拿去文化馆报销，可据他观察，巴银在馆里没这个能力。现在，迫在眉睫的是大米没有了，他只好去求马秋生，在水果商店赊来五斤。

不消说，一切又回到了原点上——维持生活还是最现实的问题。

一会儿，马秋生对乡下青年说：咱们去车站开个小卖店、小饭馆吧；一会儿，做小本生意的罗志中又对乡下青年说：我领你去倒一趟鱼吧；一会儿，巴银对乡下青年说：咱们开一个咖啡屋吧……八下没一撇的买卖一个接着一个，搞得急需救命钱的乡下青年不时东张西望，六神无主。不过，有一点必须承认——老师、同学提出的这些个有些渺茫、有些不靠谱的生意却给两手空空的乡下青年带来了无尽的希望，无尽的盼望，本来进城闯荡就是一件令人失望、使人绝望的事，他已经不在乎再多几次这样捕风捉影的妄语狂言。

“走哪儿算哪儿吧，本来就无所谓。”他在心里宽慰自己。

但参与文学活动它需要钱呢！这不，江城文联组织的中长篇小说选题会临近，参加选题会却没有了车票钱、住宿费，可不参加怎么行呢？自己进城干啥来了？不就是想学本领写好长篇小说《恋爱大队》吗？那是初衷！是在村口立下的誓言！是为消失的高乐天、失踪的孟雪姑、逃回关里的贾晓峰、委曲求全嫁给田家傻儿子的李秀萍姐，留下的一点点儿念想……是对自己这一段不平凡的经历的一个交代！就这么一点儿朴素的想法和目标，现在小说框架都搭好了，就等长篇小说选题会上专家把脉，现在可倒好——对人家说口袋里掏不出差旅费，不去了，这岂不滑天下之大稽，可能吗？

祖峰脉自己都跟自己过不去。

马斯洛说过：如果你唯一的工具是锤子，那么你往往会把一切事物都看成钉子。祖峰脉想，写好《恋爱大队》就是自己手中的“锤子”，那么完成它所需的金钱、时间、空间、思想、谋篇布局的方法，等等一切，甚至“恋爱大队”这四个字的标题，都可以看做是“钉子”！

“当然——”祖峰脉想，“钱仍然是当前最紧迫的钉子……”

53

向几个同学借钱无果之后——几个穷学生颇费周折，总算把“散伙饭”分摊费用还了，哪还有闲钱外借？祖峰脉的目光还是盯在了托儿所的工资上。四月份的工资一直没开，问过几次，答复是“拨款没下来”。

李所长十天半月来一趟，高副所长猫在家里修房子，阿姨们大眼瞪小眼，除了抱怨还是抱怨。偶尔厚嘴唇、高鼻梁、小眼睛，扎个花围巾的周会计来了，人高马大的，能塞下半个走廊，她一番甜言蜜语哄完大家，钻进办公室取完什么要紧的东西，转身锁上门，就溜之大吉了。

怎么办？

这天早晨，高副所长突然来所里对小更夫说：“小祖，待会儿所里没啥事了去帮我拉拉货！”

没钱，有力气。小更夫旋即去了，心里也有了主意。

四月春风骤起，没到中午，惠民大街刮得尘土飞扬，遮云蔽日的。一大推车子木材，逆风从西南街木材厂推到铁道南高副所长家，祖峰脉心脏蹦到了嗓子眼儿，累吐血的感觉。问题是，他觉得自己还不能表现出来，那样高副所长会尴尬。他只恨自己，恨自己进托儿所这半年没锻炼身体，这要是在家里下地，二百斤麻袋也不在话下——乡亲们可都叫自己是“车轴汉子”呢！

高副所长家的院子很宽敞，但破破烂烂的。老伴儿嘟囔几年了要盖一所仓房，才开上工。高副所长一个闺女、一个儿子，都上学，老伴儿是家庭妇女，全靠他一个人工资，日子过得紧紧巴巴的，哪有闲钱盖仓房？材料七拼八凑，没钱雇工，自己捅咕，可有的活儿，一个人完成不了，就找小更夫来帮工。

托儿所的副所长，估计也就这么点“特权”。

祖峰脉连去三天。他渐渐发现高副所长面冷心热。这天，正勒棚薄，他把木条递给高明礼，随口说：“高叔，听说要给我降工钱，不够花啊……”

高明礼站长条板凳上，嘴叼麻经儿，仰脸挥臂勒棚薄，半天，慢悠悠地说："研究研究吧……"

晚下班孩子接走，祖峰脉要赶回来接阿姨的班。也许连续三天没吃上晚饭，打动了高明礼，最后一天他对小更夫说："小祖啊，你先跟周会计说说。"

祖峰脉似乎明白卡哪儿了——原来高副所长怕过周会计这一关。

选题会的时间逼近了。巴银说他先回一趟老家看父母，从老家直接绕去江城，带队之责，就交给了峰脉。成员朱志辉、刘爱玲也提前来过了，约好了出行时间。

"怎么办？"小更夫看看脚上的旧胶鞋，心想参加会议的皮鞋还没着落，罗志中答应借他五十块，可四五天了没回信儿。

这天上午，周会计来了，他在屋里听她和阿姨们唠嗑，说惠民新进来一批新疆和田的大枣，个大、口感好，女同志吃了补气补血。下午，他去水果商店找马秋生，赊来一兜五斤大枣，悄悄到周会计办公室塞给她，并说是水果商店同学给的。周会计顿时小眼睛笑没了，连说谢谢你小祖，哪天我请你到家里吃沙子面饺子，沙子面饺子可有筋性了。又说："你哪天回家给我买点农村的苞米楂子呗！"祖峰脉满口答应，临去江城前，正要回家找三弟峰良来看屋。祖峰脉回到村子，峰脉娘毫不犹豫，哗哗拿出钥匙打开仓房，打扫打扫将家里的十斤苞米楂子，从袋里折入三角兜，直折出袋底灰，一粒不剩带给儿子。听说马秋生媳妇坐月子，生了个闺女，峰脉娘又走半屯子，借来一百鸡蛋，对峰脉说："你总麻烦人家马秋生，他媳妇猫下了，你要去下个奶才对！"

祖峰脉眼含泪花，一手拎鸡蛋，一手拎苞米楂子，乘客车于下班前赶回了托儿所，周会计没走，他敲门进屋，脸上又是汗又是笑地说：

"周姨，我回家给您带苞米楂子了！"

周会计瞥了他一眼，像没听见，起身扎起花围巾要走，出门口觉着不说话不礼貌，回头又瞟一眼他手里拎的小三角兜，扔下一句"不用啦！"出走廊推车子要离去。

祖峰脉脸上的汗还没消，又沁出来了。他脸色通红，撵出去，说周姨你别嫌少，先吃着，等上秋新苞米楂子下来了，我再回家给您拿！听了门口风吹过来的这话，周会计脸一红，一笑，夕阳下眼睛成了一条缝。她扭捏着接过装苞米楂子的三角兜，搁进车筐里，搂起深蓝色的大衣，飞身跨上去，仿佛骑一头小猪，回头又目光闪烁地丢给小更夫一句话："哪天去我们家吃沙子面饺子！"

祖峰脉听了，苦笑一下，转身要去关栅板，只听身后有人叫自己的名字："祖峰脉——"他回头一看，见夕阳光照射过来的方向，影影绰绰，林红霞骑车子过来了。

"听说你要去市里参加选题会？"

"是啊红霞……"

"路费准备了吗，要不……要不我帮你凑点？"林红霞手扶车把，站托儿所门口真挚地说。

祖峰脉眼圈一热，眼泪险些流下来。

临去江城开会前一天，高明礼很晚才到所里，商量通周会计，给祖峰脉开了绿灯，先支了薪水，四月份工资五十八元二角，又借给峰脉五十元，这还不算，俩领导一唱一和，又说通阿姨们，小更夫出门这几天，晚上阿姨们轮流来所里值宿。

祖峰脉对领导和阿姨们千恩万谢，说不麻烦了，弟弟明早就从乡下赶来。

一切安排就绪，准备出发时，突然接到通知，中长篇小说选题会推迟了。当再次等到通知，巴银带峰脉、志辉、爱玲去江城参加的时候，已是三周以后的事情了。

54

江城市的这次"中长篇小说选题会"，因为一九八七年大兴安岭"五六"森林大火的意外发生，从春季拖到六月中旬才得以举行。然而，这并没有影响它的盛况。选题会从报到到返程，足足用了六天时间，参加人数超过一百。这是江城市文联、市作协、青年文艺杂志社联合打造的一场文学盛宴，助燃了一个有着五百万人口的地级市的文学之火。

有机会参加这样的文学盛会，当然是一名乡间文学青年经过一年来风雨跋涉，一点一点争取来的。祖峰脉深感荣幸，倍加珍惜。

笔会第一天在工人文化宫二楼举行开幕式，市文联姓杜的主席亲临讲话。赴大兴安岭采访"五六"大火归来的一位《人民文学》编辑、一位作家到会祝贺、授课。他们的到来，无疑为笔会提高了规格，增添了金子般的光彩。

接下来的一天半是讨论。讨论根据行政区域，划分为外县组、市区组，另外又特意搞了一个长篇组。这能看出来组委会对长篇小说发展的格外重视，也能反映出，江城长篇小说创作还处于相对劣势的状态。

惠民四人当然被分到了外县组。在第二天上午讨论外县一名文化馆创作员的中篇小说选题《杨秀枝》时，轮到祖峰脉发言，他结合自己的创作体会，真诚有加地谈了自己的想法。

午间休息，他的幼稚表现遭到了巴银的严厉批评。

“我是真诚的！”

“什么叫真诚？文无第一武无第二。那个作者跟我肩膀头一般高，你能乱评价吗？”说这话时，巴银坐在房间的床沿上，气得脸色铁青。

祖峰脉很委屈。下午，心头别扭的他，主动要求去了长篇组。

整整一个下午都在下雨。江城文联用于办公和开会的体育场像汪洋中的一叶扁舟，感觉一直在微微摇晃着，但这丝毫没影响文学盛宴讨论环节的热烈程度。相反，窗外的雷声和闪电好像特意来击鼓助威的，使一颗颗本就燃烧起来的文学心，燃烧得更加猛烈了。

天昏地暗，大雨一直落。石子大的雨点敲得窗户乒乓山响。市文联二楼的会议室里，人们像没听见一样，依旧热烈地发言。

祖峰脉坐角落里，心里一直在做着检讨。

他理解了巴银的教诲。老师是对的。撇开油腔滑调、马屁精似的“文学官腔”不说，与会者高手如云——出版了多部著作、全国期刊发表了许多作品的资深作家、诗人，文学期刊、报社副刊、广播电台、电视台的编辑，大学中文系的教授、讲师、学生，政府的官员，企业、军营、学校的宣传干事、业余作者，文化局、群众艺术馆、文化馆的专职创作员……这些专家们、学者们，哪个不比自己一个初中文化生、无名鼠辈高上几头？哪里有你发表言论的空间——何况那言论无论怎样都可能被贴上“不尊重”的标签！

这是文学圈里的人学。

整整一个下午的讨论，祖峰脉感觉收获了许多，更感觉在文学圈里，自己成熟了许多。

于是，他选择了一言未发。即使主持人请他谈谈《恋爱大队》的构思，他也以“还不成熟”为由，放弃了发言的机会。他已经意识到且不论自己的小说构思成熟不成熟，“锋芒毕露”起码不是聪明之举。

笔会的业余时间，自然是文学狂热者们“自由的王国”。像以往一样，巴银邀请和受邀，与文友们满江城地跳舞、唱歌、喝酒。而峰脉，象征性地只参加了一次，便利用更多的时间，与闻向兰编辑见面，单独请教小说写作的秘籍，与来自各地的作者深谈，收获写作心得，同时也收获了一些意想不到的友谊——这就是文学聚会的魅力所在！

物以类聚，人以群分。祖峰脉更愿意接触一些要么来自工厂，要么亦来自乡村的作者，因为从这些来自基层、底层，比自己境况好不了多少的人身上，他更能找到相互温暖的东西和共同的话题……从此以后，每次打开包括这次聚会建立起来的文友通信，都像打开陈年老酒一样，一股芳香扑面而来，使人立刻能回到青葱岁月那些交流文学、抱团取暖的场景……其中的况味，也总有一种“子非鱼，安知鱼之乐”的感觉。

最后一天，主办方安排一顿高规格的午餐宴。酒兴之后，人人醉意蒙眬，相互拥抱、签名、留地址。下午，则如野鸟归林，各自消散于茫茫人海……

书店是必须要去的。祖峰脉留够了车票钱，一下买了《欧·亨利短篇小说选》《毛姆短篇小说选》《俄国短篇小说选》《高晓声代表作》。晚上，《青年文艺》小说编辑甄道明设宴，专门招待惠民四位与会人员，巴银和峰脉、志辉、爱玲三位学生荣幸之至，人人酒醉而归。

从江城回来，祖峰脉感到此行最大的收获，除了文学知识，便是开阔了视野，收获了许多创作之外文学圈一些看不见摸不着的东西。

回来当天，祖峰脉送走替自己看了六天屋、着急赶回家下田的弟弟峰良，补了一觉，傍晚孩子刚接走，就带了春节朱志辉送的一瓶白酒，锁好门，径直去了巴银家。

他要当面感谢巴银老师的批评。他意识到，在文学圈，有很多东西还是要向“老江湖”学习。

第十八章

55

一九八七年，春天籽种下地的关键时刻，中央出台了一条堪称“及时雨”的惠农政策：先付给农民一部分卖粮款。

“预付粮款”下拨的这一天，靠山村村部门前的杨树上，喜鹊“喳喳”叫个不停。

统辖五个自然屯、两千农户的“首脑机关”，冷清一冬，突然热闹起来，屋里屋外挤满了人。老乡身穿厚棉袄，手拎、腋夹狗皮帽子，人人红光满面、喜气洋洋的，像是谁家娶媳妇、嫁闺女喝喜酒。猫了一冬，见面亲。个别因为一条垄、一只鸡鸭有些过节的，过年冲淡了，大家放松地相互打招呼、打嘴仗、打情骂俏——

“哎！……老李——说你呢！你挺好吧？看你原来这老干巴脸，过年过的褶儿都过没了，红扑扑的！……”

“大下巴！咋的，来领酒钱了？……啊？还真是！让我说着了吧你这老酒鬼！”

“我说康局长，听说你放赌局赚了，张三媳妇白让你睡三宿！哈哈哈……”

“老张大哥，我怎么听说你们家老母鸡开裆，怀上了龙凤胎！嗯——什么？真有这事！那我可得去下个双份奶！……”

“谁？王大炮得脑血栓了？谁说的？别瞎扯了，那天我还看他骑车子去公社了呢……”

“行行，哪天去我那喝……啥好酒？说出来吓不死你！六十度的高粱烧——贵贱买不着，非给你喝尿裤子了不可！”

“行了行了别扯犊子了说点真格的！今年你多种几亩地亚麻？你可别瞒我，我可能掐会算！你老狐狸精一撅腚我就知道你拉几个粪蛋！”

“别听那没边没沿的！我哪有那魄，谁骗你谁是孙子！……”

老乡们说笑着，依次挨村部杨立新会计的办公桌前，在《预付粮款发放表》上或盖了戳，或按了手印，便中奖似的跑出村部大院，回家安排选种子、买化肥，预订机播小麦、亚麻的时间了。

一场轰轰烈烈的春耕会战在即。

家庭联产承包责任制实行三年了，乡亲们的心里，早吃下了定心丸。承包到户的耕地十五年不变——十五年不变哪！完全可以痛痛快快地大干一场！眼下又做梦似的来了一场“及时雨”，上面拨下来种地预付金，盘古开天地，头一回啊！

峰脉娘是一位闻名乡里、神神道道的“摸鸡王”。鹅头山周围冻土带的地温刚刚缓上来一些，农家院母鸡嬔蛋没几天，靠山村上岗下坡五个自然屯子，就穿梭起了她矮小的身影儿。她一手拎筐，一手攥根打狗棍儿，走街串户，打听谁家有公鸡，蛋好使，就去串换。她的身影儿闪到哪家，哪家的大公鸡就一仰脖一仰脖打鸣，表示欢迎似的。这些从远古走来的乡村的精灵们、歌唱家们，仿佛识得为鸡后代繁衍，应该颁发“突出贡献奖”的女人！

黑白颠倒、日夜守护，鸡崽儿被峰脉娘神奇地、变戏法似的一窝窝摸出来，头几窝被蜂拥抢走，后几窝不上买主了，她就催促老伴儿串屯子叫卖。

纸箱里的鸡雏“嘤嘤”叫着，祖大消停的嘴却缝上似的张不开。

车子骑出十几里远的村庄，面生了，他嗓子依旧卡住似的喊不出来。

二十一天……二十一天……下窝鸡崽儿又快满二十一天破壳了！上窝还没卖利索呢，这一窝压一窝的，费饲料不说，地上、炕上，没日没夜“叽叽”叫，搅得人睡不安稳！

现实逼迫着，祖老队长推自行车踯躅着，从润津河南岸“荣家窝棚”村头一棵老榆树的阴凉下钻出来，慢吞吞进了村，不情愿地扯开嗓子喊上了：

“卖鸡崽儿嘞！……卖鸡崽儿嘞！……”

闷声闷气的喊声，惊动了忙种地没抓鸡的妇女，为一大年的希望，为不留下“不会过日子”的坏名声，有的甩着奶子，有的趿拉鞋片儿，有的披头散发，心眼好使的还喊上垡墙头另一侧的邻居婶子，陆续跑出了院子。三个女人一台戏。围住腼腆得跟大姑娘似的祖大消停，七嘴八舌讲价，后来眼瞟手摸，见纸壳箱里的鸡崽儿“嘤嘤”东躲西藏，欢欢实实、水水灵灵，便不再计较，你五个、她十个，宝贝似的送篮里蒙上，哄怀里裹上，没现金的赊到秋……不出两袋烟工夫，百十个鸡崽儿，顺利净手了。

这一天，祖大消停卖光了鸡崽儿，骑车子从老林镇林荫处钻出来，没抄近道回村，而上官道朝东南方向，奔了惠民城。听说崔军得病住了院，他觉得自己当大姐夫的，要去看望一下。更要紧的是，他要马上找到峰脉，村小学空出一名代课老师的名额，昨晚郑校长主动登门说：“老祖大哥，你赶快去街里一趟，就是绑，也要把老二绑回来！不然半路杀出来个程咬金，我脑袋瓜皮儿就是比钢硬，也顶不住！”

崔军一条腿不听使唤，瘫在了做熟食生意的连襟家。

这个信儿是祖峰脉的姥爷送来的。那天早晨，祖峰脉刚套上白大褂，把大中小三个幼儿班的屋子清扫一遍，洒上水，准备去厨房引炉子做早饭，这时，年逾古稀的姥爷突然登门了。

祖峰脉的姥爷是抗美援朝复员军人，出门左胸前总是挂着一排熠熠闪光的奖章。每次见到这排值得一家人骄傲的奖章，祖峰脉的脑海里总能联想到枪林弹雨、硝烟四起的朝鲜战场，每次不由得对英雄的外公产生强烈的敬佩之心。

听说二舅病倒了，祖峰脉扒拉一口早饭，留下姥爷看屋，匆忙骑车子去看二舅。

二舅的连襟家在西街大石桥附近，峰脉去过两次，一次是几年前他在村口杀猪卖菜，雨天出不了菜摊子，搭乘四轮进城去二舅那里送猪头下水；一次是去年春天艺校开学，他去那里联系住处，是二舅连襟的妹妹——一个穿米色风衣的女人，安排自己住进了公公当经理的惠民国营理发馆。为了这不容易住下来的“第一夜”，祖峰脉一直对二舅心存感激。

祖峰脉背二舅到惠民镇医院，办完入院手续已经快十点钟了。大夫诊断说，崔军患了腿部神经麻木症，可能是常年泡在冷水里洗猪头下水，拔出毛病了。

托儿所距镇医院不远，十几分钟的路。接下来的半个月，峰脉精心护理着二舅——调样做三顿饭，找大夫开药、点滴，一个人东跑西颠。崔军连襟家上学的、上班的、出熟食摊的，没闲人，只能在住院、治疗费上给予满足。

祖大消停来看望这天，赶上崔军出院。经过半个月的医治，崔军能下地走动了，大夫同意回家养。

祖峰脉把二舅接进托儿所，崔军说："二外甥陪二舅看病，没少挨累，我连襟给我留的钱还有，你尽管拿去买些好酒好菜，正巧你爸也来了，咱们爷儿仨中午喝点儿！"

祖峰脉准备好午饭，住院憋闷够呛的崔军，陪大姐夫喝起了白酒。见二小舅子已无大碍，席间，祖大消停便道出了顶嗓子眼儿的心事。

"天上掉馅饼的好事啊！"

"啥天上掉馅饼，代课的哪个没背景？"

"大姐夫牛呗！"崔军停住酒杯，眼珠子瞪溜圆夸。

"咋的？不行你整个代课老师给我看看？哼！小样的！……不过这也得两方面看，"祖德贤咂摸咂摸酒香，继续美滋滋地说："一方面我跟郑校长关系多年，另一方面，也是峰脉有出息，得到了认可。郑校长啥人？乱七八糟的可靠不上前！"

父亲和二舅的谈话，祖峰脉全听在耳朵里。

托儿所没有餐桌，来客人时峰脉总是把又大又旧的办公桌顺到南炕沿边上，能围坐下七八个人。

现在，父亲和二舅坐里面炕沿上，峰脉坐外边木椅上。

见峰脉半天没言语，崔军用他清脆的嗓门大声说："二外甥啊，别寻思了！你抓紧跟你爸回去，要是当上老师，即便是代课的，东西两屯的大闺女，随你挑！"

午间阳光闪亮亮地照进了屋子。

祖峰脉没喝酒，额头却渗出了汗。他心里正激烈地做着斗争！

这是一个多么好的机会啊！回乡务农那阵子，他最大的理想，也就是风风光光当一回民办教师，体面地娶上一房媳妇，风刮不着，雨淋不着，教书育人，何尝不是完美的人生？而眼下，写作不能当饭吃，托儿所又要黄，回文化馆看屋的事，一点儿消息没有，下一步何去何从，不是未知数，而是进入了死胡同！

“从哪个角度说，按理都应该回去当老师！”

“但是那样——”祖峰脉转念一想，在那样一个落后的小天地里，还会有惠民如此浓烈的文学氛围吗？没有了文学的土壤，即使完成《恋爱大队》的写作，也会沦于平庸。如今，小说处女作《山脚下的女人》就要上《青年文艺》了，可以用“蒸蒸日上”来形容自己的文学事业。现在回村去，不是放弃，而是退却！那样——巴银老师、春丽姐、红霞等一干同学们，都会为自己惋惜、寒心！但是——不回村去，像郑校长所言，过了这村没这店，错失了良机，再找不回来！将来真要是无功而返，闹到一败涂地的下场，乡亲们背后的吐沫星子，也得把自己淹死！

选择无疑是痛苦的。何况是选择继续留在城里流浪，还是选择返乡，当一名体体面面的人民教师——这在世俗看来根本没有悬念，他却要制造悬念、临近疯狂的选择呢？

最后，他给父亲的答复是：我再考虑考虑。

祖大消停心里面清楚，所谓的“考虑考虑”意味着什么。要是搁过去，他会严厉地斥责儿子，甚至上去给他一撇子。而现在，自己再也不能把握儿子的思想世界了……他的脑海里为此滑过了一丝自卑感。

祖峰脉更清楚，自己现在的选择有很强的任性成分。可是，比起一年前，自己孤身一人来到惠民城，无吃无住、无依无靠的，现在可以用“今非昔比”来形容。他觉得自己已经看到了拼搏的希望，浅尝到了成功的味道。这节骨眼儿——正当青春年少，正值创业闯荡的人生关键时刻，自己怎么能当逃兵，退缩回去当一名根本没什么前途的民办代课教师呢？

他知道——眼前的一无所有和落魄不予以足够的沮丧、低头和屈服，是非常困难的，非常危险的。然而——他也隐隐意识到，一个人的青春不就是人生路上开疆拓土最丰厚的资本吗？

于是他倔强地认为，人不能走回头路，走回头路就是放弃！

他最后甚至想，自己就是再平庸，只要背水一战，就可能获取一线生机，自己就可能成为自己的英雄。自己正值青春年少，如果糊里糊涂向困难和世俗投降，退缩到乡下去，表面看上去是对自己负责，实际是不负责，因为那无疑——无疑立刻、马上，在人们眼睛里，自己就变成了彻头彻尾的狗熊！

56

现实依旧惨烈。

就在祖大消停沮丧着回乡不久，一天下午，高副所长来到所里，私下面无表情地对祖峰脉说："小祖啊，你研究地方吧，据小道儿消息，托儿所黄也就一两个月内的事，下个月开始降工资。"

自从高副所长家盖仓房，祖峰脉帮了几天忙，两人友谊拉近了许多。高明礼对这个农村青年的朴实、真诚，特别是抱负，有了进一步的了解。但他始终认为，没有城镇户口，没有正经工作，又吃不上供应粮，仅靠打更、干临时工挣几个小钱，是不会有什么前程的。自己城镇户口、城镇待遇都有，又有一份工作，养一个四口之家都捉襟见肘，何况一个流浪的青年人，还要娶媳妇成家，这样混下去，未来很危险。其实，这不就是老百姓嘴里所说的"二流子"吗？

高明礼对小更夫的前途十分担忧。所以他一听到托儿所要解散的消息，就透露给了祖峰脉。

祖峰脉也感受到了明礼的好意。

可是，自己何去何从呢？不想回村里当代课老师，从托儿所这个大门搬出去，行李卷都不知道搁在哪儿，流浪街头吗？

"不行，找高所长吃顿饭再说说。"

在托儿所养病的崔军，忧愁着建议二外甥。

第二天，祖峰脉与高明礼打了招呼，又置办了酒菜。晚饭时，却寻不到高明礼的影子。

陪客的巴银不知从哪儿骑来一辆小摩托车，驮上祖峰脉，追到铁道南高明礼家。高明礼心明镜似的这是一顿"鸿门宴"，没下班就溜了，既然躲回了家，就没想再出来。

祖峰脉央求说："高叔，来这么长时间了您没少照顾我，只是喝一杯感谢酒！"

高明礼翻半天小眼睛，骑虎难下，只好骑车子返回了托儿所。

半杯"惠民白干"下肚，高明礼打开话匣子，主动对巴银、崔军说："你们也知道，托儿所的日子确实不景气。改革年代，商业系统又这么大，大大小小几十个单位，几千号人，说不上改到哪里去，大环境就这样，只能改，肯定是越改越好……但是呢，眼下会有哭有笑……不过呢，你们的面子我得给，那样吧，只要托儿所不关门，我就让峰脉接着干，工资呢，尽量少降一些！”

有高明礼暗中相助，祖峰脉的工资每天只降了五角六分，并且还能维持一阵子。

争取到了喘息之机，接下来的日子，乡下青年开始极力地向这个世界推销自己。

他与有着稳定工作，却整日异想天开、纸上谈兵的马秋生，与县城无业游民、靠做小生意维持眼前生活的罗志中，与极富浪漫情调、一心想发大财的巴银老师，与一心想帮助峰脉的张春丽，这个世界上祖峰脉所能接触到的——小小创作班上结识的几位老师、同学，探讨收土豆，研究倒鱼、贩菜，商量开咖啡馆、茶馆、食杂店。但是，没边的话题像托儿所门前的风，吹过后留下的仍是纠结和无奈。

祖峰脉感觉自己像一束流浪的蒲公英，无声无息飞舞海天，想法无边无际，只有开始，却没有一个结局……

深陷囧途的乡下青年，不停地滋生懊丧的情绪。

然而，他还不知道，其实这个刚发展起来的小城，一切依靠肥沃的黑土地维系的农业大县，除了观念超前的一些有背景、有魄力的幸运的人，抓到了第一桶金，多数都在纠结和烦恼之中。

这是一个新旧思想激烈碰撞的年代。

“还能怎么样，不行我就去读书！”

一个人憋在托儿所里，祖峰脉拷问自己。巴银老师问了惠民师专的龚加以老师，中文系学费每年七百元，可以找人降到五百元。巴银说贵，不建议去。龚加以的意见是读过大学对人生的发展非常有好处，当然，如果经济条件允许的话。

“这是学费贵贱的问题吗？这是长远发展的问题，这是拯救自己不沦落回农村去的迫在眉睫的问题！可是——迫在眉睫就忽视学费了吗？学费从哪里来？不回去教书还想向家里要学费，可能吗？再说全家当前的主要任务是给大哥娶媳妇，娶一房媳妇的钱都要东挪西借，哪里还能掏得出学费来？卖牛？卖猪？还是卖鸡窝里的蛋、鸡窝里的鸡？全是不切合实际的痴人说梦、天大的笑话！”

“念高中总可以了吧！”

被自己逼近墙角的有志青年开始胡思乱想。初中毕业的他，三年后甚至想接着去读高中，考大学，什么三年五年的，只要暂时不回农村，就算浪费了光阴也咬牙往前走！

祖峰脉想累了，就去睡觉。但是一觉醒来，什么都没有改变，烦恼重卷心头。

惠民的太阳照样升起，城里的人们照旧去上班、上学，或到公园遛鸟，到湖边钓鱼。夕阳西下时——像小鸟儿归巢，托儿所的宝宝照旧被家长视作眼珠子，一个个绑在身上，“突突突”背回温暖的家……

“我怎么办？”

忙起来的时候，可不想。闲暇的时候，小更夫脑子里山峦叠嶂、海市蜃楼，纷至沓来……

用书籍来打发无奈的时光吧！用书中的励志故事来激励自己吧！在书中寻找前进的理由和方向吧！谁的青春不迷茫！谁的青春不是在冲出迷茫、在艰难曲折中度过！！

《简·爱》读完了，《红楼梦》快读到一半，手头只剩下所读名著的读书笔记了，重新翻看吧，包括《红与黑》《安娜·卡列尼娜》《复活》《巴黎圣母院》，还有《爱情心理学》《家庭伦理学》《佛学》……他将所有的笔记都翻看一遍。他极力丰富自己的头脑，在古今中外的名著中、研究中，寻找如何把握明天的答案。生活在意识形态里的乡下青年将自己的思想集中拔地而起，以高远的视角看待眼前陷入困境的混乱生活。

“短篇小说远远不够。”他的心里一直盘算着将小说《恋爱大队》扩写成长篇，对于发生在自己的家乡、自己亲眼见证的两对青年男女的爱情悲歌，他认为一个短篇的容量是远远不够的，也是极其不负责任的。

“还是写作我的《恋爱大队》吧……”

找回了初衷、使命，“文学新星”没再犹豫，认为是该动笔的时候了——将来就是被命运的老天爷打回原形，也不留遗憾，不枉在城里走了一遭！

这是一个阒静的下午。

祖峰脉坐在桌前，伴着门缝里传过来的孩子们轻柔的呼吸声，“文学新星”想了想，在写有“惠民县文化馆”字样的草绿色稿纸上，用钢笔写下了“第一章”三个字。然后开头写道：

我为什么碰上他，我跟他大仇小仇什么仇也没有，碰上他简直是一万个晦气……

这个季节，鹅头山下的大豆田已经绿成一片了。

祖峰脉猫在托儿所里，像铲地的父兄一样，在文字的田野上耕耘。

开始，他沉稳地思章炼句，但很快，积攒胸腔里的压抑喷薄而出，如同山洪暴发……一气儿，他写了十八页。临下班，朱志辉开门进屋了。他放下笔，示意志辉坐下，推门去打理下班前孩子、保姆离去前的一些事宜。回来，见志辉坐在桌前，一声不响地看着他新作的开头。他坐一旁静等，静等对“新生儿”胎芽的审判。半天，志辉看完了，突然把手向桌子上一拍，叫着他的昵称道：“老脉，写得好！”

祖峰脉认为，朱志辉的才华在自己之上。朱志辉对小说开头的肯定，给予了他莫大的鼓舞。接下来，他埋头创作，不管不顾明天何去何从……一周，他写了两万八千字。来托儿所看过他新作的人，都给他伸出了大拇指，就连巴银老师都赞叹他说：“你写得真顺溜！”

这时，难以为继的托儿所，为创收将走廊西侧的一间屋子租了出去。新住户是一对夫妻。男的是第二百货商店的锅炉工，女的也在一家商店上班，带一个四五岁的小女孩。

新住户搬完家，这天姓王的男人问班上的郑梅：

“我听说这块要黄了，很多阿姨都在联系新工作？”

郑梅站他门口，脸上没有一丝表情，半天才说：“原来是假的，这回是真的。”

郑梅是峰脉来此打更的介绍人。听了她无意中的话，峰脉的心一下又乱了。

这天晚饭后，他再也没心思看书、写作了，而是摸黑儿躺床上不起来。他仿佛在等待“世界末日”的来临。

“当当当！”

打亮灯，推开门，张春丽领着儿子天天突然出现在他的面前。见到了救星似的，他喜出望外。他与春丽姐聊过才知道，春丽姐的婚，没离成，思前想后，她又回到了那个令她窒息的家。

对于这样的结果，他不置可否。他想偌大的县城自己即将无处安身，对于一个县城女人的不幸婚姻，自己哪还有什么发言权呢？

“看在孩子面上，”天天每次来，都去西屋的悠车子上玩耍，春丽面无表情地对峰脉说：“认命吧，我爸我妈也不同意，俩人见我就唉声叹气。”

二人沉默了许久。春丽问：“你怎么样？”

祖峰脉起身给张春丽倒一杯水，灯光下能看到春丽的额头上起了皱纹，面色暗淡，要不是一条白围巾映衬着，眼前的女人起码比实际年龄苍老了十岁。

祖峰脉向前挪挪木椅子，尽量靠春丽近一些，用了足有十分钟的时间，复述了自己的近况，语气显得中肯而无奈。

“那怎么办？不好办。”春丽专注地盯着乡村青年，还是一双深不可测的眸子。她思考一会儿，不情愿地说：“其实你回去教书也是不错的选择。”

祖峰脉也专注地看着春丽。听了不像从春丽口中说出的话，他的脑海里掠过一丝悲凉：“眼前的女人对生活妥协了。”

“实在寂寞，你可以学学拉手风琴，学点技艺挺好的。”

张春丽说这话时，二人同时看着床角放着的手风琴。那是郑梅的手风琴，平时用来教孩子唱歌跳舞的。

张春丽领孩子离开了，回到了她那个不情愿回去的家。

祖峰脉坐在椅子上发了一会儿呆，起身挎上手风琴，找出歌本，学拉起了《二泉映月》，虽然多不在调上，但一股凄凉之音，还是从托儿所孤寂的屋子里传了出来。香蒲街上已稀疏下来的夜行人，无不好奇地回头望，可除了一排漆黑的连脊房，以及从窗户栅栏板的缝隙里透出的微弱灯光，什么也洞察不到。令夜行人更想不到的是，就在他们的眼皮子底下，隐藏着一个乡下跑来的，很快就无处安身的异端。

第十九章

57

祖峰脉急忙去找巴银，把托儿所要解散的消息，第一时间告诉他。

其实从郑梅口里，巴银已经提前知道了。

他对无助的峰脉说：“回文化馆干临时工的事，馆长还没答复，别急，我找机会再问问！”

祖峰脉只能等。等待是折磨人的。他甚至想给张久诚馆长写一封信，来进行哀求，可是几次不知从何动笔。因为他心里清楚，这毕竟不是哀求那么简单的事情。托儿所的孩子越来越少了。阿姨和家长们都在谈论托儿所要黄的传闻。无奈之余，他只有用读书、写日记、写作来熬过时光。

> 在孩子没来之前烧些开水，灌满暖壶，孩子都来了，就算下班了。我待在自己的屋里，开始看书。没有什么要紧的事，从不出门，有时候看得腻烦了，就看着白墙上那横一道子竖一道子的印子胡思乱想。疲倦了，就倒在床上，开始做噩梦。我是从来不相信梦的，即使有时候被梦吓醒，也只是习惯地吧嗒吧嗒嘴，觉得有些烦而已，再看不下去书了。
>
> 透过窗户，望着斜射进来的阳光，估摸着天还不晚，可临下班前这一段时间怎么消磨呢？每到这个时候，我几乎都像一只睡醒的蜘蛛，不声不响地推开孩子屋的门，轻轻地踱进来。
>
> 如果赶上孩子们在耍闹，我培养着自己的兴趣，不一会儿便兴致

勃勃地和他们嬉戏起来。我对这些孩子是很有感情的。如果赶上孩子们睡去，我就和几位可爱的保姆，望着窗外的行人，开始极有兴致地聊天。

托儿所的窗前是一条宽敞的道，东西方向的。道南侧是一幢破旧的楼。那破旧的地步，我们几乎可以不称它为“楼”。然而，作为一种时代消失的陈设，它却活灵灵地摆在我们的面前。我并不知道巴黎圣母院是什么模样，但总觉得这两幢国度不同、年代不同的建筑有些相似的地方。什么最能说明这一点呢？是那“人”字形的房脊，还是那被砸得满是窟窿的门窗？巴黎圣母院的百叶窗是这个样子吗？我总在这么想，却总也不知道。有时候望着黑黢黢的洞，便想起了苏联一位作家写的一篇关于“0”的小说，总巴望着能发现什么，哪怕是飘出一缕风，变成一个魔鬼样的家伙，大吼着跟我对话也好。我就这样痴情地注视着。风吹雨淋，房子年久失修，墙上的白灰褪色了，成了斑斑点点。被锈蚀的栅栏扶手和挡在下面的铁片都成了酱色。门紧闭着，我从没看到它被人打开过。整幢楼就像是一个谜团，总想爬进去看个究竟，却一直没积起胆量。

保姆告诉我，那是一个老剧院。

事情真怪，在特定的环境里，任何一种东西都可以成为精神寄托。天逐渐暖和了，道干爽起来，路两旁的小柳树开始扎花似的冒出了绿点点，行人也多了。这天中午，我正坐在椅子上注视窗外的行人，突然，对面破楼的窗户被打开了。我很惊讶，竖起耳朵，瞪大眼睛，却一点声音没听到，仿佛被刮开得那么轻而易举。我真有些后悔没亲自把那门拉开——现在用“拉”是最恰当的。这时，一个耀眼夺目的姑娘出现在阳台上，就跟主人一样，行动上没一点生疏的地方。红格布衫，一对尺八长的辫，透着红晕的脸没一点紧张的神色，像一朵突然被放在阳台上盛开的鲜花，手里拿着新笤帚，几乎没朝我这边望一眼，阳台上凡是笤帚能及的地方，都被清洁了。没破的窗户也映照出了蓝天。

我的思维彻底被打乱了。

就是从那时开始，我枯燥的生活多了一点色彩，多了一点疑惑与遐想。也是从那时开始，我多了一个下意识的动作，在屋里不论闲忙，都时不时地朝路对面阳台上望几眼，但每次见到那女人，都是中午。

立夏时节了。托儿所的窗户打开了，有时孩子们突然发出的吵闹声，使路人们像被惊吓着了似的，扭头望过来。这时，孩子们便调皮地趴在窗台上，向他们做鬼脸。也有喜欢孩子的女人，站在那里没完没了地和孩子们比画着。

很长时间，我都不知道对面楼上姑娘的来历。直到有一天，一位孩子的妈妈对我和保姆说，那是一位农村来的姑娘，在城里学裁剪。知道这些就够了，可以想象的便是姑娘城里一定有一门好亲属，把她介绍到楼上来居住。

发情一般的太阳激动地悬在空中，炎热的中午一个接一个地来临了。慢慢地，托儿所里的人都知道了对面楼里住进一个姑娘，连光屁股的孩子，到了中午，也都开始向破楼的阳台上张望。那姑娘显然生活得挺平静，总是在这个时候扶着栅栏，与趴在窗台上的孩子们说笑，有时亦从口袋里翻出几颗糖果，朝窗口投过来，尽管有些被孩子疯狂地抢着，有些实实沉沉地落在水沟里，她都欣慰地笑一阵子。

想入非非的我，自然不能与孩子们一起享受抢糖果的乐趣，但心里也隐隐地萌动了一丝波澜。虽然那波澜是模糊的，说不清道不明的，可它充满了磁力，充满了向往，成为我孤寂生活的一部分。我甚至写了一首诗：

阳台上，留下你的倩影
一瞬间，阴暗的房间里
有了阳光。此刻
我真正懂得该怎样
理解珍藏。
你的微笑被汗水稀释

我知道，为什么我不会
将这一情景忘记
我多想变作一缕凉爽的风啊
轻轻地吻在
你圣洁的脸上

姑娘，你能读懂我的诗，我的孤寂，我的无奈吗？

乡下青年的生活开始变得虚无缥缈起来。

这天傍晚，窗外的行人开始稀落。偌大的屋子里空空荡荡的，只有小更夫一个人。

每到这时，他都在想，或在仔细聆听，门外是否有人进来，哪怕是敲门声也好。

他，太寂寞了。特别是夜晚。

这时，不饿不饱的小更夫，再也不愿动弹——夜深的时候无人来，或无人敲门尤其如此。他挪动着身子，懒洋洋地倒在床上，顺手抄起了一本书看。

他慢慢地进入了梦乡。

有时候——干脆就是所有熟人，都问到过他同样一个问题：“你这么点小岁数，看这么大一栋房子不害怕吗？”

每次，他都嘿嘿一笑，以做回答。他不想解释，也无法解释。

有时他也想：万一深更半夜闯进来一个醉鬼怎么办？他真有些害怕了。这天晚上，他将门死死插上了。因为睡死了居然没关灯。

事情十有八九就出在这里。

夜深深深深的，他睡得死死死死的，一切静静静静的，门外分明有人敲门。

“当当当，当当当。”停。

他“忽”地一下坐起来，想下地。但过了五分钟，他一动没动。这时敲门声又响起了。

“笃笃笃，笃笃笃。”停。

屋里霎时如同袭进北极寒冷的风。床开始随他的身子颤抖。他感觉自己要休克了——不！绝不休克！他“腾”地一下站起来，但——只是拉灭了灯。

他像只温顺的羔羊，瘫在了床上。

“啪啪啪，当当当，笃笃笃……”

敲门声再也不停了，越来越响，最后干脆就“咚咚咚、咚咚咚……”仿佛一支正月十五的秧歌队，正扭过房前。又仿佛一支魔鬼的仪仗队，在房前接受阎王的检阅……托儿所的房门被敲击成了鼓——门鼓门鼓，门鼓叮咚响！

他突然记起母亲说过，睡觉梦见扭大秧歌不吉利，一定要死人了。他突然闪过了这个念头——他多么希望它是梦啊！即使真的要死人就白天死没人害怕。

他感觉自己被塞进了鼓里，一会儿敲成人，一会儿敲成鬼，一会儿敲成神。

太阳底下光辉一片，黑暗里一片阴谋。

他感觉自己刚才是人，现在是鬼，也许一会儿就被敲成神！

是的，谁说也没错，他的耳畔响起了仪仗队传来的魔歌：

黎明就在眼前
鸡叫是我们的终点；
往左拐，别等待，
黑夜我们还将出现！

这不是梦。他肯定。他肯定是幻觉也不是梦！失败的原因大多是弄错了方向。魔鬼仪仗队正在自己的窗前通过。他肯定。这不是梦。千万弄准喽，这不是梦，他肯定。

真人就是神，神是不怕鬼的。因而人也不怕鬼也不应当怕。

“谁在敲门？谁在敲门——”

祖峰脉的头蒙在被子里，声音闷闷的——半个小时以后，或者说等外面一点儿动静也没有的时候，他高声喊道。

没人答应。

吓人的寂静。

他轻轻地披上衣服，本想不打灯还是把灯拉亮了，因为他想照照镜子。他在镜子里看了自己足足有五分钟，也就是判断了五分钟，最后断定自己不是鬼不是神，仍然是一个人。对，一个人。他在心里对自己说。接着，他在床底下摸出一把劈柴大斧——这时他才知道，这东西是两用的，具体说这一觉醒来，他才醒悟，他这么好的人还有人跟他作对。

他重新将灯拉灭——他要以其人之道还治其人之身，在黑暗中进行报复。只有这样。他想。他悄悄地推开了门，一点一点向外屋门摸去。很顺利，一点儿动静也没有。他将耳朵贴在门上。

半天，还是一点儿动静也没有，风声也好。

他等得不耐烦了，想推门。忽然，“当当当”，像三粒石子投进他的耳鼓，他向后一仰，急忙用斧把撑住了身子。几乎同时，他一脚将门踹开，虎一般冲出去。

他什么也没看清，准确一点儿说就是什么也没有。这时，随着门的弹回，门后晃动着的一团黑东西，一下吸引住了他的眼球。不容分说，他上去就是一斧，“咔嚓”一声，那东西的脑袋随斧头一起落地。

他“噌”地射进了屋里，将门死死挂住。

第二天早晨，单位来人上班时发现：门右边的那一棵小柳树脑袋被砍掉了，与托儿所那一把唯一的劈柴大斧堆在一起。高明礼副所长来的时候，跟保姆们、家长们一样莫名地惊诧。他推开小更夫房间的门，阴沉着脸说：

“小祖，到我办公室来一趟！”

祖峰脉当面解释了昨夜自己犯下的错误。听完，高副所长一句批评也没有，只是——若有所思的目光在乡下青年的身上打量了许久才移开。

从高副所长办公室出来，祖峰脉的耳畔又嗡嗡回荡起了魔歌声：

黎明就在眼前
鸡叫是我们的终点；
往左拐，别等待，
黑夜我们还将出现！

58

祖峰脉陷入极度的孤寂和无奈之中。他将自己推上了十分尴尬的境地。张春丽闹了一场离婚，林红霞也有半个月没来了。除“大地”文学社在托儿所开过一次会，其他同学被巴银授意的“逐客令”吓跑了。

他想回家一趟但他又不敢回去，因为他无法面对家人。

撑下去吧，又不知道怎么撑。他发现自己一处支点没有了，又开始像浮云一样，随时会在小城上空消散得无影无踪。

弱冠年华的小更夫感觉自己要崩溃了。

他拿起欧·亨利小说集，读到《爱的牺牲》，他被其中的句子一下吸引了：

> 艺术是迷人的情妇。当你爱好你的艺术的时候，就觉得没有什么牺牲是难以忍受的。

读到这里，他十分受用欧·亨利先生的劝告，心里面像打开了一扇窗，光明进来了。接下来他又读道：

> 只要他们的钱没用完，他们的生活是很美满的。
>
> 可是没多久，艺术动摇了。即使没有人去碰它，有时它自己也会动摇的。

问题就出在这里——自己的钱总是用完。那么艺术是不是就动摇了，不接纳自己这个穷小子了呢？

这天夜里刚下过一场小中雨，李忠臣来了。他大喜过望。但忠臣进屋一反常态，非摽他出去走走。他只好跟托儿所新住户姓王的男人打了招呼，陪忠臣出了门。他们从门前的“香蒲街”向东，一路走到东城壕。高高的堤坝上，雨洗过的夜色飘着清新的野草味儿，散步的人都回家躲雨去了，堤上不见人影儿；北面几百米远的那座连接县城与城东村的石桥上面，车灯徐徐闪烁，车轮碾压雨水“唰唰”的粘胶声，响边水一样传过耳畔……远处反射车灯的天空望得见乌云压顶。

两个青年心事重重，沉默不语。

走了一会儿，忠臣突然说：“咱俩一块儿自杀吧！”

祖峰脉的身体猛然抖动了一下。接下来，他克制着情绪，将自己的挠头事放一边，开始倾听忠臣的诉说。原来李忠臣谈了一个女朋友，双方都很中意，但女方家里嫌他是建筑工人，女方屈服了，今天跟他摊了牌。

面对失恋的忠臣，祖峰脉心里很不是滋味。看来，乡下人有乡下人的难处，城里人有城里人的烦恼。在这个世界上，烦恼和无奈存在于各个角落。忠臣忠厚老实，为人真诚，但思想有时偏激。祖峰脉真怕他一时想不开，出什么意外，所以穿过夏雨过后人影稀少的街巷，话里话外开导忠臣，一路护送忠臣到西街大市场胡同里的家门口。

返回托儿所的路上，老天爷好像故意为难他，大雨复至，把他一个人撇在大街上，任凭孤独的、几乎掏空了的奄奄一息的灵魂，再次接受洗礼……当他使出最后一点子力气拼命跑回托儿所，新住户一家人早躺下睡熟了。他被挡在门外愈来愈大的雨中，仿佛犯下了天大错误触怒了天庭，被执刃追逐……他疯了似的敲门，半天才将姓王的男人喊出来，姓王的男人冒雨推开门见他的狼狈样，不好意思地慌乱喊叫：

“快进屋！快进屋！浇透了吧！”

进屋道过谢，脱下湿衬衫，擦擦泥胶鞋，峰脉躺下就打出了鼾声。他太累了。他睡得正香，只听西屋姓王的男人又不是好声地叫喊：

“小祖！小祖！快起来——发水啦！……”

祖峰脉沉梦中惊醒，穿背心线裤跑西堵头走廊一看，正门口渗进水来，姓王的男人正光着膀子，穿着大裤头，和白净的媳妇用洗脸盆你扤我泼，往外掏水。峰脉使劲揉揉眼睛，确定这不是做梦，急忙跑回房间取来洗脸盆，加入了掏水战。

夜雨怒吼着，门前柳树疯摇着，房瓦被拍打得乒乓乱响。

祖峰脉边掏水边急促地想：“老天爷啊你行行好吧！托儿所说什么也不能淹哪，淹喽，明早孩子进不来屋，家长就得炸锅……自己苟延残喘留在托儿所，稍有不慎马上会被扫地出门……

进水的速度赶上了掏水的速度。三人不停地掏啊，掏啊，水从后门泼出去，又从前门涌进来。三人上气不接下气地掏，就在快坚持不住的最后时刻，老天爷仿佛听懂了乡村青年的祈祷，暴雨戛然而止。除了残留的雨水，从房顶瓦片低凹处滴落下来的声响，风也停了，天安地定，好像刚才什么也没发生一样。当祖峰脉去柴房找来一块木板，在门口搭起浮桥，确保早晨孩子能顺利送进来时，天，已经亮了。

早晨，祖峰脉刚起床，一个大小伙子闯了进来。小伙子进屋摘下太阳镜，峰脉才看出来，那是弟弟峰良。几天没见，弟弟的个头蹿上了门框，他差点没认出来！

“三弟，这么早跑来，有啥急事？”

“我来上冰棍儿。”

“学校还没放假，怎么就卖上冰棍儿了？”

“不想念书了！有啥吃的快给我整点儿——”峰良急忙转移话题，“吃完我还要去冰棍儿厂上货！”

“哦……我去给你买烧饼……”

祖峰脉翻翻口袋，只剩下七个烧饼钱，他放弃了豆腐脑，拎烧饼回来，就两碗白开水，哥儿俩吃了，吃完弟弟要走，临出屋，峰脉忍不住了，终于问道：“为啥不上学了？”

祖峰良打开车锁，站托儿所门口雨后湿漉漉的沙地上，手扶车把讲了事情的原委。

原来，为挣钱娶媳妇，祖峰顶去鹅头山下的苗圃干活了。家里二十亩大豆田荒草疯长，祖大消停一人铲不过来，就不让峰良念书了。峰良读至初二，成绩已经上升到中等，学习劲头刚培养上来，父亲却让他下来铲地，他想不开。他不吃不喝，又哭又闹，在家一躺就是五天。峰脉娘吓坏了，对大消停说这样下去会憋出病来。祖大消停只好同意峰良返校。初二毕业考试的关键时期，耽误了复习，峰良被甩下了，不知旷课缘由的老师，又当众狠批了他一顿，峰良有苦说不出，很委屈，来了倔脾气，彻底回家不念了。

祖峰脉听了，心如刀割。他悔当初没听父亲的话，回村小学教书，那样离家近了，早晚也能帮衬家里。前几年为供自己读书，大哥小学没念完就下来放猪了。眼下，初中还没毕业，弟弟也要辍学，跑城里来贩冰棍儿卖，跟自己返乡时一模一样，小打小闹的，能有什么前途啊！

这天晚上，卖冰棍儿乏累的峰良回到托儿所早早睡了。祖峰脉在沈阳空军后勤部队512农场的文友郭庆海突然造访。这个山东籍的农村兵，给《惠民文艺》投稿，祖峰脉代巴银回信时与他相识，同样来自农村，二人有共同话题，便在众多作者中成了好友。

闲聊时，郭庆海评价说："巴银老师的作品飘逸，龚加以老师的作品理性，你的作品直率……"

对郭庆海的一番宏论，祖峰脉暗中佩服。古人说：嘤其鸣矣，求其友声。找到了知音，祖峰脉急忙把自己新写的小说翻出来，当面请庆海指教。他朦胧认识到文学批评是一个写作者的良师益友，是成长路上不可或缺的"啄木鸟"，自己十分需要这样的指点。

二人兴奋地谈到深夜才睡下。第二天，祖峰良没吃早饭就去西北街的冰棍厂上货了。祖峰脉起床想去厨房做一盘黄瓜片炒鸡蛋，招待庆海，但两根黄瓜烂掉一根，一枚鸡蛋还泄了汤子。瘦削精干的庆海，进厨房见峰脉尴尬，急忙说出去吃一口，峰脉好客，非等上冰棍儿的峰良回来，从弟弟手里拿几块上冰棍儿剩的钱，出门买了烧饼、豆腐脑，三人才一同吃了。

送走郭庆海，连续几日的阴天，乌云终于散去，太阳露出笑脸。上午，惠民师专龚加以老师一个人来到托儿所，专门给祖峰脉送来了《惠民师专中文系入学登记表》。龚加以身穿浅色风衣、打领带、戴礼帽，风度翩翩，祖峰脉见了是又高兴，又沮丧。他一面礼貌地招呼龚加以坐床上，一面面带难色地说："龚老师——我的学费还没着落，怎么办？"龚加以没坐下，只是在屋里转了一圈，看看窗外，随意地说："哦——那就先报名吧！"祖峰脉兴奋地回答说："那没问题！"祖峰脉的话音刚落，龚加以突然一本正经地对峰脉说："峰脉，你先借给我十块钱，我有点急用！"听了这话，祖峰脉脑门沁出来了汗珠子。接着一边说龚老师你等我一下，一边急步朝门外走去。

祖峰脉出了托儿所的正门，拐入右侧朝北的胡同，见左右无人，撒腿就跑，他边跑边想，原来这个世界上的人都不容易啊！堂堂惠民师专的大学讲师，象牙塔里的佼佼者，心中崇拜的人物，口袋里连十块钱也掏不出，居然张嘴朝自己这个穷光蛋来借……今天就是借遍整个惠民城，自己也得让龚老师闭上嘴！

跑出胡同，右侧道路对面是马秋生的水果商店，他想，麻烦秋生的时候太多了，于是，他向左拐进了东西大街路南的同学赵淑梅所在的餐具商店。赵淑梅正一脸红晕地向顾客介绍餐具，他不顾礼貌地打断，说明来意，淑梅见他满头大汗，笑了笑，满面梅花盛开，转身找柜台里岁数大一点的一位女店员嘀咕几句，回身拿十块钱，从柜台里递给了峰脉。峰脉说了一声谢谢，急忙跑回托儿所。他进屋一看，龚加以已经走了，桌上只留下一张纸条：

峰脉，钱不用了，我头一次向你张嘴，你兜里就有一块钱，比我还穷！登记表填好去找我。

加以即日

祖峰脉尴尬得一个人站地中间，向窗外怔怔望了半天。

想到手里这十块钱还是赵淑梅从同事手里借的，他急忙又去了餐具商店。

“你没钱咋活呀！”赵淑梅很认真地对他说：“你先拿着吧，我没钱我下班回家有吃的，你咋整！”

娇小的淑梅笑着说完这番话，脸上掠过美艳的绯红。祖峰脉的眼圈登时湿润了。许多年以后，他去京城看望定居那里的赵淑梅，提起这段借钱的往事，赵淑梅显得很惊讶：“有这回事？”祖峰脉绘声绘色地学了一遍过程，淑梅恍惚想起来了，二人这才不约而同地笑了，笑出了眼泪。

接下来，最要紧的不仅是读师专的学费问题，祖峰脉眼下就连十几块钱的报名费也掏不出来。卖冰棍儿的峰良本来也没挣几个子儿，可一时成了峰脉身边的“财神爷”。他这个当哥哥的，也不管脸皮薄厚了，伸手从弟弟卖冰棍儿的钱袋里，掏了十几块，便约上朱志辉一起去师专找龚老师，报名拿了资料，很快进入了大专考前的复习状态。

“自己就是一个初中毕业生，如果真能读上大学，也算光宗耀祖啦！”乡下青年认认真真地想。

第二十章

59

我的鹦鹉丢失了
妈妈托梦告诉我
它会回来的——
在明天
我很悲哀
默默地等它归来

1987年7月26日中午

如果从读初中一年级算起，祖峰脉养成写日记的习惯，已经有七年的光景了。

起初写日记，只是出于一名懵懂少年，对心灵呈现的需要；出于一种好奇心，对乡村生活描绘的需要。而后一条的作用，学了写作之后，就显得愈加重要——练笔，练习写作。尤其进了惠民城，这个理由更突出了。借用日记平台，他每天认真、客观地记录天气、环境和一些生活细节，对一些人和事的主观见解，细腻的程度，简直可以用抽丝剥茧来形容——巴掌大的笔记本，一次写上个三五页，是常有的事情。

他用日记为自己编织了一个来自内心深处的灵魂世界。每天，来自内心深处的灵魂都可以自由自在地在方寸之间跳一次舞。舞中有风，有雨，有忧伤，更有快乐……

他酣畅淋漓地记录着，日复一日地舞蹈着。

但，如此私密的“灵魂世界”，有一天，居然不翼而飞了。并且一飞，就是两本——两本！这两本日记，记录了乡村青年这个夏天的心声，以及创作班师生之间、同学之间几乎所有的所有，包括臆想中的没有！

丢失日记头一天，早晨下起了大雨，祖峰脉刚写完日记不一会儿，雨水又灌进屋里。他和高明礼两个人忙了半天，忙得满头大汗，只好又将外门堵上。雨里浇，水里泡，进屋时，二人都成了“水鸭子”。

因为传闻月末要倒闭，托儿所里的东西经常丢失。像一点儿样的小木板、水壶盖、劈柴斧之类的小物件，说没就没。为此打算“站好最后一班岗”的高副所长，十分地恼火。他的恼火当然迁怒于祖峰脉——说迁怒其实也不准确，作为更夫，不论是老是少，对所看管之地的一草一木，都负有不可推卸的责任。问题的关键是，历来家贼难防，年轻的祖峰脉更做不到日夜不眠地盯守。这就麻烦了——十四间的连脊房，空空旷旷的，家长、保姆什么的，随便地来来往往，随便地顺手牵羊。

对于高明礼的过激的批评言语，祖峰脉当然难以忍受。当面不敢说什么，背地里只好去文化馆找巴银诉委屈。巴银坐在创作室主任的椅子上，听完学生的倾诉，一脸茫然，半天推推眼镜说：“先干几天再说吧！”

为安慰学生的情绪，巴银先让祖峰脉在自己的办公室写小说。人杂心乱，祖峰脉无法动笔。巴银看出来了，就带他去电影院看电影《诱人的定情物》。赶在下班前，巴银又陪他回到托儿所上岗。这时，林红霞下班也过来了，三人聊一会儿天，红霞先走了。见峰脉的情绪依然低落，巴银说：“走，把门锁好，去我家炒菜喝酒！”

在巴银家喝酒回来，祖峰脉的情绪依旧很糟糕，夜间说什么也睡不着。小说《彩电的悲哀》结构好了，就是找不准叙述的语言。房屋内外静静的，他硬让自己睡去，却越来越没有睡意。他只好从床上骨碌下来，打开灯，午夜时分，开始伏案写诗。

第二天，两本日记就不翼而飞了。

丢失日记的当天早晨，天仍下着小雨。

祖峰脉胡乱吃一口凉饭，就去农行给巴银办事了，之后去文化馆交差。这天巴银情绪显然很好，他第一次翻出曾经发表的作品，以及与名刊名报编辑往来的书信——这对一个文人而言相当珍贵的“老底儿”，拿给峰脉显摆，高兴时，还念给学生，仅念信就念了一个多小时。

祖峰脉对老师更加地崇拜了。

面对学生表情里的崇拜之意，巴银十分地享受。中午，他又特意请学生出去吃了一顿。与老师喝酒回来，祖峰脉迷迷糊糊。峰脉不胜酒力，毕业酒的那次“数菜”行为，至今遭遇创作班同学的诟病。巴银也晃晃悠悠地一起到了托儿所，见隔壁孩子们在睡觉，巴银坐一会儿，便回家休息了。老师离去，峰脉倒头便睡。

祖峰脉醒来的时候，已是下午四点了。他第一眼发现床上放着新送来的《文艺报》，猜知庞邮差见他睡觉，没有打扰他。

他操起报纸，被《1987 年上半年短篇小说瞻顾》一文吸引了，并没看完，就发现了桌上的留条：

峰脉：

我来时你正在睡觉，呆（待）了一会儿，你还未醒，便拿走了《中篇小说选刊》（86.4），过几天给你送回。

上回（拿的）两本书送回，《作品与争鸣》不小心弄脏了些，见谅。

祝写诗顺利！

凡革，3 时

祖峰脉这才知道创作班同学刘凡革来过了，并看了他前夜写的诗《路遇》和《献给农民》。他想凡革没叫醒他，一定也是怕打扰他休息。

这时，祖峰脉想起头一天的日记还没记，当他打开旧办公桌抽屉的时候，却发现日记不见了。他想可能放在别处了，但是将桌上的书和抽屉翻遍了，还是不见他那两本从一九八七年一月就开始记录的红皮日记本。他有些慌了。日记哪去了呢？他怎么回忆也回忆不起来一点儿端倪。最后他想到了刘凡革留下的那一张纸条，就决定去他家找他。

他也急于问一问巴银拿没拿，于是路上他先去了马秋生的果品商店，给巴银挂了电话，张馆长在电话中说，巴银推车子刚走。他撂下电话别了秋生，又无头苍蝇似的，去了马路斜对面餐具商店赵淑梅那里说明了情况，并借她自行车去了刘凡革家。

他在赵淑梅那里，见到她手里拿着他几天前借给刘爱玲的《中国作家》杂志。淑梅说刘爱玲中午到他托儿所去送书，见他在屋睡觉，没打扰就回来了，把书寄放在她这里。恰巧，路上他碰上了刘爱玲正跟几个女朋友说话，他就问她你中午上我那去没进屋吗？爱玲说的跟赵淑梅一样，没觉察他在试探她。他笑着走了。

祖峰脉喊刘凡革出来的时候，发现他正在看那本《中篇小说选刊》。他说：“你刚才上我那去了？咋没叫醒我呢？”

“我看你睡得挺香就没吱声。”

“你去几点了？”

“两点半吧。”

“几点走的呢？”

“三点整吧。”

“我睡到四点醒的，这家伙，午觉睡两个多小时！”

他感觉凡革没发现他有事找他。凡革头顶平房门框，让他进屋，他说我着急到旁边办点事，顺便来看看你，刚才你去我睡着了抱歉了。

他回来去馆里，巴银不在，家里也没有。他在想这时托儿所是否有人来呢？回去一看，并无人。他又骑车子去了林红霞单位，想问问她是否拿了他日记。她车子没在单位窗前，他知道她不在单位，于是没下车就转回来了，将车子给赵淑梅送去。

他不想向任何人声张自己的日记突然失踪——起码暂时如此，不！有可能永远如此。他认为那样会打草惊蛇。

托儿所又剩下他一个人了。他除了又将书桌抽屉翻了一遍，还将各处凡是能藏日记的地方都找了一遍——他意识到那是徒劳的，但是他像一头疯牛，顾不了那么多了……他极力设想——只能是设想，谁拿——不！应该是谁偷了他的日记呢？想到一个“偷”字，他急得自言自语冒出了一句粗话：“要找到这个人我彻底跟他（她）完犊子！”

晚上，他强作镇静，抄改诗，也在等是否有人会来。

须臾，罗志中进来了。罗志中进屋就吵："祖峰脉啊祖峰脉，我堵你五天都没堵上你啊！"他未加思索，开口就问："那你今天来了吗？"罗志中很自然地回答："今天没来。"

须臾，朱志辉满脸是汗地进来了。他说他刚从巴银家里来，巴银家锁着门。因为他妈下班回家告诉他，说巴银找他有急事，可馆里和他家里都不见巴银的影子，看看来没来托儿所。峰脉反问道："你今天上我这来了吗？"志辉很自然地回答："没有。"

乡下青年心里翻江倒海，但是缄口不提日记丢失一事。他也感觉到他们其中任何一个人，都不会做出这种缺德事。

罗志中有事先走了，巴银领女儿乐乐来了。

巴银拿出新写的诗给朱志辉看，原来他找志辉是想"发表"自己的新作品。没念几行，乐乐不待，巴银没尽兴，就建议两个学生去他家。出门口的时候，祖峰脉实在忍不住，喊巴银："大哥，你过来我跟你说点事儿。"朱志辉前头走了。在走廊里峰脉问："我两本新日记本没了，你拿没拿？"巴银说没拿，一点也不知道。峰脉说你要拿还好，真要是其他人拿去可就麻烦了！峰脉告诉老师不要对任何人讲。巴银显得很惊诧，但只是说了一句"瞎整"就走了。

晚上，在巴银家讨论完他的新诗，朱志辉走了以后，祖峰脉急不可待地和巴银分析了日记的去向，并提出了种种设想，最后仍无准确目标。

他们一致认为，偷日记这种事虽然不道德，但不可能是陌生人所为。

60

文化馆张久诚馆长升任文化局副局长，县委派县文联女主席来任馆长，另外一位副馆长退休，空出来一个副馆长的位置。一天，巴银骑摩托车风驰电掣地跑到托儿所，脑袋贴学生耳朵说："我要当副馆长啦！"

这当然是一个天大的好消息。巴银虽然没明说，但那意思他要真当上馆领导，峰脉想回文化馆当工友就大有希望。要没这层意思，身为诗人的巴银做事风格就是再浪漫，再恣意，也不会将升迁这种对于一个人来说极端重要的秘密，飞快地透露给学生。何况，那还只是一个小道儿消息。

“不过从这一点可以判断出——”愿思考的祖峰脉想，“看样子，巴银老师极力举荐自己二次回文化馆做工友的愿望，一时半会儿还实现不了……”

托儿所孩子越来越少，保姆也只剩几个值班的了。郑梅回了纺织品商店，小李大姐也一同转去了。李所长、周会计多日不见踪影。隔三岔五，只有高副所长来所里转转。每次来，他都温暖地关心关心祖峰脉的下一个落脚地。但高明礼想不到的是，他关心一次，都剜一次乡下青年的肉。

前些日子，祖峰脉在北二道街碰上了村里宋铁匠家的大儿子宋大锤。宋大锤是峰脉的小学同学，小学毕业就回家跟父亲开铁匠炉。开春种地，到铁匠炉修农具的，给马挂掌的，忙碌起来，这天宋铁匠打发宋大锤到街里废品站买便宜些的废铁废料，回家打铁用，不料小四轮坏在了城北，宋大锤手里拎个扳手进城买配件，满身油渍麻花的。伙伴相遇，祖峰脉与宋大锤都很开心。峰脉陪大锤一边向坡下十字街旁的小四轮配件商店走，一边聊家里的情况。峰脉听大锤说村里正热火朝天闹春耕，家里人也都挺好，都在忙碌，他心里既高兴，又失失落落的。大锤听峰脉说文化馆创作班一年的学期已经结束，他还赖在托儿所打更，一时不准备回去，大锤望着熙攘的人群，突然抬头看看翻卷的白云说：“峰脉，你是属羊的吧，你是几月羊？”峰脉狐疑地看了一眼不看他，只顾仰头看天、大步流星朝前走的宋大锤，回答说：“我是阴历十月羊。”大锤听了，立刻用扳手一拍大腿回头对他说：“哎呀峰脉！你赶快回家吧，十月羊没草吃，命不好！”当时听了大锤神巫一样的断言，峰脉停住了脚步，看了大锤半天，问道：“大锤，你说的命是方的还是圆的？”

现在，宋大锤的话又开始在祖峰脉耳边回荡，难道……

乡下青年快被逼上了绝路。他几乎逢人便问，能不能帮助自己找点活干，就连刚下学生门的刘爱玲，他也不得不游说一番。既然背叛了乡村，暂时他就不打算回去。不回去，就得放下尊严，厚着脸皮向这个既温暖又冷酷的世界推销自己。不求卖上好价钱，只求一张床的安身之处，能坚持不离开惠民城跟随巴银学写作，因为他觉得自己理想有余，笔力还远远不够。

哪还有心思读书、写作？这天傍晚，他憋闷得实在受不了，就去了巷子西头灯火通明的二副食。二副食糕点、糖块、水果味交融，柜台内外，香气扑鼻，顾客进来，氤氲其中，脸上禁不住溢出幸福感。而他，则像刚做了什么见不得人的事情，进商店里鬼鬼祟祟的，挨到拐角处的烟草柜台，窸窸窣窣摸出口袋里仅剩的几个钱儿，在五颜六色的烟柜里，半天选定了一盒廉价的“葡萄”烟，慌忙逃出，依旧做贼似的，远离光亮，穿过巷子，听着自个儿急促的呼吸声，摸黑跑回了托儿所，一个人忙不迭地抽起来。

他心神不宁，仿佛世界末日即将来临。

张春丽自从回家后，没再光顾托儿所。林红霞家里给她介绍了一个对象，正在纠结之中……更糟糕的是，偏偏这个当口，巴银去市里开会，又四五天不在家。

他彻底没了依靠。惠民县城对他而言，繁华变成了荒野，他如同被丢弃荒野的婴儿，哭，喊，闹，根本没人搭理。

他被陷在四顾茫然、黑黢黢的沼泽地里。一会儿风，一会儿雨，一会儿雷公电母，不断在心头吹打轰隆。

他觉得天越来越暗。自己快被撕碎了，无处可逃，无处可遁。并且一个人影儿也没有——别说交流了，别说灵魂得到一丝安慰了。

他觉得自己变成了空气，轻舞海天，快要消散得无影无踪了。

可是——他又回到了人间。他的心脏依然强烈地跳动。他能感觉到自己的青春气脉里的梦想半点儿没有泯灭。

半宿儿——半宿儿他吸完的那一盒“葡萄”烟卷，居然将一颗似乎死寂的心，神奇地再度引燃了起来。

他坐回桌前，拿起笔，给自己写了一封信：

峰脉：

一切告诉你，是离开托儿所的时候了。

你很伟大，拼得不错，要看准方向，走向下一站！

不要流泪，不要悲伤，成功属于强者！

你是强者！

你是强者！

峰脉

1987年8月1日

第三天，当他接到自己寄给自己的信，他顺利逃脱了命运悬崖对他的封堵——他不仅没有粉身碎骨，相反一跃而起，又站在了精神和梦想的山巅之上。他感觉自己好似永生的，一种桀骜不驯的精神、一种坚韧的意志、一种火热的青春，给自己的梦想重新注入了攀登的力量。

当他感觉到这一点时，他激动不已。他双手有些颤抖，又读了几遍庞邮差刚刚送来的、那封自己写给自己的“救命信”，他觉得自己被自己感动了，自己被自己感动得双眼泪涌。

卷二

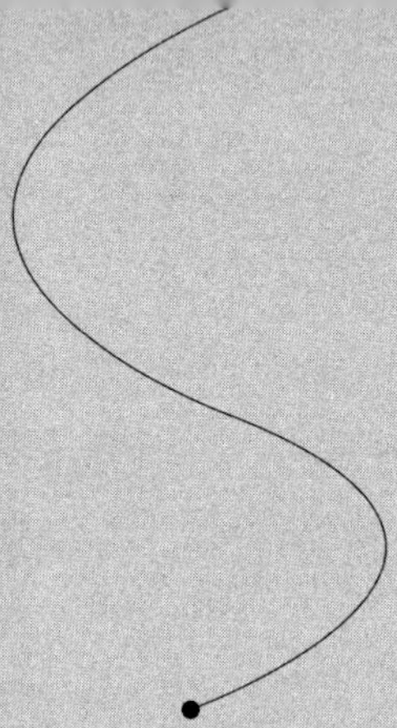

第二十一章

61

这天上午，祖峰脉的姥爷崔永贵胸前挂一排金光闪闪的奖章，手推自行车，蹒跚着来到了托儿所的门前。

遭受日记丢失、托儿所要解散双重打击的祖峰脉，眼前突然一亮，对未坐稳的老人请求道："姥爷，您帮我看几天屋呗，我回家一趟。"

抗美援朝的老英雄，用曾经一名优秀的侦察兵的双眼，盯了祖峰脉许久，分明洞察到了外孙子的目光中，闪烁着与一年半之前在他的泥草屋里，为到县城参加创作班开学式找不到住处同样的忧愁。他沉默着点了点头。

祖峰脉感激地向姥爷交代这样，交代那样。心想，去年要不是姥爷建议自己去二舅烤猪头的地方联系住处，恐怕进城学创作一事，早化为乌有，更谈不上如今显然半只脚已经踏进城里——这虽然，还只是一方情愿的形势。

其实，家里并没有喊祖峰脉回去收秋。家里人人知道他在惠民百货托儿所打更，不能说离开就离开。

祖峰脉身后有个一直等他归来的温暖的家。此刻回家的欲念像小虫一样在他心里面攀爬。再说，眼下正值麦麻秋，回家搭把手，也是他这个分了承包田的青年农民的本分。当然——他回家还有一个重要的原因，就是秋收后家里粮麻换了钱，自己家和两个叔叔家，能不能凑钱支持他去惠民师专读书。如今在城里走进死胡同的他，思来想去，朦胧认为继续读书，接受教育，才是充满阳光、前途开阔的人生选择。

"这就要看家里人的态度了。"

祖峰脉骑上姥爷的自行车，在高岗下坡的丘陵地带，一路向西北鹅头山的方向，骑行两个小时到了家，眼前的景象果然不出他所料：朗朗秋日之下，村西头自家的小场院里，父亲正带领峰顶、峰良在摔亚麻。场院一侧摞起了一墙摔好的亚麻秆，场院里铺满棕色的亚麻籽，风将亚麻糠吹到家门前变黄的大豆田头和毛道上，麻籽香夹带半打子红公鸡、黄母鸡觅食的嬉闹声，飘了过来。爷儿仨挽着袖口，脖颈淌着汗，汗珠反射着太阳的光芒掉落场院里，摔成了八瓣……

目睹此情此景，手推自行车的祖峰脉眼窝一下湿润了。

他与父亲和兄弟打了招呼，急忙进院与埋头在菜园摘豆角的母亲搭了话，进屋脱下那身“洋装”，换上母亲给他找出来的上初中时穿的又瘦又小的蓝中山装，扑进场院，一同参加了摔亚麻的劳动。

虽然没有参加上春播夏管，可农家对回来参与秋收的儿子是慷慨的。他像农家充实而单调的生活海洋里突然绽放的一朵浪花，分明给普通的育有三个小蛋子的家庭增添了色彩和力量，激荡得亲人们干得更加有力气了。从父母、兄弟那抑制不住的充满亲情颜色的笑容里，笑声里，浪荡子就证明了自己的判断……

这次返乡，使走投无路的浪荡子的低落情绪，得到了安慰，仿佛跑累了的脱缰的野马，回到父母的领地得到短暂的休养生息。

回城后，他带着被亲情、乡情温暖起来的心绪，对返乡的所见、所闻、所感，在日记里进行了一番翔实而温馨的记录：

> 我所面临的矛盾，与家里所面临的矛盾，在生活方式、行为上，是分道扬镳的。但我一回到家乡的怀抱，一切复归。母亲对叔家不给轧亚麻一事的诉说，为了爱母亲，我拥护母亲的看法，他们的做法是不正确的。怎能人家帮你收亚麻你却不给人家轧亚麻呢？不管从事上讲，还是从手足上讲，这都说不过去。于是，增添了我原本没有的事，也不想发作的怒气。
>
> 谁知，只要礼到，没有不被还的。
>
> 中午，叔家三轮“大摩托”主动给他们大哥家也就是我们家轧亚麻了，并来人帮着共同起场，气氛异常活跃。接着车就给叔家送亚麻，

当然，大哥帮他们送去了。这时，贾会计家脱小麦，弟弟前去换工了。

亚麻籽在西南风的吹送下，瘪子吹出去了，剩下了一堆绛红的饱满的粒子。你可以把它形容成一堆凝固的黄亚麻油，你可以把它形容成人民币，然后想象着到供销社买下一种种赤橙黄绿的生活用品。

亚麻籽早早收拾完毕，又与父亲、兄弟打起亚麻包，一直到黄昏。

母亲见我回来，特意去苞米地掰了一抱绿色的棒，烀熟了。忙啊，我从锅里找出一穗，尽情地品尝着家乡玉米的香味……

半轮月亮挂在西南的田野上，像喝醉了秋酒，满脸涨着血色，俨然夜空中的一块夜明珠。点点星光，虽顿然失色，但还是无休止地眨着，千次万次地点燃黑夜。夜还能黑吗？不，是银色的，与雾，或直接说与飘在豆荻上的炊烟，同一颜色。

半年多了，不曾赶牛车，不曾坐在自家的小编条牛车上。在熟悉的还乡道上走着，往日劳动的影子，又历历在目。不觉有些哀婉，田园的时光，过去的，是多么的优美。今日回来了吗？

我回来了，带着对田园的新认识。

杨树像生了锈，并不怎么见得长了多少。东头的松树，可蹿高了，与杨树平身，比杨树更直，更翠。大白菜不减去年的粗壮新鲜，仿佛记忆的延续，我雀跃了，又是一笔可观的收入啊！

亚麻拉回时，很晚了。麦秋不让你想别的。不大工夫，就去给刘二家脱小麦。刘二原名叫刘学富，因他在家排行第二，人们都叫他“刘二”。后生们有不知道他大号的，也都照说不误，充分体现了人类模仿的本能，以至于我想，当他离开人世的时候，一定还有许多人不知他的大号。

按惯例（让鬼说，往年小麦我是不脱的），我准备上垛，这差事还不累，虽然同样忙人。但是我立刻打消了这个念头，因为我发现麦垛上站满了小孩与姑娘或女人，那绝不是我去的地方。我知趣地拿起一把三股叉子，就着“呜呜”声，在剧烈颠簸的脱谷机尾巴上，挑开麦秆了。

天无风，小麦灰并不呛人。我一叉一叉向后掘，并不感到怎么忙累，又特别注意地想干好干多。刘二家的四儿子——他家的主要劳动力，三十多岁的壮小伙子，干活被人称作不知道累的“山东子”，这时走到我跟前，柔情地吐出一串话：

“今晚人少，多累点，包涵了。”

“没事……”

我差点哭啦。这么多的人，哪一个都不比我少干，有的如预小麦要比我累得多，他偏偏对我说“包涵”，显然我被当作一个“书生”对待了。

我干得更有劲儿了。

人机嘈杂着脱完小麦，已是凌晨一点三十分。喘了一口气儿，又给叔家装亚麻车，完事的时候，凌晨三点多了。婶们特意准备了“大大油”“香香的”“酥酥的”油饼，这是我最爱吃的。天快亮了，婶们笑着说这也不知吃的是什么饭！我用一句雅词回答说这是“夜宵”。

这天是我写作三周年纪念日，回家拼命地干活，是为填满心里的内疚。多少日来头一次这么累，这么贪黑，我接替了哥哥的被窝，他去送亚麻了，我进入了梦乡……我做了一个梦，一个十分有趣的梦，并不可怕，并不苦涩，有点酸酸的甜，特别是当我对亲人说起它的时候。我突然觉得，左边的胳膊，扭劲儿地疼，像有一块巨石压在上面。我“哎——哟——”喊出声来，惊醒了母亲。左臂像掉了，不能动弹。我轻轻地转动着它，疼有些轻了……又进入梦乡，起床时，它已完好如初，只是有点乏了。

“冷不丁干活，那还不疼……”母亲心疼地说。

叔那屋昨晚连夜将三车亚麻送往亚麻厂。直到中午，才算账回来。我与父亲、三弟（他早起给宋铁匠脱小麦才回来），打亚麻包。当大哥帮叔家送亚麻回来后，也加入我们的行列。

因临时找的衣服，裤子满是褶皱，鞋是三弟的，大如船，所以加上蓬乱的头发，是副相当滑稽的模样。如此，后院两家邻居正脱小麦，我这家伙可要亮相了！换衣服，捆亚麻还不怎么碍事。就这样，在乡亲们面前，我又有了一个模样。这绝不是装腔作势，如果临时找的衣服像点样，我还巴不得穿它们回归入俗呢……

帮脱小麦还是三弟去的。

“天头要来雨，长云彩了。”

下午，父亲看着西南方向飘来的几缕浮云忧心地说。

果然，天越来越暗，最后形成了满天亮亮的阴云，风也不大，顿时冷飕飕的。散着的亚麻包，因此而被垛上了垛，用塑料布苫上。趁着没下，我又换了鞋，去帮叔家拉小麦——不论如何，我要拼命地帮他家干，一会儿他家又要脱小麦，不快点拉回来不行。所以我驾上了三轮大摩托——很长很长时间不开这东西啦，不曾想裤子被座垫上的铁钉垫出了窟窿。

雨点终于落下来了。但不大一会儿，雨下“黄”了，一场虚惊，我们又继续拉小麦，贪了黑。但拉完了。

包产到户了，秋收时像抢庄稼似的，农家的饭菜异常简单，绝没有功夫弄四六八盘的。但很实惠，人们吃得更香，更饱。到奶家吃饭，土豆炖豆角，十分的香，咸鸭蛋，大葱蘸酱，苞米楂子。

真香啊！吃得肚子滚圆。

一个偶然的机会，我见到了我许久就想见到的与我差不多有同样命运的李成海。

那时我正吃饭，忽然三叔家的堂妹进来说他领着一个穿制服的人要找大队看屋的，找宿（这时，看屋的刘三也在吃饭），并说如要在吃饭，可先把钥匙拿来。刘三这人有些脾气，说什么也不给，像村支书一样，把腰里的钥匙护得跟个宝儿似的。

在外面，我很少遇到这种事，但如此待人接物，我有我的做法。本来没我事，但我还是撂下碗筷，将他们俩让进屋，坐谈。

那个穿制服的是县城公路交通警，长得很白净。听成海说他弄不好要“漏”个惠民师专，我有点悲哀，但还是说：

“那也行，好赖是个大学，没白念。”

当奶奶过来与穿制服的搭话时，才知道还有些亲戚，原来他也是农村走出去的。可他那有些“带搭不稀理”的傲慢态度，使在我眼里本不像在别人眼里的他，更使我反感。

就这样晚饭有了一段插曲。

很晚了，又与父母唠了很长时间，直到午夜，才活动着身子，缓缓上炕。

可以说，两日来，给我累得什么都不想了，本想写点东西，但毫无兴致。对于我，是丁点儿都不能在乎的，尽管左腿让车碰出三个口子，流了血。

不到三点，又起来了。鬼知道我睡了几个小时。不是三小时吗？

骑上三轮，装家里的亚麻。

都很累，尤其是两个叔叔，前晚一夜没休息，昨晚又贪了黑，所以只喊起了老叔，三叔没召唤。当麻车摸黑快装完的时候，三叔自己起来了，说自己睡得太死。睡得能不死吗？

装车绝对没产生大的摩擦。有一点儿小摩擦是关于父亲昨晚没准备好小牛车，耽误了亚麻倒上三轮，使现在装车抓了瞎。

“还老的呢，想用三轮子，小牛车头天晚上不准备好！”

三叔像在自言自语，又像在对我说。

我本想解释说父亲昨晚喝了酒，但怕讨来没趣儿，便保持沉默了。

最后决定亚麻装剩下的，和没摔的亚麻一起用小牛车拉去卖。

决定不让三叔去，我与老叔、大哥、三弟去就足够用了。这时天已蒙蒙亮，老叔把车从场院里开出来，三叔跟在后面。我以为他是将车送出泥水坑就回去呢，可到了大道上，三叔突然跳上车了。

“三叔你别去了，你看人都够了，别去了，别去了。”

我没有办法将三叔推下车去。他一定是想我们帮他不少忙，再困也要帮我们送。或许还想了别的，尽管他是那么困，那么乏，还是一路去亚麻厂了。

走的时候，我看外面挺暖和，就没穿皮革衣服，对躺在炕上的母亲说：“我就穿这身去了。”

“哎呀不行！不穿皮衣服冷啊，穿上点。”

见母亲喊了起来，我差点有些生气地说：“我要是不跟你说，就走呢？”

现在我在车上，早晨的秋风吹来，浑身开始冷，才想起母亲刚才的话是正确的。那么我干吗走时要问一问母亲呢？那样做自己心里踏实，证明自己没做蠢事，就跟儿子买了一件新衣服，穿上让母亲看看好不好看一样。长久不在家，我感觉，这是我向母亲索取的爱。母亲将爱给了我，你说她不说让我穿上皮衣服，难道她能让自己儿子冻着身子吗？这不正是给了我索取的爱吗？随着冷风，我有些内疚……

现在正是白露时节，早晨天凉不说，同属于鳌龙沟分支的草甸子里水汽也多。白白的，像雪峰，像江河，像纱带，像炊烟。凡是有大沟大坑的地方或低洼处，都溢满了雾气，浓浓的，像游龙在晃动。而沟坡上的袅袅雾气，似鳌龙的银须，简直根根可数了。

草甸子里牛马在吃草，牧人穿着靴子雨衣（虽然没下雨，但露水大），在防风林里采摘鲜嫩的蘑菇。三轮大摩托车开向亚麻厂，一路上惊跑了沼气，留下一团团烟雾环绕在乡路上。

62

在家时，向阳亚麻厂祖峰脉是常去的。

亚麻厂坐落在鹅头山西南一座光秃秃的山麓下，亚麻厂的西北山冈上是一个村庄，再往西北过了草甸子有一个隐蔽在山林深处的养鹿场。鹅头山南麓就是刚才看到的延伸至西南方向的草甸子。

“归乡”青年继续温情地记录着：

这是一处新开发地，曾做过牧场，现在成了亚麻厂。院子不算太大，没有院墙，厂房除了办公室与厨房、工人宿舍、十多间砖房，北面还有两三处车间。

厨房里（也称饭店，对外营业），正在给职工做早饭，香气从打开的窗户溢出来。这时早晨还没来一辆亚麻车，我们是第一号。在厂长的示意下，停在了一边。

两垛小山似的亚麻垛，矗立在东隅，有遮风避雨之势。此时昨天没卸完的麻正在过秤，上垛。

白净、略显肥胖的厂长与老叔家有点亲戚，主动和我攀谈，问我现在还在街里文化馆学写作不。我做了肯定的回答。我站在磅秤旁边，看着忙碌人们中间，有过去初中时的同学。

天并不是渐渐亮，而是越发暗，满天阴云。但，送麻车仍然往上拥，已排很长一溜。

我与几个后到的送麻的村里人走进了职工宿舍。还是那个样，屋里设置简陋，也不干净。这时外面走进一个戴前进帽的高个儿小伙，像与这里很熟，进屋就说话，然后不见外地一头倒在了北炕。可没过几秒钟又自言自语地起身，走到南炕边，向里一使劲枕倒在南炕的麻袋上，与倒在那里休息的一个熟人唠起嗑来。不大工夫，又出去了……

这一情景，使我想起了父亲曾经向我评价一个人“轻腚子”，就是坐不住炕，能嘚瑟，虽然也有“利落”的一面。

过了一会儿，老叔告诉我，他就是治安村李长珍的二姑爷（想当初李长珍的二姑娘扭大秧歌时，迷倒了不少小伙子呢，也包括我）。这又使我想起了一件事。前不久，我回家割小麦，母亲告诉我李长珍家的二姑爷高铁曾到过我家，听说我在文化馆学创作，一定要找到我。据说他也学了几年文学，可半途而废，对我搞创作抱有成见，劝母亲还是不让我搞文学。

我当时听了很是气愤，大有想当面驳倒他的欲望。可他刚才给我的第一印象，使我的欲望皆飞，觉得这种人不值得辩论。

但，他找上来了。在我们的麻车拉到磅秤跟前，等着过秤的工夫。

“你多咱回来的？”

“你……我咋不敢认呢？”

“我上你家去过，听你娘说你在文化馆学创作，我叫高铁。”

“噢噢，对对，我听我母亲说过，想起来了。”

我记得他当时没说别的，而是张嘴就是“写小说这玩意儿吧，要注意白描和细描……”开始长篇大论了。我只有点头的工夫。这时我才看清，他镶一口金牙，说话口里像含着细沙粒。

如果把我放前几年，我见到一个文友，也很可能开口就把自己知道的那点文学知识，滔滔不绝地说出来，以为那样就能使对方倾倒。

可现在，离那时太远了，在创作班学了一年又这么长时间，在接触的人当中，与巴银老师的教诲，使我知道不少文学界中的事，特别是文友相会时应该谈什么。巴银老师说搞文学的在一起不谈文学，让人笑话。实践证明了这一点，我早有印象。今天一看他的举动，断定他没在文学界混几天，即便那样也没碰到一个好老师，怎么这么不知道文学界的规矩呢？瞧，他给我的印象全毁了。

过秤的时候，高铁又主动前来帮忙将亚麻包上垛，干得起劲，把住了最累的关。不知出于什么心理，仿佛觉得他这人还有可以使人尊敬的地方——挺讲义气，我对他的看法稍有好转……

天，阴得更暗了。院子里越来越喧嚣。两个亚麻垛三个磅秤在忙碌着，厂长领人在院口上验亚麻等级，周围挤满了人。人们大都议论的是关于等级的话题。我们进屋算账。趁厂长骑摩托车驮现金员去银行取款的工夫，我去饭店安排饭。

她，我一眼就认出是我初中时的同学。三年多了，她还是那么高的个头——感觉上，身体有些发胖，扎着围裙，敦实的矮个头儿，圆圆的脸——还是那毕业相片上十分白皙滑润的圆脸蛋。如果要寻找我对她的印象，记得只是在那张照片前所有同学的对比下，曾有过好感……

她这时正在厨房里我的眼皮底下切肉，我并没与她搭话(可能怕她认不出我闹尴尬吧)，冲着里面有些熟悉的师傅喊：

“师傅，给炒几个菜！”

师傅还没回话，她说话了：

“你卖亚麻来了？”

我把头转向她，只抓到了她最后一束目光，又低头切肉了。

“呀……是你啊，我咋没认出来呢！”

“是不想认出来吧！”

我记得在学校时她没这么厉害。

“那能吗？这是你们自己开的饭店，还是被雇的？”我急忙岔开了话题。

“被雇的，一天三块钱。”

“还行……”我想像通常那样说，“一天三顿，都能在这吃”，但立刻觉得这话在这种场合说有些不像话，便改说“干这活不能太累”了。

趁大师傅在忙，我与她谈起来。

使我更加惊讶的是她一直念初三，今年才不念。原因是今年学校给她和杜丽颖（也是初中同学）弄到两个中师名额，可有一个女同学没摊着给告了，最后三人谁也没得到。她说这件事时很气愤，说若不然她能考上，去年只差九分。

那个女同学是谁呢？

“原来咱们有个同学叫张树芳你认识不？”

“认识。”

“就是她给告的。”

巧合！巧合！我突然想起整整一个月前，我在巴银家写小说，中午在床上睡觉，蒙蒙眬眬觉得外面落着雪花，张树芳那张富态的脸出现在了大门口。门反锁着，她推了半天没进来，又向里面张望，然后走了。后来我还迷瞪着后悔没去给她开门，可是醒来一想，才知是一个梦。记得当时我下床出了屋，朝那反锁的大门痴痴地看了半天，使我现在想起还纳闷的是为什么我会梦见她？！人都说日有所思，夜有所梦，可我记得清清楚楚我并没想起过她，尤其是最近或就是今天吧。不是巧合吗？刘雅琴没考上中师的原因就在于她——张树芳！她对我气愤地说明显也让我憎恨她，实际上不论怎么说我真的恨她了，可联想起来这跟一个月前那个梦究竟有什么关系呢？我不知道。想跟刘雅琴说，但出于多种原因没有说。

这时，外面下起了雨，人们吵嚷着去苫亚麻垛，亚麻车。最后所有的人都进屋避雨。

我们哥儿仨加两个叔叔，端坐在圆桌旁，喝起酒来。

也许是因为在外面混了一年，也许是有了多次与巴银以及诸多文友进饭店的经历，酒菜我点。虽然酒桌几乎在门口，躲雨的人们又都挨着门口或几米远的窗户，站着，坐着，抽着烟，小声地谈着关于亚麻天气的话题，但几乎每个人（我肯定）的目光，不时瞥向我们这张很长时间内唯一吃酒的桌子，有的干脆注视。

我显得异常平静，没一点惊慌，谈笑风生。除了因几乎两宿没睡觉而把嗓子喊哑的老叔跟我边喝酒，边说笑外，其他人都有些尴尬。说白了，就是在这么多人的注视下，吃饭喝酒实在不好意思，以至于吃面条时，我说人家都吃一碗你吃两碗，三弟不好意思，脸绝不是因喝酒而红，低头朝我一面瞪眼睛，一面拌着面条小声说："快吃你饭得啦！"

三弟两大碗面条吃得光光的，而我却故意剩了半碗——吃饱了是一方面，很明显我的虚荣心在作怪："看着去吧，都吃没了，我却大模大样地剩了半碗！"

亚麻卖上了等，算了账，又给算账的买几盒烟。这时外面雨停了，不知什么时候，我们那唯一的一辆三轮车旁边围了一圈的人，我精神抖擞地走出屋门，老叔跟在后面，人群里立即有人说："这下车摇不着了。"

这时我才发现原来大哥和三叔正在摇车，看样子摇着车没希望了。车上空缭绕着蓝烟（车冒蓝烟是不着车的表现）。十有八九是出自虚荣心或者说是好胜心，我拨开人群，接过大哥手里的摇把子，开始摇车。

我用以往的经验，稳住劲，拉开架势，一点一点转动摇把子，越来越快，越来越快，到了最快速度，把减压一松，排气管顿时随着"嗒嗒"声排出一股蓝烟，可戛然而止。着车没了希望，我使上了最后力气，猛摇几下，直到摇不下去，就在摇把子往下一拽的瞬间，车"嗒嗒"两下，继而，"嗒嗒嗒嗒……"狂叫起来，黑烟雾冲天……

车着啦！

人群里有人喝彩。

我似乎得到了某种喜悦般的满足，又有些不好意思，低着头，十分平静地绕车将摇把子放进工具箱里，我只听有人说："这小伙真有劲！""这小伙会摇！"

如不是雨淋得坐垫湿，如不是坐垫有一颗钉子使我的裤子昨天给三叔家拉小麦时垫出了窟窿，如不是我不知道车从哪出去，如不是我要跟高铁握手告别，我会跳上驾驶座，高傲地将车开走……

我们都跳上了车，老叔驾着车，在人们的目送下，嗒嗒嗒，缓缓驶出了亚麻厂……

猜得出来，叔叔们的心情是高兴的。可以想象，让人们怀疑的唯一一台三轮车，尤其是那么些人，那么些四轮子在此，唯独你的三轮大摩托起不着车，不难看吗？我给他们摇着了，就一锅！给他们争了荣耀，我想这比任何喜悦都使叔叔们高兴！我的心里美滋滋的。

车停在了向阳乡供销社院里。

我急忙去屋里给奶奶买了一拎袋苹果，核桃酥，又给老叔买了两盒烟。随后又跟老叔随售货员去仓库挑选了一会儿缝纫机（因故没买成），然后将车开向公路头，被拐角白铁皮活动棚里亚麻厂厂长的妻子（她在这里开裁缝、烫发店）叫住了。

三叔老叔进去了，我随手拿几个苹果进去给了她家的孩子。

“我寻思是这个孩子呢！”

她的手指分明指向了我。

不难想象，老叔以前答应给她的妹妹找个相当的小伙，被她误认为是我了，那急切样，分明就等着“我这头”回话同不同意了。

“他不能定，今年还得上学……”

老叔和三叔都这么解释。

她的妹妹我似乎看见过。

就这样三轮车开回了家。给家里带回了喜讯，亚麻卖上了等。不难想象，家里所有人都在急等着消息。

我将整个经过向父母做了汇报，父亲脸上一直挂着笑容。

当我拿着袋子去南地掰苞米的时候，天下雨了，我跑了回来。

三叔说让我在街里给买一台缝纫机，我过去取钱，准备走，他却说三婶总磨叨，不给她买了。

老叔在睡觉。我顶雨上来的主要意思是，叔叔们曾答应我到惠民师专学习，给我拿学费的事，但不能谈了。

外面在下雨，我在奶奶家躺一会儿，出门时，奶奶追出来了：

“你有钱花没？要不把刚才你爸给我拿这二十块钱拿去！”

“不用，我有钱花。”

奶奶话题一转：

“你上学家里一点不管？”

“现在家里不是不管，是因为没钱。家里收入这些钱给我哥结婚都不够，这不明摆着吗？”

“反正我看这事有些那啥，不能光顾你大哥一头，孩子想出息人你不供？”

我没吱声。

“你冲你叔借钱，那钱还给我买电视呢！”

我明白了，叔叔们借给我钱上学，她有想法，追出来就是想说这个事。

“我说这些别当你家说。”奶奶补充道。

我的心顿时堵住了。

我跟父母说了，因为我有办法能使父母不对奶奶生气。最后我以叔叔们绝对能借钱给我结束了话题。

我要返回县里，谈起拿钱的事。

“把马秋生那大米钱拿着。”父亲在西屋说。

“罗志中那五十块钱也拿着吧，这么长时间了，人家不好意思要。”我请求。

“罗志中的钱不拿！”父亲在西屋说。

“那你一个月的钱都花了，一个子儿也没攒下呀？”母亲突然问。

父亲说罗志中的钱不给拿我没生气，母亲的一句话刺痛了我的心，我没好气地说：

“打更一天不到两块钱工资，那样我还活不活啦！”

我不由自主地眼睛湿润了，嘴有些撇，说话费起劲来。走进东屋，委屈地坐在炕沿上掉起眼泪来。这，我没一点精神准备。多长时间没在父母面前哭过了！心碎呢！才知道事情没那么简单，父亲对我在外面的为人处世、学文学始终有想法，不能从根本上理解我！我理解家里人的累，钱来得不易，可我觉得在外面没做对不起父母的事，应该使他们骄傲！这钱都是应该花的，绝没有胡抡！

母亲知道伤了我——虽然我不希望母亲为儿子低三下四，但我还是没有阻拦，她恳求父亲说：

“那五十给他拿着吧！”

“不拿！”

我不吱声。我能说什么呢？此时只有沉默啊！

过了一会儿，父亲到东屋来了，我知道——也大言不惭，父亲是百分之百爱我疼我的。但我也清楚，爱不等于同意。

我不能再沉默了，几乎是抽泣着把我认为应该拿钱的理由说出来，心里酸极了。

父亲同意了，并说天快黑了，就别走了。趁这工夫，把所有的他认为不该拿钱的苦衷，以及家里人挨的累，都倾吐出来。我静静地听着，心里那滋味呦！……

第二天，外面一直下着雨，我睡了一上午，去下屋把书箱翻了个个儿。往事历历在目，信、稿、书……

母亲为了欢送我，给我准备了一顿饺子，大伙吃个团圆饭。

五点左右，天晴了，我驮上菜和苞米，上路了。

润津河上的“火烧桥”又涨水了。激流勇进，打着漩涡，水面上浮着白沫。草甸子低洼处，流成一个镜面子似的水泡子，和绿色的草滩相辉映，像绿色溢出的油，稠稠的，远远望去，还有些鼓。此刻，我脑海里浮现这样几句诗：蒹葭苍苍，白露为霜，所谓伊人，在水一方……

一直担心姥爷饿着，担心托儿所屋子进水。没到后大门，我远远望见姥爷光着头，穿着线衣，胡子刮得溜光，正背手闲溜达呢，见这一幕，我心踏实了，他一定过得不错。

果然，一切好得不能再好。

温情的记载，殷殷的回味，祖峰脉隐隐感觉得到，自个儿胸膛里几近枯竭的心海，被八月故园浓郁的亲情、乡情之水一点点润泽着、冲击着，起死回生一般，又汩汩流淌了起来，怦然跳动了起来……

第二十二章

63

金秋时节，惠民师专——这个坐落在北国边陲县城的一座高等师范专科学校，像全国大专院校一样，进入了忙碌的新生报到接待季。

一九八七年十月三日，祖峰脉早早披上草绿色的军大衣，先是步行到西北街的罗志中家，用吵架从家里要来的五十块钱，还了志中，又借上志中的自行车，急忙去了位于惠民西门外的惠民师专。

龚加以老师说，他跟中文系和教务处领导做了工作，但录取他的希望不大。他不死心，还要亲自上门努力一次。因为不去进修大专，外面世界可供他选择的空间，除了渺茫，还是渺茫。

一进门，身材魁梧的龚加以正端坐桌前办公。中文系的林书记、冯处长见龚老师来了客人，与祖峰脉搭了话，先后躲出去了。剩下俩人，龚加以粗声粗气地说：“峰脉，你那事完蛋啦！”

听了这话，祖峰脉故作镇静，坐龚加以旁边的椅子上沉默不走。

不大工夫，屋里陆续来几拨报到的新生。他们稚气的脸庞，好奇的表情，花花绿绿的服饰，吵吵嚷嚷的青春气，使一旁孤零零的祖峰脉，感觉自己是外星人。

龚加以忙碌地接待新生报到，也不理他。

祖峰脉不知该怎么办好。话里话外，他听得出是教务处那边不同意。如果逼着龚老师再找教务处理论，非闹僵了不可。

很长时间后，中文系林书记坐回了原位。他背面沙发也坐上一位穿西装旅游鞋、四十上下年纪的男人，眼睛眯缝着，品着缕缕香烟。

面庞俊朗的林书记看了一眼祖峰脉，关切地问：“你上江城师院不行吗？”

祖峰脉感激地站起来，垂手礼貌地向林书记打听了一些细节，知道江城师院大专两年，每学期学费七百，发毕业证，国家承认学历。

“这钱还不知道从哪里来呢！”一旁低头给新生登记的龚加以，“咣当”扔过来一句话。

“钱没问题。”祖峰脉盯着龚老师手里的水笔说。

“行啊？”加以疑惑地扫了乡下青年一眼。

“我考虑考虑。”

“好！回家研究研究，如果能行就让赵老师帮你联系联系。”

说这些话时，沙发上坐着的穿西装的中年人一直打量着祖峰脉。

闲谈中，祖峰脉得知沙发上坐的中年人就是赵老师，林书记、龚老师就是要委托他，给自己办理去江城师院进修。

报到的新生，有的是一个人来，有的是家人陪同，男男女女，叽叽喳喳的，祖峰脉又坐回椅子上，一旁看风景，不走，也不说话。他是在“死马当活马医”。因为他见龚老师一边核对新生表，一边磨叨说教务处多拨过来一个人。他侥幸地想，龚老师作为堂堂的中文系班主任，就不能借机会也安插进去一个人吗？

然而，对于在巴银面前拍了胸脯，答应给祖峰脉办进修，如今泡了汤找台阶下的龚加以来说，他的自言自语无非是想在农村文学青年面前，挽回一点儿说了大话的面子。可无处去的乡下青年，假装糊涂，快十点半了还不离去。龚加以终于忍耐不住胸中的火气，大声道：

“峰脉啊，你回去吧，还在这儿等啥呀？你这人挺聪明的，怎么糊涂一时呢？就这样了……你说我要跟他们闹僵了，也没啥意思！”

龚加以下了“逐客令”，有些难为情的祖峰脉，这才浑身汗津津地挪出了中文系。

到了校园大门口，有一个熟悉的声音叫住了他。祖峰脉回头一看，是表叔李德胜家的表哥李成海。李成海穿一身洗掉色儿的蓝中山装，手里拎一个掉漆的红暖壶，脸依旧瘦削，但有了血色。

“你干啥来了？”成海问。

“表哥啊！我……”祖峰脉欲言又止。是啊，怎么说呢，说自己癞蛤蟆想吃天鹅肉，也要来惠民师专读书？要知道，优秀的成海能考上惠民师专，在整个向阳乡，也是一件十分荣耀的大事。多少年了，靠山村两千户人家，就出了成海一名大学生！

“我来办点事，你开学了？”

祖峰脉话题一转，与乙肝病好转的李成海聊了几句，知道他已经大二了。成海也关心地问了峰脉在文化馆学写作的一些情况，二人便分手了。靠山村民眼中的一个“骄子”，一个“浪子”，两个在惠民县城煎熬着求学的年轻人，自身都活得踉踉跄跄的，哪还有能力给对方一点儿温暖。

祖峰脉恋恋不舍地望了一阵由几栋三层黄楼排列起来的，自己终将无法攀附进去的大学校园，沮丧地骑上车子，去找巴银了。

中午时分，惠民的天空秋高气爽，微风拂面，上班族午休回家，大街上的行人熙熙攘攘，西街的菜市场人声嘈杂。失落的祖峰脉，此刻的心里更加空落落的。进城学习这一年多，自己显然不是惠民城这嘈杂的人间烟火里的一分子的感觉，一直压在心底，冒出来一次，折磨自己一次。现在，他骑在车子上，由西向东下一段缓坡，进入平坦的十字街口，奔了东二街与北二街交会处的文化馆。他全然不顾身旁“嘀零嘀零”骑车人不停的警示声，一心想着去江城师院进修的事。

他要商量的不是家人，而是巴银老师，毕竟去文化馆的事还悬在那里。再说不论是视野还是见地，家里一干种地的农民，谁能说出个像样的一二三来呢？现在，巴银老师当然是最有发言权的人了。

巴银午间下班不在文化馆，祖峰脉扑了空，辗转到他岳父家，找到了去那里吃午饭的巴银。

“能去去呗。”

巴银先是支持他，又怕祖峰脉毕不了业，拿不到文凭，白花钱，所以建议先等等，等去文化馆一事有了消息，再定。其实内心深处，巴银舍不得峰脉走。

无论如何，事情有了转机。给罗志中送去了车子，婉谢了志中和志中母亲留吃午饭的好意，等他步行回到托儿所时，已经饥肠辘辘，他这才想起来，自己连早饭还没吃。

吃了午饭，他一边洗衣服、洗被罩，一边开始激烈地思考着去江城读大学的事。

很显然，去文化馆挣钱，能解燃眉之急。可户口迁不进城里来，随时被扫地出门怎么办？年龄大了怎么办？一辈子怎么办？没有文凭——尽管他十分不愿意提文凭，可以自学成才，但那是非常非常现实的问题啊！

他要考虑去江城师院读书——这个关键时候，没人能给他拿主意。如能去上，他有信心拿到文凭，那时起码有资格去谋个正式的教师当。但眼前的困难是明摆着的：学费一学期七百，加伙食费、其他费用，一年下来要一千五百块，两年下来就是三千块，对家里来说那是泰山压顶，而去文化馆继续干临时工就不同了……

怎么办！怎么办！！怎么办！！！

显然，去江城师院读书是拔出农村的长远之计，而去文化馆是鼠目寸光、断送前程，最终还会被打回农村的权宜之举。祖峰脉朦朦胧胧感觉到，一旦融入到大学学府那个神圣的象牙塔里，不仅能接触到很多新知识、新思想、新群体，一些坏习惯、落后的东西，也都会历经脱胎换骨式的淬炼、洗礼和羽化，视野、眼界、格局，甚至整个人生都会飞跃一个新高度……

他又想：如果没有去江城师院读书深造的可能，回文化馆干临时工当然是最好不过的，这也是渴望已久的非分之想；如果有去江城师院读书深造的可能——他肯定如果想去，费用的问题就一定能够解决，那么迁就着回文化馆就值得怀疑。问题是，如不尽快决断，患得患失、犹犹豫豫的，就很可能会造成两边都竹篮子打水一场空的场面！

他再一次被命运抵在了墙角。

关键时刻——祖峰脉习惯地，又将自己所能想到的成破利害在脑海里过了一遍。他从大处着眼，仔仔细细地分析，并假设了后果——他此刻能想到的会使自己这个闯荡江湖的年轻人声名狼藉、一败涂地，乃至无家可归、万劫不复的那些个可怕的后果。关于那些个有可能发生的可怕的后果的预测，他连写进日记的勇气都没有，但是到了最后，他还是决定：去江城读书！

到了晚上下班的时间，被罩才洗了一半，泡在水里，他急忙跑去龚加以老师家汇报了自己的决定。

回头他又跑到巴银家里汇报，巴银反对说：“你可别脑瓜筋一蹦！”巴银正要引火做晚饭，听了学生最后的决定，急得他放下煤戳子盯着峰脉，又加重语气说：“啊！再考虑考虑……我做事有时就好脑瓜筋一蹦！”

祖峰脉还是第一次听老师检讨自己。

为了说服学生，巴银在家里对峰脉的处境进行了认认真真的分析。

最后，他严肃地对峰脉说：“你别弄得最后鸡飞蛋打，哪也去不成！”

两个人最后统一了思想：两边办着，看结果。

在人生重大问题的选择上，他人的意见再重要也只能当作参考。祖峰脉坚持了自己的内心和对未来的判断，同时也理解老师的担心和一番好意。临行，巴银不情愿地把自己新买的黑提包给祖峰脉带上，装一些随行的东西——从他慌乱的眼神儿、不够顺畅的话语中能看出来，他从心底里不愿让学生离开自己。这一年多来，有了这个乡下学生在身边，不仅身边有个帮手，也有个说话、谈文学的人，谁知道学生这一去，还能不能回来，搞不好就会像小鸟一样从自己的身边飞走了，叫都叫不回来，但是有什么办法呢……听说祖峰脉口袋里还没车票钱，一贯支持峰脉的郑梅，又主动给拿了二十块钱当路费。

第二天凌晨三点二十的火车，祖峰脉怕误了，一点半就起来准备——他发现自己进城闯荡这一年，有一个很大的进步就是克服掉了农家作息时间上懒散的习惯，目前已经完全能够料理一切了。是的，他感觉自己正在迅速成长。

64

秋晨像蒙在一床铺天盖地的大棉被里，漆黑且温暖。微风里夹杂着从郊外田野里吹来的有点儿清冽的秋香味儿。

祖峰脉手里拎着巴银老师借给他的新提包，里面装着惠民师专赵老师写的介绍信，一个人钻出了胡同。见时间还早，就省下两块钱，步行去了西南城郊的惠民火车站。

从十字街到站前街的路上，除了送站的柴油三轮偶尔从身旁呼啸而过，街上不见人影儿。他甩开膀子，夜游神一样，朝三里外有光亮的火车站健步走去……

火车上打个盹儿，天大亮了，他钻出了江城火车站。

这时，肚子咕咕叫，他穿出人流，循站前广场小贩的吆喝声，冷风吹来的香味儿，去小摊买了两个烧饼，边吃边去了路对面的公交站点。加以告诉他，下车乘十五路公交车，不用倒，就能直达位于终点站的江城师范学院。

江城师范学院不像他想象的那么富丽堂皇。尤其是中文系。

关连阁老师不在单位。他到了二楼资料室，见到一位戴眼镜的中年人。后来他知道那是中文系的范书记。范书记告诉了他关连阁老师家的住处。祖峰脉走进师院后面的家属小区，但见柳树成荫，楼房林立，温馨静谧，一群白鸽从楼顶飞起，传来“扑棱棱”的声响。

他上了六号楼一单元的二楼，轻轻敲 201 的防盗门，半天没动静。又敲 202 门，敲出来一位五十多岁的女人，女人说对门关老师出去讲课了，让他进屋坐，他哪里好意思，谢过，说中午再来，便折回中文系二楼资料室，又找到范书记。范书记领他进了另一个房间，找到一位高个儿的秘书，让秘书帮他办理入学手续。经了解，中文系目前办两种班，一种是自学成才考试班，给毕业证；一种是进修班，发结业证。祖峰脉当即选择了自学成才考试班。高个儿秘书又领他到资料室北面的屋子，一位像在电影里见过的秃顶老人接待了他，告诉他十月十五日前报到，准备好自己的生活用品和钱，其他手续就不用了，因为有惠民师专赵老师的介绍信。

出了中文系，祖峰脉想怎么也得见关连阁老师一面，口袋里还有惠民师专赵老师给他写的信，就又到了家属楼二楼关老师家门口，敲门还是没回来。西屋 202 女人听到声音，又出来了，问明白祖峰脉要办入学，看上去人也朴实，便说她老伴原是中文系的书记，可以帮助去找刘广成，他主抓办班的事。老书记半身不遂，祖峰脉和他老伴扶着老书记，又到中文系二楼，找到了刘广成，原来就是祖峰脉刚才见到的秃顶老师。刘广成见老书记来了，忙说放心吧，答应报到时会给安排好住宿。

站在中文系的门口，与老两口握手道别，并委托将赵老师的信转交给关连阁老师之后，乡下青年的眼睛湿润了。

祖峰脉回头去了《青年文艺》编辑部、报社。甄道明老师回老家了，祖峰脉在报社门卫室见到了《江城日报》副刊的李东风主任，去年参加“明月诗会”时见过。身材魁梧、面色黝黑、穿风衣、戴鸭舌帽的李主任告诉他，他的诗歌《我骄傲，我是土地的儿子》即将见报。

话别李主任，兴奋得祖峰脉走在大街上差点蹦起来。见到每一个人，他都想打招呼：“嗨！——你好！”此刻的秋阳，格外的灿烂，公园里的古树，格外的茂盛，就连路旁飘下来的几片橘黄色的落叶，都发出一种甜丝丝的味道……

想着自己就要到师范学院读书，诗歌处女作将在《江城日报》发表，想着遇见那么多陌生的好人，这个昨天还纠结生活的青年，一夜之间神魂附体，里里外外都洋溢着温暖、幸福的光芒。

下一个要去的目标，当然是新华书店了。兴奋的祖峰脉进一步认识到，人生在世，读书学习是第一等重要的事情。并且只有学习是不分等级的——你看眼前的一切，一点一滴哪个不是坚持学习换来的?

当祖峰脉回到惠民，将录取消息汇报给巴银、龚加以之后，他恨不得长翅膀飞回家里，把这个天大的喜讯告诉家里人。

听说“二流子”又要上大学，又要受雇文化馆，祖家上上下下十分高兴。最高兴的，当然是这个艰难之家的主事人——祖大消停和峰脉娘。老两口心中一直挂碍着这个不省心的儿子。现在，祖峰脉有了出头之日，去文化馆也好，念大学也罢，都是他们这样一个普通农家高攀不起、连做梦也不敢想的事情。夏天郑校长主动上门，提出给峰脉个民办教师干，他都不回来，这要是不折腾出个子丑寅卯来，一家人的脸往哪里搁?人嘴两张皮，吐沫星子淹死人。好了，捧上天；不好了，掉地上摔死。再说，峰脉年龄一天天混大了咋办呢?这几年土地分家，好光景千万不能让老二给毁掉喽！现在好了，峰脉的事有了眉目，高兴之余，老两口不赞成峰脉去文化馆，一个临时工，不长远。另外靠山村只有李成海一个大学生，如果峰脉能念上更高一级的市里的大学，毕业再找了工作，那可是太阳打西边出来，令人羡慕到天边上去的大好事！

对于父亲的支持，祖峰脉有些意外。小心谨慎的父亲，对自己擅到外面闯荡一直持保守的态度。父亲态度一百八十度大转弯，开始他不敢相信。当他断定这是事实的时候，他激动得眼泪不禁涌到了眼圈儿……一个人在外面闯荡，再能，再见世面，回到父母身边都是需要呵护的孩子啊。

家里同意还远远不够，祖峰脉还要争得两个叔叔的支持。因为读江城师院的开销，远超过了惠民师专。

“你那两个叔不一定能借钱给你。”

对于父亲的判断，祖峰脉则自信地认为，两个叔叔不是借不借的问题，而是借多借少的问题。他下午去东院的时候，两个叔叔和大哥正好开大摩托拉砖回来。这两年种地挣了钱，小哥儿俩打算将同住的三间泥草房的前脸换成红砖，改造成美观的“一面青”。村里富裕起来的人家，许多将泥草房升级改造成了“一面青”。眼下，秋收刚结束，趁天没煞冷，正是动泥的好时机。

“三叔、老叔，钱给我准备了吗？”

“啥钱？”正卸车的小哥儿俩同时放下怀里抱的砖，转脸问他。

“就是上个月我回来说的，借我上学的钱。”

“你们家都不给你准备，我们给你准备啥呀……”小哥儿俩一唱一和，像事先商量好了似的。

“我爸也同意了，两个叔叔再帮一些……”

沉默。

见两个叔叔没吱声，祖峰脉想到一九八四年家庭联产承包责任制开始前一年实行互助组，老哥儿仨分一匹瞎马后来换成牛，牛被父亲借给前屯老姑父送粪累病了，小哥儿俩因此与父亲闹分了家的往事，于是又说：“是这样，这事跟我们家没关系，涉及我个人的前途，求两个叔叔帮帮。”

还是沉默。

咣咣当当卸完砖，关上斑驳的蓝车厢板，插牢，祖峰脉的三叔祖德坤进屋洗了洗染红的双手，撩开悬挂在厨房北墙上的碗架帘，抓出一个冷馒头，转身一边往嘴里塞，一边就要往外走。他要起车去乡里拉柴油。

祖峰脉此刻想，父亲言中了。

“等下三叔……”祖峰脉追回德坤，耐心介绍了许多跑上学的情况。

最后，他勇敢地说：

“我知道家里都用钱，可我跑了一溜十三遭，把上学这么不容易办成的事都办成了，突然说拿不起钱，不去了，多砢碜呢！如果那样，咱们当初不说多好！”

两个叔叔坐西屋奶奶住的南炕沿上，双双耷拉着头，都暗自为卖亚麻时，默许借钱给侄子去上大学，而懊悔着。

接着，你一言我一语，岔开话题，絮叨起祖大消停的种种不是来。

这时，祖峰脉的奶奶拄拐进屋了。

“妈呀，那么些钱呢，百八的也许行……”

峰脉奶说完，转身出门，又蹒跚着进园子晾烟叶了。

屋里峰脉的两个婶婶不敢吱声，坐一会儿也都躲出去，拾掇老秋前后园一摊子乱活了。

祖德坤、祖德峰的脸颊开始冒汗了。

又激动又敏感的祖峰脉，感觉到了两个叔叔一定认为他这个当侄子的出息不出息，跟他们两个叔叔家没啥大关系。于是他说：

“我想这事确实不是一件小事，两位叔叔应该把眼光放长远一些，这可不是我一个人出不出息的事，这可关系到我们老祖家一辈人的前途。你们这一辈就这么地了，你们还希望我们辈辈都种地，辈辈都顺垄沟找豆包吗？我这个当侄子的今天把上大学这么大的事都办成了，你们当亲叔叔的应当为我这个当侄子的给家族争了光而骄傲！有的人就是你拿一万，也不一定有学校收你呢！”

侄儿把话说到这份上，祖德坤坐不住炕了，起身说：“多了我没有，我给你拿一百！”说完转身出门了，不一会儿屋外就传来了“嗒嗒嗒”的摇着车声。天色不早了，他急着去乡里拉柴油。

祖德坤前脚刚走，“咣当”一声，祖峰脉的老婶又推门进屋了，对祖德峰说：“娘说了，让把棺材板钱给留出来。”老婶说完，没好意思瞥一眼峰脉，又出屋去了。

“看看没有……就现在我想借给你钱，这个家我都搪不了……”

祖德峰边说，边用手比画园子里给旱烟叶上架的峰脉奶奶。

又沉默了半天，德峰坐炕沿上问峰脉：“你们家给你拿多少钱？”

“我们家……最多三百吧……”凳子上脸色憋得血红的侄子答道。

“那就那么地吧——你也别吵吵了，你三叔给你拿一百，他们家也实在紧，我给你拿三百，你们家再给你拿三百，一学期七百的学费就凑够了。对你奶，你婶，你家里，就说我和你三叔一人给你拿一百，别露出去。”

心里七上八下的祖峰脉，一块石头落地了，他感激地望一眼老叔，见钱一时还拿不到手，就朝外走。

祖德峰跟他身后，推开房门故意拉长声冲园子里面喊道："就那么地——我给你拿一百！你三叔给你拿一百！"

园子里干活的峰脉奶奶和两个婶子显然都听到了。

祖峰脉走到园子旁，苦楚地对奶奶说："奶呀，您别有啥想法，将来孙子出息了一定好好孝敬您……"

这时，一阵秋风吹过，篱笆墙上依然翠绿的晚豆角叶，"唰唰"地晃动着，吓得几只麻雀叽叽飞跑了。篱笆阴凉处睡觉的黑母猪，哼哼着起身，亲昵地拱了一下峰脉的裤腿，拖着怀崽后臃肿的皮囊，扭扭搭搭挪去墙根儿槽边拱食了。

峰脉奶站齐肩的木架旁，将筐里闷得泛黄的、已经飘出辣味的烟叶儿，一片一片串起来，挂木架上搭露水，不搭好露水，黄烟要火。听孙子说完，峰脉奶沉默片刻，抬头望望深远的蓝天，一手拎烟叶，一手扬扬水曲柳拐杖说："小瘪犊子，就你不省心，回街里快走吧，日头爷儿快落山啦！"

第二十三章

65

一九八七年十月底，在北大荒的寒流到来的前几天，惠民百货托儿所正式关门了。

自从患上了腿麻症，崔军不再去连襟家泡在凉水里洗猪头下水，而是拴了一挂小驴车，围绕惠民城郊收废品。祖峰脉求二舅赶来驴车，将行李碗筷等一些生活用品，从托儿所装上驴车，“叮当叮当”运到城西五公里外与姥爷同一个村庄的二舅家；书籍和一些学习用品，则寄存到马秋生单位。

然而，祖峰脉去江城师范学院读大学的梦想，最终破灭了。

原因当然是一家之长祖大消停的反悔。祖峰脉走后，祖大消停在家闹心地盘算了两日，越琢磨越觉得不对劲儿，连学费带生活用度，念一个大专文凭要花去三千块，够说一房媳妇了，还指不定能不能找到工作，即使两个叔叔帮衬，亲兄弟明算账，到时候不还行吗？再说了，上冬还指望这撅腰挖腚攒下的几个钱儿，给老大完婚呢……

但这话又不好直接对峰脉讲，祖大消停便差已能跑腿学舌的峰良，进城做了恶人，向二哥传达了家里的决定。

乍听到这个消息，祖峰脉并未感觉到特别的意外。保守、不敢迈步是父亲的一贯作风。那天在家答应他，一定是怕卷他的面子，也不愿一下搅了家里要出大学生的喜庆气氛。只是令祖峰脉难过的是，读大学的梦想如此卷入烟尘，实在对不住为自己上大学操心的那些好人，比如惠民师专的龚老师、赵老师，比如江城师院中文系主管办班的刘广成老师，以及乐于助人的老书记两口子，有的甚至这一辈子都不可能有当面解释、道谢的机会了……

祖峰脉第二次正式回到文化馆，时令已经到了 11 月份，小雪时节了。

从文化馆堆积如山的大煤堆，早晚笼罩天空中的烟雾，就可以判断出来，这个坐落在小兴安岭余脉丘陵低洼处的小县城，已经迎来了新一年的取暖期。

从托儿所搬出来后，祖峰脉本来想另辟蹊径，去做生意。大学读不成，他也不想去文化馆。这是因为，他人还没回文化馆，文化馆内部，早已经闹得沸沸扬扬了。

他不愿重新卷入文化圈的内部矛盾之中。其实这也是之前他选择去读大学的原因之一。

办完第二届“金秋诗会”，巴银印刷了他的第一本诗集《扭曲的大树》，虽然没有书号，凭借文化馆与政府铅印室的合作关系，只付成本自印，但也不啻为惠民文艺界的一桩大事。乌泱泱的惠民城，有几个人能随随便便创作出一本书来呢？那么，头脑有些膨胀的巴银认为新书首发式、分享会，为好友签名赠书，一个环节都不能少。当然，对于一些文学跟屁虫儿建议他到惠民县电视台播发一条新闻的蛊惑，还是有一定自知之明的巴银，推推眼镜，以冷静的口吻说：“就是上江城市电视台播条新闻也没问题！问题是……问题是没一个正式书号，咱丢不起娘家人哪！”

协助巴银忙完出书宣传若干事宜，又成为无业游民的乡下青年，住宿不是到文化馆凑合，就是到秋生单位挤。吃饭呢，当然回归到刚进城时吃“百家饭”的日子，巴银家、巴银岳父家、志中家、志辉家、秋生家……一次到秋生家吃饭，秋生说同学有一个粮油商店要出兑，干不干？饥不择食、慌不择路的祖峰脉连寻思都没寻思，立刻答应了下来。于是二人东奔西走谈价格、跑贷款、办执照，末了，一个礼拜下来，又成了泡影。

这天，祖峰脉正在文化馆附近的政府路上游荡，遇见了文化馆后勤管理员曾小宝，曾小宝拽住他的袖口，一本正经地说：“你还瞎跑啥呀，馆领导正找你谈话呢！”

祖峰脉急忙去了文化馆。曾小宝是李艳君副馆长的驸马，信息的可信度很高。

文化局批准文化馆雇用临时工，但是不给拨款，费用自筹。一正一副两位女馆长商量让祖峰脉二十四小时在岗。要是一年前，别说二十四小时，就是每天再从老天爷那里借两个小时加上，他也会立即答应下来。但现在不同了！积攒了一些奋斗底气的乡村青年，隐隐觉得自己在偌大县城有了那么一点儿可以不被随意宰割的资本了。二十四小时在岗意味着什么？这么说吧，如同一张网，把你死死网在大楼里，一天到晚哪儿也动弹不得。

“这……好啊……不过工资能翻倍吗？”

乡下人面带微笑，声音平静，像是说着玩笑话，但意思明确。

两位戴眼镜的女馆长相互看看，不约而同地笑了。因为她们都觉得那是不可能的事情。最后商定只是“堵三间”，月薪以六十块零五角达成协议。

这样，早晨起床，打扫完卫生，烧好开水给各办公室一一送去，上午，祖峰脉就自由了。午间他再回到一楼值班室，值守到下午上班，下午，又自由了。晚上下班，人走利索，大门反插，暂时他就成了整幢大楼的主人。值班室有电话、黑白电视，南侧二楼有钢琴，北侧一楼有乒乓球案子，随意练习和玩耍。他这个泥腿子、文学的狂热者，一年半前还站在楼外顶礼膜拜，如今却无所拘束地任由一个人楼上楼下巡视，俯瞰桌椅板凳，呼吸浓郁的文化气息，不停在大厅墙壁悬挂的油画《蒙娜丽莎》的微笑下面走来走去，想摸摸，随时就能摸一摸艺术殿堂里的每一处……他感觉自己一夜之间成了精神生活的富翁，成了偌大县城茫茫人海文化灯塔的守护人……关于吃饭的问题，在院东侧的锅炉房解决。他求锅炉工赵大勇帮忙，用砖搭了一个小火炉，钉了一个简易碗橱。关于上厕所的问题，楼内只有小便池，大便他效仿锅炉工，在锅炉房解决，然后动能变成热能，与煤炭一起烧成红彤彤的火焰。

崔军赶着毛驴车，“叮当叮当”的，带着几分对这个能折腾的外甥的佩服心理，把寄存他家的行李、碗筷和其他一些生活品送到了文化馆。祖峰脉又回家取一些干菜、咸鸡蛋，求村里上街办事的小四轮捎一些新砍的白菜，新起下来的土豆、萝卜、胡萝卜，再买一些零零碎碎的，抽空去马秋生单位，把寄存那里的两纸箱书本取回来，搬进巴银在二楼办公室特意给学生腾出来的一张黄长条课桌上，一切，就万事大吉了。

临上岗的前一天，祖峰脉买上酒肉，到巴银家庆贺一番，憧憬一番。学生表示感谢，老师设计未来。一个三十而立、一个弱冠之年，城乡身份相差悬殊的两个年轻人，过去一年多因为文学相识、相处、相知，分分合合，波波折折，如今，又紧紧捆绑到一起了。

然而，问题就出在这里。在文化馆上班一族的眼里，祖峰脉不是一个简单的“工友”，打打水，扫扫地，跑跑腿，而是惠民文化馆创作部主任、诗人巴银的帮手。这样一来，巴银竞争副馆长的“对立面”、一些与巴银有过节的馆员，心里不由得紧张起来。因此对待乡下青年“二进宫”的态度，与此前初来乍到时大相径庭。表面上，他们对这个像狗皮膏药一样赖在馆里不走的乡下学员态度转变很快，显得格外友好，客气，就连过去不怎么爱搭理人、给人印象高冷的保干高顾雍，也开始对他嘘寒问暖，简直换了个人。还有架子鼓师傅水中来，三十好几了，单身，自打从外县调过来，一直住在馆里，吃在馆里，如今经常到祖峰脉的简易厨房里打牙祭，有说有笑，一家人似的。

祖峰脉感觉到了哪里不对劲，但是说不清楚。

文化馆的大礼堂经常召开全县的大会。保证容纳上千人、两层通透的大会议室的温度，绝对是一件大事情。因此县里财政资金就是再紧张，每年购买煤炭的费用也早早下拨，从不拖欠，五吨载的解放汽车，一车接一车地从火车站货场往回运，几天就把文化馆院里堆成了小煤山儿。

这天，傍晚落过一场小雪，也标志着寒冬的正式来临。上岗不足半月的祖峰脉，晚上休息前同样紧闭的文化馆院门，第二天早晨，却发现院里的煤被盗了。

祖峰脉被叫到新来的崔馆长办公室。

“你咋看的屋，院里煤都看丢了！”富态的崔馆长一脸严肃。

“这……这怎么可能呢？”新来的工友很惊诧。

“你是在问我吗？”崔馆长气哼哼地拨通了电话：“顾雍吗，你上来一趟！”

不大工夫，保干高顾雍穿一身绿军装闪了进来，一双深陷的眼睛瞥一下旁边站着的祖峰脉。

“你领他去现场瞅瞅，这么大的事，一个大活人居然不知道！非得连人一起抬走吗？像什么话！”

从二楼里侧的馆长室出来，要穿过纤维板隔出来的一排办公室和舞蹈排练室。巴银刚上班，正开门收拾屋子，见学生随保干高顾雍神情紧张地下了楼，他心生疑惑。祖峰脉随高顾雍出门下了台阶，走近院北的煤堆，高顾雍扬手一指煤堆的一处缺口，咄咄逼人道："你自己看吧，这是啥？"

刚下过一场雪，黑洞一样的煤堆缺口很明显。

祖峰脉感觉眼前有些恍惚。

"你再往这边看——"高顾雍边说，边用手指头点点白雪地，"这是拉拉的黑煤印子！"

祖峰脉低头仔细一瞧，更慌了——白雪地上一道如同木匠师傅打"墨线"一样的痕迹，呈现眼前。"墨线"打到院门口，向东拐了十几米，在东二道街街口向南朝巴银家方向拐去了……

看完，二人返回馆长办公室。一头雾水的祖峰脉不知所措。

"看明白了？看明白了就好！说说吧，咋回事……"崔馆长杏目圆睁。

"没啥说的，秃头虱子明摆着！"高顾雍阴阳怪气地一屁股坐到椅子上。

崔馆长看看高顾雍，手捧茶杯推推眼镜说："小祖啊，监守自盗你可知道是什么性质的问题吗？"

乡下青年有些愣然。监守自盗？他瞬间似乎明白了什么……半天，他沉静下来，走到馆长桌前说："馆长，我没听明白您话里话外的意思……"

"人家说你把煤运到你师傅家去啦！"

"馆长……馆长这话从何说起，你看我是那样的人吗？"祖峰脉一下全明白了，这是有人栽赃，整巴银。

没等崔馆长说话，高顾雍"唰"地起身，笑嘻嘻地冲乡下人说："谁是啥人还写在脸上啊？我看你有点不老实！啊——小伙子！"言罢，他扭头对崔馆长说："领导你看着处理吧，我还有事，先走了！"扔下话，高顾雍头也不回，下楼去了。

66

崔馆长一时问不出结果，暂时罢了。

祖峰脉回到巴银办公室，关上门，纤维板墙不隔音，小声学了刚才惊悚的一幕。巴银听了，霎时脸色铁青，在办公室里大喊大叫："这种下三烂的阴招都使出来啦！"巴银暴跳如雷，不顾峰脉阻拦，疯牛一般推开门，冲进馆长室理论去了。

结果当然不了了之。

“我当不上馆长谁也别想当，我要调查明白是谁干的，我把他们家祖坟给挖出来！”

祖峰脉二次回到文化馆，表面上是工友、看门的临时工，而实际上，摇身一变，他融进了文化馆的队伍，成了惠民文学的“准核心层”。况且，巴银也不仅仅是让自己这个得意门生到文化馆来看屋吃干饭的，而是为领导一个县的文学披荆斩浪，助一臂之力来的。何况，在文化馆内部，分派系，搞圈子，外县调入孤军奋战的他，也的确需要一个忠诚、可靠、能干的帮手。他向前任馆长提出给自己配一个人，就是为了达到这个目的。专人一时配不上，那么有一个能在眼皮子底下，像以往一样来帮助自己的“私人秘书”，也是一个不错的选择。

所以，他强烈推荐祖峰脉到文化馆干临时工，为此他曾试图阻止峰脉去读大学，甚至在李艳君副馆长要介绍亲属来文化馆，取代祖峰脉工友名额时，他以理据争，还与李副馆长吵了一架。

乡下青年是幸运的。在又将走投无路的时候，文学和文学虔诚的信徒们，又收留他于怀下，为他遮风挡雨，使他得以继续修炼……

显然，祖峰脉在进步。他觉得自己在城里本一无所有，但是通过努力赢得尊重，得到认可，他就很满足了——何况，他认为他看到了许多自己这个年龄的农村青年看不到的“风景”，即使将来被火辣辣的现实打回原形，自己的经历也是一笔人生财富。

所以，有人想从徒弟这里打开缺口，给竞争副馆长的师傅制造麻烦的时候，祖峰脉坚守了自己的道德底线——他没有信口胡说。当不怀好意的人给师徒扣的“监守自盗”的屎盔子没有奏效之后，反而出现了“反作用力”：师徒二人团结得更加紧密了。

在巴银的信任下，祖峰脉很快忙碌起来。初审《惠民文艺》稿件，回复作者来信，策划活动，与巴银下乡讲学，参加各种文学交流活动……在编辑校对《惠民文艺》时，他与政府铅印室的拣字工们迅速打成了一片；在回复信件时，他广泛接触了城镇的、乡村的、部队的、林场的、学校的，各个方面的文学青年，这些青年作者在知情不知情的情况下，都会在通信时、见面时，谦恭地称呼他一声“老师”。就连文化馆协管的熟络的各乡镇的文化站长们，或多或少地，亦对他刮目相看，起几分敬意了。

祖峰脉干得越发有劲了。

一天，他对巴银说：“大哥，我想成立一个新诗研究会。”

巴银坐在办公桌前，正二审稿件，抬头推推眼镜说：“你有什么想法？”

“现在爱好文学的人雨后春笋一样，惠民文学的前景一片光明，很多文学爱好者都是先写诗入门，大概是诗歌写作简单易行的缘故吧。不过您是大诗人您最清楚，写诗和会写诗完全是两码事，有本质上的区别，真正想写好一首诗前提要有一定的理论素养和情感、意象表达的技巧。当然，灵感很重要，但依靠突发奇想，分行写出来的诗篇，永远停留在初级阶段和一厢情愿上。”

巴银听得入迷了。

祖峰脉从自己靠门口的乳黄色小课桌前起身，来到诗人办公桌前继续说：“咱们惠民现在有一些文学社，都在您心里，像什么惠民师专、第三中学，乡下的一些中学，还有志辉组织的大地文学社，等等，都是一些发烧友聚拢一起，局部的，小团体式的，遑论理论研究性质的了。”

学生思路清晰，谈得条条是道儿，巴银坐不住凳子了，站起身来背手问：“说来说去，你有何打算？”

“您看呢，您是惠民文学的领头雁，文化馆的创作部主任，重要的官方头衔，但是以您的名义成立文学社团，目标大，多有不便，也不合适，搞活动各方掣肘、受限，就是这幢楼——”说到这，祖峰脉用手指指天棚，继续道：“也说不定会祸起萧墙，招致不必要的麻烦。我以我的名义成立一个新诗研究会，我就是一个被您抬举收留的农民业余作者，暂时站在惠民文学的制高点上了，一方面好组织，另一方面即使出了问题，能奈我何？”

“……那好吧，你先拿一个方案。”

“方案好办，关键在人选。”峰脉小声说。

“你来当会长，我支持！”

“不是会长，是名誉会长，您当不合适，我想选一个能压住阵脚的大人物，来担当这个具有象征意义的职务。”

"谁？"

"郝仁德。"

"县人大主任？"巴银有些惊诧，"太高了吧？"

"偌大个惠民县，机关、企事业、学校、军营、乡村，文艺人才多如牛毛，没个一言九鼎的头面人物出来压阵，开展活动不会顺畅，难得一呼百应。我看郝仁德主任写了不少诗词，虽都是一些诗技不高的古风诗词，但是也有一定基础，并且热情很高，几次参加活动我看他都很支持您，有的活动还亲自上阵，即兴朗诵上那么一两首'老干体'，什么'老友重逢，千里迢迢会京城'，有他挂一个虚名镇着，下边的人就不会说三道四。"

巴银重新坐回椅子使劲喝了一口茶，瓷茶杯"当"的一声放下说："小伙子运筹帷幄，行！找时间我亲自去人大主任办公室邀请，你先拟个名单吧！"

在巴银的支持下，一九八八年新年伊始，经过半个月风风火火的筹备，"惠民县边陲新诗研究会"正式成立了。祖峰脉任会长，罗志中任秘书长，马秋生、林红霞、李忠臣、刘凡革等一批创作班同学任理事，聘请县人大主任郝仁德为名誉会长。巴银还将一年四期的内刊《惠民文艺》杂志，经宣传部、文化局同意，变更为《惠民文艺报》，每月一期，聘请峰脉为业余编辑，在报上正式对外公布了"惠民县边陲新诗研究会"的组成人员，并专版刊发了第一批会员的诗作和点评文章。

县领导当名誉会长，《惠民文艺报》开辟阵地，一时间，人们似乎忘记了祖峰脉的真实身份——他还是一个没有户口、没有粮食关系、没有工作的"三无人员"，一个鹅头山下地地道道的青年农民！

雾里看花无时有，水中捞月有时无。名声大噪的乡土青年作家，没多久麾下居然聚拢了一百多名会员。填表、复信、接待、联络……在用诗歌虚拟起来的舞台上，经受了一定锤炼的祖峰脉露上了一手，快速地锻炼着，成长着。尤其招收会员的简章发出去之后，读着一封封或来自工厂，或来自乡镇、村屯，或来自企业、部队、学校、林场，或男或女，或老或少的信，看到广大文学爱好者寄托志向于文坛、对文学的喜爱热度、对自己的尊重程度，以及坦露心声于肺腑，使混迹文学圈的乡下青年经常被感动得泪眼涟涟。看来，在文学的世界里自己并不孤单。原来民间有这么多同自己一样的精神追求者，文学攀登者，命运挣扎者。于是，这个淳朴的农家子弟，也以相同的方式、语言和饱满的情感，共同的情怀，回应“莺声鸣友”一般的众多文学追梦人，真诚地与文学狂热者们对话、交流，畅谈未来和理想。与其说使他继而获得了更大的尊重、更多的人气，不如说给他孤独的、经常冰冷的血液里，连续注入了支撑、推动、激荡文学灵魂不停流淌的力量……

真诚是人与人相处的优势，是孱弱者赢取未来的法宝。祖峰脉的朋友圈在扩大。

随着春节的临近，文化馆的演出愈来愈多，愈来愈火爆，不管是省内的还是省外的，不管是正规的表演团体还是临时凑合的草台班子，目的只有一个：赚上一笔！

容纳上千人的大礼堂，自然成为“走穴”者的挖金宝地，经常吸引和聚拢城镇各阶层有条件的观众前来观看演出。馆里在值班室设一个售票窗口。有时票卖不完，便私下赠“关系人”。祖峰脉也不例外。他有时也借机弄上几张，送同学，送文友，以及一些社会上经常来找他，其实认识并不久的所谓“朋友”。

接下来，融入春节联欢、游艺活动的繁杂，乡下青年第二次一个人在外过年，倒也没觉得特别的孤单，自我陶醉、迷蒙于“误将异乡当故乡”的感觉里。

入了正月，繁华散去，并且回老家过年的架子鼓手水中来还没有回来，当整幢大楼里空荡荡，只剩下祖峰脉一个人的时候，孤独之感却像幽灵一样，索债似的翻着倍地随时涌上小工友的心头。

一个叫夏明有的小学教师，喜好琴瑟，因为学生家长在馆里工作的关系，每晚他都上二楼来练习脚踏琴。没什么本分事可做的时候，祖峰脉插好大门，一个人躲进二楼巴银的办公室里，耳畔缭绕着贴棚顶飘过来的琴声，看书，写东西。等练琴人离开了，室内“吱吱”响起给暖气送水的声响，他猜测到，那是锅炉工来烧火了。果然，一袋烟工夫，满屋子如同僵死的灵魂苏醒一般，热乎气蔓延起来。

独孤的时候，长了一岁的乡下人就会想家，想乡下的奶奶，想乡下的父母、兄弟，想叔叔、婶婶、堂弟、堂妹，想乡下过年的热闹气氛。大哥峰顶元旦刚刚完婚，小日子一定过得不错吧。峰良是不是又去上冰棍卖了？奶奶的身体还好吧，家里人是不是也在惦记着自己？

年前年后，罗志中、李忠臣来过几次，林红霞也来看过自己。甚至春丽姐，也领儿子天天来小坐。朱志辉去市里进修大专，两月未见，前几天放寒假也来了，聊了许久，还在这儿陪他吃过一顿饭。赵淑梅结婚了，刘爱玲也去一个工厂上班，听说丁一兰正与一个高中的老师处对象……一切，都在悄悄地发生变化。

祖峰脉不能不为自己的前途考虑。无论现在多么稳定，多么风生水起，都是暂时的。没有他途，只有做点买卖，养活了自己，才能在城里待下去。至于娶妻生子——这农村父母认为的儿女大事，眼前更是一团混沌，是连想都不敢想的问题。

这天，他与丁一兰通电话，得知一兰待业的中医院，有一个门市房要出租，俩人商量能不能一起做点啥靠谱的买卖。祖峰脉也想出去散散心，何况有了商机。他约了饭店，丁一兰把中医院的李书记请出来，又叫上马秋生，一起出来聚。李书记是军人出身，很爽快，说那处门市房上家到期不干了，能开个饭馆、食杂店什么的，如果丁一兰想干，有家属没别人的，价格上过得去就行。

领导高兴，买卖有望，几个人就多贪了几杯，多扯了一会儿。

回来时，祖峰脉发现馆里亮灯了，他醉眼惺忪，心生狐疑。自己走时忘记关灯了？他上了台阶，一推门，大门居然开了，楼上传过来了琴声。练琴人夏明有的自行车摆在前厅的一角。祖峰脉酒醒了一半，心说走的时候大门明明反插着，自己是从窗户跳出去的，一丈多高的大门，难道是鬼打开的吗？

他似乎意识到了什么。他几步跨到南侧的值班室，进屋一看，顿时惊呆了：值班室的电视、电话，不翼而飞。

67

祖峰脉找遍了全楼的角角落落，一无所获。

祖峰脉的酒全醒了。

见小工友疯牛一样窜上二楼，夏明有慌忙从脚踏琴前起身，紧张地说：“我来时门就开着了。”

二人对视了半天，祖峰脉转身下楼，出门又把院里找了一遍。今天晚班的锅炉工刘文秀，正手握平锹，朝红彤彤、老虎口一样的炉膛里扔煤，煤扔进去，火焰“呼”地一下从炉膛里窜出来，文秀的身子灵巧地向后一仰，熏黑的脸庞瞬间光芒四射，简直像一头熏烤过的肥羊。

祖峰脉进去，与刘师傅打了招呼，佯装到门边的碗橱取东西，向锅炉房四周撒摸了一圈，除了一堆煤、一个推车子、几把扫帚，再没别的什么物件了。他转身出来，呆站院子里，反省。晚风飕飕地刮来，依然刺骨。路北政府门前的冰灯闪烁，游者身影婆娑。南侧一堵高墙，墙那面医院的灯影反射过来，黏在枯柳枝头。他疯劲未消，爬上了几米高的煤堆，跨上墙头，向里侧窥探过去——幽远之处，人民医院住院部楼的窗口，灯光迷离、错落，院内甬路上不时有行人走过。墙角下的太平间安安静静，仿佛能听见失去亲人的抽泣之声，从那里嘤嘤飘过来。

寻找了一圈，没发现电视、电话的蛛丝马迹。年轻的守门人回值班室坐床上发呆。

“谁干的？”

他越想越迷茫。往日放电视、电话的小桌，空荡荡摆在两床的堵头。蒙在窗户上的紫色加厚窗帘，遮挡住了窗外住院部阴森森的夜景。

第二天上班，巴银第一时间得到电视电话被盗的消息。巴银顿觉事情闹大了，领峰脉就去了馆长室。

“怎么搞的！”崔馆长刚进屋，脱掉灰色呢子大衣坐椅子上喘粗气。唱戏出身的崔馆长，五十岁上下的年龄，有些发福，但脸色依然白皙，风韵犹存。据说二十世纪五六十年代，她就在香蒲街的老剧场唱戏，是惠民评剧界的名角。

祖峰脉不敢隐瞒外出会友的事实，但也说明了从里面插门，从窗户跳出去的实情。

“那就不对了，”崔馆长用胖乎乎、白净净的右手指“当当”敲起桌子，像为唱戏打拍子，“那外人怎么进来的？”

“练琴的人我也问了，他说他来的时候门就开着了，大厅灯、值班室的灯都亮着。”

崔馆长像发现了什么，挑起一双杏眼看看了巴银，然后抄起电话就叫高顾雍上来。

见馆长撂下电话，坐一旁椅子上的巴银说：“这事有些蹊跷。”说话间，镜片后面闪烁着无限怀疑的目光。

“蹊跷不蹊跷的，事出来了，让保干调查一下再说吧，必要的话就报警。”

高顾雍进了馆长室。他向三人身上扫了一圈，祖峰脉发现他的眼神里，有一种奇怪的东西在闪烁。

“给你两天时间，把事情调查清楚。”

“用不用报派出所？”高顾雍不隐讳师徒二人，直接问。

“家丑不可外扬，先内部调查吧！”

从馆长室出来，巴银回了办公室，祖峰脉尾随高顾雍，去了一楼。在值班室里侧的保卫室，详细向高顾雍汇报了事发经过。高顾雍手里提着蓝油珠笔，一脸温柔地进行了记录。

挨到晚下班，见人都陆续走了，早已经坐不住凳子的巴银把祖峰脉悄悄叫到办公室，又详细询问了一遍经过后判断说：“准又是内部人干的！”

听了巴银的话，超出自己想象的祖峰脉，比事发时还要惊恐。

“能吗？”

“哼！兔崽子，不把我搞倒他们是不消停啊！”

巴银猜得没错。

自从祖峰脉二次回到文化馆，成天跟屁虫似的跟在巴银身后晃，巴银副馆长的竞争对手，早被惹恼了。副馆长选拔在即，不把巴银搞臭，恐怕大权旁落。

上上下下加一起，不过二十几个人的文化馆，分成了三伙。除了宅心仁厚、倾心艺术、不热衷政治的美术部主任，以及几个不选边站队、不参与任何钩心斗角，其实也没什么话语权的后勤人员，文艺部主任和创作部主任各拉几个业务骨干，和曾小宝、高顾雍这样的有实权、有背景的后勤保障干部，竞争副馆长。文艺部梅同新主任生得一表人才，行事内敛，善于心计，慢慢将架子鼓手水中来、后勤干部曾小宝、保卫干部高顾雍拉拢到了一起。巴银一边则有电工、锅炉工、财务几个人。

“形势有点紧张。”节后上班，梅同新就请几个好友出去撮一顿。酒过三巡，高顾雍眼里冒着阴光说：“那煤印子一直撒到东二道街路口，可是过了道扫雪扫没了，是哪个扫大街的他妈的这么勤快！要不码脚印码到巴银家门口，我看他有口难辩，一石二鸟，连师傅带徒弟，一块儿收拾喽！”

“别喝点酒胡咧咧，喝酒喝酒！”见高顾雍酒后吐真言，梅同新急忙制止。

酒足饭饱，哥儿几个心照不宣，各自散去。临出门，梅同新拍拍顾雍的肩膀说：“你做的大哥心里都有数，下步你再琢磨琢磨。”

“包我身上！”高顾雍一拍胸脯，回家睡觉去了。

按规定，保干有查岗权。家离单位不远的高顾雍，有事没事，愿意骑着锃明瓦亮的自行车，到单位逛一圈。这天晚上来，大门插着，他怎么敲，小祖也不出来开门。他顿生疑惑。他知道北侧一楼教室有一扇活窗户，这是馆里少有几个人知道的秘密，万一大门打不开，也算有个进出口。他跃窗而入，见楼里没人，就明白小祖脱岗了。他灵机一动，心想机会来了，就将电视、电话拆掉，兔子搬家，给挪了窝。北侧二楼的棚顶有几块活动的楼板，他抱着拆掉的电视、电话，贼眉鼠眼地塞了进去，又将楼板严线合缝地归了位。

当然无人能找到。

高顾雍说不行报警吧？崔馆长说我先跟局里汇报一下。

文化局长厉丹青一心想把梅同新主任提起来，始终找不到理由。听说文化馆发生的盗窃案可能牵扯巴银，顾不上身份，直接传唤下属单位的工友到政府大院局长室谈话。

“电视电话是不是你运到老师家去了？”

梳背头的厉局长，坐在那张象征权力的椅子上，右手掐着烟卷，刀条脸傍一盆翠绿的龙血树，声调严肃地问。

乡下青年站地上，脑门儿渗汗，心脏扑通扑通跳。

“你爸你妈咋教你的——做人要诚实，要老实！”

见厉丹青趾高气扬的样子，祖峰脉反而镇静了。

“厉局长，馆里都问过了，我真没看见。”

“不说实话是吧？小伙子……不说实话……不说实话信不信我马上把你撵回乡下去！”厉丹青激动地站起身来，瘦削的大个头挂着两只长胳膊，左手向窗外一扬吼道。

听了这话，祖峰脉微微笑了。

“厉局长，我一个看门的临时工，回家种地是早晚不等的事，但说违心话，捏造事实，那人品才有问题吧？”

让厉丹青没想到的是，一个没什么背景的农村小青年，竟敢跟自己堂堂局长理论。他沉默少许，一双大眼睛转了转，意识到刚刚自己的行为有些失态，于是语气温和下来说：“那你先回去想想吧，我跟你们馆长谈。”

“软的欺负硬的怕！”

小工友心里嘟囔着，出了政府楼。他想兹事体大，名誉无端被侵犯了，我管你局长不局长，只能捍卫。再说，自己如今是惠民文学界有头有脸的人，即使一个普通人，名誉权也不能任由宰割！另外巴银对自己恩重如山，别说没干这缺德事，就是干了，突破口也不应出在学生这里。

这是农历二月二龙抬头临近的一个上午。

寒流即将谢幕，升高的太阳光线里，已能感觉到初春来临前的几许暖意。惠民这个农业大县，正准备召开县、乡、村三级干部会议。政府院里到处是行色匆匆、忙碌的身影儿。政府大院门前的那条水泥板路的两侧，陆续停靠了许多北京 212 吉普车、尼桑轿货车，一些手握实权的领导人物，在县大院进进出出。

祖峰脉夹杂在人流里，往县政府院外走。祖峰脉表面上不卑不亢，却没心思看风景，心里面乱糟糟的。他想自己刚才的言行，指不定又要给自己带来多少麻烦，能否在文化馆继续混下去，也是个未知数了。

出了院门，过道就是文化馆大礼堂了。望着这座庞然大物——曾经膜拜的文学殿堂，他的心里有一种说不出来的滋味。他恍然想到，这里原本就不是自己能久留的地方。说不好哪一天，殿堂里的斗争达到一定程度，巴银真要弄出点什么授人以柄的幺蛾子来，自己一时把握不好，就很危险一下子滑到在外人看来不仁不义，甚至欺师灭祖的深渊里面去……

“不说实话信不信我马上把你撵回乡下去！”

厉局长的话像刀子一样在峰脉耳边翻腾。他深深认识到，此处真的不能久留了。

可是，自己又能到哪里去呢？

第二十四章

68

电视、电话神秘失踪的第三天，像长了翅膀，飞回了值班室。

原来，高顾雍最终想明白了，害怕了，害怕馆里被逼得报了案，警察侦破，在文化馆内的北楼板里搜出赃物来，他这个保干，难逃干系。

电视、电话失而复得，全馆上下虽感蹊跷，毕竟没造成什么损失，几天的工夫，因为窝里斗闹出的不怎么光彩的“兔子搬家”游戏，文化馆馆员们讳莫如深，没人再提起了。

可寄人篱下的峰脉，不得不深刻反思：一个变得乌烟瘴气的地方，自己到底能栖身多久？

这天夜里，他在一篇没有标题的文章里写道：

想家乡，不想家乡，就看你有没有家乡。家乡好，家乡坏，全在家乡存不存在。

有人说，北大荒是一个精炼的中国，此话颇有道理。但委心想一下自己所要从事的理想，却久久不能实现，就有些不敢那么相信它了。“精炼的中国”，也就是说在各个方面都存在祖国的精髓，单就文学创作而言，也应该是文学新人辈出的地方。想我则不是。起先有这想法还不觉羞愧，颇有唯我独尊之势，时间一久，想起或看到一些由北大荒走出的“大作家”（引号毫无它意），就不免有些遗憾和惭愧了。如果不是“地利”的事，“天时”又是“知识爆炸”的时代，如再不出大作家，出好作品，那可真就要“人和”了。

古人论“天时、地利、人和”，自然有古人的一套说法。且减去“天时”“地利”不论，单说“人和”就够我三天三夜睡不着觉了。

早在初中的时候，对文学并没产生兴趣。身边发生的事和接触的人也都未认真去观察，思考。那时思想是很单纯的，“考大学”是向往，好像上学，就是为“考大学”来的，至于其他，老人们不说，孩子们自然也不会知道。等到了要毕业的时候，准确说就是在生活发生大转折的时候，我所想的，也距文学很远，那是连做梦也不敢想的。记得当时刚刚中考完毕，干等发榜而不知，在两间茅舍里坐卧不安，像一条龙，在思忖何等大事，真有点“干一番大事业”的味道。越到这时，前途越是渺茫的。越是捉不住，思路也越多。偶然一次在收音机里听到某文学函授班招生，则弃学从文——明知多日不见发榜，是无望的，选这条路，还应了几年前十月一日那天对村里几位朋友发的誓：“如果考不上学，就搞文学，把我们的故事，写成厚厚的一本书。”当时想，当给她们看的时候，自己心里有多高兴。今天这心情，却荡然无存了。

在文学的悠远之路上攀爬，祖峰脉还是第一次对自己坚定的文学理想和信念产生怀疑。

宁可带千军万马，也不领戏子杂耍。文化馆啊，文化圈啊，毕竟不是咿咿呀呀的托儿所。

一个月前，祖峰顶元旦结婚时，他匆匆跑回去参加哥哥的婚礼，与新过门的大嫂李俊英见过了面。婚礼上，东西两屯前来喝喜酒的老亲少友们，称呼着他的乳名，关心地问着同一个问题：“小军，你还在街里干啥呢？”他无不以骄傲的口气回答道：“在文化馆上班呢！”在乡亲们称赞的话语和眼神里，他的心里却火辣辣的。他没有勇气将那脆弱的一层窗户纸捅破。

二次回到文化馆之后，他还曾坐着老馆长公子小米的解放车，回家风风光光地把峰良接到惠民，在小米的车队里学习汽车修理，上山押车拉木材。当时，全家为峰良找到了挣钱门路高兴的样子，至今浮现脑海。可不久因小米的车队负债累累开不出工钱，弟弟春节前就捆行李卷回乡下去了。

他认识到自己像一个风筝，仍在空中飘。

尽快找到挣钱的门路，马上离开文化馆这个是非之地！

他拿定了主意。

“还去开咖啡屋。”文化局从图书馆给文化馆外派来一位副馆长，巴银与梅同新两败俱伤，没上位，一直很沮丧。

师徒二人有点惺惺相惜的意味，一拍即合，他们一边办《惠民文艺报》，计划全年的文学活动，一边联合罗志中，满大街地看房子、跑贷款，张罗开一家咖啡屋。

开咖啡屋是巴银的一个梦。诗人满脑子新鲜玩意儿。在惠民，能提出开咖啡屋的，除了巴银这般的浪漫诗人，很难找出第二个相同的群体。巴银经常到省里去、市里去，参加一些文学活动和会议，舞厅、咖啡屋是他经常出入的场所。他认为这些新鲜玩意儿落户惠民，是迟早的事儿。

“咱们为什么不能先干起来呢？没工作的女学员可以嫁汉嫁汉，穿衣吃饭，你们几个没工作的男生，朱志辉去江城师院念大专了，就剩你和志中两个无业游民，现在人人做买卖，有工作的都下海经商，满大街皮包公司，不管过去啥样，摇身一变，狗戴帽子都成了生意人！搞文学的也不呆傻痴茶，我就不信咱们就干不出一番天地来！”

祖峰脉听得心潮澎湃。没想到惠民的“文学霸主”，谈起生意来也条条是道。

巴银说的一点儿不假。惠民的经济近几年过热到了一定程度。这个刚刚发展起来的农业大县，人人变成了“发烧友”，做起了发财梦。自己腰包里的资金挖潜了，整合了，不够就去外面引进，去银行贷款。现在的景象是：宾馆里住满了倒腾农副产品的人，客房里都飘荡着大豆、土豆等一些农特产品的气息；满大街的商铺不断放爆竹开张，上午吉时，几乎每天街上都能闻到烟火味儿。

上次巴银提出开一家咖啡屋，是想利用托儿所的房子。现在托儿所关门了，咖啡屋只好另选新址。峰脉打理完馆里的事儿，就和志中到大街上跑，用去一个多月时间，先后谈了八家装修待租的门市房。跑断了腿，磨破了嘴，均无果而终。原因仍然只有一条：不菲的房租费，没着没落。

巴银信用社的一个信贷员朋友，长得五大三粗，说话掷地有声，在巴银招待的酒桌上，爽快地答应了贷款。可又逢经济过热，贷款投放政策突然收紧，贷款开咖啡屋的事情便不了了之了。

祖峰脉十分烦闷。自己与文化馆谈了几次要离开，现在去哪里？去哪里结束漂泊？只有回到那个山沟沟里去吗？

这期间，张春丽领儿子天天来馆里看过峰脉几次。天天上小学了，春丽的心也被拴在儿子的成长上。这个曾经有过许多梦想的女人，如今对现实彻底屈服了——从眼角上增多的皱纹，目光的闪烁、游离，一眼就可以打量出来八九分。春丽的男人王继友为了安慰她，换了新房，甚至邀请峰脉去新家做了一次客，酒喝多了还公然让乡下青年改口，改口叫春丽嫂子，不再叫姐……这时峰脉才意识到，自己与春丽姐的接触，应该保持距离了，因为在世人的眼里，男女之间，怎么可能有纯粹的友谊呢？

69

前几天，祖大消停的半拉身子，突然不听使唤。祖峰脉急忙求常来文化馆打乒乓球的县经委主任的儿子，开着经委一把手乘坐的白色“伏尔加”轿车，回家风风光光地把父亲接到了县人民医院治疗。敏感的林红霞听说后，与妹妹林红云一起送来四瓶米醋，说是偏方，米醋泡鸡蛋，治疗半身不遂。

由于医治及时，住院一周，祖大消停很快恢复了，祖峰脉把焦急的父亲送上客车，回家忙春耕去了。

对于林红霞的热情举动，祖峰脉的心里，一会儿宽慰，一会儿杂乱。能被一个在城里银行上班的姑娘惦记，这使他觉得自己的境况还没有糟糕到一定地步。可转念一想，那又能怎么样呢？仅此而已。自己与林红霞本来就不是一个世界的人。不是一个世界的人怎么讨论一个世界的问题、怎么一起憧憬未来、怎么会有共同的明天呢？

“这是一个死结。”乡下青年心里想，“这个问题自己思考过千遍万遍了，只是又见了林红霞和她的热情，自己的情愫禁不住又翻腾上来……仅此而已啊！”

他在一篇《二十岁顿悟》的文章里，更加深刻地反思反省着：

异常的苦闷，现在苦闷给我带来的已不仅仅是痛苦，还有对记忆的忏悔。花在凋谢的时候，秋天刚刚逝去，而雪花就要飘来。这世界怎么说算残酷还是不残酷。

我不知深浅地在阳光下生长。任何一种事物都解释不了现在的我，尽管是一个比喻。你可以把世界上所有的思想都收敛过来，可没有一件有我的复杂。故此脑外的东西，一概不知。问我，等于问一个白痴。

我也不知道现在我怎么这么糟，没心没肺甚至五官都挪了位置。究其缘故我一时嗫嚅，尴尬得半天讲不出话来。话一出口，就说，你还是人吗？请教——这词似乎有些高雅，请教我怎么也不找个时候，没看见我此时不死不活的样子，一帮自私的家伙，不可教也！

……我迷惘。那么迷惘就是怯懦呢？我解释。如果你永远也解释不清呢？我死亡。或者，同样跟着卷进去……

转眼，时间流至一九八八年五一劳动节。文化馆的馆员们，人人洒脱着放假休闲去了。整幢大楼，留下祖峰脉一个人。苦楚，孤寂，迷茫，无奈……乡下青年只有用诗情来打发时光。

我病了
整个世界都病了
唯有你，目光健壮
能将我痛苦的思念
从梦里，带得遥远遥远
我不懂得
……

——《我不懂得》

楼里没人了
大街上的人们都在喊
过节了！
……
楼虽大装不住我的一颗心
办公室怎能装下我的躯体？

——《节日的办公室》

真是太孤独了。他甚至假设婚已，写下了一首《爱人》诗：

如果没有你，纵使欢乐
也会夹带一丝苦涩
于是，空荡荡，我自己
彻底反悔，幸福时
不该将你忘记
而你，却没一点儿怨言
随着月色随着梦
陪我到黎明时刻

孤独是青春的危险品。不过，不是在沉默中消亡，就是在沉默中爆发。驿动的青春，未来的渴望，不想沉沦的年轻人，在思考，在羽化，在涅槃……他看似只在与笔下的文字交流，排解孤独——但是，那里也生着决心，长着信念，期盼着一桅几尽搁浅的青春小舟，冥冥迎来一个早日远航时刻的到来……

不是吗？经受两年进城后的奋斗，乡下青年的羽翼渐渐丰满起来。

刊发完“一九八七年大兴安岭五六大火纪念专号”，祖峰脉的小说处女作《山脚下的女人》，终于在一九八八年一二期合刊《青年文艺》头题“新星”专栏配发大学教授评论，隆重推出了！同时，巴银参加江城元宵歌词笔会时，祖峰脉的歌词《总有》，作为范文，在会上受到公开宣读的礼遇。开会归来，巴银还带回《江城市作家协会登记表》《江城市音乐文学学会登记表》，巴银主动提出当他的介绍人，推荐他加入两个热门协会。甚至，一个《江城日报》写县人大主任郝仁德的专访任务，也交给了祖峰脉。

农民业余作者采写县人大主任郝仁德的那一天，巴银特意安排祖峰脉给采访对象带去了几份新年第一期的《惠民文艺报》，报上刊登了由祖峰脉任会长、郝仁德任名誉会长的“惠民县边陲新诗研究会”组成人员的名单和作品专版。

这当然是祖峰脉的一次闪亮登场。因为一个地道青年农民的名字，与一县赫赫有名的人大主任的名字排列在了一起！

在惠民县政府后院的一幢楼里，人大主任郝仁德热情洋溢地接待了新会长。

“小伙子不错！……你家是哪个乡的？”

“向阳靠山的。”

“哦！……向阳我常去，靠山村听说过……你爸你妈身体挺好的吧？”

“挺好的、挺好的……”

听说祖峰脉是边陲新诗研究会的会长，个头不高，但敦实健壮的郝仁德说：“你是大文豪，我这个名誉会长只是敲敲边鼓，巴银跟我说了，我乐意为你们这些大诗人们做好服务工作！”

两个人谈了半个上午，期间接待客人、来电话占去了不少时间。午休了，祖峰脉准备礼貌地告辞，兴致未减，像个文学青年似的郝仁德却说：“别走了！别走了！多聊一会儿，午间安静……”说着，郝仁德欢快而灵敏地伸手从抽屉里掏出半袋奶粉，找两个杯用开水冲上，递给峰脉一杯，又把半袋饼干放在茶几上，“你吃！你吃！别客气！”

郝仁德既是县领导，又是神算高手，擅长“袖里吞金”，随便你说几个数，他手指藏在袖口里，很快能掐算出结果来。据说商店里的售货员，打着算盘也不如他算得快。日报专访内容主要采写他作为县领导，忙忙碌碌的，是如何做到业余爱好诗词和珠算的，这对繁荣文艺很有意义。

祖峰脉很快写好了专访。

这天，巴银派祖峰脉乘坐中午的火车去江城日报社送稿，并取回新一期的《惠民文艺报》。《江城日报》副刊部副主任鲁振铎，已经跟报社印刷厂联系用新闻纸印完。舍近求远去江城印刷，巴银考虑使用新闻纸无疑会提高一张县级文艺报的品位——更像一张正经的报纸。

“你在哪儿？”

“我乘公交车到一百商店下，鲁老师然后报社怎么倒？”

“你乘十二路到花园路站点下，然后倒十五路到横滨站下，向南走一百米向右一拐五十米就到了。”

“我怕我找不到，那我还是打车吧！”

“哎呀！江城有啥啊？就是一个大屯子，从东到西一条大街走到头！唉！……你等着吧，我还是骑车子去接你吧！”

从江城第一百货商店旁的电话亭出来，祖峰脉已是满头大汗了。前两次去江城日报社都是打车，这次时间宽松，口袋里除买往返火车票钱，所剩无几了，就坐了公交车。

十分钟左右，一百门前川流不息的人群里，突然走出一位手推自行车的人。只见此人风度翩翩，五十上下的年龄，打一条花色领带，穿一身休闲的西装，嘴角两边留着八字胡，双目炯炯有神，话音里带着磁性。

“你就是祖峰脉吧……幸会幸会！”一见面，鲁振铎就认出了等在电话亭旁的祖峰脉，上前紧紧握住祖峰脉的手，好像迎接亲人似的，热情招呼峰脉坐上自行车后座，一起回了报社。

祖峰脉受宠若惊。鲁振铎老师的言谈举止、穿着打扮，给人一种时尚、文艺、高大上之感，但接触之后，却平易、随和、亲切。

到了报社二楼，见过了单独一间办公室的李东风主任，又与同鲁老师一个屋的苗宇编辑打了招呼，鲁老师给峰脉倒一杯水说：“峰脉啊……咱俩怎么好像在哪见过呢？”

“哦……是吗鲁老师，我怎么……”祖峰脉惊讶地看了一眼鲁振铎和他对桌的苗编辑。

见朴实的峰脉一头雾水，鲁振铎坐到桌前，耸耸肩对祖峰脉说：“似曾相识，似曾相识……山东是鲁，儒家鼻祖，嗯——搞不好咱俩五百年前是一家！”

一句话，逗得三人都笑了。

鲁振铎看一眼腕上手表，半小时后下班了，问祖峰脉住哪里，晚上一起吃个饭。祖峰脉急忙起身说巴银老师急着发报纸，取了报纸就要赶晚车往回返。“当天打来回，够辛苦的！”鲁振铎思忖了一下，抄起电话挂给后院的印刷厂，让把印刷好的《惠民文艺报》给送过来。这空当儿，鲁振铎详细了解了峰脉的情况。

祖峰脉说着说着，苗宇编辑插话道：“就为学个写作，一个人跑县里蹲两年多？不容易！不过也够浪漫、够有劲头的，像个文学青年样！”

“家里人什么态度？”鲁振铎关切地问。

“还行吧……有时候同意，有时候反对，我也说不太准……”

听了乡下作者有些含糊的回答，两位编辑沉默了。三个人同时意识到，这是一个十分复杂的问题。

又过一会儿，鲁振铎看完郝仁德的专访，抬头说：“这稿成了！”

“您再给把把关……第一次搞，肯定有不足……”祖峰脉又惊喜又惶恐。

“峰脉，你是写作的好材料啊！访谈这玩意儿，好写又不好写，写俗了没劲，写生动了又不允许东拉西扯……你这刚上手，就找到窍门了，不啰唆，又丰满，给人物画了一幅栩栩如生的像！这就是大家心目中的惠民县郝仁德，清官加神算！哈哈……”

“是老师们指导得好……有问题您尽管说，哪里不妥我努力修改！”听了鲁振铎的一席表扬的话，祖峰脉面目潮红，浑身发热。

“不用大修改……个别语句标点我和苗编辑再顺当顺当，就能见报了……呵呵，真不错！”

这时，“当当当”，送报纸的人到了，祖峰脉接过样报，墨香入脾，两眼放光，又抱起捆好的报纸，宝儿似的准备去车站。鲁振铎送他下楼，又推出自行车，要送他去车站。祖峰脉哪里好意思，急忙说坐公交车走。鲁振铎说还是我送你一趟吧，坐公交你再误了火车！

说话间，鲁振铎飞身上车，祖峰脉见一缕春风吹过鲁老师的头顶，稀疏的黑发飘起来。他思忖片刻，冲上去，一天里第二次，依偎在鲁振铎宽阔的身后。

此刻，正是江城桃红柳绿时节。夕阳来临前的和风，温柔地抚摸着路人。马路上五颜六色的公交车、出租车、公家车、自行车穿梭不止，喇叭声、铃声沸腾于耳畔。

祖峰脉无心看风景，坐车子后座上，早已陶醉了。

到了中心城区的一百商店，鲁振铎停下车子，迅步跑进一家熟食店，买了一只油汪汪的烧鸡，然后继续向前骑。到了车站，他又变戏法似的，“唰”地从车把上摘下帆布兜，从里面掏出一瓶白酒，连香气扑鼻的烧鸡一同塞给祖峰脉说：

“带着路上吃，回去好好学，好好写，你前途无量！”

说完，不等语塞的乡村文学青年说半句感谢的话，鲁振铎转身跨上车子，一阵风似的离去了。

此刻，楼房林立的街道口，夕阳的余晖从楼缝里倾泻下来，洒落在鲁振铎稀疏的头顶上，金光闪闪的。

第二十五章

70

改革开放的惊雷响彻大江南北。农村实行家庭联产承包责任制，企业实行厂长（经理）负责制，第三产业则像出笼的猛虎，将角角落落的经济，搅闹得红红火火。

僵化的思想打破了。一部分人先富起来了，没富起来的人也挣扎着，梦里都在寻找挣钱的门路。贫困岁月里熬过来的人们，一面创造世界奇迹，一面也面临着因思想膨胀所导致的行为失控。

文化系统是由财政供养的事业单位。现在，内部挖潜这把火，也烧到了这个生产“精神产品”系统的各个角落。换言之，人们对物质生活的欲望急速膨胀，搞建设的资金都吃紧，哪里还有闲钱花在吹拉弹唱——这些个被认为可有可无的东西上？

文化馆如此，评剧团也如此。评剧团的头头们，开始研究化整为零、承包门户，用三个楼层的戏场子，挣钱糊口，养活戏班子。

“评剧团三楼要外包，咱们承包下来开舞厅！”

巴银在提出“开舞厅”这个项目之前，已经给罗志中牵线，认识了评剧团的姚青团长，罗志中很顺利地承包了评剧团一楼一角的门市，开了惠民第一家个体书店——“群众书屋”。

巴银别出心裁提出开舞厅，峰脉第一感觉是蒙头转向。心想开咖啡屋就跑了一溜儿十三遭，现在又要开舞厅，这老师兼大哥脑袋瓜子里究竟装了多少新鲜玩意儿？

“一起干？”铁了心的老师问。

“行！”不想在文化馆继续背黑锅的徒弟，带着几分悲壮的眼神儿，坚定地回答。

姚青团长大块头，满面红光，戴一副眼镜。听说文化馆的同行、惠民的大才子要“第一个吃螃蟹”，被巴银拉进饭店，他推推眼镜说：

“租金减一些没问题，问题是惠民开舞厅没有先例，外县一伙牛哄哄的小流氓，租团里一楼开台球厅都打黄了，血迹还没擦干净呢，你闭眼睛想都能想明白，舞厅那地方聚拢的都是些臭鱼烂虾，更得乱，社会上啥人都有，你哥儿俩敢造量？”

“不试试怎么知道行不行？”

酒桌上，巴银底气十足地说。

姚团长心里打鼓，可考虑到是文化系统一个战壕的“战友”，不好多问，再说收了租金，舞厅开好开坏，与评剧团何干？于是，饮了酒，送给巴银一个人情，当场答应将月租金从七百元减至六百五十元。

一九八八年的夏季，祖峰脉辞掉了文化馆的“工友”临时工作，与巴银一起去评剧团开了舞厅。临搬出文化馆，电工张学申突然叫祖峰脉到一楼里侧阴暗的电工维修室，见两旁无人，张学申小声说：“小祖啊老弟，你要离开文化馆了，这几年你哥我别看是个与你们搞文学沾不上边的场内场外跑的修电工，但是溜边多多少少也都看在眼里，老弟你可真是不容易啊！临走了老哥我也实在帮不上你什么忙，写几句不叫诗吧就是几句话送给你，一个是表达表达心意，再一个是你将来的路还很漫长，坚持住啊，别轻易放弃……”张学申烫发打卷，戴一副高度近视镜，不注意看不清他的真表情。在祖峰脉的印象里，张电工为人低调，不乱讲话，平时也没什么接触。他狐疑地接过张电工递过来的窄收据纸，背面写着：

清平乐

——记（赠）友人

云淡天高，

奇诗冲云霄，

海阔天空志不小，
年华正少。

路途坎坷无遥，
苦读人生学校，
巨雷摧破苍天，
浪花羞愧海涛！

友　张学申
1988.6

看完，祖峰脉忍住泪水，收好赠词，喃喃说了一句："谢谢张哥！"便手拎简单的物品，踉跄着跨出了文化馆高傲的大门槛……但是，张学申绝不会想到，他的一时兴起也好，还是通过长久默默的观察，被文学青年不畏困苦、坚韧的求学精神所感动也罢，这一首算不上工整的《清平乐》，对于继续在县城漂泊下去的乡下青年而言，那会意味着什么……

改革开放后惠民县的第一家舞厅，同样是时代进步的产物。但与咖啡屋不同的是，舞厅沉渣泛起，鱼龙混杂，用老百姓的话说：正经人谁去那种地方？

怎么想，祖峰脉怎么觉得自己像要掉进一个火坑。但走投无路，又想在城里坚持搞文学，他心往下一横："火坑也得跳！"

舞厅开业了。

祖峰脉的任务是售票，卖饮料，去银行存款。

评剧团与电影院并排坐落在惠民县城十字街南路西，评剧团居东，电影院居西。一楼都有个售票的窗口，所有戏票、电影票，都从这个在外人看来有点儿神秘的窗口里一张一张售出去。这几年评剧团几乎不拍戏了，与文化馆同样依靠演出场所的优势，接待全国各地来走穴的演出团体，借此创收。

售票室有个扩音器，窗外墙上挂一个大喇叭，每晚舞会开始前的个把小时，峰脉会从这里向外面的大街上喊：

“今晚有舞会！今晚有舞会！卖票嘞——卖票嘞——”

乡村小伙售票的声音，从扩音器一声声传出去，对于一个刚刚发展起来，思想观念还很落后的惠民城而言，相当于把一颗颗不大又不小的石子投到了大街上，砸到了熙熙攘攘的人流里，有点温柔，有点麻酥，有点石破天惊。开始，听到喇叭里的喊声，街上行人纷纷侧目观瞧，像看一个怪物——当他们发现那是一个有伤风化的地方，有的避之不及，有的不屑一顾，有的甚至在心里破口大骂了：“时代真变了，连文文明明的戏院，都改成了地痞流氓聚集的跳舞场！”

然而，不管旧观念愿不愿接受，被时代大潮裹挟着的小城人，心海里无不泛起了或大或小的涟漪，乃至波涛……

最令人想不到的是，这个卷土重来具有一定“划时代”意义的行当，居然是一个慌不择路的乡下人与浪漫的老师干下的。

71

评剧团斜对面，是林红霞的县农行营业大厅。林红霞听到自己在大喇叭里叫卖舞票，会怎么想呢？这是进舞厅后，峰脉想得最多的一件事情。

他很在意林红霞对此事的看法。他不愿意因为开舞厅，使自己与这位城里姑娘的友谊受到影响。

舞厅试营业三天，形势尚好，一块钱一张的门票，一天也能卖出七八十张，便按着约定，承包合同正式生效、起租。舞厅开业前，巴银专门去一次江城，买回来了舞会音响。开业后，平素上班，单位离不开，到了晚上，他才过来照顾一下场子。舞厅一些事宜——比如，早晨起来，祖峰脉要用去很大一块时间，打扫头天晚上“舞迷子”们蹦跳之后，留下来的冰棍纸、饮料瓶、香烟蒂；比如，白天去饮料厂上饮品；比如，将录音机里的磁带，分清楚哪一盘儿，是快四、中四、慢四，哪一盘儿，是快三、中三、慢三，哪一盘儿，是歌伴舞、的士高，都要倒转回原位，备用。另外，还有一件重要的事情，就是按照巴银的吩咐，峰脉每天要去马路对面的农行，存一次售票款，积攒房租。

祖峰脉便有机会每天见一次林红霞。

对面评剧团开舞厅的消息，在几十人的农行营业室里，早传得沸沸扬扬了。

“去那种地方的，能有什么好人？！”

“听说是一个什么诗人开的，就是梳背头、戴眼镜，文艺范儿十足的那位！”

同事们议论一次，林红霞的脸热一次。

一天，祖峰脉来存款，主动告诉了她这个消息。同时还通知她交一首诗，《江城日报》副刊准备推出一期“惠民专版”。

令林红霞难以理解的是，祖峰脉为什么要去干这种不着调的事，让人家说三道四。同事们要知道是总来找自己借书的同学开的，自己岂不颜面扫地？

林红霞心里忐忑，祖峰脉来办业务，她经常佯装没看见。

祖峰脉察觉到了林红霞的不热情，不对劲儿。后来报社催要“惠民专版”的稿件，他也很知趣，没直接去找林红霞，而是写了一封信，烦劳邮差隔一日送达。仅隔着一条马路，祖峰脉这样做虽说有点滑稽，却也是无奈之举。乡下青年不愿因为自己的不着边际，给城里姑娘带来一丁点儿负面影响。与林红霞的深厚友谊是这两年自己辛辛苦苦闯城结下的果实之一，是一个可望不可即、无限美好的梦境。他不想因为自己的卑微、无奈，或者被议论成走下坡路，轻易毁了它。

巴银本是个“舞迷子”，当了舞厅老板，每晚来“逍遥宫”安排妥当，与几个巴结老板的舞伴跳上几曲，那是神仙也挡不住的。没逍遥几日，风言风语自然传到了郑梅耳朵里。开始，郑梅只是不给丈夫好脸子。久了，连去郑梅新任售货员的纺织品商店买货的顾客，也事儿妈似的，说一些巴银的闲话。底火烤着，郑梅回家与巴银理论。这一天，两口子吵完架，郑梅气汹汹地闯进评剧团，到三楼找到手握拖布，耳听歌曲，脸滚汗珠子，正卖力拖红地板的峰脉，怒斥道：“这么下去，我们这个家早晚散了，你也好自为之吧！”

善良的郑梅，打心里担心祖峰脉也跟着学“坏”。

其实巴银也就是多跳了几曲舞。文化馆的人见巴银舞厅开得红火，挣钱了，自然嫉妒，私下里讲究巴银夜不归宿，闲话传得越来越不堪入耳。

这一天，坐不住凳子的崔馆长终于找巴银谈话了。

“你要是还想当这个创作部主任，就把舞厅兑出去！”

巴银气得像一头疯牛。熬到晚上下班，他冲出文化馆，从东北街飞奔到十字街南的评剧团。路遇熟人他也佯装不见。被口水淹没的诗人，开始为他人口中的“不检点”买单了。

在祖峰脉寄居的评剧团二楼西侧阴暗的房间里，师傅对徒弟一股脑儿道出了自己的苦水。

祖峰脉惊讶得除了瞪眼睛，一句话也挤不出来。难怪，火中取栗，世道人心。

一月刚满，在强大的舆论压力之下，巴银举手投降，决定舞厅不开了。

“那怎么办？”

师傅看看徒弟说：“我退出来，你一个人干吧。”

祖峰脉为此十分地纠结。他心里清清楚楚，一直眷顾自己的郑梅嫂子，已经当着面，冲自己大发雷霆了，如今巴银“悬崖勒马”，自己再往前跑，会不会充当牺牲品？常言道，久在河边站，哪有不湿鞋！在这样一个是非之地，自己青春年少，无依无靠，未来除了令人担忧，还能是什么呢？

可是，如今老师退出了，自己不接舞厅，难道回农村种地去吗？

那天，他在日记里宽慰自己说：

> 我现在不晓得什么叫东西南北。事先辨别的方向都会变，何况我还没有方向——这话说得有些搪塞是吗？
>
> 有了一个月的经验，就敢承包舞厅，不用多解释，不用多解释，人人都是这样，很平常，就看如何对待它啦！
>
> 根本不想挣大钱，况且开舞厅也挣不了大钱，并且担风险（很多人都这样说呢）。我考虑的似乎不是这些。就像乘着一条用几块钱（仅有仅有的几块钱）制作远航的木排一样，丝毫不会因为是小木排就不会遇到大风大浪。有人可能为此心惊胆战，而我要的就是这个。
>
> 管它呢，有信心，就走它一遭！
>
> 你别无选择。此刻的话只能这样说。

72

“爸让你跟牛车一起回去割小麦！”

这天，祖峰顶、祖峰良起大早，赶牛车咣当一上午，到惠民白酒厂拉喂猪的酒糟，给祖峰脉捎来了父亲的口信儿。

往回“请”老二这种事，不好张嘴，老大和老三心里一直嘀咕着。等酒糟装完要回返，不说不行了，祖峰顶嗫嚅了半天，才对来帮忙的二弟说了实情。已长成大小伙子的祖峰良，白白净净的，像父亲一样高大魁梧。他见大哥说了，也趁机重申了一句：“二哥，家里收小麦缺人手，回去吧，别老在外面遭那罪了！”

祖峰脉这才意识到，节令已经到了“八一”，家乡的小麦应该金黄一片该收割了。他仿佛闻到了浓郁的麦香，听到了麦田里每到这个季节，蝈蝈夸张的此起彼伏的叫声。

大黑牛拉一车酒糟，出了白酒厂大门口，祖峰脉看了一眼街上的行人，回头对满脸汗水的哥儿俩说：“我正研究承包舞厅，另外还有一笔白糖买卖要做，现在正等外地老客回信儿，货源都联系妥啦！”

对于祖峰脉的话，祖峰顶、祖峰良一直愿意相信。而这次，从哥儿俩双双惊异的眼神里能看出来，他们认为峰脉的话有点玄乎。

骑虎难下的祖峰脉也不解释。

到城北门分手时，他才不得不勉强说一句：“回家告诉爸和娘，我三两天一定回去！”

祖峰顶、祖峰良听了，也不与他计较，赶牛车自顾归了。牛车满载晃悠到家，贪黑是肯定的了。

望着黑母牛“嘎吱嘎吱”拉车远去，兄弟俩的背影渐渐模糊，祖峰脉手里推着车子，心里难受极了。他心里再明白不过，如果包上了舞厅，哪里还能抽出身子，回去与家人一起热火朝天收小麦！

“舞厅一定要包下来！”他突然下了决心。

在舞场上，祖峰脉认识了惠民县“前程物资商店”的经理刘兴国。刘兴国中等身材，方脸大眼，愿意跳舞，每天必到，曲曲下场。一天马秋生说，他同学手里有三十吨白糖欲找买家。送走峰顶、峰良，峰脉急忙返回西二道街白酒厂毗邻的“前程物资商店”，找刘兴国联系“老客”。刘兴国见祖峰脉一脸诚意，又是舞厅老板，没多想，就带他去了路北的邮局，给“老客”发电报：

糖有三十吨，每吨三千元，要来人。

倒白糖、包舞厅，看样子，两件事成功在即，祖峰脉兴奋得一天没怎么正经吃东西，居然一点儿没觉得饿。

第二天一早，在评剧团二楼靠西面的一间阴暗的临时住所，祖峰脉胡乱吃一口饭，马上精神焕发地抄写修改好的舞厅合同。他的口袋里，揣着刘兴国借他的三百元舞厅承包费。

他正抄着，评剧团管后勤的呼元魁，提了个短粗的身子来敲门问他：“小祖啊！是不是交钱呢？人家让我来问呢……这损活儿都找我干！”

“呼经理，谁来也没事儿……我说了，等一会儿合同抄完，连钱一起交，快啦！”

呼元魁没进屋就走了。峰脉抄完合同，来到拐角的团长室，他从门缝见姚青团长和人正谈包旅店的事，不好打扰，便转身下楼去了后院，求剧团的美工吴永顺给舞会写一张海报。正巧，电工顾金祥、后勤呼元魁也在那里。

“你那事有变动。”

“什么变动？”

“有人要包，给五百。”

“谁呀？”

“你不认识。”

“那能行吗，咱们昨天已经订了，欠据也写了，一会儿就签合同了……”

“合同不还没签吗！”

“也没有这么办事的！”

“我也是好心……”电工顾金祥推了推屁股上的工具兜，将头贴峰脉耳边小声说：“赶快拿钱拿合同去找姚团长。”

祖峰脉借了自行车，飞奔去了张春丽单位。

张春丽供职的惠民农业机械制造厂是计划经济时代的产物，老产品积压严重，决策层研究几个月，在政府支持下决心转产，生产小型农机具。看到了希望，这几天工人师傅们像打了鸡血似的忙乎起来。春丽的任务是，给师傅们出库用料。她刚放下登记簿坐下来喝口水，峰脉就急匆匆赶到了。

“开舞厅？”

“对！”

“前段听说你跟巴银老师干，这回自己干能行吗？”春丽有些担心，起身用怀疑的目光望着峰脉。

“没啥干的，不干就得回乡，没办法的办法……不过一切都安排好了，就差点承包费，一会儿签合同，有撬行的……”

张春丽打心眼儿里不赞同峰脉开舞厅。虽然两年前去江城，她与同学们参加过工人文化宫那场舞会，也信誓旦旦说回来要第一个学会跳舞，可至今，仍停留在激情壮语上。为了孩子，迁就酗酒丈夫的她，对写作、跳舞这些浪漫的玩意儿，早就不敢多想了。按说，她该拒绝峰脉因为承包舞厅向她借钱，可她没有，而是挎上包，跟同事打了招呼，也不顾及院里同事异样的眼神儿，跳上峰脉的车后座，就一同去了储蓄所。

她给峰脉支出来一百五十元钱。那相当于她三个月的工资。

“够不够？”

“够了！”

“不够再来找我！你快去交钱签合同吧，我自己走回去！”

祖峰脉深情地看了一眼春丽，跨上车子就回了评剧团。春丽站在路边，望着峰脉的背影儿，一股酸楚味儿涌上来。“放手干吧，峰脉，趁年轻多闯一闯，别像姐如今老气横秋地混日子……”

与其说张春丽是在真心祝福着峰脉，不如说她是被一个赤手空拳闯天下的青年身上的那一股闯劲儿感动了。

祖峰脉扔下自行车，跑上剧团的二楼，见新提拔为文化局副局长的张久诚馆长正在团长室，由科员陪同，与姚青谈话。领导谈话不好打扰，他转身去了隔壁的阮书记办公室。姚青书记兼团长，阮玉庭是剧团专职副书记，专抓党务。剧团是戏曲演员聚堆的地方，多有说唱翻跳的本领，明争暗斗不在文化馆之下。遇见棘手的事儿，姚阮二人一个唱红脸，一个唱白脸，配合得相当默契。

“阮书记，是舞厅还有人要包吗？”

没等阮副书记回答，团长姚青进屋了。峰脉说：“姚团长，交钱签合同吧！”

“你那先别签了，有点变动。”

“咋的了？”

“有人要包，给五百。”

“咱们不是谈妥了吗，两个团长，两个经理，团里八只眼睛都在，欠据也写了，说好今天上午交钱签合同，怎么能换主呢？”

“那啥呀……合同不还没签吗！”姚团长目光闪烁。

“事儿可不能这么办，欠妥！”峰脉有些激动。

说话间，两个女人进屋了，手里攥着五百元钱，吵吵着要交舞厅款。苗条一点的女孩峰脉认识，是舞会的常客。听得出来，同来的是她姐，是她姐要包舞厅。峰脉见事情要闹大，因为要包舞厅的女人分明看出了有竞争，使眼动情地，拉住姚团长的手，将钱往姚团长手里头塞。

姚团长那边，笑呵呵将钱接了，却将峰脉手里的四百三十元钱和一纸合同，冷在了一边。

祖峰脉的火“腾”地一下上来了。他用手指着女人鼻子大声道：“我告诉你，这舞厅昨天我四百三十块钱包下来了，你们要撬行你们就撬，钱要交你们就交，出现任何后果我不负责！”

“我们跟你说不着！”年长的女人说。

“好！你们交就交，这舞厅我是非开不可，钥匙别想拿去！”

说完，怒气冲冲的乡下青年回屋取了钥匙，闯到三楼，将舞厅上下两道门“咔咔”锁了，转身下南侧楼梯做出要走的样子，边走口里边呼：“事儿不能这么办！我看你们有点欺负人！”

这时候团长室已经聚集了全文化系统的人，好像张副局长领着研究什么事。大家都听到了包舞厅的吵闹声。

阮玉庭追了出来：“小祖，你叫唤什么，你在文化馆有人惯着你，你在这儿谁惯着你，这儿不是你家，把钥匙交出来，把行李搬出去，不许在这儿住！”

“阮书记你别发火，我先回家，晚上我来开舞会，你瞅着！”

见祖峰脉真要走，老阮沉不住气了，喊道：“小祖你先别走，回来咱们研究研究！”

祖峰脉见好就收，回到书记办公室，阮玉庭书记脸色发灰，忍气说：“小祖你以前不这样，挺稳重，今天怎么这么大火气，你看那团长让你造的，我都看不下去了！”

“阮书记对不起，我刚才火气大了些，请多原谅！”

气氛好转之后，阮玉庭先请姚团长过来研究，姚团长不通，只好先将顾金祥、呼元魁二位经理找来，坐下来继续商量。

不一会儿，姚青团长自己也主动过来了。姚青心里想明白了，俗话说光脚的不怕穿鞋的，像小祖这样在城里无牵无挂的农村人，既然敢来包舞厅，肯定也不是善茬，不好惹，最好别得罪。再说，还有巴银一面。

最后，双方相互让步，每月五百元，舞厅包给祖峰脉，当场先交四百元。

事后，姚青团长找峰脉谈心说：“你以前挺好，老阮那么大岁数了，你哪能那么说他呢？”

祖峰脉心想，舞厅是包下来了，以后，一定还有很多事儿，离不开团领导帮衬，关系不能闹僵喽。于是，新“舞厅老板”当即向团领导说了道歉话。

中午改了合同，下午一上班，就签订了。刚签完，二女人来接钥匙，峰脉胸有成竹，溜之大吉。

后来顾、呼二经理告诉峰脉，二女人在团长室足足闹了两个小时，快把剧团楼盖掀翻了。

73

一个没什么背景，二十啷当岁的屯子里来的小青年，破天荒在县城开了舞厅，街头巷尾、闲杂人等无人相信，是天经地义的。

当世俗思想占了上风，真相有时候就不重要了。那么，冒险者便有了机会。

舞厅最棘手的问题是守门。惠民五十多万人口，县城占五分之一，起初蜂拥舞厅的，基本是“社会上的人”。舞厅藏污纳垢，成为生意圈里的“怪物”，自然荡在了风口浪尖上。

社会上的一些“小混混”不买票，因为钱，也因为面子。江湖上的人最讲究面子。

这给舞厅“小老板”制造了不小的麻烦。

祖峰脉人脉有限，开始他承诺出“重金”，雇文化馆保干高顾雍来舞厅把门——文化馆常年搞演出，只要高顾雍门口一立，俨然一个活脱脱的姜子牙在此，诸神退位，没一个敢耍泼、赖票的！可就这么一个厉害主儿，先答应了峰脉，最终敲了退堂鼓，也没敢扮演舞厅“守门神”的角色。祖峰脉无奈，雇来一个七十老翁，打算以柔克刚，但还是挡不住那些死皮赖脸的小混混们。

这晚，门口又告了急，峰脉只好下楼来，亲自把门，小混混们不知舞厅“小老板”的背景，又想快活，只得乖乖凭票入内。

第二天，峰脉又把文友阿昌请来帮忙。阿昌姓周，名立昌，高中待业，在纪委任职的父亲给他选了几份工作，他都不感冒，一心想搞文学，玩浪漫。上午，二人找电工顾金祥安上配电器，扩音器拿去修理，舞会海报贴出去，又去饮料厂进了两箱香槟。

回来，阳光已洒满三楼二百米的舞池。祖峰脉打开录音机，童安格一曲《不必太在意》的歌声顿时飘起来：

别再徘徊沉寂的心灵
别再留恋破碎的记忆
大地迎春雷
抛弃你满腹的忧虑
缤纷的彩虹等着你
别再犹豫等待的醒悟
别再沉迷过去的旧梦
暖暖的春风
就像那灿烂的天涯路
耀眼的阳光迎着你

你不必太在意

也不必隐瞒自己

你要寻觅亮丽的彩虹

……

二人耳听歌曲，打扫卫生，拖着红地板，惬意无比。尤其是祖峰脉，他感觉歌声中的词句、曲调，男声里的忧郁、柔情、激荡、浪漫……每一个词，每一个字，都像小耙挠背似的，融入了他漂泊孤寂的躯体里、灵魂里！别再留恋破碎的记忆……抛弃你满腹的忧虑……你不必太在意……也不必隐瞒自己——词词句句，他冥冥感觉都是唱给自己听的！他天光开悟一般，眼前一亮，多日的精神纠结和疲惫一扫而光，开舞厅少了些黑暗和无奈，多了些轻松快乐。多年之后，他对这一刻轻松始终念念不忘。青年时代奋斗换取来的那一刻轻松、美好的感觉，时常流淌、飞扬在他岁月的灵魂里。

脸上淌汗、脚蹬一双拖鞋、身套白背心、穿花短裤的阿昌一旁说："我长这么大，还从来没干过这么多活！"

这时，祖大消停闪进屋来。

祖峰脉立在那，脑门上的汗珠子，"唰"地流了出来。

祖大消停跟阿昌打了招呼，挨东窗根儿一溜长凳坐下，掏出旧手绢，慢悠悠擦完额头上的汗，又去裤兜里摸烟口袋，眼睛撒摸舞厅一圈，目光闪烁、满腹疑虑地说："你们小哥俩儿真能作，开这玩意儿行不行啊！"

祖峰脉给父亲起一瓶香槟，坐下来汇报了舞厅的情况。祖大消停一边抽烟袋，一边听得仔细，半天没言语。下楼走时，只扔下一句话："我坐客车先回去，车子扔给你，三两天你回家一趟，下周有一场大雨，小麦要烂地里了！"

其实，听峰顶、峰良回去说峰脉要一个人承包舞厅，祖大消停和老伴儿几宿没睡好觉。开舞厅那是一般人能干的勾当？好干巴银老师能退出？找峰脉回去割小麦是托词，大消停主要想查看查看舞厅的实情——是不是乡亲们说的舞厅啥人都有，啥事都干！都说孩子大了不由爹娘，话是这么说，可是当父母的，哪个能做到真正放下？唉！一儿一女一枝花，多儿多女多冤家啊！

"怎么，你还敢打我？"

这晚，祖峰脉把门，跟小混混黑子较上劲了。黑子头一天来就没买票，祖峰脉没让他进。今天，黑子又来混，仍然不买票。人都进光了，他手把评剧团一楼对开的大门，来回晃，差点将祖峰脉撞翻。

“你撞谁？”

“谁挡我我撞谁！”

说话间，黑子又一次手推大门，像山墙倾覆一样撞了过来。峰脉血往上涌，怒不可遏，上去就给高出自己一头的黑子一拳。黑子目露凶光，挥起左手一挡，扬起右手照峰脉的脸上一划拉，祖峰脉顿感眼冒金星，钻心的疼痛，用手一捂，鲜血从指缝间“唰”地流了下来。

见惹了祸，黑子撒腿跑了。“社会人”伟哥骑摩托车刚好到评剧团门口，目睹这一幕，他把祖峰脉扶进剧团一楼南侧的书屋。罗志中正在卖书，见祖峰脉满脸血糊糊的，惊呼了一句“咋整的？”闪身打来一盆凉水，慌忙给峰脉冲了，染得一盆水血红血红的。罗志中又拿来毛巾，让峰脉摁住伤口，然后跨上伟哥的摩托，飞奔去了人民医院。许多年以后，每当祖峰脉触碰到鼻梁上一处微小的伤疤，都会想起开舞厅的日子，想起坐在风驰电掣的摩托上，手捂伤口，做贼一样掠过惠民小城晚风扑面、街头熙攘的那个夏日黄昏……

巴银听说了，怀着歉疚的情感，惊惊慌慌跑到医院急诊室，把缝完针的祖峰脉接到自己家里，陪着聊天看电视，缓解学生的疼痛。下半夜，祖峰脉一个人回到剧团住处，伤口肿胀，疼得一夜未眠。第二天，黑子的老大扈哥来了，华哥、厉哥、管哥，包括驮自己去医院包扎的伟哥也来了。扈哥肥头大耳，却和声细语道：“祖老弟，让小黑子给你赔礼道歉，拿钱给你看病，别经官了，咱们舞厅还得开！”

祖峰脉这才知道打伤自己的混混叫黑子。祖峰脉想去报官，可又一想，说归说，吓唬归吓唬，这事儿还真能去麻烦人家县领导郝仁德？多丢人呢！哥几个刚走，惹祸的黑子就贼眉鼠眼地，一个人摸进祖峰脉住的小黑屋，嬉皮笑脸地算是当面道了歉，又连说带哄，骑摩托驮着峰脉去医院打了一针破伤风。为表诚意，临走，小黑子还塞给峰脉一百块钱。

晚上，扈哥又来了，对祖峰脉说今天立秋，大哥请你出去“抢秋膘”，散散心。

“冤仇宜解不宜结……”

在附近的一家小酒馆儿，祖峰脉有伤在身喝香槟，大块头的扈哥边饮惠民白干，边开导祖峰脉、侃大山。扈哥是惠民社会上的“大管道”，没他解决不了的纠纷，拉不开的架。

一杯白酒下肚，扈哥话里话外吐露胸中的积郁，“我现在这个老婆一天就知道臭美，啥活不干，老弟你信不信？哪天我就甩了她！”

祖峰脉也不知道扈哥的这个老婆长得什么样，是个什么样的人，只见扈哥说这些话时，额头渗着汗珠子。

第二十六章

74

林红霞的弟弟林方雷来看祖峰脉的时候，祖峰脉领他到舞厅楼上楼下参观了一圈。见祖峰脉鼻梁子上粘一块白药布，方雷惊讶，问了才知道舞厅发生了“斗殴事件”。

“挂彩”三天了，即使招摇过市，舞厅小老板已不怎么难为情。现在，祖峰脉激动地招待了林方雷，竟忘记了脸上粘的“布告”。林方雷前脚走，他心就有些慌了，刚才忘记嘱咐方雷，回家千万别对他姐红霞讲自己如此狼狈。要是红霞知道了自己开舞厅与人斗殴，会怎么想?

林方雷来看祖峰脉，是因为前些日子，方雷患小肠疝气病，住了院。那天祖峰脉去看他，正好林红霞的父母都在。祖峰脉说：“叔、婶，你们家里人都上班，我有时间，我可以经常过来照顾方雷。”祖峰脉的好意当即被红霞的父母婉拒。其实林红霞的父母早知道女儿有这么一个要好的文学班同学，过年过节还给他带吃的东西，有时候下班回来很晚，红霞一直没明说，老两口早猜出来就是到这个祖峰脉的托儿所去了。老两口私下也议论过，其实也没啥好议论的，一个乡下的无业游民，门不当户不对的，根本就是扯不上边的事儿。

而林红霞对祖峰脉的认识，却与父母大相径庭。先前的弟弟、妹妹，如今的父母，都见着祖峰脉本人了。林红霞心里就又起了波澜。对面评剧团的大喇叭，一会儿传来峰脉的卖票声，一会儿传来歌声，搅得林红霞心里经常乱乱的。

这天中午下班，她按捺不住自己的思绪，终于跨进了仅隔一条马路的评剧团。

在评剧团二楼拐角阴暗的小屋里，祖峰脉接待了她。

两个人说了一会儿闲话，祖峰脉说中午没人，我带你到三楼舞厅里转转。林红霞听了微微一笑说：“你那灯红酒绿之地，哪是我们普通百姓去的！”

祖峰脉心里“咯噔”一下，该来的还是来了。他心里面想，有人说自己是“好人眼中的坏人，坏人眼中的能人”——你看，自己还没好意思大言不惭地说去舞厅“参观参观”呢，只是随意地说了一句“转转”，就试探出了在纯粹的林红霞眼里，自己不可能是“能人”，是一个“坏人”无疑了。

遭到了林红霞的揶揄，祖峰脉不好再让，也不好深谈什么了，因为此时此刻他连一点儿深谈的信心都没有了。

他把林红霞一直送到大门外。

他站在评剧团一楼的台阶上，呆呆望着穿一身白衬衫、黑裤子工装，梳着马尾辫，骄阳下脚步沉重的林红霞，清晰感觉到与自己有着微妙关系的好同学林红霞，连背影里，都透着一种无奈和忧郁……

三天后，祖峰脉收到了林红霞的一封长信。

林红霞在信中，对她和创作班师生两年多的交往进行了讲故事式的回顾，同时对惠民文坛的现状表示了疑惑，对追求文学的梦想充满迷茫。信中也不避讳一些人、一些事，包括对巴银老师，也直接谈了自己的一些看法。信中不难看出，她对与峰脉的相处，是满意的，是快乐的。对峰脉目前的处境和选择，给予充分理解，而非敌意。

看完信，祖峰脉的心情一落千丈。这个奋斗在生活的烂泥潭里，时刻需要安慰、需要力量的灵魂，仅存的那么一点儿似有似无的情感寄托，在一封女孩的来信中，被宣判了死刑。林红霞虽没明说，但他领悟到了字里行间的深意。那些疑惑，那些迷茫，就是他们之间关系的疑惑，未来的迷茫。他们可以拴在一条文学理想的风筝上飞翔，一旦对文学理想产生了怀疑和迷茫，他们就失去了共同飞翔的理由，翅膀折断，回到冷冰冰的现实。而现实里他们的身份却有着天壤之别，一个城里，一个乡村，一个银行职员，一个无业游民，一个是穿着工装，体面地为客户办理银行业务的阳春白雪，一个是朝不保夕，蹦蹦恰恰混迹于烂泥潭的下里巴人……

祖峰脉倒在床上胡思乱想，以致肚子叫了，才想起连早餐还没来得及吃，就又到了吃午餐的时间。

他下楼从南侧小门出去，到了后院，正好遇见外地人来租用评剧团三楼会议室，开服装裁剪培训学校的两位女老师，也去吃午饭。三人说笑着，出了后门，朝西走过巷道几十米，再向右一转，走出百米，几分钟的工夫，就到了惠民西街的“秋月旅馆”。秋月旅馆有食堂，姚青团长给他们订了三餐。吃完饭，三个人又有说有笑往回走。女方一米八零高个儿的，姓段，另一位姓叶，是哈尔滨梨花服装学校惠民分校的校长。叶校长一米六五的身量，浓眉大眼，面正晕红，长发披肩，穿一件白色衬衣，外配红色马甲，黑裤子，一双红瓢鞋。段老师人高马大，快言快语，问了祖峰脉不少开舞厅的新鲜事儿。叶校长脸上自带笑意，却不多讲话，似有矜持。几天，祖峰脉渐渐知道两位美女的身份，一个在树林县，一个在客县，都是农村户，出来靠学服装裁剪、开班办学营生。据说哈尔滨梨花服装学校很红火，在全国很多地方散办了分校。

当然，两位女老师知道祖峰脉也是农村的。有了同样的出身，话题自然多了起来。三人从不认识，到相识熟悉，再到聊天说些过点头的玩笑话，仅用了半个月时间。聊天话题都是城里的一些时尚事，反而忌谈你家几亩地、几口人，都干什么，一个人出来闯荡，将来怎么办，还打不打算回农村去的敏感话题。

这一天午后，祖峰脉引着两位美女老师到三楼舞厅参观。

他先是开窗通风，放上舞曲，待两位女士有了情绪，便提出教她们学跳舞。段老师说我个子高，自已练，你个头跟叶校长般配，你教她。叶校长大名叫叶如云。叶如云开始不好意思，手掩朱唇，笑若桃花。祖峰脉几番好话，终于说通，叶如云便半推半就地手扶祖峰脉的肩头，像模像样地跟着跳起来。先是跳了一曲慢四《梁祝》，接着又跳了一曲中三《夜来香》：

那南风吹来清凉
那夜莺啼声细唱
月下的花儿都入梦
只有那夜来香

吐露着芬芳
我爱这夜色茫茫
也爱这夜莺歌唱
更爱那花一般的梦
拥抱着夜来香
闻这夜来香
夜来香我为你歌唱
夜来香我为你思量
啊，我为你歌唱
我为你思量
……

跳完两曲舞，三个外地人，关系更近了一层。

一天中午，楼里很安静，祖峰脉刚要午休，突然有人敲门，他开门一看，是叶如云，白衬衫、红马甲、披肩发，笑盈盈闪进屋来。叶如云并不盯祖峰脉多看，而是朝祖峰脉简陋的住处扫了一圈，说："打扰你午休了，你有闲水杯吗？借我用一下。"

"哦……水杯，没有…… "祖峰脉难为情地看着叶如云。

叶如云扭头瞄一眼脸盆凳上的胰子盒，说："胰子盒也行。"

祖峰脉两步过去把胰子拿出来，将粉色胰子盒递到叶如云手上，叶如云嫣然一笑，道了声"谢谢"，转身离去了。

傍晚停电，舞会没开。三人吃完饭回来，祖峰脉回屋休息。不一会儿，门外敲门，开门一看，窗户透进的晚光里，叶如云笑盈盈站门口，手捏胰子盒，细声说："使完了，给你送回来。"

"哦……到屋坐一会儿吧。"

叶如云思忖片刻，进了屋，一股香粉味扑进祖峰脉鼻子里。

她坐椅子上，闲谈几句，神情显得很不自然，话也语无伦次，祖峰脉也兀自有些紧张，叶如云分明看出来了，便起身风一样告辞了。

小小胰子盒，一借一还，祖峰脉似乎感觉到了什么。想到这儿，他不由自主地走到脸盆旁，轻轻捏起粉胰子盒闻了闻。

75

这一夜，祖峰脉辗转反侧，睡不着。

他想到了自己进城这两年多的点点滴滴，想到了张春丽、郑梅、林红霞三个女人对自己的好。特别回味起林红霞的来信，他心潮起伏，心里面充满苦恼和不平。也许，自己要是有城镇户口，可能就走到与林红霞摊牌这一步了。可是现在，自己痛苦，林红霞一定比自己还痛苦。生活是实实在在的，不是空中楼阁。不仅仅是林红霞，城里姑娘谁能轻易走出这一步呢？自己更不能借机攀附，与人不义，让林红霞无端与自己一起背负未来生活将面临的种种艰辛。但是，那又如何呢？祖峰脉转念又想，真的就不能跨出这一步去吗？那时候——自己可以发挥会做小生意的特长，就是去摆地摊儿，也完全能养活一家人，何况林红霞有班，有固定收入……想到这里，祖峰脉又开始沮丧透顶了，刚刚泛起的那么一点点傻傻的、可爱的信心，也朦朦胧胧转瞬消失了。

早晨，昏睡到十点钟，坐起来的祖峰脉，一个人抱着被，发了很久的呆。舞厅的形势很不好。有一天，一百人跳舞卖了四张票，还经常停电，发生斗殴事件。借刘兴国、春丽姐的钱都押进去了，现在的收入仅够开销，根本存不下，还不比与巴银干的那一个月。马上秋冬季了，取暖期票价再涨，形势更不容乐观。目前看，老百姓仍不接受跳舞这个新鲜玩意儿，舞者寥寥，来跳舞的总是乌七八糟的一群人，再不买票，必然停业。与刘兴国倒白糖的事儿又黄了，其他生意没靠谱的。特别是食品厂的陈厂长，酒都请了，答应糕点门市包给他，开一家“百里香小吃部”，牌匾也求剧团美工吴永顺写好了，可贷款看样子很难办下来。这还不算，来跳舞的社会女孩接二连三地向他示好，他真担心某天自己把持不住，与这些名声不好的社会女孩有染。

他认为自己进城的目标当然不是找女人。他是为文学理想进城来的。可现实灯红酒绿、风起云涌，他自己的思想也时常摇摆不定，他自己都能感觉到自己偶尔的思想滑坡，实际自己已经处于那种很危险的情况上。

那么，是不是可以选择通过感情来拯救自己呢？准备拯救自己思想偶尔滑坡的年轻人追问自己。伶俜孤苦的他，太需要情感慰藉和一个帮手了。

他越是这样想，越是无法控制心中的熊熊烈火，那一种从险象环生中溢出的情感、理智与冷静，自然而然上升到了一个新层次、新高度。他还冥冥觉得自己快速变成了一个成熟的“男人”。

他甚至想，这是一个不能回避的事实：他的心中已经容不下任何一个女人代替她。在一切五彩缤纷的世界里，她的颜色是沉静的，深邃的，并且富有磁性，不断地争取，他隐隐感觉不啻为一种快乐。

想到这一层，他突然有些害怕了，胆怯了……他为自己的发现惊出了一身冷汗。有一天万一失去她，自己的情感世界该会是一个什么样子呢？原来——原来自己一直认为的空中楼阁、虚幻、腾云驾雾、空中飘的情况……其实，是真实存在着的，那么——如若不立即拿定主意，情感崩溃的“不幸”随时会发生，还什么万一，还什么有一天！……开舞厅像站海边一样，意志再坚，脚步再稳，浪花的翻腾，海风的呼啸，总会使你一时心情荡漾、头晕目眩、不由自主，一个跟头栽下去……那种分分钟的事情随时会发生……你可能一瞬间产生幸福美妙之感，就没工夫去想：如果这样下去，你会永世不得翻身，永世不会再浮出海面，以致背叛“初衷”，糊里糊涂成为另一类人，以所谓的“不得已”的理由宽慰自己，昭然走到另外一条歧途上去……

他越想越害怕，越胆怯。他认为自己的情思、荷尔蒙、处境急需一样东西来拯救。他想让她紧紧地拉住自己，像把钢钳一样，死死咬住自己，使自己不至出现万劫不复，不陷落另一种命运的深渊。他要抓住这次机会，紧紧拥抱所谓的奋斗，拥抱自己想要的青春，哪怕——这些想要的东西近似虚幻、仿佛泡影，可能、不可能，都好！！

就是说，即便没有一点点可能，眼前全是空气，他也要试着拥抱一下。因为那样，固执的他，真挚的他，也会为开启另一个新的机会，寻找到前提条件和心安理得的理由。

他觉得自己不能再这样蒙骗自己，糊里糊涂地丧失获取“避风的港湾”的可能和青春赋予自己的爱的权力。今后无论向左走，向右走，眼前的这一步，必须要迈出去。虽然这么做意味着自私，意味着牵强，意味着同样危险，但他觉得自己穷途末路，被逼入了死胡同，没别的办法。此时此刻，他甚至无法想象地原谅了自己内心深处的不真诚、不老实，甚至另一个虚伪的自己、另一个魔鬼般的自己的出现。

“对！臭小子，去行动吧！懦弱的家伙！”

他在内心里止不住地对自己呐喊、鼓励。

是到了该打破砂锅问到底的时候了。很明显叶如云对自己有了好感。但是，他笃定自己与林红霞的情感至深，在接受叶如云之前，至少要与林红霞深谈一次。

于是，他下楼到值班室，拨通了林红霞的电话——3353。

“喂，您好！”电话里传来林红霞熟悉而清脆的声音。

“喂，我是峰脉，你忙不忙啊？”

“喂，您好，您是哪位？”

“喂，我是峰脉，能听清吗？”

“喂！喂！”

他能听清林红霞说话，而林红霞听不清他说话。他急得大声呼喊：“你中午到我这里来一趟！到我这里来一趟！”

先是一阵杂音，接下来是忙音，电话断了。

不知林红霞是否听清楚他邀她中午来一趟的意思。结果是，这一天中午，小城上班族最终没有出现在水深火热的乡下青年面前。

76

这天，祖峰脉发现自己的西装丢了。

自从文化馆搬来剧团住，舞厅人来人往，实在想不起来心爱的西装是如何丢失的。那西装是三年前，自己为惠民白酒厂倒玉米时买下的，那可是靠山村的第一件西服呢。记得那天穿回去走进村口，夕阳下，后院邻居贾婶子见了，放下手里刨柴火的三齿挠子，手搭凉棚看了他老半天，像不认识他似的，后来还把他形容成了一位“大干部”。他记得当时美滋滋地反问婶子：“像多大干部？”婶子被逗得“咯咯咯”笑。邻居婶子夕照下笑弯了腰、清脆得像铃铛一样的笑声，如今他依稀能听得见。

可是，如今它却不翼而飞。

整一个八月，祖峰脉感觉自己就没得好，先是拉了痢疾，接着斗殴鼻梁缝了三针，月尾又患感冒发烧，整天昏沉沉的。眼看进九月份，天气早晚转凉，他很需要一件新外套。

于是他去商店买了浅灰色的布料，准备做一件中山装。

但他没有去外面的裁缝店。他想，叶如云的裁缝店就在楼下，近水楼台，何不去求她?

这天中午吃饭回来说与叶如云，叶如云欣然应允。到她一楼狭窄的工作室，叶如云娴熟地给他量了尺寸，第三天就把中山装做好送过来了。祖峰脉当场试穿了，十分的合身。

“谢谢叶校长！”

“你还应该做一条裤子。”叶如云面泛红晕、婀娜妩媚地建议。

他看一眼自己的旧裤子说：“那就做一条吧，你看买什么颜色的布料能搭配上衣?”

“我跟你去买吧。”

二人去了商店，相随着走了一家又一家。买完裤料回来，已经下午四点了。段老师门口遇见，笑说：“你们俩这是干啥呀，出双入对的，叶校长说好我们俩一起去看电影的，一转身人没啦！”

二人的脸一下子都红了。叶如云更像做了什么亏心事，瞅都没敢瞅段老师一眼，低头就溜进了楼里。

舞厅私下雇了四个保安来把门，近几天的秩序和收入明显改善了。

这天晚上停电，门外一群人在等。熬到九点，电才来。一些顾客退票离去，本不想再开，可是一些社会人，尤其扈哥也来了。扈哥身靠一楼门框，语气温和地对峰脉说：“开一会儿吧，别让大家白等。”

他听了扈哥的话，舞会开了，舞迷子们“呼啦”一下拥上了三楼，舞曲响起，霓虹闪烁，大家纷纷下场。大门口没人了，把门的四个保安，也穿着半截袖制服，戴着盖帽上楼跟着跳起来。跳着跳着，小混混张三小突然拽过一个保安的女舞伴，并且用力推了一下保安，保安差点被推一个趔趄，张三小嘴里还骂骂咧咧的：“这是我的舞伴，你他妈跳啥！”

年轻保安哪受得了这欺负，伸手就打。一旁正跳舞的扈哥见势不妙，上去拦阻，几嗓子就把张三小轰出门外。大家没了兴致，舞会草草散了。

第二天傍晚，被欺负的保安带了一众人来到了舞厅售票室外。

见保安寻仇，祖峰脉躲在三楼舞厅闭门不出。

“乒乓！乒乒乓乓！……”西瓜皮从通风的窗户飞进了三楼舞池的红地板上。

夜很深了，没堵住张三小，这群人才凶神恶煞般地离去了。

“这舞厅不能再开了。”

乡下青年十分沮丧。他感觉自己快崩溃了。

他敲开二楼南侧两位裁剪老师的房门，段老师说叶校长回省城办事。听到这个消息，祖峰脉悻悻地回到房间，神情有些恍惚。他瞬间发觉自己有些魂不守舍，心脏扑通扑通跳，脸上发热。

“难道自己真的喜欢上了她……”

他抑制不住这种奇妙的感觉，开始坐下来写信。当然，这封信不是写给林红霞，而是叶如云。

77

半夜，信写了一半，祖峰脉就没办法继续写了。

难怪，他与叶如云短暂的相遇，除了互有好感，身份相同，还有什么共同的东西吗？而与林红霞正好相反，除了城乡身份不同，爱好、理想样样一致，还有三年来长期的相处、了解……

舞厅走向绝境，感情问题却迎来了十字路口。这几天林红霞没来，即使来了又能怎么样呢？城乡之间无法逾越的沟壑就横在那里，怎么往一起走？实实在在的生活不允许，世俗也不会答应，而自己也不能为了一己之私，猛烈地进攻，置林红霞于尴尬、危险的境地。

对！自己与林红霞终究不是一个世界的人。这时，厢屋后窗天光熹微，一只早起的麻雀叽喳两声跳到外窗台上，又突地飞跑了。

“豆腐——豆腐——”评剧团与北侧电影院之间的巷子里，突然传来豆腐倌的吆喝声。他仿佛被由远及近的天籁一般的吆喝声震醒了似的，猛然回到了现实，瞬间醒悟了。

此后的三天里，他给叶如云的信不断续写。他写得很小心。那是怎样的一封信啊——它不仅要找出爱的感觉，爱的语言，更要找出漂泊在城里的两个乡下人，未来共同的“发展前景”。某种意义上，这不是“情书”，这是闯城青年的“生存图谱”和“未来规图”。

毋庸置疑，这封写满十页稿纸的情书，发乎于情，止乎于理。祖峰脉极其认真、理性、负责任地对待自己的感情问题，与叶如云的感情问题。某种意义上，此举也是认真对待了他与林红霞的感情问题，虽然那意味着是向后转，断舍离。

他找到了书写的感觉。因为那既是写给一位姑娘的，也是写给他自己的，写给他自己在尴尬的、进退维谷的环境里，不得不面对现实的思想认识，云一般说飘来就飘来的情感的。

两天后，叶如云出门回来。午饭时，他没再顾忌什么，而是像送一个水杯那么轻松，袖口里掖着那封滚烫的信，勇气十足地送了过去。

天意，她自己在屋。

“你看吧，然后给我。”

撂下信，他逃去食堂吃饭。他要庆贺一下。因为这还是他第一次向女孩表白。他要了一瓶啤酒给自己壮胆。但是，他没敢喝光。他隐隐认为自己一个孑然前行的人，严谨、冷静，任何时候都是必须的。

约半小时，他回到了评剧团。

这半小时他的心情不复杂，很平静。他感觉自己处理与叶如云之间的感情问题，要比处理与林红霞之间的感情问题轻松得多。

是的，这只是单纯的爱情，没有其他复杂、世俗的东西，更不必仰望星空。

见他进屋，她什么也没说。

“看完了？”

叶如云没有回答，继续低头在缝纫机前缝给他做的新裤子。

共同沉默了足有五分钟。他感觉自己眼泪快流出来了。

“别做了，歇一会儿……”他有些受不了，请求道。

“不用，做完得了。”她轻声细语，并不着急，似在享受被追求的快感，说完还去熨裤子。

祖峰脉望着她，望着她手里的活计。她低着头，熟练地熨着裤筒。他能清晰地听到熨斗滑过裤料时的“嗞嗞”声，望见“嗞嗞”声伴有的白雾升起。

又共同沉默了足有五分钟。

“走吧，上舞厅那屋坐一会儿。”

“你先走吧，我一会儿过去。”

“不着忙做。”他走时又说。

他刚进三楼舞厅，她就敲门。接着他们就坐在了一起。

他们坐在红舞池一侧排起来的长条凳上，他们开始谈话。领先者当然是祖峰脉。祖峰脉感觉气氛里凝聚着一种气息，从来没有感受过的一种含蓄夹带狐疑的气息。但他没有紧张。

努力起之有约，话题顺流而下。她跟随爱语的向导，顺应情感的溪流，曲曲折折、叮叮咚咚进入到了隔绝一切的幽深峡谷。两性之间难解的方程，美好青春的瞬间，即将被一种分明已经爆发，但仍以沉默方式表现着的气氛，渐渐破解着……

“你究竟是怎么想的？”

“你咋想的我就是咋想的。”

叶如云回答得很干脆，两颗心瞬间融到了一处……要不是外面响起了敲门声，电工老顾来检查线路，他们的悄悄话会说上一个下午。

第二天晚上停电。趁这机会，叶如云给祖峰脉送来做好的裤子。一对恋人——是的，现在我们可以用“恋人”称呼他们了，深入谈了许多。楼下等着跳舞的人很多，嘈杂声和西瓜皮从窗口飞进来，两个乡下青年根本不顾及，在惠民城最热闹的中心，说着最真挚的、夹带野草味儿的悄悄情话……

第二十七章

78

祖大消停进惠民粮库送小麦，到舞厅住了一夜。

听峰脉说自己处了一个女朋友，人长得俊，还会裁剪，一张木板床上，爷儿俩谁也睡不着，摸黑唠到天亮。

祖大消停说：“娶城里闺女那是癞蛤蟆想吃天鹅肉，还是农村的实在……再说了，对付一个媳妇回家，说明你这几年没白混，全家人脸上也有光……”

祖大消停回家学了儿子城里处了对象，峰脉娘脸上立刻乐开了花，一刻也等不及，非要进城看。祖大消停心里长草，也想亲眼见见，便留下峰顶两口子和峰良喂猪、照顾院子，第二天一大早，又陪老伴儿进了城。

二人下客车走到剧团门口，恰好碰上了叶如云。

“大叔大婶你们找谁？”

“我们找开舞厅的祖峰脉！”

叶如云对来人的身份一下猜出来了八九分。她不好说破，只是热情地引二人到了祖峰脉的房间，便脸色红热地离开了。祖峰脉关上门，对父母说，刚才领他们上楼的姑娘就是他处的女朋友。峰脉娘听了，屁股没坐稳床沿儿，一拍大腿说：“这闺女长得俊，七仙女似的，说到家烧高香啦！”

祖峰脉在外面混上了漂亮“媳妇”，祖家老老少少，既感到意外，又十分荣光。这个不省心的峰脉！这几年去城里瞎胡闹，人前人后的，家族里的人没少咽下村民讲究的难听话！“爸——你没听说，老祖小军把我姐和我姐夫自己谈对象的事儿写成小说了，叫什么……《山脚下的女人》，发表了，小军当作家啦！”宋铁匠的大儿子宋大锤一边跟父亲打铁，一边说。“作家？哼！……炕头到炕梢‘坐家’吧！”宋铁匠常年守在屯中间自己两间茅草屋前四敞八开的院子里，一边叮叮当当打铁，一边不屑一顾地说。“大哥大嫂啊——你们赶快把小军整回来吧，这么下去这孩子就毁啦！”元旦祖峰顶结婚，惠民街里窦姑父爷家的大姑回乡参加婚礼，守着老亲少友，坐炕头唉声叹气劝峰脉父母。“那是啥呀？那就是‘二流子’！”乡亲们话里话外，也时常田间地头敲打着。“小军回来了？咋地？在街里又打不着食了吧？……”那次峰脉回家要订阅文学杂志的钱，峰脉身影出了村口，后院邻居贾婶子抱柴火瞧见了，隔一条道冲倒泔水的峰脉娘喊。

现在，情况有了转机，峰脉的奶奶和两个叔叔、两个婶子，也认为到了该提提气的时候了。

祖峰脉清楚家人的急迫，答应近日一定带姑娘回家住一宿，亮亮相。

祖峰良、祖峰顶和媳妇李俊英听了这个消息都很兴奋。他们心里面装着母亲口中的即将翩翩而至的“仙女”，先是按照老人的指挥，放下地里所有的活，将厨房一窝十二个猪崽儿撵到园角的猪圈，清扫干净，放净臊味，院子也收拾得利利索索。峰脉娘和俊英还赶做了一床新被，一副花枕头。东西两院祖家人，心里悬着的一块石头落地，都松了一口气。峰脉奶手里拄着水曲柳拐杖，口里含着长烟袋，隔墙头对大儿子说：

“德贤呢，这个媳妇来得俏，看样子说到家花不了几个子儿，剩下一个老疙瘩，就容空啦！”

“是啊娘，我爹死得早，您把我们哥儿四个拉扯大不容易，这还为孙子的婚事操心！”

说完，祖大消停也点着了烟袋，娘儿俩对抽着，半人高的草甸垡头墙隔开的两个院子里，鸡鸭鹅狗东奔西跑，“叽呱”乱叫。

“啥事都是，没有过不去的火焰山，去年你还愁老大，今年大媳妇到家，二媳妇又天上掉下来了……快，小闺女、小小子滚到一起就结纽！”

“老大媳妇有了，您快见四辈人啦！”

“喜上加喜啊！”老太太用美滋滋的眼神儿瞄了一眼夕阳说：“老二几儿能办事啊，早点办，俗话说夜长梦多，办了事，生米做成熟饭，有家拽着，小军也能收收心，省得到处乱颠呵……你说他这些个年，闹得这院儿我和他叔叔婶子们一大家子人，心也都跟他提拉着！”

祖大消停端详一下皱纹盘山道一样爬满脸的母亲，心里一紧说：“这事儿嘛——眼下看一时半会儿还定不下来……一个外乡的丫头，长得好，又是个会裁缝的手艺人，将来就是到了结婚的程度，哪儿落脚也不好说，老话说得好，瞎子过河蹚拉走，走一步看一步吧……”

“要我说别拖泥带水，你尽管张罗，哈！办喜事儿缺边少袖的，别闷着，我跟小哥儿俩打招呼！”

祖家为迎接新媳妇进门忙碌着。而沉浸在热恋之中的祖峰脉，却被舞厅混乱的秩序，搞得焦头烂额。

出了评剧团，左转穿过电影院，向北走过一百多米的一排门市房，左侧胡同里就是惠民图书馆。评剧团、电影院、图书馆，再往北走是坐落于十字街西北角的新华书店，加上北二道街与东二道街交叉口的文化馆、西街的电影公司，组成了惠民文化系统的“六大家族”。过了图书馆，西侧有一个狭小的胡同，门前挂着“小吃部”的红幌子，总在风中摇曳。饿了肚子的祖峰脉远远望见幌子，就能闻到从胡同里飘出来的菜香。小吃部在胡同里二十多米深处，是一处青砖民宅改成的粥铺，空间不大，倒也干净，一对四十岁上下年纪的夫妻，没什么正经职业，以卖大碴粥、狗肉谋生。小酒馆老板姓刁，留着八字胡，说话慢声细语，易于接近。媳妇姓郝，勤劳和善。酒香不怕巷子深，两口子的生意还算兴隆。

祖峰脉就是常客之一。这天，小店内外飘着新烀狗肉的香味儿，老板娘的弟弟郝小伟领一帮社会上的小混混来姐姐这里吃酒蹭肉。去吃饭的峰脉和阿昌正好赶上。听姐夫介绍峰脉是剧团舞厅的老板，郝小伟耳闻其名，如今见了真人，肃然起敬，邀请峰脉和阿昌上桌一起吃。盛情难却，峰脉二人就一起坐上火炕，混杂其间，大口喝酒，大口吃肉，倒也快活。

舞厅总是发生斗殴事件，逼祖峰脉想了一个办法。他发现惠民的社会圈等级分明，大管道、小喽啰一清二楚。华哥、伟哥跳舞有基础，黏在舞厅，场场不落，舞伴也多。扈哥虽然排序是大哥辈的，但生来缺乏节奏感，不会跳舞，他不甘心，天天来跟着“邯郸学步”，左蹭右晃，倒也可爱。上次把门“斗殴事件”后，扈哥没少关照峰脉，作为舞厅老板，峰脉也给“大管道”面子，主动给他找舞伴儿，撩他兴致。其实这样做，峰脉心里也有自己的小九九。舞厅管理每况愈下，舞场有个风吹草动，有扈哥在，也有个照应。那天，“小喽啰”刘三小与保安抢舞伴儿，要不是扈哥及时出面，化解了一场危机，恐怕舞厅早被砸烂了。

经过一番深思熟虑，峰脉将一楼大门的岗撤掉，挪到二楼门口，放一张桌子，雇一个小伙把门，离三楼近，他也方便照顾。

郝小伟晚上喝完酒，没啥事，也来舞厅玩耍。他不会跳舞，有时就跑到二楼帮忙把门：“谁不买票给我看看！”小伟生得一双老虎眼，瞪将起来，吓跑不少想蒙混过关的人。

多一个仇人多堵墙，多一个朋友护身皮。祖峰脉暗中高兴。

“我给你开支吧！”

“不用！”

“来，抽烟！”

“不会！”

小伟仗义，祖峰脉也免不了多去小吃部捧场，当着他姐姐姐夫的面夸赞他。

79

教师节，叶如云与段老师一起到五大连池旅游回来，告诉峰脉一个令他很是吃惊的消息：总部调她去河北省办班。

祖峰脉脑海里兀自掠过一丝不祥之兆。

“那……你不会一去不归吧？”

晚上停电，舞厅正好有了拒开的理由。在峰脉屋里，微微烛光，两个人偎依在一起，峰脉问。

“……峰脉，你想过我们的将来吗？”

叶如云问得突然，风雨飘摇的乡下青年显然没准备好。

“这……这个我还没来得及多想……不过，你会裁剪，我多少在外面也闯荡出了一些经验，做买卖也不打怵，怎么也能在城里生活下去。”

“这么大的舞厅都开起来了，还有什么你干不成的！”

显然，叶如云把峰脉当作“英雄”了。

“有你在，我不怕，不行你开个裁缝店，我也饿不死，能和你在一起就是饿死了也值！”

“咯咯咯……”祖峰脉一句话，把叶如云逗笑了。

“你打算咋办，去外地办班吗？”

“你的意思呢？”

“我当然不希望你走，但我——说了不算……”

“你咋说了不算——你要是不希望我走，那我回家安排安排就回来。”

听了这番话，峰脉转过头狠狠吻了如云。

“我明天送你到哈尔滨！”峰脉不假思索地请求。

“真的吗？那舞厅离开人能行吗？”

“一两天就回来了，没啥大影响。”

祖峰脉没勇气承认舞厅开不下去的事实。

叶如云一下贴进峰脉的怀里，表示了默许。接着，二人躺在简陋的木板床上，就着朦胧的烛光，敞开心扉，各自把家庭的情况又介绍了一遍，峰脉还坦诚地对如云讲了自己进城搞文学，是为了反映农村愚昧落后的初衷，以及两年多所经历过的风风雨雨。从如云的口里，峰脉知道她的家在省城东一百多公里的一个小山村。父母都是普普通通的农民，她是大姐，家里还有一个结了婚的妹妹，一个上小学的弟弟。她读到高中毕业，就到哈尔滨梨花服装裁剪学校学了裁剪，后来留校任教。

“你是个女能人，女强人。”

“你是男能人，男强人。”

“你是山沟里飞出的金凤凰。”

“你是鲤鱼跃龙门。”

“我喜欢有思想的女人。”

“我喜欢有胆有识有事业心的男人！”

“我喜欢你的美丽，你是老天赠我的天仙。”

“我喜欢你的文化，你是老天赠我的董永……”

一对不愿淹没在乡村里的青年人，相互鼓励着，欣赏着，一直聊到天明。

第二天一早，两个人从惠民客运站上车，一同去了哈尔滨。

九月的黑土大地，小麦已经收割完毕，翻起来的黑土，一条一块镶嵌在翠绿的玉米田中间，泛着油亮的幽光。山林、草野、河流、村庄，路边的卖瓜棚、送公粮的车辆，交汇成北国秋日丰腴的图景。

客车在公路上奔跑，起了早的乘客们，多数打起了瞌睡。

叶如云依偎在祖峰脉的肩上，一会儿打盹，一会儿说话。她身上的香气，脸上的热度，使峰脉感觉无比的幸福、温馨……这个从初中毕业返乡，就开始在鹅头山下奔波做生意，与命运抗争，如今又到县城搞文学的青年，第一次活回了自我，从热恋中感受到了人世简单的生活里所蕴含着的幸福和美好。就是在这一条公路上，他曾经顶风冒雪骑车子贩羊皮、带汽车倒苞米；如今，还是在这条公路上，他却能够送恋人去省城，他怎能不从内心深处感慨万千？他甚至想，生活无论还有多少苦难和不确定等在前面，自己都要拼搏、奋斗下去。因为他隐隐感到，只有拼搏奋斗，自己才有前景，只有拼搏奋斗，未来生活才会美好，才有尊严，就像这已经来临的温馨的爱恋，就像这如期而至天堂一般的秋天……

半天时间到了哈尔滨客运站，见多识广的叶如云抢在买票队伍前面，给祖峰脉买了返回的客车票，两个人就在客运站依依惜别了。

祖峰脉急着回到惠民去。

他心里面既幸福，又苦楚，他清楚，不论对叶如云如何表白、承诺，眼下事业上的困难，还是要自己一个人去面对。爱情是美好的，但绝不能成为事业的羁绊。没有事业做保障，爱情也是不牢靠的。

送走叶如云，祖峰脉回来将舞厅刚维持到租期截止日——在他手里经营两个月的整日子，评剧团就差后勤呼元魁来索要房租了。

祖峰脉考虑了两天，在中秋节来临前的一个下午，清点了货物，拎起唯一赚下的一台双卡录音机，交了钥匙，怀着一腔沮丧无助的心绪，悻悻离开了浪漫而富有争议的舞场……

祖峰脉重新踏上了流浪之路。

在文化馆创作班同学罗志中的安排下，他在评剧团后院的“秋月旅馆”暂住下来。

热恋中的祖峰脉、游荡中的祖峰脉，整个人又在空中飘起来……

当我拿起笔，对准我的日记本时，我的心在颤抖，灵魂在自责，有什么能让她冷漠五十多个朝夕呢？是这瞬间万变的生活节奏里没有她的音符吗？是我的心我的情已远离她而去吗？是没有红太阳没有金秋十月吗？还是她已掠夺我享受她爱的权力？

不是，都不是。只是对日子、对生活、对爱、对苦难、对纷繁的记忆，就像外面霜降季节的第一场雪，那雪花亦有美丽亦有残缺，却同样不能停留许久，便悄然逝去。而这，才刚刚拉开序幕，是暴风雨就要来临的征兆期。

为事业，也是为了永恒的爱情，在哈尔滨，在那个令我难忘的车站，我和她匆忙地别离了。尽管我们的爱没有过分狂热失去理智，但怎能受得住这痛苦的袭击？无情啊，人生，因为命运有情人却不能共度朝夕，相识两月六十个日日夜夜，相聚可就只有十天呢，究竟能书写多少甜蜜？

不同的车次，不同的方向，拉长了思念，拉长了我们相会的距离，只有分别的情景，在无数名旅客眼睛的组合下曝光，幸存而独有的底片，她争抢着放在她的心窝上，我争抢着放在我的心口里，她心中有我，我心中有她，然后在下面写上“伟大”的字样，迈着矫健的步子，乘上客车，在笛鸣中，各奔东西。双双去寻找——去寻找相会的日期！

这便是一九八八年九月的哭泣。

在接下来的日子里，这思念，无时无刻不在折磨着祖峰脉。也随着日子，随着月色，随着梦，使他愈加地感到，这份思念的扑朔迷离。在评剧团上下的猜测中，他和叶如云的爱情，成为不争的事实。他想他只有沉默着，努力地去生活，去拼搏，去奋斗，才能和叶如云保持遥远而相依的默契。

无事可做，祖峰脉又找到先前要合作开小吃部的那家食品厂的厂长，看看继续合作的可能性。他多方打听、论证，居然听说了许多对这家食品厂不利的传言。

“自己就是一个穷光蛋，也不能卷到污水坑里面去！”

祖峰脉穿梭于秋风吹拂的惠民大街的人群里，嘈杂声中他的内心里面却像一湖清水，十分的冷静。他清楚那是什么，那是叶如云对自己的寄托和牵挂，自己不能大咧咧陷入泥淖里。

他果断停止了为该食品厂跑贷款，停止了合作。他专门请评剧团美工吴永顺设计写好的“百里香小吃部”的牌匾，在秋阳下熠熠闪光。但是他清楚，牌匾再没有机会挂上房檐，一片美丽而注定残缺的雪花又无声无息地飘逝了……

这时，评剧团舞厅里的灯光如初——听说又有人承包开业了。寄住“秋月旅馆”的祖峰脉没有悔意，不过无聊时，他会去评剧团楼下朝三楼望一望。蹦蹦恰恰的舞曲，迷迷离离的舞影，萧萧瑟瑟的晚风，都使他无比的惆怅。他知道无聊的舞场不是自己长久的用武之地，自己是被逼上梁山才踏进去的，权宜之计也好，成为记忆也罢，虽然没能在舞步里捞到闪烁的金钱，但是这番经历实属不一般，更何况，自己在这里与叶如云相逢。

“离开就离开吧！”祖峰脉想，就自己目前的情况而言，多一次前进，甚至失败的标记可以，但是决不能在风雨中折断翅膀——但有时，他在小旅馆里睡不着觉的时候，也胡思乱想，甚至狂想：在自己二十一岁的记忆里，这舞厅的“潇洒”、前进路上一连串“飘逝的雪花”，都悄然为自己的奋斗积累力量、经验和自信……冥冥中，他赋予失败以成功基石的光环，为自己打气。

是啊，农村青年祖峰脉进城这两年多，做了很多浪漫的事情——托儿所的“文学沙龙”，文化馆的“殿堂之光”，评剧团的“舞会霓虹”，以及与林红霞情感的理性面对，与叶如云“门当户对”的爱情启航……

然而，现实就是现实。接下来，他的思绪照旧被进城“混”的烦恼缠绕，一些令他触目惊心的难题，使他思想疲惫，继续着从未停止的无限迷茫。

没法说清
这个多梦的时节
总是把生活复杂化
总是把许多与我毫不相干的故事
和我的梦我的影子重叠

几番悱恻，几番纠结，几番困惑……

农历八月十五，恋爱中的祖峰脉放弃了巴银老师提供给他的去江城参加第三届“明月诗会”的机会。月圆之时，他与来旅馆看望他的罗志中、李忠臣，寻找街边一家小酒馆，边饮啤酒，边赋诗。酒至半酣，祖峰脉控制不住情感堤坝，起身对月而歌。他冲破了自己一贯的男中音的温婉——吼了一曲能代表他心情的流行歌《十五的月亮十六圆》——

十五的月儿十六圆
要想收获先种田
要想登山先看路
要想致富可得开财源哎
只要像蜂群不偷懒
何愁秋后蜜不甜哎

十五的月儿十六圆
要想饮水先挖泉
要想唱歌先对调
要想恋爱可得多交谈哎
生活的路有苦也有甜
美好的前程走呀走不完
走呀走不完

叶如云是否也在望月呢？醉意蒙眬中，他感觉叶如云在桂花树旁望着他，随时会飞来似的。罗志中、李忠臣不置可否，茫然陪伴着，除了陪他接连干杯，已经无法像两年前创作班郊游鹅头山下共唱《我的中国心》，在惠民新区罗志中大姑父的新宅互道心底里暗恋的乐子，二人如同坐上田野青年驾驶的一辆脱缰的马车，任由着忽忽悠悠、漫无目标地狂奔……

一九八八年的中秋，在惠民小城的节日气氛中，对于角落里的乡间青年祖峰脉而言，无疑是一个肝肠欲裂的夜晚。

第二十八章

80

按照约定，中秋节过后，叶如云是要回到惠民的。

分别时，祖峰脉给叶如云留了两处通讯地址，一个是文化馆，一个是张春丽的单位。祖峰脉几乎每天都到文化馆等信，等电报。相比之下，其他事情都显得黯淡了。

直到九月末，叶如云杳无音信。几度困惑的祖峰脉坚定自己的感觉，相信叶如云一定会来信的，他们之间的恋情是不会出现意外的，像原上的野草，永不会枯败，像天上的星辰，永不会陨落。

果然，十月初，祖峰脉连续收到了叶如云的信和电报。实际上，电报早就发来了，在文化馆压了一周。

祖峰脉激动地将信读了四遍，因为一个事实摆在他面前：叶如云去河北卢龙新办了一家服装裁剪培训分校。

不是说好不去了吗？怎么出尔反尔？这完全证明了留守惠民的段老师的预判。当然，段老师的消息是从哈尔滨梨花服装裁剪培训总校派来惠民巡视的人员——年轻的总校校长三公子那里得来的。

他不相信的消息如今成为现实，乡下青年坐在小旅馆里两眼发呆。转而他很快理解了叶如云：没有什么大惊小怪，一定是非去不可了。能及时来信来电报，已经让他激动不已了。

但他仍然不死心。接到信的第二天他就去小旅馆对面的邮局给叶如云发了电报：

电信皆收，望云归峰。

像等待一颗星星从天边出现，他想念她的心情愈发强烈。一周后，叶如云连续寄来两封信，一封寄到文化馆，一封寄给了张春丽。两封信内容基本一样，除了爱恋想念之语，重点对祖峰脉强调：他的事业是她爱他的理由。

祖峰脉从心底里佩服叶如云的理性和宏图大志。这样的农村女孩不可多得。叶如云传递过来的创业之心，使本就想干一番事业的他，超越了单纯的爱恋的吸引，更加地想念对方了。

爱情更加坚定并且指明了奋斗的方向。昨日还在迷茫、沉湎于情感的闯城者，又踏上了征程。

是得找一个新住处了。

现在的祖峰脉，视野和渠道比两年前开阔了许多。包括在惠民城仅有的几门久不走动的远亲，也逐渐有了联系。偶然听说男人在计量局上班的老姨奶家的大姑娘——也就是他的大姑家，在西南街有两间闲置的红砖房，他就游说着住了进去。他回家请来盖砖房技术过硬、名扬乡里的泥瓦匠三叔祖德坤，给他的新住处搭上小锅台，收拾好屋里院外，然后开灶做饭。祖峰脉甚至邀请罗志中、李忠臣、阿昌到家里燎锅底庆祝。生活虽然艰难，但仪式感不能缺席。稳定了住处，他还去理发馆为自己烫了头，然后穿新买的灰西装，打上酡红色的领带，自信满满、意气风发地走在惠民大街的秋风里，走在偌大县城的人欢、车鸣、马嘶里。他甚至突发奇想，去照相馆给自己拍了一张潇洒的背手照。他的内心从来没有这般自信，如此丰盈：昨日的舞厅老板，如今走在大街上，再不是过去的“土老帽”了。

他觉得自己确实变了。他从心底里认为自己与两年前进城时大不一样了。他认为这当然要感谢融入文化馆、托儿所学习文学对自身修养提升的帮助，感谢舞厅生活对自己勇敢内心的锻造和洗礼。而现在——他由衷地感谢能解决所有精神问题的“两性情感”。难怪，过去只有文学情怀在陪伴自己闯荡，如今心中又有了一个被自己爱着的也同样牵挂自己的美丽女孩，带给自己的不仅是幸福感，更关键的是鼓励自己不容沉沦、坚定地向前跋涉的信心、信念和力量源泉。

无疑，对于一个艰难创业的青年而言，一场天降的爱情，相当于一场核裂变。那种力量，简直无以复加，无以替代。

在巴银的支持下，祖峰脉重操旧业，延续“惠民县边陲新诗研究会”的工作，创建《新诗人报》，邀请《青年文艺》编辑甄道明题写了报头，发展会员，发表会员作品。同时协助巴银筹备了“惠民县第三届金秋诗会”，编辑《惠民文艺报》，然后到江城日报社，请鲁振铎老师帮助联系报社印刷厂印刷，领取《惠民文艺报》和《新诗人报》回来分发。

两个惠民文学的干将，师徒组合，经过舞厅一个夏天的“浪漫之旅”，犹如两只迷失的羔羊，经受暴风雨洗礼的燕子，重新回到了文学母亲的怀抱。鱼儿游回了水里，鸟儿飞归了天空，安静一个时期的惠民县文学圈，犹如一潭死水，又被师徒二人搅动起了波澜。

显然，师徒二人唱的是“对手戏”。老师是官方，徒弟是民间，互为犄角，互为补充，互为借力。祖峰脉离不开巴银，巴银也离不开执行力明显比较强的学生。不论是文学素养、组织能力、情感和人品，祖峰脉站稳了惠民县城这个祖国北疆城乡接合部文学圈的广阔平台——这个原来乡村青年想都不敢想，更谈不上攀附上去的平台。现在的情形则是——他用努力奋斗搭建起来的阶梯，一步步助力他不仅登上了这个曾经高不可攀的更高的平台，如今又可以站在更高的平台上，向更更高的平台上望去了。

这就是生活。你可以说它是馈赠，你也可以说它是回报，总而言之发生了位移和变化。这种情况你甚至可以断然，有时候生活真的不需要那些无聊的理由，有“前进”两个字就足够解释、解决一切了，足够足够了。

在几次印取《惠民文艺报》《新诗人报》时，鲁振铎依然给予了峰脉很大的关照、关怀。

在鲁振铎看来，这没什么，祖峰脉一个农村文学青年，不容易，人也憨厚朴实，有些只是自己伸把手的事，愿而为之。鲁振铎原来在国家部属某大型工厂任语文教员，通过努力和不断追求，调到报社更好地实现自己的文学梦想。因此他的骨子里，对有文学梦、文学情怀的人，无法不关爱有加。其实，《江城日报》副刊部三个人无不如此，李东风主任的诗歌，在《诗刊》《人民文学》都发表过，是一位依靠写字和文学天赋，从农村打拼出来、并且“弃官从文”的典范，是江城一个中等城市的文学高峰。苗宇编辑虽然年轻一些，但文笔好，擅长写小说，也因爱文学进了副刊部。而祖峰脉虽然只是一个有着十县、六区、五百多万人口的地级市城乡广泛作者群里的小小一员，文学成绩不高，但他的努力，他的坚持，他的勇敢，他对文学爱情般的狂热和宗教般的信仰，还是引起了文学前辈们的注意和青睐。

成功遴选人才的实质，某种意义上首先不是自上而下的“大海捞针”，而是茫茫人海里，人才有着非凡的准备，借人才遴选之机浮出水面，最后与上苍垂爱一般的令人激动的“不拘一格”，对接出魅力四射的火花。

举办第三届“金秋诗会”，巴银特意邀请鲁振铎带领几个江城的知名诗人，莅临惠民指导助威。下一次外县不容易，鲁振铎借机策划了两件事，一是写一篇文化系统改革典型的人物专访，一是写一篇明星企业家的报告文学。

这两件事，市、县两位老师不约而同地，皆交给了正处于水深火热之中的祖峰脉。

81

初冬的小兴安岭余脉已经落了两场雪。一场小雪，一场中雪。

距离惠民县城北八十多公里的清泉林场，埋在崇山峻岭之中。李德云场长候在门外，毕恭毕敬地迎接了采访小组。与鲁振铎同时来惠民参加第三届“金秋诗会”的几位诗人返回江城了，采访小组的成员只有鲁振铎、巴银、祖峰脉三个人。

鲁振铎老师的气场显而易见，不仅仅因为他有一个江城日报社副刊部副主任的头衔，更因为他是一名知名作家，以及森林雪乡难得一见的时髦穿着：西装，前进帽，棕色皮夹克，腮上一对八字胡，一双炯炯有神的大眼睛，虽略显发福，但走起路来一阵风似的体态，都给人一种非凡的气势。巴银继续他的风格，梳着背头，戴着眼镜，穿着中山装，外披一件草绿色军大衣，走起路来左右摇摆，十足的诗人范儿。而峰脉，随在二人身后，拎着包，穿一件黑呢子大衣，头上扣着一顶牛犊子皮的黑棉帽，宽阔的肩膀，敦实的身材，在这个队伍里，倒也看不出是附近一个山村里的农家子弟。

精气神十足的李德云场长个子不高，拔头顶，讲起话来声如洪钟，嘴角朝两侧挑起，很夸张，很有鼓动力，乍一见，就能看出来是一个干练的基层干部。听完李德云带领一班人马的精彩汇报，鲁振铎示意负责记录的峰脉带一些材料。待峰脉找齐了材料，食堂酒菜已经摆好，山珍野味，农家菜蔬，十分丰盛。酒是五粮液，鲁振铎不饮酒，盛情难却，也倒上一杯底儿，以表亲切。大家边吃边聊，当然主角还是李德云场长，从日斜一直主持到天暗，直把一桌人唠得醉眼蒙眬，不分彼此。

鲁振铎兴致很好，当即表示稿件尽快整版见报。

林场的草绿色“212”吉普车把几个人往惠民县城送的时候，天已经黑了。山路弯弯，白雪皑皑。疾驰的车灯将有夜明珠一般双眼的野兔飞跑的雪路，照射得亮晶晶的。

祖峰脉醉了。不仅仅因为那一杯五粮液白酒，一瓶英雄啤酒，更因为这是他二十几岁的人生里，享受到的最高礼遇。

“拼搏太美妙啦！”

他回忆起前些年与家人上山打柴，常被林场下属的小小林业站点盘查，刁难，如今自己竟然坐上了林场场长的座驾，面对面地采访管辖多个林业站点的林场场长……想到这儿，他感到进城三年来所吃下的苦头，瞬间得到了前所未有的慰藉。

回到惠民的第二天，祖峰脉又陪鲁振铎去采访了评剧团的姚青团长。祖峰脉心里明白，巴银安排宣传姚青，除评剧团自负盈亏改革走在了惠民文化系统的前列，明显也有对姚团长为他们师徒二人开舞厅提供方便予以回报的意味。

中午师徒二人去火车站送走鲁振铎老师，乏累的祖峰脉回到他冰冷的出租房，蒙被睡了一觉，醒来时天已经乌黑了。他起身呆呆地坐在席炕上，回忆这几天陪同鲁振铎老师的经过，回忆今天去评剧团，从舞厅和居住的房间走过，想到和叶如云在一起腻歪的日子，他刚刚受到一点慰藉的心，又心潮起伏，无法平静了……如云，如今我事业有了方向和起色，你怎么样？你还好吧？……

一次惠民之行，鲁振铎老师对祖峰脉有了进一步的了解。

鲁振铎除了有一个《江城日报》副刊部副主任的身份，还有两个辉耀江城文学界的亮丽头衔：中国作家协会会员、江城作家协会秘书长。这个有着“天下为公”般浪漫情怀的汉子，选上作协秘书长后，就搁置了手里的长篇小说写作，放弃个人的名利，为培养这个素有“历史文化名城”美誉的中等城市和地区的文学新人，跑与奔，鼓与呼，并经过他的一番倡议和游说，以江城日报社名义成立了响当当的“江城文学讲习所”。

从惠民回去的火车上，他就一路谋划着本年度讲习所结业式的日程，并做出了一个大胆的决定：给出类拔萃的乡下文学青年一个“浮出水面”的机会，把祖峰脉邀请到市报社，作为三个交流写作体会者之一，代表全市三百多名学员作典型发言。

一朵祥云又向乡下青年徐徐飘来了。祖峰脉听到这个消息，受到了莫大的鼓舞。他心里清楚，代表学员发言，那意味着在数不胜数的业余作者里，自己被赋予了“优秀”的礼遇。

但是，鲤鱼无法顺利地跃进大海里。祖峰脉的口袋里又空空如也了。也就是说，去江城参加文学讲习所结业发言的几十块钱差旅费，又没了着落。

作为老师兼兄长，巴银既为学生前进途中出现的光亮高兴，也为他窘迫的生活担忧。再回文化馆干临时工不可能了，现在的财政极度紧张，全县内部挖潜，勤俭节约过日子，加之自己没上位副馆长，雇祖峰脉当一名临时的创作员，显然也成了泡影。他还是想唱“生意经”，因为他的手头也不宽绰。经广泛联系，他又揽到手一宗倒木材的生意。于是，他前脚送走鲁振铎，后脚就安排祖峰脉乘火车去了三百里外的沾河林业局联系。折腾了两天两夜，祖峰脉无功而返。为了给学生一点儿安慰，他带峰脉风风光光地参加了一次惠民第三中学“雪野”文学社组织的诗歌朗诵会。混了一顿好酒好菜，回到文化馆，坐到椅子上，师傅对徒弟指示说：

“你去一趟我老家，帮我取一个烟灰缸！”

祖峰脉站地当间看着巴银，宽阔的脸庞显露出一丝为难。这段日子东奔西跑，他着实疲惫。不过他还是当即表示同意了。

他连夜把姚青团长的专访抢写出来。第二天，“私人秘书”坐一天客车，去了巴银老家所在的县城。烟灰缸的确很精美，实际是一个工艺品——翠绿的椭圆形玉石盘一侧，凸出来一个断臂维纳斯的雕像。峰脉挤在客车里，把“维纳斯”藏进胸口，生怕碰碎了，回去没法向巴银老师交代。他认为巴银老师对自己恩重如山，任何一件事情，都要办好，哪怕冰天雪地里，跑几百里地去取一个烟灰缸。

取烟灰缸回来，祖峰脉病倒了。连日的奔波，眼前的重重困难，几乎压垮了这个年轻人。这时，他已从老姨奶大姑家的平房里搬出来，又在惠民东南街纸厂附近新租了一处房子。

这是一栋三间砖房，东屋一间已经住进了养毛驴车拉脚糊口的一家人。推开黑大门进来，东侧院里，一抔一抔驴粪冻成了坨。躺在屋里，他常能听见屋外传来的“嗷啊——嗷啊——”有些夸张的驴叫声。

82

养驴的人家是城郊的，男人赶驴车出去拉活，早出晚归，祖峰脉几天才能碰上一面，打一两句招呼。家里的小个儿女人，领着一个六七岁的淘气男孩，除了偶尔听见孩子叽喳玩耍的声音，东屋很少有动静。加之东跑西颠，祖峰脉的生活没什么规律，因此与这家邻居接触不多。

房东是税务局的小车司机，姓魏，大个子，精于算计，家里开个食杂店，又买房出租谋利。新房徒墙四壁，没收拾，冬天很冷，但房租便宜。每天，峰脉回去要烧好长一阵炉子，才能待住人。冷得没办法，祖峰脉就买回来一个圆盘形的电炉子取暖。

一天早晨，电炉子像一轮小太阳似的点着。“哗——”的一声，黑色的铁院门开了，三个查电的人突然闪进了院，习惯地东张西望，好像发现了什么似的。正洗脸的祖峰脉急中生智，用毛巾盖住了红彤彤的电炉子。三个人进屋，查看了各处，没发现私接滥用，刚要出门离去，一小个儿突然说：“什么味儿？”说着三人寻着焦烤味儿，同时发现了地上的电炉子。原来，湿毛巾在电炉子上烤着冒出了烟雾。小个儿查电的叫嚷着要罚款，其中一大个儿的是舞厅的常客，对原舞厅老板笑笑说：“烧电炉子危险，以后注意点！”说完一使眼色，一哄走了。

感冒刚好一些，祖峰脉就去借钱。他的心思早已经飞到了江城市日报社文学讲习所结业式的发言上。他不想辜负鲁振铎老师的邀请。他的脑海里反复出现乌泱泱的会场上，代表广大学员激情发言的场景。

但是，自从叶如云走了，他没脸回家，更没脸回家伸手要钱。因为他没有兑现把“准媳妇”风风光光带回家的诺言。何况——他还承诺过：搞文学再不会向家里要一分钱！

他被逼得又去了一趟润津河南岸的姥爷家借，结果可想而知。

他心灰意冷。他决定不参加讲习所结业式了，而是回家，参加李德胜二闺女的婚礼，他有一个任务：写礼账。

包产到户后，李德胜家买了一辆旧四轮拖拉机，开了油坊，不仅挣钱治愈了在惠民师专读书的李成海的乙肝病，也把这个大哥过继过来的儿子、村里唯一的大学生供到大三了。

李德胜虽然不是什么村干部，但是能开上油坊，也是头面人物，接触人多，办喜事人客覆盖周围十里八村，大家聚到一起，有说有笑，也不乏保媒拉纤的。

“哎！我说，这小伙儿谁家的？”一个问。

“嗯？啊！你说炕上的礼账先生，那不是前院祖大消停家的二小子嘛！”一个答。

“年纪轻轻毛笔字就写得这么好……这小伙不错，有没有对象呢？”

“啊！这个……不见起有，听说上街里学写作什么玩意儿的有几年了……”

“拉搁拉搁，给介绍一个呗——这小伙儿穿着打扮、稳重劲儿，又识文断字的，配屯子里啥闺女不行？”

祖大消停和老伴儿听了夸奖儿子的话，心里美滋滋的。婚礼上左媒婆甚至说，靠山六队一个姓温的人家，挨肩两个水灵灵的大闺女，早就相中了峰脉，让他随意选一个成婚。

祖峰脉当然不为心动。

婚礼上，他见到了来参加妹妹婚礼的李秀萍，秀萍姐的孩子已经满地跑了，当年秀萍姐结婚也是自己给写的礼账。如今，三年过去，那场爱情风波早已尘埃落定，死的，失踪的，渐渐被人遗忘，人们都在各自的生活轨迹上发生变化，而自己的事仍然悬在半空中……

“上市里开会还赶不赶趟了？”喝完喜酒回到家，祖大消停带着酒气，突然问峰脉。

听这话的瞬间，祖峰脉的眼圈猛然湿润了。看来，父亲还是希望自己未来的路能走得更好，尽管昨晚还建议他，不行就老老实实回家种地。

家里知道他错过了到市里开会的时间，临走时，还是给他带了三百块钱。兜里揣着钱，祖峰脉心里热乎乎的。他感觉自己有很多事想做，但他心里一直有个声音在不断地呼唤自己：眼下自己最应该做的事情，是去寻找远方的叶如云。

依依不舍地离开了山林、田野、房舍、村道，处处铺满白雪的家乡，当下午祖峰脉手里拎着母亲给带的干菜走出惠民客运站，迎风步行回到惠民东南街出租房的时候，一开门，眼前的场景使他惊住了：临出门时洗的裤子冻得硬邦邦的。

“屋子怎么这么冷？”

一丝不祥的预感掠过他的脑海。他认真检查后发现，炕角跟随他四处奔波的黄书包被人翻动了，里面的相机、相册不见了。

他感觉自己周身的血液停止了流动。自己这个穷光蛋的出租屋，居然遭了贼人！

小偷是打碎玻璃从窗户钻进来的。

惊慌失措的祖峰脉急忙去派出所报了案。他心疼的主要不是相机，而是相册里的几张照片。那是教师节，叶如云与段老师去五大连池游玩拍的，照片寄过来时，如云已经去了外地，来信特意嘱咐他帮助收好。

那可是他的寄托啊！每当思念如云，他都偷偷看上几眼——照片上，在五大连池火山喷发遗留下的黑石滩上，如云白衬衫、红马甲，偎在礁石上，微笑着盯着自己看……如云好久没有音信了，照片是他的念想，难道这一点点念想，也要被掠走吗？

老天啊！

巴银听了很气愤，在派出所里找了人，案子连夜破获了。惠民广播电台甚至把它作为表扬人民警察心系百姓安危，迅速侦破治安案件的典型事迹，在当晚的新闻中播出了。

偷盗者原来是邻居赶驴车的小舅子，逮住他的时候，他正在城郊家中吃罐头，相机、相册藏在了炕洞子里。

这房子无法住下去了。

可十冬腊月，搬去哪里呢？

一天，心事重重的祖峰脉在路上遇见了托儿所的周会计。人高马大、眼睛小的周会计，身穿灰色呢子大衣、头裹花头巾，见了曾经的“同事”、托儿所的小更夫很热情，下车子说东北街七小学路南的一串连脊房，其中一间是她家的，正闲着呢。

周会计家所在的这一串老连脊房，后开门，有些下窖，东西屋邻居住人，停火也不怎么冷。慌不择路的祖峰脉看了当然很满意，周会计正为房子租不出去苦恼，又是熟人，当场降了价，又答应祖峰脉租金缓交，简单交代一下水电有关事项，就留下了钥匙。

小舅子破窗偷了邻居，被送去劳教，养毛驴车拉脚的男人很是难为情，带着老实巴交的矮个媳妇到东屋来，当面向祖峰脉连连道歉，并赎罪似的对峰脉说：“兄弟啊！你找到新落脚地儿，我赶毛驴车给你拉，一分钱不收你的行不……兄弟啊，我这该死的小舅子，一家人也拿他没招，到处偷鸡摸狗的，该天杀的……”

这天，峰脉从乡下找来峰良，帮忙收拾东西。等到很晚，赶毛驴车的男人才回来。车老板解释说拉一份活儿，路很远，没办法。祖峰脉心里着急嘴上连声道谢，等三个人把东西搬到周会计家的老房子，已经是冷风刺骨、黑隆隆的深夜了。

屋子被盗的第三天，派出所“返还赃物”。

初冬的黄昏，惠民城的冷风吹得更紧了。祖峰脉办理了手续，感谢了民警，从东街派出所出来，小心翼翼地将相册揣进口袋里，用手紧紧捂着，生怕再飞走了似的。此刻，惠民县城灯火憧憧，街上的人影儿越来越稀少，祖峰脉像失去的魂魄回到了躯体里似的，浑身是劲，向东北街那个刚刚租下的连脊房走去……口袋里的相册被焐热乎了，如云就在自己手心里，她身上的香气，隐隐从口袋里飘出来，似乎还夹杂着幽幽的嗔怨声……

“我一定要去找她！”乡下青年血往头上涌，执拗地想。

第二十九章

83

在去寻找叶如云之前，祖峰脉趴在新租房的被窝里，将采访清泉林场场长李德云的报告文学写完，然后随巴银老师去了一趟江城。

鲁振铎热情接待了他们。对于祖峰脉的第一篇报告文学作品，鲁振铎非常满意。不仅答应春节前见报，还信任地给他压了一个新担子——借机用自行车驮着他，采访了与老城区三百年历史的清真寺相毗邻的市京剧团团长。

这给祖峰脉带来了极大的鼓舞。尤其鲁振铎向采访对象介绍他的那一句："这是我们报社的特约记者！"祖峰脉听了，脸上发热，心里却美滋滋的。

去市作家协会办完事回到招待所的巴银，也给了学生一个大惊喜——他带回来了祖峰脉的"江城市作家协会会员证"。

"祝贺祖作家！"

在江城体育场圈楼的体委招待所里，巴银手里举着一个制作精美塑封的蓝本本，笑容可掬，像个孩子似的站在学生面前。

听说自己有了作家头衔，祖峰脉顿时乐得合不拢嘴。其实，他的入会表早就填了，但此刻，他还是抑制不住激动。他一遍遍翻看巴银递给他的蓝本本，心里扑通扑通跳个不停。自己真的成为一名作家了吗？乡下青年还有几分不敢相信眼前的事实。是啊，从初中毕业参加函授鼓捣文学算起来，四年多他经历了一个漫长的夜，做着一个荆棘丛生、缥缥缈缈的梦。

他一个人趴在招待所的被子里，再次偷看作家证上赫然写着"祖峰脉"这个名字的时候，泪水止不住涌了出来。作家——一个多么崇高的称谓啊！面对多年努力换来的成果，乡下青年无比自豪，满脑子荣誉感、成就感。他甚至觉得，天马行空的自己，此刻俨然是一个“英雄”了——漫漫黑夜里，终于拨开云朵，见到了月光，缚住了那对自己这个别人眼中——并且事实也是如此的流浪汉而言，着实宝贵得比金子还要宝贵千倍万倍的光芒……

双手捧着作家证，找回信心的祖峰脉深刻地认识到，在人生的道路上，有一个好的伯乐，好的引路人，是多么的重要啊！那简直就是苍茫大海上的灯塔，莽莽林涛中的指南针，漫漫黑夜里的北斗星……他在心里一遍遍默念，感谢您，巴银老师！感谢您，鲁振铎老师！

踌躇满志的祖峰脉回到惠民，第一时间，当然是跑到文化馆和张春丽单位，因为他急于想知道叶如云的消息。

一个多月了，从开始的密集来信、来电报，到后来即使来信，也是寥寥几语，祖峰脉察觉到了字里行间阴云密布。我们之间怎么了？她是一个水性杨花、见异思迁的姑娘？不像，绝对不像。他否定了自己。她遇到了麻烦？听段老师说总校校长的三公子追求她，难道校长公子刁难了她？

“嫁汉嫁汉，穿衣吃饭！叶如云考虑你现在的处境也是人之常情。”

他去找张春丽问信，张春丽在她简陋的办公室里对迷茫的青年说：

“男女之间的事，不像你想的那么简单，女人心大海针，善变是女人的天性，我们女人最懂女人了。”

“我想去找她……行不行呢？问个究竟！”

“这就得你自己琢磨了……我想说的还是那一句话，结果如何你都要面对，你要知道你自己跑到城里来这么努力拼搏，是为了什么……”

祖峰脉能感觉到，春丽姐不闹离婚后，一切似乎平静下来，就连对自己的建议也都透着冷酷的气息。那个自己曾经寄托情感的春丽姐，似乎隐藏了起来。

尽管张春丽的话像小锤一样敲打着他的脊梁骨，但他还是决定把原因搞清楚。他觉得，人对人是要负责任的，尤其男女之间的情感。不能道听途说或者仅靠猜忌，就草率做出什么不可挽回的决定。于是，他先给哈尔滨梨花服装学校所在的街道办事处挂了长途，询问服装学校的联系方式，接电话的人说找不到。

“只有去找她了，但见了她怎么说——自己还是一个无业游民吗？”

祖峰脉恍惚中又清醒了，口袋里揣着的作家证只能给自己带来荣耀，但解决不了眼前的生活困境。

辗转反侧之中，祖峰脉想起了一件事。前几日去江城，听说郊区有一个菜农的儿子，小说写得好，应邀在一次文联组织的繁荣江城文学座谈会上，菜农的儿子谈了自己的创作情况，参加座谈会的一位主管文化的副市长发现了他的潜力，当场表示像这样的优秀农村人才可以考虑破格“农转非”——农村户口转为非农村户口，吃供应粮，安排到某个区的文化馆，负责创作辅导员的工作……

“这是多么令人振奋的消息啊！自己的情况与菜农儿子的情况如出一辙，为什么就不能大胆地去试一试呢？为什么就不能大胆地去试一试呢？！”

没几日，趁到江城日报社印刷厂去取《惠民文艺报》的机会，祖峰脉向鲁振铎战战兢兢地提出了这个折磨自己一段时间的想法。提出这个异想天开、幼稚的想法的时候，祖峰脉感觉自己的身子在飘。

鲁振铎坐在办公桌前，听了立在桌前的祖峰脉的惊人之语，瞬间——爽快的他像被什么东西噎住了喉咙，半天没说出话来！鲁振铎思忖了有一阵子，才小心翼翼道：“那什么……你说的是那个写小说《风吹田野》的菜农儿子吧，啊……我知道，是这样——主管文化的副市长会上说的是挺好，可拖半年了，据说一点儿动静也没有……也难怪，‘农转非’可不是小事，政策牵扯方方面面的，谁不知道那也是最头疼、最糟糕的事！”

祖峰脉知道自己是在大白天说梦话。他浑身紧张得湿透了，他能感觉到自己的身子在发抖。是啊！他太需要这个身份了！可是他更知道，这比登天还难，自己就是在痴人说梦！……他意识到自己失态了，急忙镇静一下，垂手说：“实在不好意思鲁老师，我现在的处境实在是尴尬，左右为难的，我知道这事难办，咱就别惹这份麻烦了……”

“你坐下，坐下……”祖峰脉不解释，其实鲁振铎也明白眼前小伙子的难处。他显得有些不好意思，让峰脉坐下，起身给他倒了一杯水，放在沙发前的茶几上，接着说：“你的情况我了解，你呀，是个人才，回农村真是白瞎啦！”说到这儿，穿开衫毛衣、打一条红领带的鲁振铎并没有回到座位上去，而是背着手，在狭窄的地中间开始踱起步来，若有所思的。望着鲁振铎，此刻的祖峰脉觉得整个世界都在思考，思考他贸然提出的这个梦言呓语般的请求。他的双手汗津津的。然而——转了两圈，鲁振铎突然转过身来，用掷地有声的语调，对蹙着眉、眼巴巴望着他的文学青年说："那样吧！找机会我去一趟惠民，跟你们县领导谈谈……不试一下怎么知道不行呢？"

见鲁振铎答应试试，刚坐沙发上的祖峰脉又站起来，想说话，这回轮到他半天一个字儿没蹦出来，但目光里溢出了一团火花。这时，对面桌子后面，一直沉默着低头画版的苗宇编辑，突然抬头瞪一双大眼睛道："小伙子，这下你碰上贵人啦！别人不敢说，老鲁那可是山东'及时雨'，能力强，热心肠，没准儿就能给你办成喽，一下从八亿农民堆里蹦出来，那你可就文学改变命运，梦想照进现实了！"

84

一九八九年元月，在祖峰脉看来，自己是带着"一箩筐"的成绩，去寻找恋人的。

他觉得，叶如云是一个有事业心的女孩，如今自己取得的成绩，足可以向她炫耀一番了。必要时，他也可以将江城日报社的鲁振铎老师答应去惠民找县领导，给自己办进城的喜讯告诉她。他觉得喜欢一个女孩，一定要拿出真诚，而不是诳语。另外生活也是实实在在的，没有保障怎么谈婚论嫁，开始家庭生活？

祖峰脉到达叶如云的家乡，已经是黄昏时分了。

他住进了巨人乡政府驻地的一家小旅馆。

"叶如云？认识，地南头林海村的，原来在巨人中学这圪垯念书，这咱听说去哈尔滨学裁剪了。"小旅馆的门窗糊着白霜，门外的寒风隐隐袭来。小旅馆老板娘身穿红棉袄，头戴白帽，一边捏饺子，一边爽快地与峰脉搭话。

"那闺女长得可漂亮了，听说也挺能成事！"一名女服务员，腰间扎个花围裙，从厨房出来，插话道。

"你找她干啥呀，是同学啊还是沾亲带故啊？"老板娘把包好的饺子用盖帘端给服务员进厨房里去煮。厨房灶台上冒出热气，传来响边水的吱吱声。

"啊……有点事儿找她……"

坐前厅座头靠里一些的小桌上，一边喝水缓和身子，一边等饺子的祖峰脉不好说明真相，有些腼腆地敷衍。

老板娘似乎觉察出了什么。待祖峰脉吃完一盘饺子，她又用关心的口气问：“明早你一个人儿咋去呀，林海离这圪垯十几里地呢，哈哈……”

“是吗……谢谢！”

第二天吃完早饭，祖峰脉站前厅以真挚的目光望着老板娘说：“我把相机押你这儿，人跑了相机跑不了，哈哈……我骑你们家车子去，怎么样？”

老板娘听了笑说：“看你穿得溜光水滑的，打眼就是个识文断字儿的根本人儿，相机不用押，你尽管骑车子去得了！”

“谢谢！谢谢！”祖峰脉红脸浸汗，硬留下了相机，细问了路，就骑车子南下了。

正值腊月，冷风提醒人似的旁敲侧击；一条车轱辘轧实成的蜿蜒小路，从一片白茫茫的田野上穿过去。蹬了半个多小时车子，上了高岗，祖峰脉抬头望了一下远处，只见前方天际迷蒙，山峦叠嶂，一座巍峨的大山耸立，龙盘虎踞的样貌，天地间颇有气势。脚下盘卧一座小山村，迷雾中犹如仙境一般，与身后的高山，辽阔的田野，头顶闪耀的朝阳，交织一起，浑然构成了一幅美轮美奂的乡村图景。

祖峰脉从东侧村口进来时，太阳已升到头顶了。

他手里推车，黑牛犊皮棉帽瓤里出汗出得像水洗过一样，湿漉漉的。只见村庄的泥草房沿街排列，大多简陋，院套残缺，牛马遍拴，柴草随垛，行人寥寥，几只鸡咕咕叫着路边觅食。路旁胡同里，谁家的一条黑狗朝他远吠。

“靠山村就是有名的贫困村了，而眼前这个村庄，看上去比靠山还要穷几分！”

想到这儿，祖峰脉不由得脊梁骨发凉——原来，端庄美丽的叶如云，竟出自如此的穷乡僻壤！

好不容易遇见一个健壮的年轻人，自称是叶如云的妹夫，把他引到了村西端北侧的叶家。他推车子进院，一栋低矮的小两间土坯房呈现眼前，篱笆院落用旧木杆围着，空旷旷的，不见有什么像样的物件。

如云的男朋友突然登门，叶家人一下子全慌乱了。

坐稳之后，祖峰脉向叶如云的父亲，一个五十上下年纪、壮实的中年人，坦诚说明了来意。叶如云的父亲听了，先是木讷一阵子，很快就热情起来，让瘦弱的叶如云的母亲烧火做饭，两个人在屋子里边喝红茶水，边聊了起来。见祖峰脉穿着打扮气度不凡，说话唠嗑人儿也实诚，叶如云的父亲心里面暗暗欢喜。如云母亲和妹妹将饭菜端上桌时，如云父亲示意小姑爷也上炕里，同陪祖峰脉喝酒。

祖峰脉吃了八分饱，撂下筷子，嗫嚅半天，借着酒劲儿，终于说明了来意："叶叔……快过年了，如云啥时候回来？"

如云父母抢着说："来信了……这个月二十六号！"

"哦……那我就先回去，二十六号我再到哈尔滨客运站去接她！"

"那最好了，最好了……哎呀，入冬光听人家噼噼啪啪放炮办喜事了，没曾想咱们老叶家也喜从天降啦，啊哈……这真应了那句老话，好饭不怕晚，不知道哪片云彩有雨啊！再给小祖倒点酒，陪叶叔一起干喽……"

在叶如云家住了一夜，第二天吃完早饭，叶如云的父母恋恋不舍地把祖峰脉送到院外，嘱咐他到日子一定要去接闺女。话间，叶如云的父亲禁不住还落下了几滴眼泪："小祖啊，叔知道你是明白人，我们当老人的，都想让孩子好，可是现在的年轻人都有自己的主意……不过叔知道你们会好好把握的！"

祖峰脉眼眶也湿润了，"叔，您放心，婚姻大事，我们一定好好把握，到时候我一定去接如云！"

临走，叶如云父亲让小姑爷送祖峰脉到村口，并和老伴儿，以及后赶来的如云的妹妹，站大街上直望着峰脉背影远去……

看样子，叶如云家人对自己这个看上去风光的"姑爷"还算满意。北风呼号，峰脉逆行，他回味这一夜叶家的热情，热一阵冷一阵的。起初闯进城里，自己是为实现文学梦，而今的自己，与如云一样为摆脱再回农村去的命运而努力，却也同样陷入城市的汪洋里，同样在拼命寻找着进城的救命稻草……显然，如云学到了裁剪手艺，算是有了出路，而自己还悠悠逛逛的……那么，如云真的敢领上一无所有的自己共同闯城奋斗吗？

回到巨人乡，祖峰脉把自行车还给小旅馆的老板娘，拿回押她那里的相机，道了谢，去公路旁站点截客车去了哈尔滨，当晚乘火车返回了江城，第二天又乘火车返回了惠民，到出租房看一眼，又回了靠山。他把此去寻找叶如云的情形说给了家人。一家人见峰脉对象有了盼头，都十分的高兴。祖大消停特意去后院杀了年猪的人家，多匀回来一角肉，准备招待新媳妇进门。峰脉临走时，他又毫不吝啬地对老伴儿说："打开柜子，给老二拿路费！"

按叶如云家里给的信息，等祖峰脉乘火车到江城，又换乘火车辗转到哈尔滨客运站的时候，已是二十六号的过午——冬日早早隐身的太阳，将周围的楼群切成两段，一明一暗的。夹在楼群里的街道先些暗了下来，显得车流如水，喧嚣如潮。祖峰脉在客运站门前进进出出的人群里，一直觅寻到华灯初上，也不见叶如云的踪影。

听说你要归来
我的心开始颤抖
我将一颗鲜红的心
放在站口……

等漏了叶如云，祖峰脉急忙买一张客车票，去追赶。

黄昏时分，客车到巨人乡政府驻地的时候，集市散了。遇见一个赶集的单马车要去林海村，他与车老板套近乎，报了叶如云父亲的姓名。穿皮袄的车老板听了，挥挥马鞭说："啊哈！你说叶福河啊，我是他亲家呢，里手赶车没外人，上车吧！"

夜马奔家快。路上，通过与车老板闲谈，祖峰脉借机详细了解了叶如云家的一些情况，更感到叶家是一户再普通不过的农民家庭，如云能闯出小山村，是野地里开出的一朵鲜艳的花。联想自己闯城这几年的艰辛，祖峰脉从内心里佩服叶如云，更如遇见知音一般。在他心里，如云的形象更高大，更有磁性，吸引他无法自控急迫的心情，恨不得马上见到如云。

天，全面黑了下来。颠颠簸簸的小马车"哗哗哗哗"地，洒下一路带着节奏的铃铛声，把一个外乡的痴情人，带到了山峦之下——那座天幕四合之时，已经看不清样貌的小山村。

当祖峰脉留下几个苹果，谢过车老板，第二次走进叶如云家那个土院儿时，低矮的泥草屋里，已亮起了微弱的橘黄色的灯光。

村子远处传来的狗吠声，祖峰脉都没有注意到，因为他心里一直在打鼓。

“你说的是福河家的大丫头吧，我逛一下午集市，也没见她人影儿啊！”

刚才车老板对他说的这番话，一直在他心头上翻腾。

她难道没回来？

祖峰脉紧张着进了屋，穿过厨房，“嘎吱”一声开了里屋的门。他抬眼一望，瞬间惊住了：只见橘黄灯光下的席炕上，如云正围一床被子，坐炕中间，一张粉嘟嘟的脸庞，一件鲜亮的黄毛衣，还有那一头秀发，仿佛仙女下凡，光彩照人。

如云！你真是穷山窝里飞出的金凤凰啊！

祖峰脉感慨之时，手藏被子里取暖的叶如云，稳如泰山一般，仰脸笑问道：“是啥风把你给吹来啦！”

显然，叶如云刚到家，正在炕上暖和身子，家人还没来得及告诉她，自己已经贸然来过一次了。

吃过饭，祖峰脉说过路上搭乘叶如云妹夫的父亲小马车的巧遇，叶如云的妹妹、妹夫听了，笑说了一阵不是一家人不进一家门的话，便一同领孩子回家烧冷屋子去了。峰脉同如云的父母、弟弟一起坐下来看电视。十二英寸的黑白电视里正播放电视剧《杨勇》，一片喊杀之声弥漫了小屋。如云累了，先躺在南炕梢休息。知道如云只是眯瞪，没睡着，峰脉坐过去，想拣一肚子的话里最紧要的几句悄悄说给她。被子里的如云，也一定知道峰脉坐到头顶了——可半天，她却不搭理他。峰脉晾在炕沿儿边，心里蓦然涌出了苦滋味，仅仅几个月前还相依相恋、难舍难分的如云，如今恍若变了一个人！

痴情人怎么接受得了？他心揪着，他不死心。见如云一只胳膊露在棉被外头，他依然怜惜着，伸手去给她掖被子，如云的手却一下抽走了。

85

晚间睡觉，祖峰脉与叶如云的父亲挤在挨北墙的一铺小幺炕。

第二天吃过早饭，叶家人齐刷刷躲到厨房里去了，包括早早来探听消息的如云的妹妹、妹夫和他们带的孩子。席炕与厨房间的马窗户，隔音，不隔影儿，祖峰脉瞄到厨房里一双双眼睛，火辣辣地一同朝屋里看。他心里明白，他与如云关系何去何从，牵着一家人的心。

祖峰脉有些紧张。见收拾利索更加妩媚的叶如云倚炕沿低头不语，他故作镇静地开口了："怎么了如云，究竟发生了什么事？"

"没发生什么事……"叶如云面无表情地轻声回答。

"不对劲儿，一定是发生了什么事！"祖峰脉虽然克制情绪，但是没有停止追问，他觉得自己有权知道事情的真相。

"你回去好好努力，争取在城里站稳脚跟儿，生活有了着落，将来一定能找一个比我更好的……"

"究竟发生了什么事，你知道我等你、找你，有多苦吗？"

"真的没发生什么事……"

叶如云话里躲闪，眼角却涌出了泪滴。

祖峰脉本想将自己努力几个月，事业上所取得的重大进展，一股脑儿说给恋人听。他原以为，事业上的曙光，会得到恋人情感大山的热烈呼应和赞美。而此刻，火山遇见了冰山。痴情人心头那团烈烈火焰，被不动声色地、不留余地地、残酷地，熄灭掉了。

这不是他预判的全部。但，这正是他经历的事实。

他一点儿心思也没有了。那一股往上涌的血，瞬间凝固了。他发现，那座热烈的大山，如今形同陌路，好像压根儿就不曾在他的生命里出现过。

难道，她一句都不想听吗？

他在内心里不停发问，使他猛然想起了临行前，春丽姐对他的那句忠告："女人心，海底针。"

痴情人心如刀割。为了给自己留一点儿尊严——他瞄了一眼马窗户外那一束束目光，从炕沿起身，有板有眼、不紧不慢地，穿好覆盖了大半个身子的黑呢子大衣，稳稳地戴好高耸的黑牛犊皮棉帽，立刻显得高大一些的他，站地中央面对叶如云，很正式地说道："你也别哭了，我这就走。"

听了这话，倚炕沿上的叶如云抬头注视了一下祖峰脉，依旧泪眼涟涟，但没有阻拦。

那一瞬间，祖峰脉感觉彻底放下了一座大山，转身朝外就走。叶如云急忙站起身来，一边穿洁白的羽绒外罩，一边说：“我送送你。”

祖峰脉没有推辞。

来到院外，茫然的祖峰脉不失礼仪地与分明看出了结果、眼里均含着怜惜的情感、聚院子里的一家老小告过别，无奈而故作果断地走在前头，与跟在身后的心早已飞走的叶如云，同样步履沉重地出了东村口，向北侧公路方向走去……

前方，是一片茫茫的雪原。年根儿前，北大荒越发严重起来的寒流，不断从北面遥远的西伯利亚方向刮过来。

祖峰脉几乎忘记自己是怎么与叶如云分的手。

这个可怜的乡下青年人，在惠民县城舞厅里结下的一段恋情，戛然而止在省城另一个方向的山脚下。

青年被打击得天旋地转。他忘记自己一个人是怎么从巨人乡公路旁上的客车，怎么从哈尔滨三棵树车站上的火车。他在火车上迷迷糊糊咣当了一夜，回到了惠民，他甚至没心思回出租房，直接像一只受伤的羔羊，回到了靠山村父母的身旁。

家人，都在等待那个好消息。见他失魂落魄的样子，一家人什么都明白了，各自忧愁着，张罗过年前的一些杂事去了。

而整个春节期间，与叶如云在千里之外的旷野上，各奔东西的一幕，梦魇般纠缠着祖峰脉。

这不是审判，是根本就不受理！

祖峰脉心里愤愤不平。在分别的路上，他到底没机会讲出自己所取得的骄人成绩，甚至马上会办成城镇户口的可能性。为此他感到了莫大的羞辱——因为曾经的恋人，对此已经不屑一顾！不过，心境渐渐平复的他转念一想，即便叶如云听自己絮叨了又能如何呢？一个山沟里的穷小子，想搞文学在城里混下去，那不是大白天说梦话嘛！显然半个身子已挤进城的叶如云，除了继续向上攀附，她还有别的选择吗？再拉上一个沉重的累赘，她怎么敢呢？孤寂、疯狂时的爱情可以，冷静下来认真思考，以后的生活不可以……当他坚定地认识到这个残酷的现实的时候，他惊出了一身冷汗！与其说是为了与叶如云的爱情遭遇，不如说是内心深处，再一次遭受到了这个本就不平等的人世间，在爱情生活上所表现出来的不平等的深度打击！

那十几里的离别路，走到一半的时候，他主动停了下来。

四周没有人，没有树，没有喜鹊喳喳叫，只有“飒飒”呼啸的北风，覆盖着田野的茫茫白雪，只有对这个世界的复杂茫然不知所措、伤心透顶的青年！

“你别送了……你就不能告诉我，究竟发生了什么事情吗？”

他看得出来，叶如云不想停下脚步，还想继续往前送。

“别送了，你这样我受不了！”

祖峰脉拉住了叶如云。他简直发疯了。叶如云停下来，白羽绒服与身后的雪天一色，脸庞冻得泛起红晕，眼角滚出了泪花。

“你怎么就不能说呢！”

受伤的青年快要在雪地上咆哮了。

“都过去了，你自己要保重好自己，”说着，叶如云从口袋里掏出二百块钱，“这是你给我买风衣的钱，你拿着，你不宽绰……”

钱塞到祖峰脉手里的瞬间，祖峰脉感觉有一把刀子，扎进了自己的胸膛。

“这钱是给你买礼物用的，留个纪念吧……”他往回推“刀子”，嘴角有些颤抖，几近哀求。

“别了，拿着吧……”叶如云再往回推钱，他感觉“刀子”又扎了回来。

叶如云抽回了塞钱的纤细手指。他手里握着钱，忽然感觉一切都陌生起来，眼前的姑娘像不认识似的。他感觉自己突然心如死灰，面无表情。他站在雪地里，呆弱木鸡，最后怔怔看了叶如云三秒钟，没再多说一句话，扬扬手，转身离开了。

西伯利亚的冷风刮得更猛烈了，卷起一缕缕沙沙响的烟雾，打在他麻木的已经流不出眼泪的脸上……

他记得那封长信是在哈尔滨三棵树火车站的椅子上写的。临上火车前，他去站前一家食杂店买来信纸、信封和邮票。

他在信中酣畅淋漓地把分别的苦恼、迷茫，一个时期以来的成绩，进行了全面的总结和抒发，然后找车站服务台的服务人员借来胶水，封好信，昂首走出了站门。

他记得那时候省城最大的火车周转站，黄昏已经来临，进站、出站，赶着回家过年的人，脚步匆匆。

他记得自己站下来，望了一眼迷蒙的天空，空中几只乌鸦散乱着倏然飞过。他记得自己望了片刻，用手摸了摸口袋里那封滚烫的信，毫不犹豫地投进了路边的绿色邮筒里。

他倔强地认为，不受理自己也要写状子，向曾经心爱的人倾诉。

第三十章

86

一九八九年的春节，对于二十二岁的祖峰脉而言，当然是最糟糕的一个春节。

他这个村民眼里的“浪荡子”，先是与村里的耍钱鬼混在一起，熬过了一个黑白颠倒、浑浑噩噩的正月，直到乡亲们开始选种子、购化肥，准备新一年的春耕了，放赌的“康局长”家，也没了几个耍钱鬼，他才带着尚未痊愈的情感伤口，拥挤进繁华的、聚集十几万形形色色人口的惠民小城，又当起了县委、县政府大院对面政府大礼堂内的文化馆创作部主任巴银的“私人秘书”——办报，做一些杂七杂八的事。而大部分的时间，这个遭受生活和爱情双重打击的小伙子，是窝在自己的出租房里郁闷地写诗，一首接一首地写，以此来排解心中的惆怅……那些说不清楚的实实在在存在着的不良情绪，刀山火海一般转化成了寒凉的诗句：

1

她尽管离去一时

却成了天边的星

让我遥望

却不让我亲吻她的眼睛

我就这样望着

用我的生命，用我的虔诚
谁知，忽然——
她却化作了流星

2
为什么晴空万里我却寻找云朵
莫非它能捎来情感寄托思念?
我以情人的名义轻轻告诉你
当你想我时我感觉有暴雨袭来

3
这个世界不会理解我
纵使我死去
为此，我拿起了笔
我要和墨水交谈
它却背叛了我
把我的秘密全洒向了稿纸
……

而这个蛇年的春天，对于惠民这片神奇的黑土地而言，必将是一个不同寻常的春天。

正当农村青年祖峰脉在生活的浪涛里经受摔打的时候，惠民县委副书记文清明，在文化馆大礼堂人大代表们的一片掌声中，荣选为惠民新一届的一县之长。

面临经济过热、全面调整的环境，文清明这个二十世纪六十年代省委组织部下派锻炼的大学生，早早下乡调研了。这也是他多年基层工作行之有效的经验：没有调查就没有发言权。

春节刚过，惠民大地尚处在一片冰封雪飘、童话般的世界里。

文清明带着秘书，一个乡镇一个乡镇地跑。因为过度操劳，他五十岁刚过的年纪，不仅一头白发，也落下了萎缩性胃炎的毛病，吃下的食物不消化，营养流失，身体一直很瘦弱。现在，他坐在北京 213 长厢吉普车里，望着窗外随着车速滚动起来的莽莽雪野，不一会儿，就转入了闭目沉思："目标——小康！重心——经济！作风——实干！"这是他在县长当选发言中，向全县人民立下的铮铮誓言……

出了惠民县城往北走，第一站是老林镇。他找来镇、村干部，亚麻种植大户，一起坐在老乡的炕头上，唠起了家常：

"咱们惠民的亚麻纱，不敢说享誉全球，国际市场上也是很有名气的，种亚麻很有前途，老乡们为啥要少种呢？"

"啊！县长说这个嘛……嗯——是这个情况！俺们合计来合计去啊，这个种麻它不合算，一年下来一亩地得少收入几十块，还不算下落套雨的灾年！"

"一亩地少收入几十块？那算下来可不是个小数目啊！为啥呢？"

"您说为啥吗？咋跟您说呢，这么跟您说吧，嗯——几年下来，种亚麻这玩意儿就跟那个喂不胖的老母猪，产量就地打转转！啥？您说为啥产量上不来？咋跟您说呢，有伺候不上去的原因，要我看呢，缺技术是大头！"

"这炕烧得烫屁股，呵呵，真舒服！真舒服！"文清明一会儿双手垫屁股下，一会儿抽出来掰指头与老乡一起算经济账，瘦削的脸庞一笑起来满是褶子。一算他才如梦方醒，老乡种麻不挣钱的原因，是科技投入不够，种子、化肥、整地、播期、收获时机的把握，以及枯病、锈病、褐斑病、菟丝子病等各种病虫害，都需要科技人员及时、准确的指导。

"那好，有啥问题你们使劲提，我们回去专门研究，安排一系列优惠政策，无偿送技术上门，这中不中？"

"您是办实事的好县官儿，那中，您既然表了态，快春播了，俺们考虑考虑，多种几亩麻！"

东北地区作为世界三大黑土地之一，惠民县二百二十万亩耕地，全部处在黑土带上，盛产亚麻，几年来亚麻产业发展很快，在原有第一亚麻厂的基础上，又投资近两亿元，兴建了第二亚麻厂、惠民县亚麻纺纱厂。麻纺厂生产的亚麻纱不但畅销国内外，还生产出了四十二支高支纱，填补了国内空白，亚麻工业发展潜力巨大。面对农民种麻不挣钱，不愿种，而亚麻工业急需原料的现状，文清明清醒地意识到，这是一件关系城乡协调发展、惠民经济能否打“翻身仗”的大事。

他马不停蹄，领人东奔西跑，像“亚麻神”一样，穿梭十几个乡镇，几十个村屯，开展调查研究，宣传致富经。回到县里，又召集有关部门开碰头会，统一思想，研究对策，调整政策，一项一项亲自抓落实。一片片春来绿油油、上秋黄灿灿的亚麻田，过山车一样，在文清明脑海里不断翻腾……至春播时，惠民的亚麻播种面积比上年提高了百分之六。接下来，他这个“亚麻神”并没有停下来，而是组织科技人员一起下到田间地头，帮麻农现场号病把脉，确保“科学养麻”会战的全面胜利。

种麻不来钱
就怪科学不进田
今年能打赢
多亏了文清明

文清明上任伊始，就抓住了牵引惠民经济发展的命门。

走过寒冷的冬天，祖峰脉采写清泉林场李德云场长的报告文学——《为了那绿色的希望》，用去整整一个版面，在《江城日报》副刊发表了，此举在惠民引起了不小的轰动。陷入生活困境的祖峰脉想，像许许多多业余作者一样，自己初学写作是从练习写诗开始的，后来又练习写散文、写散文诗、写小说，几年下来，虽有所获，陆续在《江城晚报》《江城日报》崭露头角，尤其短篇小说处女作《山脚下的女人》还在全国发行的《青年文艺》头题“新星”专栏，配发照片、作者小传、哈尔滨师范大学专家的同期评论隆重推出，在江城文学界一时也产生了较大的影响。但是，如今令他始料不及的是，一种新的文学样式，居然天使一般，悄悄降临了他的创作生活，并且如此之快地给自己带来了展示的舞台、迅速出名的机会，很快尝到了文学写作更现实一些的甜头！

是的，这个“天使”，就是报告文学！

文章合为时而著，歌诗合为事而作。毋庸置疑，改革开放之后，涌现出一批又一批时代的弄潮儿，需要记载和讴歌。而报告文学，作为文学的“轻骑兵”，倾听时代的足音，呼吸时代的空气，把握时代的脉搏，发挥其真实性、新闻性、文学性的特点，与时代的节奏一起跳动，很快受到各大新闻媒体、作家、改革者的青睐。作为参与宣传改革典型的文学样式，举国上下风行报告文学写作，成为一道独特的风景，可以说活跃得像春天的花蕾、雨后的禾苗、初恋的情思，来势汹汹，势不可当。

无知无觉中的峰脉，痴迷文学的乡下青年，也被一个伟大的文学时代裹挟着，卷入了这股文学崭新潮流、万千气象之中。

为写好李德云这个人物，他阅读《哥德巴赫猜想》《谁是最可爱的人》《为了六十一个阶级兄弟》《在大时代的弯弓上》等一些报告文学名篇。他还跑到新华书店里，从浩如烟海的书架上，买来《报告文学的艺术》恶补——从理论和实践两个维度，研究报告文学的前世今生，在艺术世界的迷雾中，一点点拨云见日，迅速地悟得了报告文学的若干写法，并艺术地运用到创作实践当中去。

“读你的报告文学，像天来之水，飞流直下，一泻千里，惊涛骇浪！”一次去江城日报社，苗宇编辑夸赞他。

“一夜写一万多字，高手！”鲁振铎更将麾下的得意门生捧上了天。

“惠民报告文学第一人！”人前人后，巴银也随时不忘赞美学生。

87

做梦都想发财的巴银，在经商的道路上却屡屡受挫。

他在《江城日报》整版刊发报告文学作品这一惊人之举之中，暗暗发现了《惠民文艺报》的创收潜力——惠民经济一面调整，一面涌现出一批明星企业家，他们需要宣传，就像赛场上的竞技选手需要掌声一样。他向文化馆馆长提出了《惠民文艺报》自负盈亏、盈余分层的大胆设想。馆里费用紧张，崔馆长正愁找不到创收的门路，高兴得不知怎么夸赞他，却用一双典型的富态的女人之手敲着桌子说：“你就作吧，不给我作出点事儿来，你是不带消停的！”

巴银知道这位唱戏出身的女馆长是正话反说，蹬一双皮鞋“咔咔”地从馆长室晃出来，向等在办公室的学生宣布了这个利好消息，并决定在《惠民文艺报》辟出报告文学专版，他亲自与宣传部、文化局、各委办局对接，招揽宣传对象，之后，大胆放手，由祖峰脉一一去联系采写。

一时间，惠民以报告文学为手段进行典型宣传的事业，被师徒二人搞得风生水起。

现在，因失恋被打击得消沉了一个冬天的祖峰脉，渐渐走出了低谷，能够以豁然的心情，与人们一起迎接明媚的阳光、灿烂的春天了。一个流浪的乡下青年仿佛瞬间找准了自己的人生坐标。而实际上，是厚积薄发，把一个生活上赤裸裸的年轻人推上了时代的潮头。

继去年冬天，祖峰脉配合鲁振铎采写了清泉林场场长李德云，蛇年春天伊始，他又拿着巴银给他开具的介绍信——以《惠民文艺报》特约记者的身份，陆续跑了电业局、白酒厂、工商银行、建设银行、五交化商店、一些乡镇等多个单位，采写报告文学。他的足迹蔓延惠民大地的同时，也不断营养和坚定着他奋斗的信心。

这是一个下午。祖峰脉从自己的出租房出来，刚到文化馆，巴银就急迫地说："正要去找你呢，有急事！"

"急事？"

"这篇稿子让县经委领导毙了，说不知道写的是啤酒厂单位呢，还是写啤酒厂厂长个人，你去重新采访，重新写，三天交稿！"

祖峰脉隔着桌子从巴银手里接过了一沓稿纸，上面用蓝钢笔密密麻麻写满了文字，一看是一篇采写啤酒厂的报告文学，署名是惠民师专讲师龚加以、惠民电视台男主播安坤，他心头先是一惊，巴银老师什么时候安排别人采写报告文学了？旋即放下疑问急忙说："这……这不好吧？"

"没什么不好的，让他们写耽误事，你去重写，着急发！"

祖峰脉犹犹豫豫地接下了任务。第二天，去西街路北的啤酒厂采访一天，当夜趴在出租屋的被窝里挑灯夜战，将原稿当作素材，推倒重写了一篇新的报告文学。早晨眯瞪了一小会儿，他就跑去文化馆交稿。巴银看完，笑了，露出一对门牙。接着，巴银跑到路北政府大院里的经委送审，没到中午下班，稿件签完字拿回来了，巴银抑制不住兴奋，喜滋滋地对等消息的学生说："经委领导这回非常满意，一下就通过了，署你一个人名字发表！"说话间，巴银抄起红铅笔，将龚加以和安坤的名字坚定地划掉了。

"那不好吧？"

“有什么不好？你整个重写了一遍！”

祖峰脉站巴银桌前，用手摸摸脑袋说：“事儿是这么个事儿，整个推倒重来了，但为避免矛盾，我觉得还是都署名吧，毕竟他们也付出了辛苦……”

听祖峰脉这么一说，巴银犹豫了，他看看真诚的学生，半天，又抄起红铅笔，在划掉的两个名字下面分别画了圆圈。那两个圆圈标志着，勾掉的两个人又活过来了，将与祖峰脉的名字一起，出现在下一期的《惠民文艺报》上。

无疑，惠民的“麻经济”已经深入人心。如果是仲夏初秋时节，你随便走在惠民的大街上，连空气中飘荡着的，都是野外亚麻田里独特的气息——一种比原野上的青草还要清冽几分的味道。在官员、老百姓的心中，惠民县城的东北郊，那座投资上亿元、员工逾千的麻纺厂，是惠民的宠儿，是就业的港湾，是人民币的生产机器，是为县域经济腾飞扎上的翅膀……

“你去采访麻纺厂！”

在文化馆创作部主任办公室里，巴银主任把开好的采访介绍信郑重地交到了农村青年祖峰脉手里，下达了“作战”任务。

祖峰脉的眼神儿里，露出短暂的惊讶的目光之后，便被喜悦的神情取代了——因为他马上意识到，采写这么一个赫赫有名的工业大厂，对他这个农民身份的业余作者而言，那意味着什么。

去麻纺厂采访，当然是麻纺厂的吉普车亲自到文化馆来接的。巴银的理论是，文学是无价的，对方需要的时候，即使不高高在上，起码也要平起平坐，即使为了挣几个辛苦费，也不能像个要饭花子似的，跟人家屁股后面低三下四地吹喇叭。为了这次采访，祖峰脉进行了一番认真的捯饬。理发、洗澡，脱下厚厚的棉衣，换上叶如云给他裁做的那身灰色中山装。一段时间以来，巴银话里话外、三番五次地“面授机宜”，以及追随鲁振铎、巴银的几次采访，还有几次单独行动，他深深悟得了记者乃是“无冕之王”这一句话的含义。不管走到哪里，什么身份的干部，平头百姓就更不用提了，听说是记者，都被高看一眼，仿佛“记者”这个字眼儿，有一股天然的“神气儿”。就连乘火车排队、补卧铺，记者都享有优先权。一次到江城日报社去，他亲耳听苗宇编辑讲过一个笑话：说在一个火车站，一个人想不买票上车，于是拿出记者证对检票员说：“我是记者！”检票员看了看记者证说：“不行！记者得是特约的！”

去麻纺厂之前，他先给厂长万有金打了电话。万有金声音浑厚地在电话里推托说，麻纺厂能发展到今天，是县委县府正确领导和全厂千余名干部职工拼搏的结果！“特约记者”有了一定经验，反应很快，马上提出了那就写写大家的建议，立刻得到万有金的赞许。由于厂长们白天忙，两个人约定，集体采访安排在晚上。

88

春天无疑是令人骚动的季节。

春日里的惠民，县城大街上人流熙攘；广袤的田野里机器轰鸣，拖拉机开始昼夜春播作业了……无论是城镇还是乡村，人们都在编织着新一年的梦。节气虽然刚刚过了清明，偏寒的黑土大地上，春阳仍然闪亮亮地升起来了。站丘陵的脊梁上眺望，远处的山林、草野已经泛起了“草色遥看近却无”的绿意。

如此意气风发的季节，谁能不蠢蠢欲动呢？

其实，林红霞一直没有停止对祖峰脉的关注。

春节后，祖峰脉活跃的信息，一个接着一个灌进了她的耳朵里。除了祖峰脉的消息，她感觉自己对其他什么都建立不起来耐心和兴趣。那种感觉挡也挡不住——像渐渐温暖又寒意犹存的春风，不停在耳畔吹……她从《惠民文艺报》上，不断看到祖峰脉的报告文学作品，尤其写啤酒厂的那一篇，她收藏起来，反复读了几遍，每次读，皆怦然心动：看来，自己身旁的这个农村青年，又回到了文学的正轨，再不是陷在舞厅里瞎混的那个迷途羔羊了……

春节期间，家里来了不少走亲戚的客人，亲属们都很关心她的婚事。什么男大当婚，女大当嫁了，什么银行工作好，对象满大街挑了，什么谁谁家小伙不错要给保个媒了，搞得林红霞父母也按捺不住，话里话外，总敲打她。她也知道，自己下面还有弟弟、妹妹，也都上了班，到了婚配的年龄。姐姐不婚，妹妹不嫁，这是习俗。自己总这么横在前头，算怎么回事，家长亲戚们，能不着急嘛！

其实，林红霞一直在纠结。高中同学魏成前几天又来信了，信里说今年他江城师院毕业，准备回母校惠民第三中学任教。虽没说破，但林红霞心里明白魏成的意思。高中毕业这几年，魏成的信积攒厚厚一摞了，都锁在她房间的竹旅行箱里。魏成一米八的个头，长得文文静静的，在班里很招女生喜欢。可能是因为林红霞稳重、不愿表现，长相标致，学习又好，是他喜欢的那种吧，在众多“校花”中，魏成偏偏看上了戴一副近视眼镜的林红霞。魏成家的条件也不错，父亲还是县里某部门的领导，母亲是一位医生，身下只有一个上学的妹妹，负担也不重。按说，林红霞选择这样的家庭，一生的幸福就有了保障……

但是，文学青年身上的情感就是一个“怪物”，一个打着浪漫标签的“怪物”。这个看不见、摸不着的有些理想化的“怪物”，看上去，无时无刻不在“蛊惑”着文学青年在世俗生活中做出一些超凡脱俗之举。尤其是诗人们，不按常理出牌赫然成为一种思维定式。无疑，这对文学作品而言是一件幸事，一篇好文章的品质，就是要给人以曲而不平、恣意随性的浪漫之感。然而，这种思维对于经营人生所需要的严谨，就难免有一点“不靠谱”和危险之嫌了。

自从在创作班上认识了祖峰脉，一个其貌不扬、连城镇户口都没有的农村青年，像有什么魔力似的，渐渐藏进了林红霞的心窝窝里，慢慢发芽。林红霞回首三年来自己与祖峰脉相处的点点滴滴，从班上共同学习、相互照应，到借第一本书给他开始，从自己成为银行后院托儿所的常客，与峰脉探讨文学、思考人生，度过若干个温馨的夜晚，再到两个人默契地帮助春丽姐处理与丈夫的婚姻问题……她早就意识到，自己有了一个共同爱好的伙伴、茂盛思想的知音、生活旅途的挚友。特别是，祖峰脉真挚、勇敢、坚定，这让她从骨子里感觉到他与魏成有别，在祖峰脉身旁，有一种说不清楚但的的确确存在着的归属感。

几回从梦里回到现实生活，林红霞又不止一次地在内心里为自己发笑。怎么可能呢？自己与祖峰脉间隔着一条跨不过去的鸿沟，如果恣意地去逾越，铤而走险，无疑会粉身碎骨！多少次，每每想到这个问题，她要么是惊出一身冷汗，要么是没人办业务时，独坐窗口望着人来人往的街道发呆；要么，就是一个人猫在自己家的小屋里，联想七仙女与董永、梁山伯与祝英台、罗密欧与朱丽叶……一些世间的伟大爱情，深受感动之余，暗暗因自己的无能为力，偷偷流下伤感的泪水……祖峰脉去对面的评剧团与巴银开舞厅之后，她心里更加难受。去舞厅的人是什么好人！她生气不靠谱的巴银带祖峰脉干这种不光彩的行当！糊口就不能干点别的吗？需要钱自己可以帮嘛——可是，问题就在这儿，印象里，这个倔强的祖峰脉从来没主动朝自己张过嘴，难道他在自己面前还放不下面子，维护着自尊心吗？再说，家人对祖峰脉不置可否，明显是不会同意的，她对祖峰脉今后的处境也无能为力，所以那次去舞厅看过峰脉一次之后，回来她除写一封长信给峰脉，表达自己的忧伤，就没再联系……

但林红霞不死心！

“你连想都别想，这是不可能的事情！”一次林红霞去看张春丽，张春丽虽然知道祖峰脉与叶如云分手了，林红霞并不知道二人的这段插曲，但还是果断地对林红霞说：“你也没细想想，你们俩成家将来怎么生活呢？别说家里人了，就是同学同事，大概率也都不会同意的，我觉得连峰脉自己也不会同意的，除非他……”简陋办公室里的张春丽深沉地注视着红霞，“除非他另有所图……”

对于春丽姐直截了当的忠告，林红霞开始很难受，就连患难与共的春丽姐都不支持自己和峰脉，这个世上，谁还会支持呢？

看来，只好面对现实了……

林红霞的脑海里夹杂着纷乱的思绪，一直熬到了春天。

爱恋的脚步，就像这春天的草色漫山遍野、渐渐铺开一样，谁能阻挡得住呢？

那天，巴银让祖峰脉到林红霞的单位，去取江城群众艺术馆要出版的一本《江城诗词百家》中，所需要的作者照片和稿件。站在农行营业大厅门外的阳光下，看着很久没见，穿着灰色中山装、精神焕发的祖峰脉，林红霞羞红着脸问：“怎么样大作家，这段日子挺仙儿吧？”

祖峰脉双手一摊，努力笑笑说：“这不，春天已经来临了吗？”

“我怎么感觉你好像经历过什么事？”

“哦……”对于林红霞的敏感，祖峰脉有些惊讶，扭头看看大街上的行人，遮掩说：“拿我开心，我一个无业游民能有什么事！”

凭借第六感，聪颖的林红霞似乎洞察到了祖峰脉的心底里，除了进城这件事，似乎还有一种东西隐藏着，并使他隐隐作痛。她没好意思继续追问，只是问：“最近还在写报告文学？”

而祖峰脉现在，多想将自己的坎坷经历告诉好同学林红霞啊！

但理智告诉他，他不能！他知道如果将自己与叶如云的事告诉林红霞，林红霞一定会对此做出强烈的反应的。本来自己和林红霞之间也没有什么，本来自己与叶如云已经宣告结束，本身这都是互不相干，应该自己一个人承受的风雨……见林红霞问自己是否还在写报告文学，他急忙顺水推舟，转移话题，介绍了春节后忙于采写报告文学的一些事。林红霞说在《惠民文艺报》上看到了几篇，但是并没有表现出羡慕和钦佩之情。祖峰脉说接下来可能要去采访麻纺厂，林红霞听了，心里欢喜，脸上无法不露出惊讶的神情，但是接着她只是微微一笑说："那你可要站到巨人肩膀上跳舞了！"

听了林红霞表扬自己的话，祖峰脉心里微微一动，并且滋生了那么一点点的得意。不过，就这一点点得意的想法也如同石子投湖，惊起的涟漪转瞬间就消失了。因为，祖峰脉早就习惯了红霞这种揶揄式的肯定方式。

于是，他很快苦笑一下说："老同学又挖苦我，矮子就是矮子，即使站巨人肩膀上跳舞也是矮子，呵呵……"

拿了歌词和照片，柜台外排起了长队，林红霞回窗口里办业务了。临走，祖峰脉对林红霞说自己新租了房，哪天有空请她过去做客。林红霞二话没说，爽快地答应了，并且瞬间，脸上掠过一丝绯红。

第三十一章

89

林红霞拜访祖峰脉的出租屋，已经是十几天以后的事情了。

那天，与麻纺厂万有金厂长约好，晚上六点，车到文化馆接峰脉，六点半，麻纺厂班子全体接受峰脉的采访。下班从文化馆出来，巴银高兴地对峰脉说："祖记者要闪亮登场了，回去好好捯饬捯饬！"

天气开始转暖，积雪融化的街道有些泥泞，晚下班时间，多起来的行人都靠干爽些的地方走，骑自行车的，不时从一层积水上碾过去，冲起一溜儿水浪。祖峰脉从馆里出来，向东走十几分钟，前面左侧是第七小学，右侧是一排连脊房，也就是他新租的住处。远远的，夕阳下面，一个熟悉苗条的身影，一身深色西服工装，手扶坤车，等在门口。

林红霞！

祖峰脉的心，怦然翻动。

"你来也不打个招呼，等半天了吧？"

"没有，刚到，你这路简直能行船！"

打开北门，祖峰脉引着林红霞，小心翼翼进了屋。

刚进来时，屋里显得更暗。

祖峰脉急忙解释说："这屋就这点，后开门采光不好！"

林红霞进了屋，半天才缓过眼神儿来。她巡视一圈儿，只见厨房挨东墙绑个生锈的炉筒子，门南是炉子、锅台，锅台南是马窗户，马窗户外面是一处荒芜的园子，园南是另一趟连脊房。开门进了里屋，只见屋里徒墙四壁，没一样家具，东墙角靠南炕沿儿，放一张掉漆的乳黄色旧办公桌，南炕卷一床被褥，被褥旁一堆散乱的书和稿纸，低矮的南窗户，从荒芜且封闭的园子里透进来一团微弱的光。

“这屋怎么这么暗哪！”

“屋子有些下窖，不过比原来租的房子暖和一些。”

林红霞戴着黑尼龙手套，摇几下手里扎小兔饰物的车钥匙说：“这可没托儿所宽敞！”说完又四周看了一圈，“你这屋里连个凳子也不摆，这是不欢迎我呀！”

祖峰脉急忙请林红霞坐桌旁的炕沿儿上，笑说：“光棍儿一条，让大小姐受委屈啦！”

林红霞坐下来，双侧翘起的发髻下，围拢一张白皙标致的脸庞，近视镜下一双大眼睛笑眯眯的，她频频点头说：“嗯，你这是够惨的了！不过还好，总算有一个自己的窝了。”

说一会儿闲话，祖峰脉说我一会儿要去麻纺厂采访，就不留你了。

“那你不吃饭了？”

“回来再说吧！”

林红霞起身，推开外屋门，操起炉钩子，叮叮当当打开炉子，说：“你忙去吧，我给你引火做饭。”

“那怎么行！”

“有啥不行的，去吧！”

拗不过林红霞，祖峰脉交代了放引柴、煤，以及大米、土豆、白菜、油盐的地方，换好衣服，匆忙去了文化馆，坐车去麻纺厂采访了。

集体采访结束，麻纺厂的酱色北京 213 长厢吉普车送峰脉回来的时候，快夜里九点钟了。

一下车，静静的春夜里，一束迷离的灯光从连脊房的后窗户迤逦出来。祖峰脉心头一紧，心想自己一会儿该怎样面对林红霞呢？刚才集体采访麻纺厂班子成员都没有紧张的祖峰脉，此刻的心却欢跳起来。

他此刻真的不知所措。怎么办呢？如果红霞……自己怎么处理呢……他回头求救似的环视一圈漆黑的夜，抬头望望浩瀚的星空，终究打不开自己的心结和忐忑的心境……他稳稳神儿，矛盾着进了屋，开门的一瞬间，一股饭香扑面而来，外屋厨房炉火通红，燃得正旺。进了里屋，灯光下，林红霞正端坐旧桌子前，手里捧着《简·爱》，望着他。

一股强烈的暖流，缚住了乡下青年的周身。

他真想去拥抱一下眼前的姑娘。而林红霞说了一句“回来了”，便放下书，去端饭端菜了。

吃完饭，夜深了。祖峰脉对林红霞说：“我送你回去。”

“就不想跟我说点什么？”

“……”

“我们处朋友吧。”

“……”

“我不管别人怎么说。”

“……”

长久的沉默。桌子上的小闹钟，嘀嘀嗒嗒地响。

“红霞，真的很感激你对我的眷顾！”

祖峰脉起身，坦诚地对桌前的林红霞说，“不瞒你说，去年我开舞厅，处了一个哈尔滨来办裁剪班的对象，农村的，后来她去外地办班了，就结束了。那之前，我真的找过你，可是……”

听了这话，林红霞垂下头，眼角滑出了泪滴。其实，她早已感觉到祖峰脉心里曾有她人。但是她反反复复想过多少次了，只要峰脉不走到歧路上去，还有什么她接受不了的呢？还好，他只是与一个出身相同的裁缝正经搞对象，没陷在舞厅那个烂泥窝里……

她虽然不怎么感觉奇怪，但心里面，还是涌着一种说不出来的滋味儿。

祖峰脉焦急地坐过去，递给林红霞毛巾轻声说：“我的处境……你能理解的，我觉得……我不应该瞒你。”

林红霞安静下来，用毛巾沾沾眼角问道：“那你对我们是咋想的？”

嗫嚅了半天，祖峰脉难为情地说：“我能咋想，我这种情况……”

两个人平坐着，半天谁也没出声。

“你知道我的意思。”

“我当然知道，可是现实……”乡下青年再也坐不住了，起身面对林红霞说：“我觉得那样对你不公平！”

林红霞本来想，只要自己主动，祖峰脉会很快接受她，没想到祖峰脉却道出了苦衷，难怪他三年来一直没向自己表白，原来他把城乡之间那道鸿沟看得比自己还重！

“我是认真的，不是随便说说！”

“我知道你是认真的，你是随便的人吗？”

“我也不是同情你，我是在寻找真情！”

“那又怎样，那也改变不了我还是农民身份的现实啊！”

说完，祖峰脉沮丧地坐下来。

听了祖峰脉这话，林红霞“唰”地站起身来，激动地问：

“祖峰脉你什么意思？难道你是说我居高临下了吗？三年来我什么时候把你当成农村人了？我什么时候不平等看待你了？况且认为你勇敢，有理想，有抱负，与别的男孩子不一样，高看你，把你当成榜样！”

林红霞突然声嘶力竭砸过来的一串话，句句砸在祖峰脉的心窝子上。他内心里翻江倒海。其实他多想过去拥抱她啊！林红霞身上那种愤世嫉俗不服输的劲头，早就吸引着他。可是他不能，生活是实实在在的，不像写诗那么浪漫，在他的经历中，还没有听说哪个乡下人和城里姑娘恋爱结婚，即使知青点里的“城乡配”，比如自己的表叔与上海知青结婚后生下一男三女，表婶落实知青政策回城后因为表叔的户口、工作无法解决，表婶还是带四个孩子走了，与表叔离婚，生离死别地回了上海。现在，虽然说鲁振铎老师答应给自己办城镇户口，但还是八下没一撇的事情，这种情况下，自己怎么能轻易接受城里姑娘的爱情呢？那样做既是对女方不负责任，其实也是对自己这个男方不负责任，更是对未来包括家庭、孩子不负责任，还有来自家庭、社会舆论方面的压力更是一团麻，简直不敢想象……

于是他真诚有加、发自肺腑地说：“我真的怕给你带来伤害。别说你的父母，就是咱们同学，就是春丽姐，都不会同意的啊！”

听了祖峰脉这话，林红霞坐下来，沉默了。她敏感地想，眼前这位青年到底是因为身份上的差别，还是感情上不想接受她？

“峰脉……”林红霞心平气和地说，“我问你，除了身份，你还有没有别的原因？”

“没有。”

林红霞重又站起来，“那好，你要是坚定，前面就是横着崇山峻岭，王母娘娘布下的银河，我也跟你一起踏过去！”

对于林红霞的决绝，乡下青年的情感堤坝彻底被摧毁了。他猛然站起身来，把林红霞揽在怀里，二人相拥而泣……

夜深了。惠民的大街一片静谧。

一对相互牵挂了三年的年轻心脏，共同狂热地跳动着。

祖峰脉骑着车子行进在夜色里，料峭的春风有一些刮脸，他一点儿也感觉不到冷。相反，心里热乎乎的——因为身后，偎依着一位火炭一样的姑娘！他心里面清楚，自己与车后座的姑娘不仅仅是简单的青年男女之间的恋情，更是自己孤零零闯城以来所获得的一次最最温暖的认可与尊重……

三年前，他曾以一个普通同学的身份驮红霞去追赶火车，而今夜，不一样了。经历过无数风雨的考验，他们已经是一对恋人了。祖峰脉想，要是早些与林红霞确立关系，中途就不会出现他与叶如云的一段插曲了，使自己险些走到另外一条道路上去，更不会有目前文学创作上的春天。唉！命中注定似的，真的是不敢往下想啊！也许，这都是自己不安分进城闹的……也许，自己应该和兄弟们一样，老实待在村里，娶妻生子、土里刨食一辈子。也许，这是天意吧，这是上苍对自己与红霞的馈赠与考验吧……无论如何，眼下闹到了这个地步，过去是一个人，今后是两个人；过去是为了自己实现文学梦，而今后，还要为艰难时刻赋予自己温暖的小城姑娘负责……

把林红霞送到东南街角的农行家属宿舍，林红霞说：“你骑车子回去，明晚我去取。”峰脉幸福地说：“咱俩的事定下来了，不过我有个想法，不知道你是否能理解？”

“你说。”红霞拉住峰脉的手。

“我们的关系先保密吧，半年以后再公开，好吗？”

“哦——”红霞仿佛意识到了什么，干脆地回答道，“我都听你的！”

说完，不等祖峰脉解释，林红霞摆摆手，回头轻轻叩黑铁门，祖峰脉急忙躲出胡同，偷偷盯着林红霞的家人开门把红霞放进黑夜洒出灯光的院子里……

从惠民东南街一路向北，回出租屋的夜路上，独自下来的祖峰脉思绪万千。他甚至感觉在这阒静无人的夜色里，自己是一个英雄。

不过，这种自大的想法转瞬消失了。因为他想到，与林红霞谈恋爱，必须秘密进行，如果传出去，非闹翻了天不可。不用说旁人，开始自己都接受不了……一个城里银行上班的姑娘，要嫁给一个农村人，谁会相信，谁会同意，谁会不说三道四呢？如果不是头脑发热，疯了……还会有别的解释吗？

不同意正常，同意不正常！

祖峰脉越想，越觉得心里一丁点儿底气都没有，越想越觉得自己肩上的责任，压力山大。看来，自己要努力把户口办进城里来，如果办不进来——自己主张恋爱关系不公开，到时候林红霞也有个退路。毕竟，恋爱中的人都是冲动的……

北风吹得更紧了。重新开始恋爱的祖峰脉不仅没有狂热——被现实逼迫着，他的头脑反而异常清醒——自己与林红霞的爱情关系，现实看，连使用“脆弱”这个词，都显得奢侈。

90

接下来的几天，按约定，祖峰脉对麻纺厂的班子成员、工程师分别进行了采访。厂长万有金安排完他的采访，就与县委书记张立国一道，乘飞机去法国参观考察了，惠民麻纺产品“超英赶美”的口号，要一项一项落实。

采访由麻纺厂党委专职副书记吕中林负责协调。

瘦弱的吕中林坐在办公室里，使用内线电话一一联系副厂长、工程师，排好了顺序。接下来，麻纺厂五层高耸、洁白，处处彰显气派的办公楼里，祖峰脉像一尾鱼，游弋于安静的走廊和各位副厂长的办公室，又像一名使者，即将把这里鲜活的事迹，不同于“豆腐块”式的小幅宣传，以较大篇幅的报告文学形式，系统地介绍出去，报道出去。外界很多人将借此更加详细地了解到，在世界三大黑土地之一的鹅头山下，惠民县城的东北角，新兴起了一座麻城，一座神话一般地拉动经济、带动城乡人民共同富裕奔小康的“英雄城”。

中午用餐时间，吕中林副书记亲自陪同祖峰脉走进麻纺厂的职工食堂。职工食堂宽敞明亮，他们在高间里品尝美食，晚上还饮上几杯名酒。然后，酱色213长体小轿车，再将祖峰脉送回出租房。这一天，小轿车接他去参观纺纱车间。一进车间，乡下青年惊呆了：更加洁白干净的纺纱车间里，几百名纺纱女工头顶清一色的小白帽，胸前统一扎着白围裙，挨在一排排“嗡嗡”旋转，麻纱如水流一般往复流淌的机床前，低头忙碌着。祖峰脉像目睹了一群仙女下凡，看得眼花缭乱。姓管的总工程师向他一一介绍纺纱程序。当他听到一支纱纺出来需要一万两千道工序时，他惊讶得合不上嘴巴。纱锭在机床腹部像银蛇吐丝一样“唰唰”旋转着。他无法控制地脑海里瞬间联想到了家乡原野上那一片片杏黄的亚麻田，因为他曾经是现在仍然是“麻农”的子孙。一名秀气的得到命名的“明星女工”，手握纱团，殷勤地向他介绍新产品。他顿时感觉到了一名记者被赋予的“无冕之王”的荣光和伟大的使命。他矜持地尽量专业一些地问这问那，手里虔诚地端着鲁振铎赠他的紫色长形的“江城日报社采访本”，尽量不遗漏地予以记录。他像模像样的举止，更挑起了被采访对象的热情。

接下来，党办、厂办的秘书又给他找了许多材料、照片。最后，他又认真地采访了一次吕中林副书记，综合各方面的采访情况，查遗补漏，纠正一些不正确的提法、认识。一周的采访十分顺畅。他像一朵鲜花被麻纺人陪着，捧着。这个刚刚还迷茫、沉沦的乡下青年，一场新的恋爱、一次盛大的采访，彻底把他从寒冷的冰窟里拯救出来了……

沉淀了三天，他感觉自己的胸膛里有一座火山就要喷发。他不由自主地坐在出租屋的破桌子前，急切地用恋人林红霞新送他的英雄蓝色钢笔写下了脑海里涌出来的一串字：《银色纱城里的人们》。

接下来，他将自己的文学积累、拼搏岁月、青春激情和对美好未来的强烈企盼，全部凝结于笔端，两天时间，几乎没怎么睡觉和吃饭，猫在低矮、黑暗的出租屋里，一气呵成创作完成了一万两千多字的报告文学初稿。

巴银一口气读完《银色纱城里的人们》，在办公桌前不认识似的看一眼学生说：“不愧是惠民报告文学第一人！”

五一节前，《惠民文艺报》不惜占用两个半的版面，隆重推出了写麻纺厂的报告文学，尤其配发的照片，上至省长、市长、县委书记、县长，下至麻纺厂班子的集体照，纺纱“仙女们”的现场照，不仅增加了信息量，更增添了文字稿的魅力。报纸发出去后，在惠民政府机关、企事业单位，各个角落，犹如发生了一次地震：祖峰脉是谁？一定是一个有来头的大记者，大作家，咱们惠民可没人有这本事，能写出如此恢宏、气势磅礴的大作！

站在巨人肩膀上跳舞的祖峰脉声名鹊起。首先接见他的是县委常委、宣传部部长，然后是通讯组长，再就是广播电视局局长。祖峰脉成了惠民的“红人”，每天采访任务不断，县委通讯组、广播电视局的记者下乡，都以带他参加为荣。巴银更是好吃不撒口，为祖峰脉选定了一个又一个采访目标，创收的“猎物”。

你是谁重要也不重要，重要的是能将重要的事情交给你。你若能接二连三地将重要的事情干出名堂来，你就是重要的人、优秀的人。祖峰脉深深地体会到，三年前的泥腿子，两年前托儿所的更夫，一年前的舞厅老板，如今摇身一变，成了惠民县有名、江城市挂号的“业余作家”“特约记者”，被人们夸上了天！看来，一个不拘一格降人才的时代，真的来临啦！

可是，一个不争的事实依旧摆在那里：名声和荣誉的最大缺点，就是不能立即变现当饭吃！

祖峰脉的口袋又紧了。

林红霞的心里，当然知道祖峰脉的经济状况。三五十元的，总是主动周济他。但是那钱，祖峰脉花得心里不安。这算怎么回事呢？自己一个大男人，吃女人饭吗？不是到了没粮没菜的地步，自尊心很强的他，轻易不接林红霞的钱。几年来那个最现实的问题又回到了闯城者的面前：转来转去，折腾来折腾去，天上地下的，柳暗花明的，末了他必须考虑挣钱，先将自己养活了，才能再向前走。

他去找了开书店的罗志中。

罗志中的书店开得很好，他负责选书，订书，进书，退休的父亲帮助看店，每天都能有几十元，甚至上百元的进项。

“我能干点什么？”

罗志中一张挖孔脸，嵌着一双不大的眼睛，习惯地趴在柜台上笑说：“大作家，不行你也卖书？”

“卖书？你不怕我抢你饭碗？”

罗志中嘿嘿一笑说："老同学，你在家里倒，我在外面卖，两不相干，各不相扰！"

接下来，罗志中毫不保留地向乡间同学讲了居家贩书的生意经。祖峰脉听完一拍他的肩膀："老同学早说呀，我那屋子正闲着呢！"

罗志中给祖峰脉说下的生意经，简直就是给祖峰脉量身定做的。

第二天上午，春光覆盖了整个惠民县城。大街两侧的门市全都开门营业，银行储蓄所的门口贴着"有奖储蓄"的宣传语，商店门口的大喇叭对外喊着"有奖销售"的规则，过了十字街的新华书店向西，是惠民最繁华的商业大厦，客流熙攘，鱼贯进出。过了商厦再向西，邮局门口贴地皮摆一溜儿书摊，各种杂志书刊花花绿绿，封面上的大幅美女照，太阳下闪着耀眼的光芒，引人围观。祖峰脉熟悉的几个穿蓝制服的邮局女待业青年、职工家属，或胖或瘦，脸色却同样晒得跟非洲人一般黑，手里攥着零钱，忙着给顾客选书刊。

"这是能挣饭吃的买卖！"

在乡下贩过羊皮、卖过猪肉的祖峰脉心里这样想着，主动与一个长相富态、看面相憨厚好处的女售书员搭讪。听了他要给进书，胖女人的双眼皮一挑，看了一眼嘈杂的街道，回头说："我们摆的这些书都是邮局统一进的，只要不整坏喽都能给出版社退回去，你那能退吗？"

"能啊！卖不了剩下算我的！"祖峰脉不假思索地回答。

旁边书摊的瘦女人听了，凑过来问："你那啥渠道进货呀……给我们多少折扣啊？"

"啥渠道？光明正大来，光明正大走，我手里的书刊见利就走！"

"那这么说……"胖女人嘴里嘀咕着，朝瘦女人挤了一下眼，瘦女人明白了胖女人的意思，回头对祖峰脉说："九五折吧，要是九五折的话你就给我们送！"

"没问题！"

"那哪天你拿来吧，我们先代卖几天试试！"

胖女人补完关键的一句，回头招呼顾客去了。瘦女人借机对祖峰脉悄声说："你总来看书，都熟头熟脸的，我跟你说实在的，整点带色儿的，好卖！"

祖峰脉频频点头，心领神会，然后右拐到了邮局院里，进入东北角深处找到了发行股，个头不高的邮递员小庞正与大家各自挑拣自己所负责的信件、报刊，靠墙的一圈银色铁皮桌上、地上，到处堆满了从火车站刚运回来的装满邮件的绿帆布大包裹。

他和小庞混得很熟。不论在文化馆，还是托儿所，他的信件、杂志都是小庞给他送，这给他“打一枪换个地方式”的流浪生活带来了便利。小庞借给他一本《一九八九年订阅目录大全》，他如获至宝，夹回出租屋就急不可待地翻阅起来。三天时间，他逐个查阅通俗杂志的内容介绍，认为相当的，就抄录下订阅发行号，然后拉出长长的单子。他又求刚刚写完报告文学的印刷厂领导，免费印刷了五百份订书宣传单，到南街二副食拐角的印章社，找熟人刻了“惠民县边陲书屋”的印章，一张一张给宣传单盖好章，接着天女散花，第一批寄给了上百个杂志社、出版社。

十几天之后，新书、新杂志征订单、宣传海报像雪片一般，陆续飞进祖峰脉的出租屋。他又根据内容，挑选订阅一部分，当然，都是书到付款。一个月之后，小庞不断送来新书，一包接一包的。一天，小庞扶着他那辆挎两大包裹邮件的绿色自行车，站他出租屋的门口，疑惑地问道：“祖哥，你这是要开书店吗？”

他笑而不答，照例给小庞买了一包葡萄烟，然后一个人蹲在出租屋里偷偷清点，再打包送到邮局书摊代卖。

祖峰脉一边进书卖书，有了活动钱，解决了温饱问题，一边又按巴银的安排，采访先进企业家，左右开弓，忙得不亦乐乎。林红霞呢，下班常来打下手，给他做一口热乎饭吃，等天黑了，他再把红霞驮回家，免得熟人撞见。

这一天，祖峰脉口袋里揣一千三百块钱的书款，坐火车去了江城。他辗转找到甄道明老师，准备把欠《青年文艺》的书款一次结清。甄道明脑子灵光，形势跟得很紧，他把《青年文艺》办成了通俗文学期刊，火车站、火车上，客运站、客车上，大街小巷的书摊，尺度很大的《青年文艺》卖得极其火爆。

甄道明留下一千元书款，对祖峰脉说：“剩下三百你带回去，当生活费，以后宽绰了再来结！”

祖峰脉感激地告别甄道明，去报社找鲁振铎老师，拎回新一期的《惠民文艺报》，到体委招待所住了一夜，第二天就乘早车返回惠民了。

正是五风六月，田里苞米苗没了脚面，向远处眺，淡绿的田野，苗垄已分不成行，连成了片。乡亲们或头戴草帽，或裹着花绿的头巾，散落其间，在毒阳底下徐徐蠕动，像画师写生一般正给苞米地锄头遍草。望见这一幕，祖峰脉心里一动，家里也该动锄了，此刻父兄弟三人也一定在忍受太阳的炙烤，抢铲黄豆田刚露头的荒草……泪水模糊双眼的峰脉，仿佛望见汗水顺着想念的家人脖颈刺痒着流下来……

农忙季节，没什么要紧的事情，农民很少外出，这也导致了火车上的客流大幅度减少。

深绿的火车蛇一样在浅绿色的原野上穿行，一条加重色彩、深浅分明的画师线，不断向前豁开田野，天地跟着一起震颤、摇动。祖峰脉坐在打开的窗口，飞奔的火车将原野上的风带进车里，猛烈而直接，但回荡盘旋起来，抚摸脸颊，又温柔又凉爽……与大地里劳作的人不同，从车厢里稀疏的乘客脸上能看得出，大家很享受这春夏之交爽人、怡人的节气！

望一会儿窗外的原野，祖峰脉开始闭上眼睛想心事。

昨天见鲁振铎老师，又提了户口的事，鲁老师说他征得了电视台的总编室主任顾云辅的同意，找机会一起去惠民找县领导。看样子，办成的希望很大。自己很可能从一个无业游民，摇身一变，成为有户口的城里人。进城三年多了，再不能这么瞎折腾下去了。再说，现在自己不是一个人，还有红霞，没有户口，怎么与红霞一起生活？其中的难处，他也坦诚地对鲁老师讲了，鲁老师听说他与县城里农行作者林红霞处了对象，顿时伸大拇指说：“祖峰脉，你很牛啊！”

让祖峰脉没有想到的是，他与林红霞确立恋人关系，更坚定了鲁振铎对他的信心。

阳光爬上车身，与火车一起奔跑。沐浴其中，祖峰脉心里升起了进城后少有的惬意。他想，甄道明老师给自己留下了钱，正好给红霞买一身新衣服，自从处了对象，别说买穿戴，为遮人耳目，不引起不必要的议论，就连一场电影自己也没敢陪红霞去看过……

正打盹儿憧憬未来的祖峰脉，突然觉得被人碰了一下，他扭头一看，一个向后车厢走去的年轻人正回头朝他看。火车又到一站，短暂停车上下人，“咣当”半天，又飞奔起来。

他继续睡。这一觉，睡到惠民。他摘下挂钩上的灰色中山装，穿好，摸摸内侧口袋，瘪瘪的，嗯？甄道明老师给自己留下的三百块钱怎么不见了？他有些蒙。再摸，摸遍全身也没摸到。唉！怪啦！车里热，上衣一直贴头挂着，自己也没离开过，钱怎么就莫名其妙地没了呢？他使劲一想，突然想到了上一站下车的那个贼眉鼠眼、回头朝他看的年轻人，难道那人就是坊间传说的经常在火车上流窜作案、顺手牵羊的“小捋”？

“自己怎么这么疏忽大意！”

祖峰脉深深自责，既为自己不小心辜负了甄道明的好意，更为失去一次给林红霞买新衣服，向牵挂自己的城里姑娘表达心意的良机。

第三十二章

91

祖峰脉死乞白赖闯进城学习的第三个年头，外出务工的潮流，开始冲击小兴安岭余脉、鹅头山下的靠山村了。

猫冬时节，老乡们东西两屯走亲戚，十里八村喝喜酒，外出务工能挣大钱的消息，长了腿似的蔓延。

“我们屯子里有好几个去沈阳捡破烂的，一家子一家子的！”祖峰顶的媳妇李俊英打娘家回来说。

祖峰顶听了，不以为然，脑袋摇得跟拨浪鼓似的。

农闲时，祖德坤、祖德峰外出包砖房盖，祖峰顶就跟在三叔、老叔的屁股后，大气不敢出地学泥瓦活。收拾完秋，李俊英按捺不住娘家人的蛊惑，撇下襁褓里的闺女，含泪扑奔了沈阳城郊区捡破烂的亲属。两个月下来，李俊英来信说捡破烂挣着了，还把捡破烂的脏活儿吹得天花乱坠，说捡破烂的人四面八方聚拢，抢钱一样，催促峰顶也别耗在家了，那样一条道跑到黑，猴年马月能学成瓦匠，拿角子，挣大工钱。祖峰顶也受够了小工的气，又想老婆，将襁褓里的幼女扔给父母，打一张火车票，跟去了沈阳。小两口团圆几日，峰顶第一次出远门，想孩子，想爹娘，又嫌捡破烂低气、埋汰，非要回家，李俊英不允，他就逃，几次被俊英“猫追老鼠”似的追回去。最严重的一次，李俊英从城郊菜地一直追到沈阳火车站。俊英扯着祖峰顶的肩膀怒斥道：“你再往家跑，我就跟你打八刀！”

“我想孩子不行啊！”

“不挣钱孩子喝西北风啊！”

“你看东西两屯谁家饿死了？跟要饭花子似的，我不跟你犟，你也别胡咧咧……”

“要饭花子咋地？不偷不抢不砢碜，挣着钱才是大爷！”

“要捡你捡！你就是跟我打八刀，我也不干这损种活儿了……”

祖峰顶脸红脖子粗放下狠话，扛起行李卷就往火车站人丛里钻。李俊英个儿矮，伸手去拽，祖峰顶气哼哼地一耸肩，将李俊英耸了一个趔趄。进站口人流穿梭，见有人倒地，呼啦围一群看热闹。李俊英借势坐地号啕，哭来了持警棍的警察。见媳妇撒泼，峰顶不等警察问了究竟，便一手拽媳妇，一手扛行李卷，乖乖回去捡破烂了。其实，李俊英想孩子夜里不知偷偷哭了多少回，她忍着，寻思挣了钱，年根儿与丈夫一起回家，买新换旧，风风光光的……

捡破烂的外乡人聚集沈阳城郊，住在冬冷、夏脏，厕所苍蝇嗡嗡响、房租便宜的棚户区。李俊英东借西凑，帮峰顶买了一辆“倒骑驴”，早出晚归，走街串巷、跑垃圾场捡破烂。又过两月，祖峰顶歪歪扭扭给家里写了一封信说：“爸，娘，捡破烂捡金子一样，早来早发啦！”

“娘，我也去！”

十九岁的祖峰良长得膀大腰圆，听说哥嫂挣了钱，心里也长了草。前年冬天，祖峰脉介绍峰良去文化馆帮助张久诚馆长的儿子小米修车，上山拉木头，虽说没挣下钱，但峰良认为，自己是有经历的人了，为什么就不能也跟着大哥大嫂闯闯奉天城呢？

“三儿呀，不是那么个理儿，你长成大人了，娘不是因为你没能耐不让你去沈阳闯，你大哥你二哥都撇下家不管了，你再走还让不让娘活啦！呜呜……呜呜……”

峰脉娘哭天抹泪，祖大消停也舍不得老儿子走。再说家里那三十几亩承包田也需要人手。峰脉街里又开饭馆子，又混对象，听说是写作班同学，在他看来，老二干的都是惊天动地的大事，再不能随便往家里召唤！

父母拦着，祖峰良眯着不张罗外出打工了。他帮助父亲伺候大田里的小麦、黄豆、亚麻，母亲在家带孩子、做饭，打理房前屋后的菜园子，又起早爬半夜，上瘾似的摸鸡孵鸭，赚零花，三人忙得星加月、衫搭肩，经常吃饭、睡觉两头看不见日头爷……

端午节第二天，祖大消停领峰良铲黄豆地里的荒草，刚进屋，村上看屋的刘三突然上门，说乡政府管纪检的马委员来了，让他去一趟。

老汉惊诧，莫不是峰脉城里开饭店出了啥乱子？这个不省心的老二，胆也忒大，祖家辈辈守家种田的地老八，居然跑进城里开舞厅，开饭馆子！天不作不下雨，人不作不死！如今咋样？纪检委员找上门来了吧，看来这回够喝一壶的……

老汉扔下锄头，扶正戴歪的草帽，跟刘三奔了村部。路上，他越想心里越没底儿，问刘三："唉！老三！马委员说啥事没有？"

分家后，刘三便宜些将地包给弟弟种，他跑回村部，又混上了看屋的美差，平素只是接接电话，跑跑腿，学学舌，给干部做做饭，风吹不着，雨淋不着，一年还能挣上一笔不菲的固定收入，村人无不羡慕。此刻见祖大消停紧张，他心里寻思这就对了，马委员找问话的，全乡老百姓哪一个不紧张？他头戴绿夹帽，穿着白衬衣，挽着油渍渍的袖口，旧腰带上拴一串悠荡的钥匙，前面边带路，边咧开大嘴岔子，回头一笑说："哎呀呀……我的老祖大哥祖队长，你大白天的咋说梦话呢！你说马委员找你问话，你三弟一个看屋的小打，咋会知道啥内容哪！"

刘三出了名的嘴严、腿勤，这也是历届村干部看中他的主要原因。

二人一前一后，辗转到村西头柳树遮阴的沙石路，匆匆脚步惊跑了一串田头觅食的鸡，领头的大花公鸡还翘尾昂首的，朝他们使劲鸣了几嗓子，"咕咕咕！""嘎嘎嘎！"鸡鸣今日也瘆人！祖大消停心里更慌，再问："马委员的脸是阴的是晴的？"

刘三涨红着白白胖胖的脸，回过头来又是一笑，道："哎呀呀……我说老祖大哥祖队长啊，你那么紧张干啥？你啥时候见马委员的脸晴过？别说大活人，鬼见了都怵他三分！"

祖大消停听了，脸颊上的汗"唰"地流下来了。

向北过了村口，又走几十米砂石路，二人左拐，推大铁门进了一溜红砖墙、白鱼鳞铁盖的村部大院。

马委员大名马继忠，正端坐在桌子前喝茶水，斜脸望着窗外。显然，马继忠望见二人从窗前闪过来了。

没等祖大消停坐稳，马委员问：“你们家老二在街里干啥呢？”

祖大消停屁股挨炕沿，不敢坐紧，掏出烂手绢擦擦汗，稳当稳当，怯声答道：“听说又包了一个饭馆子……”

“嗯？不在文化馆了吗？”马委员瞪眼睛望着他。

“文化馆早不干了。”

“那他都干啥去了？”马委员一双眼睛鼓鼓的，一副很吃惊的样子，“老祖你细学学……”

祖大消停顺腮帮子淌汗，“交代”说：“呃……中间还去剧院开了舞厅……”

“开舞厅？开舞厅！我的天呢，胆比倭瓜还大！”椅子上的马委员眉毛都竖起来了。

“没开几个月……后来……听说又倒腾书去了……”

“这家伙！你这儿子可真有出息！听说在家时就五马倒六羊的，这进了城也不消停，啥都敢比画！照这么看——给他个梯子，这小子敢上天哪！嗯？老三你信不信？呵呵……”

见马委员脸上有了笑模样，祖大消停晒黑的脸颊也跟着抽搐，苦笑了一下。

马继忠站起身来，慢悠悠掏出烟卷，递给祖大消停一根，祖大消停起身相接，刘三跑过来先给马继忠点上，马继忠一手叉腰，一手举烟，吸上一口，吐出蓝烟雾说：“老祖队长啊，我今天来呢，是有一件事跟你商量商量……你呢，是靠山村的老队长，老功臣，儿子又能写文章，背后我也听大家议论了，不过呢，道儿要是走歪喽，也容易出问题，你是他老子，你去跟他说说，别在外面瞎折腾了，哪天再折腾出事来……我没别的意思，街里乱，水深得很，啥人都有，是不是？听说回来当一名民办代课老师他看不上，我介绍他到乡里写材料，他还不干？他是谁呀！人呢，也别太自高自大、不识抬举……如果干得好，真是那块材料——我打包票，刘三这不也在场听着嘛——”马继忠望一眼炕沿边支棱耳朵听的刘三，继续说：“有机会我给他整成正式编，到那时，”马继忠被烟呛得咳嗽了几声，“到那时他这几年文学就算没白搞！”

马继忠一番话出口，烟雾缭绕的屋子里，依然能清晰觑见祖大消停被吓住的眼神儿。

“这……这能是真的吗？”

“老祖，你看我像是说瞎话的人吗？”

见马委员认真，祖大消停紧绷的神经瞬间放松了，起身一笑说：“我说一大早喜鹊叫门呢，原来真有大喜事！嘿嘿……”

“要我分析啊，老祖你也别高兴得太早喽——”中等身材，穿一身旧军装，显得结实、威武的马委员，又没了笑模样，建议祖大消停道：“你呢，如果同意，先把铲地的锄头放一放，耽误一天瞎不了年成，赶快跑一趟街里，争取早点把老二整回来！”

“那是！那是！”幸福来得太突然，光顾着高兴，祖大消停甚至连一句感谢的话也没对马继忠说，就往村部门外走。刘三“咣当”一声开门撵出来，“哎！老祖大哥！老祖大哥！等等，等等……贪上这么好的事，老祖家烧高香了，不过你咋不知道谢谢人家马委员呢？千万别整秃噜扣了！”祖大消停止住脚步，回头盯着刘三，沉默片刻，苦笑道：“老三呢，大哥我谢谢你啦！其实你是不知道啊，老二那小子在外面野惯了，就像那小鱼下了水，小鸡上了山，想逮回来，哪儿那么容易啊！”

92

祖峰脉开起了饭店，是被偶然卷进去的。

文友周立昌，也就是开舞厅时帮助峰脉的阿昌，毕业没事干，父亲给他找的一些不错的工作他也不愿去，一心想做生意，几番周折，承包下了惠民县城东街的四海饭店。四海饭店属于不大不小居中的那种，需要帮手，阿昌就主动请找事做的祖峰脉参与。

“开饭店？”乡下青年很吃惊，因为在普通人眼里，开饭店那可不是一般人敢做的一桩大买卖！

“咱俩合伙！”在盘下的饭店里，阿昌吸着烟卷，穿着带花的大裤头，趿拉拖鞋，脸庞稚嫩但果断地说。

“你哥一个地老八，穷得手背朝下，两手空空！”

“承包费不用你出，挣了一人一半，赔了算我一个人的！”

正愁没处挣钱的祖峰脉，认为自己占了阿昌一个大便宜。而阿昌看中的，是祖峰脉的从商经验和头脑。除在城里开舞厅、贩卖书，阿昌对祖峰脉过去在乡间围鹅头山做小生意的一些敢打敢拼、敢冒尖的逸闻，也听说过，其实不少来自峰脉闲聊时不经意的推销。

饭店是中餐，大厅有六张小桌，里面有两个包房。开业这天，巴银和一干文友，手捧鲜花，前来祝贺，一阵鞭炮响彻云霄之后，大家闻着烟火味儿，呼喊着撮了一顿，饭店开业大吉。

从五一劳动节开业，此后一个多月的时间里，除了抽空完成手头存下的几家企业报告文学的写作任务，祖峰脉把主要精力都用在了饭店的经营上。早起买菜，中午、晚上招呼用餐的客人，每天，他和阿昌都忙得不亦乐乎，饭店着实红火。到了六月中旬，饭店客流减少到稀稀拉拉的就那么几小桌，还多是社会闲散杂人，点的多是家常凉菜、炒青菜、烹土豆片之类的便宜菜，好一点的，也就是熘肥肠、熘肝尖、爆肚片之类，锅包肉、熘肉段、红焖鲫鱼、鲇鱼炖茄子、小笨鸡炖蘑菇等一些上讲究的东北菜，少有点得起的。尤其是，来吃酒请客的机关干部日渐稀少。末了，连一个干部的影子都见不到了。

祖峰脉心里纳闷，问阿昌：“怎么回事呢？”

阿昌低头不语，只是默默吸烟。一张稚嫩的脸，略显沧桑。

到了六月底，阿昌说：“峰脉，饭店我不干了，你干吧！”

“怎么回事？”

“昨晚下班，你没看我父亲来转一圈吗？回家没皮巴脸把我损一顿。”

“开饭店家里不知道？”

“不知道，知道能让我开嘛！”

祖峰脉脑袋“嗡”的一下。他心里想，阿昌啊阿昌，我一个孤身在外闯荡的人，跟不跟乡下父母商量没关系，可你一个初出茅庐的家伙，开这么大一个饭馆子，怎么也敢自作主张，瞒着家里？

“我干我哪有本钱呢！”

“那样，你就说兑给你了，暗地里咱哥儿俩接着干！”

祖峰脉一想，反正也没地方去，便同意以自己名义继续开。半月后的一天，阿昌父亲下班又来饭店转了一圈。临走时阿昌父亲铁青着脸，严肃地问道："小祖你跟我说实话，饭店到底是你一个人开的，还是跟我儿子合开的？"

"我一个人开的。"

阿昌父亲听罢怒斥道："大白天的你还敢说梦话！服务员都跟我讲了，明面上是你一个人开的，暗地里还是你们俩合着干，你再撒谎我就把你撵回农村去！"

"我老爸就那脾气，我妈都怕他，你别怪他。"

"没事，这么大的事老人能不担心嘛……不过今后怎么办？"

"不行……不行真你自己开吧，我再不退出，回家我爸还不知道怎么收拾我……"阿昌沮丧道。

"兄弟爷！我手里可是一分钱都没有啊！"

"容你空……容你半个月行不？借借，借借……"

阿昌一脸的无奈。祖峰脉想了想自己的处境——其实也没啥好想的，反正也没地方去了，跟接巴银茬开舞厅一样，逼上梁山，饭店也接茬干！

乡下青年脑瓜筋一蹦，四处借钱去了。

他采访惠民食品公司的稿子刚写完，这天上午去送审，耿经理看完频频点头。这几年耿经理带领县食品公司逐渐摆脱了传统的在乡镇设点收购生猪、统购统销的老路子，发挥网点多的优势，尝试搞收购大豆副业，走商品经济新路子，使食品公司扭亏为盈，一举成为惠民的明星企业家，受到县领导的器重，县委宣传部还委派祖峰脉宣传采写他。

"我包了一个饭店，缺点儿流动资金。"

"缺多少？"耿经理盯着"祖记者"。

"连承包费带流动资金得五千八。"

"哦……"

耿经理"哦"着，老板椅上用一双大眼睛盯了峰脉三秒钟，见"祖记者"满脸真诚，不再思索，推门去了财务室，回来，手里掐着报纸包裹起来的一沓钱，递给他，"五千八，你点点！"

留了字据，从经理室出来，祖峰脉下楼时，感觉身子在空中飘起来。

林红霞下班来了，得知峰脉要一个人开饭店，半天没出声。峰脉说钱我朝食品公司耿经理借好了，也没别的啥好干的。林红霞感觉到了饭店不好干，但望着无处可去的乡下恋人，勉强同意了。

写好合同，与阿昌一次钱款两清，祖峰脉摇身一变，成为“四海饭店”的老板。

天越来越热了，街上行人陆续换了半截袖。

饭店人越来越少，倒是巴银老师，经常带几个人前来捧场，但多是“打白条”，吃完一身酒气拍拍手走人。

祖峰脉调动了浑身的解数，调整菜品，勤跑市场，加强流动，减少存放，重新雇了一个月薪低一些的炒菜师傅，俩服务员辞掉一个，甚至厚着脸皮去附近采访过的机关、企业拉主顾，勉强维持着。

这天，祖大消停在梦境里一般进城了，带着乡纪检马委员赋予的使命。

93

祖大消停下了早循环客车，还不到上午九点钟。他穿过嘈杂的人流，向北一路打听着，辗转到千米之外的十字街东转，过了路南的第二百货、路北的马秋生果品商店，至惠民东二街，约莫九点半钟，正是太阳上来毒烤的时候。刚过东二街，他一眼觑见了路南“四海饭店”的大红字招牌，以及饭店门首静静的一对红幌子。

祖大消停路边寻一块柳树荫坐下来，边抽烟袋，边歇脚看街上的风景。其实，他主要想观察观察儿子饭店的客流情况。

他在路边足足坐了一个小时。祖大消停心里激烈地斗争着。上次找峰脉回去当村小学的民办老师，峰脉不干，惹得郑校长骂他不识抬举。这次，乡纪检马委员特意找他回乡里当秘书，按理说峰脉一准答应，可这么大饭馆子能说扔下就扔下吗？再说这小子从哪弄来的钱啊，开饭馆儿的本钱没个万八千的下不来，这要是赔进去，砸锅卖铁也不当啊！

祖大消停连续抽了三袋烟。快十一点了，也不见饭店进客，只见穿白上衣的大师傅模样的壮小伙子和一个娇小的女服务员在门前嘻哈耍笑。不过他认为到底不知饭店开得好坏，怎么往回拉峰脉？这时，路南上次他去巴银家串门的胡同里，溜达出来一个穿戴讲究、脸庞宽阔的老干部，也凑树荫下纳凉。二人见面搭话，相互报了身份，老干部急迫道："哎呀我说大兄弟呀！原来你是'四海饭店'老板的父亲？可我天天在这一左一右散步，你儿子这饭店开得不咋着，没人吃饭哪！"

祖大消停一双布满血丝的眼睛，迷茫地望着老干部。

"这么跟你讲吧大兄弟，不是一家，现在饭店家家客流都不好，上面刹吃喝风，干部谁也不敢吃啊！"

祖大消停当过靠山村的生产队长，虽然芝麻粒大的小官儿，但锻炼了他对政治的敏感。对于老干部的说法和担忧，他听明白了，频频点头。

"劝你儿子趁早关门吧，早关少赔，晚关多赔！大兄弟，我看你也不是一般的老农民，你可要帮孩子拿好主意啊，赶快回乡政府干点事，稳当的多好！"

祖大消停再也坐不住了，站起来与老干部摆手别过，刚要进屋去找儿子说清楚，突然听身后有人喊："爸！你啥时候来的？"

他回头一看，是峰脉，穿个浅色儿半截袖，车子上驮着新鲜蔬菜，热得顺脸淌汗。

祖峰脉把父亲让进屋，听说老板爹来了，服务员一改刚才的随便，笑脸相迎，急忙上茶。祖大消停喝口水，洇洇焦渴的喉咙，浇浇心火，随峰脉到包间、厨房、后院转了一圈，又认识了上灶的任师傅和女服务员小闵，爷儿俩这才回包间坐下来唠嗑。

"饭店挣不挣钱呢？"祖大消停开门见山。

"维持吧爸……"

"这么唱下去，也不是个曲儿啊！"

接下来，祖大消停急不可耐地，就把乡纪检马委员找他的过程，大体学了一遍。祖峰脉听了难抑兴奋，置疑着问："有这么好的事？能吗？"

祖大消停对儿子的疑惑很理解。"是啊，能上乡里上班，光宗耀祖啊！"

"爸！您给我细学学，我听听马委员的话音儿！"

祖大消停心想有门，于是欢喜着说："马委员说你发表的文章他看到了，他说你是一个秀才，乡政府就缺写材料的秀才，那意思……那意思要是能把你劝回去，就到乡里给他当个纪检秘书啥的，问题是，”祖大消停紧盯了一眼儿子，“问题是……他也担心你跑野了，不愿意回去。”

听父亲又一五一十详细学了一遍，祖峰脉的心里美滋滋的——那一刻，他感觉自己像在兑现过去艰苦奋斗储存下的光阴，为一朝有了回报而高兴，为掌握了一技之长而开心，能为家族争光而自豪！当然，他还就此想开去——他也为老师们没白培养自己，同学们没白帮自己而感到欣慰！

中午，祖峰脉让任师傅做了两样父亲愿意吃的东北菜——一道锅包肉，一道熘肥肠，又加了两样凉碟，爷儿俩一人喝了一瓶冰镇的英雄牌啤酒。祖大消停对儿子说刚下过雨，黄豆地荒，急着回去除草，督促儿子早拿主意。祖峰脉说今儿晚了，回去也下不去地，明儿早车回去，晚上，我给您引见一个人。祖大消停迟疑了一下，似乎明白了什么，同意了。接着，祖峰脉送父亲回出租房休息。到了傍晚，客人散去，祖峰脉又骑车子把休息好的父亲接到了饭店。父子俩还没到饭店门口，就远远望见，林红霞一袭碎花白裙，等在饭店橱窗前。夕阳从橱窗里反射出来，林红霞浑身透着纯洁妩媚的光芒。

晚餐，任师傅给东家换炒了几样新菜，然后与服务员一旁吃了，换了衣服，打招呼下班去了。祖峰脉出门关好橱窗棚板，进屋请林红霞一起坐下来陪父亲吃饭。林红霞则一会儿倒酒，一会儿倒水，不怎么动筷，只是殷勤地伺候着。借着白电棍的灯光，大消停这才仔细端详了林红霞几眼：眼前的姑娘中等个儿，身材苗条，眉清目秀，团脸配一副眼镜，文质彬彬，说话唠嗑有礼有节，有深有浅，端茶倒酒，动作麻利，一见就是个精干利索的人。祖大消停越看越喜欢，心里发热，几口下去，半缸白酒见了底，林红霞急忙又给添上半杯。

介绍了林红霞的一些情况，祖峰脉举杯与父亲碰了说：“爸，您看……您看我们这种情况，我能回去吗？”

一句话，打碎了祖大消停心里提拉着的五味瓶。他看了一眼林红霞，思忖半天说：“你们都大了……我们当老人的可能都是一些老观念，不过呢……话对与不对，当老人的都得对你们说啊，你们自个儿思量……”

接下来，祖大消停掰包子说馅，将去乡里工作的好处，家里伺候地的难处，特别是刚才街边遇见老干部对饭店前景不乐观的判断，一股脑絮叨了一遍。说完，祖大消停看一眼对坐的林红霞，一脸谨慎的表情问：“小霞啊，到了十字路口，你说说，这路该咋走？”

林红霞看一眼峰脉，微微一笑，露出两颗小虎牙。她心里明白，峰脉父亲这是在考验自己。她起身又给二人倒上水，坐下来不回答。祖峰脉转头说：“红霞，爸问了，你就说说看，你的意愿很重要……”

林红霞脸颊一红，心想峰脉也逼自己要口供，微笑说：“这么大的事，还是你们爷儿俩商量吧……”二人听了，仍然不错眼珠地盯着林红霞看。林红霞坐不稳了，浑身不自在，不过很快心里有了主意，端茶杯起身说一声“叔，来！”便与祖大消停碰了，回头又与峰脉碰了说：“咱们俩的事，今后我都听你的！”

一句话，说得爷儿俩差点眼泪流下来。祖大消停一仰脖，一杯酒干了，借酒劲嚷嚷道：“我说红霞啊，你真是打灯笼难找的好姑娘啊！叔我啥也不说啦！”

祖大消停特别高兴，因为他听出了一方面林红霞和峰脉关系的稳固，另一方面即使峰脉回乡里，隔山调远搞个秘书的差事，或者饭店开黄了、一时没什么正经事做、继续混在街里，她好像也能接受……儿子娶上媳妇才是天大的事！祖大消停高兴，多贪了一杯酒。晚上晃进儿子租的房里，喝着茶水，抽着烟袋，一会儿坐炕沿上，一会儿下地打转儿，激动着与儿子唠了半宿，乡纪检马委员的话，一时忘在脑后了……

呼噜打到天明，祖大消停早早起来催促峰脉取车子，送他去南街的客运站。到了客运站，临登车前，他想起马委员派自己到城里的使命，于是红肿着眼睛说：“峰脉，爸再问你一遍，真不回乡里了？”

“爸，我一夜没怎么合眼……现在的情况，一边鲁振铎老师要帮助办城镇户口和工作，一边还有红霞、饭店，我觉得不是回去的时候，一回去，这几年城里辛辛苦苦创下的一切就散花了！真要是有那么一天，惠民待不下去了，我琢磨回乡的路，也不能说断就断喽……您说呢？”

祖大消停认真听了，心里一阵酸楚，一阵欢喜，心里想峰脉长大了，成熟了，能撑起一片天了，对自己的处境分析得既客观，又重情理……他扭头看了一眼客运站门口越来越嘈杂的旅客，回头语重心长地说：

“说一千道一万，你只身在外，眼界宽，你自己的事儿，末了还得你自己拿主意……林红霞是个难得的好姑娘，别错了主意，叶如云那段就让她过去吧，你真要户口进了城，有了工作，身份上也不亏了红霞……我看现在这节骨眼儿，回乡里去也确实不好办，离乡调远的，你在城里先好好弄，脚下的路还得一步一步走、踏踏实实干……饭馆子不行就早点关门吧，免得越陷越深，拔不出腿来……家里你不用惦记，有我和你娘管着峰良呢……”

听罢父亲的嘱咐，望着父亲排队检票、登车的背影，峰脉鼻腔里酸溜溜的，眼圈里热辣辣的。从下学生门返乡做小生意，再到城里搞文学，又五六年的漫长时光，包括上小学、初中那十来年，父母为自己的前途，真的是操碎了心哪……峰脉推车子从客运站门前人流里钻出来，脚底下如同踩在棉花上，摇晃半天，才蹁上去……

第三十三章

94

林红霞的诗歌在“明月诗会”中获得了二等奖，鲁振铎来信说报社邀请林红霞到北戴河采风，祖峰脉陪同。

这是一个串休日。躲在自己的闺房里，林红霞兴奋着，反复看峰脉拿给他的鲁振铎老师的来信，眼里闪烁着泪花。终于可以为心爱的人做点什么了。这几年，自己也写了一些诗歌，但写完大多压进了箱底儿，要不是峰脉的鼓励，《惠民文艺》都发表不了几首，何况《江城日报》这样规格的党报！刚刚获得第四届“明月诗会”二等奖的诗歌，名字叫《青春的潮涌》，要不是峰脉寄给诗会组委会去，恐怕也难逃压箱底儿的厄运。想到这儿，林红霞突然又哀婉起来。自己的性格当中确实存在阴郁的一面，自己为什么就不能像丁一兰、刘爱玲她们，活络、阳光一点呢？论工作，自己是银行职员，她们大多连一份像样的工作都没有；论才华，自己高中毕业，是大学漏，不比谁差一分；论长相，虽算不上多么漂亮，但也不缺鼻子少眼，标标准准的，到梅竹家去，梅竹父亲常夸自己气质好、人稳重，放心梅竹跟自己在一起！其实每次自己都是想在场合上表现一下的，可是一看到她们疯疯癫癫表现自己的样子，自己心头的火焰一下子就被熄灭了。好了，你不是表现吗，我偏不配合，管你高不高兴，看你能疯到哪里去！她也知道，其实自己这样也不好，有了场合，每次都提醒自己要融入进去，可是一碰见谁谁张扬、谁谁似乎怠慢了自己，就不开心，就拗，整个人就不听自己的了。

而峰脉，总是能在自己冰冷的时候点燃自己的热情。按说他一个乡下青年，在惠民文学界这个群体里，是最应该低调一些、自卑一些的，但是在他身上丝毫看不出来，总是给人以热情和向上的力量。尽管多是一些坐而论道的理想、梦话一般的豪言壮语，她也为之心跳，为之激动。三年下来，自己与这个身份相差悬殊，本不该走到一起的人相恋了，可能就是这个原因吧——自己与他共同追逐文学理想，孤单的时候，峰脉的激情和坦诚是最好的避风港湾。

这次，自己人生的第一次旅行，峰脉要是能一起去，此番可待留追忆，该是一桩多么美好的事情啊！

可是，雌雄双飞，两大难题摆在面前。这第一件，就是父母的态度。与峰脉恋爱，家里早就风言风语了。那个经常晚上送自己回来的身影，早引起了家人的注意。按理说，到了自己这个年龄，处朋友父母应该高兴，问题在于他们担心自己找一个农村的。从春到夏，与峰脉一来二去的，三个多月过去了，没有不透风的墙。家务的母亲，事少，倒好一些，除了话里话外点点自己，嫁汉嫁汉，穿衣吃饭之类，并不说破。父亲就麻烦了，刚刚退休在家，整天和他那些老哥们儿做发财梦，像皮包公司那些人，手里拎个皮包，今天联系这样，明天联系那样，反正都是一些农副产品生意，东跑西颠的没见做成什么，做不成，心就不顺，回家喝闷酒，磨叨个没完没了，还总是拿自己的婚姻说事。“我告诉你老四，三条腿的蛤蟆难找，两条腿的活人满大街都是！”

父母态度很明确，在城里找个啥样的也不能找个农村的！

现在，要峰脉和自己一起去采风，两个人的关系不就挑明了吗？家里人要是知道了还不得把房盖掀掉！

还有一件，峰脉走了饭店怎么办？饭店本来就不景气，走个十天半月，家里再没个知近的人管理，后院起火，挣不下钱，饥荒再还不上，那可是雪上加霜，不是闹笑话的事儿！

当林红霞骑自行车，忧忧虑虑去出租房找祖峰脉商量的时候，峰脉也正为这件事焦灼着。

“那怎么办？”红霞依偎在峰脉的怀里，眼圈挂着泪滴。

“对你家里人，只好瞒一天，算一天。”

“那饭店呢？”

“饭店还不是最大的事儿，找鲁老师办城里户口才是大事儿！”

林红霞突然有了精神，坐直了盯着峰脉说："这么说去采风是有利的！"

"对！两害相权取其轻，饭店反正不挣钱，要兑出去，找个人对付着管理个十天半月的，实在不行，让向阳总来玩那个表叔家的小文给看几天！"

林红霞高兴得给了祖峰脉一拳，说："我就知道啥事都难不倒你！"

祖峰脉一把搂过林红霞说："沾女朋友的光，去采风，我一个大男人家，也不好太张扬。"

暑伏天，一股清凉的风从打开的窗户吹进来，也带来园子里一股青涩的杂草味儿，一阵"叽叽"的鸟鸣声。

"那我到底怎么跟家里人说？"

"哦，我忘了，我们红霞天生就不会撒谎哟！"

"咯咯咯……"林红霞又被逗乐了，上去给祖峰脉一拳："烦人，竟寻我开心！"

"你就说你去会你那个男同学了，家里不一定阻拦……"

"祖峰脉！你什么意思？你是在吃醋吗？"

见林红霞突然横眉冷对，祖峰脉鼻子一酸，眼泪差点流下来，自尊心受到了莫大的打击……是啊，自己一个乡下人，其实连对城里姑娘吃醋的权利都没有啊……祖峰脉的敏感，林红霞开始当然没察觉到，她反而觉得峰脉错怪了自己对他的真心实意，很是委屈。当她还想对峰脉发泄点什么的时候，她突然又想到，除了爱情和文学，就自己与峰脉的身份而言，怎么联系都对不上茬——那的确是一个无法触及敏感又现实的区域……见峰脉半天依旧一脸乌云，她觉得自己不该再将他的军，去伤他的自尊心。她转身抄起笤帚，佯装去扫地，而眼泪却在眼圈转。她心里想，那个追自己的同学，是她心头的伤，她不希望任何人提起，峰脉却偏偏提起，他怎么能开这样的玩笑……

祖峰脉坐桌前，看红霞的红粉碎花裙在眼前晃动，心里依旧想，红霞情急之下的一句话说得对啊，以自己现在的状况，其实连吃醋的权利都没有啊……此去，一定好好和鲁老师说说，再求求他帮助办户口，就是天梯也要登一登、试一试！峰脉从来没有像现在这样清醒地认识到：乡下人进城，说是挣钱难，其实，比挣钱还难的是身份。是不被认可，不被尊重，融入难！农民进城没一个正经儿的城市身份，在城里人的眼中，你算什么呢？"我们即使贫困，我们是城里人，我们是工人阶级！”那个其实不一定是真的发自所有城里人的心里，但是的确来自乡下人心底真实感受的轻蔑的傲慢的眼神儿，真的不是用金钱就可以弥合、消解的……

组织“明月诗会”获奖作者外出采风，是《江城日报》副刊部的大手笔。李东风主任、鲁振铎副主任为此费了不少脑筋，游说主编，圈定作者，选定地点，确定日期，终于在举办第四届的时候，打破了仅仅是组织评委评奖、公布获奖名单、颁发证书和奖品的常规，拉队伍出去开阔视野采风啦！李东风主任把选人的权力交给了鲁振铎。鲁振铎在三十人的获奖名单中，按着五分之一的比例，初步确定了五个人。外县作者里他考虑了二等奖获奖者林红霞，因为他想这样也好让祖峰脉以陪同的名义参加。

“这个年轻人很有才华，不过生活也太不容易啦！”

虽然峰脉没参加诗会，但近一个时期他为报社撰写了多篇报告文学，得到一致好评，虽然是诗会外出采风，但邀请这样的重点作者参加，他想也无可厚非，总编、主任也会同意。另外，峰脉跟他说了办城镇户口的事，他也觉得这个年轻人回家种地白瞎了，无论是从一个编辑选拔文艺人才的角度，还是从一个作家的良知角度，他都认为自己应该做点什么。

“这是一个机会！”

鲁振铎手里掐着名单在办公室里沉思，一同外出采风他可以最后考察考察祖峰脉，值不值得自己出门跑一趟惠民找县领导游说。还有，他也想真正了解林红霞，一个银行职员，怎么就爱上了一个乡下青年，仅仅是浪漫和冲动还不够，他要借此机会考察她的人品、诚意和诚意的缘由，反过来判定峰脉是否是真金白银……“就这么办！要只是两个文艺青年没边没沿儿地胡来，自己就没必要去操那个有可能费力不讨好的闲心啦！”

看了鲁振铎的采风人员名单，李东风笑了，手里掐着烟卷，大身板跷着二郎腿，靠椅子上说：“老鲁，你这是要当月下老啊！我同意，小祖不错！你回去听我信儿，我去总编那请示一下！”

不一会儿，李东风一阵风似的回来了，笑眯眯说：“总编同意了，要求注意安全，几个人去，几个人回！”

“领导没同意之前，我还没征求祖峰脉意见，别的我不担心，外出采风需要费用，林红霞有单位，咱们正式下个通知，单位报销应该没问题，祖峰脉就不同了，费用个人不知能不能承担得了，现在刹吃喝风，听说他开那个饭店也不景气，能不能走开也是未知数。”

听了这话，李东风已走到门口的大身板又折回来了，以商量的口吻对鲁振铎说：“你先问问他能不能脱开身，差旅费——差旅费不行咱们帮助解决一下？”

鲁振铎瞬间想到了副刊部有限的活动经费。“老李，你也是菩萨心肠啊！”

李东风拍拍鲁振铎的肩膀，转身又对另一张桌子上伏案工作的苗宇编辑说：“小苗，你什么意见？”

苗宇早听见了两位主任的对话，放下手里的稿件，站起来眨眨一双大眼睛说：“领导做好事也算我一个，不行从我工资里扣！”

“哈哈，好，这个事就算部务会定了，老鲁你就通知小祖吧！”

95

时光的河流昼夜不停地向前流淌。过了立秋，嫩江之滨炎热的天气则像一膛燃尽的炉火，早晚突然凉爽起来。

一个下午，当祖峰脉再次来到这个他近一年经常光顾的城市的时候，再不是孤零零的一个人了，他的身旁多了一位优秀的女性——林红霞。

这是两人第二次乘火车同往江城。

三年前，他们第一次同来江城，是与创作班同学一起参加江城市首届“明月诗会”。那次峰脉骑自行车驮着红霞追赶火车的场景，至今留在二人的记忆里。不过那次，二人仅仅是同学关系。三年整了，“明月诗会”举办到了第四届，而一对勇于冲破世俗、战胜困难，来自城乡两个不同世界的青年，也终于手挽着手，敢于在江城大街上亮相了——向这个世俗的而又包容的世界宣布他们的恋爱关系！

正是下午上班时间，江城公园里，太阳已经躲到古树后面去了，缝隙里透过来的阳光依旧烤人。林荫下散步的老人，外地慕名而来的游人，在青草覆盖的甬路上穿梭。孩子们快活地在摩天轮、碰碰车上玩耍的惊叫声，从树后一浪一浪传过来，一潭湖水，则像一位楚楚动人、含而不露的仙女，从密林的幽深之处穿过，使这座有着百年历史、闻名遐迩的城市公园，显得格外古朴、高雅，灵动、大气。

游客无人会知道，在川流不息的游览队伍里，一对有着不平凡经历的恋人，正买了票，混在他们中间，怯怯走进公园里来了。

林红霞穿着一身淡蓝色的连衣裙，近视镜后面一双盈盈秋水般的眼睛总是躲躲闪闪。祖峰脉白半截袖，配一条浅灰色裤子，头戴亚麻凉帽，手持一把纸扇，脸上溢着天真的笑。打眼一看便知，祖峰脉要比林红霞放松许多。难怪，他们被禁锢得太久了。祖峰脉想，在惠民县城，他这个懵懂闯城的“冒失鬼”，一直不敢公开与红霞的关系，甚至，连一场电影都没陪她看过。如今，在这个相对陌生一些的人群里，他觉得自己有了昭示爱情的权利。他要把人世间最美好、最自然、最真诚的爱恋，还给林红霞。

“照一张吧？”

一进公园门口，遇见照相的招揽生意，祖峰脉主动建议。林红霞则吓得脸一红，闪开了。公园百花艳丽，清风习习。到了深处的湖边，遇见照相的，祖峰脉又建议：“照一张吧？”“别照了，多不好意思！”说完，林红霞又跑开了。见林红霞如此紧张，祖峰脉内心翻涌着，更觉亏欠林红霞太多了。

“这道坎一定要迈过去！”

祖峰脉手摇扇子，心里却不安地想。

“走吧，快下班了，与鲁老师约好晚上一起吃饭后上火车。”

祖峰脉说着，领林红霞出了公园。下班点公园门口做生意的人明显比刚才多起来，卖冰棍儿的，卖玩具的，烤肉串的，吵吵闹闹，烟雾缭绕。“快相了，快相了，十分钟出相！”拍照的师傅更是一个接着一个。

祖峰脉听了，没犹豫，拉起林红霞直奔一个照相的大姐去了。照相大姐眼疾手快，拨开人群，将二人推到公园门首，林红霞见状又想逃脱，祖峰脉手拉肩倚，嬉皮笑脸，拍照大姐嘴上高喊，“靠一靠，靠一靠……哎……好啦！好啦！”“咔嚓”一声，瞬间，林红霞的脸上露出了笑容，顺从地与祖峰脉手拉着手，拍了相识后的第一张合影。

第二天上午十点，采风团坐一夜火车到了北戴河。安顿好住处，酷爱游泳的鲁振铎，第一个要带领大家去的地方，自然是海滨浴场。

祖峰脉和林红霞都不会游泳，二人换了泳衣，抱起气垫，在水边玩耍。此时太阳西斜，浴场人不多。二人相顾，玩着玩着，胆越来越大，就涉水深处了。忽然一个浪头打过来，林红霞的眼镜被掀进海水里，林红霞急得哭叫起来。身旁的祖峰脉用脚试试水深，已经够不着底了，他手托气垫，身子在水中漂荡着，对林红霞大喊："你别动！给我定位，我去捞！"不等林红霞回话，他一个猛子扎入海底去摸镜子，钻入混浊海水的那一刻，他已然意识到近视眼镜对恋人的重要，也意识到配一副近视眼镜对一个穷光蛋的考验。林红霞镇静下来了，手握气垫原地漂荡。祖峰脉不会游泳，童年在村子里只练过狗刨儿，与小伙伴们比过"蹲大缸"。现在，他憋住气，像一条海豚，左右摇摆，围绕林红霞，潜入清晰起来的海底，转一圈又一圈，就在憋不住气的时刻，他发现了海底的黄沙上闪光的镜片，他扎过去一把抓住镜子，一个浪里翻身，蹿出水面，急喘几口粗气，呛几口海水，手举眼镜，激动地朝红霞喊："摸到啦！摸到啦！"林红霞见了，眼窝里泪水夹杂着海水一起涌了出来……她从峰脉举过来的手里抓过眼镜，戴上就往岸边逃，冷静一些的她意识到如若不尽快逃走，就会管不住自己激动的心情，扑进峰脉的怀里，众目睽睽之下，那成什么样子。祖峰脉见状，憨笑了一下，像个英雄似的护在后面。到水边刚要上岸，他才发现自己身上的泳裤不知什么时候脱落了，现在是赤条条地立在海面上。他脸一热，紧忙蹲回水里，抓起的泳裤却举出水面。岸上文友见了，男的，女的，一齐笑翻了，脖子挎相机的文友小万眼疾手快，"咔嚓！"一声，留下了他英雄救美后，浴场上尴尬而开心的一幕。

晚餐，采风团品尝了秦皇岛初秋时节的仙桃与肥蟹，饮了美酒，在下榻宾馆枕着一侧沟壑哗哗的流水之声酣睡了一夜，第二天起早去赶海，看完鸽子窝的海上日出，便游历山海关。此时的山海关北风骤起，秋荷舞动，老龙头巍峨海角，岿然不动，向世人讲述着曾经的一代枭雄——明代将军戚继光，率兵抗击倭寇的历史。

采风团的六人均未到过此地。

"来，我给你们一对恋人拍一张合影！"

到了古长城墙下，拍照的小万建议道。祖峰脉向红霞身旁凑，林红霞却一脸绯红，急忙避开了。戴墨镜的鲁振铎见了，用手一指小万手里的相机说："就剩一张胶卷了！”祖峰脉借机冲上去，小万嘴上说“手拉手，近一点，近一点，哎！哎！……”“咔嚓！”一声，二人众文友面前拍了合影，羞得林红霞已经双手捂脸不敢见人了。众人见状，无不捧笑，鲁振铎故意对祖峰脉讲一句“你小子拣人家女孩便宜，晚上罚酒！”来为林红霞解围。

而林红霞，偷偷看了一眼脸色亦红的峰脉，心里已是桃花盛开……

接下来，参观孟姜女哭长城景点。导游一番讲解之后，众游人三三两两各自游览。祖峰脉带林红霞来到孟姜女的雕塑前，见蓝天白云之下，孟姜女昂首向着远方，期盼丈夫归来的眼神令人动容，旁边柱上刻一副长联：

海水朝朝朝朝朝朝朝落

浮云长长长长长长长消

对联写得技压群芳、不同凡响，读顺了，浩荡深长，颇有气韵。两人互相感慨、心潮澎湃时，景点拍照女裹头巾、挤一双揽生意的闪烁眼过来了，“拍一张，拍一张……孟姜女哭长城，多有意义啊！”二人顿时应允，双双坐孟姜女雕像下，任拍者摆布。游览一圈回来，照片出来了，只见白云之下，林红霞坐下拍实，祖峰脉戴亚麻帽，坐上拍虚。见过照片，二人心里过电一般会意：海枯石烂心不变，这一生笃定相依！

采风团离开山海关，游历了兴城古城、锦州大广济寺，来到了秀美的千山。这一天，正值千山首届庙会。巍峨的山门前异常热闹，“热烈祝贺千山首届庙会圆满成功”的鲜红条幅横挂在气派的山门之上。

采风团坐一段缆车，祖峰脉护卫着林红霞，随团队从后山战战兢兢地登上了千山之巅。屹立山巅远望，秀丽的千山掩映云雾之中，俨如仙境一般。向下看时，对面不远处是一悬崖峭壁，猛然生出一棵小松树，红石乳壁，小松青秀挺拔，顽强生长，特别显耀！那山壁像一面墙立在那里，光秃秃的石头寸草不生，下面便是万丈深渊。小青松从石缝里探出头来，努力向上长，无依无靠的样子，就像一个无家可归悬在那里的孤儿！更奇的是，不知是什么人什么时候，从什么角度，采取什么方式，冒多大风险，将一个小木牌挂在了它的枝丫上，上写三个红字：“可怜松”！

上山容易下山难。此刻已近中午，天炎汗流。林红霞穿一双高跟凉鞋，疲惫不堪，战战兢兢。大家相互牵顾着，过了悬崖寺庙，挤出了“一线天”，一步一步，小心探阶下山。

而谁也没有注意到，自从见了小青松，祖峰脉心里一直翻江倒海。他触景生情，早就由此联想到了自己的艰难处境——其实，自己不就是一棵“可怜松”吗?

第三十四章

96

半月后，当祖峰脉和林红霞回到惠民的时候，二人惊呆了：饭店赔得一塌糊涂。

进了饭店的门，表叔家的小文和厨师任五湖、服务员小闵在打闹玩耍，厨房、大厅脏兮兮的无人收拾；打开冰箱，堆积的猪肉发出了臭味；除了零星的散客，大桌客人留下的基本是欠条，给小文留的买菜钱也花得精光……

秋老虎炙烤在惠民的大街上，而祖峰脉却像掉进了冰窖里，外出采风的浪漫和雄心勃勃一扫而光。

怎么办？无论生活多么的云里雾里，丰富多彩，回到现实，“怎么办”一直困扰着乡下青年。有的人一出生就过上了饭来张口、衣来伸手的日子，有的人一出生就为衣食发愁。而峰脉呢，完全也可以待在土窝里，过着农民式依靠劳动换取的衣食无忧的生活，却偏要闯进城里来，给自己制造一个又一个“怎么办”。没完没了的“怎么办”，提醒他闯城失败的概率越来越大，压得他喘不过气来。

“赶快承包出去吧！”

一同采风回来，林红霞变得像女主人一样对峰脉建议道。

广告贴出去几天，一个秋风萧瑟的夜晚，马秋生领着一个自称是他高中同学的年轻人，走进了灯光暗淡的四海饭店。

听说马秋生同学要包饭店，祖峰脉和林红霞喜出望外，领着来人前后屋介绍了一番。兑者姓陈，叫陈立志，看上去是一个很精干的年轻人。陈立志看得仔细，问得清楚，最后围大厅圆桌一起坐下来，他又仔细看一遍两个月前，阿昌把饭店兑给祖峰脉时留下的一纸合同，然后问："兑给我一个月租金多少呢？"

祖峰脉不假思索地回答："原来月租金五百，当然也五百。"

"那不行。"陈立志说，"你到外面打听打听，现在往外包饭店的满大街都是！"

见此人早调查过了，祖峰脉想想，反问道："你给多少呢？"

"折半。"

祖峰脉看了一眼马秋生，乐了，"兄弟，别看咱俩年龄相仿，你可比我精明。"

"那也太少啦！"一边站着的林红霞直言道。

"是少点。"大师傅任五湖穿白工作服，肩上习惯地搭一条湿毛巾，站林红霞身边，笑眯眯附和。

"少？嫌少烂到手里，一个月租不出去，看合多少折！"

"咦！"祖峰脉心里想，"本店不景气，这小子怎么知道得这么清楚？看来马秋生私下里早告诉他实情了。唉！我这个老同学！"

"再涨点，再涨点，"马秋生急忙撮合，"你是我高中同学，他俩是我创作班同学，两边都是我同学，我夹中间，两边都给我点面子。"

"三百，不能再多了，行就签合同，不行走人。"

"好！就按你说的，三百！"

讲好价钱，接下来清点物品，签合同。合同上写道：

经双方协商同意，祖峰脉（甲方）愿将四海饭店兑给陈立志（乙方），月租金三百元，租期从1989年9月24日起至1990年5月20月止。房租费总计2365元，一次交清。饭店物品，归乙方使用，损坏照价赔偿。合同一式两份，签字画押后立即生效。

马秋生当了中间人，在承包合同上一起签字画押后，又清点了饭店用具，拉出了物品清单，什么锅碗瓢盆、桌椅板凳、水电表数，一律点清附后。从晚六点忙活到八点，最后该交钱了，陈立志从口袋里掏出了二百块钱，在眼前晃晃说，今天就带这些，先交定金，余款明晚前全部交清。

祖峰脉恐其有诈，夜长梦多，强调说：“明天上午交清，交不清就不包啦，合同自动作废。”

“大哥你也看出来了，我一个林场出来的，没什么钱，你得容我空张罗张罗！”

“我要知道你今天交不上钱，饭店也不能这么便宜包给你！”

祖峰脉故作激动。

“老同学你给说句话呀！”陈立志一双冷目闪烁着对马秋生说。

“这个……这个——那样！我当个中间人，”秋生回头瞄一眼红霞，拍拍胸脯说：“我作保，差事了找我算账！”

碍于同学面子，林红霞没法深说，沉默不语盯着峰脉看。峰脉心想是火候了，起身接过钱，对陈立志说：“我看兄弟是办事的人，不会失约，我明晚前等你！”

送走二人，祖峰脉往家送林红霞。北戴河采风回来后，两个人天天晚上黏在一起。

“你不觉得饭店包得有点便宜吗？”车座上的林红霞嗔怪道。

“唉！少空几个月也算赢了……”

听了祖峰脉式总能在被动中觅到主动的话，林红霞心里暖乎乎的。她抱紧了他。

第二天，饭店没开，就等易手。一天没动静。到了晚上，林红霞下班直接去了祖峰脉的出租房，停电，两个人点上蜡烛，继续等。马秋生能找到峰脉的出租房。

八点了，还没动静。祖峰脉心里做着激烈的斗争。“饭店包出去，食品公司耿经理的借款凑凑能还上一半，包不出去，再没钱买菜，就陷入烂泥潭里了！”

林红霞也不出声，她也感觉到了事情的不妙。如果峰脉饭店开砸了，赔进去几千块，自己月工资五六十块，咋帮峰脉堵窟窿？这还没结婚呢，就背上一座山似的债，以后的日子……她不敢往下想了。

秋分的夜晚，简陋的出租屋有了凉意。有些无助的峰脉找件衣服，给炕沿边坐着的红霞披上，他挨她坐下来，强作镇静说："没事，车到山前必有路，再等等。"

林红霞眼里挂着泪，一头扎进了他的怀里。

这时，外屋门"乒乓"响起来，随着杂乱的脚步声，"吱嘎"一声，马秋生带陈立志闯进来了。

"你住这破地方也太难找啦！"

马秋生一开口，一股熏人的酒气瞬间弥漫了小屋。

"我把人给你领来了，你们俩谈吧，我先睡会儿。"

马秋生边嚷嚷边倒向炕头，很快鼾声就出来了。

把陈立志让到桌对面凳子上坐下，祖峰脉感到气氛不对劲儿，急忙挤在桌子堵头坐下，把林红霞保护在里面。

"饭店不包了，把合同还给我！"陈立志卷着舌头，开门见山。

祖峰脉和林红霞顿时明白了，陈立志不是来交钱的，是来索要合同的。饭店包黄啦！

"兄弟你别急，醒醒酒再说！"

祖峰脉尽量拖延。陈立志却说："我酒喝多了，说话走板儿，可心里明白，不包了，不包了，千错万错都是我的错，把合同给我！"

祖峰脉心想哪那么容易，几千块的合同你签下了，不包自己就是死路一条。说什么也得稳住他包饭店。

"兄弟，有话好说嘛，不行明天谈？"

"不用了，你拿不拿出合同来吧？"陈立志目露凶光。

"合同签订了就不能反悔，这是道儿上的规矩。"

听了这话，陈立志"嗖"地从屁股兜里拽出一尺长的尖刀，"啪"地往桌上一拍，烛光下明晃晃地闪着一道寒光。"你看着办吧！"

林红霞见状，浑身开始抖。

"兄弟，有话好说，你这是干什么？"经过舞厅洗礼的祖峰脉很镇静。

"干什么你不明白吗？"陈立志说着抄起桌上的尖刀，在峰脉眼前比画几下，"啪"地又摔桌子上，那声响，简直要将房盖穿透。

祖峰脉回头祈求似的瞄一眼炕上打鼾的马秋生，心想这事要麻烦，好汉不吃眼前亏，当务之急是保证不发生流血事件。

于是他转弯抹角地跟陈立志纠缠，话不软也不硬。“这年头开饭店是不容易，你想好不包了？”

“也不是我不想包了，我实在是借不着钱！”

“哦……那不太好办。我也是借钱从文友手里盘下来的。”

“我能和你比吗？听说你对象就是银行的！”

“银行也不是咱家开的，兄弟真会说笑。”

“快点把合同拿出来，二百块钱定金我也不要啦！”

“这有些麻烦，你合同都签了就按合同办呗，我白要你定金干什么？”

“看来你是不给老弟面子，那我就不客气啦！”说话间，陈立志“噌”地站起身，抄刀过来就瞄准祖峰脉的脖子，林红霞“嗷”的一声惊醒了马秋生。马秋生坐起蒙眬一看，急忙拉开陈立志呵斥道：“有话好好说！你这是干什么！”

见马秋生醒来，峰脉的气不打一处来，“都是老同学你干的好事，把喝醉酒的同学领上门来，兜里还揣着刀！”

祖峰脉心里生气，脸上却没表现出来，他坐下来，故作和颜悦色地说：“有话咱们好好说，你看这样行不行，今天太晚了，我把我对象先送回去，你也醒醒酒，一会儿我回来和你慢慢谈！”

陈立志翻着白眼，气哼哼地瞄一眼桌里头抖筛糠的林红霞，祖峰脉趁机补充说：“你看她吓的，这样子怎么谈？”

马秋生附和说：“对对，先把红霞送回去，送回去！”陈立志迟疑了片刻说：“好吧，你快去快回，要是耍心眼儿，出了岔子，我手里的刀可不客气！”说完又晃晃刀，寒光闪过。

“你和我同学在这儿等着，我对象家就住东街，不远，几分钟我就回来！”

说话间，祖峰脉拉起林红霞迅速出了屋子，拽过红霞停外面的自行车，低声喊道：“快！快上车！”然后如猛虎出笼，驮起红霞就向西飞奔。

月亮已经升高，除了秋夜的冷风，街上一片寂静。

“哎呀……吓死我了！哪里来的无赖……你不能回去了！”林红霞慌乱着说。

祖峰脉也不回答。他把车子向西骑出有二百米，停在路南一幢独门独院的小二楼门前，祖峰脉敲院门，黑铁门的“当当”声在静静的夜空里传出去很远。

很快，屋里灯亮了。“谁啊？”屋里传来东街派出所王所长的声音。东街派出所装修，曾借文化馆一楼办公一个冬天，祖峰脉认识王所长。

“王叔，我是文化馆看屋的小祖啊！”

“小祖啊，这么晚了什么急事？”

“我饭店要外包，合同签完对方不包了，拿刀去了我们家！”

“哦……那样吧，你去所里找赵晓波，我给他打电话！”

等赵晓波副所长带两个值班的民警赶到祖峰脉东北街的出租屋时，已经快夜里十点了，祖峰脉也把林红霞送回了家。打手电筒闯进屋，拽开里屋门，陈立志惊慌失措，赵晓波呵斥道：“站好喽，把手举起来！刀呢？”

“刀……”陈立志眼冒金星，显然蒙了，“刀埋在外面电线杆子底下了……”

原来，陈立志见祖峰脉半天未归，起了疑心，酒也醒了一半，懊悔放走峰脉。他清楚要是警察来了在身上翻出刀子，事就大了，于是中间溜出去，将刀埋了。

赵晓波拿着手电，带陈立志出门找回尖刀，进屋呵斥他在地中间站好。“包饭店带刀子，你想进监狱待着吗？”吼完，赵晓波回头对祖峰脉说：“你说怎么办，带走不？”

马秋生的酒早醒了，急忙求情。祖峰脉转念一想，带走饭店就彻底包黄了，也说：“别带走了，我们自己处理吧。”

赵晓波似乎明白了峰脉的难处，没收了凶器，令陈立志写下“我承诺，与祖峰脉心平气和商量包饭店，否则负法律责任”的字据，签字画押，然后便带着另两名警察离开了。

受此一惊，陈立志一改猖狂，鸡叨米似的对峰脉道歉，说小话，马秋生也说自己喝多了酒，不该领同学来闹事，并保证督促陈立志尽快筹齐租金，来找峰脉。峰脉望着这几年一直照顾自己的秋生，心想：秋生啊秋生，让我怎么说你呢，今晚的事多悬哪！

不曾想，陈立志一去不返，从此在惠民消失了。

秋生说陈立志家在一个林场，他想办法找找。祖峰脉知道这又是一个“马歇尔计划”，于是再张贴广告，不断降价，总算把饭店折腾出去了。开付完酒肉蔬菜欠款，剩了一千元的现金，以及一千多元的白条。

换言之，包饭店借食品公司耿经理的五千八百元，难以偿还了，祖峰脉背上了泰山般的债务。

97

饭店关门后，祖峰脉除了被巴银叫去文化馆编辑稿件，处理一些杂事，还陆续完成了鲁振铎代表《江城日报》副刊部交办的报告文学采写任务。北戴河采风期间，鲁振铎老师说要编辑一套“话说江城系列丛书”，回到江城后就给祖峰脉寄来了明晃晃盖着红章的采访函。祖峰脉手持“尚方宝剑”，与县委宣传部取得联系，陆续开展采访。

然而，林红霞与一个农村人处对象的消息，已经在惠民文学界传得沸沸扬扬。林红霞的家人、同事、同学，陆续知道后一片唏嘘，同唱一个调子，一片反对之声。

林红霞陷入了深深的痛苦之中。显然，来自家庭的压力是最大的。

父亲林先民，去年从县农行人保股股长的位置上退休后，与几个老哥儿们做了几次农副产品生意，赔进去了有限的积蓄。家里人阻拦，闲不住的他又抓了几只白兔养。每天早晨，东方刚刚露出亮光，他就拎丝袋子、镰刀，去家门前的铁道旁割草，或者拾回来菜农收剩的菜叶子，切碎喂兔子。农行家属区建在县城的东南角，是一排连脊红砖房，一家一户，虽只一间半，但独门独院，在惠民算是不错的小区了。现在，林先民靠前院墙角焊了一个铁丝笼子，抓了几只白兔，院里顿时有了生机。但有一个问题，兔粪味浓，尤其夏天。林先民买来塑料管子，接上自来水，每天至少清洗三遍，避免邻居说三道四。兔子养得乐哉悠哉，倒也打发了林先民生意场失意后，退休生活的寂寞时光。兔子繁殖快，逢年过节，他就杀上几只，喊来孩子们吃上一顿或熏，或烹，或炖的新鲜兔肉，结婚没结婚的，老的少的，一大家子人，聚在一起，有说有笑品尝他的劳动果实，其乐融融，他也找到了天伦之乐。

但家人不知道，林先民养兔子吃肉的情结，是早年被打成“右派”时留下的。他二十几岁参加银行工作，单位食堂每天给职工吃土豆白菜，玉米窝头。有一次，他发现领导居然在食堂单间偷吃兔肉。一次开会他说了一句“领导把肉埋在饭碗里吃”，不久，添枝加叶，被打成了“右派”，下放县城西郊农村二十三年，期间干了十五年的生产队长。家里八个孩子，五个生在农村，包括林红霞，农村生，农村长。父亲落实政策回城后，林红霞和几个姐妹通过内招也考入了银行。林先民退休，老儿子林方雷接班。如今林红霞要找一个农村的青年结婚，林先民当然一百个不愿意。三个参加银行工作的姑娘，属红霞学习好，当时复读，能考上大学，随他返城，几经周折，现在有了稳定工作多不容易！再找个农村对象结婚，不亚于回到从前！一想到这些，他身上那道已经愈合的伤疤，又开始剧烈地疼痛。

去年林方雷生病住院，林先民见过一次祖峰脉。他认为论长相、能力、人品配红霞倒也可以，小伙子看上去朴实中带几分精明，但没户口，没粮食关系，没工作，半个城里人都不算，将来怎么生活？再说，闺女堂堂一个银行职工，找一个农民结婚成家，让人家怎么说自己？怎么看自己？自己的老脸往哪儿搁？

跟报社去北戴河回来，红霞更不按时回家了。林先民知道闺女是跟祖峰脉在一起。听说小祖去年开舞厅，今年又开书屋，开饭店，都开黄了，坏消息一个接着一个，他心里的暴风雨从来没停止过。红霞早出晚归，爷儿俩很少见面，即使见面，他也没心思搭理这个不省心的闺女！听说她有一个同学在追她，江城师范学院毕业的大学生，回到惠民当老师，家庭条件在惠民也是数一数二，多好的一门婚姻，这孩子怎么就鬼迷心窍了呢？还有——红霞的妹妹红云也处了朋友，老儿子方雷也到了结婚的年龄，红霞的事悬在半空，接下来的戏怎么演？怎么唱？没法儿演，没法儿唱！

林红霞的母亲是一名普普通通的家庭妇女，对丈夫百般照顾，百依百顺，夹在父女中间无奈至极。林先民酒后和她唠叨，她就装聋作哑，其实她暗地里劝过林红霞几次，可林红霞也不多说什么，态度不明朗。儿女大了不由爹娘，她一个当娘的有啥办法？

林红霞有一个亲大舅在外地工作，一次公出顺便到惠民看望老姐姐、老姐夫。俗话说：爹亲叔大，娘亲舅大。他听说外甥女处了个农村朋友，这天晚上与姐夫喝完酒，带着酒气进了红霞的小屋，劝说道：“你能不能听大舅一句劝，将来找一个上班的成家？”红霞给大舅倒杯茶水，眼里含泪说：“大舅，你们都是为我好，我知道，可我也不是小孩子了，婚姻大事，一辈子的事，我会好好把握的！”

临走时，红霞大舅手把门框，一脸无奈地对林红霞的父母说：“男女婚姻，上修五百年，下修五百年，不是一家人，不进一家门，不用劝，也不是劝的事儿！”

第三十五章

98

从林红霞近日对自己的冷淡中，祖峰脉隐隐感觉到，处在水深火热中的她，有些熬不住了。可以判断出，他们艰难地建立起来的恋爱关系，已经到了最为危险的时刻……

他给鲁振铎写了一封长信，谈了自己目前的处境。鲁振铎回信说，他已经在市里一次宣传工作座谈会上，跟惠民宣传部的韩金玉部长认真谈了，韩部长答应去找文清明县长游说此事。但鲁振铎也在信里明确表示：此事非同一般，不能太过着急。

祖峰脉感觉自己又被残酷的生活逼到了悬崖边，而救命的绳索总是若隐若现。

这一天，出租房里很冷，他坐立不安。他无心吃饭，无心去完成报告文学采写任务。饭店包出去以后，林红霞已经两个多月没来找自己了。他感觉到了一种从未有过的孤独。这种孤独与过去三年所有的孤独不一样，反正都是一些没影儿、不靠谱的事，包括与叶如云的那一段，只一阵儿就烟消云散了。而林红霞不同，自己与林红霞的感情就像海上的礁石，经历了太多的风吹浪打，可以说坚硬无比，根深蒂固，难道也这般稀里糊涂地被世俗、被城乡那一道鸿沟葬送掉吗？

可是，自己拿什么去拯救与林红霞的爱情呢？

手无利剑也要振臂一呼！

瞬间，乡下青年感到胸口燃起一团熊熊的烈火。他甚至没有正经吃晚饭，嚼根麻花，喝口凉水，就坐在出租屋那张破桌子前奋笔疾书了。

是的，他要斗胆上书，直接给县领导写信汇报自己的处境和请求。

尊敬的县领导：

我是向阳乡农民，今年二十二岁。一九八四年初中毕业后，因家庭生活困难，放弃了进县城读高中的机会，毅然踏上了文学之路。我一九八六年参加县文化馆业余艺术学校创作班学习，至一九八七年结业的一年时间，取得了很大进步。考虑到信息闭塞的农村不利于发展自己的文学特长，就留在县城租了个房自修文学。为了生计，这期间也干过临时工，当过更夫，做过一些生意。

承蒙县领导和文学界老师朋友的支持和帮助，我的文学创作水平迅速提高。自从一九八六年开始，先后在省内外报刊发表了文学作品三十多篇（首）。我的小说《山脚下的女人》作为“新星”作品，在《青年文艺》上发表，并配了照片、小传和作家评论，有较大震动，我被吸收为江城市作家协会会员。此后创作多有收获。尤其今年以来，我们惠民县在改革开放的大好形势下，各条战线都发生了翻天覆地的变化，更激起了我的创作热情，一年来我采访了我县很多重要企业，把明星企业家作为报告文学的主人公，写出十多万字的报告文学作品，在县委宣传部领导的正确把关下，都及时地、有力地、实事求是地反映了我县各条战线突飞猛进的大好形势。鉴于此，县领导和文学界的知名人士都给予了很高评价，在今年江城市迎国庆四十周年“群众文化杯”征文上，我的报告文学获得了一等奖，捧回了“群文杯”。

回想起几年来的努力，我虽然吃了不少苦，但毕竟人逢盛世，取得了今天的成绩。我还很年轻，看到县委、县政府领导全县人民的奋斗，充满着广阔的未来，各个领域都会更加繁荣更加昌盛，作为擅长一些写作技艺的我，怎么能不激起更多的创作热情呢？我要继续努力，以党的路线为指引，在县委、县政府的正确领导下，去讴歌我县的大好形势，为我县的经济腾飞和广阔的未来做更大的贡献！

但是，因为多年来一直为着事业，我现在最基本的衣食住行和工作学习环境都没有保障，要想做贡献，还面临一些生活上的困难。所以非常需要令我尊敬的县委、县政府领导的理解和帮助，能否在百忙之中抽出一点儿时间，帮助我解决困难，使我及早地走上正规的贡献之路？

此致

敬礼

不负众望的青年　祖峰脉

1989 年 10 月 10 日

时间对于一个沸腾的人而言，每时每刻都是热烈的，煎熬的。

向党和政府敞开心扉谈了自己的文学之路、一些成绩和生活苦楚，祖峰脉如释重负，却也对这一封不着边际的申请信，时刻感到惴惴不安。

冥冥中，他有一种感觉，前进之路需要自己发出这样的声音，这样的请求，自己能做的，还是要做，并且尽量积极做、提前做。

就在祖峰脉写好信的第二天，巴银突然告诉他，宣传部韩部长要见他。祖峰脉听了，心脏剧烈跳动了起来。果然，县委通讯组长杜彦斌把他领到部长室的时候，他与县委常委、宣传部长韩金玉不谋而合了：身材魁梧，说话瓮声瓮气，人送绰号“韩马列”的韩金玉建议他写一个申请，他要交到县委去！他即刻从口袋里掏出来了申请，交给了韩金玉。韩金玉愣了一下，随即就喜欢上了这个机灵的小伙子。他立刻将申请看了一遍，做了几处修改，然后说：“小祖，好好干，等我消息！”

鲁振铎和顾云辅莅临惠民的时候，惠民已经到了深秋季节。之所以拽上一个县处级干部，鲁振铎是认真考虑过的。带祖峰脉和林红霞出门回来，他对二人的恋情很感兴趣，对他们的人品充分认可，他想极力促成这件事。顾云辅是江城电视台的总编室主任，副县级，副台长的后备，先前是电视剧部主任，江城的第一部电视剧《刑警队长》就出自他手，曾在中央电视台工作过三年，与许多著名作家交情很深，在江城文艺界名望很高。作为江城作协的前任秘书长，与江城市作协现任秘书长鲁振铎秉性相投，过从甚密。鲁振铎上门说明了情况，顾云辅正在办公室忙着。他穿一件花格衬衣，外配深红色马甲，给西装革履、一阵风似的进来的鲁振铎倒一杯茶水，回到座位上推推眼镜说：“你说的这个农村作者我略有耳闻，没谋过面，真实情况怎么样？”

鲁振铎摘下前进帽，露出微秃的头发，习惯地用手向后捋捋说：“我的顾副台长！”

听了这话，顾云辅微笑着的脸立刻绷起来，看了一眼门缝，小声说：“老鲁，这话可不能乱讲，八下没一撇的事！”

鲁振铎也不辩解，端起茶水呷一口，轻描淡写地说：“祖峰脉这小伙子出类拔萃，回农村白瞎啦！”

“怎么个白瞎法儿，你跟我说说……他和八亿农民有什么不一样吗？是像孙悟空长了三头六臂，还是像什么多块骨头、多块肉！”

“那不一样！不说其他，有两样就不一样！”勾起了顾云辅的兴致，接下来，鲁振铎一口气介绍了祖峰脉的基本情况，出色表现。“他家里有吃有喝，一个人非跑城里来漂泊，宁可干一些吏夫一类的低气活，也坚持学写作，一干就是几年，这样的有志青年不多，这不仅需要爱好、勇气、吃苦的精神，还要具备忍受委屈、蔑视、遭受打击的品质，克服自卑心理的意志，不容易啊！”

“哦……是这样啊，那可真是不容易啊！其实，日子一天一天熬，任何时代青年都面临着困难，尤其是下层青年，有些困难，我们只知道存在，但无法想象，哪些方面，什么程度，问题的根源在哪里……傲慢与偏见就是这样产生的。”

“顾台高论！没有经历、没有悲天悯人的情怀，这番话是无从谈起的……”

因急于了解情况，顾云辅甚至没心思纠正鲁振铎“顾台”的称谓，继续问：“小祖写作怎么样啊，有没有培养前途呢？现在小青年拿文学当浪漫玩，街头巷尾，雨后春笋，鞭子也赶不过来呦！”

“这么跟您说吧——我这些年在报社副刊编辑的岗位见过不少文学青年，祖峰脉可以说是津梁、翘楚，学写文章上手快，一稿成，效率高，一夜写一万多字呢！”

“哦……我说老鲁，照你这么说，这可是一棵好苗子啊！”

“还有一样与一般农民青年不一样，”谈到与林红霞的恋爱，鲁振铎强调说，“您说一个农家子弟和县城银行姑娘搞对象，还搞上了，这哪是人才啊，这是人物啊，哈哈…… ”

“是吗？”顾云辅疑惑地望着鲁振铎，“这事儿可是挺稀罕的。”

“千真万确，前段采风，两个人跟我去了一趟北戴河，如胶似漆的。”顾云辅微笑着说：“老鲁，看来你不仅是在扶持文学作者，还在成全一桩婚姻哪！”

鲁振铎扬手笑道：“成就一桩婚姻，胜造七级浮屠，所以才拉上您嘛！哈哈…… ”

“县里打好招呼了吗？”顾云辅又严肃地问。

“与常委宣传部长韩金玉同志说妥了，他说文县长在家，下周哪天过去都行，看咱们时间安排。”

顾云辅翻了一下台历说：“周二去？下周一我有个会。”

“行！”鲁振铎忙起身，上前拉住顾云辅的手说：“老将出马，一个顶俩……感谢感谢！”

“我是被你的善举感动啦！”

……

对于鲁振铎老师的一番苦心，祖峰脉并不完全知晓。他知道办城里户口难，但究竟难到什么程度，他并没有一个清晰的概念。因为他对国家“农转非”政策相关规定，官场的繁文缛节，几乎一无所知。

现在，这个可怜又幸运的乡下青年躲在惠民宾馆的角落里，等待命运的抉择和审判。是的，在韩金玉部长的协调下，惠民县长文清明在惠民宾馆的会客厅里会见了江城电视台、江城日报来的两位新闻界领导，会谈的话题只有一个：一个农村优秀业余作者的“农转非”问题。

午后刚刚下过一场秋雨，路两旁泛黄的秋叶，湿漉漉温润绵柔。垂柳掩映着的三层楼的惠民宾馆，油画一般，显得格外庄严、气派。院门前国庆节升起来的国旗，雨后更加红艳夺目。

惠民宾馆是惠民官方接待场所，所有来惠民检查、调研的领导都要在此下榻。堪称“无冕之王”的新闻记者，经常与政府官员们享受同样的礼遇。江城日报、江城晚报、江城电视台与中央、省级媒体的最大不同是，它们是属地的“喉舌”，宣传面几乎全覆盖，哪个县区工作有了成绩，除了脚踏实地地干，宣传也是重要的一环。

对于鲁振铎和顾云辅的来访，惠民县领导格外重视。县委书记张立国外出看病，县委副书记、县长文清明在家主政，亲自到宾馆会晤，当然也给了最高礼遇。

99

县委宣传部长韩金玉为促成这次会面费了不少脑筋。

“这事不好办！”市里开会，鲁振铎提了给祖峰脉办“农转非”一事，他心里一直嘀咕着。在他看来，农村户口办为城镇户口，比登天还难。

韩金玉辗转思考多次，老鲁这个大胆设想的可能性。他是研究马列主义的专家，对于“韩马列”这个绰号自己不仅接受，也有几分得意。他甚至将马克思、恩克斯、列宁关于城乡二元经济、社会结构的论述，城市特权思想的形成与打破，与当前中国改革开放的现实形势结合起来，与农村实行包产到户，农民有条件进城务工联系起来……马克思在《哲学的贫困》中指出，未来城乡关系的发展必将以融合为趋势，在《资本论》里甚至指出，一切发达的，以商品交换为媒介的分工的基础，都是城乡的分离。恩格斯在《共产主义原理》中首次提出了“城乡融合”的概念，在《共产党宣言》更是旗帜鲜明地提出，发展生产力的关键是“把农业和工业结合起来，促进城乡对立逐渐消灭”。列宁也指出：“如果城市必然使自己处于特权地位、使乡村处于从属的、不发达的、无助的、闭塞的状态，那么，只有农村居民流入城市，只有农业人口和非农业人口混合和融合起来，才能使农村居民摆脱孤立无援的地位。”

韩金玉似乎有一种预感，觉得老鲁的提议很有现实意义和历史的预见性。因此他转念一想，东风吹，战鼓擂，改革洪流向前推，要用发展的眼光看待一切问题，一切皆有可能，历史是人民创造出来的，思想不能总停留在条条框框上！再说，老鲁是报社的，虽然不是官方委托，但身份在那呢，既然他与农家子弟祖峰脉非亲非故，却大胆提出了请求，说明祖峰脉这小伙子确实优秀。那天见了祖峰脉，也确实是个可塑之才。面对优秀的新闻宣传、文艺人才，能尽一份力也是职责所在，也算做了一件善事，好事。另外——县里建设第二亚麻厂所涉及的被占用耕地的九户农民进城一事，惠民南百里之外的三道县为优秀“二人转”演艺人员破格“农转非”的事，以及市里主管文教卫生的副市长提出为优秀的菜农写作者办城里户口的事，等等，现实有需求，为什么就不能突破呢？这些鲜活的范例，都可以写进推荐祖峰脉户口、粮食关系进城的报告里借鉴……大胆放宽眼界望，顺应时代潮流想，追逐改革步伐行，打破城乡歧视、不拘一格降人才……“再说——”韩金玉心里想，“指不定这个捅破天的壮举，也会成为惠民县破解城乡禁锢难题的一把钥匙……”

“不过……”考虑问题经常热血沸腾的韩金玉，多年的工作经验使他总是能在沸腾之后给自己降温，“尽人事，听天命吧！”

接下来，韩金玉把祖峰脉本人写的申请小心地改了又改，在老鲁来惠民之前，亲自报给了文县长。他想领导同意见呢，就见，领导不同意呢，他也努力了，毕竟“农转非”这种原则性、政策性很强的事，最好别将领导搞被动喽，领导被动了自己也就被动了。

文清明县长知道这个情况后，却表现得很开明，这使韩金玉有些措手不及。“文县您这是不拘一格降人才啊！”

“经济要发展，文化更要繁荣，都要靠人才，没有人才，全是一句空话！”

“那见一下？”

“为什么不见？报社和电视台都是重要的宣传窗口，不好怠慢，也不能怠慢！”

会谈进行了两个小时。

文清明首先介绍了惠民这两年经济疲软，一面内部挖潜、增收节支，一面发展经济的经验，着重介绍了麻纺厂生产出四十二支纱，产品出口热销的喜讯。鲁振铎和顾云辅听了，现场给惠民设计了一套宣传方案，包括出版一部报告文学集，拍电视剧都提出来了，说得文清明和韩金玉二人热血沸腾。文清明甚至对韩金玉说：“经济越是滑坡，越是要鼓舞干劲，文艺宣传作用越要发挥好！”

最后，鲁振铎说：“文县，峰脉呢，是个人才，以后惠民搞宣传，你们可以用一用！”

见鲁振铎点到了正题，文清明瘦削的脸庞上一双炯炯有神的大眼睛，抬头看了一眼对面沙发上坐的韩金玉，回头对鲁、顾二人说：“这个情况老韩也跟我详细介绍了，祖峰脉这个小伙子，确实是个难得的人才！一个初中毕业生，不到二十岁就一个人闯荡进城里来，学知识，练本领，搞文学，很有远大抱负，惠民的青年如果多一些祖峰脉，各项改革事业就大有希望了。感谢你们为惠民培养人才，推荐人才，实际情况也说明，惠民确实需要这样的人才！”

文清明这一番表态，使鲁振铎、顾云辅深受鼓舞。

顾云辅接上说：“看一个县的发展，经济是一个方面，文化也是很重要的标志。物质生活提高了，精神生活也要跟上，相互促进，相互发展，相得益彰。刚才听了文县的一番话，感觉距离惠民经济大发展、文化大繁荣的春天不远了。”

见火候差不多了，鲁振铎急忙接上说：“小祖还处了一个农行的对象，女孩是他文化馆写作班的同学，也是才女，诗歌还在全市获了二等奖！”

“文坛佳话，郎才女貌啊！”韩金玉接上说。

“是吗？小祖真是个出类拔萃的人才，银行姑娘都相中了。看来打开城乡融合的大门，作为精神产品的文学文化又引领历史潮头了！”文清明笑说。

顾云辅给鲁振铎使个眼色，鲁振铎接上说，“只是，”鲁振铎扭头认真地看着文清明，“只是小祖没户口没工作，生活上有些困难，如果方便，给考虑考虑。”

气氛一下变得凝重起来。

文清明看了一眼韩金玉，思忖一下说：“是这样，‘农转非’这个事情呢政策性很强，公安部门要向上面申请批指标，确实有一定难度。”

“可不是，难度挺大。”韩金玉附和道。

“今年县里准备建设一个第二亚麻厂，涉及占地，九户农民失地后，县里考虑户口也进城安置，”说到这儿，文清明好像意识到了什么，对韩金玉说：“那样，老韩，你以宣传部名义报一个正式申请，政府常务会议统一研究一下！”

听了文清明的表态，鲁振铎、顾云辅的脸上瞬间露出了笑容。就连一直很紧张的韩金玉，面孔上也一下溢满了红晕。鲁振铎、顾云辅连声感谢县长开明。文清明起身穿上风衣说：“我要代表惠民县政府感谢你们，不辞辛苦，远道而来，风尘仆仆为我们推荐人才，为我们的文化事业考虑，我回去处理一下公务，晚上我陪二位吃晚餐！”

经常出入惠民宾馆的、那辆人人都很熟悉的酱色213长厢北京吉普，缓缓开出了秋叶掩映的宾馆大门。宾馆工作人员司空见惯了，但他们不知道的是，与以往的公务不同，今天酱色213载着县领导与新闻部门的领导，要共同办一件惠民历史上从未发生过的事。

祖峰脉听到这个消息的时候，激动得几乎一夜没合眼。

陪同客人的巴银已经知道了这个他一直牵肠挂肚的消息。而祖峰脉现在还想将这个即将改变自己命运的消息告诉许多人，比如父母家人、春丽姐、马秋生……但他认为这些同样为自己的前程命运牵肠挂肚的人现在还不能告诉，毕竟自己“农转非”的事只是一个意向，一天不落地，一天不作数。但是——有一个人他觉得必须第一时间告诉。那么在祖峰脉的情感世界里，谁会有这个资格呢？这个人当然是林红霞！殊不知——这一段日子，林红霞正为处一个农村对象的事情烦恼着呢！

林红霞有一位要好的文友，叫薛厚林。薛厚林是老林镇税务所的所长，人过中年，爱好文学。因为女儿白血病过世，精神始终提振不起来。薛厚林与林红霞在文化馆的诗会上相识后，感觉林红霞的气质有女儿的影子，便经常跑到林红霞的农行储蓄所办业务。林红霞很是感激薛厚林对自己储蓄任务完成上的帮助。这天正是林红霞当班，午后炎热，大厅没几个人。薛厚林办完业务后，就与林红霞站大厅一角聊天。

“红霞，我看你怎么有些憔悴？”

“有吗？薛老师……”

“别客气，需要我帮忙的尽管说……”

“薛老师您客气了，总给存储蓄，已经很感激了……”

“那我可就直说了，你是不是与祖峰脉谈对象了？”

林红霞脸一红，低头说：“消息不准呢薛老师……”

“惠民文学界就这么大一个圈，文化馆艺校创作班就聚了一堆！”

“谢谢薛老师关注，八下没一撇的事……”

过了十几日，又是一个午后，薛厚林骑摩托车来到林红霞的单位，叫出红霞说：“红霞，我去向阳乡打听了，向阳乡靠山村老祖家的门风挺好，小祖的口碑也不错！”

听了薛厚林的话，林红霞的脸色顿时红成了一片夕霞。

“虽然你们俩身份差别挺大，但志同道合的，也难求啊……”

“谢谢薛老师，您看您这么上心，还特意跑一趟！”

“没关系，老林镇离向阳乡十多里地，那一带我熟人多，我不帮你问谁去帮你问？男女婚姻一辈子的大事，还是要考虑周全些！”

其实，薛厚林不知道，林红霞的二伯林先兵前一段时间从铁岭来惠民了。林先兵是抗美援朝的英雄，在铁岭民政局长的位置上，享受副师级待遇。这次来惠民省亲，只住了三天。一天祭奠祖坟，一天在弟弟林先民家招待老亲少友，一天专门在他下榻的惠民宾馆约见了祖峰脉。临离开惠民前，林先兵特意来到林红霞的闺房，坐炕沿上对侄女说：“小祖人不错，看上去很朴实，待人接物也有礼数。按理说咱们林家也不是什么高门显贵，找一个这样的小伙子，也不是不行……问题是，你清楚，你父亲把你们一家人从乡下带回城里，坎坎坷坷的，不容易。小祖没户口，没工作，不要说你们俩将来的生活没着落，就你父亲、母亲感受这一关，就难过……我的意思，俗话说男怕找错行，女怕嫁错郎，你要慎重考虑你的婚姻大事，一步错步步错啊！”

一个是敬重的文友，亲自坊间打听，一个是敬重的二伯，亲自相看……关心自己的人一句句实实在在的话，就像窗外的初秋渐渐多起来的雨，阴郁着陷入两难境地的林红霞……

祖峰脉去了林红霞的单位，同事说她休假了。

他第一次去了她家，敲开那扇他夜送红霞时经常光顾的黑院门。

林红霞的母亲身披外罩，开门将他迎进院子，门洞里吹来一股凉爽的、夹带兔腥味的风。十几只洁白如雪的兔子正在仓房墙角笼中玩耍，见有生人来，突然都警觉地竖起耳朵，瞪大眼睛，齐刷刷朝笼外张望。红霞母亲见他先是一愣，微笑了一下，轻声说一句“来了”，便引他进了门。进到外屋，红霞母亲示意一下厨房里侧的小间，说一句“红霞在那屋呢”，然后转身进大屋去了。

林红霞听见有人来，起了身，祖峰脉“当当”两下敲过门，便迫不及待进屋了。林红霞戴上眼镜，镜片后一双红肿的眼睛闪烁着，借小窗户透进的微光，惊恐地望着峰脉。

“你怎么来了？”

林红霞用手磕磕炕沿儿边，示意祖峰脉坐下。林红霞的房间很狭小，一铺最多睡下两个人的小火炕，炕上空还贴墙吊着乳黄色的被橱。

祖峰脉坐下，一把抓住林红霞的手，小声说：“红霞，你怎么不去找我！”

一句话，林红霞的泪水涌了上来。

“好消息，鲁老师来啦！”

“鲁老师干啥来了？”红霞喃喃地问。

“找县领导，给我办户口来了！”

“是吗？！”红霞立刻把眼泪收回去，盯着峰脉问：“咋样？”

“县长答应啦！”

听了这话，林红霞一下扑到峰脉的怀里，身子抖动着抽泣起来……

林红霞喜极而泣。两个月来，善良的红霞不知道暗暗哭了多少次，面对家庭的压力，她多次想过放弃，不敢去见峰脉。她甚至不敢见同事，怕听到他们的风言风语，所以干脆提前休假在家，躲起来。进退两难的时候，峰脉来了，像梦境一样，给她带来了一把打开心锁的钥匙！“快跟我学学，到底怎么回事！”

祖峰脉眼角里挂着泪珠，一五一十向红霞学了一遍事情的经过。学完，二人都开心地笑了。峰脉用手指指墙那边的里屋，小声说：“你爸也在家吧，都没出来见我，你妈还行。”说到这峰脉自己捂嘴笑了，又说：“这回你可以告诉伯父伯母了，省得他们惦记。”

“嗯。”红霞点头答应着，一双手死死地握住峰脉的手，生怕他飞走了似的。

现实中的很多事情有时也像梦。对于祖峰脉而言，县长同意给他办户口一事，也像梦一样演绎着。文清明让韩金玉以县委宣传部的名义，给县政府打报告。祖峰脉看到这份《惠民县委宣传部关于推荐有较高写作能力的我县农村优秀业余作者祖峰脉的报告》，真就像在做梦一样。

县政府：

祖峰脉，我县农村业余作者，现年二十二岁，系向阳乡农民，曾在我县业余艺术学校创作班学习，是唯一的农民学员，并获优秀学员称号。经过几年的刻苦学习，勤奋写作，反映我县麻纺厂、啤酒厂、惠民粮库等企业的重要报告文学，在省市报刊发表，获得省市专业作家、编辑的赞赏和好评，并多次获奖。由此被吸收为江城市作家协会会员。经我们考察，祖峰脉同志能认真学习马列主义和党的方针政策，在写作中坚持四项基本原则，是名有较大培养潜力的青年农民拔尖人才。

鉴于人事部门现行政策，祖峰脉是农民，吃农村粮，有很多单位想录用，但是因上述种种情况，没法录用。根据我们平时考察，祖峰脉确有推荐启用的必要。

目前，宣传、文化、广播等部门都急需有较高业务素质的人才，为此向县政府推荐录用此人，使该同志更好地发挥写作特长和作用。

特此报告。

中共惠民县委宣传部

1989 年 12 月 6 日

按照这个速度，祖峰脉认为年末前户口就能办下来。身份进了城，开饭店欠下的债他认为也就不是什么了不起的事情了，到时候会一片云彩全散。取暖期来临前，林红霞甚至帮助他租住了她家前院的房子——说不定，那很快会成为他们结婚的新房呢！

然而，就像街上的一阵风，吹过脸颊之后消失得无影无踪——快年末了，祖峰脉办进城户口的事情一点儿动静也没有。

祖峰脉身上背着债务，口袋里空空如也，生活又陷入难以为继的境地了。

“不行先去星光五交化商店干点啥？”巴银习惯地为学生的处境忧心忡忡。

“只能如此了，先解决吃饭问题吧……”祖峰脉想。

第三十六章

100

尚未到年末集中调整干部的关口，惠民县委书记张立国因为身体原因，主动提出来不适合继续留在一线工作。省委考虑了他的实际情况，安排他到省委政研室一个相对清闲的岗位任职。同时，决定由县长文清明暂时代理惠民县委书记。

这是一个信号，不出意外，文清明将担任惠民“一把手”。

这对于乡下青年祖峰脉而言，当然是一个利好消息。

鲁振铎和顾云辅走后，祖峰脉见过两次文清明。

一次是韩金玉授意的。“人怕见面，树怕扒皮，你找机会见见文县，当面汇报汇报你的情况。”祖峰脉由县委通讯组长杜彦斌带着，去部长办公室感谢韩金玉，韩金玉建议乡下青年。韩金玉有自己的考虑。“农转非”这事太大，别看文县长表态好，能办到什么程度还是未知数。建议当事人主动见县长，一个是礼节，使县长对这个农村小伙子有一个直观的印象；二个是减轻自身压力，自己别大包大揽的，办不成没法向报社、电视台领导交代。

祖峰脉第一次见县长，颇费周折。

政府办有一个秘书班子。政府二楼西侧里面第一间“201”室是县长办公室，依次下来是几位副县长和政府办主任办公的地方。东侧是政府办几位副主任和综合科几个秘书的一间大办公室。文县长的秘书姓廖，廖秘书大学中文系毕业，才华横溢，人也谦和，每见峰脉均有说有笑，让茶让座，并答应瞄准县长有时间，就领他去见。可是一连四天，廖秘书也没寻到机会。祖峰脉很尴尬。开始，廖秘书安排他坐沙发上，看其他几位秘书接打电话、起草文件、迎客送客，忙里忙外的，加之听说他是农村的优秀写作人才，都是要笔杆子的，大家对他很热情。可几天过去了，热乎劲儿渐渐也过去了。廖秘书说："别急，年末，一摊子事儿等大县长处理，还有县委那边，也够他一个人忙的。"他回东楼三楼的宣传部通讯组，杜彦彬组长笑呵呵地说："廖秘书人好，说话不打诳语，这几天不是来几个记者吗，我每天去宾馆，几乎都能看见文县在陪客人！一拨一拨的，确实忙！不过你也不能放松，放松了没人给你当回事儿！"

周五下午，他又到秘书科"上班"。这次，终于见到了文清明。

文清明很高兴，亲自给他倒茶，递烟，又挨他坐沙发上，问寒问暖，问一些家庭、生活和写作情况。

祖峰脉浑身冒汗，这才意识到：自己一个农村小青年居然见到一县之长了！他心头不由得瞬间涌上来一股无上荣耀的暖流。

他想流泪。但不能。他想把四年来的苦楚，一股脑儿倾诉给县长听，但更不能。因为他觉得自己见到县长应该冷静，毕竟"农转非"这么大的事横在面前，还不是回忆苦楚、倾倒苦水的时候。

反倒是文绉绉的文县长，介绍了自己一些成长的故事，如何从一名六十年代的大学生，被省委组织部下派到惠民锻炼，从基层乡镇干起，一步一步干到县长的位置，以及几十年如何风雨无阻，风雨无悔的。

文清明是知识分子下派锻炼后成长起来的干部。见到有才华、有志向的青年，就喜欢得经常忘记身份。他是想以自己年轻时的经历，鼓励一番眼前这位正经受磨砺、也被看好的乡下青年。现在，祖峰脉被文县长的一番话感动得泪花闪烁了。一县之长啊，居然对自己一个农村小青年掏了心窝子。他忽然发现，原来一县之长也不容易，人们都不容易，都在自己所处的环境中受着煎熬……

两个人谈得很投机，甚至没来得及提办户口的事儿，廖秘书就过来请文县长去宾馆陪客人了。

深秋的冷风刮起来了。

正是晚下班点，惠民政府大院、街道，到处是步行、骑车子匆匆往家赶的人。夹杂其间，乡下青年心里热乎乎的，他甚至想到：自己的事儿实在太小了，就是有时间，感觉自己也不好意思向文县长提出来。能见到县长一面，他认为办户口的事，其实就向前迈了一步。

祖峰脉第二次见到文清明，是因为鲁振铎来的一封信，信中说：

峰脉：

十多天前，我给文清明去过一封信，主要又叮嘱一下你工作的问题，同时也说了一件事，这件事是上次去惠民宾馆和他谈的，不久前我去哈尔滨出版社定下来了，就是为惠民出一本书。至今没见文清明回信来。昨天出版社来电话问落实怎样，我没有办法答复。

接信后，你去找一次文清明，不说及你的事，专问我去信问过的出书一事他们意下如何，说出版社来电话问鲁老师了，看他如何答复。如果他们无意也就作罢，这事可不能强求。

出版社已经当一回事，我这蜡是坐不得的，如果县里不同意出书，你就去麻纺厂一趟和万有金谈谈，就谈你能联系出版社给他们出一本书，把工厂的方方面面都写进去，就说我可以为他们组一个写作班子，在过去已经发表的报告文学的基础上，把应该写的都写进去（大约二十万字左右）。这件事你办一下，别让我在出版社方面失言。

见信速办。然后来信告我，我12月中旬去哈，我去前要接到你的信。

敬礼

鲁振铎

1989年12月11日

接到鲁振铎的亲笔信没几天，祖峰脉又接到鲁振铎转来的出版社的信：

惠民县政府：

我社同意将反映惠民生活的报告文学集《塞北雄风》（暂定名）列入1990年出版计划。按照惯例，这类图书采用赞助出版形式，预计费用不会超过三万元。我们将尽力降低成本，精打细算。此书将通过新华书店向全国征订，但主要还是请县里协助发行。具体事宜，请与我社一编室主任马耕同志联系。

敬礼

北风文艺出版社

1989年12月2日

祖峰脉带着这两封沉甸甸的信，再次被廖秘书领进了文清明的办公室。

文清明大致看了信，坐到沙发上，微笑着对峰脉说，鲁老师来信他收到了，年末事多，没来得及回，他让峰脉代话，向鲁老师解释，并强调说惠民对出书一事很重视，会安排宣传部门抓好落实。

祖峰脉正襟危坐，巴望着县长大人能提提他进城的事。谁知，文清明话锋一转道：“小祖你说，什么叫魄力？他们居然说我没魄力！”

县长此话一出口，乡下青年的内心抖动了一下。看来，县长真不容易，居然把自己当作倾诉对象了！

听完，祖峰脉大体明白了。自从张立国调走，关于县委书记人选，坊间传闻颇多。有的说文清明接，有的说外调，理由是，立国书记曾在某个场合议论过：“老文一介书生，缺乏点魄力！”

老书记人走茶凉，有影没影的话均复活起来，摇曳多姿，横生枝节，长腿似的变成了讨好新领导的资本。临近年末干部考核，文清明本想顺理成章去掉“代理”二字，甩开膀子大干一番，殊不知，树欲静而风不止。

都不容易。从县长办出来，祖峰脉思绪难平。此刻他有些失落，又有些自豪。失落的是，出书、办户口两件事均悬而未决，鲁老师的信里又交代办户口的事不让逼得太紧，不让对文县提，文县居然也没提，这使他心里很没底。正当思绪走入死胡同的时候，像上次见文清明时一样的感觉又爬上了他的心头——黑暗中突然闪亮一丝微光，他再次为自己自豪起来：一县之长很重视自己，居然与自己一个农村小青年交心！

这么一想，祖峰脉很快又轻松起来。他甚至想，即使有朝一日自己被打回原形，回到鹅头山下那个巴掌大的地方去，今天的场景也会成为自己一生的骄傲……看来，人这一辈子没有白白的努力，努力了就会遇见不一样的风景！

还没走出政府大院，乡村青年失落的情绪就一扫而光了。他又想，看来文学、报社、出版社……这些个与精神生活有关的东西，已经能够帮助自己站在更高一些的层次上，思考一些问题、看待一些问题了。自己世俗的身份虽然卑微，但在精神世界里，显然高出了一般……

心头打开一扇窗，释怀的祖峰脉脑海里的思绪像天空一闪而过的小鸟，开始自由飞翔起来……想着想着，他突然诞生一个新想法——如果县里的书不出，自己可不可以出版一部报告文学集？家里那张破桌子上，还放着鲁老师组织出版“话说江城系列丛书”的信函呢！

“小祖啊，你跟鲁振铎老师解释解释，《塞北雄风》暂时恐怕还不行，只能等县委班子调整完。”

这一天，杜彦彬领着祖峰脉从韩金玉办公室出来，回到走廊北侧通讯组的办公室，带上门，没等祖峰脉开口，彦彬先说：“你还不知道，传说要外派一个县委书记来，这节骨眼儿上，领导哪还有心思出书啊！再说，出一本书需要几万块，目前这种势态刻意宣传，也不是文县行事的风格！”

杜彦彬戴一副眼镜，瘦高挑，说话文声文气，办事勤勉，细致，峰脉与他早没了距离感。

“哦，明白了，这一情况我抓紧反馈给鲁老师！”

“对，客观说，鲁老师会理解的！”

从宣传部的三楼下来，祖峰脉深深吁了一口气。

前几天下的第一场雪，一丁点儿痕迹没留下。县政府大院铁栅栏旁的一圈柳树落光了叶子，毫无生机地垂立着，寒风扫过，簌簌抖动，风打在脸上，使人兀自涌起一股萧瑟之感。政府院里行色匆匆的工作人员都在为一年的结束、新一年的开始忙碌着。

过了元旦、春节，这个世界又会是什么样子呢？自己的城镇户口问题，会不会因为县委班子的调整而成为泡影呢？困扰祖峰脉的生活问题又悄然浮上他的心头。他想，住处虽已搬到红霞家的前院，但自己总不能大咧咧地去红霞家吃吃喝喝吧？身份不进城，别说红霞家人接不接受，就连自己，也过不去那道坎，不能随随便便走进那个与自己的关系，其实还远远没确定下来的黑院门儿……

101

“要我说，你还是先度命吧！”

见徒弟羽翼渐丰，但一时还飞翔不起来，巴银既难过，又积极参谋。这几年，师徒二人一路相伴，就是这么曲曲折折走过来的。不过巴银今非昔比，《惠民文艺报》开辟报告文学专栏，不仅给文化馆创了收，报纸在社会上的影响，已是隔门缝吹喇叭——名声在外。

如今见祖峰脉的生活又陷入困境，他建议道：

“上次我说过一次，我介绍你到星光五交化商店去上班，经理王为峰是我朋友，一句话的事！”

走投无路的峰脉当然愿意接受老师的好意。

星光五金交电化工商店坐落在惠民城的西大街路北。这几年，依靠经营彩电、冰箱这些个新鲜玩意儿，加之经理王为峰灵活的经营手段，在惠民五交化行业，渐渐发展为排头兵。这里面有一个鲜为人知的诀窍，经理王为峰有效地利用了惠民有限的宣传资源，广播、电视、报纸，大肆开展广告业务。每有新产品进店，他就组织宣传团队，跑电台、电视台做广告，在《惠民文艺报》上刊登消息，不惜重金，对外宣传经营亮点，吸引城乡居民的眼球。他还别出心裁，搞起了“有奖销售”。早晨开门营业，商店门前就聚满了人，买货抓奖。门前的长条桌上，连续摆放几个写着“有奖销售”的红箱子。商店的橱窗上，墙体上，随处贴着“有奖销售”商品的清单，游戏规则一目了然。刚刚富裕起来的人们，觉得不到这里买上几样商品，抓上几次奖，碰碰运气，俨然错过了金山。因此商店门前，总是挤满人，喇叭广告声，排队购物、抓奖的嘈杂声，把商店的生意捧闹得红红火火。

祖峰脉和师范进修毕业后赋闲在家，一时找不到稳定工作，又想做生意的朱志辉，同时被巴银介绍到了星光五金交电化工商店上班。

王为峰经理安排他们的第一个岗位是“站栏柜”。

两个人都感觉很新鲜，他们每天上班，先与其他几个店员一同将横竖几十米的店面打扫干净，把自己所负责销售的商品——初来乍到，他们还只能卖一些小商品，什么小猫小狗之类的装饰品、工艺品，擦拭干净，摆放整齐，在自己负责的柜台前守株待兔，向顾客介绍商品，兑现奖品。一天下来，清点货款，做到账实相符，钱货相当，就顺利完成了一天分内的工作。晚上没事，两个人随便找一家小店吃一口，回来就蹲在狭小的值班室里，在十二寸的黑白电视上打游戏。“小蜜蜂”“魂斗罗”是他们的最爱，有时不过关，不过瘾，就决战通宵。

见巴银介绍来的两个文学青年靠谱能干，商店小商品缺货了，王为峰还安排他俩跑哈尔滨，去透笼街批发市场选货、进货，然后统一打包，送上零担车运回来。晚了，二人就在透笼街市场找一家便宜些的小旅馆住一夜，听南来北往同宿的人讲“生意经”、演出“走穴”等一些天下奇事。第二天，再乘客车返回惠民。有时货物积压，王为峰又指派二人肩上搭个包裹，随客车下乡赶集，风里雪里的，跑到几十里外的乡镇去摆地摊儿。

忙到年根儿，商店给雇员开了薪水，发了奖金，便放春节假。祖峰脉与林红霞打了招呼，将出租房关门落锁，也匆匆回乡下过年。见二儿子有了新的落脚之地，又买回来丰厚的新年礼物，祖大消停和老伴儿在家苦熬着的心瞬间得到了不小的慰藉。因为那不单单是水果和衣物，说明峰脉在街里活得还可以。

猫冬后，祖峰良又去贩卖冰棍儿，晚上回来见了二哥，乐得合不拢嘴，一张下田干活晒黑的大脸已经恢复了白嫩，满面红光地试穿二哥给买的新外套。祖峰顶、李俊英两口子来信说，春节是捡破烂的好时机，过年不回来，开春天暖和了把女儿小雪也接走。祖峰脉进屋时，小侄女正扶炕沿蹒跚学步，祖峰脉见了，泪花闪烁，抱起来稀罕，又给了苹果。血浓于水，小雪与二叔很快混熟了，不管三七二十一，用一双细皮嫩肉的小手捧着苹果就啃……

又看过奶奶、叔叔、婶婶，堂弟、堂妹们，在家欢欢喜喜过个年，正月初七，祖峰脉返回城里上班的第一天，王为峰就交给他和朱志辉一个新任务：写广告词。

对于惠民大才子巴银的两个得意门生，写广告词如鱼得水。一天工夫，广告词就诞生了。

星光五交化商店二楼里屋的经理室不大，外屋是台球厅，堆满了货物。瘦削精干的王为峰坐老板椅上，一手掐烟卷，一手拿广告词，用小眼睛溜了一遍，将烟雾袅袅的红塔山烟蒂，摁灭在烟灰缸里，说：“不愧是文豪，这广告词儿写的，惠民第一！”

当天下午，王为峰请来电视台的录像记者关晓波，屋里屋外，楼上楼下，忙活一个下午，将整个商品录了一遍，用作剪辑广告片。

当晚，王经理在附近的聚贤阁饭店安排了答谢晚宴，一并邀请电视台女播音员汪小菲到席。

汪小菲的到来，使祖峰脉和朱志辉有些紧张。这是毋庸置疑的。电视台是多么高大上的地方，惠民县开播电视节目不过四五年的光景，万里挑一遴选出来的第一代男女主播，每晚中央台新闻联播之后，二位主播准时出镜，播报二十分钟的惠民新闻，将一日里惠民发生的要事、大事、奇事，通过荧屏传遍惠民大地。那可是家喻户晓的人物！在惠民县所有人的眼里、心里，电视台的女播音员，不仅是优秀青年，也是公认的第一美女。

倒是汪小菲，有说有笑，不时逗得桌上人连连发笑。

“这位就是大名鼎鼎的祖峰脉啊！”

“不敢！不敢！”

“大作家！久闻大名呦！”

说话间，穿一件粉毛衣、本来没喝酒的汪小菲，特意斟上半杯红酒，起身来到峰脉面前，碰杯饮了。回头又不失礼仪地与志辉意思一口，就回到座位上去了。

汪小菲这一举动，使祖峰脉越发紧张了。来不及回味汪小菲秀发上留下来的他从未闻到过的美妙的香水味儿，便偷偷观察王为峰的脸色。王为峰略有冷意，但瞬间露出笑容说：“怎么样本家妹妹，我们公司的两位大文豪档次够吧？”王、汪本是两姓，王为峰却以谐音为由，称呼汪小菲为本家妹妹。

不等汪小菲应话，录像记者关晓波抢答说：“那还用说，祖老弟可是惠民名人，文县都高看一眼！”

祖峰脉听了，如坐针毡，立即起身举杯说：“哪里哪里……要不是王经理收留我，我还不知道去哪里吃饭呢！请多关照，请多关照，我敬大家！”

饭毕，王为峰差峰脉和志辉二人随记者们一同去西侧不远的电视台加班做广告片。汪小菲与王经理握手言别，也不问大家的意见，一屁股坐上祖峰脉的自行车，哈哈笑着对大家说：“我跟大作家走啦！”

正月里的惠民，夜晚的街头依然寒冷。车流稀落，行人不多。祖峰脉驮着汪小菲，一边用力蹬车子，一边回答汪小菲“查户口”式的问题，先是贴身的后背出了汗，再后来，脑门也沁出了汗珠子……

熬过了漫长的冬季，在一片期盼、希冀的气氛中，历史的车轮像一位不愿被打扰的老人，不声不响地跨入了二十世纪九十年代的第一个春天。惠民，这个以盛产大豆、小麦、玉米、亚麻、马铃薯而闻名的“黑土地上的珍珠”，冒进发展遗留下来的一系列问题，经过两年的调整，元气渐渐得到恢复。这其中，惠民代理县委书记、县长文清明主导的“麻经济”，力挽狂澜，发挥了至关重要的作用。

发展是硬道理。在发展中解决问题，逐渐成为共识。

惠民的备春耕生产，早一些布置了下去，并抽调机关各农口干部、专家，深入乡镇、村屯、田间地头，指导农民种植亚麻。扩大亚麻种植面积，再次成为文清明新年伊始的重头戏。

正当备春耕的浪潮席卷鹅头山麓的时候，星光五交化商店因节后淡季，货物积压，加之家族式企业的通病——指挥系统失灵，内管层级混乱，导致各自为政、中饱私囊的现象时常发生。商店出现了流动资金紧张，开不出工资的局面。

趁王为峰去南方厂家洽谈商品退货、订货的时机，商店甚至出现了私分家用电器的行为。

“不分白不分，顶工资奖金，省得退货啦！”

“对！要不哪天商店黄了，咱们一分钱也捞不着！”

王为峰的两个大舅子带头发难，以开春粉刷墙壁、货物无处存放为由，相继将一些新彩电、冰箱拉回了家里。

“我们怎么办？”朱志辉与祖峰脉商量。

祖峰脉的零花钱早就花光了，吃饭只能啃老家带来的萝卜、白菜。

“怎么办我们也不能乱往家搬东西，那也太不仗义了！”

“我回家吃饭不愁，你不开工资怎么办？不行去我家吃吧！”

“还等啥呀，王经理出门半个月了一点信儿没有，没钱开支我们一家老小喝西北风去啊！正好乡下一个亲属要买彩电，我给他搬回去！”

下班，负责家电管库的傻大个儿张三，一边往外搬彩电，一边大嗓门嚷嚷着。

见管库经理都往家搬东西，商店其他六七个雇员纷纷效仿，也找借口往家倒腾电器，张三只管记账，并不阻拦。

柜台里，志辉悄悄对峰脉说：“还等啊，俩月工资加奖金，一百多块，要打水漂了！”

趁乱，二人各选了一台剩下的洗衣机，大抵合上了欠薪，也分别雇毛驴车拉回了家。

“谁带的头？”

三天之后，王为峰靠一张三寸不烂之舌，与厂家谈好了积压商品或退货，或打折降价的协议，又订购一批新款电器回来了。

在二楼经理室，站着的，坐着的，挤满了部门经理、员工十几号人。

“商店刷墙没地儿放，我们拉回去存起来！”

两个大舅哥狡辩。

“我……我那一台彩电是给农村亲属买的，一会儿钱就送过来！”

张三结结巴巴也递上了报单。

王为峰回头看看沙发上一站一坐的两个文学青年，问：“你们俩咋回事？”见二人半天不吭声，王为峰突然厉声道：“大名鼎鼎的巴银老师是这么教徒弟的吗？想干什么？光天化日抢啊？抓紧给我拉回来！”

祖峰脉和朱志辉，你看我，我看你，想辩解说前有车，后有辙，但大家都在场，无法开口。末了，低头认错，乖乖雇了毛驴车，又将洗衣机拉了回来。两天后，结清欠薪，王为峰以淡季减少用工为由辞退了二人。

第三十七章

102

天暗下来了。

还没出正月，下午四点多钟，前方的城郊村远远望去，就能见到星星点点的灯火了。

一个农村模样的年轻人，身穿棉袄、棉裤，戴着狗皮帽子，背着麻袋，鼓鼓囊囊的，里面塞满了衣服行李，从火车站的人丛里钻出来，一个人径直朝火车站东南一些的方向走去。他穿过一片菜地，天越发黑了。

"你说的城郊村嘛，叫文官屯上岗子五队，离这儿还有个四五里地！"

他向一个赶驴车的老板问路。毛驴车拉一车雪地里捡来的喂鸡喂猪的白菜帮子，忽闪忽闪离去，轧实的雪路上留下了"嗒嗒嗒嗒"的驴蹄子声，卷进黄昏，传向很远的夜空里。他本想求毛驴车带他一段路，可前年上山拉木头，母亲就曾告诫过他，出门在外啥人都有，见陌生人躲远点。他也分不清哪些人是好人，哪些人是坏人，只好都躲得远远的。坐了一天一夜的火车，他几乎没跟陌生人说一句话，上厕所都将麻袋拎上。

他今年才十九虚岁，还是第一次出这么远的门。天越来越黑了。进了城郊村，村子实在太大了，他一路打听，一路走，驴叫、狗吠都听不见了，他还没找到要去的地方。

他转向了。

已是晚上十点多，他又饿又冷，喘着粗气，眉毛、腮下的几根胡须都挂霜了。实在走不动了，他把麻袋从肩上放下来，坐在上面歇气儿。他抬起头向四周撒摸，除几十米外的一家临街食杂店，忽闪着微弱的灯光，其他积雪的地方已经灰蒙蒙一片了。见此情景，他的眼泪一下涌出来了。

阴森森的夜色使人局促不安，何况第一次出省的祖峰良呢？

祖峰良刚刚镇静一些，远处过来一个打手电筒的。

“谁？”

暗夜里，他分明将打手电筒的人给吓着了。

他听声音很熟悉，站起来，借手电光仔细一瞧，顿时惊叫起来：“哎呀，大哥，我是峰良！”

“哎呀妈呀，三弟啊，你啥时候来的呀，咋一个人在这儿呢！”

祖峰良一把抱住峰顶的肩头，哇哇哭起来。“大哥呀，我可找到你了……”

祖峰顶也跟着哭起来，“三弟啊，你来咋不先给大哥写封信呢，我好去车站接你啊！这要不是我去食杂店买烟，你说你啥时候能找到大哥家啊……这冰天雪地的，还不得把你冻死在外面啊！”

“写啥信呢！娘都不让我来，我是硬出来的……”

兄弟俩意外见面，又惊又喜，喜极而泣。祖峰顶跑到食杂店买了烟，又要了一些吃食，回头扛起麻袋，拽住祖峰良的手，相拥着穿过一条街道，很快到了峰顶和媳妇李俊英租下的住处——棚户区里一小间低矮的民房……

祖峰良走后，崔学英在家哭了三天三夜，哭得死去活来，眼泡肿得跟桃似的。老疙瘩心头肉啊，祖大消停一边唉声叹气，一边无奈地劝老伴儿：“闺女要浪，小子要闯，不经历经历世面，将来咋挺房梁过日子嘛！”

其实祖大消停也不想让峰良走。老大在沈阳，老二在惠民，老疙瘩留在家里伺候地儿，将来找一个好闺女，成个家，他也就实现了俗话常说的“老儿子娶媳妇大事完毕”的夙愿了。可是，家里的地出不了几个钱，老二的事儿又迟迟定不下来，老大来信又说沈阳捡破烂挣着钱了，峰良的一直不死心，庄稼刚收拾完，就成天价张罗去沈阳，不是他和老伴儿别着，恐怕年都不能在家过。

现在，祖峰顶用挣下的钱给祖峰良也买了一台二手“倒骑驴”，每天起早贪黑捡破烂。沈阳的这个城郊村属于二道河子区，经济快速发展，一批批小工厂、小作坊拔地而起，大量的废品废料都用汽车运到郊外指定的垃圾场。每日，天蒙蒙亮，垃圾场就乌泱泱围满外乡来淘金的“破烂王”。

“哗！……哗！……”随着汽车翻斗瞬间的倾泻，人群“哄”地涌上来，个个手里拎个炉钩子，在新垃圾堆上翻找。“乒乓！”“叮当！”“哗啦！”……一块铁疙瘩，一片废塑料，一个破纸箱子……都成了疯抢的宝贝。一个上午下来，几乎人人满载而归，然后陆续送到村头的废品站，都能卖上个十块二十块的。有时幸运，摸到了废铜烂铁，卖上个三十五十的也不是什么新鲜事儿。

显然，这些城里人废弃的东西，却成为外乡人眼里的金山、银山，希望、梦想，成为他们撇家舍业、跳出田园、打乱原本固有生活的理由和安慰。并且，不论心窝子里的阵痛或长或短，或多或少，或强或弱，都一直存在着，迷茫着，追求着，因为现实是，顺垄沟找豆包，挣钱实在太慢了……

起初不愿去，去了惦记家和孩子的祖峰顶，刚去不久时给祖峰脉来过一封信：

峰脉弟你好——（：）

你身体健康吧，管（馆）的工作很忙吧。

我离开家已净（经）两个月，我起身那天是3月13号，14号到沈阳文官下的火车，到这里17号上午在沈阳市沙河子，卖（买）了倒骑驴划（花）了二百七十元钱，21号开持（始）捡破烂，一天四五元钱，时（实）在捡不下去，后来在菜队干了几天活，我五元钱一天，你嫂子四元钱一天，我在食堂吃一天两元五角钱，进（近）两天又捡破烂，我想回来也不行，回到家里吃的也没有，先好坏在这对富（付）一年了，来年再说，可好，住房不划（花）钱，住韩姨家里的房，在韩姨家房后，准备盖一间房子，能划（花）一百五十元钱，砖自已捡。卖（买）了一台（辆）自行车，划（花）七十元。我准备7月25日前后回来，把相片给我由（邮）来，不知你有怎么（什么）事，有事给来信，来信请由（邮）：沈阳市于洪区陵东乡西窑五队李福转祖峰顶，别的不写了。

此致

敬礼

哥峰顶写

1988年5月15日晚

祖峰顶两口子踉踉跄跄铺好了路，而后撵去的祖峰良瞬间也被一个崭新的世界给粘住了。

与峰良年龄相仿的一个外乡姑娘，顾不上矜持，每天穿得破破烂烂，与老爷们儿一起出现在垃圾场，疯抢一个点儿。

“祖老美，我请你看电影去！”

这天祖峰良卖完货回来，早一步卖完货，已经回家洗漱利索，换一身鲜艳衣服的姑娘在路口堵住了他。

祖峰良回头一看，居然没认出来路边站的姑娘。这哪是捡废品的姑娘，分明是一位画上的美女！

“看电影？这……这……”

祖峰良紧张得有些结巴。

“这什么这！看场电影能咋地？我还能把你吃喽！”姑娘一手扶着车把，一手叉腰，继续一脸桃花地笑说：“能不能去，痛快的，十几里地儿的事儿，区上的电影院！”

看左右有路人，“倒骑驴”旁的峰良早羞得满脸通红。半晌，他手挠脑袋说：“我得回家跟我大哥说一声……”

“拉倒吧！看你那蔫巴样，我自己去啦！”说完，姑娘一扬腿，跨上车子，一溜烟儿跑了。

后来祖峰良知道姑娘姓柳。柳姑娘常常与他一起捡破烂，有说有笑的，喜欢他，倒也减轻了峰良的一些思乡之情。

祖峰脉惦记远赴沈阳打工的同胞兄弟，给他们写信问情况。祖峰良给祖峰脉回信说：

二哥：

一晃儿我来沈阳已两月有余，没有给你写信，在此表示歉意。

我这里很好。我和大哥现在还捡破烂，每天能挣十元二十元的，形式（势）大好，挺挣钱的，准备在此干下去，家里的事就有劳二哥料理一下。另外我于数日前给家里写了一封信，已将情况说明。

我们在接到你信时，也接到爸和娘一封亲笔信，爸告诉我们信以（已）收到，爸娘看后都很高兴，让我们不用回去了，安心在沈阳干，到麦秋再回去。

一个月去了花销，我能挣存三百元左右。现在我买了一辆倒骑驴，还存了不少货，也能卖个四百五百的。请不要挂念我们，有事来信，别不多谈，止（至）此停笔。

弟峰良草

1989 年 5 月 6 日

祖峰顶、祖峰良双双离开村子，家里父母种地缺了劳力，还要照顾幼小的侄女，这无形中又给漂泊县城，上不去、下不来的祖峰脉增添了新压力。

103

“打狗还得看主人呢！”

两个学生双双被星光五交化商店炒了鱿鱼，巴银很是气愤，这不仅是没面子的问题，关键是一个街里、一个乡下，两个学生吃饭的饭碗，一起被打掉了。

“不怨王经理，怪我们没经验，不争气！”

在巴银办公室，两个学生一使眼色，不约而同地说：“刚给我们结了工资，如今我们可都是富翁了，请老师下馆子！”

一听这话，巴银脸色好转，继而笑道：“算你们有良心！”

出去撮一顿，祖峰脉抢不过朱志辉，由着他结了账。送完晃悠的巴银，喝点酒脸就红的志辉充满感情地对峰脉说：“我口袋里的钱花光了，回家有饭吃，你一个人街里混，没钱咋活嘛，这些年也不知道你是怎么熬过来的……”

"这些年多亏老师同学帮衬！"

"不过你快熬出头了，到时候县里给你解决了户口、工作，你和红霞再成了家，你可就是惠民响当当的成功人物了，几亿农民大军里，谁能有你这么牛？"

"唉！但愿吧……"

三月的晚风，依旧很冷。

两个青年边走边聊，半小时后，朱志辉送祖峰脉到东北街的出租房，二人酒劲消得差不多了，身子被寒风吹得发抖。峰脉喊志辉进屋坐一会儿，志辉执意要离去。

望着朱志辉很快消失的瘦弱的背影，一股惆怅感涌上祖峰脉的心头。自己进城的事闹得沸沸扬扬，离开星光五交化商店后，下一步，志辉又不知做出什么样的选择，是去母亲的街道办事处待业，还是选择做生意，还是离开惠民，独闯天下？

创作班要好的一些同学，除几个有稳定工作的，女同学们大都面对现实，刘爱玲去一家工厂上班，丁一兰在父亲单位待业，两人与赵淑梅一样，相继结婚嫁人；男同学里，张欢顺从父母意愿去当了兵，罗志中等几个人跟自己一样，还都是无业游民……文学使人狂热，文学使人迷茫啊！

离开星光商店，祖峰脉回了一趟靠山村。如今仨儿子在外风雨飘摇，他要回去安慰一下"留守老人"的忧愁，并参加劳动，尽量减轻一些老人繁重农活的压力。

祖峰脉帮父亲选了种子，买了化肥，待清明过后，麦、麻、大豆随时可以机播下地。他又到东院看望了奶奶、两个叔叔、两个婶婶和一帮叽叽呱呱的堂弟、堂妹，三天后就匆匆跑回了县里。

"时刻不能放松啊！"

他想在这关键时刻，自己更应该积极表现，争取进一步被组织认可和信任。他每天去宣传部打探消息。破格录用的报告打上去几个月了，一点儿消息也没有。他像热锅上的蚂蚁，没事做，就翻阅县委通讯组长杜彦彬的发稿剪报本。杜彦彬把这个剪报本当宝贝，当然也愿意将报上发的"豆腐块"拿给作家看。显摆之余，也不忘推荐报告文学写作对象。彦彬爱惜人才，对峰脉器重，早没了距离感，春节后刚上班，他招待老乡、同学去家里吃饭，还特意叫上了峰脉。

县里刚刚召开过农村工作会议，彦彬说：“峰脉，我觉得今年一些农村典型不错，你可以重点研究研究。”说着，他把一摞会议材料递给了峰脉。峰脉如获至宝，抱回出租房，埋头寻找有价值的线索。

徜徉于通讯组长的发稿剪报本，学习领会了惠民县新一年的农村工作会议精神，一阵阵暖流涌向乡下青年的周身——在他从来没接触过的广阔的信息里，他这名初出茅庐的报告文学写作者，如果说是以敏锐的洞察力，不如说是以强烈的情感和热情，在真切地感受着祖国北疆一个农业大县的改革热度和发展希望……

他不漏蛛丝马迹地寻找。

《江城日报》一条不起眼的消息引起了他的注意：改革年代的“活愚公”。消息上说，鹅头山山北的红旗镇有一个龙胜村，龙胜村有一个七十五岁的老人，多年如一日，治沟造田，栽树造林，控制了水土流失，古稀之年还入了党。在刚刚召开的惠民全县农村工作会议上，专门邀请这个叫古田来的老人做了典型发言。发言材料就夹在杜彦彬借他的一沓子材料里。

“愚公移山”虽是一个神话故事，但持之以恒的奋斗精神，世代相传，激励了许多人！现在，在他租来的斗室里，突然蹦出来一个当代“活愚公”，草根作家像哥伦布发现新大陆一样，立刻意识到了这意味着什么。“这是一个重要的题材，传承古远，励志时代！”他激动得几乎一夜没合眼。第二天，他跑去找杜彦彬：“这么好的典型，仅仅写一篇消息可惜啦！”

杜彦彬早晨上班，刚收拾完办公室坐下来。老通讯组长退休了，通讯组目前靠他一个人，奔波城乡，屋子里的资料堆得破破烂烂的。

彦彬早习惯了峰脉的直截了当，也不矫情，沉思一下说：“你的意思是？”

“好好采写一篇报告文学，推荐给《江城日报》如何？”

杜彦彬眼前一亮，把眼镜摘下来，用镜布擦拭几下，半天抬头说：

“去一趟？”

“对，不然被哪个作家、记者抢先一步，咱们可就被动了！”

“那中，正好明天各乡镇宣传委员都来县里参加宣传工作会议，红旗镇的宣传委员马前进也来，散会我俩搭他车一起去！”

植树造林归口林业部门，善于沟通的彦彬先与林业部门打了招呼，第二天宣传工作会议一结束，就搭马前进的吉普车，带峰脉去了百里外的红旗镇。车到红旗镇天色已晚，只好先住下来。

锄声敲落了晨星。红旗镇党委凌书记用诗样的语言和热情招待了二人采访组。第二天，凌书记起早带车去县里开会，马前进只好截了一辆四轮子，陪二人去了镇东北二十几里路的龙胜村。

古田来的家是一个普通的东北农家院落——两间泥草房和门前用破木头围起来的院子。

几人进屋后，只见没什么家具的土屋子里，小柜上面挂满了奖状，市县乡村，哪个级别颁发的都有。令彦彬和峰脉惊讶的是，古田来两个儿子都是聋哑人，老伴儿走得早，是他一个人拉扯两个儿子长大，治沟造林就是他带领两个哑巴儿子干下的！还有，令二人瞠目结舌的是，六七年光景，一片水土流失的“吞噬沟”，爷儿仨通过搭一个“A”字形的小窝棚，日夜看守，分水引流，植树造林，固本筑基，几年下来，水土流失得到了控制——坡上几百亩用手一攥直渗油的黑土，不仅得到了保护，当政府欲将几千棵树木，归古田来个人所有时，却被生活并不富裕、俩哑巴儿子一房媳妇没娶的古田来拒绝了。乡亲们为此十分不解，背后纷纷议论说古家人“傻冒烟了！”

谈到这个话题，弯腰驼背的老人操着大嗓门说：“我是山东人，一个人背包逃荒来到北大荒，没这方黑土地养育我，就没有我今天的好日子！我活不了多久了，财产给儿子继承，坐享清福，他们就会变得好吃懒做，反倒害了他们！”

老人不仅有“愚公”精神，还有“菩萨”心肠、颇具远见的儿女教育理念，采访小组的三个人都被感动了。几人按捺不住好奇心，去村东旷野查看。此刻，太阳升起了一丈高，阳光照射下，田野上的积雪渐渐消融，沟沿枯草卷着水汽的清新味儿，隐隐扑面而来。远眺雾气缕缕升腾，昭于半空，似神龙起舞。祖峰脉看了，心头一震，龙胜村，真乃一个藏龙之地！放眼坡上，已经逐渐露出原色、尚且花花脸的黑土地，绵延几十里，一眼望不到头；坡下，从北至南，一道沟壑顺势而下，向西南方向延伸而去。沟壑的两岸，松树、杨树、沙棘树，整齐划一，气势恢宏，像一队队士兵，看守着高天厚土的家园。

这要费多少功夫！

古田来老人如数家珍，给大家介绍了一圈，回来路上说：“你们都是识文断字的文化人，其实我也没啥，就是一个字，干！”

104

采访完，三人与“活愚公”告过别，搭乘拉化肥的小四轮返回了红旗镇。午饭在镇政府食堂吃，敦实的马前进热情，劝二人喝了小烧酒，又将二人送上客车。杜彦彬微醉，上车对峰脉说：“我任务完成了，剩下的戏就看大作家你怎么唱啦！”说完一歪脖，倒在客车靠背上睡着了。

而喝了酒的祖峰脉心里一直激动着，没等到惠民，一篇报告文学的腹稿就打好了，脑海里甚至冒出来一个响亮的名字：夕阳在歌唱！

《夕阳在歌唱》出炉后，署上他和杜彦彬的名字，很快在《江城日报》整版见报了。负责报告文学编辑的苗宇对鲁振铎说：“这个事儿新鲜，峰脉写得也棒，飞流直下的叙述风格，黄河之水天上来一般！”

听苗宇夸奖自己的学生，鲁振铎心里喜滋滋的。不过他深沉着说：“老弟，现在发表的每一篇稿，对小祖都很关键哪！”

帅气的苗宇放下划版的红蓝铅笔，抬头用一双大眼睛望着鲁振铎，会意地点点头。两个人心知肚明，尽管鲁振铎和顾云辅为祖峰脉进城的事专门跑了一趟惠民，但“农转非”的难度堪比登天，副市长答应给那个菜农作家办城市户口的事情，多长时间了，至今悬空着，文清明的难度，闭上眼睛都能想明白。

> **新华社3月28日电**（特约记者杜彦彬，通讯员祖峰脉）黑龙江惠民县龙胜村出现“活愚公”。古时“愚公移山”的故事家喻户晓，持之以恒的奋斗精神激励世人。而在党中央农村改革政策指引下，黑龙江省惠民县红旗镇龙胜村，出现了父子三人坚持七年如一日，植树造林、治理水土流失的当代“活愚公”……

《夕阳在歌唱》在《江城日报》发表后，新华社缩减内容，以较大篇幅向全国发了通稿。

这件事，如三伏天的一声炸雷，整个江城，尤其惠民，瞬间开了锅。

“活愚公？愚公在哪儿？”

“愚公在红旗镇！”

“瞎扯吧，谁是活愚公？”

“是古田来！”

“古田来何许人也？是‘天来’还是‘田来’？”

“是古田来，一个七十五岁的老头！”

“杜彦彬我熟啊，县委通讯组的记者，可新华社通稿上明晃晃署着通讯员名的祖峰脉是谁呀？”

“听说是一个农民作家！”

“农村的？哎呀妈呀，这么厉害，写到新华社去啦！”

更令人意想不到的是，新华社发通稿后，《人民日报》《农民日报》《林业日报》《黑龙江日报》……各大报纸争相报道，这还不止，中央、省市的记者云集惠民，采访古田来，“活愚公”的事迹迅速蔓延，传遍全国。

站在“活愚公”的肩膀上跳舞，祖峰脉的名气更大了。

代理县委书记文清明、人大主任郝仁德也很震惊，小祖还真是块好材料！当然，对此更加敏感的是韩金玉。要知道，新华社发通稿，脸上最有光的，还是他这个宣传部长。

“小祖小伙行，还真有培养价值，真能使住，老周退休后，通讯组空一个编，我看小祖将来可以胜任。”

这天早晨一上班，韩金玉就亲自到同一个楼层北侧的通讯组。县委办公条件紧张，宣传部四个办公室，全挤在政府大院东楼三层右侧的狭小空间里。

见部长这么一说，杜彦彬镜片后的一双小眼睛顿时笑成了一条缝。“感谢部长，感谢部长，有小祖加盟，那我们通讯组更要给部里增光添彩！”

“只是……”韩金玉在老周退休后留下的办公桌前坐下来，“只是报告一直没批，政府那边也不知道什么情况了。”

这是一个敏感的话题。文清明代理县委书记的“代理”二字尚未去掉，党政一起抓，两个人心里都清楚，一年之计在于春，忙得团团转转的文清明，不一定顾得上一个农村文学小青年的命运。

杜彦彬站着没说话，习惯地用手挠着头。

这时，文书刘淑丽敲门进来了。“韩部长，关于推荐祖峰脉进城的报告，县里除常务副县长签署了意见，公安局长、粮食局长、人事局长、劳动局长只是圈阅了，没写具体意见，政府通讯员小鹿刚才把报告送回来了。”

韩金玉听了，起身接过文件，见文件传阅单上，只有常务副县长高德才写下这样一行字：“请公安、粮食、人事、劳动等部门阅，如有单位需要可以考虑推荐。”

韩金玉看完，把文件递给杜彦彬，在屋子里转圈。转了几圈，他从左上衣口袋“唰”地抽出钢笔，拔掉笔帽，接过杜彦彬看完的文件，坐下来，沉思片刻，在传阅单空白处，龙飞凤舞地写道：

请再送文县长阅，以审批为盼。

韩金玉

1990 年 4 月 15 日

签署完意见，韩金玉将文件递给文书刘淑丽，表情严肃地说：“你再跑一趟西楼政府，把文件直接送到县长办公室，交到文县手里头！”

第三十八章

105

“千里马常有，而伯乐不常有！”

惠民酱菜厂在经营管理、内部挖潜方面为惠民树立了标杆，祖峰脉将写好的报告文学送给酱菜厂的女厂长栾贵民修改。工会主席计贵华把祖峰脉拉进自己的办公室，一边赞赏祖峰脉作品发了新华社通稿，一边感慨他是人才，尚无用武之地。

“计主席过誉了，我哪是什么人才，只是遇见一个‘活愚公’的好题材！”

“好题材？好题材也不是一天半天了，他们咋就写写豆腐块拉倒了呢？咋没这么大动静呢？英雄人物就是得大书特书，发挥激励人、引领人、鼓舞人、教育人的作用！我说得对不对？”

“对对，弘扬先进先锋人物也是报告文学的职责所在。”

听了这话，坐工会主席椅子上的计贵华“扑哧”笑了，一脸浅面麻子揪起来。他瞥一眼后窗户外院里穿着蓝色工作服，有的脚上还穿着靴子来来往往的工人师傅们，回头认真地问峰脉：

“你想不想找个地方先干着？”

“嗯？您说的是……”

“我是说，你想不想我给你介绍个地方先干着！”

“哦！求之不得，求之不得，我现生活费都成问题了！”祖峰脉说着从待客的长条沙发上站起来。

计贵华心里想：“一个农村来的，无依无靠，啥时候生活费不成问题！”计贵华小个儿，穿一身藏蓝色中山装，戴顶夹帽，眼睛不大却炯炯有神。他也是一名文学爱好者，既羡慕祖峰脉的才华，又同情他的处境。

“我大哥现在是农业局长，一把手，前几天我听他叨咕局里要物色一名秘书，我推荐推荐你？”

计贵华话一出口，把祖峰脉吓住了。农业局是政府机关，自己一个农民，去县政府机关当秘书，行得通吗？

计贵华从乡下青年的表情里看出了疑虑。“哦，是这样，原来农业局的秘书股长兼秘书，被县农委挖走了，只剩一个女文书，缺一个写材料的人，你想咱们惠民是一个农业大县，涉及农业方面的计划、总结、讲话、调研、报告、经验、简报、宣传稿件等很多方面的文字材料要写，秘书这个活比较累人，能人不愿干，孬人干不了，会写字的拿鞭子赶，但是调过来就能使的成手我看打灯笼难找……这段日子可把我大哥急够呛，到处物色人选呢，什么机关、企事业啊，我看他面放得挺宽。不过——”说到这，计贵华话锋一转，“不过你倒提醒我了，不知道没城镇户口，没干部编能不能行。”

祖峰脉立在地中间，一时不知道怎么说。这时，厂长栾贵民敲门一闪进来了。浓眉大眼、富态有威严的栾贵民手里晃着材料，满面春风道：

“我哪有那么好啊，小祖笔下生花，把我写得天花乱坠的！”

见厂长进来，计贵华急忙站起来，赔笑说：“那可不是，你这三年的厂长当得多不容易啊！别人不知道我还不知道吗，开始都说你啥来着……”说到这，计贵华欲言又止。栾贵民在空椅子上坐下来，用手啪嗒啪嗒桌子上摞的材料，接上说：“母鸡打鸣，骒马驾辕，瞎胡闹！”计贵华听完嘿嘿乐了，栾贵民不解渴，补充说：“还有更难听的呢，说什么女人当家，房倒屋塌！”

“房没倒，屋没塌……咱们酱菜厂现在是工人开满支，还有奖金福利，是惠民的明星企业，栾厂长是惠民、乃是江城响当当的明星企业家！”

祖峰脉脸上带笑，站着听两人对话。

“小祖你请坐，”栾贵民习惯地扬了一下胖乎乎的右手，继续感慨道：“不过，贵华说得有道理，这几年酱菜厂难哪，县里提倡增收节支搞挖潜，哪家企业不难？难也挺过来啦！”

“所以给您写的文章叫《女人的名字是弱者吗？》！”

“这个名字起得好！我看你里面说这话是印度大诗人泰戈尔说的，这多文明，可不像有些人什么骡马、骒马的！”

说到这，栾贵民拨开袖口看看手表，以商量的口吻对计贵华说：“爬格子可是一件苦差事，快中午了，咱们是不是招待招待祖作家？”

三人进了酱菜厂对面的三友饭店。一进门，祖峰脉瞬间就回忆起了《青年文艺》编辑甄道明亲临惠民，修改他的小说处女作《山脚下的女人》的场景。哎！时间真快啊！转眼又是两年过去了，那时自己还在托儿所，听说自己处女作要发表，当时兴奋得几宿睡不着觉，而后又经历了那么多风风雨雨，如今户口仍悬而未决，转眼在城里闹腾四年了，还不知道这最后一站到什么时候能停下来，到底能不能停下来，还是戛然而止回到农村去……想到自己还把握不了的命运归途，祖峰脉脸上被热情招待的笑容一下又消失了。

栾贵民捕捉到了祖峰脉心头上的沧桑感，一贯笑眯眯的她坐进包间，就说：“小祖有心事啊！”

祖峰脉脸一红，说：“大姐眼毒，挂老弟脸上这点事一下被您戳穿了。”

菜上来，三个人边吃边聊。栾贵民不饮酒，一会儿给峰脉夹一块锅包肉，一会儿夹一块笨鸡肉，一会儿夹一块惠民特色菜——焦黄酥软的烹土豆片，峰脉连说够了够了，她还是不停地夹，峰脉用餐的小碟快堆成山了。计主席似乎也明白了什么，端起白酒杯说：“来，峰脉小老弟，预祝你一切顺利，马到成功！”

栾贵民说：“像小祖这样优秀的青年难寻，老李那孩子可不让我省心了。”

栾贵民是二婚，后方男人带过来一个二十出头的小子，念书不行，干啥啥不行，作为继母，她能从容管好几百号人的厂子，就是管不了这小子，她深知后妈难当，也不好深管。见祖峰脉一个来自乡下的农家子弟这么闯荡，能干，据说县里都要破格录用了，她心里既不是滋味，又格外钦佩。

“给我也拿一瓶啤酒！”

“哎呀！行啊厂长，一般你是一点儿酒不沾的呀！”

栾贵民喝完一瓶惠民本地产的英雄牌啤酒，脸色绯红，亦有了几分醉意。贵华陪峰脉也将一瓶白酒喝掉了。贵民扑闪着一双大眼睛，借酒劲承诺道：“小祖，不是你大姐我喝酒说大话，县里不给你安排，酱菜厂要你！计主席，这是一项政治任务，你必须落实好！”

临告别，计贵华涨红着脸偷偷对峰脉说：“你听我信儿，今晚我就去找我大哥！”

像很多部委办局的局长们一样，计贵祥也是从基层摸爬滚打过来的。五十岁出头的他当过大队会计、党支部书记、人民公社副社长、社长、乡镇长、党委书记，上调县里任农业局长，虽然还不到一年的光景，但是全惠民十七个乡镇、一百二十一个村，他几乎跑遍了。庄稼茬口怎么调换，病虫害如何防治，旱涝灾年如何救急，他样样精通，惠民农林水畜机“五虎上将”里，他也是数一数二、县委信得过的行家里手。

“这不胡闹嘛！他身份不符合！”

面对弟弟的推荐，计贵祥直言不讳。

“大哥，改革年代不能墨守成规，县里都要调他啦！”

在南街路西一栋红砖房的哥哥家，计贵华边喝茶水，边推荐祖峰脉道。

“你大哥我是墨守成规的人吗？光听你一张嘴说不行，那……”计贵祥盯着弟弟，沉思片刻说，“那样吧，是骡子是马拉出来遛遛，明天你让小祖把他写的东西拿来我过过目！”

第二天，计贵华电话打到文化馆，让巴银通知峰脉到酱菜厂来一趟。业余时间，计贵华也写些小诗小文的，在《惠民文艺报》亮相，与巴银很熟络。按计贵华的指引，祖峰脉回家翻出来这几年的获奖证书，近期发表的作品，当然少不了最近炒得沸沸扬扬的在《江城日报》发表的报告文学《夕阳在歌唱》原件，以及新华社压缩后发的通稿。鼓鼓囊囊装了一提包，准备去酱菜厂交给计贵华。可他转念一想，这些年，风里雨里的，没挣房，没挣地，就挣下这么一点儿可怜的家底，这可是心血和青春啊……传来传去的，弄丢了怎么办？不行不行，拿复印件！可去哪里复印呢？外面印这么一大包资料要花不少钱，口袋里可怜的几个子儿划拉划拉也不一定够，再说还得吃饭呢！他在屋地又转了一圈，突然想起一个人，政府机要室秘书李海。李海是乡下考学毕业分配工作的大学生，爱好文学，因为在县领导身旁做事，令人仰望。机要室有复印机，巴银求李海复印过几次资料，总是由他这个“私人秘书”代劳，与李海有过几次交集，李海对自己印象很好，去年李海还专门写一封信鼓励自己。想到这，他从房东留下的破立柜里翻出了李海的信，李海在信中说：

峰脉：

近一个时期以来，由于各自工作都很繁忙，大家在一起交流、学习的机会相对少了一些。希望经过我们的共同努力，今后的接触会逐渐多起来，交情也会俱增。因为我们都很年轻，未来的人生旅程还很漫长。

峰脉，几年来，我接触过很多阶层的年轻人，我尤为佩服你，也深深地理解你，可能因为我们“同是天涯沦落人”吧！起码我们都是农民的儿子。你能在逆境当中开拓创新，锐意进取，就从这一点来看，是绝大多数人办不到的。

这需要一个人除了具备较好的文化结构以外，还要有远大的理想，坚强的意志，同时还要有信心和吃苦耐劳的精神。可以骄傲地说，你是一个很了不起的人物，我为有你这样的朋友而自豪！

由于我的水平欠佳，在文学之路上帮不了你的忙，但后勤工作在力所能及的前提下，我会全力支持你的，我相信你终有一天能成功。

致礼

李海

1989 年 6 月 28 日

站立柜旁读罢李海的信，祖峰脉眼圈发热，又一次被这个从乡下考出来的大学生的真挚情感打动了。

“求求李海。”他这么想着，去政府机要室找了李海。李海二话没说，亲兄弟似的急忙给印了，又帮他小心翼翼装满一提包。谢过李海，从政府出来，祖峰脉到北街路东的酱菜厂找到了酱菜厂，把资料交到了计贵华手里。计贵华微笑里带着深意说：“你回家听信儿吧！”

第二天下午，计贵华通知祖峰脉，农业局党委会议同意招聘他去临时任秘书。

原来，计贵祥看了祖峰脉的资料，心里暗暗佩服这个农村青年。但据他所知，全县机关秘书从来没有从农村青年中招聘的先例，他要认真听取班子成员的意见。于是他严肃地主持了局党委会议，专题研究秘书人选。三位副局长当场传阅了一个农民作家的“成果包”，均有些惊讶：“局长哪踅摸来的？这可是一个天上掉下来的人才啊！”

“现在正是全县春耕生产的关键时期，今天这个汇报，明天那个讲话，文县长抓得又紧，自从秘书调去农委，很多材料都是我亲自弄，又要下乡，又要开会，这一天忙得钻头不顾腚的，没个专职秘书搞材料，真不行！问题是得是成手，咱们没时间培养，前期咱们也物色了几个，身份行，都是机关干部，可是材料写得一般，调过来耽误事！”说到这，贵祥提起白瓷杯喝一口香气浓郁的红茶水——乡下待久了，他离不开这一口。这时电话响了。“喂，哪位？我是计贵祥……哦，我知道了，准时参加会，谢谢！”他放下电话，笑说：“看看，又来了，今天下午两点，文县办公室开会，听春播进度汇报，要求带材料！”

常务副局长楼广义比贵祥大几岁，已是满头白发。他掐掉手里的烟蒂说：“我看小祖可以考虑，作家转行写机关应用文，上手也能快！”

计贵祥听完，看看另两位副局长，问：“你们俩什么意见？”

“同意！”

“同意！”

“你们都同意，我也同意，不过有一个难题，他的工资怎么开呢？”

此话一出，会议的气氛一下凝重起来。

计贵祥沉思了片刻，抄起电话把财务股长方玲叫过来，说明情况后，问方玲：“大管家，我们这几个老头子没辙了，你想办法吧！”

方玲四十岁上下，一张白皙的瓜子脸总是透露着温柔的气息。她坐在椅子上看看左右沙发上的局长们，回头细声说：“领导们同意了，我有办法，咱们下属十几个单位，种子公司、农机公司、农业技术推广站什么的，哪儿还不能解决一个临时工的工资？”

几位局长一听，都笑了。计贵祥说：“那好，那就这么定了，试用期一个月，月薪吗，别太高，也别太低，我听说他一个人在街里要单身，生活挺困难的。”

106

历史的车轮滚滚向前，不舍昼夜。

二十世纪九十年代第一春，给地处小兴安岭余脉西麓、鹅头山脚下的惠民县，带来了非同寻常的生机。渐渐走出调整期的惠民经济，像返青的森林，被城乡抑制不住致富梦的人们，搅动得生机盎然。城镇里的车间，机器不停轰鸣；二百多万亩肥沃的耕地上，人欢马叫，角角落落荡漾着闹春、赶春、抢春的景象。

祖峰脉在城里闯荡了整整四年之后，终于在五一劳动节后，胸前插一管钢笔，满面春风地走进县政府四楼的农业局机关，报到上班了。

仰天大笑出门去，我辈岂是蓬蒿人！

他仿佛在梦中。他还用李白这两句自负诗，来取悦自己……

这几年，这个大院他多次走进去过。东楼的宣传部，北楼的人大，包括这栋政府楼三楼的文化局、二楼的政府综合秘书科，甚至县长“201”室……但是现在不一样了，他像孙悟空摇身一变，堂而皇之地成了一名局机关的秘书。

他心里仿佛奔涌着开江水似的潮头，激荡不止。

他将这个消息第一时间报告给了巴银老师、县委通讯组杜彦彬组长，并委托彦彬告诉外出开会的韩金玉部长。又特意打电话，向四百里外的江城日报社鲁振铎老师报告。他心里清楚，这既是礼节，又是分享，更是坚定大家对自己信心的好机会。

他搬林红霞家前趟房居住，已有半年时间了。林红霞每天下班，先过来给他做好饭，再回到后院的家里去吃。半年来，虽然冷一顿、热一顿，饥一顿、饱一顿的，但他从来没去近在咫尺的红霞家蹭过一顿饭。他不仅为了自己那么一点儿自尊，更为了红霞。与自己相恋，红霞在家里的压力已经够大了。

现在，他将自己体面地被县农业局招聘为秘书的喜讯告诉了林红霞。林红霞乐得顿时露出了两颗小虎牙，激动地说：“我买了肉，今晚犒劳你！”说完，她眼里含着泪水，麻利地脱下工装，进厨房引火做饭去了。

事情似乎有了很大的转机，但实际上，谁都还无法预测——乡下青年那如同田野里的风一样时隐时现、摇摇摆摆的奋斗路，最终在哪里是一站，使一场虚无缥缈的梦，真正变得现实起来……眼下到机关当秘书，也无非是发挥一下他现有的文字能力，解决一下暂时的温饱问题罢了。不是仅此而已吗？宣传部、广播局、文化馆等这些看似应该收留他的地方，就目前而言，也只是在努力，好心人在帮助，在向往和期盼。天地之广阔，日月之明亮，最终安知胎成何处，志落何方？抑或继续流浪，抑或悻悻返乡？

然而，奋斗者能做的，只是将志向与理想勇敢地换作青春的能量和执着的情怀，坚定地朝前一直走。

祖峰脉的头脑里很复杂。祖峰脉的头脑里又很简单。实际上，他清楚自己怎么异想天开都没有任何意义，因为他认识到自己目前唯一能做的，就是心无旁骛地诚挚做人，塌心做事，不放过每一次呼啸而来又大概率转瞬即逝的机会。不过，令他沾沾自喜的是，过去，自己只有青春和热情。而现在，在自己的资本库里，无疑又增添了一门写作技艺，以及文学圈里的名声和外溢的人脉。

眼下，他又面临一个重要的挑战：文学写作练就的文字功夫，如何尽快转化到机关应用文的写作上去，向期待他的人，交上一张合格的答卷。

他又上路了。好心人和开明的时代，给他的努力一个机遇，为他搭建了一个平台。接下来的路，他清楚还要靠他自己走。每一步，都是考验。对于他这样一个仍然是一无所有、随时会被打回原形的现实而言，他清楚那沉重的每一步都将意味着什么。但他的优长，就是从不气馁，敢于正视迎面扑来的每一个困难。

一份份机关应用文，他用学习、温习、练习熟悉着，用深夜、心血、赤诚生产着。他继承了鹅头山下的乡亲们吃苦耐劳的品格，他也在稿纸上——这个写不尽的生产文字的沃野上，不知疲倦地耕耘着。他现在依旧是一个农家子弟的身份。令人欣喜的是，他跟在农业局长的身后面，跟在县长带队的农业大检查的队伍后面，跟在农业技术专家的后面，抛头露面，深入乡镇、村屯，走进惠民原野几百万亩良田的腹地，检查、座谈、总结、督导……他感觉到，自己突然成了惠民成千上万返乡学生里最幸福的人……

润津河在歌唱。鹅头山在跳舞。空中的飞鸟在助威。就连耕牛，都在“浪子”随队工作路过村头时，向他行注目礼。一股不拘一格使用人才的时代暖流，荡漾于所有知情者、善意者的心头。人们破译了祖峰脉是以一个农民的身份，被农业局招聘为临时秘书的人，都对计贵祥的“壮举”交口称赞。看来，惠民农口“五虎上将”第一的口碑，名不虚传。破译实情的人们更侧目峰脉。这个穿着朴素、中等身材、总是笑眯眯的小伙子，外表看上去没有什么过人之处，怎么有如此好的运气？也不乏有人猜测，这凭的又是哪一层关系？但无论人们怎么想，生活的样子是：县城人眼里的农民作家、惠民县的“一支笔”，被临时聘用到机关里写材料，是铁一样的事实和佳话了。

莽撞和浪漫相融，苦难与喜悦交织，青睐随奋斗降临。

当祖峰脉将一篇篇材料交到领导者的手中，得到的是一次次关爱和肯定。农业局机关几十名同人曾经担心、质疑的目光，渐渐安静了下来，继而是赞赏，是接纳。不到一个月的时间，便像正式同事一样，沟通、配合和帮助了。当六月的惠民大地青禾覆盖，山川翠绿，乡下青年俨然是农业局一名普通的成员了。调任农委工作的秘书郝振江，按照计贵祥的意见晚报到，专门带了峰脉一个月。振江人高马大，看上去是个粗人，写材料却是行家里手，思维缜密，酒饮三杯，农情民语便像长了翅膀一样，很多材料都是酒后连夜赶写出来的。这在机关大院，尤其农口是出了名的。见峰脉出了徒，他便与计贵祥道别，离开农业局去东楼的农委报到了。历届农业局秘书，个个都展翅高飞了，一些优秀的还高就县委办、政府办任秘书，服侍几年书记、县长，领导“身边的人”，大多提拔为乡镇长、党委书记。

这是城乡接合部一条公开的“潜规则”，也是许多人惊叹祖峰脉一个青年农民，却聘上农业局秘书的原因。

107

惊叹祖峰脉以农民身份聘为惠民县农业局机关秘书的众人中，惠民电视台女播音员汪小菲就是其中之一。

自从在王为峰组的饭局上相识之后，为制播好星光的广告，二人有过几次接触，但峰脉离开星光之后，两个人再无缘相见。

然而，汪小菲一直在关注着祖峰脉。第一次见面后，她就从这个乡下青年的眼神里，发现了与一般青年人不一样的东西，那种东西就像生了魔力，一直吸引着汪小菲。莫非，祖峰脉就是自己心中的“白马王子”？考上惠民第一代女主播，她这朵“县花”招来多少青睐的目光，有多少男人向自己示好，她都记不清了，她就是不喜欢那种在女人面前唯唯诺诺的男人，倒是这个来自乡下的浑身沾着野草味的文学青年，你说他如何如何的气质非凡，如何如何的与众不同，也不是，就是他身上的那么一股子桀骜不驯的不服输的劲儿，牢牢吸引着她。

可是，祖峰脉连城镇户口都没有，生活又没保障，听说县里要破格录用他，哪里那么容易！自己是“县花”，父亲还是麻纺厂的常务副厂长，家里连麻纺厂宿舍的楼房都住上了，门不当户不对，相差太过悬殊，这种事情哪里有一点可能呢？

给自己介绍对象的络绎不绝，但至今没寻找到同频共振、情投意合的人。不过再怎么说，这般众星捧月的一枝花，对那面身份、家庭窘迫的一支笔，说出大天来，也是一个不切实的梦。

进入初夏时节，惠民的庄稼长势出奇的好。电视台要给农情做一个专题片。祖峰脉按计贵祥局长的要求写好解说词，这天送去了电视台。

“哎哟，大作家来啦！对——还是农业局大秘书！”在西街广播电视台二楼里侧的编辑室，一谋面，汪小菲便主动与祖峰脉搭讪。

“哪里哪里，”祖峰脉脸一红，扬了扬手里的材料说：“这不又来请大明星出镜解说了！”

汪小菲不假思索地接过材料，翻了翻说：“愿为大秘效劳！”

在小菲的协调配合下，专题片做得很顺利，计贵祥看了，眼睛笑成了一条缝。“小祖啊，你又立了一功！”

有计贵华这层关系，计贵祥一直对峰脉很关照。他也担心自己破格聘用一个农民当秘书，招致非议，故处处引导峰脉，做好每一件事。

“你什么意思？想赖账嘛！”

进入六月，惠民的天骤热起来。这天下午一上班，祖峰脉对桌的文书姚明珠大姐，就晃悠悠去县委办取文件了。他一个人穿件海蓝色的半截袖，正赶写材料。食品公司耿经理套着纯白的大背心，忽然闯进来，朝他喊。耿经理身后还随着一个人。见到这个人，祖峰脉更是心悸。眼前的瘦高挑不是别人，正是耿经理的连襟，县政府车队的小车司机。开春，他去江城日报社印刷厂取《惠民文艺报》，中午火车站候车。耿经理连襟送站，佯装没看见他，先是满脸赔笑，将县领导陪同的客人送到前面的卧铺候车位，回头小鬼变阎王，气汹汹冲到他的跟前，揪他衣领吼叫：“你什么时候还钱！什么时候还钱！”

当时站台聚满了旅客，人们被这突如其来的一幕惊呆了，呼啦一下，都围过来看热闹。祖峰脉记得当时自己浑身发热，脸发红，额头冒汗，哀求说：“我出一趟差，回来马上张罗，马上张罗！”

“你出什么差？你一个连正经八百的工作都没有的泥腿子，还恬不知耻地说出差！”

耿经理连襟仍然揪住他的衣领不肯撒手，人越围越多，他真想觅一处地缝钻进去。

记得当时没有一个人出来解救自己。“呜——呜——”，火车呼啸着驶进来了，耿经理的连襟不得已才面目狰狞着撒开手，匆匆跑去送客人。

现在两个人一进屋，连喊带叫的，他什么都明白了。他感觉心跳加快，脸又红了，额头上的汗珠子“唰”地又流下来了。不过他很快镇静了下来。他意识到吵闹声如果传出去，被左右办公室同事们听到了，后果比在火车站台上要严重一百倍。他迅步跑到门口带上门，转身说：“请坐请坐！”

二人坐下，虎视眈眈地盯着他。

他也在自己的位置上坐下来，不慌不忙地说：“耿经理，你这是干什么，好借好还，用不着发这么大火。”

“多长时间了，一年多了！你今天说还明天说还，你到底什么时候还？给个准话！”

耿经理说这话时他才注意到，耿经理剃成了秃头。他又看看耿经理穿着随意的大背心，好像明白了什么，哦，原来堂堂的食品公司经理，惠民的明星企业家，一年工夫居然落魄得如此不堪。他早听说食品公司倒黄豆赔大了，还以为是谣传。

祖峰脉淡定地说：“经理，这是政府机关，不是咱们自己家也不是你的食品公司，有话好好说非要大吵大闹吗？这有损你的形象！”

此话一出，耿经理才意识到自己刚才的鲁莽，口气温和一些说：“扯别的没用，你就说什么时候还钱吧！”

二人的目光逼着他。

他不假思索地说：“我得感谢你，在我困难的时候帮助了我，谁知道饭店开赔了，赔了钱也黄不了，你放心，我稳定下来一定尽快给你张罗上。”

说完，祖峰脉站起来有送客之意。他清楚，二人不能在此久留，姚明珠大姐一会儿去县委办取文件回来，堵在屋里影响不好。

耿经理的连襟还想理论几句，耿经理先说话了：“那好，我看你现在人模狗样的，就容你一段时间，你到时候再还不上钱，我……我就把你告上法院！”

二人气急败坏地推门离去了。像夜路遇上了劫匪，祖峰脉坐回自己的位置，半天稳不下神儿来。欠债还钱，天经地义。再怎么说，自己头脑一热，搅进阿昌的饭店，五千八百元承包费，多亏耿经理出手相助，那可是一笔不小的数目啊……

“丁零零，丁零零……”

这时，桌上的红色电话突然脆响起来，他吁一口长气，接起来：“喂，您哪位？”话筒里一个清脆的声音传过来：“农业局吗？我找下祖峰脉！”

“您是……”

“我的声音你都听不出来了？大作家贵人多忘事啊！咯咯咯……”

“哦，小菲啊，你好你好！我怎么会想到是你给我打电话呢，荣幸，荣幸！”

“怎么，我给你打电话不欢迎啊！”

“哪里哪里，大主播有何指教？”

“明天周日你有空吗？”

“你有事？”

“没事就不能请你到家里坐坐？”

到家里？峰脉有点蒙。不过很快，他似乎意识到了什么，“这……”

“怎么，不给面子？”

“求之不得！求之不得！几点？”

“嗯——”汪小菲想了想说：“那就明天下午两点吧！”

“好的，不见不散！”

第三十九章

108

采写报告文学一年后，再次进入麻纺厂，祖峰脉的感觉大不一样了。

那次，不仅是以“无冕之王”的身份，使他欣喜，使他鼓舞，寻找到了报告文学——这样一把明显能够助力他打开城门的钥匙。更关键的是，那一次与麻纺厂接触，纯粹是为了完成一次宣传任务。

而这次，那熟悉的大门，一眼望不尽的厂区，硬化的广场、通道，两侧的花草树木，直至北侧白光闪闪的办公楼、生产车间，南侧齐整的食堂、职工宿舍、招待所、车库……现如今在即将“鲤鱼跃龙门”的祖峰脉看起来，样样如同空中翻卷的白云，皆有一种飘忽之感。

“老爷车”被门卫拦在了大门外。他付了费，步行进去。快到下午两点，正是太阳毒烤的时候，广场上几乎见不到人影儿。这真是一个躲避熟人的好时机！他快速穿过去，一路向东，越过右侧的食堂、职工宿舍、招待所、车库，步入一片柳树成荫的甬路。他远远望见，柳树林那端，是几栋白楼。中间一幢楼的山墙上，红色的“2”字格外醒目。望到这个阿拉伯数字，他的心怦怦跳了几下。

麻纺厂住宅小区除了热浪，只剩下静谧。

“这样好。”他在心里对自己说，“这总比碰上熟人好，尤其汪小菲的父亲，去年自己刚刚以记者的身份采访了这位常务副厂长，现如今却来与他的女儿约会，这……”他有些难为情地想。热浪和熟人比起来，他更愿意选择热浪。他稳稳神儿，穿过热浪，蹑足来到汪小菲告知的单元。他躲进楼道口的阴凉下，一股风吹过来，吹得糊身的海蓝色半截袖蓬起来，凉快了许多，他也清醒了许多。他止住了脚步，并没有上到四楼去。他好像想起了什么。这楼到底该不该不上去呢？其实，自从接到汪小菲的电话，对于这一场“约会”，他一直心神不宁。

不得不承认，一年来，祖峰脉在报告文学写作中所获取的荣耀，在惠民一些不知情者看来，显然达到了令人敬仰的层度。然而他自己心里十分的清楚，自己这个“真业余”“假记者”，一切还在风雨飘摇之中。眼前的荣耀只是雷雨后的彩虹。

但对美好生活前景的探寻，对于青年人而言，又是那么的有诱惑力。祖峰脉也一样。他转念一想，这四年来所经受过的磨难，使自己有了很大的自信，现如今为什么还要如此自卑、懦弱呢？就不能轻轻松松地赶赴一场浪漫之约吗？想到这里，他放松下来，心中自信的“台阶”又搭建了起来。他拾级而上，他走得很稳，又很小心，生怕打扰了心中那夹带一丝虚幻的美好之感。他步步惊心般地攀到四楼，立住，长吁了一口气，手在 401 蓝色防盗门上轻叩几下，“猫眼儿”前似乎有人影闪过，“嗡”的一声，门开了，眼前的人使他万分惊异，只见汪小菲一袭白裙，秀发飘逸，脸色绯红如桃花般妩媚，一双期待的目光，使人产生无尽的遐想……

“大作家来了，快请进屋！”

汪小菲亲切地唤他进屋。他换上拖鞋，冷静地收起灿烂外露的笑容，向目光所能及的地方看过去……白墙，白地砖，白色的窗纱，透过半开的乳白色的门，露出卧室里白色的床，以及卫生间白色的卫浴设施……他脑海里立刻浮现出了“白雪公主家园”的幻象。

“白雪公主”请他坐在沙发上，问他喝咖啡还是饮料、白水？他慌乱地说还是白水吧。汪小菲起身打开冰箱，取出一瓶冰镇矿泉水，拧开放茶几上，身上那股香水味再次飘过来。祖峰脉醉了，尽管强烈地控制，依然飘飘欲坠。

冥冥中这样，冥冥中那样，世界上的事似乎很多都是冥冥之中的。但其实，哪一件事情是冥冥之中的呢？看似偶然，实则必然。就在一周之后，当祖峰脉再次被麻纺厂团委请去撰写青年职工群体报告文学的时候，当汪小菲的父亲汪超越常务副厂长再次接待祖峰脉的时候，汪超越怎么也不会想到，仅仅一周之前，“祖记者”刚刚闯到自己家里，与宝贝女儿“约会”了一次。

对于青年人之间情感的火花，纵然是亲生女儿，他这个当父亲的也许永远不会有知晓的机会了。

那天，祖峰脉从“白雪公主家园”出来，可以用“落荒而逃”一词来形容。面对汪小菲的“步步紧逼”，他只好装糊涂。汪小菲甚至留他与马上下班回来的父母一起吃晚饭，他知道那意味着什么，他推脱有事，急忙告辞。冲出麻纺厂的大门，他看了一眼西北杨树林梢头的夕阳，远处的村落已经升起了袅袅炊烟。

他匆匆走出很远，半天才叫着一辆柴油“老爷车”。城里这种焊上四架、棚顶蒙着帆布的三轮车，满大街穿梭，到处都是，可麻纺厂太偏僻了，建在了惠民城东北角外四五里远的地方，中间隔着几片空旷的耕地。同时，麻纺厂也太神奇了，那就是一处“独立王国”，有几百名“纺纱仙女”，有最现代的生活条件——要知道，整个惠民城建商品楼才刚刚开始。祖峰脉跨上“老爷车”，颠簸中不停地向渐渐远去的厂区回望，“仙女之王”汪小菲那妩媚的笑，一直浮现在眼前……

“你跑哪儿野去了！”

林红霞等在祖峰脉出租屋的门口，凭借女人特有的第六感质问他。他佯称去找巴银谈出版报告文学集的事，才勉强蒙混过关。

俩人吃过饭，林红霞回后院家里去了。自从搬过来，只要没什么事，林红霞就尽可能过来帮他做做饭，洗洗衣服，聊聊天。林红霞的父母当然心知肚明，但有什么办法呢，走一步看一步吧。林红霞也知道老人的无奈，所以一般尽早回去，尽量避免东邻西舍农行的家属们说一些风言风语的闲话。

林红霞走后，祖峰脉坐卧不安。一面是本人长相、家庭条件、社会地位都高一个层次的“县花”；一面是志同道合，在自己闯城的低谷之时，勇敢冲破世篱，陪伴自己的银行职员。如今，在自己羽翼与日丰满，即将“跳龙门”的节骨眼儿上，两位姑娘却同时交汇到了自己的感情世界里——不，他认识到，其实这不仅仅是青年男女之间的情感问题，这已经关系到人生婚姻的大事了，并且已经到了必须做出选择的关键时刻。

“那么——”他深深吸了一口烟，走到了暗淡的窗前，“难道自己的情感选择，真的要学电影《人生》里的高家林——抛弃人生低谷时拯救自己的农村姑娘，而攀附高枝，选择旧日同学、广播电视台主持人吗？”

汪小菲……更是一名县电视台魅力四射、家喻户晓的女主播！祖峰脉心花如火，心乱如麻。但是——他的思绪一直没离开过扪心自问。夜深了，棘手的问题他也没理出来一个可靠的答案。这使他恍然认识到这人生在世，真是由艰难组成的，这样一个过去连一点儿选择权都没有的问题，现在居然成为一个需要慎重考虑的现实，并且就那样明晃晃地摆在了自己的面前。看来，无论成功与失败，之于奋斗者而言，烦恼可能是永恒的伴侣。不过——他也深深体会到，奋斗带着风，奋斗带着雨，奋斗带着魅力，对于奋斗者而言，只要奋斗不止，凡事就有主动权、有优先权、自主权……奋斗是多么美好啊！

他的手里掐着烟卷，在烟雾缭绕的屋子里来回踱着步，烟灰缸里堆满了烟蒂。显然——他进一步认识到，叶如云与自己同为农民身份，中间没有沟壑，两年前他们在评剧团，由于事业上的认同，情感上的相互接纳，而很快恋爱了；林红霞与自己则不同，一个城里，一个乡下，一个无业游民，一个银行职员，身份上的差异如同星星比月亮一样——但是，一年前在自己失恋、进城无望、几乎要返回乡下的人生最低谷之时，考察了自己三年的“月亮”，最后还是选择了自己这颗生活还没有稳定下来的“流星”，给了自己重新振作、走向光明的力量和温暖……

他是多么依恋和感谢红霞啊！这个长自己一岁的姑娘，俨如上苍派来陪伴自己闯荡的天使……而如今，突然冒出来一个汪小菲！在她家聊天，汪小菲说得再明白不过了，自从选上了播音员，自己这张惠民的“县脸”，这朵惠民的“县花”，通过父母提媒的，主动示好的，数不清了，几乎没有“小白人”家庭的，要么是机关干部，要么是大学老师，要么是医生，要么是腰缠万贯的老板，长相也都没的说，可她一个也没看好。她说她大学学的是汉语言专业，在学校就是文学社的，对能写的人特别崇拜……

想到汪小菲这番话，祖峰脉的心跳又加快了。原来，汪小菲是把自己当成心目中的“白马王子”了。书中自有黄金屋，书中自有颜如玉。看来，文学真是一条通天道，它可以跨越家庭、出身、长相、金钱等一切世俗的东西，去获取尊重，得到芳心……

唉！想到这里，祖峰脉兀自叹一口气，他突然感到自己怎么好似一个怪物呢！自己的身份、家庭、长相与“县花”心目中的“白马王子”，几者之间怎么也无法契合起来……自己刚刚寄人篱下，去农业局挣几个吃饭钱，可以说还是一个前途未卜、朝不保夕的农家穷小子，如果一年来没有红霞的陪伴，自己还是一个在十几万人口的惠民县城里飘荡的孤魂野鬼啊！其实，除了红霞，自己有什么？自己的身份未定，对象的家庭不认可，一切还悬在半空中……如此，考虑汪小菲的青睐岂不是痴人说梦，与现实格格不入嘛！再说——他又进一步想到，林红霞对自己情深义重，就是自己一步登天进了城，也不能忘恩负义，做出令世人唾骂的背信弃义之举……

自己的一切是自己奋斗出来的，自己的一切也是这个可爱的世界、可爱的人群、可爱的恋人给予的。自己不能单单在貌美和家境诱惑中做出极端的选择。他进一步想，一个人做出的选择不能仅仅考虑一时的感受，一个人的感受，还要考虑良心、道德、周围和长久。再说，红霞对自己不可或缺，只有与红霞在一起，自己的内心里才会踏实……

东方已经露出了鱼肚白。一身轻松的祖峰脉最后想：感谢你，小菲！你使我认识了一个青年人拼搏奋斗所能争取到的美好，感谢你给了我深刻思考个人感情问题的美好的一天一夜，使我深刻地认清了自己，认清了男女之间的感情问题永远不是孤立的，这个常常容易被忽略的人生命题……

109

祖峰脉再次被邀请撰写麻纺厂团委的报告文学，源于麻纺厂上千名青年的事迹引起了团省委的注意。团省委指示麻纺厂团委上报一篇全面反映青年组织、青年人在这个立县企业的建设和发展中，所发挥的生力军作用的纪实性文章。祖峰脉当然愿意为之，他意识到此举使自己距离出版第一部著作的目标，越来越近了。

他向计贵祥局长请了假。计贵祥当然没有阻止，只是说：“你那样，局里有材料的时候别耽误！”

第二次深入麻纺厂采访，祖峰脉驾轻就熟，信心满满，很快完成了近万字报告文学《青春备忘录》的写作。相比第一次为惠民麻纺厂撰写的《银色纱城里的人们》,《青春备忘录》着眼于一个立县企业生机勃勃的青年群体，在团组织有效组织下所发挥出来的生力军作用，以一桩桩鲜活的壮举，以及报告文学独特的表现风格、艺术魅力，稿件受到当事人也就是厂团委，以及厂党委、县经委领导的赞赏和肯定，一次送审，一次成功。这也给了祖峰脉以极大的鼓舞。祖峰脉将这一盛况报告给了鲁振铎，并提出了自己要出一本报告文学集的想法。正为与北风文艺出版社合作出版报告文学集一事发愁的鲁振铎，听了祖峰脉的意见，眼前一亮，未加思索便同意将当初要给惠民县出的书，换作祖峰脉个人的书籍，纳入“江城系列丛书”出版。同时对自己这个即将被惠民县政府破格录用、摇身变为“金凤凰”的农村学员的写作成果和勇气，赞赏有加。

“这对你很重要！”

在鲁振铎家里，鲁振铎对祖峰脉说。自从有了祖峰脉这个得力的干将，每次祖峰脉来江城，鲁振铎都让他到家里吃饭。鲁振铎居住的小黄楼，是他原来所在工厂分配的，五十多平方米，一个儿子、两个闺女长大成人后，显得狭小，他特意将厨房改造成一个能放下一张床、一张桌子、一面墙书柜的书房，而厨房，则设在了楼下简易木棚里。峰脉每次到家里来，二人都在三楼的书房里先聊上一会儿，问完峰脉的情况，鲁振铎又免不了将自己创作的长篇小说拿给自己的得意门生看。到了饭口，鲁振铎下楼亲自下厨，炒上两样小菜，不怎么沾酒的他每次都尽量陪峰脉喝上一点白酒。家人对鲁振铎的事业很支持，只要他来了客人，从不打扰。大热天，二人袒胸露背，在简陋的木棚子里谈天说地，经常聊至深夜，祖峰脉才醉醺醺地回到距此不远的体委招待所住下来。

“你回去请文县长给你的书题写书名，我给你请一位市领导作序，目前外县作者能出书的寥寥无几，这也是江城文学界的一件大事，书出来了对你进城绝对有帮助。”

从鲁振铎家走出来时，夜已深了。

路上出来散步纳凉的行人稀少了，唯有路旁几处烧烤摊，依然烟雾缭绕，灯火迷离，一股烤肉的香味弥漫在大街上，饮酒者的吵闹声，似乎频频与他这个内心里深感幸福的乡下人碰杯。不是吗？自己太幸运了，在惠民，自己像襁褓里的孩子，有一路扶持自己的巴银老师。现在，鲁振铎老师又如亲父，细致地安排自己的一切，自己一个初中毕业生，何德何能啊！只是在眼前的江城，还有报社的李东风、电视台的顾云辅、杂志社的甄道明……惠民有县长文清明、人大主任郝仁德、宣传部长韩金玉、通讯组长杜彦彬，以及一干的同学，许多许多人，世上的好人怎么都让自己遇见了呢?

时间已经进入了一九九零年的七月中旬。在懂农业的代理县委书记、县长文清明和农业局长计贵祥的运筹帷幄之下，加之风调雨顺，惠民全境的庄稼长势喜人。有经验的农民说：能看到八成年了!

农业局的材料骤然增多。祖峰脉甩开膀子，经常在计贵祥的亲自带领下，加班至深夜，总结半年工作，编发农情信息，撰写调研汇报，起草宣传稿件……

这是一个细雨霏霏的下午，祖峰脉正伏案起草一份农委要的农情信息。文书姚明珠大姐去局长室送文件回来，将文件夹往桌子上一扔，大咧咧地嚷道："哎呀！这一天，腿都快跑断了，文件也忒多了！"姚明珠大姐四十多岁，身子微胖，她往椅子上一坐，也不避讳对桌的峰脉，撩起裙子就"忽搭忽搭"扇风。外面落着小雨，办公室里的确有些闷热。

祖峰脉看了一眼心宽体阔的姚明珠，微微一笑，继续写农情信息，农委着急要。

"啊——你看我差点儿给忘喽，计局长让你马上去一趟！"

"现在?"

"对对，现在，你看我这臭脑袋！"

祖峰脉放下笔，揉揉眼睛，急忙去了里侧的局长室。敲门进屋，计贵祥放下手里的材料，摘下老花镜，笑眯眯地说："宣传部韩部长刚才来个电话，让你去一趟！"

祖峰脉怔了一下，用手摸摸头，自言自语道："韩部长？韩部长找我能有什么事?"

计贵祥依旧抿着嘴，笑眯眯地说："老韩没说，抓紧去一趟吧！"

祖峰脉出了西楼，雨已经停了。他几乎跑步去了东楼。路上，他脑子里像闪电一样想，是"农转非"一事有进展了？那可是他梦寐以求的啊！可是没听到一点儿消息啊，难道……难道自己的行为出了什么岔子？这个劈风斩浪，但是还不能完全把握自己命运的青年，不放过每一个细节地进行思考。因为在他看来，那些脆弱的细节，每一个都可能使自己所谓的前程、命运，半路夭折……想到这一点，他紧张得像一棵飓风中摇晃的树，随时会被晃折了似的。他登上三楼宣传部长办公室时，已是气喘吁吁。他站在威严的宣传部走廊，镇静了半天，心想自己本来就一无所有啊！怕什么？这么想着，他感觉自己的心跳平复了许多。于是他敲开了宣传部长的门。见祖峰脉来了，韩金玉从办公桌前起身送走客人，带上门回头说："小祖啊，你有好事了！"

祖峰脉心脏跳得更紧，半咧嘴"嘿嘿"一笑，憨问道："部长，啥好事？"

"市委副书记杨宽裕同志要接见你！"

韩部长铿锵的声音传到祖峰脉的耳朵里，但从祖峰脉的眼睛里透出的，却是疑惑的目光。

"市委副书记？接见我？"

"对对！你坐……江城市委主管党群工作的副书记！"

"市领导接见我啥事呢……"祖峰脉自言自语似的问，也没敢坐沙发。

"是这样，小祖，全市有一个精神文明建设的现场会在咱们县召开，杨书记顺便要见见你，近一个时期你的名气在江城越来越大，我分析一定是好事！"

从宣传部出来，祖峰脉依然慌张，甚至没心情进杜彦彬的门，就匆忙下了楼。他要消化这一突如其来的消息。市委副书记接见？莫非是进城的事？不能啊，那样鲁振铎老师会来电话告知的……他甚至联想到主管文化的副市长答应给江城郊区那位菜农小说作者办户口的事，也不知道结果如何……

下班回家，林红霞听到这个消息，先怔一下，旋即以女人的第六感开心地说："祖作家，咱一个小老百姓，市委书记要接见，还能是什么坏事？韩部长说得对，一定是祥云缭绕了，赶快吃饭提前去吧！"

对于林红霞总是能在自己朦胧时刻一语言中靶心式的敏感，已经习惯了的祖峰脉，现在听林红霞这么一说，吃了颗定心丸一般，浑身充斥着喜悦、幸福。晚六点二十分，他提前到了评剧团。因为是全市会议专场，所以剧场里观众并不多。见韩部长坐后排的边座上，他俯身过去说："部长，我来了！"韩金玉悄声说："市领导在前面第五排，你过去吧。"舞台紫红大幕尚未拉开，剧场灯光幽暗。他快速走过去。演出开始前，领导们正抓住机会，交头接耳聊天。

他在第五排椅子的空当侧身进去，见代理县委书记、县长文清明在座，他附耳打招呼，文清明告诉他，挨自己右侧坐戴眼镜的领导就是杨书记。他凑到跟前，小声说："杨书记，我是小祖，祖峰脉。"

众目睽睽之下，杨书记起身与他握手，然后举腕仔细看了看表说："节目快开演了，一起看吧，你要是方便，明早六点半请到惠民宾馆101房间来找我。"

事后，祖峰脉方知这次现场会的内情。这是一个全市的文明乡村建设现场会，江城十六个区县书记聚首惠民，利用两天的时间，全面考察、交流、学习"惠民模式"。代理县委书记后，第一次在全市亮相，文清明对现场会高度重视，亲自与韩金玉研究了会议日程和接待细节。报到当天的晚上，安排与会领导看一场评剧，也是两人专门策划的。既然是有关精神文明建设的现场会，让与会领导们欣赏一下惠民的文化生活，他们认为不仅是应有之义，也是必须要有的环节。

历史的脚步冥冥中朝着一个方向发展。"冥冥中"看似偶然，实际是必然。在恰当的时机、恰当的事件、恰当的人物身上，"冥冥中"的事情就会悄然发生。

杨宽裕就是这样一位推动历史的人物。这位新中国成立前参加革命的老党员、老教师、老干部，依靠丰富的基层经验和政治觉悟，从乡镇基层做起，一路提为县委书记、副市长、市委副书记，他对新农村建设抱有较深的情怀。"惠民模式"就是他力主推广的。他主管党群和江城的精神文明建设工作后，由于没有官架子，与江城文化界的名人们相交甚好。鲁振铎就是其中一位。那天在全市文化工作座谈会上，鲁振铎提出给一位农村优秀作者出版的著作作序，他听说这个农村优秀作者来自惠民，欣然应允了。他想，"惠民模式"不是偶然的，惠民对文化、对优秀人才的重视，是文清明这个六十年代省委组织部下派大学生的眼界和情怀。不过稳妥起见，他通过宣传条线私下通知过去，借惠民现场会之机，要亲自考察祖峰脉。他认为对一部著作不能随意签名作序，搞不好有损形象不说，那样做对辛辛苦苦写书的作者也是不负责任的。同时，出于身份相差悬殊的考虑，他决定与祖峰脉见面采取"秘密"的方式。这样，可进可退，不留后遗症。因此，不仅鲁振铎他没告诉，就连江城、惠民宣传战线的头头们，也不知道杨书记为何要接见一名农民身份的文学青年。

110

与杨宽裕打过照面，祖峰脉心里踏实了一些。因为杨宽裕这样一个“大人物”，脸上溢满了慈祥。但他也没心思看节目，早早回到出租屋，心里七上八下的，在火炕上辗转反侧睡不着。思来想去，他认为晚饭时红霞说得有道理，这一定是祥云缭绕的好事，这些年自己苦吃了不少，但没做过什么亏心事，值得市领导“关照”自己。只是，今天去评剧团，他一下子回忆起两年前开舞厅的日子，与叶如云恋爱的美好时光和分手的苦楚，以及一年前与鲁振铎老师采访团长姚青的场景……唉！时光啊！不论苦难、辉煌，都会像流水一样无情地离我们远去……

第二天小雨初霁，朝阳升起。不到六点，他匆匆赶到了北二道街的惠民宾馆。宾馆门西面二楼的餐厅里，飘出了早餐的菜香味儿，院子里安静而凉爽。显然，客人们多数尚未起床。他想在北侧一楼贵宾厅走廊等一会儿，可往东侧走廊里一瞧，“101”房间门外的红地毯，已经洒上了一门宽的阳光。他心一抖，走过去。果然，杨宽裕副书记已洗漱完毕，正开门等他。

听见祖峰脉敲门，坐在沙发上的杨宽裕放下手里的小蓝本，起身迎过来，握紧祖峰脉的手说：“这么早请你过来，快过来坐！”

杨宽裕有一个习惯，口袋里总是揣个小本本，什么事怕忘随时记上去，晨起翻一翻。现在，他拉峰脉面对面坐床上，便于谈话，也显得亲近。惠民宾馆的庭院、走廊看起来很宽绰、阔气，房间却狭小普通，像“101”这样招待领导的房间，也不过多一套沙发和衣柜，其他与标准间没什么两样。这也能看出来经济调整、内部挖潜时期的惠民，就是对外招待贵客的县宾馆，也不搞特殊化，同样按文清明的意见，勤俭节约过紧日子。文清明常讲：“咱们不搞排场、讲阔气，卫生服务水平上去了，精神文明就上去啦！”

杨宽裕倒半瓷杯开水，放床头柜上。“小祖啊，今天请你过来，是为你的大作出版写序的事。这不是老鲁找到我吗，说你很优秀。我想啊，培养年轻人是我们的责任，你这么年轻就有了著作，一定有过人之处，不平凡的经历，我想深入了解了解。”

“哦……”祖峰脉恍然大悟，慌张地用手摸一下头说：“您过奖啦！”

“你坐下，不用紧张，咱俩就随便聊聊。”

祖峰脉复又坐下，杨宽裕用一双不大但很温和的眼睛望着峰脉，“你是哪个乡的，家里几口人？”

“我家是惠民北四十多里路的向阳靠山的，家五口人，父母加我们哥儿仨。”

“哦，没有姐和妹，那哥儿俩都在务农？”

“没有……去沈阳打工了。”

“打工？那好啊，农民老守田园惯了，能从土地里拔出来，外出务工挣钱，不简单哪！那哥儿俩外出打工在哪发财啊？”

“在沈阳捡破烂……”说这话时，祖峰脉感觉脸发热。

“哦……不偷不抢，捡破烂也很光荣嘛，还清洁了城市！”杨宽裕连连点头，又问：“捡破烂收入怎么样？”

“哥儿俩来信说比在家种地强多啦！”

“那好！那好！……生产队分家时你们村一口人分几亩地啊，扔老两口在家能伺候过来吗？”

“一口人六亩三分吧……也强伺候……”

“那你时不时也要回去搭把手啊！”

“这个……嘿嘿……”祖峰脉用手摸下头，难为情地一笑说：“我也帮不上多少忙……”

“哦，要是这样，那你父母要有意见喽。”

“嗯，开始意见大，现在还好。”

“为什么呢？”

“也许……也许是看到希望了吧……”

“你现在干点什么呢？”

“在惠民农业局当秘书。”

“正式的？”

“临时聘的。”

“哦！是吗？”杨宽裕有些惊讶，“那真不错！你一个农民进政府的一个局，当秘书，这在江城——不，恐怕全国也少见！你身后面朝黄土、背朝天的父母，当然看到希望了！”

说到这，杨宽裕若有所思地望了一眼窗外，窗外宾馆院里已经有开会的人在散步了。

“你一个初中毕业生，怎么想到搞文学，还孤身一人闯到城里的？背后一定有什么原因吧？”

“嗯——您还真说中了……”

“别说全中国，就说咱们江城，每年得有多少初中毕业返乡的学生啊，虽然有外出务工的，但是极少数。传统讲，绝大部分青年目前还都窝在乡里，耗在地里，伺候几亩田，土里刨食。不过现在种地与过去‘大帮轰’时不一样了，农村实行了家庭联产承包责任制，包产到户，实行单干，农民种地有了自主权，积极性空前高涨。可以说，当前农民家家户户是致富奔小康的抬头日子，有希望的日子，广阔农村，大有作为，我们这次来现场开会，就是研究文明乡村建设，这种情况……”说到这，杨宽裕的目光深情地停留在乡下青年的脸上，“我的意思是说，你是一个例外，不过呢，例外一定有缘由。我们不常说吗，没有无缘无故的爱，也没有无缘无故的恨，是吧？”

听了杨宽裕一番话，祖峰脉的眼泪几乎要流下来了，因为杨宽裕的每一句话，都撞在了他的心坎上！

接着，祖峰脉像打开的水龙头，将自己读初中时，怎么经历两对青年男女的生死爱情，毕业返乡后想用手中的笔反映农村的愚昧、落后，先参加文学函授，又参加文化馆写作班，一直到后来到托儿所打更、到文化馆当工友、到评剧团开舞厅、开书屋、开饭店、去星光商店卖货谋生，直到目前以一个农民身份聘为农业局临时秘书，等等，将四年多来自己为追求文学理想所经受的颠沛流离的生活，一股脑儿，汇报给了杨宽裕。

“小祖你挺不容易啊……你也很有勇气嘛！”杨宽裕听完有些激动。“我们的农村现在依然很落后，就是因为缺少像你这样有志有为的青年，培养农村有志青年也是我们党今后工作的一个方针……”

太阳爬上了宾馆的窗棂，院里已经聚满了前来开会的各县区领导。杨宽裕意犹未尽，与乡下青年继续交流着。

“杨书记，到用餐时间了。”着一件花色亚麻纱半截袖，瘦削、精干的文清明敲门进来，对杨宽裕说完，又朝祖峰脉点点头。

“好好！”杨宽裕习惯地看一下表，“哟，七点半了，吃饭！”

出了宾馆门，见一院子的领导，神情又紧张起来的祖峰脉想尽快离去。“一起吃早餐！”杨宽裕说着，挽住祖峰脉的胳膊，拉去了南二楼的餐厅，身后随着各县区的书记们。

与杨宽裕、文清明一桌，紧紧张张地吃过早餐，下楼时，脑门沁着汗的祖峰脉又要离去，杨宽裕说：“咱俩进屋再聊一会儿。”

进了101房间，复坐，杨宽裕问道：“你出这本书是怎么一个情况呢？”

祖峰脉一惊，怪不得杨书记还要聊，原来正题还没说呢。

于是，祖峰脉又将这一年来采写惠民二十五名机关干部、明星企业家、工人、农民，创作十五万字报告文学的情况作了简要汇报。“这些文章多半在《江城日报》《江城晚报》和《惠民文艺报》发表过，有的还收入几部正式出版的报告文学集子中，发表前都经本单位同意，宣传部门把关，反映很好……”

杨宽裕边听边点头。宾馆院里人车聚集，沸沸扬扬的声音，透过通风的窗户传进房间里来。

“宣传是一把利器啊！现在改革开放政策落地见效，正处于潮涌的阶段，可以说，我们的时代，是一个迫切需要宣传引导的时代，也是一个一定能产生报告文学的伟大时代，在我国人民向四个现代化进军的波澜壮阔的进程中，有多少动人心魄的事迹值得去反映，有多少叱咤风云的人物值得去讴歌！我想，惠民这几年的宣传工作也一定卓有成效！”

“是啊，杨书记！”杨宽裕的一番宏论将文学青年的激情彻底点燃了，他忘记了身份，兴奋地说：“有一篇写‘活愚公’植树造林、治理水土流失的报告文学，叫《夕阳在歌唱》，《江城日报》发表后新华社发了通稿，上了全国各大报纸，记者全来惠民啦！”接着，祖峰脉从立县企业麻纺厂的集体群像、青春备忘，到英雄啤酒厂的文章获全市国庆征文一等奖，从写林业、写卫生，到写粮食系统庆祝建党生日的文章获全省二等奖，以及收入各种报告文学集的具体情况，绘声绘色地汇报了一遍。

“不简单，不简单……是这样，你提交给鲁振铎的写序材料我看了，符合你说的情况！”

“当当当！”文清明敲门进来了，“杨书记，九点了，咱们下乡参观该出发了。”

“好好，马上走！”

说话间，杨宽裕的秘书小郭进屋开始收拾东西。杨宽裕从米色夹克衫的里侧口袋里摸出钢笔，伏床头柜上，在笔记本空白页郑重写下几个字，然后撕下熟练地折成纸条，趁文清明和郭秘书拎包出门，悄悄塞给了祖峰脉。

回到家，祖峰脉小心翼翼打开一看，纸条上签了三个柔中带刚的字：杨宽裕。

整整三十年之后，祖峰脉去江城市委老干部家属楼看望退休在家的杨宽裕，提起当年他作为市委副书记，百忙之中约见一名农村作者，核实写作和家庭、生活情况，为自己的著作作序签名的事，已经是耄耋之年、白发如雪、恍若仙人的杨宽裕一笑说：不忘初心，脚踏实地。

第四十章

111

“与会领导一致通过！”

政府常务会议一结束，韩金玉几乎跑着回到部里，急忙向杜彦彬办公室里等消息的祖峰脉，传递他“农转非”获得通过的消息。

“是金子总会发光的！”因为祖峰脉户口进城一事煎熬了很长一段时间的韩金玉，继续激动着说：“县长、副县长，有关部委办局的主要官员，二十多人参加常务会议，一个一个传阅了你发表稿件和证书的复印件，人人赞赏，议论说你一个初中生，跑城里风餐露宿四五年，是怎么熬过来的！高德才常务副县长甚至夸你是‘特殊人才’，青年人如果都像你一样有闯劲、有干劲、有韧劲，就没有干不成的事儿！”

“还有，宣传也很重要，省市日报发了写你的专访，《江城晚报》一年三次追踪发表你的写作消息，尤其最近发表的《祖峰脉文学创作又有新获》的新闻稿，还带着热气呢，报纸就摆到了领导面前，真是及时雨中的及时雨啊！”

盯着韩金玉激情四射的传达，祖峰脉顿觉自己的胸膛里一团火呼呼燃烧起来了……他感觉自己像一个漫长黑夜里走失山谷、山巅之上突然传来救护声响的人……他眼里溢着惊喜的泪花，嘴巴里却半句话也讲不出来……这一天，他等得太久了！他心里压抑着太多太多话想说，一时却不知从何说起。因为他清醒地意识到，对于这个温暖人世间，对于过去那么多帮助过自己的人，老师、领导、同学、红霞……仅仅说上几句感谢之类的话，显然太轻飘了！

“只是有一件事没能如愿！”

韩金玉话锋一转说："通讯组缺一个编，彦彬知道，我们早给你空出来了，可人事局长老朱说全国干部身份正在实行聘任制改革，要等精神，可你进城户口的事大，不能等啊，所以文县长当机立断，当场建议通过劳动局，先办下来合同制工人，以工代干到文化馆搞专业创作去！"

"文县决策对，峰脉身份进城要紧，不过我们通讯组缺硬手，等得一刻一刻的呢……"一旁的杜彦彬脸上溢着又是欢喜又是遗憾的复杂情感。

韩金玉看看杜彦彬，又看看祖峰脉，踌躇一下说："你们俩等一下，我回办公室打个电话。"一支烟的工夫，韩金玉一阵风似的回来说："我和麻纺万有金厂长通了个气，不行先将峰脉合同制工人关系落到麻纺厂，然后借到县委通讯组，等聘任制干部改革开始了，峰脉有了干部身份再正式调！"

"那行那行！"杜彦彬镜片后的眼睛又笑成了一条缝，扭头对祖峰脉说："韩部长可是你的贵人哪！亲爹亲妈也就这样呗！"祖峰脉浑身燥热、脸庞发红，急忙接上说："我也不知道怎么感谢，以后我一定努力工作！"

韩金玉笑着坐下来，从口袋里掏出烟卷，点燃吸上一口，吐出烟雾，沉思半天说："你不用谢我，我看你能成功，至少有四个方面的因素。"

祖峰脉立地倾听，目光里仍旧冒着火。彦彬也站起来说："部长快给我们讲讲，哪四条？"

"这第一条，当然是个人的努力。越努力越有人帮。这第二条，得益于老师领导相助。俗话说千里马常有，伯乐不常有，你再有能耐，再努力，没人发现，没人举荐，也难有出头之日！"说到这，韩金玉弹弹烟灰，吸一口，氤氲在蓝色烟雾中继续说："这第三条，我们说，"他特意看了一眼峰脉，"你要感谢林红霞。你生活这么困难，一个人孤苦伶仃的，说好听的是搞写作，说不好听的在多数人眼里就是不务正业，要不是小林眷顾你，照顾你，鼓励你，温暖你，你就是孙悟空，也难过火焰山！我承认……人的潜能很大，但精神承受力也是有限的，有几个人能承受住连续多年反反复复的打击？关键是你面前根本就没有路，你说八亿农民有几个敢想这么闯进城里来？处处是坎儿，处处是绊儿，都很脆弱，哪一个环节折了都一百步半九十，前功尽弃，这样的例子还少吗？"说到这儿，韩金玉望了一眼杜彦彬，扭脸接着对峰脉说："小祖我听说你开舞厅时还处了一个小对象，是个美人，后来把你给甩了，要不是林红霞出来救场，你说你户口户口办不来，对象对象又跑了，漫山遍野的，你算哪根葱啊，你说你能挺过来吗？”

“是、是……”

听了韩金玉这番有些刺耳的话，祖峰脉震惊了，嘴巴上变得木然，心里面却暗暗嘀咕起来：天哪！韩部长怎么什么都知道？与叶如云谈对象的秘密他居然也了解……想到这儿，他脑海里一下冒出汪小菲的形象，继而后怕起来，“那天如果错了主意，移情别恋，在宣传部长看来，自己岂不成了忘恩负义之人？忘恩负义之人谁还愿意帮助你！”

韩金玉似乎洞察到了祖峰脉的紧张和心里的小思想。其实，他要的就是这个效果。年轻人运气来了不能头脑发热，该帮帮，该敲打还是要敲打，没坏处……于是他打了幸运青年一巴掌，很快又将话拉回来，给幸运青年一个甜枣说：“不要紧，年轻人，遇事思想里有斗争，有疙瘩，在所难免，我们谁都不是完人，不是神仙……但是为什么我们讲‘三观’呢？只要‘三观’正，再斗争，也不会偏离大的轨道，所谓大道朝天，人间正道是沧桑，就是这么个理儿嘛！你的路还很漫长，身份进城以后，还会遇见许多不适应，很多难题，城乡文明、生活习惯、人情世故还是有很大差别的，不过不用畏惧，老祖宗讲，泱泱中华，不论走到哪里，安身立命的本钱不外乎‘仁义礼智信，恭良温俭让’这十字箴言……大河大浪你都挺过来了，你已经不是一般的青年，是经风雨、受教育、得帮助，能够担当重任的时代优秀分子。慢慢来，慢慢适应，只要不忘初心，走正路，凡事努力做，谦虚做，你就会事事顺利，前途无量也未可说！”

“是是，韩部长经常用这样的话教育我们！”彦彬早习惯了“韩马列”的灌输。而一旁垂手倾听的祖峰脉早就汗流浃背了，他有一种内心的小思想被掏出来当众晾晒的感觉……杜彦彬看出了祖峰脉的尴尬，急忙示意他在退休老周的空椅子上坐下来，自己也坐回了自己的位置。

二人坐下，韩金玉最后说：“还有一条，就是第四条，这个你们不一定想得到，但是必须要认识到，这是小祖进城的前提，如果没有改革开放的政策、背景，你长三头六臂，也飞不到城里来，这就叫时势造英雄，机遇永远留给有准备的人。我们要感谢这个伟大的时代！”

韩金玉说出第四条，彦彬和峰脉醍醐灌顶。显然，他们对此认识的确不足，光想着领导、老师、同学、红霞什么的了，怎么就没能站在时代、历史的高度去看问题？好风凭借力，送我上青云。一个人的进步与时代密不可分！细想想，如果土地还延续“大帮轰”，敲钟上工，庄户人身子被生产队绑得死死的，哪还有机会闯出去干这个、干那个？

听韩金玉一番宏论，二人心悦诚服。尤其峰脉，眼睛里充满了感激的目光。韩金玉话音一落，他急忙接上说：“不管怎么说，得先感谢部长，太感谢啦！”

“不要感谢我，其实我没做什么，做了，也是一个管宣传的头头该做的。你赶快给鲁老师打个电话报喜吧，他可是你的真贵人！”

祖峰脉跑去文化馆，将这个大好消息先告诉了恩师巴银，然后又打电话给鲁振铎，两位恩师都为学生身份即将进城，高兴得难以言表。他又打电话给班上的林红霞，红霞电话里听了，立刻乐成了江河翻腾一般的声音：“晚上去我家吃饭！”

……

八月的惠民已经瓜果飘香了。

祖峰脉一个人走在回出租房、街边布满菜贩子喧闹的东南街上，心潮依旧澎湃着。自己很快将成为这个群体中的正式成员了。快五年了，能成为这个群体中的一员，多么的不容易啊！他想到，靠山村除了表哥李成海考上大专，在县城一所中学参加了工作，早些年西屯有一个人当兵提干，转业后留在县城政法机关任职，再没听说过哪一个农村人不当兵提干，不考上大学，能从农民堆里跳出来的！自己简直闯出了一条与众不同的“第三条路”啊！

他想喊。他想拥抱大街上的每一个人。他感觉自己一下子从丑小鸭变成了美丽的白天鹅，立刻会像眼前穿梭的小燕子一样，可以在城市的天空，自由地飞翔了。

万般皆下品，唯有读书高。

现在，他认为自己这个曾经无数个夜晚居无定所、无数顿餐饭食不果腹的流浪之人，一下子变成了这个世界上最幸福的人！不是吗？在人世间所有的认可和尊重之中，还有什么能比通过自己不懈的努力和奋斗而争取到的认可和尊重，更加美妙的呢？

他感觉应当感谢每一个人。感谢支持帮助过自己的，也感谢一些冷眼相对，甚至给自己下绊子的人。生活中，与每一个人相遇都是财富，都给自己教育，令自己进步。就连飞走的叶如云，也是如此。如果与叶如云存续情感，一起与她开个服装店，做个小生意什么的，自己的人生道路将完全变样……

想到这里，最幸福的人突然惊出一身冷汗——天呢，要不是红霞的陪伴，自己今天还指不定成了什么样子。他一时想不清楚这其中到底是一种什么逻辑，想不明白这是几辈子修来的福气，可是他冥冥中感觉到了一个女人在一个男人成长、成功中的重要性，一种不可或缺的重要性。

他感谢岁月，感谢青春。天荒地老，青春无价。他深深感悟到，人在年轻的时候，青春是最值钱的东西，任由去做梦，去挥霍，失败了站起来，重新来过——青春时期的锐气、勇气，甚至不计后果的豪气、胆气，风雨青春，是每个人有限的一生最宝贵的财富。

他边走边想，思绪漫天飞舞，感觉周围的人恍惚变成了靠山屯的父老乡亲，都在用赞许的目光盯着自己看，表情里表达着同样的情感：好样的，你给农民争了光……过去、现在、未来，奋斗、绝望、抉择，像演戏一样在他的脑子里翻江倒海……他甚至假设这样，假设那样，假设做了这样的人，假设做了那样的人，假设做了这样的事，假设做了那样的事，自己会怎么怎么样，如今自己会变成什么什么样子，但是——他最后坚定地认识到：生活是不能假设的，一个人所能做的，就是接纳上苍对自己的赐予和眷顾，包括苦难，然后善待一切，坚定前行……

"朝为田舍郎，暮登天子堂，哪有那么简单，你说调就调来了？政府也不是咱们家开的！"

对此不屑一顾的，倒是红霞的父亲林先民。林先民用镶过的金牙嚼着小鱼酱，嘎吱嘎吱响，好像永远嚼不烂似的。他喝完一杯人参、枸杞泡的白酒，半醉半醒地揶揄未来的姑爷。

父亲仍然担心，林红霞理解。自己一家人下放到农村二十几年，返城颇费周折。俗语说，一朝被蛇咬，十年怕井绳。再说，峰脉是第一次上门吃饭，是来报喜庆贺的，而不是来找烦恼的。

听了林先民的话，祖峰脉心头掠过一丝不快——那一丝不快里包含乡下人的自卑和城里人的傲慢。但是，祖峰脉很快淡定了下来，因为现在，他有了淡定的资本，而不像过去——昨天以前的四五年里，自己没有一点儿底气，一直在自卑和超越中煎熬，对他人有意无意伤自尊的话题极其敏感。同时他也明白，昨天以前的自己，的确是城里人眼中的乡巴佬，泥腿子，窘迫不堪，自己这个“准姑爷”也着实给老人添了不少的堵，扫了不少的颜面！想到这一层，祖峰脉扭头看了一眼炕沿儿上笑眯眯吸烟的红霞母亲，举杯与林先民碰了说：“叔，您放心，我明天就去办户口！”

其实，文清明县长为祖峰脉户口的事儿也大伤脑筋。他力推在惠民县城西北九公里处的老林镇建了一个第二亚麻厂，为麻纺厂储备原料，涉及占九户农民耕地的问题，政府研究补偿办法：为九户农民全部办理城镇户口，吃供应粮。但会议召开两个多月了，“二麻”厂区主体马上竣工，快能收购新麻了，九户农民“农转非”的政府常务会议纪要，还躺在公安局户政科长的抽屉里睡大觉。

他原本要等九户农民办完了，再研究第二批“农转非”。市委副书记杨宽裕来惠民召开“惠民模式”文明乡村建设现场会，单独约见了祖峰脉，使他更加坚定了自己的看法：两个文明一起抓，不拘一格降人才，不仅是兴县大计，从古至今，也是人才选拔上的开明之路，具有开拓意义。

“把农民作家祖峰脉‘农转非’的事，列入下次政府常务会议议题！”

“惠民模式”现场会一结束，他就指示政府办主任。

让文清明感到欣慰到的是，在县政府常务会议上，不仅大家一致同意，包括负责粮食关系的粮食局长，列席会议的武装部政委，多个系统的领导，还想挖祖峰脉到本单位当秘书！看来人才是受欢迎的，政府破格选拔人才的举措，实践证明是正确的。

“暂时解决不了干部编，宣传部去不了，就到文化馆搞专业创作去，为惠民县群众文化发展作贡献，你们哪个系统也不能给！”

县长一锤定音的事，后来韩金玉也想通了，再借祖峰脉到县委通讯组，显然不合时宜了。

“政府常务会通过了就能办呢？‘农转非’是多严肃的事儿你知道吗？得向

上级请指标，你看，这九户老乡的户口市局还没批下来哪！”

瘦高挑、脸色发灰的惠民县公安局户政科黄科长，戴一副眼镜，手掐烟卷，坐在西街公安局一楼办公桌前，牛哄哄地说着，还故意拉开抽屉，让祖峰脉看批准九户农民“农转非”的政府常务会议纪要。

祖峰脉似乎明白了什么，转身出门，倾其所有，买了两条“红塔山”，掖进衣服里，回来塞到黄科长手中，黄科长接过香烟塞进抽屉，面无表情地对他说：“那也得等！”

112

一个月后，连绵的秋雨落在了惠民大地上。潮涌的润津河水从上游的鹅头山流下来，一路欢唱着汇入西南方向的乌裕尔河。

润津河水仿佛知道从小在她怀里洗澡的孩子，如今闯进了城里，今天回来办理户口迁移了。

考虑祖峰脉的生活，县政府最终同意他去了粮食局。

祖峰脉坐在粮食局草绿色的 212 北京吉普里，先回家向父母报告了户口进城的消息。刚下过雨，下不去田，祖德贤正在屋子里磨镰刀。“嚓——嚓——”的磨刀声从窗口传到院外。

祖峰脉回来迁户口，祖德贤的第一反应是不相信。当他看到儿子手里拿着盖有公安局户政科红章的“准迁证”时，霎时笑得合不拢嘴，对站屋门口已经听傻眼的老伴儿习惯地喊：“哎！你赶快给师傅做饭！”

司机李安全急忙说：“饭就不吃了，局长着急用车，我们局长听说给你们儿子起户口，二话没说就把车派来了，实际局长真有事，你们老祖家真是祖坟冒青烟哪！”

听说儿子工作最终安排在了粮食局，祖德贤脸上更是乐开了花，心里想这回送粮城里有人了，再不用三更半夜去排队，看人家脸子。想到这他突然觉得自己思想狭隘了，儿子进城上班了才是天大的事！于是急忙又喊峰脉娘：“哎！赶快把小柜打开，划拉划拉钱都给老二拿着！”

“我着急走就不去看我奶奶了，等我安排妥当了再领红霞一起回来！”

绿色 212 从靠山村泥泞的村路上拔出来，上了砂石路，十几分钟就呼呼到了向阳乡派出所。

“真的？办成了？哎呀！你可真不容易啊，把我们都愁死了！”

派出所所长顾秀山瓮声瓮气地惊叹着，抓过准迁证，从裤腰上摘下钥匙，虎背熊腰的，晃晃悠悠打开柜子，翻出户口底案，就为峰脉办理户口迁移手续。顾秀山伏办公桌上龙飞凤舞地写完，抬头望着祖峰脉笑呵呵地说：“交两毛钱工本费得啦！”

“就交两毛钱？”祖峰脉手伸进裤兜，边翻零钱边问。

“对呀！批了两毛，批不了金山银山户口也迁不走！”

顾秀山大嗓门喊完，二人不约而同地笑了。“谢谢所长！”祖峰脉说着，仔细一看，只见户口底案表上明晃晃写着：

户主：祖德贤；祖峰脉：次子；

职业：记者；供职部门：县委宣传部。

看完这几行字，祖峰脉心里慌乱，直到钻进吉普还在后怕：我的老天爷！原来家乡人早把自己高看成记者了，工作单位居然还落成了高大上的县委宣传部！乡里人把自己举这么高，这要是户口进不了城，自己如何见江东父老？回村还不得被吐沫星子淹死！司机李安全扭脸看一眼副驾驶座位上踌躇满志的祖峰脉，笑呵呵说：“刚才我在你们家不就说了吗，我从来就没听说过谁靠写作进城，农村孩子进城除了上大学、当兵没别的门路！”峰脉激动地看着李师傅说：“以后到粮食局工作您还要多关照！”李安全急忙说：“说啥呢老弟，粮食系统几千人里那得有多少人想巴结领导进局机关，你起点这么高又是大局长的秘书，你以后得多关照老哥我！”

吉普车一路向南，穿过鳌龙沟和鳌龙沟底润津河上的火烧桥，向东南方爬坡上了高岗，便能望见车窗两侧一片片高低错落、转黄待收的苞谷田、大豆田，在天空白云的陪伴下，闪向身后。祖峰脉摇开车窗，呼啸的野风夹杂着粮田浓郁的香味儿和野草的青涩味儿，扑面而来，他使劲地呼吸着这本应该属于他的味道，顿感格外幸福……

“你去粮食局是好事，那里待遇好，文化馆一个穷地方，你房无一间，地无一垄，将来怎么生活？只是，大哥缺了你一个好帮手！”

办完户口回来，巴银和郑梅专门在家预备饭，招待了祖峰脉和林红霞。

其实，五年来巴银和祖峰脉师徒二人，就像一对并蒂莲，早黏一起了。因为祖峰脉的出现，经常处于旋涡中的巴银，生活更加地无法平静下来。自从祖峰脉要办户口进城，到文化馆工作的消息传出来，文化馆内部就开了锅。

“这回徒弟超过了师傅！”

“小祖要进了文化馆，巴银如虎添翼！”

祖峰脉当然不知道这些议论。其实他更不知道，文化界水有多深，城里的套路有多复杂。原来他知道的，只是一点儿皮毛。过去，他只是一名置身事外的旁观者，对城里相关群体还构不成任何威胁，可一旦成为这个群体的一员，就大不一样了。

这就是他人未到，文化馆就已经暗流涌动、掀起波澜的原因。

其实，这个世界本来就如同一座巍峨的山脉，低处流溪水，高处起风云，山腰雾气锁，冥冥幻不停，经常地树欲静而风不止……

由于抓住了亚麻产业一条龙发展“牛鼻子”，使惠民经济很快跃出了低谷，精神文明建设又推出了“惠民模式”，全市学习，党和人民最终选择文清明就任惠民县委书记。同时，体贴百姓冷暖的文清明，考虑了祖峰脉一个人在城里的生活困难，亲自打电话与粮食局长商议，决定祖峰脉去粮食系统工作，也解决了粮食局缺秘书的困难，可谓一举两得。

祖峰脉摇身一变，成了一名管理城乡大大小小十几个粮库，加之粉厂、米厂、油厂、饲料、粮贸公司，统共二十多个单位、五千多名职工的局机关的秘书，而那个他曾经与乡亲们年年排队交公粮的县第一粮库，就坐落在县粮食局三层机关白楼的路西。眼下，粮库又开始收购新小麦了，望着车鸣人喧的场景，每次路过，祖峰脉心里都不由自主地颤抖一番，感慨一番！那连成队的小牛车、小马车，那“嗒嗒嗒”的小四轮、小三轮手扶拖拉机，那穿戴一看便知是乡下人——如父兄一般破旧、土气，在检等、化验、过秤、卸车、结算人员面前谦卑的农民。多么熟悉的场景啊！他想到了那次送粮被车撞，那次寒冬腊月，送完粮回到靠山已经半夜，身子冻得瑟瑟发抖……如今，自己到这里工作了，自己应该怎样面对这突如其来的转变呢？好好珍惜，努力工作，回报党和政府对自己的厚爱，自不必说，可是方方面面对自己都是考验，包括工作作风、机关规则、粮食系统根深蒂固的人情世故……

粮食局干部听说机关调来一位“农民作家”给局长当秘书，背后着实议论了一番。但见面时，都主动跟这个看上去很朴实的小伙子热情地打着招呼。

有了酱色城镇户口本，粮食关系自家事，设在粮食局一楼、方便群众办事的供应股一路绿灯，当日落实了粮店，祖峰脉又拿到了那一册象征城市人身份，能够吃上供应粮的“红本本”。两证具备，祖峰脉云里雾里的，跑到县政府院里的劳动局，很快签订了聘任制工人劳动合同，合同交到粮食局人事股，由于是工人编，关系先落到下属的粮贸公司，以借调身份进局机关任秘书，第二天就报到上班了。上班没几天，他就陪局长乘吉普下乡，挨个粮库熟悉情况，检查小麦开秤后的收购进度了。

鲁振铎知道祖峰脉被破格录用的消息，比自己当年从工厂调到报社还高兴，还开心。“事实胜于雄辩，文清明真有魄力！”

接下来，他就开始在怎么表达对文清明的感激之情上绞尽脑汁。把一个农民身份的文学青年弄进城里，文清明开了江城这个地级市所属十县的先河。谁说文清明他没魄力，魄力很大嘛！这样不拘一格降人才的干部，就应该成为一方领导，福泽百姓！

鲁振铎想来想去，联系一个书法家朋友，一个画家朋友，写了一幅字，画了一幅画，然后自掏腰包，去书画社花去八十块，裱好，第二天一大早，就迎着深秋瑟瑟的晨风，颠儿颠儿拎上了火车。中午到了惠民宾馆，他才通知峰脉见面。峰脉进房间见到恩人，一肚子感激的话不知怎么说。

“你也不用感谢我，这都是你个人努力的结果，人啊，越努力越有人帮！”

老鲁一身米色西服，打着红领带，五十岁出头的他显得精神矍铄，腮下的八字胡更添了几分神采。他边跟祖峰脉絮叨着，边在床上小心打开那幅画，只见徐徐铺展于祖峰脉眼前的，是雪地红梅，一对喜鹊双立枝头，画角写有“喜鹊登梅”四字。鲁振铎说：“文清明当了县委书记，这是祝贺他步步高升！”说完卷起来，系好，又打开另一幅字，上面是两句诗：

落红不是无情物

化作春泥更护花

祖峰脉读了，甚是惊喜。紧紧握住鲁振铎的手，眼窝含泪说道：“鲁老师，您如此用心哪！”

振铎拍拍峰脉的肩膀，动情地说：“别想那么多！中秋节前你一定要将字画送到文清明的手里，中午咱俩吃个便饭，我就返回去，我是专门来送书画的，谁也不见了。老韩呢，到市里我请他吃饭答谢，其他人呢，你也不会忘记，慢慢感谢吧，眼下先把粮食局的秘书工作做好，别打了县领导的脸，别给咱们作家丢份儿，努力为帮助过你的人增光添彩！”

“别人不告诉，巴银老师得告诉吧？”

“也好！”

午餐，祖峰脉在宾馆附近找一家僻静的小酒馆，三人有说有笑聚了。面对两位恩师，祖峰脉频频起身敬酒，激动处，不免哽咽。徒弟有了着落，巴银心里悬石落地，如释重负，多喝了几杯啤酒，脸色彤霞飞舞。饭毕，巴银别过鲁振铎，急匆匆回馆里开会。祖峰脉则打一辆“老爷车”，送鲁振铎去了城西南的惠民火车站。临告别，鲁振铎穿一身灰色的风衣，魁伟的身躯立在火车站台的秋风里，回首对祖峰脉摆摆手大声道：“你和林红霞什么时候办喜事，一定通知我，届时将你乡下的父亲请来，我们俩亲自为你们主婚，与县领导和文友们一起热闹热闹！”

望着振铎健步如飞，拎包登上火车的背影，祖峰脉的双眼已经模糊得一塌糊涂了。

……

一九九〇年国庆节，远眺小兴安岭余脉的鹅头山，五颜六色，层林尽染，与腹地金黄色的大豆田野、草甸子错落呼应，使被淹没了的炊烟袅袅的村庄，神秘顿生，处处荡漾着静谧、幸福的人间烟火气息。

祖峰脉骑自行车，一路介绍着，中午时分，秋阳高照的时候，驮林红霞第一次来到了靠山村。事先接到信儿的祖德贤，穿上那件重要场合才穿一次的黑色咔叽布中山装，安排老伴儿杀鸡、炖鱼、烀苞米、蒸鸡蛋焖子，准备了两桌子丰盛的农家菜。又差峰脉亲自去东院请来奶奶、三叔老叔两家，一起吃了顿热闹的团圆饭。

峰脉奶奶扔下水曲柳拐杖，坐炕头上，顾不上吃东西，手里攥着铜杆长烟袋，盯住林红霞看个没完没了，嘴上还不停地念叨：“我孙媳妇好看，好看，一看就是知书达礼的人！”林红霞脸红得顿时跟一盆火似的，马上转移视线给老太太点燃烟袋说：“您老人家赶快抽烟吧！”

“落雪就把喜事办了吧，都老大不小了，小军还一个人在街里，得有个伴儿了，我土埋脖梗的人，也着急抱孙子！”

“那可不是，赶快办了吧！”一胖一瘦、淳朴的两个婶子也笑呵呵呼应着。

“红霞啊，你劳苦功高，小军这些年没有你照顾，还说不定摇到哪百国子去呢！打不着食了就回家来整钱，哭哭叽叽的，多少回呀！”峰脉老叔祖德峰两杯小烧下肚，开始折腾旧账。

“你……你可别说了，那……那回他住他老姨奶家他大姑的房子，我去给修锅台，那屋子冷的，还……还把我自行车给弄丢了，你说他多……多不让人省心哪！”祖峰脉的三叔祖德坤，着急说话就犯结巴病，一番话结巴下来，憋得脸红脖子粗了。

“谁说不是呢，借后院他老爷家三百块钱，他老奶坐炕上号，不给钱就赖炕上不走！”峰脉娘也忍不住了，往出倒苦水。

“你也是，像个二流子似的，多不让家里省心！”炕沿上坐的红霞，用手指点炕桌上陪长辈们喝酒的峰脉，戏谑解围。一句话，把炕上、炕下两桌人都逗笑了。峰脉脸一红，也低头笑了，不敢吭一声。

……

“这就是鹅头山。”

下午，祖峰脉用车子驮着林红霞，越过刚收割过黄豆的地头地脑的土路，迎着山风，颠簸进北山，一起看风景。

“气势磅礴，景色宜人，真是个好所在！离家有六七里路吧？”站高岗大地头，望着对面绵延的山峦，谷底开始枯黄的草甸子，林红霞惊诧道。

“小时候打柴总走，也没觉得怎么远，有奔头，总觉得山里面藏着许多许多神奇的东西，诱惑着你。”

“那是什么呀？”指着山对面一片深秋里已经变成紫红色的柞树桩子，林红霞问。

“那是蚕场，养蚕的地方，你看——山坡下的三间泥草房，就是我表姐李秀萍和贾晓峰私奔的地方！”

“是吗？”林红霞推推眼镜，惊讶着向山坡一处烟囱冒烟的三间泥草房望去。“哦……就是说如果没有那场私奔，没有孟雪姑的失踪，你是不是就不去搞文学了？”

“也许吧……谁知道呢……这可能就是命运吧……”

二人顺着林中蜿蜒的小路，若有所思地朝北走。

“你看，左边山坳那片收割完的大豆田里，有一个放羊的老大爷，我们求他给咱俩照张相？”林红霞建议道。

祖峰脉拨开一人高的灌木丛，带红霞出了树林，只见西南方向蓝天白云下面的山坡处，一片收割过的大豆田视野十分的开阔，迎面野风呼啸，远望山峦踞虎盘龙一般。一群上百只的绵羊，犹如天空中的云朵，在收割过的灰褐色的豆田里溜豆茬，低头移动，如云漫卷。一位老者素衣夹帽，手里捧一本线装的古书，在羊群旁悠闲地阅读，俨如仙人临凡、读古诵经：

> 北冥有鱼，露宿餐风，蜷缩泥潭，虾虫欺凌，卧薪尝胆，忍辱负重，寒耕暑耘，叠日不停，雷霆万钧，过海蛟龙，凤凰涅槃，死而复生，得施日月，蜕变鲲鹏。

祖峰脉随风听了，心头顿惊，好生奇怪，此山沟底的溪水里，只生黑泥鳅、癞蛤蟆，寂寞的山谷，哪里来的高人？

祖峰脉抓起林红霞的手，躲过田垄上的豆茬，徐徐走下山坡。见了生人，头羊“咩咩”叫唤，群羊也都停止咀嚼，齐刷刷向二人张望。到了牧羊人跟前，祖峰脉道：“大爷，请您帮我俩照张相？”牧羊人听到召唤，这才眼离书本回头望二人。二人一看，都惊住了，牧羊人哪里是什么老大爷，而是一位年龄不过三十岁的年轻人。

“你们从哪来呀，这荒郊野岭、山林大风，兔子不拉屎的地方！”

“我小时候上山打柴，兔子有的是，还有狍子呢，怎么现在没有了？”

“那啥时候事，恍若经年呢！这咱开荒种地，野鸡什么的都吓没影子啦！”

牧羊人说着文中带土、不伦不类的话，提拉线装书走过来，二人这才发现，牧羊人还是个瘸子。

“看来你是本地人？”

“我是前屯靠山老祖家的二小子！”

“你……你就是祖峰脉？”

“对呀！”

听了祖峰脉的回答，瘸牧羊人扑过来，抱住祖峰脉的肩头，即刻号啕大哭。哭毕，扬扬手里仍然紧紧攥着的线装古书说：“我前年上你们家去过，你回家问你娘就知道了，我就想知道你文章是咋写出来的、咋发表的呢，我初中毕业也写了几年，每次投稿都泥牛入海，我得拜你为师啊！”

牧羊人说到这儿，二人方明白了来龙去脉。祖峰脉即刻也想到了惠民乡村那些曾与自己书信交往的文学青年，现不知都怎么样了，该不会像自己当年山坡上牧牛，与眼前的牧羊人一样，生活苟且，但是仍然不忘记诗和远方，心中的梦想吧！文学改变命运，梦想照进现实。自己的梦想实现了，但愿更多的底层青年能够梦想成真，即使不能成真，也不枉青春，过一生有品位而浪漫的生活……

年轻的牧羊人很机灵，听说祖峰脉是第一次领也是县城诗人的女朋友衣锦还乡，几下便学会了拍照的技法，“咔嚓，咔嚓”，以层林尽染的五花山、深秋的田野、草甸子为背景，连续用祖峰脉获奖的相机，按下了快门，“牧羊诗人”把镜头里的林红霞拍得像花朵一样美丽……

“婚礼你想什么时候办？”

两人下山，取了停在路边的车子回返，林红霞跳上车座，将头偎在祖峰脉身上问。

“听你的！”

“稳定下来年底前咱们就办？”

“行！”

“你想咋办？”

“那么多人帮助咱们，咋办也得办哪！”

“…… ”

“你看呢，宣传部、报社、杂志社、电视台、文化馆的领导和老师们得请一些吧，还有县领导，同学，文友，还有我写的帮助过我的企业家们，我单位粮食局、你单位农行的领导职工，大家都想喝这杯喜酒呢…… ”

“还有一个人你不请啊？”

“谁呀？”

“叶如云哪！”

“你吃醋了？”

“真的，你可以给她发个请柬，告诉她，你祖峰脉进城了！”

“…… ”

“没钱咱们婚事新办，就在会议室里摆上烟酒糖茶，你的书不也快出来了吗，婚礼上再搞个新书发布式，同学朗诵诗歌！”

“好啊，你说了算！”

这时，祖峰脉的自行车已经穿出鹅头山，过了靠山村，上了向阳乡去惠民县城的公路。正是太阳西斜时分，一片铺天盖地的金光洒在两侧辽阔的田野上，一阵阵秋风吹过来，嚼进嘴里甜丝丝的。坐后面车座上的林红霞不知道，前面蹬车子的祖峰脉，听了她刚才这一番话，早已经控制不住，泪流满面了。

2020 年 9 月写完

2024 年 9 月改完

后　记

2017年初、2020年春夏完成小说初稿，创作时间加一起九个月。2021年至2024年重温经典、汲取营养，进行了多次的修改。从创作准备到完成出版的漫长时光里，深入思考、回望它，已然成为我生活的一部分。

修改小说时，我经常被一些细节所打动。可能因为主人公的一次无厘头的青春潮涌，可能因为主人公逢凶化吉、遇见知音、得到帮助、取得进步。我无法回避青春的每一次卷土重来，总是在修改中回到柔软的部分，看行色匆匆，望繁星点点，回忆过往，思索现在和未来。

每次回味和打磨，徜徉幽深之处的一系列人物、事件，总是会发现有一种容易被忽略的东西，如同尘埃里散落的珍珠，被重新串起，闪亮眼前，穿过心头。沉淀后我知道，那是人性的光辉。

小说在网络连载半年，每一章都收到许多留言，小说感动读者，读者留言感动着我，不仅检验小说的效果，还成为我的养料和动力，使我坚持将它修改成血脉偾张的青春样貌。

今年是我从田埂走向文坛的第四十年。《风雨青春》的出版是我的一份礼物。值此之际，我忆起春夏创作它时乐耕园的鸟鸣，秋日修改它时老鼠偷食李林谷物的人间烟火。感恩岁月、生活以及生活里的人们，致谢梦想与青春。

2024年9月30日